HEYNE

Das Buch

Nach der schmerzhaften Trennung von seiner Partnerin Naomi, hat sich der ehemalige CIA-Agent Ryan Kealey aus dem Dienst zurückgezogen und reist um die Welt. Doch dann wird in Afghanistan eine Gruppe amerikanischer Bergsteiger entführt. Der Verdacht fällt auf einen der gefährlichsten Terroristen der Welt, und der Präsident der Vereinigten Staaten persönlich besteht darauf, dass Kealey den Fall übernimmt. Doch dieser möchte unter keinen Umständen in den Dienst zurückkehren. Erst als man ihm Naomi als seine Partnerin in Aussicht stellt, willigt er ein. Die Lage spitzt sich zu, als die Terroristen auch die amerikanische Außenministerin in ihre Gewalt bringen. Während der gefährlichen Jagd muss Kealey feststellen, dass auch Naomi ein dunkles Geheimnis in sich birgt. Bald weiß er nicht mehr, wem er noch vertrauen kann.

Der Agent ist der dritte und letzte Band der hochaktuellen Politthriller-Serie um CIA-Agent Ryan Kealey.

Der Autor

Andrew Britton, geboren 1981, wuchs in England auf, bevor er mit seiner Familie im Alter von sieben Jahren nach Amerika zog. Nach seiner Armeezeit als Kampfingenieur, studierte Britton an der University of North Carolina in Capel Hill Volkswirtschaft und Psychologie. Mit seiner Thrillerserie um Agent Ryan Kealey gelang Andrew Britton der Sprung auf die amerikanischen Bestsellerlisten. Britton erlag im März 2008 im Alter von 27 Jahren völlig überraschend einem Herzleiden. Weitere Infos zum Autor unter www.andrewbrittonbooks.com.

Lieferbare Titel

Der Amerikaner

ANDREW BRITTON

DER AGENT

Roman

Aus dem Amerikanischen von
Bernhard Liesen

WILHELM HEYNE VERLAG
MÜNCHEN

Die Originalausgabe THE INVISIBLE erschien bei Kensington Books, New York

FSC
Mix
Produktgruppe aus vorbildlich bewirtschafteten Wäldern und anderen kontrollierten Herkünften

Zert.-Nr. SGS-COC-1940
www.fsc.org

Verlagsgruppe Random House FSC-DEU-0100
Das für dieses Buch verwendete FSC-zertifizierte Papier *Holmen Book Cream* liefert Holmen Paper, Hallstavik, Schweden.

Vollständige deutsche Erstausgabe 02/2009

Printed in Germany 2009
Umschlagillustration und Umschlaggestaltung:
© Nele Schütz Design, München
Satz: Greiner & Reichel, Köln
Druck und Bindung: GGP Media GmbH, Pößneck
ISBN: 978-3-453-43365-6

www.heyne.de

Für meine Großmutter, Eunice Britton

Der größte Albtraum der CIA ist der »Unsichtbare«, ein Terrorist, der aufgrund seiner ethnischen Zugehörigkeit zur Bevölkerungsmehrheit einer Region äußerlich nicht auffällt. Er kann sich nicht nur innerhalb seines Landes ungehindert bewegen, sondern auch problemlos Grenzen passieren, und bleibt völlig anonym, während er monströse Gräueltaten plant.

Prolog

Karakorum-Highway, Pakistan

Selbst durch das gesprungene Fenster des alten Busses, der bergab von Kaschgar nach Islamabad fuhr, fand Rebeka Česnik die Aussicht hinreißend. Perfekt. Atemberaubend, in jeder Hinsicht. Dies waren die Worte, mit denen sie bisher jede ihrer Reisen charakterisiert hatte, und die enthusiastischen Kommentare brachten ihre Freunde und Verwandten zum Lächeln. Warum das so war, hatte sie erst nach einer ganzen Weile herausgefunden.

Schließlich hatte ihre Mutter sie in den Grund der allgemeinen Erheiterung eingeweiht, vor einigen Jahren, kurz nachdem es ihr gelungen war, bei der Agentur Frommer's einen Posten als Reisefotografin zu bekommen. Damals hatte sie die Beobachtung nicht nur zutreffend, sondern auch amüsant gefunden. Selbst jetzt musste sie lächeln, wenn sie daran dachte, doch sie konnte nicht leugnen, dass es so war.

Gut, dass du Fotografin und nicht bei der schreibenden Zunft bist. Wo du auch warst, deine Worte sind immer dieselben. Jeder neue Ort ist genauso atemberaubend wie der letzte.

Vermutlich hatte sie recht, dachte Rebeka, die nie eingehender über die unzulängliche Variabilität ihres Sprachgebrauchs nachgedacht hatte. Sie interessierte sich nur fürs Reisen und die Fotografie, und zu ihrer großen Befriedigung war es ihr gelungen, mit beidem ihren Lebensunterhalt zu verdienen. Schon immer hatte sie das Talent besessen, bezwingende, einzigartige Fotos zu schießen, doch das reichte ihr nicht. Auch genügte es ihr nicht, ihre äußerst anspruchsvollen Auftraggeber zu befriedigen. Ihr eigentliches Ziel war es, die Leser den Text vergessen zu lassen, sie ganz in den Bann ihrer Fotografien zu ziehen. Das war keine Kleinigkeit, denn die Magazine, für die sie arbeitete, beschäftigten einige der besten Schreiber, die in diesem Geschäft zu haben waren. Außerdem schien es ihr fast unmöglich, die überwältigenden Eindrücke, denen sie ständig ausgesetzt war, wirklich adäquat einzufangen. Wenn man allerdings die Lobeshymnen und Preise bedachte, die sie im Verlauf einer kurzen Karriere eingeheimst hatte – unter anderem 2006 den renommierten Hasselblad Award –, konnte kein Zweifel bestehen, dass sie sich in einer Branche etabliert hatte, in der es von begabten Konkurrenten nur so wimmelte – eine beachtliche Leistung.

Für ihren gegenwärtigen Beruf hatte sie sich entschieden, nachdem sie im Alter von siebzehn Jahren einige kleinere Fotowettbewerbe gewonnen hatte. Begonnen hatte alles im Jahr 2002, mit einer gebrauchten Minolta Dynax 8000i. Die Kamera war das Geschenk eines verwöhnten Cousins, der sich kostspieligeren Hobbys zuzuwenden gedachte, und sie hatte sich sofort in die Minolta verliebt. Ihre Reiselust reichte allerdings bis in ihre Kindheit zurück, und manchmal fragte sie sich, warum es so lange gedauert hatte, aus ihren beiden Lieblingsbeschäftigungen einen Beruf zu machen. Das war ihr jetzt auf spektakuläre Weise gelungen. Sie war an den Ufern des Flusses Soča in den Julischen Alpen aufgewachsen, in der Nähe des berühmten Schlosses Predjama, und für sie ließen sich sowohl ihr nie erlahmendes Interesse an der Natur als auch ihre damit verbundene Reiselust auf die überwältigenden Landschaftseindrücke ihrer Kindheit zurückführen.

Im letzten Jahr hatte sie Frommer's verlassen, und seitdem arbeitete sie als Freelancer, unter anderem für *Time, Newsweek, Le Monde, National Geographic und Naša žena*, die in ihrem Heimatland Slowenien erschien. Diese Aufträge hatten es ihr ermöglicht, in zwei kurzen Jahren vierzehn Länder zu sehen. Zwölf hatte sie schon zuvor besucht. Sie dokumentierte ihre Reisen minuziös – nicht nur mit der Kamera, sondern auch durch das Führen eines Tagebuchs, das sie als ihren wertvollsten Besitz sah. Jeder neue Auftrag war ein neues Abenteuer, doch als sie jetzt aus dem Fenster blickte, ohne auf das unangenehme Schaukeln des Busses auf der steilen Bergstraße zu achten, musste sie zugeben, dass die Schönheit der schneebedeckten, über dem Hunza-Tal aufragenden Gipfel ihre kühnsten Erwartungen übertraf. Früher am Tag hatte es einen kurzen Schauer gegeben, doch jetzt war der Himmel makellos blau, und die nachmittägliche Sonne verlieh den verschneiten Gipfeln einen Zauber, den auf einem Foto einzufangen völlig unmöglich schien. Es kam nicht oft vor, doch zuweilen wurde ihr klar, dass die Schönheit einer Landschaft sich der Fixierung auf Film entzog. Das war schwer zu akzeptieren, und diese Momente waren für sie der größte Ansporn. Diesen Anblick jetzt hätte sie für nichts auf der Welt hergegeben.

Nach einer Weile neigte sich der Bus leicht nach rechts, als er um den Berg fuhr. Damit war der spektakuläre Blick auf den Tirich Mir beendet, den höchsten Gipfel des Hindukusch. Der Bus fuhr bergab in Richtung des Khunjerab-Nationalparks. Enttäuscht wandte sie sich ab und ließ den Blick über die Mitreisenden schweifen. Der Bus war rappelvoll, angesichts der Jahreszeit nicht überraschend. Etliche der Passagiere waren Bergsteiger, angezogen von den forderndsten Gipfeln der Welt, und mit einer Genehmigung konnte man nur während der

Sommermonate rechnen. Rebeka war schon wochenlang mit diesen Leuten unterwegs und kannte die meisten ziemlich gut.

Ihr gegenüber saß Beni Abruzzi, ein großer, attraktiver, draufgängerischer Bergsteiger aus Brescia. Er redete – wie immer heftig gestikulierend – auf Umberto Verga ein, seinen stämmigen sizilianischen Cousin. Der sagte nur selten etwas, und wenn er es tat, klang es eher wie ein fortgesetztes Grunzen. Aber Beni war nur zu glücklich, sich selbst reden zu hören. Er hatte bei der italienischen Armee als *caporal maggiore* gedient, als Unteroffizier der Infanterie, und einige Zeit im Irak verbracht, was er schon so oft erwähnt hatte, dass Rebeka es nicht mehr hören konnte. Abruzzi konnte stundenlang mit seinen militärischen Leistungen prahlen, und Rebeka hielt die meisten seiner Geschichten zwar für wahr, aber für kein bisschen beeindruckend. Im Moment – nicht weiter überraschend – richtete sich der Blick des Italieners auf drei hübsche norwegische Krankenschwestern, die vor zwei Stunden in Taschkurgan zu ihnen gestoßen waren, vierzig Minuten bevor der Bus auf dem Khunjerab-Pass, dem höchsten Punkt des Karakorum-Highways, die chinesisch-pakistanische Grenze passiert hatte.

Dann waren da noch die dänischen Bergsteiger, die vor vier Tagen am K2 eingetroffen waren, um ihn zu erklimmen, aber bald deprimiert in das Camp in Concordia zurückkehren mussten, und eine kleine Gruppe in die Jahre gekommener Kanadier. Es gab sogar einen renommierten amerikanischen Geologen namens Timothy Welch. Der emeritierte Professor von der University of Colorado schien den Großteil seiner Zeit damit zu verbringen, auf seine Hände zu starren und leise vor sich hin zu murmeln, was Rebeka zugleich amüsant und etwas nervig fand.

Abruzzi erhaschte ihren Blick, doch sie wandte sich ab,

bevor er sie wie üblich mit seinen lüsternen Augen fixieren konnte. Um ihre Reaktion unauffälliger erscheinen zu lassen, zog sie rasch das Tagebuch aus dem Berghaus-Rucksack und öffnete es, um die Ereignisse der letzten paar Tage festzuhalten. Es war nicht leicht, sich unter dem starren Blick des Italieners zu konzentrieren. Sie hatte alles getan, um ihn ihr Desinteresse spüren zu lassen, aber ihre Anstrengungen waren offensichtlich vergeblich gewesen. Obwohl sie erst dreiundzwanzig war – genauso alt wie Abruzzi –, hatte sie schon allerhand erreicht. Aus diesem Grund neigte sie dazu, auf Menschen ihres Alters herabzublicken. Sie wusste, dass es hochmütig war, konnte jedoch nichts dagegen tun. Da sie eine permanent gefordert Frau war, standen Dinge wie Männer, Sex und Partys nicht oben auf ihrer Prioritätenliste.

Zugleich war ihr klar, dass ihr Aussehen ihr beruflich handfeste Vorteile verschaffte, doch das wäre in jeder anderen Branche genauso gewesen. Sie nahm es gelassen, und es änderte nichts daran, wie sie selbst ihren Erfolg einschätzte. Kürzlich hatte sie in der jüngsten Ausgabe von *Outside* auf der Impressumseite ihr Bild neben dem des Herausgebers gesehen, eines definitiv nicht attraktiven Schweden, der die sechzig überschritten hatte, und es war kein bisschen kleiner als seines. Diese Entdeckung hatte bestätigt, was sie bereits wusste – dass sie eine der begehrtesten jungen Fotografinnen weltweit war, verdankte sie ihrem Talent, nicht ihrem Äußeren.

Rebeka wurde aus ihren Gedanken gerissen, als der Bus erzitterte, weil der Fahrer einen Gang herunterschaltete. Sie reckte den Kopf und sah weiter vorn am Straßenrand etliche geparkte Fahrzeuge, von Männern umringt. Als der Bus näher kam, konnte sie besser sehen, und was sie erkannte, ließ ihr das Blut in den Adern gefrieren.

Gewehre. Schwer bewaffnete Männer, und nicht eben wenige. Das Geflüster auf den umliegenden Sitzen ließ sie vermuten, dass die anderen genauso verwirrt und besorgt waren wie sie. Auf dem Karakorum-Highway wurden Pässe und Visen regelmäßig kontrolliert, doch dies war keine der dafür vorgesehenen Stellen. Soweit sie wusste, waren es bis zum nächsten pakistanischen Checkpoint noch etliche Kilometer. Die Spannungen zwischen der Regierung General Musharrafs und der des indischen Premierministers Manmohan Singh hatten sich während der letzten Monate ständig verschärft, doch dieser Zwischenfall war für sie der erste handfeste Beweis für die eskalierende Lage.

Blieb zu hoffen, dass es um etwas anderes ging. Hier hatte es schon immer Probleme mit Banditen gegeben, obwohl man sich durch die richtigen Vorsichtsmaßnahmen gut gegen sie schützen konnte. Dazu gehörte, nach Einbruch der Dunkelheit nicht allein unterwegs zu sein. Doch jetzt, mitten am Nachmittag, war es hell, und sie befanden sich nicht in der Nähe der schwer bewachten Grenzlinie des zwischen Pakistan und Indien umstrittenen Territoriums. Eigentlich konnten die Umstände für Reisende auf dem Karakorum-Highway nicht günstiger sein.

Der Bus hielt an, die Tür neben dem Fahrersitz öffnete sich geräuschvoll. Die Luft im Inneren wirkte ungewöhnlich stickig, keiner der Reisenden sagte ein Wort. Alle warteten, was passieren würde, auch Rebeka. Dann tauchte neben dem Busfahrer ein Mann auf, und die Spannung schien nachzulassen. Der Fremde trug die Uniform eines Hauptmanns der pakistanischen Armee und ließ den Blick über die Insassen des Busses schweifen. Rebeka glaubte, wieder unbeschwerter zu atmen, und war nicht weiter beunruhigt, als der Hauptmann die Reisenden bat, aus dem Bus zu steigen und die Pässe bereitzuhalten. Weil sie damit rechnete, dass die Soldaten vielleicht ihre persönliche Habe durchwühlen würden, ließ sie das Tagebuch unter ihrer Jacke verschwinden. Es hätte sie nicht gewundert, wenn nach der Durchsuchung ihres Rucksacks etwas gefehlt hätte. Die meisten Dinge darin waren zu ersetzen, aber den Verlust des Tagebuchs hätte sie nicht ertragen.

Da sie ziemlich weit hinten im Bus saß, musste sie warten, bis die vor ihr sitzenden Reisenden ausgestiegen waren. Während sie sich mit ihren Pässen in der Hand am Straßenrand aufstellten, sah Rebeka eine Chance, die sie sich nicht entgehen lassen wollte. Die Soldaten schienen ganz von ihrer Aufgabe in Anspruch genommen, und sie zog ihre Kamera hervor – eine Canon EOS-1V mit einem 85mm-Objektiv – und hob sie vorsichtig über die untere Kante des Fensters. Sie machte schnell ein paar Schnappschüsse – ohne Blitz – und hoffte, die frustrierten Mienen der Mitreisenden gut eingefangen zu haben. Mit ihrem aktuellen Auftrag hatte das nichts zu tun, aber sie kannte einen Journalisten, der an einem Artikel über Korruption in der pakistanischen Armee schrieb. Vielleicht ließ sich da etwas aus den Bildern herausholen.

Nach einem halben Dutzend Fotos ließ sie die Kamera sinken und überprüfte, ob jemandem etwas aufgefallen war. Es sah nicht so aus. Jetzt wurde es Zeit, den anderen zu folgen. Der Bus hatte sich fast geleert, und ein junger Soldat ging auf die offene Tür zu.

Nachdem sie schnell den Film aus der Kamera genommen und gut verpackt in ihrem Rucksack verstaut hatte, stand sie auf, doch da kam der Soldat schon auf sie zu und zeigte auf die Canon. Er sagte etwas, das sie nicht verstand, packte mit der linken Hand ihren freien Arm und streckte die andere nach dem Fotoapparat aus. Instinktiv zog sie die Kamera zurück, doch der Mann beugte sich vor und schlug sie ihr aus der Hand. Dann musste sie fassungslos mit ansehen, wie er die Canon mit einem Fußtritt in den hinteren Teil des Busses beförderte.

»Was tun Sie da?«, schrie sie auf Englisch, während sie sich losriss. »Haben Sie eine Ahnung, was so eine Kamera kostet? Sobald wir in Islamabad sind, werde ich …«

Sie kam nicht dazu, den Satz zu beenden. Der Soldat versetzte ihr einen Faustschlag in den Magen und verpasste ihr dann eine harte Ohrfeige. Rebeka stieß gegen den Rand des mit einem Kunststoffpolster bezogenen Sitzes. Während sie um Luft rang, stiegen ihr Tränen in die Augen. Für einen Augenblick war sie wie betäubt und wehrte sich nicht, als der Soldat ihr Haar packte und daran riss. Vornübergebeugt und vor Schmerz weinend, brachte sie eine Hand hinter ihren Kopf und versuchte verzweifelt, die Hand des Soldaten aus ihrem Haar zu lösen, während der sie in Richtung des Fahrersitzes zerrte. Vorn angekommen, ließ er sie los und stieß sie unsanft nach draußen.

Rebeka taumelte durch die offene Tür und schlug unglücklich auf dem Boden auf. Sie hörte ein leises Knacken, mit ihrer Schulter war etwas nicht in Ordnung. Obwohl ihr Angst und Verwirrung den Kopf vernebelten, versuchte sie instinktiv, sich auf dem rechten Ellbogen aufzustützen. Es war eine rein automatische Reaktion, aber ein großer Fehler. Ihre Schulter schmerzte so sehr, dass sie laut aufschrie und auf die Seite fiel. Zehn Sekunden später stieg der junge Pakistaner aus dem Bus und ging mit der arg ramponierten Kamera in der Hand an ihr vorbei.

Die anderen Reisenden hatten begriffen, dass etwas nicht

stimmte, und wollten sich nicht mehr alles gefallen lassen. Rebeka verlagerte das Gewicht auf den linken Ellbogen und schaffte es, sich aufzurichten. Ihr Blick war noch verschwommen, aber sie sah, was um sie herum vorging. Umberto Verga trat vor und schleuderte einem Pakistaner in gebrochenem Punjabi ein paar Worte entgegen. Der Soldat versuchte umgehend, den untersetzten Bergsteiger in die Reihe zurückzustoßen. Vergas schwerer Körper bewegte sich kaum, aber sein Gesicht lief vor Zorn rot an. Er trat erneut einen Schritt vor und stieß das Gewehr des Pakistaners zur Seite. Noch immer benommen, verfolgte Rebeka, wie Verga seine Frage auf Englisch wiederholte, und zwar so laut, dass sie, obwohl zehn Meter entfernt, jedes Wort verstand.

»Warum schlagen Sie die Frau?«, rief der Sizilianer so entrüstet, dass Speichel aus seinem Mund flog. Sein bärtiges Gesicht war nur ein paar Zentimeter von dem des Pakistaners entfernt. »Für wen halten Sie sich, Sie Scheißkerl? Haben Sie überhaupt eine Ahnung, was für Konsequenzen das haben kann?«

Rebeka war etwas überrascht, dass Umberto Verga ihr zu Hilfe kam, besonders deshalb, weil er nie mehr als ein paar Worte mit ihr geredet hatte. Aber ihre Überraschung wandelte sich schnell in Entsetzen, als der Pakistaner zwei Schritte zurücktrat, sein AK-47 an die Schulter hob und abdrückte. Mehrere Kugeln schlugen in Vergas muskulöse Brust. Der Sizilianer taumelte zurück und ging mit einem ungläubigen Gesichtsausdruck zu Boden.

Für einen Augenblick herrschte Stille. Dann begannen die Reisenden zu schreien und in verschiedene Richtungen davonzurennen. Doch sie hatten keine Chance. Ringsum erstreckten sich Ebenen, an deren Enden Berge emporragten, und die Soldaten hatten diese Möglichkeit offenbar in Betracht gezogen. Sie hatten sich in einem Halbkreis um den Bus herum postiert, und die davonlaufenden Passagiere schienen sie nicht in Panik zu versetzen. Stattdessen vergrößerten sie den Halbkreis etwas. Seltsamerweise gab niemand einen Schuss ab. Eine gelassene Stimme übertönte die Schreie der Reisenden und bat in gepflegtem Englisch um Ruhe.

Rebeka, noch immer auf den linken Ellbogen gestützt, erlebte alles wie in einer Art Traum. Eine Stimme in ihr flehte, es möge tatsächlich nur ein böser Traum sein, aber sie konnte nicht ignorieren, was mit Umberto Verga passiert war. Und auch nicht, was dann geschah.

Ein Geräusch erregte ihre Aufmerksamkeit, und sie sah, wie der Bus losfuhr. Die Hinterreifen wirbelten zermalmten Schotter auf, sie wurde an der rechten Wange von ein paar Splittern getroffen. Dann ein schrilles Kreischen, als in den zweiten Gang geschaltet wurde. Eine heisere Stimme erhob sich über den Lärm und erteilte auf Punjabi einen Befehl. Dieselbe Stimme, die sich zuvor auf Englisch zu Wort gemeldet hatte, doch jetzt war der Klang anders, härter. Dann hörte sie Schüsse, unmittelbar gefolgt vom Geräusch splitternden Glases, danach ein lautes, dumpfes Krachen, als der Bus in einem Graben landete. Schließlich Stille, abgesehen von ein paar leisen Schluchzern und dem monotonen Brummen eines im Leerlauf laufenden Motors.

Als sie sich umblickte, bemerkte Rebeka, dass die Soldaten nun weniger bedrohlich wirkten. Die Mündungen ihrer Gewehrläufe waren nach unten gerichtet, die Mienen der Männer neutral. Ihr Chef schien Hof zu halten, mit vor dem Bauch baumelndem Gewehr und erhobenen Händen. Die Geste sollte beruhigend wirken, und er redete wieder auf Englisch, aber

Rebeka konnte die Worte nicht richtig verstehen. Ihre Ohren klingelten noch von der Ohrfeige, die der Soldat ihr verpasst hatte. Was immer dessen Vorgesetzter sagte, seine Worte schienen die beabsichtigte Wirkung zu haben, denn die anderen Reisenden waren fast alle verstummt und kamen vorsichtig in Richtung der Soldaten zurück. Beni Abruzzi stolperte vorwärts und ließ sich neben der Leiche seines Cousins auf die Knie fallen, mit sich wortlos bewegenden Lippen. Die Augen der anderen Passagiere schienen ebenfalls magisch angezogen von dem verstörenden Anblick, aber sie kamen zurück. Es schien, als hätten sie die Vergeblichkeit eines Fluchtversuchs erkannt und begriffen, dass es für den Augenblick am besten war, den Befehlen ihrer Entführer zu gehorchen.

Entführer. Obwohl die Männer Armeeuniformen trugen, ging Rebeka das Wort immer wieder durch den Kopf. Aus nördlicher Richtung näherte sich mit hohem Tempo ein Lastwagen, dessen Reifen Staubwolken aufwirbelten und auf dessen Windschutzscheibe das blassgelbe Licht der Sonne funkelte. Den Pakistanern schien das Fahrzeug nicht aufzufallen, was für Rebeka ein böses Omen war. Nach dem, was gerade geschehen war, durften sie eigentlich keine Aufmerksamkeit auf sich ziehen. Als ihr Kopf wieder klar wurde, zeichnete sich die Wahrheit nach und nach deutlicher ab, wie bei einem Puzzle, das sich zu einem Bild fügt. Allerdings zu einem, das sie nicht sehen wollte – die Soldaten erwarteten den Laster.

Und weil sie den Laster hatten, brauchten sie den Bus nicht. Sie würden ihn hierlassen, denn er vermittelte eine Botschaft. Der Bus war der Beweis dafür, was geschehen war, und man würde sie mit dem Lastwagen an einen anderen Ort bringen.

Sie waren Opfer einer Entführung.

Als die Wahrheit nicht mehr zu ignorieren war, überkam

sie eine Woge böser Vorahnungen. Sie hatte Texte von Journalisten gelesen, die sich in ähnlichen Situationen befunden hatten, wusste aber auch, dass es von etlichen keine Berichte gab, weil sie die Ereignisse nicht überlebt hatten. Trotz ihrer Angst, die ihr die Brust zuschnürte, zeigte sie keine sichtbare Reaktion. Sie blickte sich um und fragte sich, ob jemand von den Mitreisenden ebenfalls begriffen hatte. Etwas in ihr wollte sich wehren, und sie richtete sich unsicher auf. Einen Augenblick lang stand sie vornübergebeugt da und versuchte, etwas gegen den Schwindel zu tun.

Nachdem sie es halbwegs geschafft hatte, ihre Übelkeit niederzukämpfen, versuchte sie, jenen Mann zu entdecken, der der Anführer der Pakistaner war und ein so kultiviertes Englisch sprach. Sie sah ihn nicht, dafür aber den Lastwagen, der zwanzig Meter entfernt angehalten hatte. Die anderen Reisenden lagen jetzt mit dem Gesicht nach unten auf dem Boden, mit hinter dem Rücken gefesselten Händen. Nur wenige wehrten sich. Zwei andere bewegten sich gar nicht. Bei ihnen entdeckte sie stark blutende Kopfwunden. Sie glaubte nicht, dass auf sie geschossen worden war – sie hatte kein Gewehrfeuer mehr gehört –, doch selbst aus einiger Entfernung konnte sie erkennen, wie ernsthaft die Verletzungen waren.

Ein Soldat kam in ihre Richtung gerannt. Seine Stiefel knirschten auf dem Schotter, vor seinem Oberkörper baumelte ein Gewehr. Er lächelte, zog eine merkwürdig aussehende Schnur aus der Tasche und bedeutete ihr, sich umzudrehen. Sie gehorchte langsam, darum bemüht, ihre Angst zu verbergen. Die Hände wurden ihr sanft auf den Rücken gezogen und mit der Kunststoffschnur zusammengebunden. Dann klopfte ihr der Mann auf die heile Schulter, und sie drehte sich erneut um. Jetzt lächelte der Soldat nicht mehr. Er hielt den Gewehrlauf mit beiden Händen, holte aus und schlug ihr den Kolben mitten ins Gesicht.

Rebeka sah einen grellen Blitz und empfand einen grässlichen Schmerz, als ihr Kopf durch den Schlag zurückgestoßen wurde.

Ihre Beine gaben nach, und dann war alles in Finsternis getaucht.

1

Oræfi, Island

Das weiß verputzte Hotel am Fuß des Snæfellsjökull-Gletschers war einfach, gemütlich und fast leer, obwohl die Straßen frei waren und auf den Frühling jetzt ein kurzer arktischer Sommer folgte. Kurz, hier hatte der einsame Reisende, der vor zwei Tagen eingetroffen war, alles, was er sich nur wünschen konnte. Seine Glieder schmerzten von einer anstrengenden, eintägigen Wanderung. Seit seinem Aufbruch aus der dreihundert Kilometer weiter westlich gelegenen Hauptstadt Reykjavík hatte er zu Fuß die isländische Wildnis durchquert. Nach seiner letzten Unterkunft, einer engen, übel riechenden Hütte am Morsádalur-Trekkingweg, erschien ihm das Skaftaffel-Hotel beinahe luxuriös. Trotzdem wäre er auch mit sehr viel weniger zufrieden gewesen.

Der Südosten Islands war nur die letzte Etappe einer langen Expedition in einige der unwirtlichsten Regionen der Erde. Aber Ryan Kealey war alles andere als ein Anfänger, weil er schon in seiner Jugend und seinen frühen Erwachsenenjahren ein passionierter Wanderer und Bergsteiger gewesen war. Er hatte sich an Herausforderungen vom Mount Rainier im Bundesstaat Washington bis zum Ben Nevis in Schottland gewagt, seine Kräfte aber noch nie so herausgefordert wie während der letzten Monate. Ihm war vage bewusst, woher dieses plötzliche Verlangen kam, die Grenzen seiner Belastbarkeit auszutesten, doch obgleich er über die Ursache nachgedacht hatte, war es ihm nicht gelungen, zu den wirklichen Erklärungen durchzudringen. Hauptsächlich lag es daran, dass er es trotz größter Anstrengungen und guter Beziehungen nicht geschafft hatte, jene Frau zu finden, wegen der er so gelitten hatte.

Sie war seit Januar spurlos verschwunden, vier Monate nachdem sie ein Terrorist in New York City lebensgefährlich verletzt hatte. Kealey hatte zwei Monate gewartet, doch obwohl er Fühler ausstreckte und seine Beziehungen spielen ließ, waren alle Versuche vergeblich, etwas über ihren Aufenthaltsort in Erfahrung zu bringen. Als es März wurde, hatte er schließlich aufgegeben und akzeptiert, dass sie nicht gefunden werden wollte. Einige Wochen gelang es ihm halbwegs, das Thema zu verdrängen, doch dann verlor er die Lust, immer nur herumzusitzen und doch an sie denken zu müssen. Er beschloss, sich aus der Situation zu befreien. Zu dieser Zeit wollte er nur einen klaren Kopf bekommen und vergessen. Dafür schien ihm die raue Schönheit einiger der isoliertesten Landstriche der Welt geeignet zu sein.

Das war drei Monate her. Seitdem hatte er den Mount McKinley in Alaska erklommen, den Kilimandscharo im Nordosten Tansanias und den Mount Cook in den neuseeländischen Alpen. Er hatte die Atacama-Wüste an ihrer breitesten Stelle durchquert, hohe Berge im marokkanischen Atlasgebirge bestiegen und die Trekkingroute Paine Circuit in Patagonien absolviert, hatte seinen Körper bis an die äußerste Grenze der Belastbarkeit herausgefordert. Doch es half nicht. Um das zu begreifen, hatte er ein halbes Jahr benötigt, aber die Wahrheit war nicht zu ignorieren. Was er auch tat und wohin er sich wandte, er konnte Naomi Kharmai nicht vergessen.

Seit dem Tag ihres Verschwindens hatte er herauszufinden versucht, was er hätte tun können, um sie von ihrer Flucht abzuhalten. Es war schwierig, den schlimmsten Aspekt der Lage zu bestimmen. Sie war insgesamt hoffnungslos, doch einige Dinge waren noch schlimmer als andere. Wenn er aufrichtig darüber nachdachte, wurde ihm klar, dass ihn nicht ihr spurloses Verschwinden am meisten beunruhigte. Am bedrückendsten fand er ihre Unfähigkeit, sich der Vergangenheit zu stellen. Die Tat des Terroristen, die sie im letzten September fast das Leben gekostet hätte, hatte in vielfacher Hinsicht Narben hinterlassen. Obgleich er alles versucht hatte, ihr über die schwierige Erfahrung hinwegzuhelfen, hatte sie sich nie völlig davon erholt. Zumindest nicht seelisch. Als er sie zum letzten Mal gesehen hatte, war sie immer noch nicht bereit, sich der Lage wirklich zu stellen.

Das alles belastete ihn, und es fiel schwer, darin nicht auch etwas wie ein persönliches Versagen zu sehen. Wenn sie verschwunden war, weil sie mehr brauchte, als er ihr bieten konnte, war das eine Sache. Es war nicht leicht, damit fertig zu werden, doch damit wäre er klargekommen. Ihn bedrückte, dass es ihr jetzt womöglich noch schlechter ging als zum Zeitpunkt ihres Verschwindens – vielleicht hatten sich ihre Schuldgefühle, ihre Trauer und ihre Depression verschlimmert. Er wollte sie nicht unter Druck setzen, hätte aber alles dafür gegeben, ihr Gesicht zu sehen. Und sei es nur, um Gewissheit zu haben, dass sie noch lebte.

Er verlagerte das Gewicht seines Rucksacks und überquerte den dunklen Parkplatz des Hotels in Richtung Eingang. Bevor ihn die Beleuchtung erfasste, blieb er noch einmal stehen, um zu dem klaren nächtlichen Himmel aufzublicken. Seit einer Stunde waren die Sterne zu sehen, die hier auf dem Land außergewöhnlich hell wirkten. Hinter dem niedrigen Gebäude ragte der Berg mit dem Gletscher auf, eine dunkle Silhouette vor dem nachtblauen Hintergrund. In der trockenen, reinen Gebirgsluft tanzten grünliche Lichtbänder. Das auch als *Aurora borealis* bezeichnete Nordlicht hatte er vor der Landung in Keflavík nie gesehen, und der Anblick war zugleich überirdisch schön und unglaublich unheimlich.

Nachdem er das Polarlicht noch ein paar Augenblicke bewundert hatte, zog er die Eingangstür auf und nickte der pummeligen, lächelnden Empfangsdame zu, die ihn ebenfalls begrüßte und sich wieder ihrem Kreuzworträtsel zuwandte, als er die Treppe zu der im ersten Stock untergebrachten Bar hochstieg. Die alte Eichentür stand offen, das Licht fiel in den Flur. Er trat ein, nahm seine wollene Schiebermütze ab, fuhr sich mit der Hand durch das strähnige schwarze Haar und ging auf die Theke zu. Die Wände waren mit hellem Eichenholz getäfelt und mit langweiligen Drucken geschmückt. Im Kamin brannte Feuer, und die abgewetzten dunkelgrünen Ledersofas passten perfekt zu dem fadenscheinigen Teppich und der dunkelroten Wandbespannung aus Samt hinter der Bar, wo ein mürrischer junger Mann hinter den Zapfhähnen stand. Er hatte gerade ein Bier bestellt, als er in der Nähe eines der großen Fenster eine Bewegung wahrzunehmen glaubte. Er drehte sich um und starrte ein paar Augenblicke den einzigen anderen Gast an. Dann hob er eine Hand zum Gruß und orderte ein zweites Bier, während sich in seinem Kopf die Gedanken jagten. Eine knappe Minute später durchquerte er mit einem Glas in jeder Hand den Raum, angestrengt darüber nachdenkend, was diesen speziellen Besucher um die halbe Welt geführt hatte.

Jonathan Harper saß mit dem Rücken zur Wand, das rechte Bein lässig über das linke geschlagen. Er trug dunkle Jeans,

Wanderstiefel von Merrell und einen grauen Pullover mit V-Ausschnitt, doch trotz der jugendlichen Kleidung wirkte der stellvertretende Direktor der CIA – der zweithöchste Mann beim amerikanischen Auslandsgeheimdienst – sehr viel älter als ein Mann von dreiundvierzig Jahren. Sein ordentlich gekämmtes braunes Haar begann an den Schläfen zu ergrauen, das Gesicht war hager, und er war entsetzlich bleich. Seine persönlichen Eigenheiten schienen so noch stärker hervorzutreten. Er wirkte zerbrechlich, zurückhaltend und resigniert, wie ein alter Mann, der glaubt, sein Ende wäre nah. Doch das war nicht überraschend, und Kealey wusste, dass es schlimmer hätte kommen können. Harper verdankte es nur extremem Glück, dass er überhaupt noch am Leben war.

Kealey stellte die Biergläser auf die fleckige Tischplatte, zog seine Jacke aus und setzte sich Harper gegenüber. Nachdem sie sich für einen langen Moment in die Augen geblickt hatten, lächelte Harper schließlich, und Kealey schüttelte seine ausgestreckte Hand.

»Schön, Sie wiederzusehen, Kealey. Ist lange her.«

»Kann man sagen.« Kealey lehnte sich zurück und verschränkte die Arme vor der Brust. »Ungefähr sieben Monate, würde ich schätzen. Seit wann sind Sie hier?«

»Meine Maschine ist heute Morgen in Kevlavík gelandet, aber der Bus ist erst vor ein paar Stunden hier eingetroffen.«

»Tut mir leid, dass Sie warten mussten. Wie geht es Ihnen?«

»Alles in allem nicht übel.« Harper trank einen kleinen Schluck Bier, hustete heftig und wischte sich den Mund mit dem Handrücken ab. »Die Ärzte sind ganz zufrieden. Das ist doch schon was.«

»Und Julie?«

»Der geht's gut. Meiner Ansicht nach freut sie sich insgeheim, wieder einen Patienten betreuen zu können. Was sie natürlich nie zugeben würde.«

»Würde mich nicht überraschen«, sagte Kealey, der wusste, dass Harpers Frau jahrelang als Oberschwester in der Mayo Clinic in Rochester in Minnesota gearbeitet hatte, einem der besten Krankenhäuser des Landes. Aber sein Lächeln löste sich auf, als er darüber nachdachte, ob er seine nächste Frage stellen sollte. Dann fasste er sich ein Herz.

»Was ist mit Jane Doe? Irgendwas Neues an der Front?«

»Komplette Fehlanzeige. Allmählich glaube ich, dass wir sie nie finden werden. Und selbst wenn, es ist nicht so, als könnten wir sie umgehend dem FBI übergeben. Es gibt einfach nicht genügend Beweise, um sie auch nur anzuklagen. Die Waffe wurde nie gefunden.«

Kealey nickte bedächtig. Vor acht Monaten hatte der frisch berufene stellvertretende CIA-Direktor einen Mordanschlag in Washington nur knapp überlebt. Es war direkt vor seinem Haus an der General's Row passiert, als Harper nach seinem morgendlichen Dauerlauf Dehnübungen machte. Als der erste Schuss abgefeuert wurde, hatte Harper den Blick abgewandt. Die Kugel vom Kaliber 22 schlug in seinen Rücken, prallte von der dritten Rippe ab und durchbohrte die rechte Lunge. Die zweite und dritte Kugel trafen den Oberarm, als er sich zu dem Täter umdrehte, und die vierte verfehlte das Herz nur um drei Zentimeter.

Die Frau war auf Harper zugekommen, während sie feuerte, und als sie zum vierten Mal auf den Abzug drückte, war sie nur noch drei Meter von ihrem Opfer entfernt. Als sie ihm gerade mit der fünften Kugel den Rest geben wollte, bremste an der Ecke Q Street mit quietschenden Reifen ein Streifenwagen der

Washingtoner Polizei. Dass ein Polizist am Tatort eintraf, war reiner Zufall, pures Glück, und nur ihm verdankte Harper sein Überleben. Die Frau schoss auf den Beamten, als dieser aus dem Streifenwagen sprang, und er war auf der Stelle tot. Durch diese Ablenkung bot sich Julie Harper, die gerade Kaffee kochte, als die ersten Schüsse abgefeuert wurden, die Chance, die Tür zu öffnen und ihren Mann ins Haus zu ziehen.

Unglücklicherweise war es der Täterin gelungen, in dem Durcheinander zu entkommen, obwohl es die Washingtoner Polizei geschafft hatte, die umliegenden Straßen mit erstaunlicher Geschwindigkeit abzuriegeln. Dann folgte eine der größten Fahndungen in der amerikanischen Geschichte, doch trotz aller Anstrengungen war die Täterin immer noch nicht gefasst worden.

Die CIA hatte natürlich noch mehr Zeit und Mühe investiert und es nach und nach geschafft, ein paar schwache Spuren zu entdecken. »Jane Doe« hatte mit einem ehemaligen Soldaten der amerikanischen Special Forces namens William Vanderveen zusammengearbeitet, der sich im Jahr 1997, als er in Syrien stationiert war, dafür entschieden hatte, für eine der gefährlichsten Terrororganisationen der Welt zu arbeiten. Von diesem Zeitpunkt an war er durch zahllose kaltblütige Morde zu einem der meistgesuchten Männer weltweit geworden. Die Beziehung zwischen Vanderveen und der Frau, die den Anschlag auf Harper verübt hatte, wurde durch Fotos bewiesen, die Mitarbeiter der Abteilung X des britischen Inlandsgeheimdienstes MI5 geschossen hatten. Sie zeigten Vanderveen und die unbekannte Frau, wie sie Seite an Seite durch die Londoner Innenstadt spazierten. Obwohl die Fotos von erstklassiger Qualität waren, hatten sie sich als nutzlos erwiesen. Die Gesichtserkennungssoftware der CIA hatte in der Datenbank kein dazu passendes Konterfei gefunden. Beim britischen MI5, dem französischen DGSE, dem israelischen Mossad und anderen befreundeten Geheimdiensten war es genauso.

Mit anderen Worten, die Frau war ein Phantom. Kealey wusste, wie sehr es Harper beunruhigte, dass sie nie gefasst worden war, aber er hatte ja selber gerade gesagt, dass an dieser Front keine Fortschritte zu verzeichnen waren. Das brachte Kealey zum nächsten Punkt.

»Ich freue mich ja, Sie wiederzusehen – aber was genau wollen Sie hier?«

Harper antwortete nicht sofort. Stattdessen griff er nach seinem Bierglas und schwenkte es nachdenklich.

»Überraschend, dass Sie *diese* Frage zuerst stellen«, sagte er schließlich. »Ich hatte damit gerechnet, dass Sie sich wundern würden, wie ich Sie gefunden habe.« Er blickte Kealey nachdenklich an. »Auch ich habe ein paar Fragen. Zum Beispiel würde mich interessieren, warum Sie seit zweieinhalb Monaten keinen Fuß mehr auf amerikanischen Boden gesetzt haben. Ich meine, ich habe die Hälfte dieser Zeit damit verbracht, nach Ihnen zu suchen, und jetzt, wo ich Sie gefunden habe ...« Er beendete den Satz nicht und hob die gespreizten Arme, als wollte er die Ausmaße des gesamten Landes andeuten.

Es stand eine unausgesprochene Frage im Raum, doch Kealey wusste nicht genau, wie er sie beantworten sollte. Als er vor drei Monaten seine Reise antrat, war es ohne Plan geschehen. Ohne eine echte Vorstellung davon, wonach er suchte. Doch was es auch sein mochte, er hatte es in der Tundra und den scheinbar endlosen Eisfeldern Islands gefunden. Wie zuvor in Alaska, Tansania, Patagonien und an all den anderen Orten, die er während der letzten Monate besucht hatte. In Ermangelung einer besseren Antwort hätte er gesagt, er sei auf der Suche nach der Einsamkeit gewesen, nach Landschaften, wo man tagelang wandern konnte, ohne ein anderes Geräusch als das des Windes zu hören. Danach hatte er sich gesehnt und tat es in einem gewissen Ausmaß auch jetzt noch. Er konnte nicht erklären, warum Naomis Verschwinden dabei eine Rolle gespielt hatte, doch das war nur ein Aspekt des Ganzen. Noch etwas anderes hatte in ihm das Verlangen geweckt, alles hinter sich zu lassen. Doch noch war er sich nicht klar über den zweiten Grund seiner ruhelosen Wanderung.

»Außerdem wüsste ich gern, woher Sie den französischen Pass auf den Namen Joseph Briand haben.« Harper legte eine erwartungsvolle Pause ein. »Ich nehme nicht an, dass Sie bereit gewesen wären, es von sich aus zu erzählen.«

Kealey lächelte dünn. Eine hinreichende Antwort.

»Ich hatte nicht damit gerechnet. Merkwürdig, wo Sie nicht mal Französisch sprechen. Ein Pass aus Saudi-Arabien wäre sehr viel …«

»Comment savez-vous que je ne parle pas français?«

»Meinetwegen, dann beherrschen Sie eben ein paar Brocken.«

Harper konnte sich ein flüchtiges Lächeln nicht verkneifen. »Schön zu sehen, dass Sie Ihren Horizont erweitern.«

»Ich versuche nur, mein Gehirn nicht einrosten zu lassen.«

»Hört sich so an, als wären Sie bereit, in unsere Reihen zurückzukehren.«

»In diesem Leben nicht mehr.« Kealey schüttelte den Kopf und wandte den Blick ab. »Falls Sie deshalb gekommen sind, ist es reine Zeitverschwendung. Kein Interesse. Ich habe genug für die CIA getan.«

»Dieses Spielchen spielen wir nicht zum ersten Mal, Kealey.

Wir haben es schon so oft gespielt, dass ich mich kaum noch erinnern kann. Jedes Mal, wenn es wieder so weit ist, sagen Sie dasselbe, aber wenn es ernst wird, haben Sie noch immer …«

»Es war ernst gemeint«, antwortete Kealey gereizt. »Und es ist mir auch jetzt ernst.« Plötzlich wirkte seine Miene angespannt, und der Blick seiner dunklen Augen schien in eine ferne Vergangenheit gerichtet. »Ich habe einfach nur nicht den Absprung geschafft, als es an der Zeit dafür gewesen wäre. Das war mein größter Fehler. Es gab immer wieder etwas, das unbedingt erledigt werden musste. Wie die Geschichte mit Vanderveen, und zu der Zeit schien es mir richtig, die Verfolgung aufzunehmen. Aber Sie wissen, dass ich teuer dafür bezahlt habe, ihn zu finden, und dann noch die Sache mit Naomi im letzten Jahr …«

Harpers Miene war ernst, und er nickte bedächtig. »Mir ist klar, dass sowohl Sie als auch Naomi Kharmai teuer bezahlt haben.« Er schwieg kurz. »Möglicherweise glauben Sie mir nicht, aber ich habe dem Präsidenten persönlich davon abgeraten, Sie in diese Geschichte hineinzuziehen. Ich habe ihm genau das gesagt, was Sie gerade geäußert haben. Dass Sie genug für uns getan haben. Dass Sie kein Interesse haben. Er wollte nichts davon wissen. Nach dem, was Sie letztes Jahr in New York zustande gebracht haben, gibt es für David Brenneman keine bessere Wahl als Sie. Zumindest in der gegenwärtigen Lage.«

»Und Sie haben es einfach nicht übers Herz gebracht, dem Präsidenten einen Wunsch abzuschlagen«, sagte Kealey spöttisch. »War's so?« Er ersparte sich die Frage nach der »gegenwärtigen Lage«. Sie interessierte ihn nicht.

»Zum Teil schon«, räumte Harper ein. »Doch es gibt noch einen anderen Grund, warum Ihre Mitarbeit erforderlich ist, und wenn Sie meine Geschichte erst einmal gehört haben, werden Sie genauso denken.«

Für einen langen Augenblick studierte Kealey wortlos die Miene seines Gegenübers. Jonathan Harper war einer der intelligentesten Menschen, die er kannte, aber auch äußerst gerissen. Kennengelernt hatten sie sich vor fast zehn Jahren, als Harper ihn – noch als Soldat – für eine schwarze Operation in Syrien rekrutiert hatte, eine jener inoffiziellen Operationen, von denen angeblich niemand etwas wusste und bei denen in der Regel die CIA die Hände im Spiel hatte. So auch in Kealeys Fall. Damals war er Captain bei der 3rd Special Forces Group der U.S. Army gewesen, und der Auftrag, die Eliminierung eines bekannten militanten Islamisten, hatte sein Leben und auch seinen professionellen Werdegang verändert.

Seitdem waren er und Harper gute Freunde geworden, aber die Arbeit kam immer zuerst. Kealey war klar, dass der andere nicht zögern würde, an seine Freundschaft zu appellieren. Das hatte er früher schon getan, und Kealey hatte ihn nie enttäuscht. Diesmal wollte er sich weigern, und er hatte jedes Recht dazu. Doch während Harpers Gesicht wie immer undurchdringlich war, hatte seine Stimme einen Unterton, der Kealey nachdenklich machte. Ihm war klar, dass die »gegenwärtige Lage« noch eine andere Dimension haben musste, von der Harper bisher nichts gesagt hatte, und das gab für Kealeys Entscheidung den Ausschlag.

»Okay«, sagte er. »Ich höre mir an, was Sie zu sagen haben, verpflichte mich aber zu nichts. Das sollte von Anfang an klar sein.« Er leerte sein Glas. »Also, worum geht's?«

Harper schob einen Schnellhefter über den Tisch, stand auf und griff nach den Gläsern. »Lesen Sie das, dann reden wir.«

2

Oræfi

»Besonders spektakulär ist seine Karriere nicht«, sagte Kealey zehn Minuten später. Er klappte den Schnellhefter zu und warf ihn auf den Tisch. »Und nichts in diesen Papieren deutet darauf hin, dass er eine Gefahr ist. Zumindest für uns ist er keine.«

»Haben Sie je von ihm gehört?«, fragte Harper. Nachdem er vor ein paar Minuten mit den frisch gefüllten Biergläsern zurückgekehrt war, hatte er schweigend dagesessen, um Kealey nicht bei der Lektüre zu stören.

»Der Name kommt mir irgendwie bekannt vor. Aber nein, ich weiß nicht, wer er ist.«

»Okay, dann erlauben Sie mir, Sie aufzuklären. Was die Hintergründe anbetrifft, sind die Informationen in dem Schnellhefter etwas dürftig. Amari Saifi ist vierzig Jahre alt, in Algerien geboren und war früher Fallschirmjäger in der Armee dieses Landes, daher sein Deckname, Abderrazak al-Para. Zudem ist er eine bedeutende Figur innerhalb der GSPC, der Groupe Salafiste pour la Prédication et le Combat. Seit den späten Neunzigern, als die GSPC erstmals auf sich aufmerksam machte, war sie in Algerien für zahllose terroristische Aktionen verantwortlich, insbesondere für die Entführung von zweiunddreißig europäischen Touristen im Jahr 2003. Diese Tat wurde von Saifi ausgeheckt, und dadurch sind auch wir auf ihn aufmerksam geworden. Um der Wahrheit die Ehre zu geben, an der Tat selbst hatten wir kein großes Interesse. Uns interessierte mehr, wie diese Geschichte schließlich endete.«

»Was wollen Sie damit sagen?« Kealey hatte die Papiere halbwegs interessiert durchgeblättert, aber er wusste nichts über Saifi oder die GSPC, sodass er sich keinen Reim auf die Informationen machen konnte. Speziell ein Punkt hatte ihn irritiert. Laut den im Anhang beigefügten Dokumenten war es das Ziel der GSPC, in Algerien ein islamistisches Regime zu errichten. Also handelte es sich um eine Rebellengruppe mit einem eng definierten Ziel und – vermutlich – begrenzter Unterstützung. Mit anderen Worten, wahrscheinlich war es schwierig, etwas über die Finanzierung und die aktive Mitgliederzahl der Organisation zu erfahren. Er begriff nicht, warum so eine zusammengewürfelte Truppe die CIA oder gar den amerikanischen Präsidenten beunruhigen sollte, besonders, weil sie sich in den letzten Jahren aufgelöst zu haben schien.

»Nach mehreren Monaten geheimer Verhandlungen«, fuhr Harper fort, »gab die deutsche Regierung auf. Sie bot Saifi für die Freilassung der Geiseln ein Lösegeld von sechs Millionen Dollar an, womit er einverstanden war. Alle wurden in zwei Etappen freigelassen, außer einer jungen Frau, die offenbar in der Sahara, wo die Geiseln festgehalten wurden, an einem Hitzschlag gestorben war. Kommt Ihnen das irgendwie bekannt vor?«

»Eigentlich nicht.« Kealey war nicht gerade beeindruckt. Der dürftige Inhalt des Schnellhefters – ein paar Artikel und ein paar grobkörnige Fotos – konnte zweierlei bedeuten, zumindest seiner Meinung nach. Entweder war Saifi keine besonders große Nummer, oder es gab einfach nicht genügend Hintergrundinformationen über ihn. Harpers nächste Worte stellten allerdings einiges klar.

»Ich habe nicht den Eindruck, dass Sie diese Sache ernst nehmen«, sagte er. »Also lassen Sie mich Klartext reden. Auf den Punkt gebracht, handelt es sich bei Amari Saifi wahrscheinlich um den gefährlichsten Menschen, von dem Sie nie gehört haben. Abgesehen von der erwähnten Entführung war er über einen Zeitraum von vierzehn Monaten direkt an der Ermordung von dreiundvierzig algerischen Soldaten beteiligt. Außerdem wurde er mit einer Reihe von Bombenanschlägen im Nachbarland Mauretanien in Verbindung gebracht, auch wenn seine Beteiligung nie bewiesen werden konnte. Das war im Jahr 2003, aber er ist seit 1992 für die Salafisten aktiv. Im März 2004 war Saifi zu Fuß im Tibestigebirge unterwegs, wo er von einer anderen Rebellengruppe gefangen genommen wurde, der tschadischen Bewegung für Demokratie und Gerechtigkeit. Sechzehn seiner Männer wurden ebenfalls festgenommen, aber nur Saifi zählte. Die Rebellen begriffen sofort, wer ihnen da ins Netz gegangen war, weil sich Saifi zu dieser Zeit bereits den Ruf eines bin Laden der Sahara erworben hatte.«

»Also beschlossen sie, ihn demjenigen zu übergeben, der am meisten bot?«, fragte Kealey.

»Genau. Pech nur für die Rebellen, dass niemand bieten wollte, zumindest nicht sofort. Seltsamerweise schien es selbst die algerische Regierung nicht besonders eilig zu haben, Saifi in die Finger zu bekommen. Den Grund haben wir nie herausbekommen, aber wahrscheinlich lag es daran, dass sie die diplomatischen Beziehungen zur Regierung des Tschad nicht gefährden wollte.«

»Warum sind wir nicht in die Bresche gesprungen?«

»Aus demselben Grund«, antwortete Harper. »Wir waren schon versucht, ein Angebot zu machen, da Saifi bereits auf der Terror-Fahndungsliste unseres Außenministeriums stand, doch es ist nie so weit gekommen: Nach einigem Hin und Her kam der Präsident zu der Ansicht, er könne nicht direkt mit den Rebellen verhandeln, weil es die Pan-Sahel-Initiative gefährdete, die damals noch in den Kinderschuhen steckte. Insbesondere deshalb, weil diese Initiative speziell darauf abzielte, terroristische Aktivitäten in Nordafrika einzugrenzen, und die Regierung des Tschad sah die Bewegung für Demokratie und Gerechtigkeit als terroristische Organisation. Wie auch immer, Saifi landete schließlich in libyscher Untersuchungshaft, und an diesem Punkt wurde die algerische Regierung endlich aktiv. Für Juli 2005 wurde der Beginn eines Verfahrens festgesetzt, doch Saifi hat den Gerichtssaal nie betreten. Er wurde in Abwesenheit zu einer lebenslangen Haftstrafe verurteilt, und nach Angaben des algerischen Innenministeriums sitzt er gegenwärtig tatsächlich im Gefängnis.«

Kealey blickte verwirrt auf, öffnete erneut den Schnellhefter, zog ein paar Fotos hervor und drehte sie um, damit Harper die Rückseite sehen konnte. »Laut Datums- und Zeitangabe wurden diese Fotos vor zwei Wochen geschossen. Wenn das hier Amari Saifi ist, wie ist er dann aus dem Gefängnis entkommen, und warum vertuschen die Algerier die Geschichte?«

Harper nickte bedächtig. »Gute Frage. Unglücklicherweise haben wir im Moment keine Antwort darauf.«

Kealey tippte auf die Fotos. »Sind Sie sicher, dass er das ist?«

»Ganz sicher. Wir haben ein älteres Foto zum Vergleich herangezogen, in Langley alles von der Gesichtserkennungssoftware analysieren lassen und hatten einen Treffer mit achtzehn Knotenpunkten. Wie Sie wissen, reichen vierzehn für eine positive Identifizierung aus.«

Kealey lehnte sich zurück, hob sein Glas und dachte noch

einmal alles durch, während er sein Bier schlürfte. »Eines verstehe ich nicht«, sagte er nach zwei Minuten. »Warum macht Ihnen die Geschichte Sorgen?«

Harper drehte den Kopf nach rechts. Während ihrer Unterhaltung hatte eine junge Frau die Bar betreten und sich an die Theke gesetzt. Sie kehrte ihnen den Rücken zu. Nachdem Harper sie einen Augenblick lang leidenschaftslos gemustert hatte, wandte er sich wieder Kealey zu.

»Haben Sie in letzter Zeit die Nachrichten verfolgt?«

»Nein.«

»Trotzdem werden Sie wissen, wie die Lage in Kaschmir aussieht.«

Kealey nickte. Vor einigen Monaten hatte sich die israelische Regierung zu einer großen Waffenlieferung an Indien entschlossen, angeblich im Wert von nahezu achthundert Millionen Dollar. Geliefert werden sollten ein Dutzend unbemannte Aufklärungsflugzeuge vom Typ Hermes 180, fünfzig Raytheon-Radarsysteme und fünfundzwanzig mobile SPYDER-Systeme. Letztere waren vielleicht der umstrittenste Aspekt des Geschäfts, denn jede SPYDER-Einheit war mit vier Raketen bestückt, mit denen aus einer Distanz von fünfzehn Kilometern Flugzeuge abgeschossen werden konnten. Als Nachrichten über den bevorstehenden Deal an die Öffentlichkeit drangen, hatte der pakistanische Präsident Pervez Musharraf ihn sofort heftig verurteilt. Dabei verlangte er eine Intervention der Vereinigten Staaten, um das Waffengeschäft zu verhindern, aber seine Bitte stieß auf taube Ohren. Um alles noch schlimmer zu machen, zeigten die Inder Interesse an weiteren Waffenlieferungen seitens Israels. Dabei ging es unter anderem um von Unterseebooten abzufeuernde Cruise-Missiles, und Israel schien bereit, dem Wunsch Indiens zu entsprechen.

Daraufhin hatte die pakistanische Armee begonnen, ihre Truppenpräsenz an der umstrittenen Grenze in Jammu und Kaschmir zu verstärken. Im Laufe von zwei kurzen Monaten waren dort mehr als zehntausend Soldaten zusammengezogen worden, und Indien hatte entsprechend reagiert. Das Weiße Haus hatte sich in dieser Sache ziemlich zurückgehalten, während etliche andere Politiker beide Seiten aufgefordert hatten, die Situation nicht eskalieren zu lassen. Präsident Brenneman hatte sich noch nicht direkt in das Waffengeschäft zwischen Israel und Indien eingemischt. Viele interpretierten das als stillschweigende Zustimmung zu dem Deal, unter ihnen auch General Musharraf. Er hatte kürzlich einen Termin im Weißen Haus platzen lassen, um an einer Friedenskonferenz teilzunehmen, die ausgerechnet in der amerikanischen Hauptstadt Washington stattfand.

»Vor einigen Stunden ist Außenministerin Fitzgerald in Islamabad eingetroffen«, sagte Harper. Genau genommen war Brynn Fitzgerald *designierte* Außenministerin. Ihr Vorgänger war vor zwei Monaten während eines Gipfeltreffens in Genf an einem Herzinfarkt gestorben, und Fitzgerald hatte seinen Job bekommen, wodurch sie zur dritten Frau auf diesem Posten wurde. Der Präsident war beeindruckt von ihrer bisherigen Bilanz und hatte sie sofort dem Senatsausschuss für Auswärtige Beziehungen als neue Außenministerin vorgeschlagen, doch bisher war die Nominierung noch nicht bestätigt worden.

»Sie soll sich heute Abend und morgen mit Musharraf treffen«, fuhr Harper fort. »Wenn's gut läuft, kann sie ihn davon überzeugen, dass wir nur einen begrenzten Einfluss darauf haben, mit wem die Israelis Geschäfte machen. Natürlich wird es schwierig, das Musharraf glaubhaft zu verkaufen. Jeder weiß, dass Brenneman das Geschäft durch einen einzigen Anruf unterbinden könnte.«

»Wohl wahr«, sagte Kealey. »Doch was hat das alles mit Amari Saifi zu tun?«

Harper zeigte auf die auf dem Tisch liegenden Fotos. »Diese Schnappschüsse wurden von einer professionellen Fotografin namens Rebeka Česnik gemacht, die vor zwei Wochen mit vierzehn Touristen spurlos verschwunden ist. In Pakistan, auf dem Karakorum-Highway. Drei Reisende wurden bei der Entführung getötet, außerdem der Busfahrer. Die Leichen wurden am Ort des Geschehens zurückgelassen. Wie der Bus mit dem gesamten Gepäck der Touristen.«

»Wenn alle verschwunden oder tot sind, wie sind wir dann an die Fotos herangekommen?«

»Offenbar war den Entführern nicht bewusst, dass Česnik den Film aus der Kamera genommen hatte. Er befand sich in ihrem Rucksack, aber sie haben sich damit begnügt, den Fotoapparat mitzunehmen. Zumindest vermuten wir das, weil die Kamera nicht gefunden wurde.«

»Okay, aber was hat das mit Fitzgeralds Besuch zu tun? Und warum taucht Amari Saifi, der Anführer einer nordafrikanischen Terroristengruppe, auf einmal in Pakistan auf?«

»Fitzgerald wird in Islamabad ein paar diskrete Fragen stellen«, antwortete Harper, Kealeys erste Frage beantwortend. »Zum Beispiel, welche Anstrengungen sie unternehmen, um die Entführer zu fassen. Dagegen ist das Thema Saifi so lange tabu, bis wir mehr Informationen darüber haben, was er dort zu suchen hat. Fitzgerald wird ihn Musharraf gegenüber nicht ein einziges Mal erwähnen. Möglicherweise wissen Sie nichts davon, aber im Lauf der letzten paar Monate sind in Pakistan zwölf amerikanische Touristen spurlos verschwunden. Einzeln, zu zweit oder zu dritt. Niemand hat Lösegeld verlangt, niemand Verantwortung für die Entführungen übernommen. Wir vermuten Saifi dahinter. Alles lief nach dem gleichen Muster wie bei seinen Taten in Algerien. Nur hat es diesmal Amerikaner getroffen, und deshalb sind wir zuständig.«

»Und der Präsident will, dass die Entführten so schnell wie möglich freigelassen werden. Deshalb hat er sich an Sie gewandt.«

»Genau.«

»Warum sollte mich das kümmern?« Kealey blickte Harper in die Augen, und es entstand ein kurzes, unbehagliches Schweigen. »Ich arbeite nicht mehr für die CIA. Ich will nichts damit zu tun haben, und dieser Wunsch ist stärker als der, Sie nicht hängen zu lassen. Außerdem hört sich das für mich so an, als bräuchten Sie jemanden, der die dortigen Sprachen beherrscht und die Gegend kennt. Noch wichtiger ist, dass Sie erst mal wissen müssen, wie die Sache anzugehen ist. Sie brauchen eine Spur.«

»Haben wir«, versicherte Harper. »Jetzt suchen wir nur noch jemanden, der sie aufnimmt. Jemanden, der sein Können unter Beweis gestellt hat. Jemanden wie Sie. Vergessen Sie nicht, dass der Präsident in dieser Sache ausdrücklich Ihren Namen genannt hat. So lange liegen die Ereignisse in New York noch nicht zurück. Er erinnert sich, was Sie da geleistet haben. Daran, wie viele Menschenleben Sie an jenem Tag gerettet haben. Brenneman empfindet Ihnen gegenüber ein Gefühl der Dankbarkeit. Jetzt braucht er jemanden, der weiß, wie man Resultate liefert.«

»Womit wir wieder bei dem Punkt wären, warum mich das alles interessieren sollte.«

Harper lehnte sich zurück, frustriert den Kopf schüttelnd.

Er wirkte wie ein Tutor, dem es nicht gelang, an einen renitenten Studenten heranzukommen. Statt auf Kealeys Worte einzugehen, zeigte er in Richtung Theke. »Sehen Sie die Frau da?«

Kealey drehte sich um und betrachtete zum ersten Mal die kleine, schlanke Person an der Bar. Ihr Gesicht konnte er nicht sehen, und doch war sofort alles klar. Plötzlich war er wie benommen, es war, als würde er keine Luft mehr bekommen. Das hatte ihn völlig unvorbereitet getroffen.

»Deshalb«, antwortete Harper. Seine Stimme verriet einen Unterton von Bedauern, als hätte er sich unberechtigterweise in etwas eingemischt, das ihn nichts anging. »Deshalb.«

3

Islamabad, Pakistan

Das zweistöckige Haus stand im Sektor G7/1 von Islamabad und war nur eines von vielen ähnlichen Gebäuden an der Khayaban-e-Suharwardy, einer der Hauptstraßen am südlichen Rand der Hauptstadt Pakistans. Auf dem zur Eckwohnung gehörenden Balkon im zweiten Stock, dicht an der Stelle, wo die Durchgangsstraße auf die Sahar Road stieß, hob ein Mann mit zittriger Hand eine Zigarette an die Lippen. Während er den beruhigenden Rauch inhalierte, blickte er auf die grünen Rasenflächen und die schmalen Kanäle des Sektors H7. In der Ferne sah er die Lichter des Rosen- und Jasmingartens und dahinter die dunklen Umrisse der Sportanlagen. Es war eine warme Nacht, und um drei Uhr morgens waren praktisch keine Autos mehr unterwegs. Alles war ruhig und friedlich, ein krasser Gegensatz zu den lärmerfüllten Tagen. Durch die offene Balkontür hörte er, wie sich seine Frau im Schlaf bewegte und leise stöhnte. Dann war wieder alles still.

Naveed Jilani, der schon immer an Schlaflosigkeit gelitten hatte, trat während der frühen Morgenstunden häufig auf den Balkon, um nachzudenken. Heute ging es allerdings nicht nur darum. Stattdessen war er ganz auf den vor ihm liegenden Tag konzentriert. Während der letzten zwei Wochen waren die Angst und der Stress schlimmer geworden, und er wusste, dass es ihm nicht gelungen war, es zu verbergen. Er hatte keine Ahnung, wann es seiner Frau zuerst aufgefallen war, doch es schien ihm ziemlich sicher, dass sie es von Anfang an registriert hatte. Parveen war ein guter Mensch, eine gute Ehefrau und eine fürsorgliche Mutter für ihren dreijährigen Sohn. Sie war an seine düsteren Stimmungen und Schweigsamkeit gewöhnt und wusste, wann sie ihn in Ruhe lassen musste. Als hingebungsvolle Frau hatte sie versucht, den Stress auf andere Weise zu lindern, doch auch zärtliche Berührungen im Bett hatten es nicht vermocht, seine Ängste zu beschwichtigen. Es ging um etwas, das er ihr nicht hätte erklären können. Sie hätte es nicht verstanden, und er hatte nicht vor, sie durch den wahren Grund seiner Angst zu verstören. Ohnehin hätte sie nichts daran ändern können, er konnte nicht ihr die Schuld dafür geben. Selbst in den frühen Morgenstunden nicht, wenn er Reue und Verbitterung am intensivsten empfand. Manchmal kam es ihm so vor, als wäre sein ganzes Leben auf diesen Punkt zugelaufen, und es gab nichts, wodurch er – oder sonst jemand – irgendetwas daran hätte ändern können.

Er war 1975 in der Stadt Quetta geboren worden, knapp hundertfünfzig Kilometer von der afghanischen Grenze entfernt. Als er zehn Jahre alt war, starb seine Mutter an Krebs, und da sein Vater weder Geld noch Interesse an seinem Sohn hatte, lebte er bei seinem Onkel in den Slums von Karatschi. Zu dem Zeitpunkt, als sein Neffe bei ihm auftauchte, hatte es in Syed Jilanis Leben schon etliche Fehlschläge gegeben, doch zwischen 1979 und 1984 waren ihm in Afghanistan einige Erfolgserlebnisse zuteil geworden, wo er sich im Kampf an der Seite der Mudschaheddin bewährte. In den darauffolgenden Jahren wuchs sein Hass auf die Vereinigten Staaten, und zwar ungeachtet der Tatsache, dass diese die afghanischen Fundamentalisten während ihres langjährigen Kampfes gegen die Sowjets mit Waffen und Geld unterstützt hatten. Trotzdem hinderte ihn seine Aversion gegen den Westen nicht daran, von den amerikanischen Waffen und der Munition zu profitieren, die nach dem Konflikt in Afghanistan zurückgeblieben waren. Es war ein gefährliches, illegales Geschäft, das allein nicht zu bewältigen war, und als er 1997 damit begann, Waffen aus Afghanistan in die Nachbarländer Iran und Pakistan zu schmuggeln, wusste Syed Jilani genau, wen er um Hilfe bitten musste.

Während seiner Zeit in Afghanistan hatte er dauerhafte Beziehungen zu Männern geknüpft, die wussten, wie sie ihre Position nutzen konnten, um sich finanziell zu bereichern. Einer dieser Männer war Leutnant der pakistanischen Armee und Mitarbeiter des Geheimdienstes ISI. Benazir Mengal war der einzige Sohn eines Baulöwen und hatte beste Beziehungen zu afghanischen Warlords, pakistanischen Generälen und prominenten Mitgliedern der Taliban. Damit war er der ideale Mann, um Syed Jilani beim Waffenschmuggel zu helfen.

Naveed Jilani war fünfzehn, als er Mengal zum ersten Mal begegnete, und hatte sich sofort von dem charismatischen pakistanischen Offizier angezogen gefühlt. Der Grund lag auf der Hand. Es war nicht schwer, in Mengal eine faszinierende Persönlichkeit zu sehen. Im Gegensatz zu Naveeds Vater und Onkel war er ein Erfolgsmensch, dem alles gelungen war, was er in Angriff genommen hatte. Er war ein attraktiver und intelligenter Mann mit der natürlichen Gabe, andere mühelos in seinen Bann zu ziehen. Von Anfang an fiel Naveed auf, was für eine Wirkung Mengal auf die Menschen in seiner Umgebung hatte, auch auf seinen Onkel. Syed Jilani, der normalerweise ein aufbrausendes Temperament hatte, benahm sich in Mengals Anwesenheit zurückhaltend und respektvoll, wie auch seine Freunde. In Kürze, Ben Mengal war alles, was Naveed Jilani sein wollte, und der hatte sein ganzes Leben darauf ausgerichtet, ihm ähnlich zu sein. Oder es zumindest versucht. Ob es ihm gelungen war oder nicht, war eine ganz andere Sache.

Kurz nach seinem achtzehnten Geburtstag hatte er versucht, in die pakistanische Armee aufgenommen zu werden, doch bei der Musterung war eine Herzschwäche diagnostiziert worden, weshalb er für dienstuntauglich erklärt wurde. Naveed suchte verzweifelt nach einem Schlupfloch, doch als unübersehbar war, dass es für ihn keinen Weg in die Armee gab, hatte er sich Hilfe suchend an Mengal gewendet, der zu diesem Zeitpunkt zum Oberstleutnant befördert worden und beim ISI zum Chef einer Abteilung aufgestiegen war. Sein Einfluss hätte ausgereicht, um die bürokratischen Hindernisse zu überwinden, doch an einem friedlichen Sommerabend des Jahres 1993 hatte er sich mit Naveed getroffen, um ihm zu erklären, dass die Armee für einen Mann ohne jede Bildung nur begrenzte Aufstiegsmöglichkeiten bot. Stattdessen schlug er eine Alternative vor, eine Stellung in der Regierungsbürokratie.

Dieses Gespräch war Naveed bis in die kleinste Einzelheit im Gedächtnis geblieben. Zunächst hatte er gezögert, doch Mengal war es schnell gelungen, ihn zu überzeugen. Er machte aufrichtige Versprechungen, die einzulösen ihm seine Position erlaubte, und in den folgenden Jahren hatte er Wort gehalten. Mehr als das. Für einen Mann von vierunddreißig Jahren, der nie eine Universität besucht hatte und über eine nur begrenzte Kenntnis des Englischen verfügte, hatte Naveed Jilani eine bemerkenswert einflussreiche Stellung in der pakistanischen Bürokratie erreicht. Aber Mengals Aktivitäten hinter den Kulissen waren nicht uneigennützig, und vor zwei Wochen hatte er seinen jungen Freund aufgefordert, sich für die erwiesenen Dienste zu revanchieren.

Naveed hörte selten persönlich von dem General. Der Anruf kam überraschend, doch das, was von ihm erwartet wurde, verschlug ihm die Sprache. Natürlich hatte er zugestimmt – ihm war längst klar, dass er nicht in der Lage war, Ben Mengal zu widersprechen –, doch das folgende Gespräch, das im Hinterzimmer einer Koranschule in Peschawar stattfand, hatte ihn gezwungen, seine Beziehung zu dem ehemaligen Armeeoffizier zu überdenken. Tatsache war, dass er praktisch nichts wusste über diesen Mann, der ihm seine berufliche Karriere ermöglicht hatte. Seit jenem verstörenden Treffen hatte er alles versucht, um mehr über seinen Wohltäter herauszufinden, doch leider war das leichter gesagt als getan.

Es gab reichlich Gerüchte über Mengal, deren Wahrheitsgehalt aber nur in wenigen Fällen bestätigt werden konnte. Es hieß, sein kranker Vater habe ihn kürzlich enterbt, wodurch ihm ein riesiges Vermögen entgehen würde. Naveed hatte keine Ahnung, ob das stimmte, doch er wusste, dass Mengal nach den Ereignissen des 11. September zum Rücktritt von seinem Armeeposten aufgefordert worden war. Dieses Ereignis war für niemanden überraschend gekommen. Seit dem Sturz der Taliban waren Mengal und seine Gefolgsleute zu einer Belastung geworden, zu einer unangenehmen Erinnerung an Musharrafs ehemalige Verbündete. Schlimmer noch, es wurde weithin vermutet, dass Mengal direkte Verbindungen zu prominenten Mitgliedern von Al Kaida unterhielt, angeblich auch zu deren oberstem Boss. Diese Verbindungen, ob real oder nur fiktiv, hatten westliche Geheimdienste auf ihn aufmerksam gemacht. Doch das war Jahre her, und seit seinem Abschied aus der Armee und dem ISI war Mengal untergetaucht. Nach 2001 war er praktisch von der Bildfläche verschwunden, und es wurde allgemein angenommen, dass er sich ins Privatleben zurückgezogen hatte.

Naveed Jilani glaubte nicht daran. Er war nicht gebildet, hatte aber während der letzten sechzehn Jahre eng mit Karrierediplomaten zusammengearbeitet und konnte sich einiges zusammenreimen. Deshalb wusste er, dass man Mengal nie abschreiben durfte. Der General hatte sich einen Ruf aufgebaut, der unabhängig war von seiner Position in der pakistanischen Armee. Außerdem hatte er die Samen für eine Reihe zukünftiger Unternehmungen ausgestreut, von denen keine des Deckmantels der Autorität bedurfte. Und doch hätte nichts Naveed darauf vorbereiten können, was Mengal vor zwei Wochen von ihm verlangt hatte. Noch immer konnte er nicht fassen, dass er zugestimmt hatte, aber er *hatte* es getan, und alles andere zählte nicht. Jetzt blieb ihm keine andere Wahl mehr, als die Sache durchzuziehen. In nicht einmal zwölf Stunden würde er dem General dabei helfen, dem Westen einen Schlag zu versetzen, von dem er sich jahrelang nicht erholen würde. Er konnte nichts mehr tun, um dem Lauf der Dinge Einhalt zu gebieten, konnte sich nicht mehr herauswinden aus seiner Verstrickung in eine Tat, durch die er bald zum Feind des mächtigsten Landes der Welt werden würde.

Hinter sich hörte er die leise Stimme seiner Frau, die ihn bat, wieder hereinzukommen. Naveed zog ein letztes Mal an der Zigarette, schnippte den Stummel über das Balkongeländer und blies einen dünnen Rauchfaden aus. Dann blickte er zu dem klaren Nachthimmel auf und sprach ein stilles Gebet. Er bat nicht um die Kraft, das Richtige zu tun, seine Entscheidung war bereits gefallen. Stattdessen bat er Allah, über seine Frau und sein Kind zu wachen und darum, dass sie ihn eines Tages verstehen würden, in fünf oder erst in zwanzig Jahren. Ihm war klar, dass er kein Recht hatte, diese Bitten zu stellen, denn er hatte viele Jahre lang keinen Fuß in eine Moschee gesetzt, und sein Glaube war – trotz seines frommen Onkels – nur schwach ausgeprägt. Trotzdem glaubte er angesichts der Größe seiner Aufgabe, dass Gott ihn verstehen würde. Nach einem letzten Blick auf den sternenlosen Himmel trat er in die Wohnung und schloss die Balkontür.

4

Oræfi

Während er ungläubig in Richtung Bar starrte, musste Ryan Kealey gegen die in ihm aufsteigenden Gefühle ankämpfen. Er gab sich alle Mühe, sie in Schach zu halten, doch es funktionierte nicht. Schock, Zorn, Erleichterung, Verwirrung … All das machte ihm schwer zu schaffen, doch schon jetzt gewann der Zorn die Oberhand. Es war offensichtlich, dass er im Dunkeln gelassen worden war, und zwar aus einem anderen Grund als jenem, den er vor ein paar Monaten vermutet hatte. Nach langem Nachdenken war er damals zu dem Schluss gekommen, dass die Frau, die er jetzt ansah, ihn verlassen hatte, weil sie mehr Zeit und Raum für sich benötigte. Das war die einzige Erklärung, die ihm sinnvoll erschien, denn ihre damalige Beziehung hätte nicht besser sein können. Doch da sie jetzt urplötzlich ausgerechnet hier wiederauftauchte, war nur zu klar, wie sehr er sich getäuscht hatte.

»Sie wussten es?«, fragte er schließlich. Es fiel ihm schwer, seine Stimme unter Kontrolle zu behalten. Er hatte unzählige Fragen auf dem Herzen, doch in erster Linie beschäftigte ihn, was genau hier eigentlich los war. »Sie wussten die ganze Zeit über, wo sie war?«

»Es war ihre Entscheidung, Sie nicht einzuweihen«, antwortete Harper leise. »Außerdem möchte ich betonen, dass *sie* zu *mir* gekommen ist.«

»Wann?«, stieß Kealey mühsam hervor, weiter zu Naomi

Kharmai hinüberschauend. Ihre Schultern wirkten angespannt, als spürte sie seinen Blick auf sich ruhen, doch er wusste, dass sich dieser Eindruck nur seiner Einbildung verdankte. Sie konnte nicht wissen, dass mittlerweile über sie gesprochen wurde, sie unterhielten sich zu leise. Da das Feuer im Kamin den großen Raum nicht wärmte, war die Heizung eingeschaltet, doch die musste defekt sein, da sie ungewöhnlich laut war. »Wann hat sie Kontakt zu Ihnen aufgenommen?«

»In der ersten Februarwoche. Zu dem Zeitpunkt war sie ein Wrack, stand kurz vor dem Zusammenbruch. Wenn Sie Kharmai am Tag nach ihrem Anruf gesehen hätten, an jenem Tag, als auch ich sie zum ersten Mal wiedersah, wüssten Sie jetzt, wovon ich rede. Mit anderen Worten, mir blieb keine andere Wahl. Genau das sollten Sie verstehen. Ich konnte sie nicht im Stich lassen angesichts all dessen, was sie für uns getan hat. Nicht nach den Opfern, die sie gebracht hat.«

Harper legte eine Pause ein, um Kealeys Reaktion einzuschätzen. Als der nichts sagte, rutschte er auf seinem Stuhl hin und her und fuhr dann fort.

»Sie wollte nicht nach Langley kommen. Zumindest nicht sofort und nicht als Besucherin. Also haben wir uns in einem Café in Georgetown getroffen. Es war ein ziemlich kurzes Gespräch, und meistens hat sie geredet. Sie wollte wieder bei uns einsteigen, aber weder nach London noch zur Antiterrorabteilung zurück. Sie wollte etwas Neues ausprobieren, und ich habe es möglich gemacht.«

»Was?«

Es schien, als hätte Harper Kealeys Frage nicht gehört. »Ehrlich gesagt habe ich keinen Moment gezögert, das für sie zu regeln«, fuhr er fort. »Ihre Qualifikation war hervorragend. Sie wissen, was ich meine, Sie haben lange genug mit ihr gearbeitet. Zum einen ist da ihre außergewöhnliche Begabung für Fremdsprachen. Wirklich erstaunlich, auf dem Gebiet ist sie ein Naturtalent …«

»Was wollen Sie mir sagen?«, unterbrach Kealey, der sich keine Mühe gab, seine wachsende Verärgerung zu kaschieren. Er konnte nicht fassen, dass man ihn nicht eher eingeweiht hatte. »Was genau wollte sie von Ihnen?«

»Eine Fortbildung«, antwortete Harper beiläufig.

Kealey wusste nicht, was er dazu sagen sollte. Während er noch damit beschäftigt war, die rätselhafte Antwort zu interpretieren, stand Harper auf und griff nach seiner Jacke.

»Den Rest kann sie Ihnen erklären. Was unser erstes Thema betrifft, sollten Sie wissen, dass für morgen Abend ein Flug für Sie gebucht ist. Das verpflichtet Sie zu nichts. Denken Sie in Ruhe darüber nach, aber bis morgen Mittag muss ich wissen, wie Sie sich entschieden haben. Dann geht der letzte Bus nach Keflavík. Noch etwas …«

»Ja?«

»Gehen Sie nicht zu hart mit ihr ins Gericht. Sie braucht unsere Hilfe.«

Bevor er die Bar verließ, hatte Harper Kharmai noch ein paar Worte ins Ohr geflüstert, doch das war jetzt fünf Minuten her, und sie hatte sich immer noch nicht gerührt. Nicht einmal über die Schulter geblickt. Da Kealey ihr Gesicht nicht sah, konnte er nicht erraten, was sie beschäftigte. Aber er konnte ihre Körpersprache deuten, und ihre verkrampfte Haltung sagte eine Menge. Sie schien ein Glas hin und her zu schieben, als würde sie einen Gedanken von allen Seiten beleuchten oder darüber nachdenken, wie sie mit diesem unerwarteten Wiedersehen klarkommen sollte.

Unerwartet nur von meiner Seite, korrigierte Kealey sich. Sie musste seit einiger Zeit gewusst haben, dass dieses Ereignis auf sie wartete. Er sehnte sich verzweifelt danach, aufzuspringen und zu ihr zu gehen, aber es war besser, sie den ersten Schritt tun zu lassen. Sie hatten sich ein halbes Jahr nicht gesehen, und es war sinnlos, jetzt voreilig zu reagieren.

Es gab so vieles, das er verarbeiten musste. Ihr plötzliches Wiederauftauchen war völlig unerwartet gekommen, und er wusste immer noch nicht, wie er damit umgehen sollte. Unglücklicherweise blieb ihm keine Zeit mehr, die Dinge weiter zu durchdenken. Unvermittelt stieg Naomi von ihrem Barhocker und kam auf ihn zu. Ein paar Augenblicke später nahm sie auf dem Stuhl Platz, auf dem gerade noch Harper gesessen hatte. Sie verschränkte die Arme vor der Brust und betrachtete ihn mit einem festen Blick. Ihre Lippen waren zusammengekniffen. Nichts an ihrer Miene wirkte so, als hätte sie sich für etwas zu entschuldigen. Eher schien es, als wäre sie wütend auf *ihn*, worauf er sich überhaupt keinen Reim machen konnte.

»Naomi.« Er schüttelte den Kopf, wusste nicht, was er sagen sollte. »Ich kann es nicht fassen. Ich meine, wir haben uns ein halbes Jahr nicht gesehen, und du …«

»Ich weiß. Es war nicht meine Absicht, dich zu überrumpeln. Hat sich einfach so ergeben.«

»Wie ist es dir ergangen?«

Sie öffnete den Mund, als wollte sie antworten, überlegte es sich aber anders und wandte den Blick ab. Es war eine ehrlich gemeinte, auf der Hand liegende Frage, aber entscheidend war die Art und Weise, wie er sie gestellt hatte. Die in seiner Stimme liegende Besorgnis hätte nicht aufrichtiger sein können, und ihr Stirnrunzeln ließ ihn vermuten, dass er sie damit überrascht hatte. Vermutlich hatte sie erwartet, dass er wütend war. In gewisser Weise stimmte das auch, doch im Augenblick war er einfach nur erleichtert, sie endlich wiederzusehen.

Da sie in Gedanken woanders zu sein schien, nahm er sich einen Augenblick Zeit, um ihr Äußeres zu studieren. Der weiße Kaschmirpullover war eines ihrer liebsten Kleidungsstücke und ihm genauso vertraut wie die engen verwaschenen Jeans und die schweren Absätze. Ihr schimmerndes schwarzes Haar rahmte ihr Gesicht und fiel bis auf die Schultern. Der Pony veränderte ihr übliches Aussehen ein bisschen, und die Frisur verbarg den größten Teil der etwas helleren Narbe auf der rechten Wange. Ihre ansonsten makellos karamellfarbene Haut ließ diese umso stärker hervortreten.

Am meisten irritierte ihn allerdings ihre Haltung, die schwer zu deuten war und zugleich aggressiv und defensiv wirkte. Sie hielt weiterhin die Arme vor der Brust verschränkt und hatte die Lippen noch immer fest zusammengekniffen. Fast schien es, als wollte sie ihn auffordern, die Entscheidungen infrage zu stellen, die sie seit ihrem letzten Gespräch getroffen und ihm für endlose Monate verschwiegen hatte.

Er konnte nicht sagen, wie viel davon Pose war und wie viel einen echten Wandel ihrer Persönlichkeit spiegelte, aber er glaubte nicht, dass ihre jüngst absolvierten Kurse auf der »Farm«, dem größten Ausbildungszentrum der CIA in der Nähe von Williamsburg in Virginia, sie so verändert haben konnten. Ihm kam es wahrscheinlicher vor, dass dafür die schwere Prüfung verantwortlich war, die sie im letzten Jahr durchgemacht hatte. Es schien seltsam, sie so zu sehen, ohne jeden Anflug von Unschuld und Naivität. Aber es war schön, sie überhaupt wiederzusehen und zu wissen, dass sie nicht resigniert hatte vor den seelischen Problemen.

»Mir ging's ganz gut«, antwortete sie schließlich. Die Worte kamen überraschend, er hatte ganz vergessen, dass er eine Frage gestellt hatte. »Zumindest nach dem Kurs in Camp Peary, da ging es mir dann besser. Was hat Harper dir erzählt?«

»Eigentlich nichts.«

»Irgendwas muss er erzählt haben«, bohrte sie. »Was hat er gesagt?«

»Dass du eine Zusatzausbildung wolltest.« Er zögerte. »Warst du deshalb in Camp Peary? Wolltest du dich für Vor-Ort-Einsätze schulen lassen?«

Sie nickte bedächtig. »Du wirst es nicht glauben, Ryan, aber es war die richtige Entscheidung. Die beste, die ich treffen konnte. Ich brauchte eine Veränderung, aber es war nicht nur das. Ich musste …«

»Ja?«, fragte er, da er den Eindruck hatte, dass sie den Satz nicht beenden würde.

Sie zuckte die Achseln und wandte den Blick ab. Offenbar wollte sie Entschlossenheit demonstrieren, aber es gelang ihr nicht. Es war, wie er vermutet hatte. Sie mochte sich in gewisser Weise verändert haben, doch trotz aller Anstrengungen war sie nicht in der Lage gewesen, mit dem eigentlichen Problem fertig zu werden. Was ihn absolut nicht überraschte. Aus persönlicher Erfahrung wusste er, dass seelische Wunden – jene, die nicht bluteten und die man nicht sah – gewöhnlich die schlimmsten waren, denn es gab keine Standardmethode, sie zu heilen.

»Ich kann es nicht wirklich erklären«, sagte sie. »Aber glaub mir, jetzt steht alles zum Besten. Übrigens hatte es nichts mit dir zu tun. Ich bin nicht deshalb verschwunden, aber … Nein, das trifft es nicht richtig … Hör zu, ich bin hier, weil ich mit dir reden wollte. Um es dir unter vier Augen zu sagen. Ich denke, das bin ich dir schuldig.«

»Um mir was zu sagen?«

»Dass ich so weit bin, wieder an die Arbeit zu gehen.« Sie schwieg einen Moment, weil sie seine Reaktion einschätzen wollte. »Harper hat mir diesen Job angeboten. Er sagte, ich sei perfekt dafür geeignet, wegen Pakistan … Bei der CIA gibt es nicht viele Agenten, die Punjabi sprechen …«

»Mit Sicherheit mehr als einen«, versetzte Kealey, der einen skeptischen Unterton nicht unterdrücken konnte. Obwohl er ihre Worte ernst nahm, hatte sie immer noch nicht angesprochen, was wirklich wichtig war, zumindest für ihn. Er versuchte, seine Verbitterung zurückzudrängen, doch es gelang ihm nicht ganz. »Interessant, dass er zuerst an dich gedacht hat.«

Sie warf ihm einen scharfen Blick zu. »Was soll das heißen?«

»Nichts, ich …« Er unterbrach sich abrupt, wollte den Gedanken nicht weiterverfolgen. Ihm war absolut nicht daran gelegen, dass es zu einem Streit kam. Er wollte unbedingt wissen, was in ihrem Kopf vorging, konnte es aber nicht aus ihr herauspressen. Wenn er zu viel Druck machte, würde sie vielleicht wieder für ein halbes Jahr verschwinden, und er glaubte nicht, dass er das noch einmal ertragen würde. »Ich kenne deine Fähigkeiten, Naomi. Aber darum geht es hier nicht, ich wollte nur …«

»Was?«

»Ich glaube nicht, dass du schon so weit bist.« Sie schien ihm ins Wort fallen zu wollen, aber er hob eine Hand, um ihr Einhalt zu gebieten. »Lass mich ausreden. Du hast in zwei Jahren mehr erreicht als die meisten CIA-Agenten in einem Jahrzehnt, und du verdienst die Chance, noch mehr zu leisten, wenn du dir das wünschst. Aber du solltest noch warten.«

»Ich habe gewartet.« Sie wandte den Blick ab, als müsste sie ihre Kräfte sammeln. Dann schaute sie wieder ihn an, und ihre Miene zeigte einen Anflug von Verärgerung. »Ich habe mir fast ein Jahr Zeit gelassen. Was soll ich denn deiner Meinung nach tun? Alles hinschmeißen? Nein, Harper hat mich für diesen Job persönlich ausgesucht. Er glaubt, dass ich so weit bin. Bedeutet dir das gar nichts?«

»Er glaubt nicht, dass du schon so weit bist, Naomi. Das war eine Lüge. Begreifst du nicht, was hier los ist?« Er schüttelte wütend den Kopf, verzweifelt wünschend, dass sie endlich verstand. Jetzt kam alles wieder hoch, die Frustration und der Schmerz der letzten sechs Monate, die Verzweiflung, er konnte es nicht länger zurückhalten. »Das ist doch alles Unsinn. Er benutzt dich nur, um an mich heranzukommen. Ich bin sicher, dass du …«

»Du bist so überheblich!« Sie sprang auf, und ihre dunkelgrünen Augen funkelten zornig, als sie mit dem Finger auf ihn zeigte. »Ich hätte wissen sollen, dass du so etwas sagen würdest. Du wirst es vielleicht nicht glauben, Ryan, aber ich habe mich verändert. Und ich bin hundertprozentig in der Lage, das zu tun, was getan werden muss. Frag die Ausbilder auf der Farm, wenn du mir nicht glaubst. Frag sie nach meiner Bilanz auf dem Schießplatz. Ich bin keine Analystin mehr und werde diesen Job keinem anderen überlassen. Wenn du nichts mit der Geschichte zu tun haben willst, nun gut, es gibt genügend qualifizierte Leute in Langley, die nur zu gern für dich einspringen würden.«

»Hör zu, ich wollte nicht andeuten, dass du nicht über die erforderlichen Fähigkeiten verfügst«, sagte Kealey, bereits wieder auf dem Rückzug. Dann wurde ihm etwas klar. Er konnte keinen Schmusekurs fahren, musste ihr sagen, was er wirklich dachte. Er wünschte sich zutiefst, eine Eskalation zu verhindern, aber *sie* war spurlos verschwunden, ohne ein Wort zu sagen. Sie war von ihm fortgegangen, hatte ihn für sechs Monate im Ungewissen gelassen, und jetzt ließ sie gleich die nächste Bombe platzen: Keine zehn Monate, nachdem sie eine weniger exponierte Funktion bei der CIA beinahe das Leben gekostet hatte, übernahm sie eine neue, sehr viel gefährlichere Rolle. Das war zu viel, um es auf einen Schlag verdauen zu können, und ihre aggressive Haltung machte alles nur noch schlimmer. »Ich will einfach nicht, dass du dich in etwas hineinstürzt, womit du nicht klarkommst.« Er beugte sich vor, blickte ihr in die Augen und senkte die Stimme. »Hast du es wirklich überwunden, Naomi? Glaubst du das, was du da sagst, wirklich? Ich war bei dir, als du die schlimmste Zeit durchgemacht hast, schon vergessen?«

Ihre Miene verfinsterte sich, während sie ihn über den Tisch hinweg anstarrte. Sie hatte offenbar nicht vor, einen Rückzieher zu machen oder gar zuzugeben, dass er recht hatte. »Du hast mich ein halbes Jahr nicht gesehen, Ryan. Mir ist egal, was du glaubst. Ich bin nicht mehr derselbe Mensch wie im Januar. Und weißt du was? Ich bin nicht mal sicher, ob ich bei diesem Job überhaupt mit dir zusammenarbeiten möchte. Insbesondere dann nicht, wenn du vorhast, ständig Ärger zu machen.«

Er schaute sie ungläubig an, es hatte ihm die Sprache verschlagen. Es war offensichtlich, dass sie von Anfang an mit einem Streit gerechnet hatte, und sie beabsichtigte nicht, den Kürzeren zu ziehen. Und sie sagte die Wahrheit, handelte wie eine völlig andere Person, die mit der Frau, die er vor einem halben Jahr gekannt hatte, kaum noch etwas gemein hatte. Mit der Frau, die er liebte.

»Was wird aus uns?«, fragte er leise. Es war ihm zutiefst

zuwider, diese Frage stellen zu müssen, sie klang zu sehr, als würde er sie anflehen. Aber er musste es wissen, und sie war offensichtlich nicht willens, das Thema anzuschneiden. »Ich dachte, wir hätten eine gute Beziehung. Ist das jetzt vorbei? Wolltest du mir das beibringen?«

Sie ließ sich lange Zeit mit ihrer Antwort, doch über ihr Gesicht huschte ein vertrauter Ausdruck. Für einen kurzen Augenblick hatte er das Gefühl, derselben Person gegenüberzusitzen wie bei ihrer letzten Begegnung, einem seelisch verletzten, gezeichneten, zerbrechlichen Menschen. Als sie dann sprach, war ihre Stimme leise, und sie blickte auf den Tisch. »Ich weiß es nicht. Bitte, ich möchte im Moment nicht darüber nachdenken.«

Er zögerte, wusste nicht, was er sagen sollte. »Naomi, ich …«

»Hör zu, ich kann jetzt nicht darüber nachdenken.« Schon war sie wieder unnahbar und reserviert. Zugleich wirkte sie verärgert, als hätte er sie zwingen wollen, etwas preiszugeben. »Außerdem geht es im Augenblick nicht darum. Ich will nur eines wissen: Bist du dabei oder nicht? Wenn du keine Lust hast, Saifi zu jagen und die verschwundenen Touristen zu finden, dann sag es einfach. Damit komme ich auch allein klar.«

»Willst du das?«, fragte er mit ruhiger und leiser Stimme, ihre Forschheit ignorierend. »Willst du, dass ich Harper eine Absage erteile? Würde es das für dich leichter machen?«

Für ein paar Augenblicke studierte sie seine Miene eingehend. Offenbar versuchte sie einzuschätzen, wie aufrichtig er war. »Du musst es wissen, Ryan. Ich kann diese Entscheidung nicht für dich treffen. Aber falls du glaubst, dass ich noch nicht so weit bin, können wir nicht zusammenarbeiten. Vielleicht solltest du …« Sie wandte den Blick ab. »Ich weiß es nicht. Vielleicht solltest du ihm sagen, dass du nichts mit der Geschichte zu tun haben willst. Womöglich wäre das für uns beide am besten.«

Er schüttelte den Kopf und schaute zu Boden. Ihre Worte hatten ihn tiefer getroffen, als ihr wahrscheinlich bewusst war. Als er schließlich den Blick hob, sah sie ihm direkt in die Augen, offenbar auf eine Antwort wartend. Ihre unnachgiebige, unversöhnliche Miene führte eine Entscheidung herbei, und als er sprach, klang seine Stimme so hart und kämpferisch wie ihre.

»Pech gehabt, Naomi. Du kannst mich nicht daran hindern, bei dem Job einzusteigen. Eigentlich will ich nichts damit zu tun haben, aber mir ist schon jetzt klar, dass du mir keine andere Wahl lässt. Da ich dir die Geschichte nicht ausreden kann, hast du jetzt einen Partner. Allerdings solltest du nicht vergessen, dass ich es nur aus einem Grund tue.«

»Tatsächlich?« Sie straffte die Schultern und schaute ihn mit blitzenden Augen an. »Und der wäre?«

Er stand auf und nahm seine Jacke von der Stuhllehne.

»Ich muss aufpassen, dass du dich nicht in Lebensgefahr bringst.« Er drehte sich um und ging in Richtung Tür, doch mit jedem Schritt machte es ihn trauriger, wie dieses Gespräch gelaufen war. Ihm war nicht klar, was sie so verändert hatte, aber er wusste, dass er keine Ruhe geben würde, bis er es herausgefunden hatte. Bis dahin konnte er nur aufpassen, dass sie sich nicht in Gefahr brachte. Leichter gesagt als getan, sagte eine leise Stimme in seinem Inneren, doch er ignorierte sie. Er wusste, was ihn erwartete, und er würde alles tun, damit ihr nichts passierte. Und ihm war egal, wie sie darüber dachte.

5

Islamabad

Während seiner gut zweiundzwanzig Jahre beim Bureau of Diplomatic Security war Special Agent Mike Petrina mit einem breiten Spektrum von Aufgaben betraut worden. Er hatte als Kurier für wichtige Dokumente fungiert, sich mit Passbetrug beschäftigt und in dreiundvierzig Ländern auf sechs Kontinenten hohe amerikanische Politiker beschützt. Im Laufe der Zeit war er Zeuge wahrhaft historischer Augenblicke gewesen, hatte aber auch einige dieser seltenen, beunruhigenden Momente miterlebt, in denen Amerikanern eine unverhohlen feindselige Stimmung entgegenschlug. Einen Suburban durch eine Menge aufgebrachter Demonstranten zu manövrieren konnte gefährlich genug sein, doch so etwas war Routine, und er hatte sehr viel Schlimmeres ertragen müssen. Im Herbst 2000 hatte er nur ein paar Schritte neben Madeleine Albright gestanden, als diese zum ersten Mal den Fuß auf nordkoreanischen Boden setzte. Er erinnerte sich genau an das seltsame Gefühl, das er empfunden hatte, als die erste Außenministerin der Vereinigten Staaten Kim Jong Il die Hand schüttelte, an das gekünstelte Lächeln des kommunistischen Staatschefs und an die eisigen Blicke der Spalier stehenden Soldaten. Die aktuelle Lage war weniger unangenehm, aber die Stimmung in dem Raum angespannt, und es wurde von Minute zu Minute schlimmer.

Der holzgetäfelte Presseraum des Präsidentenpalasts war bis auf den letzten Platz gefüllt mit Journalisten und Kameramännern. An der Decke hingen kunstvolle Kronleuchter, und ihr Licht fiel auf die Menge und ein Porträt, das einen lächelnden Mohammed Ali Jinnah zeigte, den Gründer Pakistans. Soweit Petrina sah, lächelte außer ihm niemand in dem Raum. Vor dem Porträt befanden sich – keinen Meter auseinander – zwei Rednerpulte aus glänzendem Holz. Hinter dem rechten stand in einem dunklen Anzug und mit roter Krawatte der schlanke pakistanische Außenminister Malik Bokhari, hinter dem linken seine designierte amerikanische Amtskollegin Brynn Fitzgerald. Von seinem Platz aus hatte Petrina einen hervorragenden Blick auf die beiden Politiker und die Menge, und die angespannte Atmosphäre war mit Händen zu greifen.

»Frau Außenministerin«, kam eine Stimme aus dem Auditorium. Petrina schaute instinktiv hin, und sein Blick fiel auf Susan Watkins, eine prominente Auslandskorrespondentin von CNN. Der pakistanische Außenminister hatte bereits eine vorbereitete Erklärung verlesen, genau wie seine amerikanische Amtskollegin, und nun begann das Frage-und-Antwort-Spiel mit den Journalisten. »Wenn Sie erlauben, würde ich gern noch einmal auf Israels jüngste Entscheidung eingehen, eine große Waffenlieferung an die indische Regierung zu verkaufen. Ich nehme an, Präsident Brenneman hat Zeit gefunden, über diese Ankündigung nachzudenken. Angesichts der heiklen Natur einer solchen Transaktion frage ich mich, ob er vielleicht seine Entscheidung überdacht hat …«

»Auf dieses Thema bin ich bereits eingegangen, Miss Watkins«, unterbrach Fitzgerald. »Der Präsident hat nicht die Absicht, sich in Israels Angelegenheiten einzumischen, und klargestellt, dass dieses Problem nur durch einen Dialog zwischen den betroffenen Ländern beigelegt werden kann.«

»Womit Sie Indien und Pakistan meinen.«

»Genau.«

»Aber er hört doch sicher den internationalen Appell, sich in dieser Angelegenheit zu engagieren, besonders angesichts der Tatsache, dass die Vereinigten Staaten am meisten Waffen nach Israel exportieren. Und jetzt verkaufen die Israelis genau diese Waffen, die wir ihnen geliefert haben.«

Fitzgerald schaute ins Publikum. Ihr Blick traf den der hartnäckigen Journalistin, aber man musste ihr zugestehen, dass sie eine vollendete diplomatische Haltung wahrte. »Ich halte das nicht für ein plausibles Statement, Miss Watkins. Meiner Ansicht nach ist das eine ziemlich vereinfachende Sicht der Lage. Israel hat selbst eine große Waffenindustrie und laut den Dokumenten, die ich gesehen habe, sind bei dem angekündigten Geschäft mehr als einhundertfünfzig Millionen Dollar für den Kauf von unbemannten Aufklärungsflugzeugen vom Typ Hermes 180 UAV vorgesehen, die von Elbit Systems Ltd. hergestellt werden, einem in Haifa ansässigen Unternehmen. Also hat die israelische Regierung durchaus das Recht, diese Technologie auf dem internationalen Markt zu verkaufen. Auf einer allgemeineren Ebene ist festzuhalten, dass das Geschäft mit Indien in keinster Weise Israels Verpflichtungen gegenüber den Vereinigten Staaten verletzt. Vielleicht erinnern Sie sich, diese Verpflichtungen, auf die ich gerade verwiesen habe, wurden formuliert, nachdem Israel 2004 einen kleineren Verkauf an China ins Auge gefasst hatte. In diesem Fall gab es Probleme im Hinblick auf den nicht rechtmäßigen Verkauf sensibler amerikanischer Technologie, was in der aktuellen Situation nicht so ist. Israel hat 2005 eine Einverständniserklärung in diesem Sinne unterzeichnet. Bis jetzt hat es sich an diese Vereinbarung gehalten. Folglich – um es zu wiederholen – sehen wir keine Möglichkeit, dieses Geschäft zu unterbinden.«

»Aber stimmt es nicht, Dr. Fitzgerald«, beharrte Watkins, »dass der pakistanische Verteidigungsminister einen Brief an das Pentagon gerichtet hat, in dem er die Vereinigten Staaten darum bat, ihre Haltung zu überdenken? Er verwies auf die nachteiligen Auswirkungen, die der Waffenverkauf auf die regionale Sicherheit in Südasien haben würde. Vielleicht könnten auch Sie sich zu diesem Problem äußern, Mr. Bokhari.«

Für einen langen Augenblick sagte Fitzgerald nichts. Ihr pakistanischer Amtskollege schaute sie an, auf ihre Reaktion wartend, etliche Fotografen drückten auf den Auslöser. Petrina zuckte unwillkürlich zusammen. Obwohl Fitzgerald ein exzellentes Verhältnis zu den Diplomaten und einflussreichen Politikern unterhielt, denen sie bisher begegnet war, hatte sie nichts in ihrer bisherigen Laufbahn auf solche Auftritte im grellen Licht der internationalen Öffentlichkeit vorbereiten können. Bei laufenden Kameras konnte selbst das kleinste Zögern verheerende Konsequenzen haben, weil es automatisch den Eindruck vermittelte, die betreffende Person versuche eine Lüge auszubrüten. Petrina hoffte, dass Fitzgerald die Geistesgegenwart besaß, sich darüber klarzuwerden, bevor sie die Frage beantwortete.

»Ich hatte noch keine Gelegenheit, diesen Brief zu studieren«, sagte Fitzgerald schließlich. »Da ich nicht über seinen konkreten Inhalt informiert bin, sehe ich mich nicht in der Lage …«

»Aber von seiner Existenz wissen Sie, ist das richtig?«, fragte ein anderer Journalist.

»Ja«, antwortete Fitzgerald in einem etwas schärferen Tonfall. »Wie der Präsident. Aber wie ich bereits sagte, er …«

»Wenn ich vielleicht etwas sagen darf, Dr. Fitzgerald …«, unterbrach ihr pakistanischer Amtskollege.

Die amerikanische Außenministerin nickte knapp, und es gelang ihr, wieder eine neutrale Miene aufzusetzen. »Selbstverständlich, Mr. Bokhari.«

Malik Bokhari wandte sich dem Journalisten zu, der die Frage gestellt hatte. »Es ist richtig, dass wir uns in dieser Angelegenheit an etliche amerikanische Spitzenpolitiker gewendet haben, nicht nur an den Präsidenten. Tatsächlich hat unser Präsident General Musharraf persönlich zu einflussreichen Kongressmitgliedern Kontakt aufgenommen. Das von Israel angekündigte Waffengeschäft mit Indien erfüllt uns natürlich mit großer Sorge, und die sprunghaft wachsende Truppenpräsenz auf beiden Seiten der Demarkationslinie in Kaschmir ist bezeichnend für den Ernst der Lage. Pakistan hat nicht die Absicht, in den Gebieten von Azad Kaschmir einen Konflikt zu provozieren, doch jeder weitere Versuch der indischen Regierung, seine militärische Bereitschaft zu erhöhen, wird umgehend mit gleichartigen Schritten beantwortet, und jedes Vordringen auf von Pakistan kontrolliertes Territorium wird eine schnelle und entschiedene Reaktion hervorrufen.«

In dem Raum herrschte Schweigen, als der pakistanische Verteidigungsminister eine Kunstpause einlegte, um seinen Worten den nötigen Nachhall zu verschaffen.

»Ich möchte betonen«, fuhr er schließlich fort, »dass Pakistan seit der Ankündigung der israelischen Waffenlieferung an Indien keinen Versuch gemacht hat, sich zusätzliche Waffen oder Munition zu besorgen. Wir haben kein Interesse, in dieser Situation als Aggressor gesehen zu werden, und sind an einer Rückkehr zu einer normalen militärischen Alarmbereitschaft interessiert. Das wird allerdings nur möglich sein, wenn Indien seinen guten Willen demonstriert, indem es auf den Waffenkauf verzichtet.«

Bokhari schaute Fitzgerald an. »Haben Sie dem noch etwas hinzuzufügen?«

»Nein.« Die amerikanische Außenministerin wirkte etwas durcheinander, brachte aber ein gezwungenes Lächeln zustande und reichte ihrem pakistanischen Amtskollegen die Hand. »Danke, dass Sie mich eingeladen haben, Mr. Bokhari.«

»Aber ich habe zu danken, dass Sie gekommen sind, Frau Außenministerin.«

Die Journalisten riefen den beiden Politikern aufgeregte Fragen nach, als diese sich umwandten und zur Rückseite des Raumes gingen, wo einer von Bokharis Personenschützern ihnen die Tür aufhielt. Als Fitzgerald dem Pakistaner folgte, schloss Petrina schnell zu den beiden auf, wobei er das Mikrofon/Receiver-System in seinem rechten Ohr justierte. Es war von Motorola und erlaubte ihm zu kommunizieren, ohne zuvor – wie bei einem Funkgerät – auf einen Knopf drücken zu müssen. Petrina war etwas geschockt, da man in Pressekonferenzen nur selten so scharfe Worte vernahm, doch ihm blieb keine Zeit, über Bokharis Formulierungen nachzudenken. Er musste seine Arbeit tun und würde sich erst entspannen, wenn Fitzgerald im Flugzeug saß und die Heimreise antrat. Ihre erste offizielle Reise als Außenministerin war gerade zu Ende gegangen.

»Hallo Edsall, Petrina hier. Die Pressekonferenz ist beendet. Wie sieht's aus?«

Petrina hörte ein Knistern, dann kam die Antwort. »Alles bestens. Der Flugplan ist fertig, die Maschine aufgetankt und startklar. Die Route ist in Ordnung.«

»Die Autos, die ihrem Suburban folgen?«

»Stehen schon bereit. Wir warten auf dich, *over*.«

»Okay«, antwortete Petrina. Er blickte zu Fitzgerald hinüber, die gerade noch ein paar Abschiedsfloskeln austauschte. »Sie sagt gerade bye-bye. Auf die Minute genau kann ich nicht sagen, wie's weitergeht, aber ich halte dich auf dem Laufenden. Für den Augenblick soll jeder auf seinem Posten bleiben.«

»Verstanden, Boss.«

Eine Viertelstunde später trat Fitzgerald in den dunstigen Nachmittag hinaus. Es wurde immer noch gefilmt, Kameramänner und Journalisten standen mittlerweile am Fuß der Treppe. Ein paar Schritte hinter ihnen warteten die Fahrzeuge des Konvois. Die designierte Außenministerin setzte ein routiniertes Lächeln auf – das hatte sie bereits gelernt – und schüttelte dem pakistanischen Amtskollegen ein letztes Mal die Hand. Neben Fitzgerald stand Lee Patterson, der amerikanische Botschafter in Pakistan.

Patterson, ein großer, eleganter Mann aus Boston, war ein Karrierediplomat, der seit zwanzig Jahren im Dienst des Außenministeriums war und auch außerhalb dieser Sphäre einen gewissen Bekanntheitsgrad hatte, da er vor einigen Jahren Erbe eines großen Vermögens geworden war. Allein sein Aktienpaket von einem Prozent bei Texas Instruments war fast einundzwanzig Millionen Dollar wert, wodurch er einer der reichsten Diplomaten weltweit war. Nach dem letzten höflichen Händedruck stieg er mit Fitzgerald die Stufen hinab, umgeben von Leibwächtern. Der Chef des Personenschutzkommandos, Special Agent Mike Petrina, trug eine dunkle Sonnenbrille und behielt Fitzgerald im Auge, die direkt vor ihm war.

Als sie den Fuß der Treppe erreichten, wurden sofort die Türen der wartenden Fahrzeuge aufgerissen. Petrina wartete, bis Fitzgerald und Patterson im Fond Platz genommen hatten. Dann schloss er die Tür und setzte sich auf den Beifahrersitz.

»Alles klar, Ma'am?«, fragte er über die Schulter.

Fitzgerald unterbrach die angeregte Unterhaltung mit dem Botschafter. »Ja, wir können fahren.«

»Soll ich die …?«

Sie wusste, was er meinte. »Wenn es Ihnen nichts ausmacht.«

Petrina drückte auf einen Knopf, damit sich die Trennscheibe hinter den Vordersitzen hob. Obwohl Fitzgerald selbst einen Knopf in Reichweite hatte, wartete sie immer auf Petrinas Frage. Ihre Höflichkeit war nur einer der Gründe, warum Petrina die Außenministerin nicht nur respektierte, sondern wirklich mochte.

Er wandte sich an den Fahrer. »Wir fahren knapp hundert, wenn wir auf der Hauptstraße sind.«

Der Chauffeur nickte, und Petrina gab die Anweisung an die vorderen Fahrzeuge durch. Dann warteten sie, bis diese sich in Bewegung setzten. Bald hatten sie den Präsidentenpalast hinter sich gelassen und fuhren über die Constitution Avenue in Richtung des Militärflughafens Chaklala, wo die bereits aufgetankte Boeing 757 des Außenministeriums wartete, die früher der U.S. Air Force gehört hatte. Die Maschine war extra überholt worden, um die Wünsche der Außenministerin zu befriedigen. Im Grunde war sie eine etwas bescheidenere Version der Air Force One, und auf normale Flugreisende hätten die weichen Ledersitze und die großzügige Beinfreiheit äußerst luxuriös gewirkt.

Petrina lehnte sich zurück, fuhr sich mit der Hand über den kahl geschorenen Schädel und versuchte, sich zu entspannen. Der Aufenthalt in Pakistan hatte keine vierundzwanzig Stunden gedauert, aber seine Nerven waren die ganze Zeit über bis zum Zerreißen gespannt gewesen. Nur in wenigen Ländern waren die antiamerikanischen Ressentiments stärker ausgeprägt als in der islamischen Republik, und deshalb waren bei Fitzgeralds erstem offiziellen Besuch extreme Sicherheitsvorkehrungen getroffen worden. Zunächst war den Journalisten eine falsche Ankunftszeit mitgeteilt worden – statt am Mittag war die abgedunkelte Maschine in der letzten Nacht gelandet. Wenige Minuten, bevor Fitzgerald die kurze Fahrt in die diplomatische Vertretung in Islamabad antrat, waren zur Täuschung vom Flughafen aus mehrere Autokonvois in Bewegung gesetzt worden, und überall in der Stadt gab es Straßensperren der Polizei.

Man hatte alles nur Mögliche getan, um Fitzgeralds Sicherheit zu gewährleisten, doch Petrina wusste, dass er sich erst besser fühlen würde, wenn sie am Flughafen waren – und noch besser, wenn die Maschine in der Luft war. Angesichts der aufgeregten Stimmen hinter ihm, die selbst durch die Trennscheibe zu hören waren, glaubte er, dass Fitzgerald der gleichen Ansicht war.

»Was zum Teufel ist eben da drin passiert, Lee?«, fragte sie gerade den Botschafter. Sie zog wütend einen losen Faden aus dem Ärmel ihres marineblauen Hosenanzugs und blickte den neben ihr sitzenden Patterson an. Ihr war klar, dass Petrina und der Fahrer wahrscheinlich trotz der Trennscheibe jedes Wort verstehen konnten, aber es war ihr egal. »Ich dachte, du hättest gesagt, sie hätten ihre Position in dieser Frage gemäßigt.«

»Den Eindruck hatte ich auch, als ich mich letzte Woche mit dem Protokollchef traf. Er hat mir versichert …«

»Ist mir egal, was er dir erzählt hat.« Fitzgerald musste sich bemühen, nicht zu laut zu werden. »Ich wusste von nichts, stand ahnungslos vor den Fernsehleuten, ganz zu schweigen von den Auslandskorrespondenten. Hast du eine Ahnung, was für einen schlechten Eindruck es macht, wenn das gesendet wird? Der Präsident wird aufgebracht sein.«

Lee Patterson seufzte und schaute aus dem Fenster, um ihrem vorwurfsvollen Blick zu entgehen. »Ich weiß nicht, was ich sagen soll, Brynn. Offensichtlich haben sie ihre Haltung noch einmal überdacht. Kaschmir ist ein unglaublich heikles Thema. Pakistan und Indien streiten seit 1947 um dieses Territorium, und die gegenwärtige Verstärkung der Truppenpräsenz ist ein Teil des Problems. Es ist auch viel Taktik im Spiel, und es war völlig klar, dass sich die Pakistaner die Chance nicht entgehen lassen würden, in deiner Anwesenheit ein unmissverständliches Statement abzugeben.« Er schwieg kurz. »Vielleicht erinnerst du dich an unser Gespräch am letzten Freitag, als ich sagte, diese Pressekonferenz sei keine gute Idee, aber du wolltest nichts davon …«

»Lee, wir wissen beide, dass es keine Alternative gab. Ich musste mit Vertretern beider Seiten vor die Kameras treten. Sonst hätten wir genauso gut die ganze Reise absagen können.« Fitzgerald seufzte und strich sich eine widerspenstige Haarsträhne aus der Stirn. »Hör zu, ich weiß, dass es nicht deine Schuld war, aber jetzt ist es passiert, und wir müssen uns ernsthaft um Schadensbegrenzung kümmern. Irgendwelche Vorschläge?«

Patterson wandte sich ihr zu, ganz in Gedanken versunken. Sie kannten sich seit vielen Jahren, doch noch nie hatte er sie so gestresst gesehen. Kennengelernt hatten sie sich im zweiten Jahr ihres Jurastudiums an der Northwestern Law School, und in den Jahren darauf war ihre Freundschaft enger geworden – durch gegenseitigen Respekt, eine identische politische Einstellung und die Entdeckung, dass sie das Zusammensein mit dem anderen wirklich genossen. Aber weiter ging es nicht. Keiner der beiden hatte über eine engere Beziehung nachgedacht, doch obwohl Patterson mittlerweile seit dreiundzwanzig Jahren glücklich verheiratet war, fragte er sich heute gelegentlich, was damals vielleicht aus ihnen hätte werden können. Mit ihren achtundvierzig Jahren war Brynn Fitzgerald noch immer eine sehr attraktive Frau, trotz einiger Fältchen um die Augenwinkel und den Mund. Ihr elegant geschnittenes rotbraunes Haar war kein bisschen grau, und der Blick ihrer meergrünen Augen war noch so strahlend und intelligent wie zu der Zeit, als sie mit zweiundzwanzig in Massachusetts für die Anwaltsprüfung gepaukt hatte.

Doch obwohl sie gut aussah, hatte Patterson den Eindruck, dass ihre vorzeitige Nominierung für den Posten der Außenministerin ihren Tribut forderte. Es war alles eine Frage des Timings. Nach ein paar Jahren hätte man ihr den Job wahrscheinlich ohnehin angeboten. Brynn Fitzgerald war eine der kompetentesten Frauen im Dienst der Regierung. Sie hatte im Aufsichtsrat von etlichen im Forbes-500-Index aufgelisteten Unternehmen gesessen. Nicht weniger als sieben Universitäten hatten ihr einen Ehrendoktor verliehen, darunter Harvard, Yale und die University of Notre Dame. Sie war eine produktive Autorin, die seit 2001 fünf Bücher entweder selbst verfasst oder an ihnen mitgewirkt hatte. An der Frau kann man einiges bewundern, dachte er. Womöglich erklärte das, warum er sich nicht stärker um sie bemüht hatte. Manchmal empfand er sie als einschüchternd, und er wusste, dass er dieses Gefühl mit etlichen anderen teilte.

»Ich habe den Eindruck«, sagte er schließlich, »dass der Präsident in erster Linie dagegen ist, Israel seine Außenpolitik vorzuschreiben. Das hat er absolut nicht vor, er will nicht einmal den Anschein erwecken, als wäre es so. Wenn wir das Waffengeschäft dadurch stoppen könnten, dass wir ein wirtschaftliches Hilfspaket für Indien schnüren, oder durch eine höhere Unterstützung für Israel, wäre er in der Lage, die Situation ohne Gesichtsverlust zu entschärfen.«

»Vielleicht«, antwortete Fitzgerald ohne Begeisterung. »Aber wenn wir die Lieferung des Hilfspakets nicht bis zum Jahresende aufschieben können, riecht es immer noch nach einem Kompromiss. Es spielt keine Rolle, an wen es geht – an Israel oder Indien … Der Grund liegt auf der Hand.«

»Wenn die Eskalation gestoppt werden kann, ist es das wert, politische Konsequenzen in Kauf zu nehmen«, entgegnete Patterson. »Schließlich steht eine Menge auf dem Spiel. Indien und Pakistan haben zusammen mehr als zwei Millionen Männer unter Waffen und könnten im Fall eines voll ausgewachsenen militärischen Konflikts noch sehr viel mehr Kämpfer rekrutieren. Wir können es uns nicht leisten, diese Fakten zu ignorieren.«

»Ganz zu schweigen von den Atomwaffen«, murmelte Fitzgerald. Man hatte sie kürzlich über die Nuklearwaffenarsenale beider Länder informiert, und ihr war bewusst, wie ernst die Situation war. Die letzten Schätzungen der CIA besagten, dass Pakistan über achtundzwanzig bis zweiundvierzig einsatzbereite Atomwaffen verfügte, Indien über vierzig bis fünfzig. Selbst wenn man von diesen Zahlen zehn Prozent oder mehr abzog, würde ein nuklearer Schlagabtausch eine unvorstellbare Verwüstung hinterlassen.

»Genau«, stimmte Patterson zu. »Das ist nicht gerade ein neues Szenario. Im Jahr 1999 hatte sich eine ähnliche Situation entwickelt, und beide Länder gingen so weit, öffentlich zu erklären, alle militärischen Optionen würden erwogen.«

Der Botschafter schwieg, um seine Worte wirken zu lassen. »Du musst den Präsidenten wirklich davon überzeugen, dass er irgendwie interveniert. Die Nachrichten über dieses Geschäft sind seit Monaten im Umlauf, und die Israelis stehen kurz davor, die Waffen zu liefern. Wenn sie erst einmal bezahlt sind, werden wir keine Kontrolle mehr darüber haben, was Musharraf tut. Wir werden überhaupt keinen Einfluss mehr haben.«

»Ich rede mit ihm. Trotzdem, du musst wissen, dass er in diesem Punkt wirklich halsstarrig ist. Aber ich werde mein Bestes geben.«

»Gut. Danke.« Patterson glaubte, sich etwas zu entspannen. Als amerikanischer Botschafter in Pakistan war er permanenter Kritik – manchmal sogar offener Feindseligkeit – ausgesetzt, und die Ereignisse der letzten Monate hatten alles noch schlimmer gemacht. Er war dem Präsidenten mehrere Male persönlich begegnet und wusste, dass er halsstarrig sein konnte, aber seine designierte Außenministerin war genauso willensstark. Wenn jemand David Brenneman überzeugen konnte, seine Meinung zu ändern, dann Brynn Fitzgerald.

»Was ist mit unseren vermissten Touristen?«, fragte Patterson, der an den bilateralen Gesprächen nur teilweise teilgenommen hatte. »Was hatten sie zu dem Thema zu sagen?«

»Der ISI kümmert sich darum, aber wie du weißt, sind zehn dieser Personen bei schlechtem Wetter in den Bergen verschwunden, sodass die Chancen nicht gut stehen, dass sie wiederauftauchen.« Der ISI war mit Abstand der mächtigste von Pakistans drei großen Geheimdiensten. Aus diesem Grund leitete er die Suche nach den verschwundenen amerikanischen Touristen. »Es ist unstrittig, dass einige von ihnen tatsächlich entführt wurden, aber es scheint sehr wahrscheinlich, dass andere einfach von einem Schneesturm überrascht wurden. Oder in eine Schlucht gestürzt sind. Such es dir aus. Die meisten von ihnen haben eine Genehmigung für Bergsteiger beantragt, was wir besser von Anfang an in Betracht gezogen hätten.«

Der Botschafter nickte bedächtig, konnte aber sein Unbehagen nicht kaschieren.

»Woran denkst du?«, fragte Fitzgerald.

Patterson ließ sich mit seiner Antwort Zeit. »Mittlerweile bin ich fast vier Jahre hier und habe gesehen, wie tief die antiamerikanischen Ressentiments in der Bevölkerung verwurzelt sind. Ich habe mich wirklich bemüht, das zu ändern, kann aber nicht verschweigen, dass ich mich daran gewöhnt habe, das Schlimmste zu erwarten. Wenn ich von den Pakis eine Story aufgetischt bekomme, die völlig plausibel klingt, kann ich sie trotzdem nicht ohne Weiteres schlucken.«

Fitzgerald gestattete sich ein kurzes Lächeln und wandte den Blick ab. »Verstehe, aber es ist so, wie du gerade gesagt hast. Du schlägst dich seit vier Jahren täglich mit diesen Leuten herum, Objektivität ist vielleicht nicht deine …«

»Ich habe nichts gegen die Pakistaner oder ihre Regierung«, unterbrach Patterson gereizt. »Und ich verwahre mich gegen jede Andeutung des Gegenteils. Ich …«

»Tut mir leid, Lee.« Fitzgerald nahm seinen Arm und bemerkte, dass seine Miene sofort nachgiebiger wurde. »Ich wollte nicht unterstellen, dass du Vorurteile gegen sie hast. Dafür kenne ich dich zu gut. Ich sage nur, dass du vielleicht nicht der objektivste Beobachter bist. Du bist jetzt seit Jahren hier an vorderster Front, das war bestimmt nicht einfach.«

»Es war nicht einfach, aber du musst mich nicht besänftigen.« Er blickte ihr fest in die Augen. »Für so etwas kennen wir uns zu lange. Hör einfach zu, was ich zu sagen habe, okay? Hier braucht man Augen im Hinterkopf. Wenn sie Beweise haben, ist das eine Sache, aber du kannst hier nichts für bare Münze nehmen.« Er schwieg kurz. »Ich will nicht meine Kompetenzen überschreiten, aber du bist neu in diesem Job, Brynn, und manchmal merkt man es. Der Briefkopf ändert alles.«

Man hätte es vielleicht treffender sagen können, aber sie wusste, was er meinte. Es gab nicht viele Menschen, die offen mit ihr reden konnten, aber Lee Patterson war einer von ihnen. »Ich weiß den Ratschlag zu schätzen, Lee, und glaub mir … Ich bin mehr auf dich angewiesen, als dir bewusst ist. Dies ist eine anspruchsvolle Aufgabe, aber ich bin froh, dass du an meiner Seite bist. Das ist ernst gemeint.«

»Danke.« Er blickte lächelnd auf die Uhr. »Es ist eine Schande, dass du nicht noch einen Tag bleiben kannst. Es hätte gutgetan, etwas mehr über die alten Zeiten zu reden, und es gibt so viele Leute in der Botschaft, die keine Chance hatten, dich zu sehen. Wäre auch ein guter Schnappschuss für die Fotografen gewesen.«

»Ich weiß, aber ich habe morgen früh einen Termin beim Präsidenten. Völlig ausgeschlossen, den zu verschieben.«

»Hat sich der Trip trotzdem gelohnt?«, fragte er. Sie hatte während ihrer ersten offiziellen Auslandsreise mehrere südasiatische Länder besucht, darunter Afghanistan, Bangladesch, Bhutan und Indien.

»Er war … *lehrreich*. Wie du gerade sagtest, alles ändert sich mit dem Briefkopf. Es geht nach dem Protokoll, das ist Diplomatie. Aber es waren zwei produktive Wochen, und das ist die Hauptsache.«

Patterson lächelte erneut. »Mit anderen Worten, du freust dich darauf, nach Hause zu kommen.«

»Nicht so sehr, wie du vielleicht glaubst«, murmelte Fitzgerald, die geistesabwesend aus dem Fenster blickte. In der Ferne konnte man die grün-braunen Margalla Hills sehen, aber sie achtete nicht auf die vorüberziehende Landschaft. Stattdessen musste sie an das bevorstehende Treffen mit dem Präsidenten denken – und an seine Reaktion auf die katastrophale Pressekonferenz. »Tatsächlich würde ich lieber hierbleiben.«

6

Rawalpindi, Pakistan

Der Suburban, in dem Brynn Fitzgerald und Lee Patterson saßen, war das fünfte Fahrzeug in dem Konvoi, der von dem am oberen Ende der Constitution Avenue gelegenen Präsidentenpalast Aiwan-e-Sadr zu dem Militärflughafen südlich von Islamabad fuhr. In dem vierten Fahrzeug dahinter gab sich Naveed Jilani, der erste Assistent des pakistanischen Protokollchefs, alle Mühe, seine Nerven unter Kontrolle zu behalten. Er wartete auf den Anruf, der ihn endgültig an das Versprechen binden würde, das er vor zwei Wochen gegeben hatte. Er bedauerte seine Entscheidung nicht, doch das änderte nichts an seinem körperlichen Unbehagen. Ihm war klar, dass diese Symptome zu erwarten, sogar ganz natürlich waren – der kalte Schweiß, eine wie zusammengeschnürte Brust, das flaue Gefühl im Magen. Als der Anruf schließlich kam, ließ ihn der schrille Klingelton zusammenzucken. Er hob das Telefon ans Ohr und erkannte sofort die Reibeisenstimme, die sich am anderen Ende meldete.

»Naveed?«

»Ja.«

»Ich nehme an, Mirza ist bei dir.«

Jilani drehte den Kopf unwillkürlich nach links, wo Ghulam Mirza, der Protokollchef, den Plan für den nächsten Tag studierte. »Ja.«

»In welchem Fahrzeug sitzt du? Im letzten?«

»Nein.« Jilani wischte sich den Schweiß von der Stirn. Ihm war klar, dass Mirza seinen Worten lauschte, was ihn nur noch nervöser machte. »Das ist viel zu spät. Ich denke, wir sollten es zwei Stunden vorziehen.«

»Das dritte, vom letzten gesehen?«

»Genau.«

»Gut. In welchem Wagen sitzt die Außenministerin?«

»Ich glaube, Nummer fünf auf unserer Liste.« Jilani blickte zum wiederholten Male nervös aus dem Fenster. Er war nicht über die genaue Route des Konvois informiert worden, legte die Strecke zum Flughafen Chaklala im Zuge seiner beruflichen Pflichten aber monatlich Dutzende von Malen zurück. Da er alle Straßen bestens kannte, war er sich bereits ziemlich sicher, welche Route sie nehmen würden. Es war leicht, bestimmte Möglichkeiten auszuschließen. »Ich kann um zehn da sein. Leider habe ich vorher noch Verpflichtungen. Rufen Sie Baschir an, wenn Sie jemanden brauchen, der in ihrer Nähe bleibt.«

Am anderen Ende herrschte einen Augenblick Schweigen. Bei dem Treffen in Peschawar hatten sie sich auf bestimmte unverfängliche Formulierungen geeinigt. Jilani hatte gerade mitgeteilt, dass die Außenministerin im fünften Fahrzeug saß. Außerdem hatte er den ehemaligen General wissen lassen, dass der Konvoi in etwa zehn Minuten eine schmale Brücke überqueren würde. Die Einzelheiten kannte Jilani nicht, aber er wusste, dass an der besagten Straße – wie an zwei anderen, die infrage gekommen wären – bewaffnete Schützen warteten.

»Also im fünften Wagen«, wiederholte Mengal. »Bist du sicher? Wir können es uns nicht leisten …«

»Ich bin sicher.« Jilani erstarrte, krampfhaft das Telefon

umklammernd. Gerade hatte er es zum ersten Mal gewagt, Benazir Mengal ins Wort zu fallen, und für einen Augenblick empfand er ein Gefühl, das an Panik grenzte. »Entschuldigen Sie. Es war nicht meine Absicht, Ihnen …«

»Ich verstehe.« Die Stimme am anderen Ende war nur noch ein bedrohliches Murmeln. »Du hast unter großem Druck gestanden, dich aber gut geschlagen, Naveed. Ich bin dankbar für deine Loyalität. Vergiss nicht, den Kopf einzuziehen und dich nicht zu rühren, wenn du die erste Rakete hörst. Du hast nichts zu befürchten. Meine Männer sind Profis und werden das Ziel nicht verfehlen. Hast du mir sonst noch etwas zu sagen?«

»Nein, das war alles.«

»Dann goodbye, mein Freund, und viel Glück. *Asalaam aleikum.*«

»Ja, *wa aleikum asalaam.*«

Damit war das Gespräch beendet, und Jilani ließ das Telefon langsam in seinen Schoß sinken. Sein Kopf war leer, und es dauerte etwas, bis er begriff, dass der Protokollchef ihm eine Frage gestellt hatte.

»Wer hat angerufen, Navi?«

»War nur ein persönliches Telefonat, Chef.« Jilani wich dem Blick seines Bosses aus, und jetzt hatte er wieder einen klaren Kopf. Zum ersten Mal musste er daran denken, wie wenig sein Leben wert war. Er konnte sich keinen Grund vorstellen, warum die Männer des Generals darauf achten sollten, ihn zu verschonen, wenn sie zuschlugen, und diese Erkenntnis, dass sein Leben absolut nicht zählte, war tief verstörend. »Der Bruder meiner Frau. Parveen ist seit einiger Zeit krank, und die Ärzte haben sie im Krankenhaus gründlich untersucht. Jetzt warten wir auf die Ergebnisse.«

Der Protokollchef nahm seine Brille ab und runzelte die

Stirn. »Das erklärt einiges. Sie scheinen schon seit ein paar Wochen nicht ganz bei der Sache zu sein.«

»Verzeihen Sie, aber …«

»Schon gut«, unterbrach Mirza seine Entschuldigung. »Ich hoffe nur, dass es nichts Ernstes ist. Die Krankheit Ihrer Frau, meine ich.«

»Sie sollten nicht zu besorgt sein, Chef.« Jilani wandte erneut den Blick ab und versuchte, das Zittern seiner Hände unter Kontrolle zu bekommen. »Ich bin sicher, dass alles in Ordnung ist.«

7

Rawalpindi

Während sich der Autokonvoi seiner Position näherte, warf Benazir Mengal das Telefon einem seiner Männer zu. Dann gab er schnell die Informationen an ihn weiter, die er gerade bekommen hatte. Als der junge Mann die anderen Mitglieder des Teams benachrichtigte, rieb sich Mengal nachdenklich die Nase und betrachtete die hinter seinem Fahrzeug liegende Straße. Durch Zufall wartete er genau an der Route, für die sich die Amerikaner letztlich entschieden hatten. Es war nur eine von drei denkbaren Strecken, aber die kürzeste zwischen dem Präsidentenpalast und dem Flughafen. Deshalb war ihm diese Möglichkeit als die wahrscheinlichste erschienen. Glück gehabt, dachte er. So hatte er Gelegenheit, ein letztes Mal die Örtlichkeit zu studieren.

Die eiserne Brücke, die über eine kleine Schlucht mit Bäumen, Büschen und weggeworfenem Abfall führte, war keine hundert Meter entfernt. Die Straße dahinter war zu beiden Seiten von kleinen Häusern und Geschäften gesäumt. Es war eine ärmliche, heruntergekommene Gegend. Die zum Flughafen führende Straße war einer der Hauptverkehrswege zwischen Islamabad und seiner südlich gelegenen Schwesterstadt Rawalpindi. Etliche Leute waren zu Fuß oder auf dem Fahrrad unterwegs, und auf der Brücke selbst herrschte beträchtlicher Verkehr.

»General?«

Er wandte sich seinem Untergebenen zu, der das Telefon ans Ohr presste. Mengal hatte es nicht klingeln gehört, da er in Gedanken woanders war. »Ja?«

»Der Konvoi hat gerade eine Straßensperre passiert, keine anderthalb Kilometer von hier. Das zweite Fahrzeug wartet.«

Mengal nickte knapp. »Sind die Männer startklar?«

Der ehemalige Soldat zeigte in Richtung Brücke. Von Norden aus fuhr gerade ein schwerer Nissan-Lastwagen auf die Brücke, dessen Ladefläche wegen einer dicken Plane nicht zu sehen war. »Sie sind startklar. Wir haben einen Späher postiert. Er bleibt an der Nordseite der Brücke, bis sich der Konvoi nähert. Dann ruft er an.«

»Gut.«

Der Mann trat ungeduldig von einem Bein aufs andere, während Mengals Blick sich auf den sich langsam nähernden Lastwagen richtete. Die Autofahrer dahinter hupten ohne Unterlass, nervös darauf wartend, die Brücke passieren zu können. Mengal empfand kein Mitgefühl für die Menschen, die auf der Brücke festsaßen. Der starke Verkehr beruhigte ihn, denn deshalb würde der Konvoi beim Erreichen der Brücke deutlich abbremsen müssen, wodurch er leichter zu treffen war. Sobald die ersten Raketen abgefeuert waren, wurden die getroffenen Wagen Hindernisse für die folgenden Fahrzeuge, und die hohe Zahl unbeteiligter Opfer würde die Verwirrung noch steigern. Kurzum, es war der perfekte Plan für einen Anschlag. Mengal hatte bereits erlebt, dass diese Taktik aufging.

Trotzdem konnte er dieses unbehagliche Gefühl nicht abschütteln, das ihn schon vor einigen Stunden beschlichen hatte. So etwas kam selten vor bei ihm. Er glaubte an taktische Entscheidungen, die auf erfolgreichen früheren Operationen beruhten, und angesichts dessen, was gleich geschehen würde, musste er an nicht lange zurückliegende Ereignisse in der Geschichte seines Landes denken. Ereignisse, die als beunruhigende Fehlschläge zu verbuchen waren. Pervez Musharraf hatte im Lauf seiner Präsidentschaft wie durch ein Wunder nicht weniger als drei Mordanschläge überlebt. Zwei davon hatten sich 2003 ereignet, und in einem Fall war Musharrafs Überleben auf den Einsatz eines Störsenders zurückzuführen, der in einem Umkreis von mehreren Hundert Metern um den Konvoi herum jedes Handygespräch unmöglich machte. Durch Naveed Jilani, der gute Verbindungen zur amerikanischen Botschaft hatte, wusste er, dass die Fahrzeuge der diplomatischen Vertretung nicht mit solchen Störsendern ausgerüstet waren. Wie auch immer, das war nur ein unbedeutendes Detail, das ihn nicht beunruhigte. Technik war leicht auszuschalten, ein echtes Hindernis vermochte er darin nicht zu sehen. Ihn beschäftigte das Personenschutzkommando der Außenministerin sehr viel mehr.

Dieses war für ihn der wahrscheinlichste Grund, der einem Erfolg im Wege stand. Während seiner Zeit bei der Armee hatte er einmal auf dem Flughafen Chaklala an einer Begrüßungszeremonie für Präsident Clinton teilgenommen und gesehen, wie der amerikanische Secret Service arbeitete. Er erinnerte sich an die extreme Wachsamkeit der Männer, die Art und Weise, wie sie sich perfekt aufeinander abgestimmt bewegten, und besonders daran, wie sie ihn mit schlecht kaschiertem Misstrauen taxierten. Es schien fast, als hätten sie schon damals in die finstersten Abgründe seines Gehirns schauen können. Schnell hatte er begriffen, dass sie eine Akte über ihn haben mussten, und seitdem hatte er immer wieder anerkennen müssen, wie gründlich die Amerikaner waren. Die Außenministerin wurde nicht vom Secret Service, sondern vom Diplomatic Security Service geschützt, doch Mengal wusste, dass die Sicherheitsvorkehrungen genauso gut sein würden. Er konnte nicht sicher sein, vermutete aber, dass ihr persönlicher Trupp von Personenschützern mindestens sieben Mann stark war. Wahrscheinlich eher zehn. Er hatte mehr Männer zur Verfügung, doch die Amerikaner hatten viele Vorteile. Ihre Sicherheitsbeamten waren so perfekt ausgebildet, dass sie instinktiv und immer richtig reagierten. Außerdem hatten sie die besten Waffen, die für Geld zu haben waren.

Seine Männer waren alle irgendwann seine Untergebenen bei der Armee gewesen, die meisten hatten in der instabilen nordwestlichen Grenzprovinz gekämpft. Sie waren erfahrene Veteranen, und er vertraute auf ihre Fähigkeiten. Trotzdem gab es beachtliche Unterschiede im Hinblick auf Ausbildung und Waffen, was nicht ignoriert werden durfte. Andererseits sprachen die Schnelligkeit seiner Leute und das Überraschungsmoment für ihn, was immer Grundvoraussetzungen für einen erfolgreichen Angriff aus dem Hinterhalt waren. Ironischerweise verließ sich auch der Diplomatic Security Service darauf, besonders dann, wenn ein prominenter Politiker in ein feindselig gesinntes Land hinein- oder aus ihm herausgebracht wurde.

Und dies *war* ein feindseliges Land, zumindest, soweit es die Amerikaner betraf. Daran konnte kein Zweifel bestehen. In Rawalpindi befanden sich mehrere Hauptquartiere der Armee und eine Reihe weniger bedeutender militärischer Einrichtungen, und Mengal kannte die Gegend wie seine Westentasche. Das war ein entscheidender Vorteil. Er wusste, was nach dem Anschlag passieren, wo die Polizei Straßensperren errichten und welche Routen sie übersehen würde. Noch wichtiger war, dass er genau wusste, wie die kleine Lichtung zu finden war, wo er in zwanzig Minuten einen Piloten des ISI treffen würde, der einst unter ihm in Abbottabad gedient hatte. Einen Mann, der die Bedeutung des Worts Loyalität kannte. Wenn alles nach Plan lief, würde er mit an Bord sein, wenn der Helikopter startete, aber nicht als einziger Passagier.

»General.«

Mengal schaute nach links, wo einer seiner Männer auf die wartende Limousine zeigte. »Ja.« Er ging zu dem Auto und setzte sich auf den Beifahrersitz. Der Fahrer saß bereits hinter dem Steuer. »Gib Gas.«

8

Rawalpindi

Während er angestrengt durch die Windschutzscheibe des gepanzerten Suburban spähte, zupfte Special Agent Petrina geistesabwesend an dem eingeschweißten Besucherausweis, der noch immer am Revers seiner Anzugjacke hing. Die sogenannte »Vorwärtsorientierung« war einer der ersten Grundsätze, die man ihm in einem speziellen Fahrkurs beigebracht hatte, den er vor fünf Jahren absolviert hatte. Danach waren andere Spezialkurse gefolgt – aus auf der Hand liegenden Gründen, denn Agenten des Diplomatic Security Service wurden ständig weitergeschult und hatten auch Essentials zu wiederholen.

Trotzdem, die grundsätzlichen Prinzipien blieben immer gleich. Der Grund für die Vorwärtsorientierung war so einfach wie offensichtlich. Wenn man so weit wie möglich nach vorn blickte, konnte man potenzielle Gefahren erkennen, bevor sie zu tatsächlichen wurden. Im Augenblick brachte das allerdings nicht viel, denn der Wagen kam kaum vorwärts.

Auf Islamabads breiten Avenuen und Boulevards hatten sie ein konstant hohes Tempo halten können, doch seit ein paar Minuten steckten sie praktisch im Stau. Vor ihnen war die Straße mit Autos verstopft. In einiger Entfernung erkannte Petrina hoch aufragende eiserne Stützpfeiler. Zu beiden Seiten des Konvois kamen Radfahrer und Fußgänger vorbei, doch die waren keine Gefahr für die schwer gepanzerten Fahrzeuge.

Die Pfeiler konnten nur zu einer Brücke gehören, und das machte ihm mehr Sorgen. Seine ohnehin finstere Stimmung verdüsterte sich noch mehr. Brücken waren gefährliche Orte, die normalerweise um jeden Preis gemieden wurden. Das war ein eherner Grundsatz jedes Sicherheitskommandos, und der Voraustrupp hätte ihn bedenken sollen.

Er wandte sich dem Fahrer zu. »Warum haben wir uns für diese Route entschieden? Es muss Wege vom Palast zum Flughafen geben, auf denen man schneller vorankommt.«

»Es war Edsalls Idee«, verteidigte sich der Fahrer, während er wütend auf die sich stauenden Autos vor ihnen zeigte. »Auf den anderen Straßen sind Bauarbeiten im Gange. Uns blieb keine Zeit, die Arbeiter nach Hause zu schicken, und deshalb war das die beste Alternative.«

»Was nicht viel heißt. Er hätte darüber mit mir …«

Petrina unterbrach sich, als er über seinen Ohrhörer eine deutliche Stimme hörte. »Vor uns am Straßenrand parkt ein Lastwagen, Mike. Ungefähr sechzig Meter von meiner Position entfernt.«

»Wo ist der Fahrer?«

»Die Motorhaube ist geöffnet, er scheint eine Panne zu haben. Sieht so aus, als hätte er die Schnauze voll. *Over.*«

»Ja, ich sehe den Laster«, antwortete Petrina, der den Kopf zur Seite neigte, um eine bessere Sicht zu haben. Die Nachricht kam aus dem dritten Wagen in dem Konvoi, der die Brücke bereits halb passiert hatte. Der Verkehr hatte sich wieder ein bisschen in Bewegung gesetzt, und der Suburban, in dem Petrina, Fitzgerald und Patterson saßen, schob sich langsam auf die Brücke. »Die Ladefläche ist mit einer Plane abgedeckt. Kannst du von deiner Position aus was sehen?«

»Nein, Mike. Ich schlage vor, wir benachrichtigen unsere

pakistanische Eskorte und bitten sie, zu Fuß nach dem Rechten zu sehen. *Over.*«

»Mein Gott«, murmelte Petrina. Die Situation wurde zunehmend bedrohlicher. Aus Angst vor einer solchen Lage hatte er von Anfang an den Einsatz eines Hubschraubers vorgeschlagen. Helikopter waren sehr viel schwerer anzugreifen als Autos, und am Himmel gab es keine Staus. Unglücklicherweise hatte die Außenministerin persönlich um einen Autokonvoi gebeten, weil es in Indien auch so gehalten worden war. Es wäre auffällig, argumentierte sie, wenn in verschiedenen Ländern unterschiedliche Sicherheitsmaßnahmen ergriffen würden, das wäre ein schlechter Auftakt für ihre Gespräche im Präsidentenpalast. Petrina konnte ihren Gedankengang nachvollziehen, aber das änderte nichts an der Tatsache, dass sie im Namen der Diplomatie ein unnötiges Risiko eingingen.

Doch die Entscheidung hatte nicht bei ihm gelegen, und jetzt war ohnehin nichts mehr zu ändern. Was nun kam, fiel allerdings in seine Zuständigkeit. Aus seiner Sicht war es am fatalsten, wenn sich das Fahrzeug, in dem die Außenministerin saß, im Falle eines Anschlags auf der Brücke befand, wo es völlig eingekeilt war. Die ersten beiden Fahrzeuge des Konvois waren pakistanische Streifenwagen, er sah weiter vorn ihre Blaulichter. Die Polizisten waren nur mit Pistolen bewaffnet, womit im Fall eines gut geplanten Anschlages nichts auszurichten war. Andererseits waren sie am besten geeignet, mit der gegenwärtigen Situation klarzukommen. Sie sprachen die richtige Sprache, und der Fahrer des Lasters würde sich Landsleuten gegenüber wahrscheinlich kooperativer verhalten.

»Okay«, sagte er schließlich. »Bitte die Pakistaner, sich dem Laster zu Fuß zu nähern. Sie sollen nachsehen, was sich auf der Ladefläche befindet. *Over.*«

»Wird gemacht«, kam die Antwort. Petrina lauschte, wie die Bitte über einen sicheren Kanal an die ersten beiden Wagen durchgegeben wurde. Einen Augenblick später stimmten die Polizisten zu. In diesem Augenblick hörte er ein surrendes Geräusch, als die Trennscheibe hinter den Vordersitzen heruntergelassen wurde. Er drehte sich um.

»Was ist los?«, fragte Fitzgerald. Eine Antwort erübrigte sich, als sie durch die Windschutzscheibe blickte. »Ah, verstehe. Können wir keine andere Straße nehmen?«

»Leider nicht, Ma'am«, antwortete Petrina mit leiser, angespannter Stimme. Er war beschämt, dass diese Geschichte während seines Einsatzes passierte. »Die Polizisten werden versuchen, die Straße zu räumen. Es wird nicht lange dauern.«

Die Autos bewegten sich wieder langsam vorwärts. Weiter vorn waren die Polizisten aus ihren Streifenwagen gestiegen und gingen auf den Laster zu. Während Petrina sie durch die Windschutzscheibe beobachtete, stieß er unabsichtlich an einen Gegenstand, der neben seinem rechten Fuß auf dem Boden lag. Die Waffe, eine Heckler & Koch MP5 mit Automatikfunktion, war für seine gegenwärtige Aufgabe perfekt geeignet. Sie war einfach zu benutzen, extrem vielseitig und in den Händen eines guten Schützen auf eine Distanz von bis zu zweihundert Metern genau. Ein Magazin mit fünfzig Kugeln war bereits eingesetzt, die erste Patrone steckte in der Kammer. Noch war die Waffe nicht entsichert. Die bloße Tatsache, sie in der Nähe zu wissen, vermittelte ihm ein halbwegs beruhigendes Gefühl, aber ihm war bewusst, dass sie ihm im schlimmsten Fall auch nicht helfen würde.

Er versuchte, seine hartnäckigen Zweifel zu verdrängen. Die pakistanischen Polizisten hatten die Befragung des Fahrers beendet und gingen zur Rückseite des Lasters. Hinter sich hörte er Fitzgerald etwas sagen. Als er sich gerade zu ihr umdrehte, sah er aus dem Augenwinkel einen Blitz. Einen Sekundenbruchteil später wurde das Fahrzeug von einer Druckwelle erfasst, und er hörte den ohrenbetäubenden Lärm einer massiven Explosion. Sein Kopf wirbelte herum, und er konnte es nicht fassen. Die deformierten Überbleibsel des Lasters krachten auf den Boden, ein Teil der brennenden Trümmer landete in den Bäumen zu beiden Seiten der Straße.

Die Wucht der Explosion hatte sich größtenteils nach hinten entladen, und die die Ladefläche inspizierenden Polizisten – wie auch der Fahrer – mussten sofort tot gewesen sein. Die beiden Streifenwagen waren von der Straße geschleudert worden, völlig zerstört von der Wucht der Explosion. Petrina konzentrierte sich auf das dritte Fahrzeug des Konvois. Der gepanzerte Suburban war auf die Seite gekippt, und es sah nicht so aus, als könnten die darin sitzenden Agenten überlebt haben.

Keine zwei Sekunden waren vergangen, doch Mike Petrina kamen sie wie eine Ewigkeit vor. Er war unfähig zu reagieren, konnte nur daran denken, wie schnell alles gegangen war. Nichts hätte ihn darauf vorbereiten können. Doch so tief der Schock auch saß, er war zu gut ausgebildet, um sich völlig paralysieren zu lassen. Er zwang sich, Fitzgeralds und Pattersons Angstschreie auszublenden, und konzentrierte sich auf das hektische Stimmengewirr in seinem Ohrhörer. »Wir müssen verschwinden!«, schrie er dem Fahrer zu, während er nach der MP5 griff. Es war eine rein instinktive Reaktion, ausrichten konnte er mit der Waffe nichts. Einen Sekundenbruchteil später legte der Fahrer den Rückwärtsgang ein und trat aufs Gaspedal, während Petrina über sein Mikrofon Befehle durchgab.

Durch das Fenster auf der Beifahrerseite sah er, wie die Türen des umgekippten Suburban aufgestoßen wurden. Eine Woge der Erleichterung überkam ihn, zumindest zwei seiner Männer hatten überlebt. *Na los, verschwindet.* Die beiden Agenten wollten aus dem Fahrzeug klettern, schafften es aber nicht. Vor den Bäumen zischten zwei Raketen vorbei, die sich nacheinander in das Fahrzeug bohrten. Kurz darauf ging es in orangefarbenen Flammen und schwarzem Rauch auf. Weitere Raketen folgten, diesmal auf das vierte Fahrzeug des Konvois gerichtet.

»Gib endlich Gas!«, schrie Petrina den Fahrer an. Irgendwo in seinem Inneren war ihm bewusst, dass er seine Wut und Frustration an dem ersten erreichbaren Opfer abreagierte, aber er konnte nichts dagegen tun. »Setz die beschissene Karre in Bewegung! Wird's bald?«

Der Fahrer antwortete nicht, er war ganz auf das Wendemanöver konzentriert. Dann schaltete er und trat das Gaspedal voll durch. Das Fahrzeug schoss nach vorn. Plötzlich sah Petrina die Dinge aus einer anderen Perspektive, und sein Blick glitt hin und her, nach neuen Gefahren Ausschau haltend.

Er musste nicht lange suchen. Während der Suburban mit hohem Tempo in die Richtung zurückfuhr, aus der sie gekommen waren, fiel ihm ein Nissan-Laster auf, das gleiche Modell wie jener, der gerade explodiert war. Er wollte über Funk eine Warnung durchgeben, doch da knallte der Laster schon voll auf das letzte Fahrzeug des Konvois, das noch nicht gewendet hatte. Der Aufprall schleuderte die beiden ineinander verkeilten Fahrzeuge zur Seite, und Petrina musste entsetzt mit ansehen, wie von beiden Seiten Raketen in sie einschlugen. Zwei weitere zerstörten einen anderen pakistanischen Streifenwagen, der bisher unversehrt geblieben war. Die nächsten drei, schrie etwas in Petrinas Kopf auf. *Raketengetriebene Granaten,* dachte er. Vielleicht. Sie bohrten sich in den Kleinbus, in dem zehn amerikanische Journalisten saßen. Der erste Sprengkopf schlug durch die Heckscheibe und explodierte in einer Wolke von Feuer und Rauch. Der zweite und dritte zerfetzten das Wrack völlig und schleuderten die Überreste in die Luft.

Petrina wirbelte herum, um nach Brynn Fitzgerald zu sehen, die auf dem Boden hinter den Vordersitzen in Deckung gegangen war. Auf ihr lag Lee Patterson, um die Außenministerin zu schützen. Petrina begriff, dass er ihnen befohlen haben musste, sich zu Boden zu werfen, aber erinnern konnte er sich nicht daran.

Wenigstens etwas. Als er den Kopf wieder nach vorn drehte, schrie ihm der Fahrer eine Warnung zu, aber er konnte nicht mehr reagieren. Ihm blieb gerade noch Zeit, ein kleines, dunkles Objekt zu sehen, das mit unglaublicher Geschwindigkeit auf sie zukam, durch den Kühlergrill schlug und sich in den Motorblock bohrte. Er hörte die Explosion nicht, sah aber den Blitz, spürte die sengende Hitze. Alles um ihn herum löste sich auf, und dann hüllte ihn Finsternis ein.

Für Naveed Jilani kam das Ende nicht annähernd so schnell. Tatsächlich hätte er es fast geschafft, die ganze Geschichte zu überstehen. Trotz der Angst, die ihn zu paralysieren drohte, hatte er Mengals Anweisungen präzise befolgt. Als er den Laster auf der anderen Seite der Brücke explodieren sah, hatte er den Kopf zwischen die Knie gezwängt. Deshalb sah er die Rakete nicht, die von der Asphaltdecke der Straße abprallte und in die Rückseite seines eigenen Fahrzeugs schlug, gut zehn Zentimeter links neben dem Tank. Nach der Explosion drangen scharfe Metallsplitter durch die Rückbank. Ghulam

Mirza war sofort tot, aber Jilani hatte noch einmal Glück. Doch Sekunden nach der ohrenbetäubenden Explosion empfand er am ganzen Körper einen stechenden Schmerz. Er riss die Augen auf, brauchte aber ein paar Sekunden, bis er begriff. Dann traf ihn die Wahrheit mit voller Wucht. Sein ganzer Körper stand in Flammen, der brennende Stoff seines Anzugs verschmolz mit seiner Haut.

Jilani wollte die Tür öffnen, doch der geschmolzene Kunststoffgriff klebte an seiner Haut und bohrte ein Loch in seinen Handteller. Und diese Schreie … Sie waren unerträglich laut. Er konnte sie nicht ausblenden. Begriff nicht, dass es seine eigenen waren … Er atmete tief ein, um erneut vor Schmerz aufzuschreien, sog dabei aber die extrem heiße Luft in seine Lungen. Nach zwei weiteren Atemzügen war alles vorbei. Die lauten Schreie verstummten, und die Finsternis zog ihn in einen tiefen, endgültigen Schlaf.

9

Island

Ryan Kealey saß im hinteren Teil des für vierzehn Personen ausgelegten Mercedes-Kleinbusses und schaute geistesabwesend aus dem Fenster. Die letzte Stunde hatte er damit zugebracht, seine Gedanken zu ordnen. Der Bus fuhr auf der Route 1, einer zweispurigen Landstraße, die um den größten Teil der Insel herumführte und die meisten größeren Städte miteinander verband. Der nachmittägliche Himmel war bedeckt, dunkle Kumuluswolken türmten sich über der kargen, steinigen Landschaft. Abgesehen von dem schmutzig weißen Schnee auf den Gipfeln der Berge im Norden waren alle Farbtöne Abstufungen von Schwarz, Braun oder Grau. Ein leichter Nieselregen verschleierte den Blick, Tropfen rannen an den Fenstern des Busses hinab. Doch selbst an einem klaren Tag hätte es nicht viel zu sehen gegeben, zumindest nicht in diesem Teil des Landes. Island hatte dem ausdauernden, körperlich fitten Wanderer einiges an Naturschönheiten zu bieten. Eine Landschaft nur aus dem Bus zu betrachten, das reichte nicht. Um ihre Schönheit angemessen würdigen zu können, musste man bereit sein, die Hauptstraßen hinter sich zu lassen.

Kealey gehörte zu dieser Spezies von Reisenden. Im Lauf der letzten beiden Wochen hatte er eine Reihe von Naturwundern gesehen, darunter den Wasserfall bei Gulfoss, den Strokkur-Geysir und das chaotische Durcheinander von heißen Quellen, Lavafeldern und Rhyolithhügeln in Landmannalaugar.

Das waren erstaunliche Anblicke, doch er war durch reinen Zufall über sie gestolpert. Ansonsten hätte er sie nie gesehen, und die an Mondlandschaften erinnernden Eisfelder im Landesinneren sagten ihm ohnehin mehr als die gängigen Touristenattraktionen. Als er jetzt auf die vorüberziehende Landschaft blickte, fand er es ein bisschen schade, dass er das Land schon wieder verließ.

Er suchte sich eine bequemere Sitzposition und ließ den Blick durch den Bus schweifen. Obwohl es der Höhepunkt der Touristensaison war, saßen Naomi Kharmai und er allein in dem Bus. Sie hatte sich auf der mit Kunststoff bezogenen Sitzbank auf der anderen Seite des Ganges zusammengerollt. Er sah nur ihr dunkles Haar und die linke Seite ihres Körpers. Ein dicker Wollpullover diente ihr als Kopfkissen, und sie schnarchte leise. Vor zwei Stunden hatten sie das Hotel verlassen. Harper war noch früher nach Keflavík abgereist, schon um acht Uhr morgens. Am Vorabend hatte er gesagt, er wolle den letzten Bus nehmen, doch das war nicht notwendig gewesen. Kealey hatte seine Entscheidung sehr viel schneller als erwartet getroffen, was auch ihn selbst überrascht hatte.

Nach dem seltsamen Gespräch mit Naomi in der Bar war er sofort auf sein im Erdgeschoss liegendes Zimmer gegangen, wo er sich auf das schmale Bett legte und fast eine Stunde lang die Decke anstarrte, angestrengt nachdenkend. Ein Teil von ihm wünschte sich, in die Bar zurückzukehren, um dem Gang des Gesprächs eine andere Richtung zu geben, doch er wusste, dass es nichts geändert hätte. So vieles ergab keinen Sinn. Naomis kämpferische Attitüde kannte er bereits, aber sie war noch nie so ausgeprägt gewesen. Fast schien es, als wären er und ihre Beziehung nur noch eine beschämende Episode aus ihrer Vergangenheit.

Das war schlimm genug, doch ihre Entscheidung, sich zur Vor-Ort-Agentin umschulen zu lassen, war genauso verwirrend. Ihm war nicht klar, was diese unerwartete Umorientierung herbeigeführt hatte, doch das war nur ein Aspekt des Themas. Harpers sofortige und unkritische Bereitschaft, sie zu unterstützen, beunruhigte ihn fast noch mehr. Denn sie *hatte* sich verändert, daran gab es keinen Zweifel. Er erinnerte sich, wie sie gewesen war, als er sie kennenlernte – stark, aber unschuldig, intelligent, aber naiv, jung, aber in vielerlei Hinsicht schon zu weit für ihr Alter. Obwohl sie während ihrer kurzen Laufbahn entsetzliche Dinge gesehen hatte, war es ihr trotzdem gelungen, länger als erwartet eine Art jugendlicher Unbekümmertheit zu bewahren. Jetzt schien es allerdings, als hätte sie das, was sie während der letzten beiden Jahre erlebt und durchlitten hatte, endgültig eingeholt. Das war unvermeidlich, aber auch für ihn schwer zu ertragen. Es war alles zu viel für sie gewesen.

Zumindest war das seine ursprüngliche Einschätzung. Kurz nach Mitternacht war er auf Harpers Zimmer gegangen, um ihm zu sagen, er sei dabei. Kurz darauf hatte Harper Kharmai informiert, die kurz nach sieben Uhr morgens an seine Tür klopfte. Als er öffnete, sah er eine ganz andere Frau vor sich als am Abend zuvor. Trotz der frühen Stunde hatte sie bereits geduscht und sich reisefertig angezogen. Sie wirkte sehr wach, lächelte und schien die Auseinandersetzung in der Bar völlig vergessen zu haben. Da er nicht bereit war, die Sache so schnell auf sich beruhen zu lassen, hatte er sie beim Frühstück im Restaurant des Hotels dazu zu bewegen versucht, sich zu öffnen, doch sie ignorierte seine Versuche, mehr über die letzten sechs Monate ihres Lebens zu erfahren. Stattdessen wollte sie sofort über ihren gemeinsamen Auftrag reden. Er ging zögernd darauf ein, weil er keinen neuen Streit provozieren wollte, fand ihre Verschlossenheit aber frustrierend.

Er musste es zugeben – je länger sie sprach, desto mehr interessierte ihn der neue Fall. Jetzt, während sie auf der anderen Seite des schmalen Ganges schlief, ließ er noch einmal Revue passieren, was sie am Frühstückstisch gesagt hatte. Hauptsächlich ging es um die einzige Spur hinsichtlich des Aufenthaltsortes von Amari Saifi. Laut den jüngsten Informationen der CIA konnte sie ein anderer Algerier vielleicht zu ihm führen, ein Mann namens Kamil Ghafour.

Viele Details hatte Naomi nicht zu bieten, doch sie fügten sich zu einem allgemeinen Bild. Vor seiner Verhaftung im Jahr 2002 war der achtundzwanzigjährige Ghafour ein überzeugtes, wenn auch nicht besonders prominentes Mitglied der *Groupe islamique armé* gewesen, besser unter der Abkürzung GIA bekannt. Ihr Ziel war es, die algerische Regierung zu stürzen und ein islamisches Regime zu errichten. Damit war es mit jenem der GSPC, der Groupe Salafiste pour la Prédication et le Combat, identisch, die sich 1998 von der GIA abgespalten hatte. Die GIA war noch immer aktiv, Ghafour hingegen mehr oder weniger von der Bildfläche verschwunden.

Vor zwei Monaten war er im Zuge einer Amnestie für verurteilte Terroristen aus dem Gefängnis entlassen worden. Danach gab er der unabhängigen algerischen Zeitung *El Khabar* ein Interview.

Selbst dem erfahrenen Journalisten, der das Gespräch führte, war es nicht gelungen, Ghafours inkohärenten Redefluss zu bremsen und einen mäßigenden Einfluss auf ihn auszuüben. Neben der aggressiv regierungskritischen Polemik enthielt das Interview allerdings eine aufschlussreiche Information. Ghafour behauptete, im Gefängnis eine enge Freundschaft geschlossen zu haben, und zwar mit niemand anderem als Amari Saifi, dem ehemaligen Anführer der GSPC.

Normalerweise wäre das ein unbedeutendes Detail gewesen, doch im Licht der jüngsten Entführungswelle in Pakistan, bei der Saifi vermutlich die Finger im Spiel hatte, rückte die Information bei der CIA ins Zentrum des Interesses. Saifi war nicht aus dem Gefängnis ausgebrochen, hatte aber auch nicht seine volle Haftstrafe abgesessen. Das konnte nur bedeuten, dass jemand für seine Entlassung gesorgt hatte. Seitens der CIA hoffte man, dass Saifi seinem Mithäftling Kamil Ghafour etwas anvertraut hatte. Das war zugegebenermaßen weit hergeholt, doch Ghafour war die einzige verifizierbare Verbindung zu Saifi, und das machte es wichtig, ihn zu finden. Die algerische Regierung hatte sich mehr oder weniger geweigert, der Bitte des amerikanischen Außenministeriums um weitere Informationen zu entsprechen, was aber niemanden überraschte. Ghafour – und alle anderen einheimischen Terroristen – waren der Regierung peinlich. Trotzdem, dank der Arbeit der operativen Abteilung in Langley und einer Quelle in der spanischen Botschaft in Washington war es doch nicht so schwierig gewesen, Ghafours Aufenthaltsort in Erfahrung zu bringen.

Die Information des Botschaftsangehörigen besagte, dass Kamil Ghafour einen knappen Monat nach seiner Entlassung aus dem Gefängnis mit einem begrenzt gültigen Visum und einer Arbeitserlaubnis nach Spanien eingereist war. Es war unglaublich, aber seine Beziehungen zur GIA waren der spanischen Einwanderungsbehörde zuerst entgangen. Dann stießen sie doch auf die Verbindung und fanden ihn auf exakt jener Baustelle in der Innenstadt von Madrid, die in seinem Antrag auf eine Arbeitserlaubnis angegeben worden war. Eine Ausweisung wurde umgehend in die Wege geleitet, doch Ghafours

Arbeitgeber – ein ebenfalls in Algerien geborener Einwanderer, der während seiner zwanzig Jahre in Spanien reich und einflussreich geworden war – nutzte seine Beziehungen, um die Abschiebung zu verhindern. Damit entstand eine unangenehme Situation. Formal gesehen hatte Ghafour seine Strafe in Algerien abgesessen, und da ihn kein anderes Land haben wollte, besonders sein eigenes nicht, war eine Auslieferung keine Option. Selbst das Interview mit *El Khabar* reichte als Grund für eine Abschiebung nicht aus. Dennoch stand sein Name auf einer Liste, die an jedes spanische Konsulat geschickt wurde. Falls Ghafour das Land verließ, und sei es nur für einen Tag, durfte ihm die Wiedereinreise nicht gestattet werden. Es war eine einfache Lösung, aber eine, die sich schon früher bewährt hatte.

Durch diese Liste der »Unerwünschten«, so der CIA-Mitarbeiter, der Naomi informiert hatte, sei Ghafour ausfindig gemacht und auf der Baustelle entdeckt worden. Das Problem bestand darin, was als Nächstes zu tun war. Die spanischen Behörden hatten bereits entschieden, wie im Fall Ghafour zu verfahren war, und in Washington war beschlossen worden, dass weitere offizielle Bitten in dieser Sache allenfalls zu einer langen Verzögerung führen würden. Die gescheiterten Bemühungen der spanischen Regierung, den algerischen Terroristen des Landes zu verweisen, machten das hinreichend plausibel. Kurz gesagt, Ghafours Arbeitgeber hatte zu gute Beziehungen, und das amerikanische Außenministerium konnte nicht sicher sein, zügig an ihn heranzukommen. Das erklärte, warum Agenten der CIA Ghafour während der letzten Woche rund um die Uhr observiert hatten. Vor seiner Abreise nach Keflavík an diesem Morgen hatte Harper Kealey eine Telefonnummer und die Adresse eines Hotels gegeben, in dem die Agenten wohnten. Wenn er und Kharmai in Spanien gelandet waren, sollten sie sofort Kontakt zu ihnen aufnehmen und einen Plan fassen, wie an Ghafour heranzukommen war – am besten so, dass die spanischen Behörden nichts davon mitbekamen.

Kealey hatte mehrere Ideen in seinem Kopf hin und her gewälzt und sich nach längerem Abwägen für eine entschieden. Gewöhnlich war es immer am besten, sich für die Methode zu entscheiden, bei der kein Ärger drohte. Darauf konnte man sich zwar nicht verlassen, aber er vermutete, dass Kamil Ghafour der Zahlung eines Geldbetrags nicht ablehnend gegenüberstehen würde. Also beschloss er, in Langley anzurufen, sobald sie am Flughafen waren. Es würde nicht lange dauern, das Geld zu überweisen, und wenn sie Glück hatten, war es bereits da, wenn sie in Spanien landeten.

Eine Bewegung zu seiner Linken holte ihn in die Gegenwart zurück. Er blickte zu Naomi hinüber, aber sie hatte sich nur im Schlaf bewegt. Während er sie betrachtete, empfand er das gleiche Gefühl der Zuneigung, das sie immer in ihm weckte, aber auch ein wachsendes Unbehagen. Zwar war er unglaublich erleichtert, dass sie wieder da war, doch er konnte nichts dagegen tun, dass ihre ambivalente Haltung gegenüber ihrer gemeinsamen Vergangenheit ihn mit tiefem Schmerz erfüllte. Und da war seine Sorge wegen ihres seltsamen Verhaltens und der extremen Stimmungsschwankungen. Einen Mittelweg zwischen Niedergeschlagenheit und Euphorie schien es nicht zu geben, und ihre Unberechenbarkeit konnte nur Scherereien bringen, wenn sie in Madrid gelandet waren.

Vielleicht ist es nur ein vorübergehender Wandel ihrer Persönlichkeit, dachte er, verzweifelt nach einer rationalen Erklärung suchend. *Möglicherweise fängt sie sich in Spanien wieder. Vielleicht kehrt sie sogar zu dir zurück. Lass ihr einfach etwas Zeit.*

Dann schüttelte er verärgert den Kopf. Tief in seinem Inneren wusste er, dass er naiv war. Er wollte nachsichtig sein und ihre Entscheidung akzeptieren, wieder für die CIA zu arbeiten, schaffte es aber nicht. Es wäre nicht richtig ihr gegenüber. Nicht angesichts dessen, was er wusste. In den Monaten nach Vanderveens lebensbedrohlicher Attacke hatte er sich in seinem Haus auf Cape Elizabeth in Maine um sie gekümmert. Sie hatte einen Teil des Winters mit ihm verbracht, und zu dieser Zeit hatte er begriffen, wie tief verwurzelt ihre Probleme waren. Sie gehörten mit Sicherheit nicht zu jenen, die sich durch ein halbes Jahr in Camp Peary lösen ließen. Trotzdem, er konnte sie nicht fallen lassen. Das hatte er sich schon vor langer Zeit gelobt, und er hatte nicht vor, jetzt davon abzurücken.

Zugleich konnte er nicht für die Agenten sprechen, die sie in Spanien treffen würden. Wenn Naomis Verhalten sie in Gefahr zu bringen drohte, würde ihm keine andere Wahl bleiben, als einzuschreiten und sie nach Hause zu schicken. Vor seiner Zusage hatte er eine Forderung an Jonathan Harper gestellt – bei der Operation in Spanien musste *er* das Sagen haben. Der Rest konnte später entschieden werden, aber in Madrid musste sie auf sein Kommando hören. Harper hatte sofort zugestimmt und Naomi am nächsten Morgen in seiner Anwesenheit darüber informiert, doch sie hatte praktisch nicht reagiert und das Thema seitdem nicht mehr erwähnt. Er fragte sich, ob sie die Sache überhaupt ernst genommen hatte, doch letztlich spielte es eigentlich keine Rolle. Sie musste nach seiner Pfeife tanzen, daran gab es nichts zu rütteln. Wenn er beschloss, sie nach Hause zu schicken, konnte sie nichts dagegen tun. Andererseits wäre das höchstwahrscheinlich das Ende ihrer Beziehung. *Wenn man davon ausgeht,* dachte er düster, *dass es überhaupt noch eine Beziehung gibt, die zu retten wäre.*

Er drehte sich zum Fenster und schaute geistesabwesend auf die verregnete Landschaft. Am besten war es, einfach abzuwarten. Er wollte ihr eine Chance geben, aber wenn sie sich nicht bald wieder fing, würde er eine harte, aber notwendige Entscheidung treffen müssen. Er hatte schon einmal so gehandelt, als wäre ihr Leben wichtiger als das Tausender anderer. Einmal war alles gut gegangen, aber er hatte nicht vor, das Schicksal herauszufordern. Wenn sie vorhatte, bei diesem Job dabeizubleiben, musste sie beweisen, dass sie es verdient hatte. Es war ganz einfach. Und sehr hart.

10

Rawalpindi

Als sie langsam wieder zu Bewusstsein kam, wusste Brynn Fitzgerald für einen Augenblick nicht, was geschehen war. Dann erinnerte sie sich an die erste Explosion, an schockierende Bilder. Blut, Flammen, Rauch. Sie wusste noch, dass der Fahrer den Wagen gewendet hatte, hatte aber keine Ahnung, was danach geschehen war. Als sie unter Schmerzen den Kopf nach rechts drehte, sah sie, dass der Rauch sich verzogen hatte, und ihr wurde klar, dass sie sich immer noch in dem Suburban befand. Die Vordersitze waren durch die Explosion aus der Verankerung gerissen und nach hinten gepresst worden. Der Fahrersitz bohrte sich in ihre rechte Schulter, jede Bewegung schmerzte. Ein schweres Gewicht drückte auf ihren Rücken. Lee. Mit immer lauterer Stimme nannte sie ein paarmal seinen Namen, in der Hoffnung, dass er nur benommen war. Keine Reaktion.

Sie gab sich alle Mühe, die Denkblockaden zu überwinden, Angst und Verwirrung auszublenden, die Ernsthaftigkeit ihrer Verletzungen einzuschätzen. Es schien, als könnte sie ihre Glieder bewegen, doch ihre Brust war wie zugeschnürt, das Atmen schmerzhaft. Sie hatte das Gefühl, als würde jemand mit beiden Händen auf ihren Brustkorb drücken und ihr die Sauerstoffzufuhr abschneiden. Sie schaffte es, die unter ihr eingezwängten Arme zu bewegen und ihren Oberkörper abzutasten. Ein stechender Schmerz, auf der linken Seite. Wahrscheinlich waren ein paar Rippen gebrochen. Am schlimmsten war, dass ihr niemand zu Hilfe kam, was nur bedeuten konnte, dass der Anschlag gelungen war.

»Lee.« Sie war geschockt, wie schwach ihre Stimme klang. Sie musste husten, räusperte sich dann. In ihrem Mund war ein Geschmack von Blut, und das verängstigte sie mehr als alles andere. »Hörst du mich, Lee? Sag etwas. Bitte, sag doch was.«

Wieder keine Reaktion. Plötzlich riss sie das Durcheinander mehrerer Stimmen in die Wirklichkeit zurück. Erleichterung überkam sie, doch dann stellte sie fest, dass niemand Englisch sprach. Ein Klopfen an der Wagentür, ein seltsames Geräusch, fast so, als würde an der Außenseite des Suburban etwas angebracht. Wenn das stimmte, konnte es nur eines bedeuten. Wieder stieg Panik in ihr auf. Sie konnte sich nicht bewegen, ihr blieb nichts anderes übrig, als auf das Ende zu warten.

Urplötzlich verstummten die Stimmen wieder. Sie hörte schnelle Schritte und die Schreie verletzter Passanten. Plötzlich wurde ihr Körper von einem Hustenanfall geschüttelt, doch sie begriff auch in ihrer Verwirrung sofort, dass nicht sie, sondern der auf ihre liegende Patterson hustete. Seine Brust hob und senkte sich, sie spürte es auf ihrem Rücken, aber er atmete unregelmäßig und mit Mühe.

»Lee?« Sie wollte sich umdrehen, aber der Sitz drückte zu fest gegen ihre Schulter. »Wie schlimm ist es?« Es war fast unmöglich, die Panik in ihrer Stimme zu unterdrücken. »Kannst du dich bewegen?«

Er murmelte etwas Unverständliches vor sich hin.

Ein greller Blitz, gefolgt von einem lauten Krachen. Wieder verlor sie das Bewusstsein, aber nur für einen Augenblick. Sie begriff, dass die Tür auf der Seite des Beifahrersitzes aus den Angeln gesprengt worden war, die Tür, vor der ihre Füße lagen. Obwohl sie auf dem rechten Ohr nichts mehr hörte, entging ihr nicht, dass die verzweifelten Angst- und Schmerzensschreie plötzlich lauter wurden, untermalt vom Knattern automatischer Waffen. Ein Teil der Schreie verstummte schlagartig. Sie fühlte, wie sich das Gewicht auf ihrem Rücken plötzlich verlagerte, dann glitt Lees Körper von ihrem. Zwei Hände klammerten sich um ihre Fußknöchel. Sie schrie auf und versuchte, sich aus dem Griff zu befreien, aber es war sinnlos. Sie wurde aus dem Wrack des Suburban gezogen.

Zwei Männer stützten sie und zerrten sie über die Straße. Sie verlor einen Schuh, auf dem Asphalt liegende Glassplitter bohrten sich durch den Nylonstrumpf. Sie wollte aufschreien, biss sich aber auf die Lippen. Die Befriedigung wollte sie ihnen nicht gönnen. Zu ihrer Rechten wurde Lee von zwei weiteren bewaffneten Männern über die Straße gezerrt. Er war bewusstlos, sein Körper schlaff, das Kinn war auf die Brust herabgesunken. Am Straßenrand warf man erst sie, dann Lee auf verdorrtes Gras. Sie drehte sich zu dem Fahrzeug um, aus dem sie gerade herausgezogen worden war. Fast hätte sie sich übergeben müssen.

Der Suburban war nur noch ein Wrack, aus dem Motorblock stieg Rauch auf. Die Windschutzscheibe aus Sicherheitsglas war durch die Wucht der Explosion völlig blind, aber sie konnte durch das Fenster auf der Beifahrerseite blicken, das komplett herausgesprengt worden war. Mike Petrinas blutverschmierter Kopf lag auf dem Armaturenbrett, das sich in seine Brust bohrte. Er, bisher für ihren Schutz zuständig, war ohne Zweifel tot, und das war der bisher schwerste Schlag. Neben Petrina hatte sie sich nie gefährdet gefühlt, es war ihr nie in den Sinn gekommen, dass ihr etwas zustoßen könnte. Er war einfach zu professionell. Und jetzt war er tot.

Ein großer Mann kam auf sie zu. Sie glaubte, dass er eine pakistanische Armeeuniform trug, aber er hatte sich eine wollene schwarze Mütze ganz über das Gesicht gezogen, sodass sie nur seine hellbraunen Augen sah. In der rechten Hand hielt er eine Pistole. Auf dem Weg zu ihr blieb er neben einer verletzt am Boden liegenden Frau stehen, die eine blutige Hand hob und etwas sagte, das sie nicht verstand. Aber es war offensichtlich, dass sie um Hilfe bat. Der Mann blickte auf sie herab, zielte und schoss ihr in die Stirn. Dann setzte er seinen Weg fort, als wäre nichts geschehen. Der Anblick hinter ihm schien einem Albtraum entsprungen – brennende Fahrzeuge, Verletzte, verstümmelte Leichen.

So entsetzlich er war, Fitzgerald konnte den Blick nicht abwenden. Ihr Mund stand offen, und sie wollte schreien, war aber völlig in den Bann jenes Mannes geschlagen, der gerade kaltblütig eine unschuldige Frau getötet hatte. Sie hatte einen brutalen Anschlag überlebt, doch es war alles so schnell gegangen, dass sie es noch gar nicht richtig begriff. Nichts von dem, was sie bisher erlebt hatte, ließ sich mit dem vergleichen, was gerade passiert war; die beiläufige Art, wie der Mann die Verletzte getötet hatte, war einfach schockierend. Jetzt kam der Mörder auf sie zu, mit der Waffe in der Hand und einem Blick, als würde er durch sie hindurchblicken.

»Brynn.« Sie drehte den Kopf nach rechts und schnappte nach Luft, als ein stechender Schmerz durch ihren Hals fuhr. Lee kniete jetzt, die Hände der Männer hinter ihm packten seine Schultern. Fitzgerald wusste nicht, ob sie ihn hielten oder nach unten drückten. Sie war einfach nur erleichtert, dass er wieder bei Bewusstsein war.

»Versuch nicht, dich zu wehren, Brynn«, keuchte Patterson. Eine Kopfwunde und eine Schnittwunde unter seinem zugeschwollenen rechten Auge bluteten stark, und sein Anzug war schmierig und zerrissen, aber er schien kein bisschen Angst zu haben. »Unsere Leute sind schon unterwegs. Sie haben ein GPS-Signal empfangen, als die erste Rakete einschlug … Das geht automatisch bei den Fahrzeugen der Botschaft, sie sind alle mit der Technik ausgerüstet. Sie müssen jeden Moment hier sein.«

»Sie werden nicht rechtzeitig kommen«, verkündete eine Stimme in perfektem Englisch. Sie gehörte dem Mann, der gerade die Verletzte getötet hatte. Er war ein paar Schritte entfernt stehen geblieben, sein Blick glitt zwischen Fitzgerald und Patterson hin und her. »Es ist sinnlos, auf eine Befreiung zu hoffen. An Flucht sollten Sie ebenfalls nicht denken. Im Augenblick bleibt Ihnen nichts anderes übrig, als sich kooperativ zu zeigen.«

»Was soll das heißen?«, fragte Patterson laut und entrüstet. »Wer zum Teufel sind Sie? Was haben Sie hier zu suchen? Was wollen Sie?«

»Von Ihnen gar nichts«, antwortete der Mann ruhig. »Wir brauchen Sie nicht. Überhaupt nicht.«

Er nickte einem der hinter Patterson stehenden Soldaten zu, der mit einer flüssigen Bewegung zurücktrat und das Gewehr an die Schulter hob. Es zielte direkt auf Pattersons Hinterkopf.

»Nein!«, schrie Fitzgerald, die einen Schritt nach vorn machte, aber sofort zurückgehalten wurde. Ihr Herz klopfte so sehr, dass sie glaubte, es würde zerspringen. Sie wusste nicht genau, was hier vorging, durfte es aber nicht zulassen, dass ihr ältester und engster Freund vor ihren Augen umgebracht wurde. Vielleicht konnte sie doch etwas ausrichten. »Tun Sie ihm nichts! *Bitte!*«

Der Mann mit der Pistole warf ihr einen langen, festen Blick zu. Dann riss er sich urplötzlich mit der linken Hand die Maske vom Gesicht.

»Mein Gott«, flüsterte Fitzgerald. Sie studierte das Gesicht des Mannes, wollte ihren Augen nicht trauen. »Ich kenne Sie …«

»Ja, es ist nicht zu übersehen.« Amari Saifi lächelte sanft. Etwas an seiner Stimme und seiner Haltung war auf unheimliche Weise sympathisch. »Sagen Sie, Dr. Fitzgerald … Warum sollten wir diesen Mann nicht töten?«

»Er ist ein altgedienter Diplomat«, antwortete sie, hektisch nachdenkend. »Außerdem ist er sehr wohlhabend. Wenn Sie Geld wollen, ist er der richtige Mann … Falls Sie vorhaben, mich am Leben zu lassen, hätten Sie zwei Geiseln statt einer … Es bringt nichts, ihn zu töten.« Ihre Stimme war immer lauter geworden, und sie konnte nichts dagegen tun, dass ihre Panik offensichtlich war. »Begreifen Sie nicht? Es bringt nichts, ihn zu töten!«

»Es schadet auch nicht. Wir sind nur wegen Ihnen hier.« Saifi nickte dem Mann mit dem Gewehr zu.

Fitzgerald heulte hilflos auf und versuchte, sich aus dem Griff der beiden Männer zu befreien. In diesem Augenblick wollte Patterson etwas sagen. Er öffnete den Mund, brachte aber kein Wort mehr heraus. Ein scharfes Krachen, die Kugel riss ein klaffendes Loch in seine linke Wange. Für einen Moment schien die Zeit stehen zu bleiben, dann stürzte der leblose Körper nach vorn auf das Gras.

Für ein paar Augenblicke starrte Fitzgerald fassungslos auf die Leiche. Dann traf sie die Wahrheit mit voller Wucht. Sie sank auf die Knie und stöhnte leise, unter Schock stehend, völlig benommen. Deshalb entging ihr, dass sich aus nördlicher Richtung, wo die Straße noch frei war, ein Lieferwagen näherte, und sie hörte auch nicht die in der Ferne heulenden Sirenen, das regelmäßige Geräusch des Rotors eines Helikopters oder die Instruktionen des Algeriers. Aber sie spürte die Nadel, die in ihren rechten Arm stach und kurz darauf wieder herausgezogen wurde. Dann übermannte sie Finsternis, und sie versank in einem endlosen schwarzen Meer.

11

Washington, D.C.

An der Ostküste war es zwanzig nach sieben Uhr morgens, als der Aufzug im Kellergeschoss des Westflügels des Weißen Hauses hielt. Die Tür öffnete sich. Jonathan Harper trat heraus und ging nach rechts. Er begegnete einigen Agenten vom Secret Service und einigen Mitgliedern des Sekretariats des Nationalen Sicherheitsrats, die regelmäßig im Situation Room Dienst taten, der Krisenzentrale des Weißen Hauses. Dieser unterirdische Komplex, aus unbekannten Gründen manchmal auch »Holzschuppen« genannt, war ein Labyrinth untereinander verbundener Räume, von denen einer das Beobachtungszentrum des Nationalen Sicherheitsrates beherbergte. Harper warf im Vorübergehen einen flüchtigen Blick auf die gehetzten, ungläubigen Gesichter. Der stellvertretende Direktor der CIA teilte ihre Gefühle; auch er versuchte noch zu verdauen, was vor einer knappen Stunde in Pakistan geschehen war.

Der erste Anruf war um fünf vor halb sieben aus Langley gekommen. Er saß gerade am Frühstückstisch, als im Nebenzimmer das Telefon für die abhörsicheren Verbindungen klingelte. Keine zehn Minuten später war er angezogen und aus dem Haus, doch er hatte kaum auf der Rückbank des wartenden Town Car Platz genommen, als sein Blackberry zu vibrieren begann. Man informierte ihn aus dem Weißen Haus, dass der Präsident eine Krisensitzung anberaumt hatte, die in zwanzig Minuten beginnen sollte.

Vor seiner Nominierung für den zweithöchsten Posten bei der CIA war Harper stellvertretender Direktor der operativen Abteilung gewesen. Damals unterlag sein Name der Geheimhaltung – auch bei den Medien kannte ihn niemand –, doch in seiner jetzigen Position war das nicht mehr möglich. Der Mordanschlag vor acht Monaten hatte das Medieninteresse an seiner Person angeheizt, und aus diesem Grund hatte er sich gezwungen gesehen, sein Haus in der historischen General's Row, direkt südlich des Dupont Circle, zu verkaufen. Nach kurzer Suche war er mit seiner Frau in ein Stadthaus mit fünf Zimmern in der Embassy Road umgezogen, das ihren Wünschen entsprach. Aber der Weg zum Weißen Haus war etwas weiter. Er nutzte die Zeit im Auto dazu, mit seinen wichtigsten Beratern zu telefonieren, die jedoch auch nicht viel wussten. Mit diesen mageren Informationen musste er nun dem Präsidenten gegenübertreten.

Er wurde in den Konferenzraum gebeten, der – wie der Rest des Kellergeschosses unter dem Westflügel – im Jahr 2006 komplett renoviert worden war. Die ehemals mit Mahagoni getäfelten Wände waren jetzt größtenteils mit schallabsorbierendem Stoff bespannt. In der Decke befanden sich Sensoren, die den Secret Service über eingeschaltete Mobiltelefone informierten, die aus Sicherheitsgründen verboten waren. Somit war es ein sehr ruhiger Raum, doch heute wirkte der Geräuschpegel wegen der gedrückten Stimmung noch gedämpfter. Die Gesichter an dem langen Mahagonitisch waren grimmig, aber für jeden erkennbar – zumindest für jene, die ein zumindest oberflächliches Interesse für die amerikanische Politik hatten.

Flankiert wurde der Präsident von Emily Susskind, seit Kurzem Direktorin des FBI, sowie von ihrem Stellvertreter Harry

Judd und Kenneth Bale, dem Direktor der National Intelligence Agency. Links neben Bale saß Robert Andrews, der große, dunkelhaarige Direktor der CIA. Er nickte Harper kurz zu, als sich ihre Blicke trafen. Auf der anderen Seite des Tisches saßen Elliot Greengrass, der Unterstaatssekretär für politische Angelegenheiten, Jeremy Thayer, der Berater für nationale Sicherheit, und Stan Chavis, der Stabschef des Präsidenten.

Außer ihnen war noch eine weitere Person anwesend, die neben Andrews saß. Dieser Mann wirkte noch mitgenommener als die anderen, was durchaus verständlich war. Als stellvertretender Chef des Bureau of Diplomatic Security und Direktor des Office of Foreign Missions war Davin Dowd für die Operationen des Diplomatic Security Service verantwortlich. Und für den Schutz zahlloser Offizieller des Außenministeriums, darunter auch Brynn Fitzgerald. Wenn jemandem bei diesem Treffen die Schuld an dem Desaster gegeben wurde, dann bestimmt zuerst dem sechzigjährigen ehemaligen Staatsanwalt.

Der Präsident saß am Kopf des Tisches. Gewöhnlich wirkte David Brenneman mindestens ein Jahrzehnt jünger als fünfundfünfzig. Sein kurz geschnittenes, welliges braunes Haar war kaum angegraut, und es war kein Geheimnis, dass sein offenes, ehrliches Gesicht im Laufe seiner politischen Karriere zu seinem Erfolg beigetragen hatte. An diesem Morgen sah er allerdings ganz und gar wie ein Mann seines Alters aus. Harper nahm es als ein böses Omen, denn der Tag hatte gerade erst begonnen. Der Präsident blickte ihn an. »Setzen Sie sich. Wir wollten gerade beginnen.«

Harper nahm gegenüber von Dowd Platz. »Vielen Dank, Sir. Bitte, lassen Sie sich durch mich nicht länger aufhalten.«

Der Präsident nickte und wandte sich Andrews zu. »Vielleicht könnten Sie damit beginnen, uns auf den neuesten Stand zu bringen.«

»Gern, Sir.« Der CIA-Direktor schaltete mit einer Fernbedienung die NEC-Plasmabildschirme ein, die ringsum an den Wänden hingen. Nach ein paar Augenblicken verschwand das Präsidentensiegel, und die Anwesenden sahen das erste einer Reihe unheimlicher Fotos. Einige zuckten zusammen, darunter Dowd, doch niemand wandte den Blick ab, als Andrews zu reden begann.

»Mr. President, Ladies and Gentlemen, wie Sie wahrscheinlich vermuten, sind dies Bilder, die nach dem Anschlag auf den Konvoi von Außenministerin Fitzgerald aufgenommen wurden. Es sind Digitalfotos, die vor knapp zwanzig Minuten geschossen wurden. Für diejenigen unter Ihnen, die Pakistan nicht kennen … Das ist die Straße, die zum Luftstützpunkt Chaklala führt, ungefähr in der Mitte zwischen Islamabad und Rawalpindi. Sie ist eine gebräuchliche Route zwischen dem Präsidentenpalast und dem Flugplatz. Der Agent, der diese Bilder gemacht hat, gehört zu einem zwölfköpfigen Reserveteam, das auf den Notruf reagierte. Wie die meisten von Ihnen wissen, wird das Signal automatisch gesendet, wenn ein Fahrzeug in einem Konvoi ausgeschaltet wird. In diesem Fall blieb dem Chef des Personenschutzkommandos der Außenministerin, Mike Petrina, noch Zeit, über Funk eine zusätzliche Bitte um Hilfe durchzugeben. Leider war das Reserveteam nicht in der Lage, rechtzeitig zu reagieren. Special Agent Petrina wurde getötet, bevor er die Außenministerin aus der Gefahrenzone herausbringen konnte. Außerdem kamen sechs seiner Männer ums Leben.« Andrews räusperte sich. »Tut mir leid, aber es kommt noch schlimmer. Es ist meine traurige Pflicht, Ihnen mitzuteilen, dass Botschafter Patterson tot ist. Laut Angaben von Augenzeugen wurde er durch einen Kopfschuss aus nächster Nähe getötet. Diese Zeugen haben auch gesehen, wie bewaffnete Männer mit einer Frau den Tatort verließen. Ihre Beschreibungen lassen vermuten, dass es sich um Außenministerin Fitzgerald handelte. Das war ungefähr zwei Minuten, bevor die erste Polizeieinheit eintraf. Seitdem fehlt jede Spur von ihr, und wir können jetzt wohl mit Sicherheit annehmen, dass sie entführt wurde.«

In dem Raum herrschte Schweigen. Allen war klar, was geschehen war, doch bis zu diesem Augenblick war es den meisten noch nicht wirklich bewusst geworden. Nichts machte Fakten deutlicher, als wenn sie laut ausgesprochen wurden. Harper war etwas überrascht, dass der Präsident nicht Gavin Dowd um die einleitende Einschätzung gebeten hatte. Schließlich waren er und seine Leute für Fitzgeralds Verschwinden verantwortlich. Aber wahrscheinlich war gerade das der Grund, warum Brenneman sich für Andrews entschieden hatte – er wollte eine konzise, möglichst objektive Zusammenfassung. Bale, der Direktor der National Intelligence Agency, brach schließlich das Schweigen.

»Haben wir eine Ahnung, wer die Route der Außenministerin verraten hat?«

»Noch nicht«, antwortete Andrews lapidar.

»Wenn ich es richtig verstanden habe, warten wir noch darauf, dass jemand die Verantwortung für den Anschlag übernimmt?«, fragte Chavis.

»Genau«, antwortete Andrews. »Wahrscheinlich können wir damit rechnen, dass es innerhalb einer Stunde passiert. Das wird uns eine bessere Vorstellung davon vermitteln, mit wem wir es zu tun haben. Und von den Forderungen, die sie schließlich stellen werden.«

»Aber werden Forderungen nicht sofort gestellt, wenn jemand die Verantwortung übernimmt? Ist das nicht immer so?«

»Nicht unbedingt«, warf Harry Judd ein. Er blickte Stan Chavis an, der die Frage gestellt hatte. »Bei Entführungen ist es durchaus nicht ungewöhnlich, dass eine Lösegeldforderung erst nach Tagen oder sogar Wochen erhoben wird.«

»Verstehe«, sagte der Stabschef. »Aber dies ist keine typische Entführung. Sie können sich keine Zeit lassen. Wer immer für die Tat verantwortlich ist, muss sich darüber im Klaren sein, dass Amerika alle Kräfte mobilisieren wird, um die Täter zu finden.«

»Bei allem Respekt, Sie liegen völlig falsch.« Andrews ignorierte den kalten Blick, den ihm diese Antwort eintrug, und fuhr fort. »Lassen Sie mich die Sache klarstellen. Wir werden alles tun, um die Außenministerin zu befreien, aber die Gegenseite – wer immer es sein mag – ist eindeutig im Vorteil. Sie haben alle Zeit der Welt. Pakistan ist ihr Land, nicht unseres. Mit genügend Geld und der richtigen Unterstützung können sich die Entführer eine Ewigkeit verstecken. Sie müssen sich nicht zeigen, und wenn sie geduldig und vorsichtig sind, werden sie die Fehler vermeiden, durch die andere in die Falle gehen.«

»Was wird im Moment unternommen?«, fragte Brenneman, sich an Dowd wendend. »Was hören Sie von Ihren Leuten vor Ort?«

»Vor einer knappen Viertelstunde habe ich mit dem Chef des Reserveteams telefoniert«, antwortete Dowd. Seine Stimme zitterte, aber er schien sich unter Kontrolle zu haben. »Sie trafen kurz nach der pakistanischen Polizei ein, und bis jetzt scheinen sie jede Hilfe zu bekommen. Sie haben den Tatort abgeriegelt, aber es ist noch unklar, was mit den Beweisen geschehen wird. Damit meine ich, dass noch nicht entschieden ist, wohin sie gebracht werden – einschließlich der bei dem Anschlag beschädigten oder zerstörten Fahrzeuge. Aber unsere Leute werden *auf jeden Fall* Zugang haben. Das wurde mir vom Chef des ISI versichert, und ich denke, wir können uns auf sein Wort verlassen.« Dowd schwieg kurz und blickte auf seine Notizen. »Als sich der Anschlag ereignete, waren im Zuge der verstärkten Sicherheitsmaßnahmen wegen Außenministerin Fitzgeralds Staatsbesuch in der Gegend schon einige Straßensperren errichtet worden. Seit ihr Verschwinden bestätigt wurde, haben meine Leute mit den Pakistanern zusammengearbeitet, um weitere …«

»Um weitere Straßensperren zu errichten?« Emily Susskind warf Dowd einen wütenden Blick zu. »Das ist Unsinn. Es ist völlig unmöglich, solche städtischen Gebiete abzuriegeln, und innerhalb einer Stunde geht es schon gar nicht. Das ist eine dicht bevölkerte Gegend, und es gibt unzählige Straßen. Hunderte … Viel zu viele, um überall Straßensperren zu errichten.«

»Ich gebe nur weiter, was ich weiß«, antwortete Dowd defensiv. Normalerweise hätte er an Susskinds Bemerkung Anstoß genommen, besonders weil sie von der Chefin einer anderen Sicherheitsbehörde kam. Angesichts der Umstände war aber nur zu verständlich, dass er eher kleinlaut war. »In Anbetracht der Zeit, die meine Leute hatten, haben sie schon einiges erreicht. Meinetwegen, es reicht nicht, aber es ist schwierig, etwas zustande zu bringen, wenn sich so ein Anschlag im Ausland ereignet.« Er strich sich müde mit der Hand übers Gesicht. »Wir haben hier eine Reihe ernsthafter Probleme, auch neben den auf der Hand liegenden. Im Moment sind die Pakistaner nicht gut auf uns zu sprechen, und …«

»Moment«, unterbrach Brenneman vom Kopf des Tisches aus. Seine Miene war schwer zu deuten, doch der drohende Tonfall ließ an seiner Verärgerung keinen Zweifel. »Wollen Sie damit sagen, dass meine Position in der Kaschmirfrage – die Tatsache, dass ich wegen des israelischen Waffenverkaufs an Indien nicht intervenieren werde – in irgendeiner Weise etwas mit der Entführung von Außenministerin Fitzgerald zu tun hat? Dass meine Haltung den Vorfall ausgelöst hat?«

»Absolut nicht, Sir«, antwortete Dowd eilig. Sein rundes Gesicht war kreidebleich. »Das wollte ich nicht sagen. Ich weise nur darauf hin, dass wir die gegenwärtigen Spannungen zwischen unseren Regierungen in Betracht ziehen müssen. Wir können es uns nicht leisten, das zu ignorieren. Möglicherweise werden die Pakistaner nicht so schnell reagieren, wie wir es uns wünschen, und es besteht die Möglichkeit, dass sie nicht allzu entgegenkommend sein werden, wenn es darum geht, unseren Leuten Einblick zu gewähren.«

»Das ist ein wichtiger Punkt«, warf Susskind ein, in einem konzilianteren Tonfall als zuvor. Ihre blauen Augen richteten sich auf Brenneman. »Sehen Sie doch nur, was während der letzten beiden Wochen gelaufen ist. Was die verschwundenen Touristen angeht, haben sie jede Zusammenarbeit verweigert. Wir reden von zwölf rechtschaffenen Amerikanern mit gültigen Reisedokumenten, die einfach von der Bildfläche verschwunden sind, und sie haben uns immer noch nicht gestattet, ein eigenes Team von Ermittlern zu schicken.«

»Und um alles noch schlimmer zu machen«, fuhr Harper fort, »haben wir jetzt unseren wichtigsten Diplomaten vor Ort verloren. Damit wird es noch schwieriger, das Eis zu brechen. Ein toter Botschafter nützt uns nichts. Somit ist eine gute Kooperation in jeder Hinsicht erschwert. Wir müssen schnell reagieren, aber auch behutsam vorgehen, wenn wir etwas erreichen wollen. Das ist das Geheimnis der Diplomatie, und wir können es uns nicht leisten, das zu vergessen. Falls wir mit der Tür ins Haus fallen und Forderungen stellen, wird uns das eher schaden als nützen.«

Damit hatte Harper fürs Erste gesagt, was er zu sagen hatte, doch er spürte, dass der Blick des Präsidenten noch immer auf ihm ruhte. Ihm war bewusst, dass er sich sehr unverblümt ausgedrückt hatte, und er fragte sich, ob er seine Kompetenzen überschritten hatte.

»Wenn ich vielleicht etwas sagen dürfte, Sir …«

Harper blickte zu dem Mann hinüber, von dem die Wortmeldung kam. Wegen des unerwarteten Todes des früheren Außenministers und Fitzgeralds Nominierung war der Posten des stellvertretenden Außenministers im Augenblick verwaist. Damit war Elliot Greengrass die Nummer zwei im Außenministerium. Harper kannte ihn als nachdenklichen und kompetenten Mann. Er hatte sich beim Nationalen Sicherheitsrat und zwischen 1997 und 2001 als Botschafter in Griechenland bewährt. Trotzdem musste sich erst noch erweisen, wie sich der fünfzigjährige Diplomat in der gegenwärtigen Situation schlagen würde. Asien war für ihn bisher eine fremde Welt.

»Natürlich, Mr. Greengrass«, sagte Brenneman. »Schießen Sie los.«

»Ich denke, ich sollte nach Islamabad fliegen, um mich umgehend mit Präsident Musharraf zu treffen, Sir. Wir werden dort diskret agieren, brauchen aber trotzdem unbedingt einen Diplomaten vor Ort, der während dieser Krise in Pakistan bleibt.«

Nach kurzem Nachdenken nickte Brenneman zustimmend. »Ich verstehe. Wenn wir einen Gesandten schicken, ist das ein klares Zeichen. Zuerst geben wir damit zu verstehen, dass wir nicht den Schwanz einziehen. Und zweitens demonstrieren wir unsere Absicht, bei den Ermittlungen eine sehr aktive Rolle zu spielen. Und damit wären wir bei Ihnen.« Brenneman blickte Susskind an, die mit ihren zweiundvierzig Jahren die bisher jüngste FBI-Direktorin war – und die erste Frau auf diesem Posten. Sie hatte einen Abschluss aus Princeton und zwei Kinder. Wegen ihrer drastischen Ausdrucksweise und ihrer eher links von der Mitte angesiedelten politischen Ansichten waren der Präsident und seine Chefberater häufig nicht gut auf sie zu sprechen, aber alle Anwesenden respektierten ihre Meinung und ihren beträchtlichen Einfluss im Kongress.

»Wenn ich es richtig verstanden habe«, fuhr Brenneman fort, »hat das FBI in Pakistan eine eher symbolische Präsenz.«

»Ja, leider. Wir unterhalten kleine Büros in unseren Konsulaten in Lahore, Peschawar und Karatschi, doch sie sind dürftig besetzt … Selbst in der Botschaft in Islamabad haben wir kaum Leute, wir verfügen im ganzen Land nur über fünfzig Agenten …«

»Nun, das muss sich ändern, und zwar möglichst schnell.« Brenneman legte seinen Füllfederhalter auf den Tisch und blickte die FBI-Direktorin an. »Natürlich habe ich bereits mit Präsident Musharraf telefoniert. Er hat mir versichert, seine Regierung werde alles tun, um die Entführer zu finden und unsere Außenministerin zu befreien. Außerdem hat er zugestimmt, ein amerikanisches Ermittlerteam ins Land zu lassen. Sobald unsere Leute da sind, soll ihnen jede nur erdenkliche Unterstützung zuteilwerden.«

Susskind war sichtlich beeindruckt. »Nachdem sie in letzter Zeit nur gemauert haben? Musharraf hat seine Meinung so schnell geändert?«

Der Präsident nickte. »Der Ernst der gegenwärtigen Lage rangiert vor diplomatischem Hickhack, und mit unseren verschwundenen Touristen hat das nichts zu tun. Das ist eine völlig andere Angelegenheit. Zumindest für Präsident Musharraf.« Brenneman legte nachdenklich die Stirn in Falten. »Ich selbst bin mir da nicht so sicher. Wie auch immer, unser Team wird freie Hand haben, eine umfassende Untersuchung durchzuführen. Sie sollten Ihre besten Leute schicken, Mrs. Susskind. Nach Hause kommen werden sie erst, wenn die Arbeit getan ist.«

»Verstanden, Mr. President.« Susskind machte sich bereits Notizen. »Ich lasse Ihnen die Namen heute Mittag zukommen.«

»Wir haben keine Zeit zu verlieren. Bis dahin müssen sie bereits in der Luft sein.«

»In Ordnung, Sir ... Ich sorge dafür.«

»Gut. Jetzt möchte ich über mögliche Täter sprechen. Mir ist klar, dass wir noch im Anfangsstadium stecken, aber mehrere Sicherheitsbehörden haben einen bestimmten Verdächtigen im Auge. Sein Name rückte im Zusammenhang mit den verschwundenen Touristen ins Zentrum des Interesses, aber da es gewisse Analogien zwischen der Entführung unserer Mitbürger und der unserer Außenministerin gibt, könnte es sich lohnen, über diesen Mann zu reden. Mr. Thayer, wenn ich Sie bitten dürfte ...«

Der Berater für nationale Sicherheit nickte, stand auf und verließ den Raum. Kurz darauf kam er zurück und reichte jedem der Anwesenden einen Schnellhefter. Dann nahm er wieder Platz. »Nur für die, die diese Informationen noch nicht kennen ...«, begann er. »Das Material unterliegt strengster Geheimhaltung und darf auch innerhalb Ihrer Behörden nicht verbreitet werden. Im Augenblick sieht es so aus ...«

Harper hörte nicht mehr hin und klappte den Schnellhefter auf. Der Inhalt war identisch mit der Akte des Außenministeriums über Amari Saifi, an deren Zusammenstellung er selbst, andere Mitarbeiter aus Langley sowie Spezialisten vom National Counterterrorism Center in McLean in Virginia mitgewirkt hatten. Neues Material fiel ihm nicht auf, als er die Seiten durchblätterte. Hätte sich etwas Entscheidendes geändert, wäre er sowieso schon informiert worden. Nachdem er eine Zeit lang Thayers endlosen Ausführungen gelauscht hatte, dachte er wieder daran, wie er mit Kealey in Oræfi verblieben war.

Er hatte immer noch leichte Gewissensbisse, aber das war vielleicht ja nicht ganz so schlecht. Zeigte es doch, dass er die Leute nicht wahllos ausnutzte, die ihm von Nutzen waren. Oder früher von Nutzen gewesen waren, als er noch bei der operativen Abteilung war. Ryan Kealeys fünfjährige Zusammenarbeit mit der CIA war immer schwer zu definieren gewesen, doch es gab eine Konstante. Von seinem ersten Auftrag in Syrien abgesehen, war er immer in Krisensituationen von großer Tragweite eingesetzt worden, und seine Verpflichtung hatte sich stets ausgezahlt. Bei der operativen Abteilung war er insgesamt nicht einmal ein halbes Jahr fest angestellt gewesen. Meistens wurde er als eine Art freier Mitarbeiter geführt, wenn überhaupt. Sein Name fand sich nur sehr selten in irgendwelchen Unterlagen. Entscheidend war, dass jene Operationen, die ihm anvertraut wurden, offiziell jederzeit geleugnet werden konnten. Leider war es damit vorbei, wenn ein Name in offiziellen Dokumenten auftauchte, und sei es nur in einem internen Memorandum.

Und das war noch die geringste Gefahr für die Anonymität eines Agenten an vorderster Front. Vor zehn Monaten hatten die international beachteten Ereignisse in New York, als Kealeys Beteiligung bekannt wurde, ihm einen unerwünschten Ruhm eingetragen. Die Artikel hatten über seinen Namen hinaus nur wenige Informationen über seinen persönlichen Hintergrund enthalten, und viele Fotos gab es nicht von ihm, doch es war klar, dass seine Karriere als Undercoveragent damit ein abruptes Ende gefunden hatte. Trotzdem, es hätte schlimmer kommen können. Kealey wollte sowieso aussteigen, vornehmlich aus dem Grund, weil er sich während ihrer Rekonvaleszenz um Naomi Kharmai kümmern wollte. Er ließ die beiden ziehen. Angesichts der von ihnen gebrachten persönlichen Opfer hatte er ihrem Wunsch entsprechen müssen.

Doch das war die Vergangenheit, die Dinge hatten sich geändert. Als klar war, dass Amari Saifi bei der jüngsten Entführungswelle in Pakistan eine Schlüsselrolle spielte, hatte der Präsident umgehend verlangt, Kealey auf ihn anzusetzen. Harper konnte es ihm nicht verübeln, denn Kealeys Bilanz sprach für sich. Aber es brachte ihn in die persönlich etwas unangenehme Lage, seinen alten Freund zur Aufgabe seines Vorruhestands zu bewegen. Außerdem musste er sich etwas einfallen lassen, wie diese Aufgabe zu bewältigen war, was zu der Zeit als fast unmöglich erschien.

Immerhin, er hatte es geschafft, Kealey erneut für einen Auftrag zu gewinnen. Er bereute es nicht, einmal mehr an einen Mann appelliert zu haben, der so viel geleistet hatte. Auch nicht die Methoden, derer er sich dabei bedient hatte. Die Story, die er ihm in Oræfi aufgetischt hatte, war nicht komplett erlogen. Naomi Kharmai *hatte* sich einer Spezialausbildung für Undercoveragenten auf der Farm unterzogen und war bestens auf ihre neue Rolle vorbereitet. Ihre Ausbilder, die zugegebenermaßen nicht alles über ihre Vorgeschichte wussten, hatten ihr sämtlich beste Noten gegeben. Er wusste, dass Kealeys Bereitschaft, den Auftrag anzunehmen, ganz und gar davon abhing, ob Kharmai mit von der Partie war. Er tat es nur, um auf sie aufzupassen. Wenn Harper sie einsetzen musste, um Kealey zurückzuholen, dann ging es eben nicht anders.

Tatsächlich erfüllten ihn die jeweiligen Motive der beiden mit tiefer Sorge, doch solange sie bereit waren, ihren Job zu tun – aus welchen Gründen auch immer –, hatte er nichts dagegen, seine Bedenken hintanzustellen. Falls Saifi tatsächlich für das Verschwinden der Außenministerin verantwortlich war, hatte sich die Situation dramatisch zugespitzt. Es gab Momente, wo der Zweck die Mittel heiligte. Man musste drastische Maßnahmen ergreifen, um welchen Preis auch immer.

12

Washington, D. C.

Zwanzig Minuten nach der Aushändigung der Schnellhefter war die Krisensitzung beendet. Nachdem der Präsident aufgestanden war, folgten die anderen seinem Beispiel, um nacheinander den Konferenzraum zu verlassen. Als Harper seine Unterlagen zusammenpackte, fing Brenneman seinen Blick auf und bedeutete ihm mit einer schnellen vertrauten Geste, dass er unter vier Augen mit ihm sprechen wollte. Harper trat einen Schritt zur Seite, um jemanden vorbeizulassen. Kurz darauf waren alle anderen gegangen, selbst Robert Andrews, sein Vorgesetzter. Entweder hatte man ihn ausdrücklich gebeten, den Raum zu verlassen, oder ihn höflich herausgeleitet. Wahrscheinlich Letzteres, dachte Harper. Andrews war zwar der erste Mann bei der CIA, aber kein altgedienter Geheimdienstler, und dem Präsidenten war Erfahrung schon immer am wichtigsten gewesen.

Brenneman kam um den Tisch herum und streckte Harper die Hand entgegen. »Danke, dass Sie geblieben sind. Ich weiß ein Gespräch mit Ihnen immer zu schätzen.« Er schüttelte ungläubig den Kopf, fast so, als würde er sich erst jetzt der Tragweite des Ereignisses in Pakistan bewusst. »Es ist einfach unfassbar. Die Dreistigkeit dieser Leute …«

»Ich weiß, Sir, aber wir werden sie finden und zurückbringen.« Das hieß *lebend* zurückbringen, das Wort hing unausgesprochen in der Luft. »Ich verspreche es Ihnen.«

»Und die Entführer?«

»Die finden wir auch.«

Brenneman nickte und warf einen Blick über die Schulter. In der offenen Tür stand ein Mann im schwarzen Anzug, der sich trotz demonstrativer Lässigkeit ganz auf den Präsidenten konzentrierte. Harper war schon Dutzende von Malen allein mit ihm gewesen, doch die Männer vom Secret Service machten keinen Unterschied zwischen Freund und Feind. In ihren Augen war jeder eine potenzielle Gefahr. Doch gerade diese übertriebene Vorsicht machte sie unter anderem zu absoluten Profis. »Sean, würden Sie uns bitte einen Augenblick allein lassen?«

Der Leibwächter nickte zögernd. »Natürlich, Mr. President.« Er murmelte noch etwas vor sich hin und verschwand nach draußen. Die Tür schloss sich mit einem sanften Klicken.

Brenneman zeigte auf den Tisch. »Bitte, nehmen Sie Platz.«

Harper zog sich einen Stuhl heran, und als sie beide saßen, beugte sich der Präsident vor, wobei er müde seufzte. Für eine Minute sagte keiner etwas, dann brach Brenneman das Schweigen.

»Wie lange kennen wir uns eigentlich?«

Die Frage kam völlig unerwartet, aber Harper hatte den Eindruck, dass sie ernst gemeint war. »Etwa sechs Jahre, glaube ich. Bei unserem ersten Treffen waren Sie noch designierter Präsident. Es war ein oder zwei Monate vor Ihrer Amtseinführung.«

»Stimmt.« Brenneman legte eine bedeutungsvolle Pause ein. »In all den Jahren habe ich Sie nie woanders als in Langley oder hier gesehen. Haben Sie darüber schon mal nachgedacht? Nicht ein einziges Mal haben wir länger als ein paar Minuten miteinander geredet, und es ging immer um Fragen der nationalen Sicherheit. Ihrer Frau bin ich nie persönlich begegnet. Ich habe keine Ahnung, wo Sie wohnen.«

»Mr. President, ich …« Harper hatte keine Ahnung, was für eine Wendung dieses Gespräch nehmen würde, und nichts in seiner Laufbahn hatte ihn auf so eine Situation vorbereitet. »Worauf genau wollen Sie hinaus, Sir?«

Brenneman lächelte mild. »Sie leisten ganze Arbeit in Langley, doch da Sie kein Politiker sind, können Sie es vielleicht nicht verstehen. Besonders als Geheimdienstler. Hier liegt das Problem … Sie sind einer der wenigen Menschen, die wirklich verschwiegen sind. Wir mögen uns nicht besonders gut kennen, aber ich habe Ihnen über die Jahre etliche Dinge anvertraut, und bisher sind sie mir nie von anderer Seite wieder zugetragen worden. Kurzum, Sie haben mein Vertrauen gewonnen. Und ich bin Ihnen sehr dankbar für alles, was Sie im Dienst unseres Landes getan haben.«

Harper nickte bedächtig, völlig überrascht von Brennemans Komplimenten. »Ich weiß nicht, was ich sagen soll, Sir. Es freut mich, dass Sie es so sehen, doch das ist mein Job. Ich würde nie etwas ausplaudern, was Sie mir vertraulich …«

»Ich weiß, und deshalb möchte ich Ihnen eine Frage stellen.« Brenneman zögerte, stützte die Ellbogen auf den Tisch und verschränkte die Finger. »Ich möchte, dass Sie völlig aufrichtig sind. Mit weniger gebe ich mich nicht zufrieden.«

»Natürlich. Das versteht sich von selbst.«

»Es hat mit Dowds Bemerkung über meine Haltung zu dem Waffengeschäft zwischen Israel und Indien zu tun … Damit, dass sie vielleicht diesen Vorfall … ausgelöst haben könnte.«

Harper schüttelte bereits energisch den Kopf. »Sie sind nicht verantwortlich für das, was in Pakistan passiert ist, Mr. President. Für nichts davon.«

»Aber wenn die Chance bestünde, dass sie freikommt, wenn ich meine Ablehnung der Waffenlieferung bekunde, sollte ich dann nicht …«

»Nein.« Harper wartete, bis sich ihre Blicke trafen. »Dafür ist es zu spät. Wenn Sie jetzt Ihre Meinung ändern, könnten Sie genauso gut direkt mit den Entführern verhandeln. Nach außen würde es so aussehen.«

»Aber …«

»Exakt so wird die amerikanische Öffentlichkeit es sehen«, unterbrach Harper. »Und der Rest der Welt. Sie müssen Kurs halten. Das ist jetzt die beste Option. Die einzige Option.«

»Kurs halten«, wiederholte Brenneman nachdenklich. Er schloss die Augen, ließ das Kinn leicht sinken und begann, seine Schläfen zu massieren. »Es kommt mir so vor, als hätte ich mich in eine Ecke manövriert. Ich habe keinen Spielraum mehr.«

»Ich verstehe, warum Sie so denken, aber ich wiederhole noch einmal, dass Sie keinerlei Verantwortung tragen, und mein Ratschlag steht fest. Im Moment ist es am besten, eine möglichst gründliche Untersuchung einzuleiten und jede Spur zu verfolgen. Zugleich müssen wir uns darauf vorbereiten, dass die Entführer Kontakt zu uns aufnehmen. Denn sie *werden* es tun, und zwar eher früher als später.«

Der Präsident nickte und richtete unbewusst den Knoten seiner Krawatte. »Ich bin zuversichtlich, dass unsere Ermittler gut vorankommen. Ich habe großes Vertrauen in das FBI, insbesondere in Direktorin Susskind.«

Harper nickte. »Das ist verständlich. Während ihrer Tätigkeit in New Jersey hat sie Erfahrung mit Gewaltverbrechen gesammelt, und mit Entführungen kennt sich weltweit keine Strafverfolgungsbehörde besser aus als das FBI.«

»Ja, sie haben das Buch über dieses spezielle Thema herausgegeben und auch schon sehr erfolgreich im Ausland gearbeitet. Sogar in Pakistan, wo es nicht gerade leicht ist, Ermittlungen zu führen. Wie Sie wissen, war das FBI auch an der Festnahme von Ramzi Yousef im Jahr 1995 und an der von Khalid Mohammed im Jahr 2003 beteiligt. Damit haben sie auf diesem Gebiet eine vorzeigbare Bilanz. Zugleich gibt es …« Brenneman zögerte, nach dem richtigen Wort suchend. »Es gibt Grenzen, was und wie sie fragen können. Vorausgesetzt, dass sie Saifi überhaupt finden.«

»Bis jetzt können wir ihn mit dieser Geschichte noch nicht in Verbindung bringen, Sir. Möglich, dass er ganz oben auf der Liste der Verdächtigen steht, aber wir sollten erst abwarten, was das FBI herausfindet, bevor wir uns zu vorschnellen Schlussfolgerungen hinreißen lassen.«

»Ich wäre äußerst überrascht, wenn sich herausstellt, dass er nichts mit der Sache zu tun hat. Wir wissen, dass er bei dem Vorfall vor zwei Wochen die Finger im Spiel hatte.«

»Sie meinen die Entführung auf dem Karakorum Highway.«

»Genau. Lassen wir mal die absurde Tatsache beiseite, dass er eigentlich gar nicht auf freiem Fuß sein dürfte. Es sieht so aus, als hätte er seinen Modus Operandi perfektioniert, und nichts an dem heutigen Ereignis lässt mich an Amateure denken. Bestenfalls waren es gewiefte Profis in Armeeuniformen, schlimmstenfalls …«

»… tatsächlich pakistanische Soldaten«, beendete Harper den Satz grimmig. Aussagen von Augenzeugen hatten bestätigt, dass Fitzgeralds Entführer Armeeuniformen getragen hatten. »Und wenn das stimmt, haben wir ein äußerst ernstes Problem.«

Brenneman antwortete nicht sofort. Stattdessen stand er auf und ging zu der hinteren Wand, an der nebeneinander mehrere eingeschaltete Bildschirme hingen. Der Ton war abgestellt, doch die Bilder waren allmählich bis zum Überdruss vertraut, denn CNN wiederholte sie ständig. Inzwischen mussten sie sich in die Gehirne von Millionen von Amerikanern eingebrannt haben. Wie viele hohe Politiker reiste auch die Außenministerin jeweils nur mit den Mitarbeitern eines Fernsehsenders, der die Bilder der Konkurrenz zur Verfügung stellen musste, was durch einen schon länger gültigen Vertrag ausgehandelt worden war. Die Sender wechselten sich turnusmäßig ab, und bei Fitzgeralds erster offizieller Auslandsreise war CNN an der Reihe gewesen. Dieses Privileg hatte sich der Sender eine Riesensumme kosten lassen. Bei dem Anschlag auf den Autokonvoi der Außenministerin waren acht CNN-Mitarbeiter getötet worden, darunter Susan Watkins, eine erfahrene Auslandskorrespondentin und eines der bekanntesten Gesichter des Senders. Die nach dem Anschlag gedrehten Bilder stammten von einem FBI-Angehörigen aus Islamabad.

Endlich kam Brenneman auf Harpers letzten Satz zu sprechen, noch immer vor den Bildschirmen stehend. »Halten Sie es für denkbar, dass die pakistanische Regierung direkt in diese Geschichte verwickelt sein könnte? In irgendeiner Weise?«

»Mir erscheint das weit hergeholt, Sir«, antwortete Harper. »Sie sind sehr verärgert über Ihre Haltung hinsichtlich des israelischen Waffenverkaufs an Indien, aber Musharraf hat zu viel zu verlieren, um sich auf so etwas einzulassen. Ich glaube nicht, dass das eine realistische Möglichkeit ist.«

»Was ist, wenn Sie sich irren?« Der Präsident drehte sich um und blickte Harper an. »Sie haben selbst gesagt, wie ernst Pakistan das Problem Jammu und Kaschmir nimmt, und betont, dass es deswegen schon mehrere militärische Auseinandersetzungen gegeben hat. Denken Sie an Kargil 1999, und das ist nur das jüngste Beispiel und mit Sicherheit nicht das schlimmste Szenario. Wir reden über ein Land, das über mindestens vierzig Atomwaffen verfügt. Vielleicht hat der Waffenverkauf an Indien das Fass zum Überlaufen gebracht.«

»Ich kann nicht glauben, dass sie so ein Risiko eingehen würden, Sir«, antwortete Harper. »Meiner Ansicht nach sollten wir uns mit Urteilen zurückhalten, bis das Team des FBI einen vorläufigen Bericht liefert. Wie gesagt, auch die CIA ist entscheidend an der Untersuchung beteiligt.«

»Was mich zum nächsten Punkt bringt«, sagte Brenneman. »Sie kommen gerade aus Übersee zurück, ist das richtig?«

»Ja.«

»Ich nehme an, es ist Ihnen gelungen, unseren Mann zu finden.«

»Allerdings. Er hat seine Hilfe angeboten.«

»Gut.« Ein Lächeln huschte über Brennemans Gesicht, das sich aber schnell wieder auflöste. Die Lage war viel zu ernst, um wirkliche Erleichterung zu verspüren. »Es beruhigt mich, dass Sie Ihren besten Mann auf diesen Fall ansetzen. Ich habe nicht vergessen, was Kealey für unser Land getan hat, und bin zuversichtlich, dass er auch mit diesem Problem klarkommt.«

»Da bin ich ebenfalls sicher, Sir, aber er arbeitet nicht allein. Naomi Kharmai ist ebenfalls mit von der Partie. Sie müssten sich an sie erinnern … Denken Sie an den vereitelten Anschlag auf Sie im Jahr 2007 und an den Vorfall in New York im letzten Jahr. Sie hat viel dazu beigetragen, diese Gräueltaten zu verhindern.«

»Ja.« Brenneman nickte bedächtig. »Eine äußerst fähige

junge Frau. Ich stehe in ihrer Schuld, wie unser ganzes Land, und es freut mich, dass sie dabei ist. Trotzdem, um eines klarzustellen … Ich will genau wissen, wie ihre Instruktionen lauten, weil ich überzeugt bin, dass Amari Saifi irgendwie in die Entführung von Außenministerin Fitzgerald verwickelt ist. Sie sollten alle Anstrengungen auf ihn konzentrieren.«

»Ich verstehe, Sir. Und ja, es ist Kealeys und Kharmais vorrangiges Ziel, Saifi zu finden.«

Brenneman nickte zufrieden. »Haben Sie seit dem Anschlag mit ihnen gesprochen?«

»Nein, ich bin noch nicht dazu gekommen. Ich werde auf dem Weg nach Langley mit ihnen telefonieren.«

»Gut.« Die Schultern des Präsidenten sackten etwas herab, als hätte man ihn von einer schweren Last befreit. Trotzdem ließ sein beunruhigter Blick darauf schließen, dass noch immer eine große Bürde auf ihm lastete. »Ich weiß, dass Saifi dahintersteckt. Es passt zu allem, was wir über ihn wissen. Vielleicht arbeitet er auf eigene Faust, vielleicht hat er Hintermänner in der pakistanischen Regierung. Wie auch immer, ich will, dass Sie ihn finden. Dann finden Sie auch Außenministerin Fitzgerald. Da bin ich ganz sicher.«

Harper stand auf, weil ihm das Brennemans Schlussworte zu sein schienen. »Wir tun, was wir können, Mr. President.«

Brenneman schaute ihm in die Augen, und diesmal war sein Blick hart. »Reden Sie nicht, erledigen Sie den Job. Ich zähle auf Sie. Wie auch Fitzgerald.«

13

Madrid, Spanien

Wie viele europäische Länder – und etliche auf anderen Kontinenten – hatte auch Spanien im Laufe der Jahre unter terroristischen Aktivitäten gelitten. Der Grund waren Probleme mit inländischen Separatisten. Seit fast fünfzig Jahren war die Organisation Euzkadi Ta Azkatasuna – im Ausland besser unter dem Kürzel ETA bekannt – die bekannteste Terroristengruppe des Landes. Ihr Ziel war die Errichtung eines unabhängigen baskischen Staates im Norden Spaniens. Die Gruppe war eine permanente Gefahr, seit ihrer Gründung im Jahr 1958 waren ihren Anschlägen mehr als achthundert Menschen zum Opfer gefallen. Unglücklicherweise war die ETA aber nicht die einzige Bedrohung für die spanische Regierung und die vierzig Millionen Bürger des Landes. In den letzten Jahren hatte sich auch Al Kaida in Spanien eingenistet, wie in so vielen anderen Ländern.

Der schockierende Beweis für Al Kaidas Präsenz in Spanien waren die Bombenanschläge auf vier Pendlerzüge in Madrid am 11. März 2001. Den nahezu zeitgleichen Explosionen fielen 191 Menschen zum Opfer, tausendzweihundert wurden verletzt. Ursprünglich hielt man die ETA für schuldig, doch es stellte sich bald heraus, dass die Separatistenorganisation nichts mit den Anschlägen zu tun hatte. Bei den dreijährigen Ermittlungen wurde klar, wie wenig fassbar die Bedrohung war, selbst für die Sicherheitsbehörden eines Landes, das daran gewöhnt war, terroristische Gefahren zu bekämpfen. Als schließlich im Februar 2007 unter großem Medieninteresse der Prozess gegen die vermeintlich Verantwortlichen für die Anschläge begann, saßen fünfzehn Marokkaner, neun Spanier, zwei Syrer und jeweils ein Ägypter, Algerier und Libanese auf der Anklagebank. Niemand von ihnen hatte Verbindungen zu den baskischen Separatisten. Doch obwohl ein veritabler Berg von Indizienbeweisen darauf hindeutete, dass Al Kaida für die Bombenanschläge verantwortlich war, konnten deren Führungsmitglieder durch nichts mit den Tätern von Madrid in Verbindung gebracht werden. Den spanischen Strafverfolgungsbehörden blieb es größtenteils ein Rätsel, wo der Plan für die Anschläge ausgeheckt worden war.

Seit er vor knapp fünf Jahren seinen ersten Auftrag für die CIA übernommen hatte, war Ryan Kealey sich darüber im Klaren, wie schwer die Verbindungen zwischen verschiedenen Terroristengruppen zu entdecken waren. In den Jahren nach dem 11. September 2001 hatten terroristische Aktivitäten – zumindest in der Form spektakulärer Anschläge auf Zivilisten – weltweit stark nachgelassen. Nach Kealeys Ansicht hatte das den Sicherheitsbehörden und Geheimdiensten einen völlig falschen Eindruck vermittelt. Sie glaubten, den Krieg gegen den Terror zu gewinnen. Die sinkende Zahl von Anschlägen hielten sie für das direkte Resultat neuer und besserer Methoden der Terrorbekämpfung, auch auf dem Gebiet der internationalen Kommunikation und Zusammenarbeit.

In der Tat war das weltweit entschiedene Vorgehen gegen Terrororganisationen und ihre Geldgeber in einem gewissen Ausmaß erfolgreich. Man hatte die Verbindungen zwischen den Führungspersönlichkeiten von Al Kaida und der Basis größtenteils gekappt, wodurch die Weitergabe von Instruktionen erschwert wurde. Selbst das Einfrieren von Geldern –

größtenteils auf Initiative der amerikanischen Regierung – trug dazu bei, die Gefahr vorübergehend einzudämmen. Allerdings übersahen die Geheimdienste – selbst die CIA – nach Kealeys Meinung das Auftauchen einer neuen Gefahr, insbesondere der Macht der Ideologie. Der von radikalen Islamisten propagierte Hass auf den Westen war eine starke verbindende Kraft, und zwar in einem Ausmaß, das die meisten Amerikaner nie begreifen würden. Die von dieser Ideologie ausgehende Faszination reichte aus, um das Leben eines leicht zu beeinflussenden Studenten umzukrempeln oder unerfahrene Terroristen aus diversen Ländern zusammenzuschweißen. Terrorakte waren nicht mehr die Anstrengungen isolierter Gruppen, sondern strategische Gemeinschaftsunternehmen, und in vielen Fällen war die Kooperation unter den Terroristen sehr viel besser als die Zusammenarbeit zwischen Sicherheitsbehörden und Geheimdiensten angeblich befreundeter Länder. Der Krieg im Irak hatte alles noch schlimmer gemacht, weil sich durch ihn ein tiefer weltanschaulicher und moralischer Abgrund zwischen den Vereinigten Staaten und Ländern öffnete, zu denen die USA einst gute Beziehungen unterhalten hatten.

Kealey hatte all dies im Hinterkopf gehabt, als er zum ersten Mal die Akte der CIA über Kamil Ghafour las. Seitdem war ihm genügend Zeit geblieben, darüber nachzudenken, etwa am Vortag, während der langweiligen Busfahrt zum Keflavík International Airport. Obwohl das Wetter immer schlechter wurde, hatte ihre Maschine planmäßig starten können. Nach der Landung auf dem Flughafen Madrid Barajas waren sie sofort mit einem Taxi zu einem Hotel an der Gran Via gefahren, einer der bekanntesten Straßen der Stadt. Allerdings hatten sie das Hotel nicht betreten, sondern während eines zwanzigminütigen Spaziergangs darauf geachtet, ob sie beschattet wurden. Kealeys Sorge galt in erster Linie den spanischen Sicherheitsbehörden, denn es war gut denkbar, dass sein Pass am Flughafen aufgefallen war. Ihm war nichts anderes übrig geblieben, als den auf den Namen Joseph Briand lautenden gefälschten französischen Pass zu benutzen. Naomi war besser dran, ihre gefälschten Papiere stammten von der operativen Abteilung der CIA. Man hatte sie ihr vor dem Abflug nach Island zur Verfügung gestellt.

Als sie keine Anzeichen für eine Observation entdeckten, fuhren sie mit einem zweiten Taxi zum Sofitel Madrid Plaza de España. Dort angekommen, wählte Kealey die Nummer, die Harper ihm in Oræfi gegeben hatte. Einige Minuten später kam einer der Beschatter, ein Mann namens Ramirez, zu ihnen in die Hotelhalle. Die geräumige, luxuriöse Suite des Teams befand sich im obersten Stock und wurde von einer Scheinfirma der CIA bezahlt, die ihren Sitz in Lexington Park in Maryland hatte. Kealey und Kharmai wurden den für die Überwachung Ghafours zuständigen Agenten vorgestellt. Ihre Chefin, eine Frau namens Marissa Pétain, informierte sie über die Gewohnheiten des Algeriers, und danach fuhren sie mit dem Aufzug nach unten, um auf einem Spaziergang die Gegend zu erkunden, wo sie aktiv werden würden. Kurz darauf nahmen sie ein Taxi zu ihrem Hotel an der Südseite der Plaza Mayor. Beim Essen im Restaurant des Hotels herrschte eine angespannte Atmosphäre. Nachdem sie über den vor ihnen liegenden Tag gesprochen hatten, beschlossen sie, sich am nächsten Morgen um sieben Uhr in der Hotelhalle zu treffen. Dann wollten sie gemeinsam zu der improvisierten Einsatzzentrale in der Hotelsuite der Beschatter fahren. Nachdem sie sich geeinigt hatten, gingen sie auf ihre Zimmer, und seitdem hatte er nichts mehr von Naomi gesehen.

An diesem Morgen waren seine Befürchtungen hinsichtlich ihrer psychischen Verfassung bestätigt worden. Er selbst tauchte verabredungsgemäß um sieben in der Halle auf, von ihr war nichts zu sehen. Nach zehnminütigem Warten war er zu ihrem Zimmer gegangen, um nach ihr zu sehen, doch sie reagierte nicht auf sein Klopfen. Nach einem Augenblick der Unschlüssigkeit fuhr er mit dem Lift in die Halle, um sich an der Rezeption zu erkundigen. Dort konnte man ihm nur versichern, dass sie nicht ausgezogen war, doch das half ihm auch nicht weiter.

Pétain hatte beiden am Vortag ein Handy gegeben, aber Naomi meldete sich nicht, als er sie zu erreichen versuchte. Als klar war, dass er nicht mit ihr rechnen konnte, verließ er das Hotel allein. Das war jetzt sieben Stunden her, und sie war immer noch nicht aufgetaucht. Während die Zeit verstrich, hing ihre unerklärliche Abwesenheit wie eine dunkle Wolke über ihm, doch trotz seiner Bemühungen, die Anspannung zu kaschieren, hatte sie sich auf die anderen CIA-Agenten übertragen. Jetzt waren alle unruhig und besorgt. Sie hatten sich Kamil Ghafour noch nicht genähert, und die Aktion schien von Beginn an unter schlechten Vorzeichen zu stehen.

Jetzt, als er auf dem auf die Plaza de España gehenden Balkon stand, versuchte er einmal mehr, nicht an Naomis Verschwinden zu denken. Von der nächsten Stunde hing zu viel ab, er durfte sich nicht durch andere Dinge ablenken lassen. Es war zwanzig nach fünf nachmittags. Die Siesta war vorbei, die Stadt zu seinen Füßen erwachte zu neuem Leben. Er trug nur ein weißes T-Shirt, eine dünne Baumwollhose und leichte Nike-Laufschuhe, aber die Hitze war trotzdem erdrückend. Der Ortswechsel von Island nach Madrid bedeutete eine große Umstellung, doch die Hitze wäre in jedem Fall schwer zu ertragen gewesen. Kurz vor Mittag hatte das Thermometer fünfunddreißig Grad gezeigt, am frühen Nachmittag waren es achtunddreißig. Dazu kam, dass die Klimaanlage in ihrem Hotel an der Calle de los Jardines nicht richtig funktionierte, und es war nicht damit zu rechnen, dass die Hitze nachts nachlassen würde. Nach einem anstrengenden Reisetag und einer schlaflosen Nacht in einem stickigen Hotelzimmer hatte er von den attraktiven Seiten der spanischen Hauptstadt noch nichts mitbekommen.

Er nahm die Sonnenbrille ab, rieb sich die Augen und blickte dann mithilfe eines Fernglases über den Platz. Die Plaza de España rangierte nicht ganz oben auf der Liste mit Madrids Touristenattraktionen, war aber trotzdem ziemlich beeindruckend. Hinter einer Rasenfläche und einem kleinen Teich stand eine imposante Statue von Miguel de Cervantes, dem berühmten spanischen Schriftsteller. Nach dem Beginn der Fertigung im Jahre 1925 hatte ihre Erschaffung gut siebenundzwanzig Jahre in Anspruch genommen, und das Resultat verdankte sich der Geduld und dem Können mehrerer Künstler. Cervantes wurde in einer Sitzposition dargestellt und blickte heiter auf die seiner Imagination entsprungenen Gestalten hinab, auf Don Quijote, Sancho Pansa und Dulcinea, die wunderschöne Bäuerin aus Quijotes Träumen. Die kleineren Figuren waren Statuetten aus Bronze, abgesehen von der Dulcineas, die aus Stein bestand. Sie schienen nicht zu bemerken, mit welcher wohlwollenden Aufmerksamkeit ihr Schöpfer auf sie hinabblickte.

Er nahm die Gebäude nördlich des Platzes in Augenschein. Zwischen dem Torre de Madrid und dem Edificio España – zwei der höchsten Gebäude der Stadt – sah er eine Reihe weniger imposanter Häuser. Die meisten standen, wie nicht anders zu erwarten, dicht beieinander, aber es gab eine auffällige Baulücke. Früher hatte hier ein vierstöckiges Lagerhaus aus rotem Backstein gestanden, das vor zwei Monaten durch eine kontrollierte Sprengung zum Einsturz gebracht worden war, um einem weiteren Wolkenkratzer Platz zu machen. Selbst von der anderen Seite des Platzes aus konnte er den das Grundstück umgebenden Maschendrahtzaun erkennen.

Am nördlichen Ende der Baustelle standen ein paar Wohncontainer, die durch ein Gewirr von Stahlträgern und Stützpfeilern, die aus einem Betonfundament ragten, kaum zu sehen waren. Innerhalb des Zaunes stand eine Reihe von Kränen. Es gab offenbar nur zwei Tore, groß genug, um Lastwagen hindurchzulassen, aber im Moment schien auf der Baustelle nicht viel los zu sein. Er sah mehrere Arbeiter, doch sie machten gerade Pause, saßen herum, mit Papier- oder Plastiktüten in der Hand. Immer noch Siesta, dachte Kealey. Er fragte sich, welche der fernen Gestalten der Mann war, mit dem er reden wollte.

Während er die Szenerie betrachtete, bemerkte er auf einmal aus dem Augenwinkel eine Bewegung. Er legte die linke Hand auf das Balkongeländer und drehte sich um. Zugleich steckte er einen Fuß durch die Gurtschlaufe der zu seinen Füßen liegenden Tasche, auf der das Vereinswappen von Real Madrid prangte. Darin befand sich das für Kamil Ghafour bestimmte Geld. Von Keflavík aus hatte er mit Naomis Satellitentelefon Harper angerufen, und der hatte dafür gesorgt, dass das Geld bereitlag. Einer der Beschatter hatte es am Vortag aus einem Schließfach am Bahnhof Arocha abgeholt.

»Sorry.« Die Frau, die so plötzlich hinter ihm aufgetaucht war, konnte sich vor Lachen kaum halten. »Ich wollte Ihnen keinen Schrecken einjagen.«

»Kein Problem«, sagte Kealey. Er hatte die Geschichte schon abgehakt, aber die Frau lachte immer noch. Er starrte sie für einen langen Moment an, mittlerweile verärgert, und schließlich ließ der Lachkrampf nach. »So lustig war es nun auch wieder nicht. Außerdem mag ich keine Leute, die sich von hinten anschleichen.«

»Ich hatte meinen Spaß«, sagte Marissa Pétain, die sich vergeblich bemühte, den nächsten Lachanfall zu verhindern. Sie blickte auf seine auf dem Geländer liegende Hand, dann auf die Tasche zu seinen Füßen. »Mein Gott, Sie sind doch angeblich eine Art Meisterspion, und dann hören Sie mich nicht mal kommen. Ich hätte Sie über das Geländer schubsen können.«

Kealey studierte ihr Äußeres und versuchte zugleich, ihren ausgeprägten Akzent zu identifizieren. Laut Harper arbeitete Pétain seit vier Jahren für die CIA. Bevor er am Vortag die Leitung der Operation übernommen hatte, war sie die Chefin des Teams gewesen, das Kamil Ghafour in Madrid observierte. Sie hatte nichts gesagt, das ihn stutzig gemacht hätte, aber er konnte nicht umhin, sich zu fragen, ob sie sauer war, weil *er* jetzt das Kommando hatte. Offenbar war sie schon einige Zeit in Madrid. Eigentlich wusste er fast nichts über sie, doch auf das, was er bisher mitbekommen hatte, konnte er gut verzichten. Sie war überheblich und laut und hatte kein Gefühl dafür, wann sie besser den Mund gehalten hätte. Er glaubte nicht, dass hinter all dem Absicht steckte, doch dadurch war sie kein bisschen leichter zu ertragen.

Zugleich hatte sie etwas, das Interesse erregen konnte. Zumindest ihr Name. Der war eindeutig französisch, wie ihr Akzent, aber zuvor an diesem Tag war ihm etwas aufgefallen. Sie hatte die Rezeption angerufen und zu seiner Überraschung plötzlich fließend andalusisches Spanisch gesprochen. Nicht die Tatsache, dass sie die Sprache beherrschte, überraschte ihn – das wurde erwartet von einer Agentin, die in Spanien einen Auftrag übernahm –, sondern der Akzent. Ihr Dialekt klang fast perfekt. Er hatte den Eindruck, als hätte sie ihre französische Herkunft innerhalb von ein paar Sekunden komplett abgeworfen.

Trotzdem, Kastilisch war die offizielle Sprache auf dem spanischen Festland, und der Mann an der Rezeption würde sich an jeden erinnern, der einen anderen Dialekt sprach. Aus diesem Grund musste er sich einfach fragen, was für einen persönlichen Hintergrund Pétain haben mochte. Beherrschte sie nur diesen Dialekt? Hatte sie umgeschwenkt, weil der Mann an der Rezeption ihn sprach? Oder war es ein Ausrutscher gewesen? Es schien nur ein kleiner Lapsus zu sein, doch bei dem, was sie vorhatten, konnte der kleinste Fehler katastrophale Folgen haben.

Offenbar wartete sie auf eine Reaktion. Er schüttelte geistesabwesend den Kopf und wies dann auf das Hotelzimmer. »Hat Kharmai sich immer noch nicht gemeldet?«

Pétains Miene wurde ernst. »Nein, noch nicht. Sie ist schon ganz schön lange weg …« Sie zuckte die Achseln und wandte den Blick ab. »Ich weiß, dass Sie auf sie warten wollen, aber uns bleibt nur noch eine knappe Stunde. Wenn Sie möchten, können wir das Ganze natürlich auf morgen verschieben, aber …«

»Nein«, unterbrach Kealey. »Wir erledigen das heute.« Er strich sich mit der Hand übers Gesicht und schaute auf seine Uhr, eine stabile Timex Expedition E-Tide, die er vor ein paar Monaten erstanden hatte, um seine in die Jahre gekommene Wenger zu ersetzen. »Wie lange ist es her, dass Ihre Männer sich gemeldet haben?«

»Zehn Minuten«, antwortete Pétain, ohne auf die Uhr zu blicken. »An unserem Zeitplan hat sich nichts geändert. Ihrer Meinung nach ist die Baustelle weiterhin der beste Ort, um Kontakt zu ihm aufzunehmen.«

»Wenn ich es richtig verstehe, sind Sie der gleichen Meinung?«

Pétain nickte kaum merklich. Auch diese Angewohnheit fand er ärgerlich, doch das konnte sie nicht wissen. In dieser Situation wollte er immer ein unmissverständliches Ja oder Nein.

Er blickte sie schweigend an, und schließlich kapierte sie es. »Ja. Meiner Meinung nach ist das am besten. Ghafour lebt mit mehreren Personen in einer Wohnung, sodass es schwierig wäre, ihn da allein zu fassen zu bekommen. Wenn wir ihn an seinem Arbeitsplatz überrumpeln, ist das besser. Doch, es ist ein guter Plan.«

»Und sein Arbeitgeber? Der Typ, mit dem der ganze Ärger anfing?«

»Trifft sich mit ein paar Stadtentwicklern in Sevilla und bleibt bis Dienstag. Ich habe mich gestern kundig gemacht.«

»Okay.« Kealey nickte bedächtig. Es war wichtig, an Kamil Ghafour heranzukommen, ohne dass sein Arbeitgeber etwas davon mitbekam. Angesichts all dessen, was der bis jetzt getan hatte, um Ghafour zu schützen, musste man damit rechnen, dass er keine Mühe scheuen würde, seinen Schützling gegen jeden abzuschirmen, der nur von ferne so wirkte, als könnte er von irgendeiner Strafverfolgungsbehörde kommen.

Er schnappte sich die Tasche und warf sie sich über die Schulter. Als er durch die offene Balkontür ins Zimmer trat, atmete er erleichtert auf. Zwar war es nur unmerklich kühler, doch bei der Außentemperatur war auch ein kleiner Unterschied unendlich wohltuend. Während er zu Ramirez ging, der vor den Funkgeräten saß, öffnete sich die Tür, und Naomi trat ein.

Er machte auf dem Absatz kehrt und durchmaß mit schnellen Schritten den Raum auf sie zu. Sein Zorn war für alle unübersehbar, doch zugleich war ihm bewusst, dass alles nur Schau war, um seine Erleichterung zu kaschieren. Als er näher kam, verlangsamte er den Schritt. Irgendetwas schien nicht zu stimmen. Sie wollte ihm nicht in die Augen blicken und wirkte abwesend.

»Wo zum Teufel hast du gesteckt, Naomi? Was ist …« Er brach ab, beugte sich vor und betrachtete sie.

»Nichts.« Sie stürmte an ihm vorbei, beugte sich über Ramirez' Schulter und murmelte ihm etwas ins Ohr. Kealey beobachtete sie, wusste nicht, was er tun sollte. Es war schwer zu sagen, was mit ihr los war. Getrunken hatte sie nicht, zumindest war ihm keine Fahne aufgefallen. Auch ihre Bewegungen waren nicht auffällig. Die Gelegenheiten, wo er sie beschwipst gesehen hatte, konnte er an einer Hand abzählen. Schon aus diesem Grund schien es unwahrscheinlich, dass Alkohol im Spiel war. Trotzdem, was es auch sein mochte, es bestand Anlass zur Sorge. Es war schwer, die kleinen Abweichungen von ihrem normalen Verhalten zu erkennen, und wenn er nicht eine längere Zeit mit ihr zusammengelebt hätte, wären sie ihm womöglich völlig entgangen.

»Können wir einen Augenblick unter vier Augen sprechen, Naomi?«

Sie verschränkte die Arme und starrte ihn eine volle halbe Minute lang an. Dann nickte sie, ging an ihm vorbei und trat in den Flur. Pétains und Ramirez' neugierige Blicke folgten ihr.

Kealey eilte ihr nach, schloss die Tür, griff nach ihrem rechten Ellbogen und zog sie an sich. Dann blickte sie zu ihm auf, und er war so geschockt, dass es ihm die Sprache verschlug. Ihr Gesicht war völlig ausdruckslos, doch nicht das erregte seine Aufmerksamkeit. Es waren ihre Augen, insbesondere die Pupillen, die fast doppelt so groß waren wie sonst. Er fragte sich, wie ihm das bis jetzt entgangen sein konnte. Noch wichtiger, wie konnte es *Harper* entgangen sein? Eine Unzahl möglicher Erklärungen ging ihm durch den Kopf, von denen fast alle nichts taugten, doch ihm blieb keine Zeit, genauer darüber nachzudenken.

»Worum geht's?«, fragte sie. Ihre Stimme war fast genauso ausdruckslos wie ihr Blick. »Wir verschwenden nur Zeit.«

Er schüttelte ungläubig den Kopf und packte ihren Arm ein bisschen fester. Nicht so fest, dass es wehtat, aber fest genug, um sie aus diesem Zustand der Abwesenheit zu reißen. Sie blinzelte, schien aber ansonsten nichts zu merken.

»Was ist mit dir los, Naomi?«, murmelte er. Die Wände waren dünn, aus dem Hotelzimmer war kein Laut zu hören. Er musste sie nicht sehen, um zu wissen, dass Pétain und Ramirez lauschten. »Du warst seit heute Morgen um sieben verschwunden. Wir wollten gerade ohne dich loslegen.«

»Ja, ich weiß, tut mir leid. Aber jetzt bin ich hier. Ich komme mit.« Er antwortete nicht, und ein Anflug von Verärgerung huschte über sein Gesicht. »Ich hab gesagt, dass es mir leidtut, Ryan. Was erwartest du noch? Wir haben gestern Abend alles besprochen. Stundenlang. Nichts hat sich geändert, also gibt es kein Problem. Soweit ich sehe, ist diese Aktion völlig unkompliziert.«

»Das macht sie kein bisschen weniger riskant«, fuhr er sie an. »Und es ändert nichts daran, was passieren wird, wenn wir

Scheiße bauen. Hör zu …« Er blickte den Flur hinab, um sich zu vergewissern, dass sie allein waren. »Ich muss sicher sein können. Bis du in der Lage, das mit uns durchzuziehen?«

Sie schaute ihn aus ihren grünen Augen an. »Ja.«

»In Ordnung.« Tatsächlich war nichts in Ordnung, aber er musste etwas Zeit gewinnen. Jetzt, wo so viel auf dem Spiel stand, konnte er es sich nicht leisten, eine übereilte Entscheidung zu treffen. Er klopfte an die Tür, und Pétain öffnete sofort. »Sagen Sie Ramirez, er soll seinen Krempel zusammenpacken. In fünf Minuten geht's los.«

14

Madrid

Die Gasse hinter dem Sofitel Madrid Plaza de España war alles andere als ideal, denn sie war hell, offen und sauber. Vier Lieferanteneingänge führten in das Luxushotel mit den siebenundneunzig Zimmern, und vor den sauberen Betonwänden seiner Hinterseite stand eine Reihe von Müllcontainern. Mit anderen Worten, diese Gasse wirkte fast einladend, und man musste jederzeit damit rechnen, dass jemand durch eine der Türen trat – ein Hausmeister, ein verirrter Gast oder ein Kellner, der schnell eine Zigarettenpause einlegen wollte. Glücklicherweise passierte es nicht in den vier Minuten, bis der Lieferwagen eintraf, und es tauchte auch kein Stadtstreicher auf, um in den Abfällen herumzuwühlen. Als die Seitentür des Fahrzeugs aufglitt und sie einstiegen, besserte sich Kealeys Stimmung. Der Auftakt der Operation war perfekt über die Bühne gegangen, und wenn das Glück ihnen treu blieb, würde es ihnen vielleicht gelingen, diese Geschichte erfolgreich durchzuziehen.

Ramirez war als Einziger nicht eingestiegen. Er ging zur Tür auf der Fahrerseite, die sich umgehend öffnete. Der Fahrer stieg aus, den Schlüssel im Zündschloss stecken lassend. Dann schlenderte er die Gasse hinab und verschwand kurz darauf in der Menschenmenge auf der Calle de Tutor. Wie alle anderen Agenten wusste auch er, was geschehen würde, doch Kealey zog es vor, mit einem vierköpfigen Team loszufahren. Seiner Erfahrung nach zahlte es sich immer aus, mit Leuten zusammenzuarbeiten, mit denen man eine – wenn auch nur kurze – Zeit gemeinsam verbracht hatte. Das konnte entscheidend sein, besonders dann, wenn sich herausstellte, dass der Plan einen Haken hatte.

Als alle Türen geschlossen waren und der Lieferwagen losfuhr, nahm Kealey die Tasche von der Schulter und klemmte sie zwischen seine Füße. Unterdessen hatte Marissa Pétain einen vorn an der Ladefläche am Boden festgenieteten Kunststoffbehälter geöffnet und eine Waffe herausgezogen. Sie reichte sie Kealey, zusammen mit zwei Reservemagazinen. Ihre linke Augenbraue hob sich. Eine wortlose Frage, er nickte zustimmend. Gegen die Pistole war nichts zu sagen.

Während Pétain Naomi eine Waffe gab und dann eine für sich auswählte, inspizierte Kealey die Kammer seiner Pistole, dann die Länge des Laufs. Die CZ 110 war eine etwas klobige Handwaffe, die in der Tschechischen Republik produziert wurde. Sie hatte einen leichten Polymer-Rahmen, und dieses spezielle Modell war für 9mm-Munition ausgelegt. Nachdem er ein Magazin mit dreizehn Patronen eingelegt und sich vergewissert hatte, dass die erste Kugel in der Kammer steckte, sah er, dass Naomi ebenfalls ein Magazin einrasten ließ. Ihre Waffe schien eine Glock 26 zu sein, und Pétain hatte für sich eine FN Fourty-Nine ausgesucht. Die Waffen würden ihren Zweck erfüllen, wenn es notwendig war, aber es gab einen speziellen Grund, warum die Wahl auf diese Modelle gefallen war. Keines davon wurde von amerikanischen Strafverfolgungsbehörden benutzt, was den Verdacht ablenken würde, wenn etwas schiefging. Trotzdem, die Pistolen hatten sie nur für den Notfall dabei. Kealey zählte darauf, dass der Inhalt der Tasche zu seinen Füßen ausreichen würde, um die gewünschten Antworten zu bekommen.

Während der Toyota sich durch den dichten Spätnachmittagsverkehr schlängelte, blickte er zu Naomi hinüber, die sehr aufrecht und mit einem wachen Gesichtsausdruck dasaß. Trotzdem konnte er nicht den geistesabwesenden Blick von vor zehn Minuten vergessen. Noch weniger die vergrößerten Pupillen. Sie hatten in einem hell erleuchteten Flur gestanden, es musste nicht unbedingt etwas bedeuten. So konnten zum Beispiel Augentropfen eine zeitweilige Mydriasis hervorrufen. Aber die Pupillenerweiterung konnte auch auf Medikamente zurückgehen, von denen etliche nur streng kontrolliert abgegeben wurden. Er konnte nicht mit Sicherheit wissen, was mit ihr los war, wollte aber nicht daran glauben, dass es etwas Ernsthaftes war. Doch wenn er alles bedachte, was ihm während der letzten beiden Tage aufgefallen war, fiel es schwer, die Wahrheit zu ignorieren. Als der Wagen scharf nach links auf die Calle de San Leonardo de Dios abbog, traf er zögernd eine Entscheidung.

»Pétain?« Die junge Agentin blickte ihn fragend an. »Ich möchte, dass Sie das mit mir erledigen. Trauen Sie sich das zu?«

»Wie bitte?« Naomis Kopf fuhr überrascht herum. »Das ist mein Job, Ryan, ich …«

»Nicht mehr«, antwortete er, den Blick auf Pétain richtend. »Also?«

Pétain nickte und wollte etwas sagen, doch Naomi kam ihr zuvor, mit lauter, zorniger Stimme. »Was zum Teufel ist in dich gefahren, Ryan? Dies ist *mein* Auftrag, nicht deiner. Harper persönlich hat ihn mir anvertraut, da kannst du mir nicht einfach den Stuhl vor die Tür setzen, nur weil ich ein paar Stunden …«

»Acht Stunden, Naomi.« Er bedachte sie mit einem ruhigen, festen Blick. »Du warst für acht Stunden verschwunden. Fast neun. Sieh es so, dass du verdammtes Glück hast. Wenn Harper von dieser Eskapade wüsste, hätte er verlangt, dass du mit der ersten Maschine zurückfliegst. Damit wäre deine Laufbahn beendet gewesen.«

»Wir haben doch alles besprochen«, versuchte sie es erneut, die Hände zu einer flehenden Geste erhoben. Ihr Blick war wütend, doch er entdeckte auch einen Anflug von Verzweiflung, den er nicht kannte. Er fühlte sich unwohl, sie hatte noch nie um etwas gebettelt. »Ich weiß genau, wie es laufen muss, und ich …«

»Vergiss es«, unterbrach Kealey. Er wollte ihr dies nicht antun, aber sie ließ ihm keine andere Wahl. Und wenn er jetzt einen Rückzieher machte, würde das nur seine Autorität unterminieren. »Du hattest deine Chance.« Er wandte sich wieder Pétain zu. »Sie kennen den Plan?«

»Ja.«

»Gut. Schön entspannt bleiben und einfach tun, was ich sage.«

Pétain nickte erneut, und plötzlich blieb der Lieferwagen stehen. Aus der dünnen Trennwand, welche die Fahrerkabine von der Ladefläche abgrenzte, war ein rechteckiges Stück von vierzig mal dreißig Zentimetern herausgeschnitten worden. Die Öffnung war groß genug, um ein Gespräch zwischen dem Fahrer und den hinten sitzenden Insassen zu ermöglichen, aber nicht so groß, um jemanden durch die Windschutzscheibe sehen zu lassen, was auf der Ladefläche transportiert wurde. Kealey rückte ein Stück vor. »Wie sieht's aus?«, fragte er Ramirez, der den Polizeifunk abhörte.

Ramirez, ein dunkelhäutiger Mann in mittleren Jahren, kratzte sich am Kinn und hustete, wandte den Blick aber nicht von der Straße ab. »An der Puerta del Sol findet eine Demonstration statt. Bis jetzt sind knapp tausend Leute da, meistens Studenten. Sie demonstrieren gegen das bevorstehende Gipfeltreffen in Barcelona. Die Bereitschaftspolizei ist mit fünf Fahrzeugen vor Ort. Bisher ist nichts passiert, aber sie behalten die Lage im Auge und erwarten weitere hundert Polizisten. Am Museum hat es einen Unfall gegeben … Das ist nicht mal einen halben Kilometer von hier entfernt. Das wär's. Warum fragen Sie? Sollen wir die Sache aufschieben?«

Kealey dachte einen Augenblick nach. Bei der Vorbereitung einer Operation im Ausland unterließ er es nie, sich vorab einen Eindruck von der örtlichen Polizeipräsenz zu verschaffen. Es war wichtig, genau zu wissen, wo die Polizeistationen waren, auf welchen Straßen am häufigsten Streifenwagen patrouillierten, und wie lange sie brauchten, um auf einen Notruf zu reagieren. In der Regel war es nicht besonders schwierig, einen Überblick zu gewinnen, doch in Spanien lagen die Dinge ein bisschen anders. Besonders in den großen Städten. Das war ihm schon bei der Landung auf dem Flughafen Madrid Barajas aufgefallen, der fünfzehn Kilometer nördlich des Stadtzentrums lag. Es war unmöglich, die Sicherheitsmaßnahmen in dem Terminal zu übersehen. Überall sah man Angehörige der Nationalen Polizei, aber auch Soldaten der Guardia Civil und Personal privater Security-Firmen. Außerhalb des Terminals wurden die Sicherheits- und Verkehrskontrollen von der örtlichen Polizei übernommen, deren Präsenz ebenfalls beeindruckend war.

Ihm war klar, dass man das Können und die Entschlossenheit der spanischen Polizei nicht auf die leichte Schulter nehmen durfte. Aber die mit der Observation Ghafours beauftragten Agenten hatten die Baustelle nördlich der Plaza de España permanent im Auge behalten. Von Anfang an waren sie sich einig gewesen, dass die Baustelle der beste Ort war, um an Ghafour heranzutreten, und zu ihrem Auftrag hatte es auch gehört, die Polizeipräsenz in der Gegend zu beobachten. Er hatte sich ihre Notizen genau angesehen. Leider ergaben sich daraus keine Hinweise auf den günstigsten Zeitpunkt. Dort patrouillierten nicht viele Polizisten, aber sie taten es regelmäßig. Trotzdem glaubte er nicht, dass sich eine bessere Möglichkeit bot, wenn sie warteten.

Außerdem hatten sie keine Zeit zu verlieren. Was am Vortag in Pakistan geschehen war, ließ auch die Geschichte mit den verschwundenen Touristen in einem völlig neuen Licht erscheinen. Er und Naomi hatten auf dem Flughafen Keflavík International, wo auf jedem Bildschirm in dem Terminal CNN lief, von Fitzgeralds Entführung erfahren. Keine zehn Minuten später rief Harper an, um sie über die offizielle Version der Ereignisse und die vorherrschende Meinung in Washington zu unterrichten. Ausnahmsweise stimmte Kealey mit den Beratern des Präsidenten überein. Dass die Außenministerin in Pakistan entführt worden war – dort, wo kürzlich auch zwölf amerikanische Touristen verschwunden waren –, konnte kein Zufall sein. Es war gut möglich – sogar wahrscheinlich –, dass Amari Saifi bei Fitzgeralds Entführung die Finger im Spiel hatte, und obwohl er diesen Auftrag zuerst nur zögernd akzeptiert hatte, empfand er die Aufgabe, den algerischen Terroristen zu finden, mittlerweile als Herausforderung. Im Augenblick schien das nur über Kamil Ghafour möglich zu sein, und deshalb war es von entscheidender Bedeutung, dass alles klappte, wenn sie erst einmal auf der Baustelle waren. Er war sich ziemlich sicher, dass Ghafour das Angebot der CIA – Geld gegen Informationen – akzeptieren würde, konnte sich aber nicht auf diese Hypothese verlassen. Er musste auf alles gefasst sein.

»Nein, wir werden nicht warten«, antwortete er schließlich auf Ramirez' Frage. »Ich muss wissen, was der Typ zu sagen hat. Und überhaupt, je länger wir warten, desto größer das Risiko.« Die Mitglieder des Observationsteams reisten mit gefälschten Pässen aus der operativen Abteilung der CIA. Es gab keinen direkten Kontakt zur amerikanischen Botschaft, und wenn ihre falsche Identität aufflog, würden sowohl die CIA als auch die Regierung jedes Wissen darüber abstreiten. Es war eine dieser Situationen, wo die Administration – wenngleich an den Ergebnissen der Operation interessiert – nicht bereit war, sich zu weit vorzuwagen. Nicht einmal, um das Leben der entführten Außenministerin zu retten. Kealey kannte das Spielchen, doch das machte die Sache nicht angenehmer.

»Wohin soll ich fahren?«, fragte Ramirez.

»Bis zur nächsten Ecke. Pétain und ich steigen aus, Sie suchen einen Parkplatz. Falls Sie keinen finden, was wahrscheinlich ist, fahren Sie um den Block, bis ich mich melde. Wir gehen zu der Kreuzung, wo diese Straße auf die Calle de San Leonardo de Dios stößt. Wenn es ganz schlimm kommt, können Sie uns unterwegs aufsammeln. Okay, bis dann.«

Ramirez nickte. »Viel Glück.«

»Danke.« Kealey warf die Tasche mit dem Geld über die Schulter und vergewisserte sich, dass die CZ 110 hinten in seinem Hosenbund steckte. Dann zog er das T-Shirt über den Griff. Eine besonders überzeugende Tarnung war das nicht, doch die Baustelle war nicht weit entfernt, und in der Menschenmenge auf den Bürgersteigen konnte man sich unauffällig bewegen.

»Alles klar?«, fragte er Pétain.

»Ja.«

Er schaute Kharmai an. »Du wartest hier. Rühr dich nicht vom Fleck.«

»Du machst einen Fehler, Ryan.« Sie bedachte ihn mit einem wütenden, unversöhnlichen Blick. »Keine Ahnung, was du dir dabei denkst, aber es ist ein großer Fehler, mich abzuhängen.«

»Wir werden sehen.« Er warf ihr einen vielsagenden Blick zu. »Es ist jetzt nicht der richtige Moment, das Thema zu vertiefen.« Er zog die Seitentür auf und stieg aus, gefolgt von Pétain. Kurz darauf hatte sie die Menschenmenge verschluckt, und der Lieferwagen fädelte sich wieder in den Verkehr ein.

15

Madrid

Ramirez hatte eine gute Stelle ausgesucht, was Kealey sofort klar wurde, als er sich der Baustelle näherte. Pétain war ein paar Schritte hinter ihm. Sie waren nur etwa hundert Meter vom Tor entfernt abgesetzt worden. Noch wichtiger war, dass Ramirez sich für eine Stelle entschieden hatte, wo es nicht nur den Maschendrahtzaun, sondern zusätzlich einen wackeligen Holzzaun gab. Folglich hatten die Arbeiter sie nicht sehen können, als sie aus dem Lieferwagen gestiegen waren. Das schien nicht besonders wichtig, aber viele Operationen waren schon an ganz anderen Kleinigkeiten gescheitert. Jeder Geheimdienst der Welt blickte auf eine veritable Reihe beschämender Pannen zurück, auch die CIA. Hoffentlich kam jetzt keine weitere dazu.

Als sie sich dem östlichen Tor näherten, stellte Kealey erleichtert fest, dass es offen stand. Damit mussten sie nicht so lange vor dem Tor herumlungern, wo sie von den falschen Leuten gesehen werden konnten. Das zweite Tor befand sich am anderen Ende der Baustelle und führte auf eine Parallelstraße. Auf dieser Seite fädelte sich gerade ein Laster in den Verkehr ein, und mehrere Arbeiter mit Schutzhelmen warteten darauf, das Tor wieder schließen zu können.

Viel war nicht los auf dieser Straße, aber aus allen Richtungen kam Lärm – die Maschinen auf der Baustelle, laute spanische Wortfetzen, der monotone Rhythmus von Rapmusik aus einem vorüberfahrenden Landrover. Zu ihrer Linken hatte ein algerischer Straßenhändler auf einem weißen Tuch seine Waren ausgebreitet, größtenteils illegal kopierte CDs und DVDs. Ein paar Touristen blieben davor stehen, doch der Verkäufer ignorierte sie, immer nach den kleinsten Anzeichen Ausschau haltend, ob ein Polizist auftauchen würde.

Kealey wandte den Blick von dem Straßenhändler ab und ging weiter, mit Pétain im Schlepptau. Der Gurt der Tasche schnitt in seine Schulter, am Rücken lief ihm der Schweiß hinab. Sein T-Shirt war völlig durchgeschwitzt.

Er wurde aus seinen Gedanken gerissen, als eine Hand seinen Arm packte.

»Was wollen Sie sagen?«, schrie Marissa Pétain, um den Lärm des Lasters und der vorbeikommenden Fahrzeuge zu übertönen. Mit einem finsteren Blick zog er sie dicht an sich heran, und sie begriff. »Man wird uns da nicht einfach so reinlassen«, sagte sie ihm ins Ohr. »Was haben Sie vor?«

»Ich werde ihnen die Wahrheit sagen.«

Sie schaute ihn mit offenem Mund an, aber er wartete nicht, bis sie ihre Verblüffung überwunden hatte. Er eilte weiter und kam an einem Pulk von Touristen vorbei. Einer rempelte ihn an und hätte ihn fast auf die Straße gestoßen, auf der ohne Unterlass Autos vorbeikamen. Leise fluchend ging er weiter. Er war wütend auf sich, weil er sich durch die Hitze hatte ablenken lassen. Auch Pétains Frage hatte ihn aufgehalten, er hätte nicht stehen bleiben sollen, um sie zu beantworten. Eigentlich wäre es ihm lieber gewesen, diesen Job allein zu erledigen. Zu dem Gespräch mit Ghafour würde sie nicht viel beitragen, ihre Aufgabe bestand darin, die Situation zu entspannen. Wenn eine Frau dabei war, würde Ghafour weniger misstrauisch und feindselig sein. Zumindest hoffte er das. Laut Akte hatte der

Algerier früh seinen Vater verloren, er war von seiner Mutter und vier älteren Schwestern großgezogen worden. Womöglich hatte das Spuren hinterlassen.

Er rannte die letzten paar Meter, weil sich das Tor gerade schloss. Als er es erreichte, umklammerte er mit den Fingern den Maschendraht. Der Mann, der es zuzog, hielt inne und warf ihm einen zugleich verwirrten und etwas verärgerten Blick zu. »*¿Qué deseas?*« Was willst du?

»*Deseo hablar con un hombre que trabaja aqui*«, antwortete Kealey – ich würde gern mit einem Mann reden, der hier arbeitet. »Kamil Ghafour.«

Der untersetzte Spanier erstarrte und nahm Kealey genau in Augenschein. Der Blick der dunklen Augen unter dem Schutzhelm war unergründlich. »*¿Por qué?*« Warum?

»Das ist meine Sache«, antwortete Kealey auf Spanisch. Pétain stand schweigend neben ihm, nervös von einem Bein aufs andere tretend. »Er will mit mir reden. Sagen Sie ihm, dass ich etwas für ihn mitgebracht habe.«

Der Bauarbeiter schüttelte den Kopf, spuckte aus und verschwand. Kealey rief ihm etwas nach, und als der Mann sich umdrehte, hob er ein paar zerknitterte Geldscheine, die der zurückgekehrte Spanier kurz darauf beäugte.

»Hundert Euro«, sagte Kealey. »Fünfzig, wenn Sie uns reinlassen, noch mal fünfzig, wenn Sie uns zu ihm führen.«

Der Mann zögerte, blickte sich vorsichtig um und nickte schließlich. Er hob einen Finger, womit er sagen wollte, dass sie am Tor warten sollten. Dann zog er ab. Pétain wollte etwas sagen, aber Kealey legte einen Finger auf die Lippen. »Der kommt schon zurück«, sagte er. »Geben Sie ihm eine Minute.«

Der Bauarbeiter benötigte zwei. Er öffnete das Tor, winkte sie durch und reichte ihnen zwei Schutzhelme. Nachdem sie diese aufgesetzt hatten, reichte Kealey ihm den ersten Fünfziger. Der Mann hielt den Schein gegen das Licht der spätnachmittäglichen Sonne, als wollte er sich vergewissern, dass er keine Blüte war. Dann hob er eine schwielige Hand und bedeutete ihnen so, ihm zu folgen. Kealey fand es seltsam, dass der Spanier Pétain keines Blickes gewürdigt hatte, aber er schob den Gedanken beiseite.

Sie gingen auf ein paar Wohncontainer zu, wobei sie den tiefen Reifenspuren eines schweren Lastwagens folgten. Der Boden unter ihren Füßen war hart. Zu ihrer Rechten lagen Haufen roter Erde, links von ihnen befand sich das Betonfundament. Der Lärm eines elektrischen Nietenschussgeräts hallte über die Baustelle und wurde einen Augenblick später von dem dumpfen Geräusch des Dieselmotors eines Krans übertönt.

Nach weiteren fünfzehn Metern blieb der Spanier stehen und zeigte auf den dritten Wohncontainer. »Er ist da drin«, sagte er in seiner Muttersprache. In seinem Tonfall lag ein Anflug von Verachtung, und er spuckte erneut aus. »Der Algerier macht sich die Hände nicht mehr schmutzig, seit die Polizei hier war. Er sitzt gemütlich da drin, wo's kühl ist, und macht den Papierkram.«

Kealey schaute sich um. Niemand schenkte ihnen besondere Beachtung, doch das Gesicht des Mannes, wegen dem sie hier waren, erblickte er nicht. Soweit er es beurteilen konnte, hatte der Bauarbeiter die Wahrheit gesagt.

Er reichte ihm den zweiten Fünfziger, und der Spanier grunzte zufrieden. Nachdem er den Schein in der rechten Tasche seiner schmierigen Hose verstaut hatte, warf er Pétain schließlich doch einen lüsternen Blick zu. Sie tat so, als hätte sie nichts bemerkt, und bohrte mit der Spitze ihres Schuhs in der trockenen Erde herum, den Blick starr auf den Wohncontainer richtend. Der Spanier schnaubte und trottete davon.

»Arschloch«, murmelte Pétain. Als der Bauarbeiter außer Hörweite war, blickte sie Kealey an. »Was denken Sie?«

»Ich glaube schon, dass er da drin ist. Die meisten Männer hier sind Spanier. Möglich, dass sie mit einem algerischen Boss klarkommen, wenn der Lohn stimmt, aber ich bezweifle, dass sie seinen Lieblingsarbeiter mögen. Besonders, wenn der ebenfalls Ausländer ist.«

»Ja, sieht so aus«, stimmte sie zu. »Was nun?«

»Wir sehen mal nach, wie's ihm geht.« Kealey setzte sich urplötzlich in Bewegung, und Pétain beeilte sich, ihm über das holprige Grundstück zu folgen. Er konnte nichts dagegen tun, dass ihn gewisse Zweifel beschlichen. Es gab keine Garantie, dass Ghafour ihnen den richtigen Weg weisen konnte, und es war ein großes Risiko, so überraschend bei ihm aufzutauchen. Er musste nur seine Kollegen rufen. Schon möglich, dass die ihn nicht besonders mochten, aber in so einer Situation würden sie ihm beistehen, da war er sich sicher. Falls er sie alarmierte, wären sie in ein paar Augenblicken da, und die Polizei würde auch nicht lange auf sich warten lassen. Wenn das geschah, flog die ganze Operation auf, und die CIA war einmal mehr blamiert. Dann wären sie ihrem Ziel, Amari Saifi zu finden, keinen Schritt näher gekommen. Aber sie hatten nur diese eine Chance, Ghafour zum Reden zu bringen. *Wenn* er etwas wusste, mussten sie es aus ihm herausquetschen. Um jeden Preis.

Ein leises Hüsteln riss ihn aus seinen Gedanken. Sie hatten den Wohncontainer erreicht, und Pétain blickte ihn erwartungsvoll an. Sie zupfte an ihrer Bluse, ein erfolgloser Versuch, sich etwas weniger heiße Luft zuzufächeln.

»Also dann«, sagte Kealey, der lauschte, ob Geräusche aus dem Inneren des Wohncontainers zu hören waren. Es war sinnlos, der Motor des Krans und das schrille Geräusch des Bolzenschussgeräts waren zu laut. Selbst hier, über sechzig Meter von der Straße entfernt, war der Verkehr noch entsetzlich laut. Er klopfte an die Tür, und jetzt hörte er von drinnen ein Ächzen, als wäre jemand von einem alten Stuhl aufgestanden. Er zog den Reißverschluss der Tasche auf und nahm ein Bündel Geldscheine heraus. Kurz darauf wurde die Tür aufgerissen, und vor ihnen stand ein Mann, der zuerst verwirrt, dann eher neugierig wirkte. »Wer sind Sie?«, fragte er in gebrochenem Spanisch. »Was wollen Sie?«

Kealey hatte Fotos des spindeldürren Algeriers gesehen. Vor ihm stand der richtige Mann, aber er musste sein Wissen nicht zu deutlich heraushängen lassen. Besser war es, erst einen beiläufigen Ton anzuschlagen. »Sind Sie Kamil Ghafour?«, fragte er auf Englisch.

Der Blick von Ghafours braunen Augen wurde sofort misstrauisch. »Warum?«

»Ich muss mit Ihnen reden. Was ich zu sagen habe, wird Sie interessieren.«

»Sind Sie ein Bulle?«, fragte Ghafour gereizt. Er richtete drohend einen Finger auf Kealey und fuhr dann auf Englisch fort. »Mein Status in diesem Land ist legal. Ich habe Papiere …«

»Ich bin nicht von der Polizei.« Kealey hob das Bündel Banknoten hoch, und Ghafours Augen richteten sich sofort auf das Geld. Trotzdem zeigte er zu Kealeys Überraschung keine sichtbare Reaktion. Kein Lächeln, kein gieriger Blick, kein nervöses Lecken der Lippen, nichts. Stattdessen warf er einen aggressiven Seitenblick auf Pétain, die am Fuß der kleinen Holztreppe stand. »Wer ist sie?«

»Eine Bekannte.« Kealey warf ihm das Geld zu, und Ghafour fing es geschickt auf. »In der Tasche ist noch mehr. Falls Sie Interesse haben.«

Ghafour blickte ihn einen Sekundenbruchteil länger an und bat sie mit einer Kopfbewegung herein. Sie folgten ihm in den kühlen Raum, und Ghafour schloss die Tür. Als sie die Schutzhelme abnahmen, trat der Algerier hinter einen billigen Schreibtisch, setzte sich aber nicht, was bei Kealey sofort die Alarmglocken schrillen ließ. Auf der Schreibtischplatte sah er keine Waffe, doch das hatte nichts zu bedeuten. In den Schubladen konnte sich ein ganzes Arsenal befinden. Da Ghafours Arbeitgeber der Regierung und den Sicherheitsbehörden feindselig gegenüberstand, hielt Kealey es für eine ausgemachte Sache, dass es hier irgendwo eine Waffe geben musste, wahrscheinlich in oder hinter dem Schreibtisch.

»Also?«, fragte Ghafour. Er spreizte die Arme, als wollte er sagen: Hier bin ich … Was wollen Sie?

Kealey hob die Tasche und warf sie dann auf ein abgewetztes Sofa. »Da drin ist ein Haufen Geld. Zwanzigtausend Euro, falls Sie's genau wissen wollen. Ein kleines Geschenk für Sie.«

Ghafours Blick fiel nur kurz auf die Tasche, dann schaute er wieder Kealey an. »Und was muss ich dafür tun?«, fragte er in einem leicht amüsiert klingenden Tonfall.

Kealey antwortete nicht sofort, ließ Ghafour aber keinen Moment aus den Augen. Der Algerier war nicht besonders groß, etwa eins siebzig, und wog bestimmt nicht mehr als siebzig Kilo. Von seiner körperlichen Statur her entsprach er nicht gerade einem Bauarbeiter, und das brachte Kealey auf einen anderen Gedanken. Hatte sein Arbeitgeber ihn nur wegen seiner Nationalität eingestellt, oder war Ghafour wieder politisch aktiv? Unterhielt sein Boss gar selbst Verbindungen zur GIA? Der Mann hatte Geld und Beziehungen, und Ghafour hatte sich nie von den algerischen Extremisten distanziert. Plötzlich kehrten die Zweifel zurück, nur waren sie diesmal stärker. Vielleicht war es keine gute Idee, ihn einfach mit Geld kaufen zu wollen. Leider war es jetzt zu spät, um die Taktik zu ändern. Es blieb ihnen keine andere Wahl, als die Sache durchzuziehen und auf das Beste zu hoffen.

»Ich will nur Informationen«, sagte Kealey, aufmerksam die Miene des anderen studierend. Vielleicht blickte er in Richtung der Waffe. Die kleinste Augenbewegung konnte ihn verraten, was ihm bewusst sein musste. »Geld gegen Informationen, Ghafour … Ein faires Geschäft, glauben Sie's mir … Sie waren sieben Jahre im Gefängnis, stimmt's? In Algier?«

Ghafours Lippen verzogen sich zu einem dünnen Lächeln. »Ja, aber das wussten Sie doch bereits, oder?« Plötzlich löste sich das Lächeln auf. »Wenn Sie nicht von der Polizei sind, woher kommen Sie dann? Vom MI5?«

»Nein.«

»Aus welchem Land sind Sie? Aus England? Den Vereinigten Staaten?« Ghafour wartete auf eine Antwort, doch als ihm klar wurde, dass es vergeblich war, grinste er breit. »Das ist es, Sie sind Amerikaner. Es ist so offensichtlich, wenn man weiß, worauf man achten muss … Irgendwie kommen Sie mir bekannt vor. Wie heißen Sie?«

»Spielt keine Rolle.«

Hinter ihm trat Pétain nervös von einem Bein aufs andere. Sie murmelte etwas vor sich hin. Zuerst verstand er es nicht, die Klimaanlage war zu laut, doch dann wiederholte sie ihre Worte: »Hinter den Akten.«

Links neben dem Schreibtisch – von Ghafour aus gesehen rechts – waren bis in Hüfthöhe Aktenordner aufeinandergestapelt. Pétain konnte sehen, was dahinter lag, und es lief ihm kalt den Rücken hinab, als er begriff, was sie ihm sagen wollte. Ghafours Waffe war nur gut fünfzig Zentimeter von seiner rechten Hand entfernt.

»Um sich an dem Geld zu erfreuen, müssen Sie nicht wissen, wer wir sind«, sagte Kealey. »Ich will nur einen Namen. Wer hat Amari Saifi im Gefängnis besucht? Und seine Entlassung arrangiert?«

»Genau …« Ghafour tat so, als hätte er die Fragen nicht gehört. »Sie kommen mir sehr bekannt vor«, fuhr er langsam und leicht lispelnd fort. Dann zeigte er mit dem Finger auf Kealey. »Ich bin mir sicher, irgendwo habe ich Sie schon mal gesehen.«

Kealey lief es wieder kalt den Rücken hinab. Vielleicht lag es nur am abrupten Wechsel der Temperatur. Wie auch immer, Ghafours entspannte, sorglose Art machte ihn nervös. Pétain stand völlig reglos neben ihm, er konnte die Anspannung ihres Körpers fast spüren. Sie fühlte sich genauso unwohl wie er.

»Sie haben mich noch nie gesehen«, sagte er in einem etwas härteren Tonfall. Er bezweifelte, dass der Algerier auch nur die leiseste Ahnung hatte, wer er war. An diesem Morgen hatte er ein paar Strähnen seines Haares grau gefärbt, wodurch er mindestens zehn Jahre älter wirkte, und er trug ein paar grün getönte Kontaktlinsen, was seine Augenfarbe änderte. Außerdem hatte er sich in den letzten drei Monaten einen dichten Bart wachsen lassen, der die untere Hälfte seines Gesichts verdeckte.

»Ich frage noch einmal, dann verschwinde ich mit dem Geld«, sagte er. »Wer hat Saifi im Gefängnis von Algier besucht?«

Ghafour wollte antworten, doch bevor er ein Wort herausbrachte, kam ein lautes Klopfen aus der Richtung der Stahltür. Kealey bekam nur teilweise mit, was dann geschah. Pétain zuckte zusammen, als sie das überraschende Geräusch hörte, und blickte blitzschnell nach links. Zugleich hob sie mit der rechten Hand den Saum ihrer weißen Baumwollbluse an. Es war eine reine Instinktreaktion, und der Griff ihrer Pistole war nur für einen Sekundenbruchteil zu sehen, doch das genügte. Ghafours Hand verschwand hinter den Akten. Kealey warf jede Vorsicht über Bord. Er stürzte nach vorn und packte Ghafours Arm.

Ein Schuss löste sich, als er versuchte, Ghafour mit der Linken die Waffe aus der Hand zu schlagen. Mit der Rechten packte er den Hemdkragen des Algeriers, und durch die Wucht seiner Bewegung prallten sie beide so heftig gegen die Wand, dass der ganze Wohncontainer erzitterte. Draußen rief jemand in atemlosem Spanisch nach Hilfe. Da lagen Kealey und Ghafour schon am Boden, um die Waffe kämpfend. Wieder löste sich ein Schuss, und das laute Krachen wurde noch von den Stahlwänden zurückgeworfen, als schon der nächste Knall folgte. Dann schaffte Kealey es endlich, dem anderen die Pistole zu entwinden. Erst als er wieder auf den Beinen stand, mühsam um Atem ringend, wurde ihm klar, dass die dritte Kugel von Marissa Pétain abgefeuert worden war.

Er starrte sie an. Sie stand mit gespreizten Beinen da, mit beiden Händen den Griff ihrer Pistole umklammernd, die Arme ausgestreckt. Ihre Kugel war in den linken Oberschenkel des Algeriers geschlagen. Besonders ernst schien es nicht zu sein, doch als Ghafour sich stöhnend auf die rechte Seite drehte, spritzte das Blut nur so aus der Wunde.

»Scheiße.« Kealeys Waffe steckte nach wie vor in seinem

Hosenbund, und da konnte sie auch bleiben. Er sicherte Ghafours Pistole und warf sie Pétain zu, die sie auffing, während er sich auf die Knie fallen ließ und mit beiden Händen so fest wie möglich auf die Wunde drückte. Ghafour schrie vor Schmerz und stieß eine Reihe unverständlicher Flüche aus. Er schlug wild mit den Armen um sich, um Kealey mit der Faust ins Gesicht zu treffen, schaffte es aber nicht.

Kealey ignorierte die Schmerzensschreie und wandte sich an Pétain, ohne sich zu ihr umzudrehen. »Sehen Sie nach, ob die verdammte Tür abgeschlossen ist!«, schrie er. Nach einem Moment der Unschlüssigkeit war sie mit zwei schnellen Schritten an der Tür.

Sie drückte die Klinke nieder und drehte sich um. »Ist abgeschlossen.«

»Kann man sie von außen öffnen?«

»Nein, ich denke nicht. Zumindest nicht, ohne sie aufzubrechen. Mein Gott, ich wollte nicht … Was soll ich tun?«

»Ich brauche was, womit ich die Blutung stoppen kann. Watte, Pflaster, irgendwas. Suchen Sie nach einem Verbandskasten. *Worauf warten Sie?*«

Während Pétain hektisch suchte, gab Kealey sein Bestes, um einen konstanten Druck auf die Wunde auszuüben, doch es war unmöglich. Ghafour wand sich auf dem dreckigen Boden hin und her, aus vollem Hals schreiend. »Halt's Maul!«, brüllte Kealey. »Und halt endlich still! Ich versuche gerade, dein Leben zu retten, du Arschloch!«

Plötzlich rief Pétain, die einen Schrank durchwühlt hatte, dass sie fündig geworden war. Mit ein paar Schritten war sie bei Kealey und ließ sich neben ihm auf die Knie fallen. Nachdem sie ein paar Sekunden mit dem Deckel gekämpft hatte, sprang er auf, und der Inhalt des Verbandskastens fiel auf den

Boden. Sie griff nach der Watte und dem Pflaster, und Kealey, weiter so fest wie möglich mit links auf die Wunde drückend, streckte die rechte Hand aus.

»Das taugt nichts, ich brauche festeres, dickeres Material«, brüllte er Pétain an, um Ghafours Schreie zu übertönen. Er warf ihr einen scharfen Blick zu. »Ihre Bluse …«

Sie blickte an sich herab und zog so schnell wie möglich die Bluse aus, wobei sie Mühe hatte, die Arme aus den engen Ärmeln zu ziehen. Nachdem sie es geschafft hatte – darunter trug sie ein Achselhemd –, fand sie auf dem Schreibtisch ein Teppichmesser, mit dem sie die Bluse in Streifen zerschnitt, jeder etwa sechzig Zentimeter lang und gut fünfzehn breit. Unterdessen drückte Kealey die Watte auf Ghafours stark blutende Wunde. Nachdem er sie mit Pflaster befestigt hatte, reichte ihm Pétain den ersten Stoffstreifen, und er schlang ihn um die Watte und verknotete ihn neben der Wunde. Dann wiederholte er die Prozedur mit dem zweiten Streifen, doch diesmal verknotete er den Stoff direkt über dem Einschussloch.

Ghafours Atem ging flach und unregelmäßig. An die Stelle der Schreie war ein leises Stöhnen getreten, was kein gutes Zeichen war. Aber seine Augen waren weit geöffnet, und er musste in der Lage sein, Fragen zu beantworten. Alles andere interessierte Kealey nicht. Er riss zwei Kissen von dem Sofa in der Ecke und schob sie unter die Füße des Algeriers, was die Blutung zumindest verlangsamen würde. Ohne das Anlegen einer Aderpresse konnte er nicht mehr tun, und dazu war er noch nicht bereit.

Der Adrenalinstoß verebbte, und plötzlich fühlte er sich sehr erschöpft. Er war außer Atem, seine Glieder kamen ihm unglaublich schwer vor. Auf einmal kam ihm der Gedanke, dass ihn eine der Kugeln getroffen haben könnte, aber abgesehen von seinem stark beschleunigten Puls war alles in Ordnung. Pétain telefonierte mit Ramirez und erklärte ihm in kurzen Sätzen, was passiert war. Erleichtert stellte er fest, dass sie zwar schnell, aber ruhig sprach. Eigentlich musste er Ramirez Instruktionen geben, und er dachte darüber nach, was er sagen sollte. Doch als er auf seine Hände blickte, waren diese Gedanken wie weggeblasen. Von seinen Händen und Armen tropfte Blut, und ihm wurde klar, dass Ghafour bestimmt schon einen halben Liter verloren haben musste. Der Druckverband verlangsamte die Blutung, konnte sie aber nicht komplett stoppen. Wenn er die erforderlichen Informationen aus ihm herausquetschen wollte, blieb nicht mehr viel Zeit.

»Ramirez fragt, was er tun soll«, hörte er Pétain sagen. »Die beiden …«

»Sagen Sie ihm, dass alles beim Alten bleibt. Hier kann er im Moment auch nichts tun.«

Es schien, als wollte Pétain widersprechen, doch dann schob sie ihre Zweifel beiseite und gab seine Worte weiter. Kurz darauf klappte sie das Handy zu. Ihre Miene war ängstlich. »Hören Sie das, Kealey?«

Abgelenkt durch seine Bemühungen, die Blutung zu verlangsamen, hatte er den Lärm vor dem Wohncontainer kaum wahrgenommen. Jetzt lauschte er aufmerksam und wusste sofort, worauf Pétain hinauswollte. Man hörte nicht nur das aufgeregte Geschrei der Bauarbeiter und den lauten Straßenverkehr, sondern auch die Sirene eines Streifenwagens. Das änderte alles, die spanische Polizei rückte an. Kurz darauf ertönte die zweite Sirene, und sie war so laut, dass von dem Verkehr auf der Calle de San Leonardo de Dios nichts mehr zu hören war.

Für ein paar Sekunden blickte er auf Ghafour herab. Sein Gesicht war bleich und schweißüberströmt, die Augenlider waren schwer. Um den Puls zu fühlen, presste er zwei Finger gegen die feuchte Haut. Er war schwach, aber fühlbar, doch das war keine Beruhigung, denn es war offensichtlich, dass Ghafour einen hypovolämischen Schock erleiden würde. Wenn er nicht umgehend etwas unternahm, würde der Algerier das Bewusstsein verlieren, und es war gut möglich, dass er dann nie wieder zu sich kam.

Sein Blick glitt über den auf dem Boden verstreuten Inhalt des Verbandskastens. Kurz darauf sah er, was er suchte. »Los, die Spritze«, sagte er zu Pétain, die ihn einen Moment verunsichert anblickte, dann aber reagierte.

»Epinephrin. Glauben Sie, es wird funktionieren?«

»Keine Ahnung.« Er riss die Verpackung auf, darum bemüht, das lauter werdende Heulen der Sirenen zu verdrängen. Wenn man bedachte, wie schnell die ersten beiden Streifenwagen reagiert hatten, schien es wahrscheinlich, dass sie in ein paar Minuten völlig umzingelt waren. »Wir müssen ihn wach halten und zum Reden bringen. Allmählich wird die Zeit knapp.«

»Schön wär's«, sagte Pétain mit zitternder Stimme. Sie stand an einem der kleinen Fenster und drückte mit zwei Fingern die Lamellen der Jalousie auseinander. »Unsere Zeit *ist* bereits abgelaufen.« Sie zog die Jalousie zu, und als sie sich zu Kealey umdrehte, wirkte ihr Gesicht blass und mitgenommen. »Die Polizei ist am Tor. Sieht so aus, als wären sie gleich hier.«

16

Sialkot, Pakistan

Das Haus stand auf einem Hügel außerhalb von Sialkot und war nur über einen holprigen Weg zu erreichen. Links und rechts davon erstreckten sich Weiden, auf denen ein paar Schafe grasten. Die Straße lag ein gutes Stück entfernt, hinter einer Reihe knorriger Bäume. Es war ein ruhiger Landstrich südlich des kaschmirischen Vorgebirges, doch hier war die Landschaft unspektakulär, ein Durchreisender hätte nichts Interessantes bemerkt. Allein aus diesem Grund war wahrscheinlich noch niemandem aufgefallen, dass das abseits stehende Haus nicht nur für die Region, sondern für das ganze Land ungewöhnlich war. Es wirkte, als hätte man es vom englischen Land hierher verpflanzt. Massive Steinwände widerstanden dem böigen Nordwind, und das Haus hatte ein schönes Schieferdach und Doppelfenster. An einem Spalier daneben wuchsen Jasmin und weiße Orchideen. Das Innere des Hauses war genauso ungewöhnlich. Im Wohnzimmer fiel ein großer Kamin auf, alle Räume waren holzgetäfelt, und es gab eine mit Öl betriebene Zentralheizung. Die Zimmer im ersten Stock waren selbst während der kältesten Wintermonate warm, ein seltener Luxus in den armen Regionen des nordöstlichen Pakistan.

Es hatte viele Jahre gedauert, bis Said Kureshi sich dieses Haus leisten konnte. In seinem Leben gab es nichts, das ihm mehr am Herzen gelegen hätte – bestimmt nicht seine Kinder, die er seit Jahren nicht gesehen hatte. Außerdem war das

Haus das Einzige, das ihn an seine Zeit in England erinnerte, an seine Liebe zur englischen Architektur. Als seine Familie seinerzeit nach Großbritannien auswanderte, war er fünfzehn. Vielleicht war es heute nicht leicht, es sich einzugestehen, doch es war die glücklichste Zeit seines Lebens gewesen. Seit er lesen und schreiben konnte, hatte er sich danach gesehnt, Pakistan den Rücken zu kehren. Er wollte dem Schmutz von Saddar entkommen, wo er seine frühen Jahre verbracht hatte, und in einem anderen Land ein besseres Leben beginnen. Und er hatte hart gearbeitet, um das Beste aus der unerwarteten Chance zu machen. Statt sich über die abfälligen Bemerkungen seiner Klassenkameraden zu ärgern, die meistens seiner Hautfarbe galten, hatte er pausenlos gelernt, und sein Fleiß trug ihm im Alter von einundzwanzig einen Studienplatz an der St. George's Medical School ein. Nach dem Abschluss hatte er fast ein Jahrzehnt lang im Guy's Hospital im Südosten Londons gearbeitet, wo er sich auf Herzchirurgie spezialisierte. Trotz interner Konkurrenz vollzog sich sein beruflicher Aufstieg mit erstaunlicher Geschwindigkeit. Es sah so aus, als könnte er einfach nichts falsch machen. Bis zu jenem Tag im Jahr 2004, an dem ihm bei einer Operation ein Fehler unterlief, den ein elfjähriger Junge mit dem Leben bezahlte.

Es war ein kleiner Fehler, ein versehentlich verletztes Blutgefäß, das sie zu spät bemerkt hatten, doch mehr brauchte es nicht. Seit diesem Vorfall war es nur noch bergab gegangen. Er hätte auf den Stress verweisen können, um seine Unaufmerksamkeit zu entschuldigen, auf die bevorstehende Scheidung, den unvermeidlichen Streit um das Sorgerecht für die drei Kinder, hätte so begründen können, dass nicht sein übermäßiger Alkoholkonsum in erster Linie für das Versagen verantwortlich war. Ein Disziplinarverfahren wäre unvermeidlich gewesen, aber Trunksucht war weniger schlimm als Inkompetenz, und vielleicht hätte man ihm im Laufe der Zeit verziehen. Doch es stimmte nicht, und er gehörte nicht zu jenen, die zu Entschuldigungen Zuflucht nahmen. Stattdessen stellte er in aller Stille seinen Posten zur Verfügung – wenigstens diese Möglichkeit hatte man ihm gelassen – und zog einen Monat später an die Küste von Cornwall, wo er in einem kleinen Cottage am Stadtrand von Saint Ives lebte.

Dort hatte er versucht, sich ein neues Leben aufzubauen. Im Laufe der Jahre hatte er einiges gespart, eine logische Folge seiner in Armut verbrachten frühen Jahre, und obwohl ihn die Scheidung teuer zu stehen kam, hatte er noch genug Geld für einen Neubeginn. Aber es stellte sich, insbesondere für einen Ausländer, als fast unmöglich heraus, zu den Einwohnern von Cornwall ein befriedigendes menschliches Verhältnis herzustellen. Sie blieben lieber unter sich und schätzten keine Eindringlinge, die in ihrer Nähe leben wollten. Zwei Jahre lang hatte er versucht, ihr Vertrauen zu gewinnen, aber seine ärztliche Praxis hatte einfach nicht genug Patienten. Irgendwann siegte die Verbitterung. Als er begriff, dass ihm nicht mehr daran gelegen war, die Sympathie seiner Umgebung zu gewinnen, wurde ihm klar, dass ihm nur die Rückkehr in seine alte Heimat blieb.

Das war im Sommer 2006 gewesen. Noch immer erinnerte er sich an das Gefühl persönlichen Versagens, das ihn übermannt hatte, als er in Islamabad aus der Maschine der British Airways stieg. Es kam ihm so vor, als hätte er seine beste – und vielleicht einzige – Chance in diesem Leben verspielt. Selbst heute noch, Jahre später, bereute er viele seiner Entscheidungen und Fehler zutiefst, aber er hatte damit zu leben gelernt. Er hatte das Haus aus Cornwall in seinem Heimatland nachgebaut, doch ansonsten gehörte England der Vergangenheit an. Außerdem hätte das Leben in Pakistan schlechter sein können. An Patienten mangelte es in Sialkot nicht. Viele konnten sich die staatlich geführten Krankenhäuser nicht leisten, außerdem imponierte ihnen sein in England abgeschlossenes Medizinstudium. Sie schätzten sein nachsichtiges und gutmütiges Wesen genauso wie die moderaten Behandlungskosten, und auch er mochte seine Patienten. Manchmal fragte er sich, ob es nicht besser gewesen wäre, von vornherein in Pakistan zu bleiben.

Zumindest bis zu dem Tag, als er Benazir Mengal kennenlernte. Im Gegensatz zu Naveed Jilani, dem er nie begegnet war, hatte sich Kureshi nicht darum bemüht, den General für sich zu gewinnen. Tatsächlich war es genau andersherum gewesen. Erstmals begegnet war er Mengal an einem warmen Herbstnachmittag im letzten Jahr. Der General hatte ihn durch einen seiner Männer im Café 24 an der Kashmir Road abholen lassen, wo er nachmittags seinen Tee trank. Zuerst hatte ihm die Geschichte Angst eingejagt, und er zögerte, sich von dem Mann mitnehmen zu lassen, ohne das Ziel der Autofahrt zu kennen. Aber es war unübersehbar, dass er keine andere Wahl hatte, und so stimmte er letztlich zu. Der Mann verband ihm die Augen und brachte ihn zu einer Wohnung, wo man ihn zu einem jungen Mann führte, offenbar einem Soldaten, der zwei Schussverletzungen am rechten Arm hatte. Es war nichts Ernstes – die beiden Kugeln steckten bereits nicht mehr in seinem Fleisch, und es war keine Arterie getroffen worden. Trotzdem war es nicht ganz einfach, ihm fehlten die richtigen Instrumente. Mengal sah die ganze Zeit über interessiert zu, und als er fertig war, gratulierte ihm der General. Dann schob er ihm einen Umschlag in die Jackentasche, den er erst öffnete, als er wieder in dem Café saß. Er enthielt hundertzwanzigtausend Rupien, fast zweitausend amerikanische Dollar, und ein paar handschriftliche Worte von Mengal, der ihm herzlich für seine Dienste dankte.

Im Laufe der nächsten Monate rief Mengal noch zweimal an. In beiden Fällen konnte er helfen, und nach der zweiten Operation begann der General zu reden. Er erzählte, er habe in der nordwestlichen Grenzprovinz gedient, und spielte auch auf seine Tätigkeit für den ISI an. Als Kureshi über den unglücklichen Ausgang seiner Zeit in England sprach, zeigte Mengal Mitgefühl. Nach diesem Gespräch verdoppelte sich die Zahl seiner Patienten praktisch über Nacht. Er nahm an, dass der General, der jede Menge Leute kannte, ihn wärmstens empfohlen hatte. Wie auch immer, er war dankbar und ließ es Mengal bei ihrem nächsten Treffen wissen. Bei dieser Gelegenheit gelang es ihm nicht, das Leben des Patienten zu retten – er blutete einfach zu stark –, doch der General schien Verständnis dafür zu haben.

Nie fragte Kureshi, warum diese Männer nicht von Militärärzten behandelt wurden, zum Teil auch deshalb, weil die Antwort auf der Hand lag. Was immer diese taten – in Mengals Auftrag –, es hatte nichts mit der regulären Armee zu tun und war höchstwahrscheinlich ungesetzlich. Folglich hielt er den Mund, und die geschäftliche Beziehung zu Mengal blühte und gedieh.

Seit einer Stunde war es dunkel. Ein scharfer Wind pfiff aus Richtung des Vorgebirges, ließ die jungen Bäume vor dem Haus schwanken und rüttelte an den soliden Fenstern im Erdgeschoss. Said Kureshi, dessen Silhouette in dem trüben Licht, das aus dem Flur kam, kaum zu erkennen war, stand vor einem Waschbecken und reinigte unter dem heißen Wasserstrahl ein Skalpell, das er zwischen den Fingern drehte, damit die Klinge auf beiden Seiten sauber wurde. Er sah das Blut im Abfluss verschwinden, ohne es wirklich zu sehen, und hörte auch nicht die lauten Stimmen aus dem Nachbarzimmer. Seine Gedanken waren bei dem chirurgischen Eingriff, den er gerade vorgenommen hatte. Oder, um es genauer zu sagen, bei der Frau, die er behandelt hatte.

Kurz nachdem er den letzten Patienten des Tages verabschiedet hatte, waren Mengals Männer eingetroffen. Von dem Augenblick an, als er ihnen die Tür öffnete, ahnte Kureshi, welche Patientin sie brachten. Im Fernsehen war immer wieder über den Vorfall berichtet worden, doch es waren ihre Blicke, die alles sagten. Sie kündeten von blanker Verzweiflung, und als er die Decke zurückzog, um das Gesicht der Frau zu sehen, konnte er sie verstehen …

Er legte das Skalpell auf die sterile Watte und griff nach einer Gefäßklemme. Als er sie unter das heiße Wasser hielt, bemerkte er, dass seine Hand zitterte. Es war eine verzögerte Reaktion. Im entscheidenden Moment, und darauf war er stolz, hatte er eine ruhige Hand gehabt, obwohl ihm bewusst war, was auf dem Spiel stand. Wäre die Frau auf seinem Operationstisch verblutet oder aus einem anderen Grund gestorben, hätte man ihm die Schuld gegeben. In diesem Fall wäre Mengals Zorn nichts gewesen gegen den der Amerikaner, falls diese von seinem Eingriff erfahren würden. Dann hätte er genauso gut selbst den Anschlag verüben können. Und doch, er hatte die ganze Zeit über stoische Ruhe bewahrt. Seine Hand hatte nicht gezittert, und wenn sie starb, konnte er sich damit trösten, dass er alles gegeben hatte, um ihr Leben zu retten.

Ein kleiner Trost, aber immerhin …

Aus dem Nachbarzimmer hörte er wieder laute Stimmen,

dann das Geräusch einer ins Schloss geknallten Tür, gefolgt von schweren Schritten im Flur. Kurz darauf wusste er, dass er nicht mehr allein war. Er drehte sich zu dem Mann um, der in einer finsteren Ecke stand.

»Wird sie überleben?«, fragte der General auf Urdu.

Kureshi hob die Hände, als könnte er sich nicht festlegen. »Es ist zu früh, um diese Frage zu beantworten. Ich habe mein Bestes gegeben. Wären ihre Verletzungen auch nur etwas ernsthafter gewesen, hätte sie die Autofahrt nicht überstanden.«

»Ich weiß, was für ein Glück wir hatten«, antwortete Mengal. »Sagen Sie, wird unser Glück halten? Sie sind ein erfahrener Arzt, was glauben Sie?«

Kureshi fühlte sich unwohl. »Schwer zu sagen. Wenn Sie ihr viel Ruhe gönnen und sie von einer erfahrenen Schwester betreuen lassen … Ja, in diesem Fall wird sie durchkommen. Meiner Ansicht nach hat sie das Schlimmste überstanden, aber garantieren kann ich für nichts, und es bleibt noch eine Menge zu tun.«

»Ich verstehe das nicht«, sagte Mengal bedächtig, eher zu sich selbst redend. »Meine Männer haben mir den Ablauf des Anschlags genau beschrieben. Als sie die Frau aus dem Fahrzeug zogen, ging es ihr gut. Sie konnte reden, hat sich gewehrt …«

»Sie litt an inneren Blutungen. Daran hat sich bis jetzt nichts geändert. Ihre Männer hätten ihr kein Sedativum spritzen dürfen. Nicht alle Verletzungen sind sichtbar, General. Manchmal dauert es, bis sich die Symptome zeigen.«

»Innere Blutungen?«, fragte Mengal scharf. »Warum haben Sie die Sache nicht in Ordnung gebracht?«

Kureshi versuchte, sich seine zunehmende Ungeduld nicht

anmerken zu lassen. Wie viele Soldaten mit Fronterfahrung sah auch Benazir Mengal nur die sichtbaren Zeichen einer Verletzung. Aber nicht alles war sofort zu beheben, und von den komplizierten Funktionen des menschlichen Körpers hatte er absolut keine Ahnung.

»Die Frau hat schwere Verletzungen erlitten, General. Nur die Panzerung ihres Fahrzeugs hat sie vor Schlimmerem bewahrt, wie auch die Tatsache, dass sie im Fond saß. Trotzdem verdankt sie es nur großem Glück, dass sie noch lebt. Zuerst habe ich einen Pneumothorax der linken Lunge diagnostiziert, höchstwahrscheinlich als Folge eines stumpfen Traumas. Das bedeutet, dass sie einen Lungenkollaps erlitten hat. Ich habe bereits eine Bülau-Dränage gelegt, um ihr Erleichterung zu verschaffen. Was mindestens noch zwei oder drei Tage so bleiben muss. Dann müsste die Luft aus dem Pleuralspalt vollständig abgesaugt sein, und wenn die Lungenausdehnung wieder normal funktioniert, kann die Dränage bedenkenlos entfernt werden.«

Mengal runzelte zugleich verärgert und verwirrt die Stirn. »Sie haben von Blutung gesprochen …«

»Die Blutung«, fuhr Kureshi fort, »führte zu einem Hämoperikard, bei dem sich im Herzbeutel Blut ansammelt. Auch das geht auf das stumpfe Trauma zurück, doch diese Geschichte könnte ernsthafter sein als der Pneumothorax. Vielleicht sehr viel ernsthafter. Mit Sicherheit weiß ich es erst, wenn ich sie operiere.«

»Wie sind Sie auf die Ursache der Blutung gekommen?«

»Eine punktförmige Wunde gab es nicht, dafür aber alle Anzeichen einer Herzbeuteltamponade. Kurz nachdem Sie hier eintrafen, kam sie wieder zu Bewusstsein. Ich habe sie gebeten, sich hinzulegen, aber sie sagte, das würde den Schmerz nur verschlimmern. Sie klagte über ein unangenehmes Gefühl in der Brust, und ihre Halsvenen waren etwas geschwollen, was auf einen Rückstau von Blut hindeutete.« Kureshi unterbrach sich, darüber nachdenkend, wie er es am besten erklären sollte. »Wenn sich zu viel Blut im Perikard befindet, kann das Herz nicht richtig schlagen. Deshalb wollte sie nicht liegen. Wenn man dagegen steht, sammelt sich das Blut auf dem Grund des Herzbeutels. Ihr Blutdruck war neunzig zu vierzig, niedrig für eine gesunde Frau Ende vierzig. Das Elektrokardiogramm registrierte J-Wellen, ein weiterer Indikator für die erwähnte Verletzung. Sie braucht eine perikardiale Fensterung, und zwar bald.«

»Und warum?«

Kureshi fiel Mengals bedrohlich leiser Tonfall auf. Offenbar mochte er es nicht, sich belehren zu lassen. Viele Chirurgen hatten die Angewohnheit, von oben herab mit anderen zu reden, und Kureshi wusste, dass auch er an dieser Berufskrankheit litt. »Durch das Fenster wird der Druck auf das Herz gemildert, weil das Blut abfließt. Das ist ein relativ unkomplizierter Eingriff, aber ich benötige einen Anästhesisten, um anständig arbeiten zu können.«

»Ein Neuroleptikum und eine örtliche Betäubung reichen nicht?«

Kureshi zögerte, plötzlich verunsichert. Vielleicht wusste Mengal mehr, als er durchblicken ließ. »Vielleicht, aber es wäre extrem riskant. Hören Sie, General, Sie haben eine Menge auf sich genommen, um diese Frau so schnell wie möglich zu mir zu bringen. Warum jetzt ein Risiko eingehen? Sie wollen doch, dass sie überlebt, oder?«

»Ja.« Mengal nickte bedächtig, zerstreut an seinem Bart zupfend. »Ja, ich brauche sie lebend. Und ich stimme mit Ihrer

Einschätzung überein.« Er schien sich etwas zu entspannen. »Sie haben recht, Doktor, wie immer. Wer hat die beste Ausrüstung für den Eingriff?«

»Ich kann ihn hier vornehmen, brauche aber Hilfe.«

»Nennen Sie einen Namen.«

Kureshi dachte einen Moment nach, darum bemüht, sich die in ihm aufsteigende Panik nicht anmerken zu lassen. Schon jetzt war ihm klar, dass er sich auf etwas eingelassen hatte, das sich seiner Kontrolle entzog. Obwohl er sich verzweifelt bemühte, den Gedanken zu verdrängen, war unübersehbar, dass er als Mitwisser auf der Todesliste stand. Er hatte zu viel gesehen und erfahren, und der Anästhesist, den er jetzt hinzuzog, würde sich bald in derselben Lage wiederfinden. Er hatte keine Lust, einen unschuldigen Menschen einem solchen Schicksal auszusetzen.

»Meine alten Kollegen sind alle in England, General, und hier habe ich noch keine kennengelernt …«

»Ich glaube nicht, dass das stimmt.« Mengal trat einen bedrohlichen Schritt auf Kureshi zu, und sein stämmiger, untersetzter Körper nahm den ganzen Türrahmen ein. »Wenn doch, sehe ich mich gezwungen, einen anderen Arzt um Hilfe zu bitten. Mit einiger Anstrengung könnte es mir gelingen, den von Ihnen gewünschten Anästhesisten zu finden, aber vielleicht ist er nicht bereit, mit Ihnen zu arbeiten. Vielleicht zieht er einen seiner Kollegen vor. Damit wären Sie natürlich überflüssig.« Der General schwieg, um seine Worte wirken zu lassen, und fuhr dann in einem Tonfall fort, der so hart und schneidend kalt war wie der draußen pfeifende Wind. »Ich weiß Ihre Freundschaft zu schätzen und denke, dass wir noch für viele Jahre zusammenarbeiten könnten, aber Sie müssen Ihre Loyalität unter Beweis stellen.«

»Ich kann nicht …«

»Der Name, Doktor. Nennen Sie den Namen des Mannes, mit dem Sie arbeiten möchten. Ich werde ihn finden.«

»Craig. Randall Craig. Er kommt von der University of Chicago und ist hier Gastprofessor.«

»Woher kennen Sie ihn?«

»Wir waren Kollegen und haben Kontakt gehalten. Sie müssten ihn am Sheikh Zayed Postgraduate Medical Institute in Lahore finden. Kennen Sie es?«

»Ja. Sie brauchen doch einiges, Anästhetika, das Narkosegerät, Monitore …«

»Kein Problem. All das kann man relativ leicht in Sialkot besorgen, aber nur Craig kann etwas damit anfangen. Ich brauche ihn, und zwar bald. Mit den Symptomen der Frau kann es jederzeit schlimmer werden.«

»In Ordnung.« Mengal wies mit einer Kopfbewegung in Richtung Küche, wo mehrere seiner Männer warteten. »Sie werden bleiben und das Haus bewachen. Die meisten werden draußen patrouillieren, aber zwei schieben rund um die Uhr vor dem Zimmer der Außenministerin Wache. Auch dann, wenn Sie sich um sie kümmern. Haben wir uns verstanden?«

»Ja, natürlich.« Kureshi zögerte. »Und der andere?«

»Der Algerier?« Mengal lächelte neugierig. »Warum fragen Sie?«

»Er beobachtet alles«, platzte es aus Kureshi heraus. Die Geschichte beschäftigte ihn seit dem Augenblick, als die Männer eingetroffen waren, und er konnte seine Angst nicht länger verheimlichen. »Er hört nie auf zu lächeln. Es ist, als wartete er auf etwas. Wenn man ihn lässt, wird er sie töten … Ich sehe es in seinen Augen, General, und ich möchte nicht, dass es so weit kommt. Ich möchte nicht, dass sie hierbleibt.«

Er fing sich, brach ab und betrachtete Mengals Gesicht, ob sich ein Anflug von Verärgerung darauf abzeichnete, doch der General lächelte erneut. »Ich verstehe Ihre Sorge, aber er hätte die Möglichkeit gehabt, sie in Rawalpindi zu töten, was er nicht getan hat. Er profitiert nur von ihr, wenn sie lebt, mein Freund. Sie haben nichts von ihm zu befürchten.«

»Er bleibt hier?«

»Ja.« Mengal trat einen weiteren Schritt vor, und das Lächeln löste sich auf. »Aber Sie nicht. Sie müssen so schnell wie möglich das erforderliche Material besorgen. Fahren Sie nach Sialkot. Einer meiner Männer wird Sie begleiten. Ich werde mich auf die Suche nach diesem Craig machen und ihn herbringen. Sobald Sie die Frau geheilt haben, lassen wir Sie in Ruhe. Einverstanden?«

»Ja, General.« Kureshi glaubte ihm kein Wort, aber er war in einer aussichtslosen Lage. Jetzt konnte er nur versuchen, etwas Zeit zu gewinnen. »Einverstanden.«

17

Madrid

Nachdem er Kealey und Pétain an der Baustelle abgesetzt hatte, war Ramirez, der Anweisung folgend, kontinuierlich um den Häuserblock gefahren. Die ganze Zeit über hatte er starr geradeaus geblickt und jeden Versuch unterlassen, mit Naomi Kharmai ins Gespräch zu kommen. Das war für sie das einzige Positive an der ganzen verfahrenen Lage. Noch immer konnte sie nicht fassen, dass Ryan Pétain den Vorzug gegeben hatte, aber in gewisser Hinsicht fand sie es überhaupt nicht überraschend. Schlimmer noch, eine leise innere Stimme sagte, sie sei selbst schuld.

Sie hatte versucht, den Gedanken zu verdrängen, doch jetzt, allein im hinteren Teil des Lieferwagens sitzend, konnte sie der Frage nicht mehr ausweichen, was er sah, wenn er sie anblickte. Sicher war nur eines: Was immer er sah, erfreulich war es nicht. Es hatte eine Zeit gegeben, wo sie die aufrichtige Bewunderung und den Respekt genoss, die er ihr entgegenbrachte, doch diese Tage gehörten offensichtlich der Vergangenheit an. Wenn sie jetzt bemerkte, dass er sie anschaute, erblickte sie in seinen Augen nur Sorge oder Verärgerung. Manchmal beides. Sie berührte unbewusst die Narbe auf ihrer Wange, die selbst durch eine dicke Schminkschicht nicht ganz zu überdecken war. An die mitleidigen Blicke anderer Menschen hatte sie sich mittlerweile gewöhnt, doch in seinen Augen hatte sie diesen Ausdruck noch nie bemerkt. Der Gedanke, dass Sorge und Verärgerung auch bei ihm in Mitleid umschlagen konnten, war fast unerträglich, doch sie wusste, dass es nur noch eine Frage der Zeit war.

Sie lehnte sich gegen die Wand des Lieferwagens und schaute auf ihre Hände, die leicht zitterten. Nicht so sehr, dass es anderen aufgefallen wäre, aber sie spürte, wie sich der Tremor auf ihre Unterarme ausdehnte. Auch ihre Beine zitterten. Es war erst fünf Stunden her, seit sie die Tabletten genommen hatte, doch ihr Körper wollte bereits mehr. Sie schloss fest die Augen und kämpfte gegen eine plötzliche Übelkeit an. Ihre Gedanken waren bei den kleinen weißen Tabletten in ihrer Tasche. Die Versuchung war groß, denn im Hotel hatte sie Nachschub versteckt. Trotzdem wollte sie die Tabletten lieber aufbewahren für den Fall, dass sie nicht ins Hotel zurückkehren konnten. Sie dachte daran, Ramirez zu bitten, langsamer zu fahren, aber er sollte nichts von ihrer Übelkeit bemerken. Außerdem telefonierte er gerade mit angespannter Stimme, und sie wollte nicht stören.

Plötzlich wurde das Steuer hart nach rechts herumgerissen, sie wurde von der Bank geschleudert und rutschte über den Boden, mit der Hand nach etwas tastend, woran sie sich festhalten konnte. Dann machte Ramirez eine Vollbremsung, und sie prallte gegen die Trennwand. Es verschlug ihr den Atem, und einen Augenblick lag sie nur reglos da, mühsam um Luft ringend. Halb benommen richtete sie sich auf, um durch das rechteckige Loch in der Trennwand zu blicken. Sie wollte Ramirez wütend anfahren, überlegte es sich aber anders, als sie seine Miene sah.

»Das war Ihr Kumpel. Er ist mit Pétain in einem Wohncontainer am hinteren Ende der Baustelle, und sie haben ein ernstes Problem. Pétain hat auf Ghafour geschossen.«

Kharmai kämpfte den Schock nieder und dachte angestrengt nach, irrelevante Fragen ignorierend. »Haben sie was aus ihm herausbekommen?«

»Nein. Aber er ist nicht bewusstlos … Sie arbeiten daran.«

»Was sollen wir tun?«

»Hierbleiben und auf den nächsten Anruf warten.«

»Wie bitte?«, fragte Kharmai überrascht. »Mehr hat er nicht gesagt?«

»Nein, das war's.«

»Was für ein Schwachsinn. Wir müssen sie da rausholen. Ihnen bliebt keine Zeit mehr, um Ghafour auszuquetschen.«

Ramirez' Miene verfinsterte sich. Tiefe Falten zerfurchten seine Stirn, die Mundwinkel hingen herab. »Ganz meine Meinung, aber das ist nicht unsere Sache. Sie haben gehört, was er gesagt hat … Wir bleiben, wo wir sind.«

Kharmai verfluchte die Trennwand, durch die sie trotz der Öffnung keine gute Sicht hatte. Sie blickte durch die Windschutzscheibe und versuchte zu erraten, wo genau sie sich befanden. Es kam ihr so vor, als wären sie in der Nähe des Tores. Aber es war das falsche Tor, sie waren an der westlichen Seite der Baustelle. »Hören Sie, wir wenden und fahren noch einmal um den Block. Dann rufen Sie an und sagen Bescheid. Sie sind besser dran, wenn sie wissen, wo wir sind.«

Ramirez schwieg, konzentriert nachdenkend. Es war unübersehbar, dass er sich unwohl fühlte, aber gegen ihre Worte ließ sich kaum etwas sagen. »Meinetwegen.« Er schaltete in den ersten Gang und fädelte sich wieder in den Verkehr ein. Ein paar Augenblicke später bogen sie auf die Calle de San Bernardino ein. Kharmai studierte gerade eine Luftaufnahme der Baustelle und der umliegenden Straßen, als Ramirez einen ordinären Fluch ausstieß. Dann hörte sie die Sirenen. Es lief ihr kalt den Rücken hinab, aber sie ignorierte es und blickte erneut durch die Windschutzscheibe. Zwei in Richtung Westen fahrende Streifenwagen der spanischen Polizei bogen scharf nach links ab, auf die Calle San Leonardo de Dios.

»Mist«, stöhnte Kharmai. »Sie waren schneller als wir.«

»Das war's dann wohl«, verkündete Ramirez, krampfhaft das Lenkrad umklammernd. Er wirkte auf eine seltsame Weise erleichtert. »Jetzt sind sie auf sich allein gestellt. Wir können nichts mehr für sie tun.«

»Nein, fahren Sie weiter«, befahl Kharmai, an die Luftaufnahme denkend. »Bis zur nächsten Straßenecke, dann rechts abbiegen. Wir werden uns der Baustelle von Süden nähern.«

»Haben Sie den Verstand verloren?« Ramirez drehte den Kopf und starrte sie an, ungeachtet des Tempos, mit dem sie auf der viel befahrenen Straße unterwegs waren. »Diese Operation ist geplatzt. Wir müssen uns sofort zurück...«

»Unsere Sachen im Hotel sind bereits gepackt. Wir riskieren nichts. Sagen Sie den anderen, dass sie verschwinden sollen, aber wir bleiben hier.« Ramirez' Miene verfinsterte sich erneut, und er wollte etwas sagen, doch Kharmai kam ihm zuvor. »Na los, Ramirez«, sagte sie leise. »Rufen Sie an. Jetzt sofort. Ansonsten werde ich Harper persönlich erzählen, dass Sie den Schwanz einziehen und abhauen wollten. Kapiert?«

»Scheiße!« Ramirez schlug mit der Hand auf das Lenkrad. Dann nahm er sein Handy vom Beifahrersitz, drückte auf einen Knopf und sprach leise. Kharmai hielt den Atem an, als sie an der Stelle vorbeikamen, wo die Streifenwagen abgebogen waren. Jetzt war die nächste Kreuzung entscheidend, doch als sie sich näherten, verlangsamte Ramirez das Tempo, um abzubiegen. Sie atmete erleichtert auf. Wenn sie rechtzeitig ihr Ziel erreichten, hatte Ryan vielleicht noch eine Chance, mit heiler Haut davonzukommen.

In dem Wohncontainer stand Pétain wieder am Fenster und spähte besorgt durch die Lücke zwischen zwei Lamellen der Jalousie. Kamil Ghafour saß auf dem Boden, mit dem Rücken an dem billigen hölzernen Schreibtisch lehnend. Vor ihm stand Kealey, sein Gesicht betrachtend. Der Algerier war bleich und schwitzte stark, aber er hatte die Augen geöffnet, und sein Blick wirkte nicht benebelt. Das Epinephrin zeigte die gewünschte Wirkung, doch trotz des Druckverbands blutete die Beinwunde weiter. Noch schlimmer war, dass die Polizei jeden Augenblick da sein konnte. Kealey wusste, dass er sie eine Weile aufhalten konnte, doch wenn Ghafour unterdessen starb, änderte das die Lage dramatisch, und nicht zum Besseren.

Er kniete vor dem Algerier nieder und blickte ihm in die Augen. »Hören Sie mich, Ghafour?«

Ein leerer Blick. Dann zuckten Ghafours Lippen, und er nickte schwach.

»Sagen Sie, dass Sie mich verstehen. Ich will Ihre Stimme hören.«

»Ja. Ich verstehe Sie.«

»Okay. Hören Sie jetzt gut zu.« Kealey bemühte sich, seine Stimme ruhig und entschlossen klingen zu lassen. Das würde helfen, dem Algerier den Ernst der Lage klarzumachen. »Sie werden vielleicht sterben, Ghafour.«

Der sachliche Ton hatte die beabsichtigte Wirkung. Ghafours Augen wurden etwas größer, doch sonst zeigte er keine Reaktion.

»Ich habe einen Druckverband angelegt«, fuhr Kealey fort, »aber die Oberschenkelarterie ist halb zerfetzt. Sie verbluten. Ohne ärztliche Betreuung sind Sie in zwanzig Minuten tot.« Tatsächlich würde es nicht annähernd so lange dauern, aber er durfte Ghafour die Hoffnung nicht nehmen.

»Ich brauche …« Ghafours Kopf sackte herab, und er hustete heftig, wobei er etwas Blut spuckte. »Ich brauche einen Arzt. Rufen Sie einen.«

»Erst, wenn Sie meine Frage beantworten. Eine simple Frage. Tatsächlich könnte sie nicht einfacher sein. Sie hatten die Chance, das alles als gesunder und wohlhabender Mann zu überstehen, aber Sie haben sie sich entgehen lassen. Wenn Sie mir sagen, was ich wissen muss, bleiben Sie immerhin am Leben. Das ist besser als nichts. Also … Wer hat Saifi in Algier im Gefängnis besucht?«

Ghafour hustete erneut, dann ertönte Pétains besorgte Stimme. »Sie sind fast hier, Kealey. Wir müssen …«

»Wie viele sind es?«

»Nur zwei.«

»Mit gezogenen Waffen?«

»Ja. Einer geht schräg links hinter dem anderen und gibt ihm Feuerschutz … Anfänger sind das nicht.«

»Okay. Ziehen Sie die Jalousie zu. Wenn sie klopfen, reagieren wir nicht. Sie werden die Tür nicht aufbrechen, bis Verstärkung da ist und sie die Lage besser einschätzen können. Kein Wort, kapiert?«

»Verstanden.«

Nachdem sie die Jalousie zugezogen hatte, ging sie zur Tür, mit gezogener Pistole. Kealey knöpfte sich wieder Ghafour vor, und jetzt klang seine Stimme energischer. »Kommen Sie, Ghafour. Viel Zeit bleibt Ihnen nicht mehr. Sagen Sie mir, was ich wissen muss.«

Plötzlich hob der Algerier den Blick, mit einem breiten Grinsen, das blutige Zähne entblößte. »Ich glaube, Sie verwechseln da etwas«, keuchte er, trotz seiner deprimierenden Situation leicht amüsiert. »*Sie* haben keine Zeit mehr. Wenn die Bullen Sie nicht abknallen, wandern Sie in den Knast. Für das, was Sie mir angetan haben. Ich schlage vor, dass Sie sich ergeben.« Er lachte heiser und hustete schon wieder, wobei ein Rinnsal Blut aus seinem Mundwinkel lief. »Vielleicht können Ihre Freunde von der CIA ein paar Strippen ziehen, aber ich würde nicht darauf zählen. Nach dem, was ich gehört habe, mögen sie keine Versager.«

Kealey starrte ihn einen Augenblick an und sprach dann zu Pétain, ohne den Blick von Ghafour abzuwenden. »Wo ist das Messer?«

»Hier.«

»Her damit.«

Ghafours Augen wirkten zugleich misstrauisch und neugierig, und sein Blick glitt zwischen Kealey und Pétain hin und her. »Was haben Sie vor? Was soll das?«

Ohne zu antworten, griff Kealey nach dem Teppichmesser, das Pétain ihm reichte. Ghafour fragte erneut, diesmal lauter, aber Kealey schob nur mit einer Daumenbewegung die Klinge heraus und ließ sich auf die Knie fallen. Dann packte er wortlos mit der linken Hand den Knöchel von Ghafours verwundetem Bein und schob die Spitze der Klinge unter den Verband, den er mit zwei schnellen Bewegungen durchschnitt. Sofort spritzte aus dem kleinen Einschussloch in einem hohen Bogen Blut in die Luft.

Ghafour riss die Augen auf, schrie und schlug um sich, wie er es schon getan hatte, als er getroffen worden war. Einen Augenblick später klopfte jemand energisch an die Tür des Wohncontainers, und sie hörten eine laute Stimme.

»*¡Abran la puerta ahora mismo! ¡Salgan con las manos arriba!*« Machen Sie sofort die Tür auf! Kommen Sie mit erhobenen Händen heraus!

Kealey ignorierte die Anweisung des Polizisten, beugte sich vor und presste beide Hände auf die Wunde des Algeriers.

Er brachte sein Gesicht dicht vor das Ghafours. »Beantworten Sie meine Frage!«, zischte er. »Sonst nehme ich meine Hände weg, ich schwöre es bei Gott. Wer hat Saifi besucht? Wie lautet sein Name?«

»*Mengal!*«, kreischte Ghafour. »Er heißt Mengal! Benazir Mengal!«

Damit war eine schwere Bürde von Kealeys Schultern genommen. Zum ersten Mal seit ihrer Landung in Spanien wusste er, dass sie auf der richtigen Spur waren. »Wer ist das?«

»Ein pakistanischer General«, japste Ghafour. Seine Augenlider sanken herab, und er schwitzte nicht mehr. Kealey wusste, dass die Dehydration einsetzte, doch das war seine geringste Sorge. »Er ist jetzt im Ruhestand, aber er hat viele Freunde. Man sagt, dass er zum ISI gehörte.«

»Wofür brauchte er Saifi?«, fragte Kealey, der seine auf der Wunde liegenden Hände etwas bewegte, um seiner Drohung Nachdruck zu verleihen. Ghafour sah entsetzt Blut durch seine Finger spritzen. »Warum hat er dafür gesorgt, dass Saifi aus dem Gefängnis entlassen wurde?«

»Ich weiß es nicht«, stöhnte Ghafour. Kealey beugte sich vor. Wegen des Geschreis vor der Tür waren Ghafours Antworten schwer zu verstehen. »Ich schwöre es, ich habe keine Ahnung. Aber der Mann, der ins Gefängnis kam, war Mengal.«

»Okay.« Kealey holte ohne Vorwarnung mit dem rechten Arm aus und knallte dem Algerier die Faust ins Gesicht. Sein Körper wurde sofort schlaff, und Kealey überlegte, wie es weitergehen sollte. Als der Adrenalinpegel sank, sah er sich einer verzweifelten Lage gegenüber. Sie war hoffnungslos. Keine fünf Minuten, dann war Ghafour tot, vielleicht würde er es nur noch zwei machen. Es gab keine Möglichkeit, aus dem Wohncontainer zu entkommen, und wenn Ramirez nur einen Funken Geistesgegenwart besaß, hatte er die anderen Agenten sofort zum Rückzug aufgefordert, nachdem ihm Pétain die schlechten Neuigkeiten telefonisch mitgeteilt hatte.

Er stand auf, blickte Pétain an und war überrascht, sie telefonieren zu sehen. Er hatte das Handy nicht piepen gehört. Pétain hielt sich ein Ohr zu, um das Geschrei der Polizisten vor der Tür auszublenden, und nickte heftig. Sie wirkte hellwach. »Verstanden«, sagte sie und unterbrach die Verbindung. Sie ließ das Telefon sinken, und Kealey warf ihr einen fragenden Blick zu.

»Das war Kharmai.«

»Was wollte sie?«

»Sie versucht, uns hier rauszuholen.«

18

Madrid

Nachdem sie in die Calle San Leonardo de Dios abgebogen waren, fand Ramirez einen Parkplatz am Straßenrand. Das Tor, durch das Kealey und Pétain die Baustelle betreten hatten, war ungefähr vierzig Meter von dem Lieferwagen entfernt, und etwas weiter weg wurde die Straße teilweise durch zwei Fahrzeuge der spanischen Polizei blockiert. Die Blaulichter waren eingeschaltet, die Sirenen nicht. Ein paar Schaulustige hatten sich eingefunden, und Kharmai wusste, dass es nur eine Frage der Zeit war, bis Verstärkung eintraf. Die Demonstration an der Puerta del Sol würde die Reaktionszeit der Polizei verlangsamen, aber nicht nennenswert. Sie mussten umgehend handeln.

Ramirez sagte etwas zu ihr, das sie nicht verstand. Sie trat vor die Öffnung in der Trennwand und blickte ihn an. »Was haben Sie gesagt?«

»Was zum Teufel mit Ihnen los ist, habe ich gefragt. Ich habe gehört, wie Sie mit Pétain telefoniert haben. Ausgeschlossen, dass Sie da reingehen, Kharmai. Ich werde nicht zulassen, dass Sie auch meine Laufbahn ruinieren.« Er beugte sich vor, um den Motor anzulassen. »Für mich ist dieser Scheißjob erledigt. Wir hauen ab.«

»Nein.« Kharmai vergewisserte sich, dass sie fest stand, zog die Glock und zielte durch das Loch in der Trennwand auf Ramirez' erstauntes Gesicht.

»Scheiße, was soll das jetzt wieder?«, keuchte er, die dunklen Augen auf die Mündung der Pistole richtend.

Kharmai bewegte die Waffe ein Stück nach rechts. Sie bereitete sich innerlich vor, fest entschlossen, eine überzeugende Vorstellung zu bieten. Wenn es klappen sollte, durfte er nicht den geringsten Zweifel hegen, dass sie notfalls abdrücken würde. »Ein Stück weiter vorn geht rechts eine Seitengasse ab, Ramirez. Ich möchte, dass Sie den Motor anlassen und da einbiegen.«

»Oder was?«

»Oder ich feuere durch die Windschutzscheibe. In den Streifenwagen da vorn sitzen noch zwei Polizisten hinter dem Steuer. Wenn ich schieße, dauert es keine Minute, dann sind sie hier.«

»Das würden Sie tun? Uns beide in die Scheiße reiten?«

»Genau. Wenn's sein muss, tue ich es. Hundertprozentig.« Sie warf ihm einen harten Blick zu und hoffte, dass er die mühsam aufrechterhaltene Fassade nicht durchschaute. Hoffte, dass ihre Hände nicht zu sehr zitterten. Dass er nicht merkte, wie sie mit Angst und Übelkeit kämpfte. »Lassen Sie den Motor an.«

Ramirez schüttelte ungläubig den Kopf, gehorchte aber. Der Motor sprang an, und er legte den Gang ein. Kharmai hielt die Waffe auf ihn gerichtet, bis er in die Gasse abgebogen war und geparkt hatte. Dann öffnete sie die Schiebetür, stieg aus, schloss sie, kam um das Fahrzeug herum und näherte sich vorsichtig von hinten der Tür auf der Fahrerseite. Sie hoffte, dass er nicht versuchen würde, den Rückwärtsgang einzulegen. Zwischen der linken Seite des Toyota und der Backsteinwand war nicht viel Platz, und wenn er abhauen wollte, würde sie in der engen Gasse mit größter Sicherheit zerquetscht werden.

Erst jetzt fiel ihr ein, dass es klüger gewesen wäre, ihm die Schlüssel abzunehmen. Nun war es dafür zu spät.

An dem offenen Seitenfenster angekommen, richtete sie die Waffe auf Ramirez. Nicht im Mindesten überrascht sah sie, dass auch er eine Pistole in den Händen hielt und auf ihren Kopf zielte.

»Was nun?«, fragte er. Seine dunklen Augen fixierten sie mit einem unnachgiebigen Blick. »Sie erschießen mich, ich erschieße Sie … Dann sind wir beide hinüber. Wollen Sie das?«

»Ich will Sie nicht töten«, sagte Kharmai, die ein ganz übles Gefühl im Magen hatte. Ihr Gesicht war verschwitzt, sie fühlte die Feuchtigkeit unter ihrem T-Shirt. Trotz der nachmittäglichen Hitze war ihr kalt. Es kam ihr so vor, als wäre ihr ganzer Körper in eiskaltes Wasser getaucht worden. »Steigen Sie aus, und verschwinden Sie. Mehr will ich nicht.«

»Das war's?«

»Das war's.«

Ramirez hielt die Waffe noch einen Moment auf sie gerichtet, als müsste er die Lage überdenken. Dann nickte er und stieß die Tür auf. Kharmai trat zurück, ohne die Pistole zu senken, während er zum Ende der Gasse ging. Er drehte sich noch einmal um und warf ihr einen letzten Blick zu, bevor er in der Menschenmenge auf dem Bürgersteig verschwand.

Kharmai schob die Glock in den Hosenbund ihrer Jeans, rechts neben dem Bauchnabel. Dann hob sie die untere Seite ihres T-Shirts an, um sich den Schweiß von der Stirn zu wischen. Plötzlich überkam sie Übelkeit. Sie stand vornübergebeugt da, eine Hand auf die hintere Stoßstange des Lieferwagens gestützt, und verharrte für zwanzig Sekunden so, vergeblich versuchend, sich zu übergeben. Sie erzitterte, ein leises Stöhnen entrang sich ihrer Kehle. Dann richtete sie sich auf und lehnte sich an die Hintertür des Toyota. Ihr Kopf war vernebelt, aber sie versuchte darüber nachzudenken, was als Nächstes zu tun war.

Der Lärm einer weiteren Polizeisirene riss sie aus ihren Gedanken. Gerade das wollte sie nicht hören, doch sie bezog die veränderte Situation sofort in ihre Überlegungen ein. Als sie den Kopf nach rechts drehte, wurde ihr klar, dass der Streifenwagen aus der gleichen Richtung kam wie die anderen. Sie dachte an die Karten, die sie am letzten Abend studiert hatte, und erinnerte sich, dass die nächste Polizeistation etwas weiter nördlich lag. Als sie ihr Handy hob, starrte sie es mit einem leeren Blick an. Ihr war klar, dass Ryan jeden Augenblick ihren Anruf erwartete. Und einen Plan, um sie aus der Falle auf der Baustelle herauszuholen. Doch ihr Gehirn arbeitete nicht richtig. Sie musste sich etwas einfallen lassen, wie sie die Polizisten von dem Wohncontainer ablenken konnte. Eine wirklich zündende Idee war das nicht, aber sie kam auf keine bessere. Von da an mussten Ryan und Pétain zusehen, wie sie zurechtkamen.

Sie entfernte sich ein paar Schritte von dem Lieferwagen und studierte die Umgebung. In der engen Gasse standen nur ein paar verbeulte Müllcontainer und ein Stapel leere Kartons. Die Stromkabel verliefen auf der anderen Seite, die hölzernen Masten standen dicht vor der Backsteinmauer. Direkt unter den Fenstern im ersten Stock, die fast alle offen standen, war in grellen Farben eine Werbung für eine spanische Biermarke aufgemalt. Etwas weiter die Gasse hinab, zehn Meter entfernt auf der linken Seite, sah sie eine offene Tür, durch die Geräusche von Maschinen und blecherne Musik drangen. Es gab einiges zu sehen, doch nichts davon brachte sie auf eine Idee.

Als sie sich der Tür näherte, waren die Geräusche besser zu identifizieren – Musik aus einem Gettoblaster, Gelächter, das monotone Knattern eines Druckluftschlagschraubers. Sie überlegte, was sie durch die Windschutzscheibe gesehen hatte, als Ramirez in die Gasse eingebogen war. Rechts einen Laden und links … eine Kfz-Reparaturwerkstatt. Die Geräusche hörte sie jetzt, ein Mechaniker machte sich an einem Fahrzeug zu schaffen. Sie wusste nicht, an was für einem, aber es war egal. Trotzdem schien der Lärm sie magisch anzuziehen.

An der offenen Tür angekommen, spähte sie in die Werkstatt, zuckte aber erschrocken zurück. Ein junger Mann in einem Overall ging an der Tür vorbei, direkt vor ihr. Sie war sicher, dass er sie gesehen haben musste, aber die schweren Schritte schienen sich immer mehr zu entfernen. Nach zwanzig Sekunden riskierte sie einen zweiten Blick. Diesmal sah sie niemanden, doch als sie ein paar vorsichtige Schritte in die Werkstatt tat, hörte sie durch eine andere Tür weiter links Stimmen. Der Laden, dachte sie, der Mechaniker muss hineingegangen sein, um einen Kunden zu bedienen oder vielleicht ein Glas Wasser zu trinken. Wie auch immer, ihr blieb nicht viel Zeit, er konnte jeden Augenblick zurückkommen.

Sie ging weiter und blickte sich mit klopfendem Herzen um, ihre Nerven waren bis zum Zerreißen gespannt. In dem Raum standen zwei teilweise auseinandergenommene Autos, und die beiden Türen zur Straße waren geschlossen. Bei beiden gab es eingelassene Fenster, doch sie waren völlig verdreckt. Niemand konnte hineinsehen, sie konnte nicht nach draußen blicken. Auf Regalen zu ihrer Linken standen Dosen mit Motoröl, verstaubte Kartons mit Luftfiltern und Flaschen mit Frostschutzmittel. Auf der anderen Seite der Tür sah sie einen großen Werkzeugkasten mit reichlich Fächern und Rollen darunter.

Als sie wieder auf die Gasse hinaustreten wollte, fiel ihr

Blick auf zwei zusammengekettete Stahltanks auf einem Handwagen, der dicht vor der Tür stand. Sie trat näher und studierte die beiden Kanister, aufmerksam auf näher kommende Schritte lauschend. Einer der Tanks, hellgrün gestrichen, reichte bis zu ihrer Taille, über einem Messingventil auf der Oberseite sah sie zwei Manometer. An dem Ventil war ein Schlauch festgemacht, doch sie konnte nicht erkennen, wo er hinführte, weil er auf der anderen Seite des Handwagens dick umwickelt war. Der zweite Tank war nicht gestrichen und ein Drittel kleiner als der erste, doch auch hier gab es zwei Manometer und einen roten Schlauch. Als sie genauer hinschaute, wurde ihr klar, dass die beiden Schläuche über die gesamte Länge von Kabelbindern zusammengehalten wurden und in einem Metallgehäuse verschwanden. Am interessantesten waren allerdings die Aufschriften der Tanks, einmal SAUERSTOFF und einmal ACETYLEN.

Genau das, was sie suchte. Ohne Zögern packte sie die Griffe des Handwagens und setzte ihr ganzes Körpergewicht ein, um ihn zu bewegen. Die Kanister wackelten, als sie den Wagen wendete, und dann manövrierte sie ihn vorsichtig über den kleinen Buckel an der Türschwelle. Kurz darauf war sie auf der Gasse, neben dem Lieferwagen. Sie ließ die Griffe los und dachte einen Moment nach. Dann spähte sie durch das Fenster auf der Fahrerseite, nach der Benzinuhr suchend. Als sie sie sah, fiel ihr sofort auf, dass der Bezinstand nur angezeigt wurde, wenn der Motor lief. Sie dachte darüber nach, ob sie ihn anlassen sollte, um zu sehen, wie viel Sprit im Tank war, doch es war Zeitverschwendung. Wenn er leer war, hätte sie sowieso nicht tanken können.

Sie schob den Handwagen vorsichtig an die hintere Stoßstange heran, senkte die Tragfläche mit den Fässern ab und schaffte es mit ein bisschen Mühe, sie hinter den Reifen auf der Fahrerseite zu klemmen. Die beiden Tanks befanden sich jetzt dicht über dem Boden. Nachdem sie ein paar Schritte zurückgetreten war, begutachtete sie ihr Werk. Sie hatte keine Ahnung, ob ihr Plan funktionieren würde. Den Anzeigeinstrumenten zufolge waren die Tanks fast voll, aber sie konnte nicht sicher sein, was dabei herauskommen würde. In Camp Peary hatte sie mit allen möglichen Sprengstoffen hantiert, aber die explosiven Eigenschaften von Acetylen oder Sauerstoff waren von dem Ausbilder nicht behandelt worden. Trotzdem bot sich ihr keine andere Möglichkeit, und es blieb keine Zeit, sich etwas anderes einfallen zu lassen.

Als sie die Tanks noch einmal in Augenschein nahm, dachte sie an die Glock im Hosenbund ihrer Jeans. Dabei kam ihr der Gedanke, dass die Tanks angesichts ihres Inhalts bestimmt dickwandig waren, und wenn sie abdrückte, musste sie so weit wie möglich entfernt sein. Vielleicht war 9mm ein zu schwaches Kaliber, um die Tanks zu durchschlagen.

Sie lief zur anderen Seite des Lieferwagens, zog die Schiebetür auf und kletterte hinein. Als sie die am Boden festgenietete Kiste öffnete, sah sie nur noch eine Waffe darin, eine Para-Ordnance P14. Die Größe der Handwaffe verriet ihr, dass sie für 45-ACP-Munition ausgelegt war, aber sie überprüfte eines der Magazine, um sicherzugehen. Befriedigt rammte sie es in die Waffe. Dann sprang sie aus dem Toyota, schloss die Tür, griff nach ihrem Handy und drückte eine Kurzwahltaste. Einen Augenblick später meldete sich Pétain.

»Ich bin so weit«, sagte Kharmai.

»Was sollen wir tun?«

»Ryan und Sie sind immer noch in dem Wohncontainer?«

»Ja.«

»Dreißig Sekunden, dann müsst ihr handeln. Möglich, dass ihr trotzdem mit ein oder zwei Polizisten fertigwerden müsst, aber ein halbes Dutzend wäre unangenehmer. Was immer ihr tut, ihr dürft euch auf keinen Fall dem Tor nähern, durch das ihr die Baustelle betreten habt. Es sieht so aus, als würden alle Streifenwagen an der östlichen Seite der Baustelle stehen. Also nehmt ihr das gegenüberliegenden Tor, verstanden?«

»Verstanden. Was werden Sie …?«

»Ich melde mich, wenn ich kann«, antwortete Kharmai, die Pétains Frage erriet. »*Falls* ich kann. Versucht einfach abzuhauen. Habt ihr bekommen, was ihr wolltet?«

»Ja, ich denke schon.«

»Dann viel Glück.«

Kharmai unterbrach die Verbindung, ohne eine Antwort abzuwarten. Nachdem sie das Handy in die Tasche gesteckt hatte, gab sie sich alle Mühe, die P14 zu verbergen, als sie sich der Straße näherte. Sie hielt sie direkt hinter ihren rechten Oberschenkel. Dann drehte sie sich um und warf einen Blick auf die Fässer, die in der Nachmittagssonne funkelten. Der Lieferwagen war nur etwa fünfzehn Meter entfernt, nicht annähernd weit genug. Trotzdem, sie konnte die Distanz nicht vergrößern, sonst hätte sie auf die Straße treten müssen, wo vielleicht jemand die Waffe sah und Alarm schlug.

Zu ihrer Linken stand ein überquellender Müllcontainer. Sie ließ sich dahinter auf ein Knie fallen, hob die Waffe mit beiden Händen und zielte auf den ersten Tank, sorgsam darauf achtend, dass ihr Körper so gut wie möglich hinter dem Container verborgen war. Ihre Hände zitterten, ihr Atem ging unregelmäßig. Die Übelkeit war schlimmer als je zuvor. Sie kniff die Augen zu und versuchte, sich zu entspannen. Dann öffnete sie die Lider, atmete tief durch und drückte ab.

In dem Wohncontainer waren die Nerven bis zum Zerreißen gespannt – Kealey und Pétain warteten nervös, was Kharmai sich einfallen lassen würde. Er hatte das T-Shirt ausgezogen und wischte sich damit Ghafours Blut von den Händen und Armen. Als er sich umblickte, sah er auf dem Sofa in der Nähe der Tür zwei Flanellhemden – zu warm für dieses Wetter und deshalb zu auffällig, aber Alternativen gab es nicht. Er zog ein Hemd an und warf das andere Pétain zu, die auf Ghafours reglosen Körper blickte. Sie fing das Hemd im letzten Moment auf und sah ihn an.

»Was soll ich damit?«

»Ziehen Sie es an. Wenn wir rausgehen, setzen wir die Schutzhelme auf. Wirklich weiterhelfen wird es uns nicht, aber vielleicht können wir für ein paar Augenblicke Verwirrung stiften. Besser als nichts.«

Sie nickte und zog das viel zu große Hemd an. Als sie es zugeknöpft hatte, zeigte sie auf Ghafour. »Was passiert mit ihm?«

Kealey blickte erst auf den reglosen Körper, dann zur Tür. »Er ist tot. Wie lange ist es her, seit sie angerufen hat?«

Aus dem Augenwinkel sah er, wie sie auf die Uhr blickte. »Vierzig Sekunden«, murmelte sie. »Warum haben wir noch nichts gehört?«

»Lassen Sie ihr etwas Zeit. Achten Sie darauf, ob sich draußen …«

Der zweite Teil des Satzes wurde von einem fernen Donnern verschluckt. Als es verebbt war, hörte Kealey die Polizisten draußen aufgeregt durcheinanderreden, dann das Geräusch schneller Schritte. Einige von ihnen mussten als Reaktion auf die Explosion in Richtung Straße rennen. Er trat leise ans Fenster, drückte die Lamellen auseinander und schaute hinaus. Zwei Polizisten waren zurückgeblieben. Beide blickten in Richtung Straße und kehrten dem Wohncontainer den Rücken zu. Die anderen rannten auf das östliche Tor zu. Hinter dem Maschendrahtzaun sah er eine dicke Rauchwolke in den klaren blauen Himmel aufsteigen. Es war ein seltsamer, beunruhigender Anblick, aber zweifellos ein von Naomi inszeniertes Ablenkungsmanöver. Nur deshalb hatten sie eine Chance, vielleicht mit heiler Haut davonzukommen.

»Schnappen Sie sich das Geld«, sagte er.

»Was?«

»Schnappen Sie sich das verdammte Geld.« Während Pétain die Tasche vom Sofa nahm und sie sich über die Schulter warf, ging er zur Tür und kauerte sich nieder. Pétain war hinter ihm. »Ich zähle bis drei«, murmelte er. »Alles klar?«

Er legte die Hand auf die Klinke und zählte. Dann riss er die Tür auf und stürmte heraus, sich aufmerksam umschauend. Die beiden Polizisten drehten sich um, einer stand dicht an der Tür.

»*¡Ayúdenos!*«, schrie Kealey. Helfen Sie uns! »Der Typ da drin dreht durch!«

Der am nächsten stehende Polizist drehte sich zögernd um und blickte auf die offene Tür. Das verschaffte Kealey den Sekundenbruchteil, den er brauchte. Sein Fuß traf den Polizisten unter dem rechten Knie. Er geriet ins Taumeln, als Kealey den rechten Fuß zurückzog und das Gewicht auf den linken verlagerte. Es war eine schnelle Bewegung, aber nicht schnell genug. Der zweite Polizist holte mit überraschender Geschwindigkeit aus, und Kealey blieb keine andere Wahl, als abzudrücken. Er sah nicht, wo die Kugel traf, aber der Mann wurde nach hinten geschleudert. Pétain näherte sich mit gezückter Waffe und zielte.

Kealey wandte sich wieder dem ersten Polizisten zu, der stöhnend sein Knie umklammerte. Seine Dienstwaffe lag ein paar Schritte weiter weg im Dreck. Kealey hob sie auf und steckte sie in die tiefe rechte Tasche seines Flanellhemds. Dann nahm er den Schutzhelm ab, warf ihn weg und drehte sich zu Pétain um, die bereits die Waffe des anderen Polizisten an sich genommen hatte. Sie richtete noch immer die FN Forty-Nine auf den gestürzten Polizisten, der die Hände hob. Als er genauer hinsah, erkannte Kealey, dass seine Kugel den Mann rechts in den Unterleib getroffen hatte. Wenn sich bald jemand um die Wunde kümmerte, war sie nicht lebensbedrohlich.

»Los, wir müssen abhauen«, sagte er. Pétain nickte, aber er sah es nicht. Seine Aufmerksamkeit galt dem westlichen Tor, durch das sie, Naomis Ratschlag folgend, verschwinden sollten. Sofort sah er, dass es nicht funktionieren würde. Ein Pulk von Bauarbeitern stand im Weg, und sie hatten gebannt verfolgt, was gerade vor dem Wohncontainer geschehen war. Einige schienen etwas unternehmen zu wollen, aber keiner wagte es, sich in Bewegung zu setzen. Kein Zweifel, sie hatten gesehen, wie er auf den Polizisten schoss, und offenbar hatte keiner von ihnen Lust, dessen Schicksal zu teilen.

Er drehte sich um und rannte über das holprige Gelände auf das Tor am östlichen Ende der Baustelle zu. Über die Schulter rief er Pétain zu, sie solle ihm folgen, aber sie war bereits dicht hinter ihm.

»Was soll das, Kealey?«, rief sie atemlos. »Das ist das falsche …«

»Sie haben die Bauarbeiter gesehen. Das ist der einzige Ausweg.«

»Die Polizisten …«

»Ich weiß, aber uns bleibt keine Wahl. *Los, weiter!*«

19

Madrid

Als Kharmai wieder zu sich kam, hörte sie Schreie. Alles war pechschwarz, doch die Schreie gellten unglaublich scharf und deutlich in ihren Ohren, fast so, als kämen sie aus den Mündern Hunderter von Menschen direkt neben ihr. Sie wollte in einer abwehrenden Geste die Hände heben, aber ihre Arme schienen ihr nicht zu gehorchen.

Eine Stimme stach aus dem Durcheinander hervor, doch sie konnte sie nicht zuordnen. Verzweifelt sehnte sie sich danach, etwas Vertrautes zu hören oder zu sehen, aber alles um sie herum war verschwommen.

Verschwommen … Das war ein Ausgangspunkt. Sie hatte die Augen geöffnet, und allmählich nahmen die Dinge Kontur an. Sie lag auf dem Rücken. Über ihr bewegten sich Schatten, aus denen allmählich Silhouetten wurden, die sich vor dem Licht der Nachmittagssonne abzeichneten, und schließlich erkannte sie Menschen. Dutzende rennender, schreiender, aufgeregter Menschen.

Auf ihrem Arm fühlte sie eine Hand, dann zwei Hände, warme Menschenhaut auf ihrer eigenen, schließlich zwei Finger an ihrem Hals. Jemand tastet nach dem Puls, dachte sie. Die Laute formten sich zu Wörtern, jemand fragte, ob alles in Ordnung sei. Dann fühlte sie die Hände unter den Achseln, und sie wurde in eine Sitzposition gehievt. Sie wollte protestieren, brachte aber kein verständliches Wort heraus. Der Mann hinter ihr war bestimmt kein Notarzt, denn dann hätte er sie überhaupt nicht bewegt.

»Ganz ruhig, bewahren Sie die Ruhe.« Der Mann musste Amerikaner sein, seine Aussprache hörte sich an, als käme er aus Brooklyn. »Das kommt alles wieder in Ordnung.«

»Was ist passiert?«

»Sie sprechen Englisch.« Die Stimme klang erleichtert. *Ein Tourist,* dachte sie. »Es hat eine Explosion gegeben, vielleicht eine Bombe. Sie haben das Bewusstsein verloren, aber es wird Ihnen bald wieder gut gehen. Bleiben Sie einfach so sitzen, wir warten auf den Krankenwagen. Bewegen Sie sich nicht, okay?«

Sie nickte matt. *Was ist passiert?* Hatte sie ihn das wirklich gefragt? Und warum? Sie erinnerte sich, dass sie abgedrückt hatte, doch danach tat sich ein schwarzes Loch auf. Trotz ihrer Verwirrung war ihr klar, dass sie viel zu nah an dem Toyota gewesen war, als sie auf die Tanks gefeuert hatte. Und jetzt sah sie überrascht, dass sie, vom Eingang der Gasse aus gesehen, mindestens drei Meter durch die Luft geschleudert worden war. Es war ihr von Anfang an bewusst gewesen, der Abstand zwischen dem Lieferwagen und der Straße war nicht groß genug. Hätte sie nicht hinter dem Müllcontainer Schutz gesucht, wäre sie womöglich auf der Stelle ums Leben gekommen. Trotzdem, sie hatte getan, was sie tun konnte. Fragte sich nur, ob ihr Ablenkungsmanöver funktioniert hatte.

Ihre Gedanken wanderten zu Ryan. Um sich herum hörte sie die Stimmen von Polizisten – sie schloss es aus dem gebieterischen Klang und der Lautstärke –, und aus der Ferne ertönte die Sirene eines weiteren Streifenwagens. Zu dumm, dass sie keine Ahnung hatte, wie lange sie bewusstlos gewesen war. Bestimmt waren schnell weitere Polizisten vor Ort, zusammen mit Notärzten, aber wie schnell? Das war die Frage. Eigentlich konnte sie nicht länger als ein oder zwei Minuten bewusstlos gewesen sein, und das hieß: Wenn Ryan und Pétain schnell reagiert hatten, mussten sie die Baustelle bereits verlassen haben.

Der amerikanische Tourist kümmerte sich um die nächste am Boden liegende Person. Sie stand mühsam auf und blickte an sich herab. Ihre Glieder gehorchten ihr, alles schien in Ordnung zu sein. Trotzdem durfte sie sich nicht zu früh freuen. Manchmal machten sich ernsthafte Verletzungen erst bemerkbar, wenn der Schock abgeflaut war, und sie versuchte immer noch mühsam, sich zu orientieren. Sie tat ein paar unsichere Schritte und sah mehrere Menschen auf dem Pflaster liegen. Die meisten bewegten sich, andere lagen völlig reglos da. Einige bluteten stark.

Plötzlich wurde ihr bewusst, dass sie für all das verantwortlich war. Entsetzen und Schuldgefühle übermannten sie, und ihre Brust war wie zugeschnürt, doch sie verdrängte beides mit aller Macht. Es brachte nichts, sich jetzt davon beherrschen zu lassen. Ihre Benommenheit ließ nach, als sie unsicher in Richtung Norden ging, vorsichtig den Verletzten ausweichend, denen sie nicht ins Gesicht zu blicken wagte. Sie wollte nichts sehen, sich keine Rechenschaft ablegen über das, was sie getan hatte. Zumindest so lange nicht, bis sie in der Lage war, alles zu verarbeiten. In der Nähe der Kreuzung standen drei Streifenwagen, kaum zehn Meter entfernt von dem Maschendrahtzaun am östlichen Rand der Baustelle. Sie blickte nach links und sah, wie sich das Tor öffnete und zwei Personen das Gelände verließen. Trotz der dicken Flanellhemden erkannte sie die beiden sofort – Ryan Kealey und Marissa Pétain. Sie bogen nach links ab und gingen an dem ersten Streifenwagen vorbei, der keine fünf Meter entfernt war.

Warum hatten sie so lange gebraucht? Und das falsche Tor genommen? Zorn stieg in ihr auf, als sie den beiden nachblickte. Das alles war verwirrend, eigentlich hätten sie direkt nach der Explosion reagieren müssen. Als die beiden die Streifenwagen passiert hatten, gingen sie schnell auf die Kreuzung zu. Kharmai atmete erleichtert auf. Sie würden es schaffen.

Auch sie ging weiter und versuchte, sich zu entspannen. Sie musste den beiden nur in einem gewissen Abstand folgen, und nach ein paar Häuserblocks würde sie Ryan rufen und sich mit ihm auf einen Ort einigen, wo sie sich zu einer bestimmten Zeit treffen konnten. Plötzlich fiel ihr auf, dass sie die 45er nicht mehr bei sich hatte. Die Glock steckte im Hosenbund ihrer Jeans, aber die andere Waffe war verschwunden. Nach kurzem Zögern begriff sie, dass es nicht zu ändern war. Schließlich konnte sie schlecht zurückgehen und danach suchen, und sie wusste, dass die spanische Polizei ihre Fingerabdrücke nicht hatte. Am besten war es, einfach weiterzugehen, doch als sie den Schritt beschleunigte, hörte sie jemanden aufgeregt rufen. Nein, nicht einen, sondern mehrere Menschen durcheinander. Nicht hinter, sondern vor ihr, in der Nähe der geparkten Streifenwagen.

Sie drehte den Kopf nach links und sah sofort den Pulk von Bauarbeitern. Einige von ihnen buhlten um die Aufmerksamkeit des einzigen Polizisten, der bei den Fahrzeugen geblieben war. Er war ein schmächtiger Mann Anfang zwanzig und wirkte unglaublich jung und verunsichert. Aber es gab keinen Zweifel, er hörte sich genau an, was die Arbeiter zu sagen hatten. Einige ihrer Kollegen zeigten aufgeregt auf Ryan und Pétain. Einen Sekundenbruchteil später drehte sich der Polizist um und schaute ihnen nach, mit einer Hand nach der Dienstwaffe greifend.

Kharmai rannte los. Sie wollte die beiden warnen, war aber zu weit weg. Sie würden sie nicht hören. Und selbst wenn, sie hätten nicht genug Zeit, um rechtzeitig zu reagieren. Es kam ihr so vor, als würde sie sich in Zeitlupe bewegen, und es gelang ihr nicht, sich von dem seltsamen Gefühl zu befreien. Ihre Hand hob das verschwitzte T-Shirt hoch und ertastete den Griff der Glock …

Sie riss die Pistole aus dem Hosenbund und bremste ab, ihre Absätze knirschten auf dem Asphalt. Die Druckwelle der Explosion hatte die Fenster der Wohnungen im ersten Stock zerspringen lassen, überall auf der Straße lagen Scherben. Sie hob die Waffe, zielte aber nicht. Der Polizist hielt seine Pistole ebenfalls schussbereit in der Hand und rief Kealey und Pétain etwas nach. Die beiden hatten sich umgedreht, und selbst aus dieser Entfernung erkannte sie Ryans völlig perplexen Gesichtsausdruck. Seine Hand hing unschlüssig an der Seite herab. Diese Unsicherheit erlebte sie zum ersten Mal, was ihr zu denken gab.

Aber nur für einen Moment. Unmittelbar darauf trafen sich ihre Blicke, und sie wusste genau, was sie zu tun hatte. Sie trat noch ein paar Schritte vor und zielte sorgfältig. Dann hatte sie den Polizisten im Visier, und ihr Finger lag am Abzug …

Kealey hatte die Stimmen gehört und spürte Pétains Hand, die warnend seinen Arm umklammerte. Er musste nicht hinsehen, um zu wissen, was passiert war. Wenn er sich umdrehte, würde er den Verdacht bestätigen, den die Leute in seinem Rücken hegten. Trotzdem blieb ihm keine andere Wahl. Er blieb stehen und blickte über die Schulter. Dabei drehte sich sein Körper mit, die rechte Hand hing lässig an seiner Seite herab. Es war eine verfahrene Situation. Er sah die vorwurfsvollen Gesichter der Bauarbeiter, die bangen Mienen der umstehenden Passanten und den verängstigten, aber entschlossenen Ausdruck des jungen Polizisten, der die Waffe hob und ihm schreiend etwas befahl. Doch sein Blick galt einzig und allein Naomi. Sie stand etwa fünfzehn Meter hinter dem Polizisten und hatte die Glock schussbereit in der Hand. Passanten warfen sich zu Boden, und ihre Schreie verschmolzen mit dem Geheul der Sirenen und dem lauten Stöhnen der Verletzten.

Er wusste, dass er es nicht schaffen würde, rechtzeitig die Waffe zu ziehen; er hatte zu lange gewartet. Sein Blick traf den Naomis, und er hoffte, dass sie seine Gedanken erriet. Er konnte nicht sicher sein, ob sie verstand oder auch nur ahnte, was er ihr sagen wollte, doch es blieb keine Zeit, darüber nachzudenken. Sie war bereits in Aktion.

Naomi drückte ab, und der Polizist zuckte zusammen, fast so, als hätte ihm jemand überraschend von hinten auf die Schulter geklopft. Er ging zu Boden, und seine Miene spiegelte im Moment des Todes völlige Verwirrung. Aus seiner Dienstwaffe löste sich ein Schuss, er hatte in einer unbewussten Reflexreaktion abgedrückt. Kealey hörte die Kugel anderthalb Meter über seinem Kopf durch die Luft pfeifen. Naomi kam über den mit Scherben und Trümmern übersäten Asphalt auf ihn zugerannt, und ihr Gesicht spiegelte zugleich nacktes Entsetzen und Entschlossenheit.

Er konnte den Blick nicht von ihr abwenden und fragte sich, was ihr durch den Kopf ging, doch Pétain riss ihn aus seinen Gedanken. »Wir müssen verschwinden«, sagte sie, energisch an seinem Arm zerrend. Er trat vom Bürgersteig auf die Straße. Die nach Süden fahrenden Autos stauten sich, doch in der entgegengesetzten Richtung war die Fahrbahn ziemlich frei. Ein Autofahrer war ausgestiegen, um besser sehen zu können, was los war. Er stand reglos da, geschockt auf den toten Polizisten starrend, offenbar unbesorgt um seine eigene Sicherheit. Ein paar Schritte weiter rechts lief ein Ford Escort im Leerlauf, aus dem Auspuff stieg träger Rauch auf. Die Tür auf der Fahrerseite stand offen.

Kealey dachte daran, den Mann mit der Waffe zu bedrohen und mit Worten einzuschüchtern, doch es war überflüssig. Er stieß ihn einfach zur Seite und setzte sich hinter das Steuer. Der Besitzer des Autos protestierte nicht einmal. Er stürzte zu Boden, mit einem verdutzten, ungläubigen Gesicht. Unterdessen war Pétain auf den Beifahrersitz gesprungen, und ein paar Augenblicke später war auch Naomi da. Hinter sich hörten sie Schüsse, Kugeln schlugen in den Kofferraum des Autos. Eine zerstörte die Heckscheibe und verfehlte nur knapp Naomis Kopf, als sie sich auf die Rückbank warf. Sie zog die Tür zu und schrie Kealey an, er solle endlich losfahren, doch der hatte den Gang schon eingelegt. Der Escort schoss nach vorn und beschleunigte, als sein linker Fuß auf die Kupplung trat und er in den zweiten Gang schaltete. Der Wagen schrammte an einem anderen Auto vorbei, und der Seitenspiegel auf der Fahrerseite brach mit einem lauten Knall ab und zersplitterte fünf Meter hinter ihnen auf dem Asphalt.

Sie näherten sich der Kreuzung. Die Ampel war rot, und mehrere Autofahrer warteten darauf, dass sie auf Grün umsprang. Auf der Calle de San Bernardino bewegte sich eine nicht abreißende Kette von Autos in östliche Richtung, wodurch ihr Fluchtweg blockiert war. Kealey war klar, dass ihm keine andere Wahl blieb. Zwei Polizisten hatten sich bereits in ihre Streifenwagen geschwungen und holten rasch auf.

»Runter!«, schrie er, als er das Lenkrad hart nach rechts riss und der Wagen auf den Bürgersteig ausscherte. Fußgänger sprangen panisch zur Seite. Auf dem Trottoir drängten sich die Leute nicht gerade, aber einige waren nicht schnell genug, um sich in Sicherheit zu bringen und wurden von den Kotflügeln des Escort zur Seite gestoßen. Als die Ampel schon fast hinter ihnen lag, zuckte Kealey unwillkürlich zusammen und wandte den Blick ab.

Einen Augenblick darauf kam der unvermeidliche Zusammenstoß. Eine in Richtung Osten fahrende Limousine rammte die Rückseite des Escort und wirbelte ihn mitten auf der Kreuzung herum. Die hinteren Seitenfenster zersplitterten. Er hörte das ohrenbetäubende Geräusch von Metall auf Metall, als es hinter ihnen zu einer Massenkarambolage kam. Für ein paar Sekunden schien sich alles wie wild zu drehen, die umliegenden Häuser schossen vor seinen Augen vorbei, und dann kam der Escort mit ächzenden Stoßdämpfern zum Stehen. Der Motor war abgewürgt, und er schaltete instinktiv in den ersten Gang und drehte den Schlüssel, verzweifelt darauf hoffend, dass er wieder anspringen würde.

Erstaunlicherweise klappte es. Einen Moment lang stotterte der Motor, dann lief er. Er gab Gas, manövrierte den ramponierten Escort wieder auf die rechte Fahrbahn und raste in Richtung Zentrum. Der Rückstau hinter ihnen hatte den Streifenwagen den Weg abgeschnitten, doch das verschaffte ihnen nur vorübergehend eine Atempause. Mit Sicherheit waren bereits weitere Streifenwagen unterwegs, was durch das näher kommende Heulen von Sirenen bestätigt wurde.

»Alles in Ordnung?«, fragte er, ohne den Blick von der Straße abzuwenden. »Hat jemand was abbekommen?«

»Mir fehlt nichts«, sagte Pétain, die außer Atem zu sein schien. Er sah, dass sie den Sicherheitsgurt vor ihrer Brust nach vorn gezogen hatte. Die Kollision musste sie völlig überrascht haben, und als der Gurt einrastete, hatte er ihr die Luft aus den Lungen gepresst.

»Was ist mit dir, Naomi?«

»Alles in Ordnung«, antwortete sie in einem seltsam monoton klingenden Tonfall. Beunruhigt warf er einen Blick über die Schulter, doch sie schien nicht verletzt zu sein. Sie schaute mit einem starren Blick an ihm vorbei durch die Windschutzscheibe. Er war erleichtert, dass beide den Gurt angelegt hatten, er selbst hatte es vergessen. Trotzdem hatte er es irgendwie geschafft, die Episode unbeschadet zu überstehen.

»An der nächsten Ecke links«, sagte Pétain, als Kealey wieder nach vorn schaute. »In die Calle de los Reyes.«

»Gibt's da irgendwo ein Parkhaus, wo wir für ein paar Minuten ungestört sind?«, fragte er.

»Nein, aber da wären sowieso Überwachungskameras«, antwortete Pétain. »Wir müssen dieses Auto so schnell wie möglich loswerden. In ein paar Minuten hat die Polizei die Gegend abgeriegelt.«

Kealey nickte verärgert, das mit den Kameras hätte ihm selbst einfallen können. Er folgte Pétains Anweisung, bog in die enge Seitenstraße und fand einen Parkplatz am Bordstein. Sie stiegen aus und ignorierten die irritierten Blicke, die das ramponierte Auto auf sich zog. Es waren mehrere Sirenen zu hören, die aus der Nähe zu kommen schienen, doch Kealey vermutete, dass die Streifenwagen zur Calle de San Leonardo de Dios unterwegs waren, wo sich die Explosion ereignet hatte. Im Augenblick schienen sie nicht in akuter Gefahr zu schweben.

»Haben Sie Ihr Handy noch?«, fragte er Pétain.

Sie fuhr mit der Hand über ihre rechte Tasche und nickte. In Gedanken bei den Stadtplänen, die er am Morgen studiert hatte, blickte Kealey auf die Uhr. »Wir treffen uns im Botanischen Garten in der Nähe des Prado, sagen wir in zwei Stunden. Ich melde mich vorher telefonisch, um die genaue Stelle durchzugeben.« Er brauchte nicht weiter ins Detail zu gehen; am Abend zuvor hatten sie sich auf die Formulierungen geeinigt, die sie benutzen würden, falls sie festgenommen und gezwungen wurden, unter Druck zu reden. Er war sich sicher, dass sie davongekommen waren, zumindest fürs Erste, aber die Vorsichtsmaßnahmen waren ihm nach vielen heiklen Operationen im Ausland in Fleisch und Blut übergegangen. Er konnte sie nicht über Bord werfen, nicht einmal in extrem angespannten Situationen. »Verstanden?«

Pétain nickte erneut. »Verstanden.«

»Was ist mit dir?«, fragte Naomi.

Er schaute sie an und runzelte die Stirn, tief beunruhigt über ihren Anblick. Sie schwitzte noch immer stark, ihre Glieder zitterten, und ihr Gesicht war völlig ausdruckslos. Ihr Äußeres allein reichte aus, um Aufmerksamkeit zu erregen, und das durfte nicht sein. Er musste mit ihr eine öffentliche Toilette suchen, wo sie sich waschen konnte. Anschließend mussten sie sich um neue Klamotten kümmern.

»Du kommst mit mir, Naomi.« Er drehte sich noch einmal zu Pétain um, doch die schlängelte sich bereits durch die dichte Menge von Passanten, von denen etliche stehen geblieben waren und auf die schwarze Rauchwolke starrten, die über die Gebäude trieb. Er packte Naomis Hand und zog sie in die entgegengesetzte Richtung. Wie würde Harper reagieren, wenn er die Neuigkeiten erfuhr? Sie hatten den Namen, den sie aus Ghafour herauspressen sollten, doch irgendwie glaubte er nicht, dass das ausreichte, um zu rechtfertigen, was gerade passiert war. Eigentlich konnte die Lage kaum deprimierender sein. Mindestens ein unschuldiger Mensch war ums Leben gekommen, und jetzt – ungeachtet des Erfolgs der Operation –, mussten sie die Konsequenzen tragen. Die einzige Frage war, wie schlimm es werden würde.

20

Washington, D. C.

Jonathan Harper saß mit einem unguten Gefühl im Oval Office. Den auf einem Beistelltisch stehenden Kaffee hatte er nicht angerührt. Mittlerweile wartete er seit zehn Minuten, die ihm sehr lang vorkamen, und er rechnete nicht damit, dass der Präsident im nächsten Moment eintreten würde. Vor ein paar Minuten war Direktor Andrews herausgebeten worden, und jetzt konnte er allein darüber nachdenken, was als Nächstes geschehen würde – beobachtet von einem Mann vom Secret Service, der mit einem ernsten Gesicht an der Tür stand. In Gedanken war er bei den Ereignissen von Madrid, die sich vor knapp drei Stunden zugetragen hatten. Ihm war klar, dass man ihn schon eher ins Weiße Haus gebeten hätte, wenn der Präsident nicht durch eine Pressekonferenz verhindert gewesen wäre. Die dadurch gewonnene Zeit hatte er so gut wie möglich genutzt, um Kealeys Informationen zu verarbeiten. Er hatte kurz nach der fatalen Episode mit Kamil Ghafour angerufen. Was er insgesamt zu berichten hatte, war alles andere als angenehm, aber der Name Benazir Mengal schien vielversprechend nach dem, was die operative Abteilung bisher über ihn wusste.

Als er nach der Kaffeetasse griff, ließ ihn ein stechender Schmerz in der linken Brusthälfte zusammenzucken. Er wusste nur zu gut, was folgen würde, und lehnte sich mit geschlossenen Augen zurück, ganz darauf konzentriert, seine Atmung unter Kontrolle zu bekommen. Mittlerweile wusste er, wie schwierig das war; tat er nichts, verschlimmerte das die anderen Symptome nur. Der Schmerz wurde zunehmend stärker, es war, als würde das Herz in seiner Brust zusammengepresst. Dann, nach einer Minute schier unerträglicher Qual, war das Schlimmste überstanden, und es wurde allmählich besser.

»Sir?« Er öffnete die Augen und sah den besorgten Leibwächter vom Secret Service vor sich stehen. »Alles in Ordnung, Sir? Soll ich einen Arzt rufen?«

»Nein«, antwortete Harper mit einem matten Lächeln. »Das kommt wieder in Ordnung. Es kommt und geht ... Glauben Sie mir, ich gewöhne mich allmählich daran.«

Der Mann schien sich unwohl zu fühlen. »Soll ich Ihnen nicht wenigstens ein Glas Wasser holen?«

»Ja, das wäre schön. Vielen Dank.«

»Keine Ursache, Sir.« Er ging zu einem anderen Tisch, um ein Glas mit eisgekühltem Wasser einzuschenken. Einen Moment später reichte er es Harper, noch immer äußerst besorgt wirkend. Nachdem er sich erneut bedankt hatte, leerte Harper das Glas zur Hälfte und zog dann ein Taschentuch hervor, um sich den kalten Schweiß von der Stirn zu wischen. Dann lehnte er sich zurück und versuchte, sich zu entspannen. Im Lauf der nächsten Minuten normalisierte sich seine Atmung. Es war, wie er gerade gesagt hatte, der Schmerz kam und ging, aber es stimmte nicht, dass er sich allmählich daran gewöhnte. Die Anfälle waren eine regelmäßige Erinnerung an die Kugel, die ihn vor acht Monaten niedergestreckt hatte. Oder – genauer – an die vier Kugeln, auch wenn eine mit Abstand am meisten Schaden angerichtet hatte. Die Ärzte sagten, die Folgen würden ihm noch lange zu schaffen machen, und nach den bisherigen Erfahrungen glaubte er ihnen aufs Wort.

Natürlich hatte man ihm Schmerztabletten verschrieben, aber er setzte alles daran, so wenige wie möglich davon zu nehmen. Aus dem gleichen Grund trank er auch praktisch keinen Alkohol; er zog es vor, jederzeit klar denken zu können und alles unter Kontrolle zu haben. Und angesichts der Informationen, für deren Geheimhaltung er verantwortlich war, schien ihm das eine kluge Devise. Es war eine Entscheidung, die er schon vor zwanzig Jahren getroffen hatte, als er zur CIA gegangen war, und er hatte sie nie bereut.

Das hieß nicht, dass er im Einzelnen nicht doch einiges bereute. Wenn man seit zwanzig Jahren Geheimdienstler war, hatte man reichlich Rückschläge erlebt. Was ihn persönlich betraf, verfolgte ihn vor allem ein Vorfall. Tagein, tagaus. Unbewusst berührte seine Hand die Brusttasche seiner Anzugjacke, und er konnte die Narbe durch den Stoff hindurch ertasten. Er spürte sie nicht, aber sie war da. Es war kaum möglich, die Sache zu vergessen. In seinem Inneren stieg Zorn auf. Selbst nach acht Monaten hatte die CIA, was die Identität der Täterin betraf, noch keine wirklichen Fortschritte gemacht. Die Frau hatte ihre Freiheit und sogar ihr Leben riskiert, um ihn zu töten.

Die Tat selbst war nur ein Teil des Rätsels. Dahinter stand die Frage, wie sie überhaupt auf ihn gekommen war. Er hatte einige Hypothesen, wusste aber, dass er nie in der Lage sein würde, ihren Wahrheitsgehalt zu überprüfen. Jene Frau, die er verdächtigte, die Information weitergegeben zu haben, war seine Vorgängerin, eine ehemalige Kongressabgeordnete namens Rachel Ford, die kurz nach dem fehlgeschlagenen Anschlag auf ihn auf Druck des Weißen Hauses zurückgetreten war. So hatte sie vermieden, sich möglicherweise vor Gericht wiederzufinden. Kurz, sie war nur noch peinlich für die CIA und den Präsidenten, der sie einst nominiert hatte. Niemand hatte noch Lust, sie anzuhören. Harper vermutete, dass er die ganze Wahrheit nie erfahren würde. Es war ihm noch nicht gelungen, damit fertig zu werden, und wenn er sich selbst gegenüber ehrlich war, bezweifelte er, ob es je so weit kommen würde.

Damals war er Chef der operativen Abteilung und für die verdeckten Aktionen der CIA im Ausland verantwortlich. Seine Abteilung beschäftigte insgesamt keine zehn Prozent aller Mitarbeiter des Auslandsgeheimdienstes, und doch war sie für die Öffentlichkeit mit der CIA insgesamt identisch, denn sie lieferte den Stoff für die zahllosen Filme und Romane. Die operative Abteilung war sehr geschickt, wenn es darum ging, ihre Aktivitäten vor den Augen der Öffentlichkeit zu verbergen, und die Identität ihres Leiters war eines ihrer am besten gehüteten Geheimnisse. Zumindest *hätte* es so sein sollen. Dass sein Name nach draußen gedrungen war, war zutiefst beunruhigend, und er hatte darüber nachgedacht, den Job zu quittieren. Stattdessen wurde er für den zweithöchsten Posten bei der CIA vorgeschlagen. Diese Nominierung, die im Rekordtempo vom Senat abgesegnet worden war, verdankte er größtenteils seiner umsichtigen Leitung jener Operation, durch die ein Terroranschlag in New York verhindert worden war, und seiner Fähigkeit, nachteilige Konsequenzen zu verhindern.

Er musste den Kopf schütteln, und ein sarkastisches Lächeln huschte über sein Gesicht. So liefen die Dinge in Washington eben. Obwohl er die Verhältnisse seit Jahren kannte, überraschte ihn die Chuzpe der entscheidenden Leute immer wieder. Genau betrachtet war die ganze Politik nichts als ein Spiel, wenn auch eines, das auf der internationalen Bühne gespielt wurde. Das sollte nicht heißen, dass die Politiker in Washington unmoralisch und gleichgültig waren, sondern lediglich, dass etlichen von ihnen andere Dinge wichtiger waren als die nationale Sicherheit. So war nun einmal die menschliche Natur, doch deshalb war das alles nicht leichter zu ertragen. Besonders dann nicht, wenn viel auf dem Spiel stand.

In diesem Moment öffnete sich die Tür zum Hauptkorridor des Westflügels, und der Präsident trat ein, dicht gefolgt von Robert Andrews, dem Direktor der CIA. Nachdem er seinem Vorgesetzten kurz zugenickt hatte, stand Harper auf und schüttelte Brennemans ausgestreckte Hand. Trotz der Umstände wirkte der Präsident auf den ersten Blick nicht anders als sonst. Wenn Harper ihm begegnete, war er – unabhängig von der jeweiligen Situation – immer ruhig und höflich. Trotzdem, heute hatte sein Auftreten etwas Gezwungenes, etwas, das man auch seiner Stimme anmerkte, die einen Anflug von Verärgerung und Frustration verriet.

»Setzen Sie sich«, sagte er zu Harper. »Entschuldigen Sie, aber wenn es Ihnen nichts ausmacht, sollten wir ohne Umschweife zur Sache kommen. Von Ihnen möchte ich hören, was in Madrid geschehen ist. Was ist schiefgelaufen? Ich dachte, wir hätten die Situation im Griff.«

Harper antwortete nicht sofort und blickte zu der mit dem Präsidentensiegel geschmückten Decke auf. Der Secret Service überwachte das Oval Office mit versteckten Kameras, was immer ein beunruhigendes Gefühl war. »Entschuldigen Sie, Sir, aber …«

»Sie sind ausgeschaltet«, unterbrach Brenneman ungeduldig. »Beantworten Sie meine Frage. Was ist in Madrid schiefgelaufen?«

Harper lehnte sich befriedigt zurück. »Schwer zu sagen, Sir.

Unser Observationsteam vor Ort fand heraus, dass Ghafour mehr Protektion genoss und schwerer zu fassen war, als wir vermutet hatten. Es war schwierig, an ihn heranzukommen, und wir haben uns schließlich für die einfachste Taktik entschieden – Geld gegen Informationen. Das schien uns am vielversprechendsten. Besonders angesichts des Zeitdrucks.«

»Und wer hat diese Entscheidung gefällt? Kealey?«

»Ja, Sir.«

Der Präsident lehnte sich zurück, und sein Gesicht glich einer undurchdringlichen Maske. »Auf diesen Punkt kommen wir später zurück. Fürs Erste will ich jetzt genau wissen, was passiert ist, von A bis Z. Ich muss über die Einzelheiten Bescheid wissen.«

Da er vermutete, dass Andrews ihn nur in groben Zügen informiert hatte, reichte Harper die detaillierte Chronik der Ereignisse nach. Er begann mit der Observation Ghafours durch Pétain und die anderen Agenten und endete mit den Ereignissen nach der Explosion an der Calle de San Leonardo de Dios.

Zu Harpers Überraschung unterbrach ihn Brenneman trotz seiner angespannten und mehrfach missbilligenden Miene nicht ein einziges Mal.

Als er fertig war, nickte der Präsident bedächtig. »Mit anderen Worten«, sagte er nach kurzem Nachdenken, »ist für uns bei der ganzen Geschichte nur ein einziger Name herausgesprungen. Kann man das so sagen?«

»Ja«, räumte Harper ein. »Aber wir haben eigentlich nicht mehr erwartet. Vergessen Sie nicht, dass wir damit rechnen mussten, dass Kamil Ghafour unter Umständen keine Ahnung hatte. Für mich stellt es sich so dar, dass wir Glück hatten, *überhaupt* etwas Nützliches aus ihm herauszubekommen.«

Andrews warf seinem Untergebenen einen warnenden Blick zu, doch Brenneman nahm keinen Anstoß an Harpers unverblümter Art. »Ich nehme an, Sie haben sich über diesen Mengal kundig gemacht. Was ist dabei herausgekommen?«

»Einiges haben wir schon von Ghafour erfahren. Mengal, mittlerweile im Ruhestand, war früher General der pakistanischen Armee, für einige Jahre auch Mitarbeiter des ISI. Dieses Gerücht konnten wir schnell verifizieren. Wir bemühen uns natürlich, solche Leute im Blick zu behalten, und in Mengals Fall haben wir es während der letzten zwanzig Jahre geschafft, einiges an Informationen zusammenzutragen. Die Beziehungen, die er während dieses Zeitraums geknüpft hat, sind besonders interessant.«

»Was wollen Sie damit sagen?«, fragte Brenneman. »Gibt es irgendwelche Hinweise, warum Mengal Saifi aus dem Gefängnis holen wollte? Oder dafür, warum er jetzt möglicherweise mit ihm zusammenarbeitet?«

»Eine eindeutige Verbindung zwischen den beiden gibt es nicht«, gab Harper zu. »Mengal hat Verbindungen zu Al Kaida, genau wie Saifi. Das ist ein Aspekt, den wir im Auge behalten, doch er hat nicht unbedingt etwas mit der augenblicklichen Situation zu tun. Mengal hat auch Beziehungen zu den afghanischen Mudschaheddin, den Nordkoreanern, den Iranern und einer Reihe von Rebellen in Kaschmir, von denen etliche früher bei der Armee seine Untergebenen waren. Er könnte sich gut an diese Männer gewandt haben, wenn er tatsächlich etwas mit Fitzgeralds Entführung zu tun hat.«

»Und diese Annahme scheint uns immer plausibler«, warf Andrews ein. »Diese Rebellen haben Erfahrung und Waffen, beides unerlässlich für einen Anschlag wie den auf der Brücke.«

»Das heißt aber nicht, dass wir eine Verwicklung der pakistanischen Armee in die Geschichte ausschließen können«, sagte Brenneman, zur Vorsicht mahnend. »Mengal war mehr als zwanzig Jahre bei der Armee. Andere Offiziere und Soldaten sind seine wichtigsten Beziehungen.«

»Das ist bestimmt bedenkenswert, Sir«, sagte Andrews. »Aber wie gesagt, wir behalten alle Aspekte im Auge.«

»Wo hält sich Mengal jetzt auf?«, fragte Brenneman. »Hat Ghafour gesagt …«

»Nein, hat er nicht«, unterbrach Harper. »Entschuldigen Sie, Sir. Ich wollte Ihnen nicht ins Wort fallen.«

»Schon in Ordnung.« Brenneman wischte die Entschuldigung mit einer Handbewegung vom Tisch. »Gibt es wenigstens irgendwelche Hinweise, wo er sein könnte? Ich meine, wenn er sich in Luft aufgelöst hat, hilft uns der Name auch nicht weiter.«

»Zugegeben, noch wissen wir nichts.« Harper griff nach seiner Kaffeetasse. »Aber wir kooperieren eng mit der National Security Agency und der National Geospatial-Intelligence Agency. Sechs KH-12-Aufklärungssatelliten wurden umprogrammiert, um jene Regionen zu beobachten, wo Mengal sich während der letzten Jahre häufig aufgehalten hat, insbesondere sein Haus außerhalb von Islamabad. Leider ist der KH-12 kein geostationärer Satellit, sodass er einen bestimmten Ort nicht permanent im Auge behalten kann, denn er bewegt sich in einer niedrigen, schnellen Umlaufbahn. Sein Wert ist also begrenzt.«

»Was ist mit dem 8X?«

Harper hatte die Frage erwartet. Vor seiner Wahl zum Präsidenten hatte Brenneman für fünf Legislaturperioden im Senat gesessen, wo er auch stellvertretender Vorsitzender eines Geheimdienstausschusses gewesen war. Zu dieser Zeit hatte er sich für die Entwicklung eines Nachfolgemodells für den KH-12 engagiert, und der 8X, ein Aufklärungssatellit von Lockheed Martin, der erstmals im Frühling 1999 eingesetzt worden war, verfügte über bessere Kameras, weshalb er trotz einer sehr viel größeren Flughöhe Bilder mit besserer Auflösung lieferte. Er war mit Infrarotsensoren ausgestattet und konnte geostationär betrieben werden. Damit bewegte sich der Satellit exakt synchron zur Rotation der Erde, wodurch ein Punkt auf dieser kontinuierlich beobachtet werden konnte. Der Präsident wusste das alles, und Harpers vorherige Erklärung war für Andrews gedacht, der sich mit der Satellitenaufklärung nicht so gut auskannte.

»Wie Sie wissen, Sir«, antwortete Harper, »hat das National Reconnaissance Office nur vier 8X-Satelliten in Betrieb. Zwei weitere werden repariert und erst in sechs bis acht Monaten wieder einsatzbereit sein. Angesichts dieser eingeschränkten Möglichkeiten und der geringen Wahrscheinlichkeit, Mengal auf diesem Wege zu finden, haben wir beschlossen, sie geostationär über bestimmten interessanten Gegenden von Kaschmir kreisen zu lassen. Etwas anderes wäre es, wenn wir eine ganz bestimmte Stelle wüssten, die wir ins Visier nehmen könnten …«

Harper brauchte es nicht weiter auszuführen. Er hatte gesagt, was zu sagen war, und Brenneman nickte zögernd. »Wie sieht's am Boden aus?«

»Prahlen können wir mit unserer Präsenz da unten nicht«, sagte Andrews. »Wenn man in der Region erfolgreich operieren will, braucht man Leute mit speziellen Sprachkenntnissen und einem Äußeren, das nicht zu sehr auffällt. Agenten, die beide Voraussetzungen erfüllen, sind schwer zu finden.«

»Aber Sie haben Leute, die diesem Anforderungsprofil entsprechen«, sagte Brenneman nach kurzem Nachdenken. »Zum Beispiel Naomi Kharmai. Sie ist doch bei diesem Job dabei, wenn ich es richtig verstanden habe.«

»Ja, Sir.« Harper blickte schnell zu Andrews hinüber, der bemerkenswert ruhig wirkte. Er wusste nicht, ob er Brenneman gegenüber einmal etwas von Kharmais persönlichem Hintergrund erzählt hatte.

Brenneman lehnte sich zurück und fuhr sich müde mit der Hand übers Gesicht. »Gentlemen, diese Lage konfrontiert uns mit einem schwerwiegenden Problem. Ich habe bereits mit Botschafter Vázques gesprochen. Laut Angaben der spanischen Regierung sind infolge dieses Ereignisses bisher sechs Menschen gestorben, dazu kommt noch Kamil Ghafour. Außer ihm handelt es sich um Unschuldige. Ein Opfer war Polizist, ein anderes eine schwangere Frau. Sie kam bei der Explosion auf der Calle San Leonardo de Dios ums Leben, wie auch ein zwölfjähriges Kind, das auf dem Heimweg vom Fußballplatz war. Vier Menschen sind lebensgefährlich verletzt.« Der Präsident schwieg einen Moment, um seine Worte richtig wirken zu lassen. »Das ist eine ganz üble Lage, die noch dadurch verschlimmert wird, dass wir – damit meine ich das Außenministerium – noch vor knapp zwei Wochen in Sachen Ghafour eine offizielle Anfrage an die Spanier gerichtet haben. Jetzt sind sie neugierig, ob wir etwas mit dieser Geschichte zu tun haben, und ich kann sie gut verstehen. Bisher sind sie noch zurückhaltend, doch im Laufe der Zeit wird es schwerer werden, sich ihrem Drängen zu widersetzen, besonders dann, wenn die Zahl der Opfer weiter steigt. Ich muss wohl nicht eigens betonen, dass wir nicht zulassen dürfen, dass sie die Wahrheit erfahren.«

Harper und Andrews stimmten zu.

Brenneman blickte auf seine Hände. »Die bloße Vorstellung, amerikanische Agenten könnten auf ausländischem Boden wegen so einer Aktion verhaftet werden, ist unausdenkbar. Dadurch würden unsere Beziehungen zu Regierungen auf der ganzen Welt unterminiert, ganz zu schweigen davon, dass meine ganze Administration schlecht dastehen würde.« Er legte eine lange Pause ein, um sich die nächsten Worte zurechtzulegen. »Was sich heute in Madrid ereignet hat, ist inakzeptabel. *Völlig* inakzeptabel. Ich weiß nicht, wie ich es noch deutlicher ausdrücken sollte.«

Nach einer langen Pause meldete sich Harper zu Wort. »Ich bin ganz und gar Ihrer Meinung, Sir. Es bedarf eigentlich keiner Erwähnung, dass gegen die beteiligten Mitarbeiter Disziplinarverfahren eingeleitet werden. Trotzdem glaube ich, dass unsere Leute, insbesondere Ryan Kealey und Naomi Kharmai, unverzichtbar sind, wenn diese Operation erfolgreich beendet werden soll. Und das Ziel unserer Arbeit ist es natürlich, Außenministerin Fitzgerald gesund nach Hause zu bringen.«

Brenneman nickte bedächtig. »Dann wollen Sie also, dass sie dabeibleiben.«

»Ja, Sir«, antwortete Harper ohne jedes Zögern. »Genau das will ich.«

Brenneman blickte Andrews an. »Wie denken Sie darüber? Sind Sie derselben Meinung?«

Andrews brauchte länger, nickte aber schließlich. »Ja, Sir, bin ich. Die bisherige Bilanz der beiden spricht für sich. Wir können ihre früheren Erfolge nicht ignorieren.«

Der Präsident wechselte abrupt das Thema. »Gut, dann kommen wir jetzt zur Frage des Lösegelds. Sagt uns diese

Forderung mehr über die Leute, die hinter dieser Geschichte stecken?«

Harper und Andrews dachten einen Moment nach. Vor zwei Stunden war in der amerikanischen Botschaft in Islamabad eine VHS-Kassette abgegeben worden, auf der die Verantwortung für die Entführung von Brynn Fitzgerald und der siebenundzwanzig Touristen übernommen wurde, die während der letzten Monate verschwunden waren. Nach einer ausführlichen Befragung des Überbringers – soweit das angesichts des Zeitdrucks überhaupt möglich war –, war man zu der Ansicht gelangt, dass von ihm keinerlei Aufschlüsse zu erwarten waren. Er konnte nicht einmal eine akkurate Beschreibung des Mannes liefern, der ihm das Geld für die Ablieferung des Bandes gegeben hatte. Trotzdem wurde er weiter festgehalten, weil die pakistanischen Behörden seinen persönlichen Hintergrund recherchieren wollten.

Das Videoband war digitalisiert und anschließend als verschlüsselte Datei nach Langley gemailt worden, wo es auf eine DVD kopiert wurde. Brenneman hatte das Video im Oval Office gesehen, zusammen mit Andrews, Harper, Bale und Stan Chavis. Es war der Beweis dafür, dass Saifi bei allem seine Hand im Spiel hatte. Der algerische Terrorist stand vor einer weißen Flagge mit dem ovalen Symbol der Groupe Salafiste pour la Prédication et le Combat, kurz GSPC. Zuerst forderte er die Freilassung von achtundvierzig in Guantanamo Bay internierten Häftlingen, die entweder in Algerien geboren oder algerischer Abstammung waren.

Das hatte niemanden überrascht, so wenig wie Saifis zweite Forderung. Er verlangte fünfzig Millionen amerikanische Dollar, die an vierzig verschiedene Banken überwiesen werden sollten, die für ihre Bereitschaft und Fähigkeit bekannt waren, die Anfragen von Sicherheitsbehörden abzublocken. Der Betrag sollte innerhalb der nächsten achtundvierzig Stunden komplett überwiesen werden. Andernfalls, drohte Saifi, sollte mit der Erschießung von Geiseln begonnen werden. Er kündigte an, mit Fitzgerald anfangen zu wollen, doch Harper glaubte nicht daran. Die Außenministerin war der größte Trumpf des Algeriers, und es schien ausgeschlossen, dass er sie töten würde, bevor er bekommen hatte, was er wollte. In diesem Punkt waren sich alle einig.

»Die ersten beiden Forderungen sind weder überraschend noch ungewöhnlich, Sir«, begann Harper. »Wenn wir davon ausgehen, dass Mengal nicht beteiligt ist, könnte Saifi das Geld dafür benutzen, der GSPC, von der seit Jahren niemand mehr etwas gehört hat, zu einem neuen Start zu verhelfen. Ist Mengal hingegen mit von der Partie, könnte Saifi trotzdem einen Teil des Geldes bekommen. Ich bezweifle, dass ihm diese Häftlinge wirklich am Herzen liegen … Sicher ist Ihnen aufgefallen, dass er kaum etwas dazu sagt, wohin sie gebracht werden sollen und wie das geschehen soll. Dagegen äußert er sich äußerst detailliert dazu, wie das Geld zu überweisen ist. Saifi hat keine Ahnung von Geldgeschäften, sodass es jemanden geben muss, der ihn in finanziellen Fragen berät. Wahrscheinlicher ist, dass Mengal das Sagen hat, was die zweite Forderung betrifft – erneut vorausgesetzt, dass er überhaupt die Finger im Spiel hat. Da er eine einflussreiche Position beim ISI hatte, weiß er wahrscheinlich, dass Geldwäsche unter Umständen eine komplizierte Sache ist.«

Brenneman dachte einen Augenblick nach. »Was ist mit der dritten Forderung?«

Harper zögerte. Diese Forderung hatte alle überrascht, weil sie nicht zu dem passte, was sie über den algerischen Terroristen wussten. Kurz vor dem Ende der Aufnahme forderte Saifi die umgehende Unterbindung des Waffengeschäftes zwischen Israel und Indien. Er betonte, der Verkauf technologisch überlegener Rüstungsgüter werde »die Inder zu jenen größenwahnsinnigen imperialistischen Träumen verführen, denen sich die amerikanische Regierung schon seit Jahren hingibt«. Wie im Falle des Geldes hatte Saifi auch hier genaue Instruktionen gegeben. Er erklärte haarklein, wie das Platzen des Waffengeschäfts vor dem 18. Juli – dem Tag, an dem es offiziell besiegelt werden sollte – in den Medien dargestellt werden sollte. Dafür hatte er sich drei große Sender ausgesucht – DD National in Indien, PTV1 in Pakistan und CNN in den Vereinigten Staaten.

»Die dritte Forderung passt nicht zu dem, was wir bisher über Saifi wissen, Sir«, sagte Harper. »Und sie ergibt auch keinen Sinn, wenn man die Ziele der GSPC bedenkt. Mit anderen Worten, sie sprengt sein bisheriges Persönlichkeitsprofil. Aber falls Benazir Mengal hinter der Geschichte steht, könnte alles perfekt zusammenpassen. Wenn das Waffengeschäft platzt, kann Pakistan den militärischen Status quo erhalten, und die pakistanischen Soldaten, die in Kaschmir kämpfen, haben plötzlich einen großen psychologischen Vorteil. Noch wissen wir nicht viel über Mengal – meine Leute kümmern sich darum –, aber wir wissen *mit Sicherheit*, dass er für zehn Jahre eine wichtige Rolle beim ISI gespielt hat. Sollte er immer noch eine seltsame Verbundenheit mit dem Geheimdienst pflegen, könnte ich mir schon vorstellen, dass er eine Geschichte in dieser Art aufziehen könnte.«

»Gut möglich.« Brenneman runzelte die Stirn und dachte einen Moment nach. Dann blickte er nacheinander Harper und Andrews an. »Gentlemen, ich möchte, dass dieses Video genau analysiert wird. Wir müssen so viel wie möglich herausfinden, unter anderem, warum Saifi darauf verzichtet, bei dieser Aufnahme unsere Außenministerin vorzuführen. Das ist mir immer noch ein Rätsel. Doch lassen Sie mich jetzt noch einmal auf das brandaktuelle Thema zurückkommen, die heutigen Ereignisse in Madrid. Die spanische Regierung stellt bereits gefährliche Fragen, und sie haben gerade erst mit ihren Nachforschungen begonnen. Ich muss sicher sein können, dass es nichts gibt, durch das wir mit dieser Geschichte in Verbindung gebracht werden könnten. Wenn ich alles abstreite, muss ich mich darauf verlassen können, dass uns die Wahrheit nicht einholt. Dass sie *mich* nicht einholt.«

»Das wird nicht passieren, Sir«, versicherte Harper. »In diesem Punkt können Sie sich ganz sicher sein. Außerdem ist niemand untätig. Das Team des FBI ist heute Morgen auf dem Flughafen Chaklala gelandet. Sie untersuchen bereits den Tatort und die bei dem Anschlag zerstörten Fahrzeuge. Mit etwas Glück haben sie am Ende des Tages schon ein paar vorläufige Erkenntnisse. Wir werden ihre Resultate sofort in unsere Überlegungen einbeziehen.«

»Gut.« Brenneman stand auf, und Harper und Andrews erhoben sich ebenfalls. »Genau das wollte ich hören. Es ist von größter Wichtigkeit, dass die CIA und das FBI hier perfekt zusammenarbeiten.«

»Natürlich«, versicherte Andrews, der schon auf dem Weg zur Tür war, mit Harper im Schlepptau. »Wir tun alles, was in unseren Kräften steht.«

»Schön, das zu hören.« Brenneman blieb vor der Tür stehen, die sich wie von selbst zu öffnen schien. »Ich möchte stündlich auf dem Laufenden gehalten werden, Gentlemen. Natürlich möchte ich alles über die Lage in Kaschmir wissen, aber unser vorrangiges Ziel ist es, Außenministerin Fitzgerald freizubekommen. Und um dieses Ziel zu erreichen, müssen wir so schnell wie möglich Mengal finden. Das ist am wichtigsten. Ist das klar?«

»Ja, Sir«, antwortete Andrews. »Völlig klar.«

21

Washington, D. C./Lahore, Pakistan

Fünf Minuten nach dem Ende der Besprechung verließen Harper und Andrews das Weiße Haus durch eine Tür auf der Südseite des Westflügels.

Es war sehr warm, die Luft stickig. Über ihnen am Himmel türmten sich schwarze Wolken, die Regen ankündigten, auch wenn jetzt hin und wieder noch gelbliche Sonnenstrahlen durchbrachen. An den Bäumen rührte sich kein Blättchen, alles deutete auf die Ruhe vor dem Sturm. Die beiden Männer gingen zu dem wartenden Town Car, das zwischen zwei schwarzen Chevy Suburbans geparkt war. Bei allen drei Fahrzeugen lief der Motor, und als Harper und Andrews sich näherten, unterbrach eine Gruppe von Sicherheitsbeamten ihre Plauderei, um in die gepanzerten Wagen zu klettern, die zurück nach Langley fahren sollten.

Als der CIA-Direktor neben dem Lincoln stand, ließ der Fahrer sofort das Seitenfenster herab. Andrews wechselte ein paar Worte mit ihm, dann knöpfte er seine Anzugjacke auf und reichte sie durch das Fenster. Mit einem erleichterten Seufzer wandte er sich Harper zu.

»Was für eine Bullenhitze«, stöhnte er, während er die Ärmel aufkrempelte.

»Ja, aber es sieht nach Regen aus. Wird mal wieder Zeit.«

»Ich hasse diese Stadt im Sommer«, knurrte Andrews mit einem Blick auf den sich weiter verdüsternden Himmel. »Die

Luft ist so verdammt stickig … Man fühlt sich, als müsste man unter Wasser atmen.«

»Bald haben wir August«, sagte Harper. »Das Schlimmste steht uns noch bevor.«

»Sie nehmen mir das Wort aus dem Mund.« Nach kurzem Nachdenken wies Andrews mit einer Kopfbewegung auf den östlichen Säulengang. »Kommen Sie, wir gehen ein paar Schritte. Ich brauche eine Pause.«

Da er seinem Chef schlecht widersprechen konnte, fügte sich Harper, und kurz darauf hatten sie den Jacqueline Kennedy Garden erreicht, der direkt südlich des Säulengangs lag. Sie gingen über den gepflasterten Weg, der von sattgrünen Rasenflächen und farbenprächtigen Blumenbeeten gesäumt war. Buchsbaumhecken und Bäume schirmten sie vor neugierigen Blicken ab. Durch die Zweige sah man einen Teil des Ostflügels des Weißen Hauses. Harper wusste, dass eine Reihe von Marines und Agenten des Secret Service draußen patrouillierten, aber sie waren nicht zu sehen. Kurz, sie waren unter sich und konnten sich ungestört unterhalten. Fast fünf Minuten lang gingen sie schweigend nebeneinander her.

»Wussten Sie, dass Präsident Jackson einige von den Bäumen hier selbst gepflanzt hat?« Andrews zeigte auf ein paar kleine, ordentlich beschnittene Magnolienbäume. »War eine andere Zeit«, sagte er eher zu sich selbst. Trotzdem fühlte sich Harper verpflichtet, beifällig zu murmeln.

Wieder gingen sie ein paar Minuten schweigend nebeneinander her. Schließlich blieb Andrews neben einer sorgfältig gestutzten Hecke stehen. Er lockerte seine Krawatte noch weiter und wischte sich mit dem Handrücken den Schweiß von der Stirn.

Dann blickte er Harper an. »Mir ist die ganze Geschichte

ein Rätsel. Der Präsident hat eben einen wichtigen Punkt angesprochen. Warum haben sie Fitzgerald in dem Video nicht *vorgeführt*? Das hätte eine sehr viel stärkere Wirkung ausgelöst als bloßes Gerede. Vielleicht zahlt Brenneman, wenn er so erreicht, dass das Video nicht an die Medien gelangt. Es ist eine Sache zu *wissen*, dass sie von Terroristen entführt wurde, und eine andere, es zu *sehen*. Psychologisch gesehen wäre Letzteres eine demütigende Ohrfeige für unser Land.«

»Vielleicht ist sie tot«, sagte Harper, den Blick auf ein Beet mit rosa Tulpen richtend. »Möglicherweise hat sie bei dem Unfall lebensgefährliche Verletzungen erlitten und ist gestorben, als sie vom Ort des Anschlags weggebracht wurde. Vielleicht taucht sie deshalb nicht in dem Video auf.«

Andrews zuckte zusammen. »Mein Gott, sagen Sie so was nicht. Ich darf gar nicht daran denken.«

»Aber eine Möglichkeit ist es. Sie haben die Digitalfotos gesehen und die Übersetzung der Zeugenaussagen gelesen. Die auf ihr Fahrzeug abgefeuerte Rakete hat schweren Schaden angerichtet. Der Fahrer war sofort tot, wie auch der Chef ihres Personenschutzkommandos. Schon möglich, dass die Vorderseite am meisten abbekommen hat … Sie saß hinten, aber das hat nicht viel zu bedeuten … Es ist gut denkbar, dass sie …« Harper schwieg nachdenklich. »Andererseits«, fuhr er schließlich fort, »sehe ich keinen Grund, warum sie uns Fitzgeralds Tod verschweigen sollten, wenn sie tatsächlich ums Leben gekommen ist. Sie könnten von dem Medienrummel profitieren. Das könnte zumindest einigen von Saifis Anhängern imponieren, ihm neue Finanzspritzen sichern oder gar die Unterstützung eines Schurkenstaats eintragen. Übrigens haben sie auch außer Fitzgerald noch jede Menge Geiseln, mit denen sich Lösegeld erpressen lässt.«

»Ich weiß nicht«, sagte Andrews skeptisch. »Schon möglich, dass wir für Fitzgeralds Freilassung zahlen, aber machen wir uns nichts vor: Wir werden bestimmt nicht wegen siebenundzwanzig Entführungsopfern, von denen nur zwölf Amerikaner sind, mit einer Strategie brechen, der wir zwei Jahrzehnte lang treu geblieben sind.«

»Die Deutschen haben bezahlt«, bemerkte Harper. »Als er 2003 im Tschad diese Geiseln genommen hat, berappte die deutsche Regierung sechs Millionen, um sie freizubekommen. Saifi ist bereits einmal mit dieser Tour durchgekommen. Warum sollte er daran zweifeln, dass es wieder klappt? Zumindest sehe ich es so, und die meisten meiner Leute sind derselben Ansicht.«

»Meinen Sie Kealey und Kharmai?«

Harper entging nicht, dass Andrews' Stimme plötzlich härter klang. »Ja«, sagte er zögernd. »Unter anderem.«

»Wo sind die beiden im Moment?«

»Sie wissen von der Frau, die ursprünglich für die Leitung unseres Observationsteams da drüben zuständig war?«

Stirnrunzelnd versuchte Andrews, sich an zurückliegende Besprechungen zu erinnern. »Heißt sie nicht Pétain?«

»Genau. Marissa Pétain. Ihre Eltern haben ein Haus an der Küste. In Cabo de Palos, in der Nähe von Cartagena.«

Plötzlich wurde Andrews von einem Geistesblitz durchzuckt. »Ihr Vater ist Javier Machado.«

»Genau, Sir.«

»Es war vor meiner Zeit, aber ich weiß, dass er uns außergewöhnlich wertvolle Dienste geleistet hat.« Wieder runzelte er die Stirn. »Hat er nicht noch eine Tochter, die auch für uns gearbeitet hat?«

»Genau«, antwortete Harper, der im Augenblick keine Lust

hatte, dieses spezielle Thema zu vertiefen. »Er ist sehr gastfreundlich, und deshalb sind die beiden jetzt in seinem Haus. Einen sichereren Ort gibt es nicht. Solange wir ihnen nicht etwas Nützliches über Mengal mitteilen können, ist es sinnlos, sie in Bewegung zu setzen.«

»Und die anderen Agenten?«

»Die meisten sind bereits außer Landes. Ihre Papiere und Legenden waren so gut, dass sie Madrid trotz der verschärften Sicherheitsmaßnahmen mit ganz normalen Linienmaschinen verlassen konnten. Der Rest kommt bald nach.«

Es entstand ein längeres Schweigen, und dann sprach Andrews Brennemans Reaktion auf die Ereignisse in Madrid an. »Er war gar nicht glücklich, doch es hätte schlimmer kommen können. Ich glaube nicht, dass er ausreichend Zeit hatte, um die Konsequenzen für uns – und ihn – zu bedenken, wenn die Spanier erst einmal herausbekommen, was wirklich passiert ist.«

»Er braucht sich keine Sorgen zu machen. Sie werden es nicht herausbekommen.«

»Sind Sie sicher? Können Sie garantieren, dass sie die Wahrheit nicht entdecken werden?«

»Garantieren kann ich gar nichts, das wissen Sie genau«, antwortete Harper leise.

Wieder herrschte Schweigen. »Der Präsident möchte, dass Kealey und Kharmai an Bord bleiben«, fuhr Andrews fort. »Zumindest fürs Erste. Gleichwohl *werden* sie sich dazu äußern müssen, was heute passiert ist, und Sie täten besser daran, ihnen klarzumachen, dass sie sich auf dünnem Eis bewegen. Angesichts dessen, was Sie mir erzählt haben und was ich in ihren Akten gelesen habe, hat es bei den beiden schon früher beunruhigende Zwischenfälle gegeben. Sehr zuversichtlich stimmt mich das nicht. Sie haben diesen Auftrag nur, weil Sie es so wollten.«

»Ich verstehe Sie. Aber Sie haben dem Präsidenten gegenüber selbst betont, dass ihre bisherige Bilanz für sich spricht.«

»Ja«, räumte Andrews zögernd ein. »So habe ich es gesagt, und ich meinte es ernst. Trotzdem, allmählich ist meine Geduld erschöpft, und auch meine Dankbarkeit währt nicht ewig. Entweder passen Sie auf, dass die beiden nicht noch einmal aus der Reihe tanzen, oder Sie müssen den Auftrag einem anderen geben. Selbst dann, wenn wir dadurch noch mehr ins Hintertreffen geraten, als wir es ohnehin schon sind. Wir können uns keinen weiteren Fehler mehr leisten. Mit Sicherheit keinen von diesem Kaliber.«

Harper nickte zustimmend und bemühte sich, Andrews nichts davon merken zu lassen, dass er ähnliche Befürchtungen hegte. Tatsächlich waren sie noch weitaus schlimmer, da er sehr viel mehr über Kealey und Kharmai wusste als der Direktor. Trotzdem hatte er nicht vor, es Andrews zu sagen. Wenn er es tat, wurden die beiden umgehend nach Hause beordert, und damit war die Luft raus bei der Operation. Ob es ihm gefiel oder nicht, am besten war es, die beiden ihren Job tun zu lassen und das Beste zu hoffen.

Andrews schlug den Rückweg ein, und Harper folgte ihm. Aus der Ferne hörte man schon Donnergrollen, und die Luft wirkte wie elektrisch aufgeladen. Die ersten Tropfen fielen, Vorboten des aufziehenden Sturms.

»Noch etwas«, sagte Andrews. »Mir wäre es lieber, wenn wir uns ein bisschen mehr um Kaschmir kümmern würden. Mehr Personal, zusätzlicher Einsatz technischer Mittel, alles, was machbar ist. Nicht mehr lange, dann muss der Präsident sich wieder mit der dortigen Lage beschäftigen, und wenn es so weit ist, wird er harte Fakten von uns verlangen. Sie sagten, Mengals Haus wird via Satellit beobachtet?«

»Genau. Insgesamt setzen wir sechs Satelliten ein, die natürlich vom NRO kontrolliert werden.« Das National Reconnaissance Office war jene Regierungsbehörde, der in erster Linie die Entwicklung, der Bau und Betrieb von Aufklärungssatelliten anvertraut waren. Ab Frühling 1999 war Harper für fast ein Jahr Verbindungsmann zwischen der CIA und dem NRO gewesen – ein ziemlich langweiliger Job, bei dem man aber doch einiges lernte.

»Wie viele jener Satelliten, die zuvor Truppenbewegungen in Kaschmir beobachtet haben, wurden abgezogen? Mir ist klar, dass wir dort noch die vier 8X-Modelle im Einsatz haben, aber was ist mit den KH-12-Satelliten? Wie viele wurden abgezogen?«

»Alle«, antwortete Harper nach kurzem Zögern.

Andrews schüttelte ungläubig den Kopf, schien sich aber mit der Situation abzufinden. »Die Geschichte gefällt mir nicht. Durch die Umprogrammierung dieser Satelliten wird nur unser Informationsfluss eingedämmt. Ich kann nicht auf CNN warten, um zu wissen, was los ist. Wir müssen die Nase immer vorn haben, und im Moment sieht es eher so aus, als würden wir hinterherhinken.« Er dachte einen Augenblick nach. »Aber da wir eine Anordnung des Präsidenten befolgen müssen, sind uns die Hände gebunden. Meiner Ansicht nach sind wir erst dann wieder im Rennen, wenn wir Mengal finden.«

»Ja, sieht so aus«, sagte Harper.

»Dann sorgen Sie dafür.« Andrews wischte sich erneut den Schweiß von der Stirn und blickte seinen Stellvertreter an. »Machen Sie Kealey und Kharmai klar, dass sie Benazir Mengal finden müssen, und zwar schnell.«

Das Sheikh Zayed Postgraduate Medical Institute, benannt nach dem berühmten Sultan von Abu Dhabi, war mit seinen 286 Betten eines der größten Krankenhäuser von Lahore und ein ziemlich gut geführtes Haus, zumindest nach hiesigen Standards. Nach seiner Ankunft in Pakistan hatte Randall Craig gestaunt über das äußerst freundliche und kollegiale Verhalten der Ärzte und des Personals, sich aber nie gefragt, warum ihn das in Erstaunen versetzte. Er sah sich selbst als einen rationalen Mann, der anderen Kulturen offen gegenüberstand, doch zugleich hegte er eher unbewusst einige der gleichen Vorurteile wie viele andere Amerikaner. Diese Voreingenommenheit lauerte irgendwo unter der rationalen Ebene, und ihr entsprach ein undeutliches Bewusstsein seiner eigenen Stellung auf dieser Welt. Er hielt sich für etwas Besseres, und zwar aufgrund seiner Nationalität. Für ihn gab es schon immer etwas wie eine natürliche Ordnung der Dinge, doch er hatte nie genauer darüber nachgedacht. Er glaubte an eine Rangordnung der Nationen, wo Amerika ganz oben rangierte.

Ob es tatsächlich so war oder nicht, es blieb ein tröstlicher, ermutigender Gedanke, der sich in Pakistan umso mehr aufdrängte, einem Land, wo der Durchschnittsbürger nicht einmal achthundert Dollar pro Jahr verdiente. Natürlich kam man damit hier deutlich weiter als in den Staaten, doch es war trotzdem eine harte statistische Tatsache. Was das für die Menschen bedeutete, hatte er hautnah erlebt, seit er in Rawalpindi aus dem Flugzeug gestiegen war. Es erstaunte ihn immer wieder, wie die Pakistaner es schafften, aus so wenig so viel zu machen. Angesichts der Armut, die er Tag für Tag um sich herum sah, musste er sich unwillkürlich fragen, wie dieses Land es geschafft hatte, zu einer Atommacht zu werden.

Während der letzten beiden Wochen hatte er ernsthaft darüber nachgedacht, seine Arbeit in dem Krankenhaus vorzeitig zu beenden. Seit der Bekanntgabe des israelischen Waffenverkaufs an Indien war die aufgeheizte Stimmung auf den Straßen, insbesondere im Zentrum von Islamabad, mit Händen zu greifen, und die Entführung von Außenministerin Fitzgerald war der vorläufige Höhepunkt einer beunruhigenden Entwicklung. Letztlich entschied er sich aber dagegen, den Job zu quittieren. Es wäre nicht der erste Konflikt zwischen Indien und Pakistan, und wirklich eskaliert waren die Auseinandersetzungen nie. Selbst der sogenannte Kargil-Krieg im Jahr 1999 konnte schwerlich als etwas anderes als ein Scharmützel bezeichnet werden. Wegen solcher Episoden musste man das Land nicht fluchtartig verlassen, besonders nicht, da seine Abreise ohnehin vor der Tür stand. Mittlerweile lag sein Abschied von der University of Washington zehn Monate zurück, und sein Aufenthalt in Pakistan war von vornherein für ein Jahr geplant gewesen. Er konnte es kaum abwarten, nach Hause zurückzukehren, und fieberte dem 1. September entgegen.

Jetzt, um kurz nach acht abends, war er im Begriff, den Umkleideraum im Erdgeschoss des Krankenhauses zu verlassen, doch vorher warf er noch einen Blick in den Spiegel. Eine ehemalige Freundin hatte sein Gesicht einmal als »liebenswürdig« charakterisiert, ohne dass er wusste, was genau sie damit meinte. Schon seit Ewigkeiten trug er einen dichten Kinnbart, der den unteren Teil seines Gesichts völlig verdeckte.

Alles in allem war er ganz zufrieden mit sich. Trotz gründlicher Suche hatte er bisher in seinem hellbraunen Haar noch keine graue Strähne gefunden. Mit seinen achtunddreißig Jahren hatte er mehr Muskeln zu bieten als Fett auf den Rippen – trotz der schlechten Ernährung, die aus zwei oder drei täglichen Mahlzeiten bei McDonald's bestand. Seinen Patienten gegenüber erwähnte er das nie, selbst wenn nur wenige von ihnen – inklusive derjenigen, die fließend Englisch sprachen – seinen ausgeprägten Südsprachendialekt verstanden, eine Erinnerung an seine Jugend, die er in der bewaldeten Hügellandschaft von Etowah in Tennessee verbracht hatte. Die Fast-Food-Kette hatte kürzlich ein paar Schnellrestaurants in Lahore eröffnet, und selbst wenn er von seiner Wohnung aus ein gutes Stück mit dem Auto fahren musste, war es den Aufwand wert. Die einheimische Küche – typischerweise zu lange gekochter Reis mit undefinierbarem Fleisch von zäher Konsistenz – konnte er einfach nicht ertragen. Da war selbst das Angebot eines pakistanischen McDonald's vorzuziehen.

Er marschierte schnell durch die Eingangshalle und nickte auf dem Weg zur Tür einigen Kollegen zu. Bald war er auf dem Parkplatz, und als er sich seinem Auto näherte, erschreckte ihn das Geräusch quietschender Reifen zu seiner Rechten. Er blieb stehen und trat instinktiv einen Schritt zurück, als ein schwarzer Lieferwagen nur ein paar Meter entfernt eine Vollbremsung hinlegte. Die Tür auf der Fahrerseite flog auf, und ein junger Mann sprang heraus. Sein Haar war unordentlich, und er fuchtelte mit den Armen. Er wirkte extrem aufgeregt und blickte sofort Craig an.

»Doktor! Sind Sie Arzt? Ich brauche Hilfe!« Der Mann stammelte zur Hälfte unverständlich auf Englisch, die restlichen Wörter entstammten einer Sprache, die Craig als Urdu identifizierte. Während der ersten beiden Monate in Pakistan hatte er einen ernsthaften Versuch unternommen, die verschiedenen Sprachen zu erlernen, doch es gab einfach zu viele davon. Urdu, Punjabi, Paschto, Balti … Die Liste war endlos, und seine Patienten schienen nie alle gemeinsam eine dieser

Sprachen zu beherrschen. Trotz seines Ehrgeizes, jede Aufgabe zu bewältigen, erkannte er durchaus, wann ein Unterfangen aussichtslos war. Im Januar hatte er aufgegeben. Deshalb hatte er jetzt auch keine Ahnung, was der junge Mann wollte. Abgesehen davon, dass er einen Arzt suchte.

»Ja, ich bin Arzt«, sagte er schnell, ein paar Schritte vortretend. Angestrengt nachdenkend, fiel ihm schließlich einer der Sätze ein, die er sich damals eingeprägt hatte, und er fragte auf Urdu, ob der Mann Englisch spreche.

Der andere wirkte völlig konsterniert, aber nur für einen Moment. »Ja«, schrie er triumphierend. »Ich spreche Englisch!« Fast schien es, als wäre es ihm gerade erst bewusst geworden. »Es geht um meinen Bruder. Er ist schwer verletzt …« Er brabbelte weiter vor sich hin, während er zur Hinterseite des Lieferwagens ging und die Hand nach dem Türgriff ausstreckte. »Er wurde angefahren. Ich habe es gesehen, aber das Auto fuhr weg, bevor ich etwas unternehmen konnte. Ich wollte nicht auf einen Krankenwagen warten. Bitte, helfen Sie mir …«

Craig trat instinktiv weiter vor, obwohl irgendwo in seinem Hinterkopf die Alarmglocken schrillten. Hätte er ein bisschen länger nachgedacht, wäre ihm aufgefallen, dass alles äußerst merkwürdig war. Der Eingang der Notaufnahme war auf der anderen Seite des Parkplatzes und gut zu erkennen. Ein Mann mit einem Verletzten im Wagen wäre normalerweise so dicht wie möglich an die Notaufnahme herangefahren. Leider dämmerte ihm die Wahrheit zu spät. Als die Hintertür des Lieferwagens sich öffnete, trat er näher, um besser sehen zu können, und er erstarrte, als er sah, dass auf der Ladefläche nur ein Reservereifen und ein paar schmierige Decken lagen.

Plötzlich packte ihn jemand von hinten. Derselbe Mann,

der ihn angesprochen hatte, hielt ihn jetzt fest. Zumindest versuchte er es. Er war deutlich kleiner und leichter als Craig, aber trotzdem kräftig und entschlossen. Craig rief nach Hilfe und wollte sich wehren, doch als er sich fast freigemacht hatte, schien sein Kopf vor Schmerz zu explodieren. Er begriff gerade noch, dass man ihn mit einem harten Gegenstand geschlagen hatte. Seine Beine gaben nach, und er sackte nach vorn. Jemand zischte auf Urdu einen Befehl, und er nahm gerade noch undeutlich wahr, dass sich ein anderer von rechts näherte und ihn auffing. Dann überkam ihn Finsternis. Es gab keine Gedanken mehr, und an die Stelle des Schmerzes trat ein großes Nichts.

22

Cartagena, Spanien

Es war kurz nach neun abends, als Kealey abrupt aufwachte. Langsam nahmen die Dinge um ihn herum Kontur an. Er lag noch einen Moment still da und versuchte, die Teile des Puzzles zusammenzusetzen, doch dann kam die Erinnerung zurück. Er setzte sich auf die Bettkante, rieb sich den Schlaf aus den Augen und hörte von draußen leise Stimmen und das Rauschen des Windes, der die farbenfroh gemusterten Vorhänge vor der offenen Balkontür bauschte.

Er stand auf, trat auf den Balkon und stützte die Hände auf das hüfthohe Geländer. Die Nacht hatte sich über die Landschaft gesenkt, aber der Garten unter ihm wurde durch Lichter an seiner Peripherie beleuchtet. Er wirkte sehr gepflegt, und eine dichte Reihe von Feigenbäumen schirmte ihn vor neugierigen Blicken von der Straße ab.

Die Bäume wiegten sich in der kühlen, salzigen Abendbrise, die vom Mittelmeer kam, das gerade mal anderthalb Kilometer weiter östlich begann. Hohe Kiefern standen vor einem schmiedeeisernen Zaun, der einen großen, gepflegten Rasen umgab. Obwohl es dunkel war, wirkte das Gras in dem weißen Licht so grün wie am Tag.

In der Mitte des Rasens stand ein weißer Metalltisch, an dem zwei Frauen saßen. Eine war etwa Mitte fünfzig, und ihr dunkles, schulterlanges Haar war leicht angegraut, doch ansonsten wirkte sie jünger. Ihre Haut war hell, und sie hatte praktisch keine Falten. Sie trug eine braune Hose und eine grüne Strickjacke.

Die andere Frau war Marissa Pétain. Ihr dunkelbraunes Haar war feucht und schimmerte im Mondlicht. Sie trug eine beigefarbene Bluse und eine zerknitterte Baumwollhose. Andere Kleidung als jene, die sie bei der Ankunft angehabt hatte. Offenbar hatte sie sich die Zeit genommen, zu duschen und sich umzuziehen. Die beiden unterhielten sich leise auf Französisch, doch von dem Balkon aus konnte Kealey fast nichts verstehen. Plötzlich blickte Pétain zu ihm auf, als hätte sie seine Anwesenheit gespürt. Sie lächelte und winkte ihm zu, doch bevor er reagieren konnte, hörte er hinter sich ein leises Klopfen. Als er sich umdrehte, öffnete sich die Tür einen Spaltbreit, und silbriges Licht fiel in das Zimmer.

»Kealey? *¿Está despierto?*« Sind Sie wach?

»Ja. Kommen Sie herein.« Die Tür öffnete sich ein bisschen mehr, und ein großer Mann mit dunkler Haut, buschigen Augenbrauen und langem, stahlgrauen Haar stand in der Tür und verdeckte das aus dem Flur kommende Licht. Javier Machado, 1937 in Valencia geboren, hatte schon an der Autonomen Universität von Barcelona ein Studium abgeschlossen, bevor er in die Vereinigten Staaten ging, wo er an der University of Southern California einen Master in Wirtschaftswissenschaften machte. Anschließend promovierte er in Princeton, wo ihn die CIA angeworben hatte, für die er dann mehr als dreißig Jahre arbeitete. Er hatte unter anderem in Mexiko, Marokko, Algerien, Portugal und Frankreich Agenten geführt und laut Pétain einen großen Teil seines Lebens damit verbracht, aus dem Schatten seines Vaters herauszutreten. Luis Méndez Machado war ein berühmter Dichter gewesen, der wegen seiner oppositionellen Haltung gegenüber dem Franco-

Regime in den Sechzigerjahren für längere Zeit im Gefängnis gesessen hatte.

Pétain war nicht bereit, in die Einzelheiten zu gehen, doch nach dem, was sie im Auto gesagt hatte, musste Javier Machado dem Schatten des übermächtigen Vaters entkommen sein. Während einer Geheimdienstlaufbahn, die nur als spektakulär beschrieben werden konnte, hatte er jede Menge Coups gelandet. Sein letzter Posten war der des Chefs des CIA-Büros in Lissabon, dann war er vor fünfzehn Jahren nach Spanien zurückgekehrt.

Das und mehr hatte Pétain während der nervenaufreibenden sechsstündigen Fahrt von Madrid nach Cabo de Palos erzählt. Wenngleich sie zuerst zögerte, über ihren Vater zu reden, war Kealey aufgefallen, welche Verehrung in ihrer Stimme lag, wenn sie nur seinen Namen aussprach. Als sie am Morgen eintrafen, leuchteten Machados Augen, als er seine Tochter sah. Er hatte sie liebevoll umarmt, genau wie Elise, seine Frau. In diesem Moment wusste Kealey, dass es für ihn und Naomi die richtige Entscheidung gewesen war, mit Pétain zusammenzubleiben. Machado hatte sie herzlich ins Haus gebeten. Offenbar wusste er nicht, was in Madrid passiert war und welche Rolle seine Besucher bei dem Vorfall gespielt hatten.

»Konnten Sie schlafen?«, fragte er jetzt. Kealey war aufgefallen, dass Machado lieber Spanisch sprach, und er tat ihm den Gefallen gern.

»Ja, danke der Nachfrage. Hat Langley sich gemeldet?« Nach der Ankunft in Cartagena hatte er Pétain das Globalstar-Satellitentelefon gegeben, und er vermutete, dass sie ihrem Vater von einem Anruf Harpers erzählt hätte.

»Nein, bisher noch nicht. Ich habe den Eindruck, Sie stecken ziemlich in der Klemme, mein Freund.«

»Was Sie nicht sagen«, murmelte Kealey, während er zur Tür ging. »Was ist mit Naomi?«, fragte er leise.

Machado zuckte die Achseln, sein Blick wirkte besorgt. »Seit sie hier ist, hat sie ihr Zimmer nicht verlassen. Elise wollte mit ihr reden, aber …« Wieder ein Achselzucken, dann wandte er den Blick ab. »Es ist Ihre Entscheidung, aber wenn Sie meine Meinung hören wollen … Ich denke, Sie sollten sie in Ruhe lassen. Damit muss man zu gegebener Zeit allein fertig werden. Was natürlich nicht über Nacht geht. Bei solchen Geschichten ist das nie so.«

Kealey nickte nachdenklich. In seinem Kopf jagten sich widersprüchliche Gedanken, und keiner davon war angenehm. Nachdem sie in der Nähe des Prado ein zweites Auto gestohlen hatten, war er, Pétains Anweisungen folgend, in südlicher Richtung nach Cartagena gefahren. Sehr schnell brachte das Radio erste Berichte über das Ereignis in Madrid, doch sie waren alles andere als detailliert. Die Reporter ergingen sich in wilden Spekulationen, wie das ihre Kollegen auf der ganzen Welt tun. Als sie in der Nähe von Albacete die E901 verließen, wurden die Berichte fundierter, und ein großer öffentlich-rechtlicher Sender bestätigte das Schlimmste: Infolge der Explosion auf der Calle de San Leonardo de Dios waren mindestens vier Passanten gestorben, außerdem war ein junger Polizist getötet worden. Sechs Menschen schwebten in Lebensgefahr, und bei zweien rechnete man nicht damit, dass sie durchkommen würden.

Als dieser Bericht gesendet wurde, saß Kealey hinter dem Steuer, Pétain auf dem Beifahrersitz und Naomi auf der Rückbank. Irgendwann wandte sich der Nachrichtensprecher anderen Themen zu, und Kealey hörte von der Rückbank ein Geräusch – ein Mittelding zwischen einem Stöhnen und einem erstickten Schluchzen –, drehte sich aber nicht um. Er brachte es einfach nicht über sich, weil die harten Fakten nicht zu leugnen waren, und Naomi wusste das besser als irgendwer sonst. Sie hatte die Explosion mit den besten Absichten herbeigeführt, wollte ihm und Pétain helfen, von der Baustelle zu entkommen. Das war ihr auch gelungen, doch dafür hatte es einer Tat bedurft, die sie ein Leben lang verfolgen würde.

Außerdem wusste er etwas, wovon Pétain keine Ahnung hatte. Vor zehn Monaten hatte Naomi in einem Akt der Selbstverteidigung zwei Menschen getötet. Zumindest hatte sie geglaubt, es sei Selbstverteidigung gewesen. Aber eines der Opfer war völlig unschuldig. Es war einer der Vorfälle, die für ihren jetzigen psychischen Zustand verantwortlich waren, doch er wusste nur zu gut, wie sehr sie insbesondere dieses Ereignis verändert hatte. Es wurde ihm jedes Mal aufs Neue klar, wenn er ihr in die Augen blickte. Und jetzt hatte sie etwas noch sehr viel Schlimmeres getan. Er versuchte, nicht daran zu denken, doch angesichts ihres schon zuvor labilen Zustands musste man damit rechnen, dass das Ereignis von Madrid einen kompletten Zusammenbruch herbeiführen konnte. Der Gedanke war kaum zu ertragen, da sie nur versuchte hatte, ihnen die Flucht zu ermöglichen, aber er konnte ihn einfach nicht verdrängen.

Machado sagte etwas, und er wurde aus seinen Gedanken gerissen. »Pardon?«

»Ich habe gefragt, ob Sie einen Drink möchten«, wiederholte der Spanier geduldig und mit einem undurchdringlichen Blick. »Sie sehen so aus, als könnten Sie einen gebrauchen.«

Kealey nickte. »Ja, kann man so sagen. Haben Sie etwas dagegen, wenn ich erst dusche?« Nach ihrer Ankunft in Cartagena hatte er sich sofort hingelegt. Wahrscheinlich sah er genauso übel aus, wie er roch.

»Überhaupt nicht. Kommen Sie nach unten, wenn Sie fertig sind.«

»Wird gemacht.«

Machado verließ das Zimmer, und er folgte ihm, nachdem er ein paar Dinge aus seiner Tasche zusammengesucht hatte. Unterwegs hatte er neue Kleidungsstücke und Toiletteartikel gekauft. Pétain erledigte dasselbe nicht nur für sich, sondern auch für Naomi. Einer der Agenten, der in dem Hotel in Madrid die Sachen zusammenpacken sollte, hatte noch ihre Taschen mitsamt den gefälschten Papieren. Am nächsten Morgen sollte er sie hier abliefern.

Auf dem Weg zum Bad blieb er vor Naomis Zimmer stehen, klopfte aber nicht. Er wollte sie nicht bedrängen, war Machados Meinung. Es war besser, sie das Thema selbst anschneiden zu lassen, wenn sie so weit war. Natürlich gab es noch andere Dinge zu bedenken, etwa ihre erweiterten Pupillen, die ihm im Sofitel Madrid aufgefallen waren, bevor sie Ghafour aufgesucht hatten. Er wusste immer noch nicht, wie er mit der Situation umgehen sollte, aber offenbar kam er nicht darum herum, eine harte Entscheidung zu treffen, wenn die Operation in die nächste Phase ging. Erfreulich war das nicht, doch er glaubte, dass ihm keine andere Wahl blieb.

Nach der heißen Dusche trocknete er sich ab und kehrte in sein Zimmer zurück, wo er ein T-Shirt und eine dunkle Jeans anzog. Als er nach unten ging, fühlte er sich schon deutlich besser. Javier Machado saß allein im Wohnzimmer, durch die offene Tür zum Garten kam kühle Nachtluft herein. Ein auf CNN eingestellter Fernseher lief, der Ton war abgeschaltet. Die Explosion neben der Baustelle in Madrid war offenbar die Topstory, aber er musste die schrecklichen Bilder nicht noch einmal im Fernsehen betrachten. Er wandte den Blick ab, trat an die offene Tür und blickte nach draußen. Die beiden Frauen saßen noch immer an dem Gartentisch und unterhielten sich, aber sie waren so weit weg, dass er nichts verstand.

Machado zeigte auf einen Erker, wo Karaffen und Flaschen standen. »Bedienen Sie sich, mein Freund. Cognac, Sangria und Anisette stehen auf dem oberen Regalbrett. Darunter finden Sie Sherry aus Jerez, *pacharán* aus Navarra … Die besten Tropfen, die Spanien zu bieten hat.«

»Sie haben nicht zufällig ein Bier?«

Machado lächelte matt. »Amerikaner sind alle gleich, haben keinen Sinn für die erlesenen Dinge … Aber steht es mir zu, darüber zu urteilen? Die Küche ist da drüben, im Kühlschrank finden Sie Bier.«

Kurz darauf kehrte Kealey mit einer eiskalten Flasche San Miguel zurück, einem beliebten spanischen Bier. Nachdem er Machado gegenüber Platz genommen hatte, trank er genüsslich einen großen Schluck.

»Nach einem langen Tag geht nichts über einen kühlen Drink«, bemerkte Machado. »Das wirkt Wunder.«

»Sie sagen es«, stimmte Kealey zu. Nach einem weiteren Schluck blickte er sich interessiert um. Das Wohnzimmer war geschmackvoll eingerichtet und gemütlich. Wie die anderen Räume im Haus hatte es nichts Steriles, was ihm sehr gefiel. Es erinnerte ihn an sein altes Haus auf Cape Elizabeth in Maine. Die Möbel waren rustikal, eine Stehlampe in der Ecke verbreitete warmes Licht. Sein Blick fiel auf einige zeitgenössische Gemälde, über dem Kamin hing ein großes Landschaftsbild. Interessanter fand er allerdings die gerahmten Fotografien, die unter dem Gemälde standen. Er hatte schon zuvor einen flüchtigen Blick darauf geworfen, doch nun stand er auf, mit der Bierflasche in der Hand, und schaute sie sich genauer an.

Machado trat neben ihn. »Ach ja, Erinnerungen an meine verkorkste Jugend.«

Kealey wies auf ein Foto in einem Silberrahmen. »Darf ich?«

»Aber sicher.«

Er studierte es eingehend und war äußerst überrascht. Das Foto zeigte einen strahlenden Machado neben einem kleinen schlanken Mann in Armeeuniform. Einem Mann, den man leicht erkannte. Er glaubte, sich zu täuschen, doch als er seinen Gastgeber anblickte, verriet ihm dessen bescheidenes Lächeln, dass er sich nicht geirrt hatte.

»Das sind Sie mit Noriega?«

»Richtig. Ich mit dem General, an der panamaischen Küste, in der Nähe von Nata.«

Kealey schüttelte ungläubig den Kopf, noch immer das Foto betrachtend. »Wann wurde es gemacht?«

»Im Frühjahr 1984, vielleicht im März oder April. In meiner Erinnerung verschwimmt jetzt alles.«

»Kurz bevor er bei Reagan in Ungnade fiel, stimmt's?«

»Ebenfalls richtig.« Machados Stimme verriet Befriedigung. »Im Oktober fanden in Panama Präsidentschaftswahlen statt, die ersten seit sechzehn Jahren. Als Noriega klar war, dass er nicht gewinnen würde, hat er das Ergebnis manipuliert. Sicher wissen Sie, was dann passierte … Von da an ging es mit ihm bergab. Auf dem Papier hat ihn die amerikanische Regierung bis 1988 unterstützt, aber wir – die CIA – hatten schon sehr viel früher Vorbereitungen getroffen, ihn aus dem Amt zu entfernen.«

Kealey nickte. Obwohl er nie die Bezeichnung Präsident für sich beanspruchte, hatte Manuel Noriega die Republik Panama diktatorisch regiert, von 1983 bis zum 3. Januar 1990, als er sich vor der Botschaft des Heiligen Stuhls in Panama City amerikanischen Soldaten ergab. Wenngleich er das Land nur relativ kurz regierte, sahen viele Historiker in Noriega einen der bemerkenswerteren politischen Führer des letzten halben Jahrhunderts. Während der Siebzigerjahre war er vom Militär mehrfach befördert worden, weil er eine Reihe von Bauernaufständen im Westen Panamas brutal niederschlagen ließ. Nachdem er so das Vertrauen und den Respekt seiner Vorgesetzten gewonnen hatte, darunter auch den seines Mentors General Omar Torrijos, begann er seinen Weg an die Spitze zu planen.

Während der späten Siebziger- und frühen Achtzigerjahre unterminierte Noriega den Einfluss seiner politischen Gegner unter Einsatz aller Mittel, und Omar Torrijos, der heimliche Staatschef Panamas, wurde zu seinem Feind. Obwohl Noriega offiziell nie mit dem Flugzeugabsturz in Verbindung gebracht wurde, der Torrijos das Leben kostete, zweifelte kaum jemand von denen, die sich mit den politischen Verhältnissen in Panama auskannten, an seiner Schuld. Die wahre Natur des Generals sollte ein paar Jahre später noch offensichtlicher werden. Im Jahr 1995 kündigte Dr. Hugo Spadafora, ein in Costa Rica lebender entschiedener Gegner Noriegas, seine Absicht an, nach Panama zurückzukehren. Er wollte Noriegas Regime ins Wanken bringen, indem er ehemalige *brigadistas* für seine politischen Ziele gewann, mit denen er früher in Nicaragua gekämpft hatte, um den dortigen Diktator Anastasio Somoza zu stürzen. Spadafora hielt Wort und kehrte nach Panama zurück, bekam aber nie die Gelegenheit, seine politischen Ideale zu verwirklichen. Noch am Tag seiner Rückkehr verschwand er, und abends wurde seine enthauptete Leiche in einem amerikanischen Postsack gefunden. Diese grausame Entdeckung half, Proteste der Öffentlichkeit gegen Noriega zum Verstummen zu bringen.

»Waren Sie dabei, als er gefangen genommen wurde?«, fragte Kealey.

»Ja«, antwortete Machado. »Als er ausgeliefert wurde, saß ich mit ihm im Flugzeug. Ich habe alles miterlebt und war auch dabei, als zwei Männer vom State Department – meiner Erinnerung nach hießen sie Walker und Kozak – ihm zwei Millionen Dollar für den Fall anboten, dass er ins Exil ging. Sie hatten schon eine Luxusvilla für ihn, hier in Spanien.« Machado lachte leise. »Sie zeigten ihm Fotos, aber er hat das Angebot abgelehnt, weil er wusste, dass er immer noch etliche Trümpfe in der Hand hatte. Vergessen Sie nicht, dass Noriega von den frühen Siebzigern an bis zu seinem politischen Ende für die CIA gearbeitet hat. Wenn ihm danach gewesen wäre, hätte er uns vor aller Welt blamieren können. Später hat er es dann getan.«

»Was es noch seltsamer macht, dass ausgerechnet wir uns gegen ihn gewendet haben«, sagte Kealey. »Wo wir sein Regime doch anfänglich unterstützt haben.«

»Ja. Die CIA hat die schlechte Angewohnheit, aufs falsche Pferd zu setzen. Was man meiner Meinung nach auch von der amerikanischen Regierung behaupten könnte. Saddam ist das Paradebeispiel. Während des irakisch-iranischen Krieges waren er und Reagan echte Kumpels, richtig gute Freunde. Sehen Sie nur, wie die Geschichte endete.«

»Bin Laden könnte man in dem Zusammenhang auch nennen«, murmelte Kealey. »Es ist, als wären wir dazu verdammt, unsere Fehler zu wiederholen.«

»Vielleicht, doch das kann nicht heißen, dass wir die Hände in den Schoß legen. Ich glaubte damals, dass die CIA ihr Bestes gab, um die Interessen der amerikanischen Bürger zu schützen. Und ich glaube es immer noch.«

»Aber Sie wurden in Spanien geboren.« Kealey konnte seine Neugier nicht unterdrücken. »Die erste Hälfte Ihres Lebens haben Sie hier verbracht. Warum haben Sie all das auf sich genommen, um amerikanische Interessen zu schützen? Aus welchem Grund sind Sie damals zur CIA gegangen?«

Machado zuckte die Achseln. »Wer weiß? Vermutlich suchte ich das Abenteuer. Damals war ich jung, viel jünger als Sie jetzt. Es schien mir die richtige Entscheidung zu sein, in Princeton habe ich mich zu Tode gelangweilt. Was die Frage angeht, warum ich dabeigeblieben bin ... Nun, ich kann nicht sagen, dass ich viel Zeit gehabt hätte, darüber nachzudenken, was ich anders hätte machen können.« Ein Ausdruck von tiefer Trauer huschte über sein Gesicht. »Glauben Sie's mir, junger Mann, im Alter hat man dann umso mehr Zeit, den verpassten Chancen nachzutrauern.«

Machado verstummte. Kealey hätte ihn gern gefragt, was genau er damit meinte, besann sich jedoch eines Besseren. Er gab das gerahmte Foto zurück, und Machado stellte es vorsichtig auf den Kaminsims. Dann setzten sie sich wieder.

»Und wie sieht es mit Ihnen aus, mein Freund?«, fragte Machado leise. Er schlug die Beine übereinander und schwenkte behutsam den Inhalt seines Glases. »Während Sie schliefen, hatte ich ein langes Gespräch mit Marissa. Es scheint, als hätten Sie bei der CIA auch schon eine ziemlich gute Bilanz vorzuweisen, und zwar nach relativ kurzer Zeit.«

Kealey zuckte die Achseln. Er fühlte sich unbehaglich und wusste nicht, wie er reagieren sollte. Er hatte alles getan, um der Publicity auszuweichen, die ihm zwei spektakuläre Erfolge verschafft hätten. Die Gründe für sein Schweigen lagen auf der Hand – über neunzig Prozent dessen, was er für die CIA tat, durfte er nicht reden –, doch das war nicht alles. Er war von Natur aus ein verschwiegener Typ und zog es vor, sich im Hintergrund zu halten.

»Sie wollen nicht darüber reden«, sagte Machado plötzlich. Er blickte an Kealey vorbei zu den im Garten sitzenden Frauen. »Das ist natürlich verständlich, aber wenn Marissa betroffen ist, hat die Sache für mich einen persönlichen Aspekt. Sie ist das einzige Kind, das mir geblieben ist, und ich liebe sie sehr. Ich würde alles dafür tun, dass sie in Sicherheit ist. *Alles.* Verstehen Sie das?«

»Ja«, antwortete Kealey, der an Naomi dachte und daran, wie viel sie ihm bedeutete. »Ich verstehe vollkommen.«

»Dann können Sie auch nachvollziehen, wie ich mich fühlen würde, wenn ihr etwas zustieße. Ganz ähnlich, wie Sie empfänden, wenn der jungen Frau da oben etwas zustoßen würde.«

Kealey konnte seine Überraschung nicht verbergen und wurde sofort hellhörig. »Wie kommen Sie darauf?«

Ein schwaches Lächeln glitt über Machados Gesicht, und seine schwarzen Augen verrieten jenes Wissen, das sich nur dem Alter und der Erfahrung verdankt. »Verzeihen Sie, junger Mann. Bitte entschuldigen Sie meine direkte Art, aber es könnte nicht augenfälliger sein. Jeder, der nicht ganz dumm ist, sieht auf den ersten Blick, dass sie diese Frau lieben.« Er runzelte die Stirn und schien zu zögern. »Trotzdem frage ich mich, ob Sie sich des ganzen Ausmaßes ihrer seelischen Verletzung bewusst sind. Die Narbe auf der Wange ist ihr geringstes Problem.«

Kealey schwieg lange, er wusste nicht, wie er antworten sollte. Ein Teil von ihm wehrte sich gegen die unerwartete Zudringlichkeit. Er wollte sich wehren, doch das wäre eine instinktive Reaktion gewesen, und er verkniff es sich. Wenn er rational darüber nachdachte, musste er zugeben, dass niemand berufener war, ihm Ratschläge zu geben, als der Mann, der ihm hier gegenübersaß. Machado verdiente es, dass man ihm zuhörte. Er hatte es Jonathan Harpers Stimme entnehmen können, als sie am Telefon über ihn gesprochen hatten. Der zweite Mann der CIA schien den Spanier sehr zu bewundern.

»Ich habe eine ziemlich genaue Vorstellung davon, was sie durchmacht«, sagte er schließlich. »Aber sie will sich nicht öffnen, und ich weiß nicht, was ich tun soll. Es ist so, wie Sie sagten … Wenn ich sie unter Druck setze, mache ich wahrscheinlich alles nur schlimmer.«

»Bestimmt.« Machado nickte bedächtig. »Andererseits müssen Sie aber wissen, ob sie dem Auftrag weiter gewachsen ist. Sehe ich das richtig?«

»Ja.«

»Und ich nehme an, Sie haben in Madrid bekommen, was Sie bekommen wollten.«

»Ja.«

»Dann wird Langley natürlich darauf bestehen, das Beste aus dieser Information zu machen. Falls man dort auf Sie setzt, und davon gehe ich aus, brauchen Sie ihre Hilfe. Wenn sie durch eigene Probleme abgelenkt ist, wird das zum Handicap, und für Sie wird es schwieriger, die Aufgabe zu bewältigen.«

»Der Einwand ist berechtigt, aber …«

»Sie sollen die Außenministerin Fitzgerald finden, oder?«

Kealey studierte eingehend Machados Miene, versuchte die Maske zu durchdringen. Statt eine Antwort zu geben, stellte er eine Frage. »Hat Ihre Tochter das gesagt?«

»Ja, aber es wäre nicht nötig gewesen.« Machado leerte sein Glas, stand auf, trat an die offene Tür und blickte gedankenverloren zu den beiden Frauen im Garten hinüber. Seine Hände lagen auf dem Rücken. »Wenn nicht extrem viel auf dem Spiel stünde, hätte die CIA die Geschichte in Madrid nie gebilligt. In der gegenwärtigen Situation sind so drastische Maßnahmen nur durch die Entführung von Außenministerin Fitzgerald zu rechtfertigen. Haben Sie eine Spur?«

»Einen Namen. Unsere Leute überprüfen ihn gerade. Wir warten darauf, dass sie sich melden.«

Machado seufzte tief. Es schien, als würde das Gewicht der Welt auf seinen Schultern lasten. Als er sprach, tat er es, ohne sich zu Kealey umzudrehen. »Wenn es Ihr Auftrag ist, diesen Mann zu jagen, hat Marissa dann auch etwas damit zu tun?«

Die Frage kam unerwartet. »Keine Ahnung«, antwortete Kealey. »Das habe nicht ich zu entscheiden.«

»Aber angesichts Ihrer Erfolgsbilanz haben Sie doch sicher ein Wörtchen mitzureden«, beharrte Machado. Jetzt drehte er sich doch um, und Kealey sah, dass seine Miene geschäftsmäßig wirkte. Er konnte sich des Eindrucks nicht erwehren, dass Machado ihn einzuschätzen versuchte. »Mir wäre es sehr viel lieber, meine Tochter vor jeder Gefahr zu bewahren, aber sie macht ihre Arbeit sehr gut. Wenn es sinnlos ist, Kharmai mitzunehmen, sollten Sie darüber nachdenken, sie durch Marissa zu ersetzen. Sie wird Sie nicht enttäuschen.«

Kealey zögerte. Er wusste nicht, worauf er zuerst eingehen sollte. »Tut mir leid, aber das ist unmöglich. Es gibt einen speziellen Grund, warum Naomi dabei ist. Eigentlich sogar mehrere, aber insbesondere einen.«

»Ich erahne ihn«, sagte Machado. »Die Außenministerin wurde in Pakistan entführt. Auch wenn sie einen britischen Akzent hat, Kharmai ist zweifellos asiatischer Herkunft. Wahrscheinlich aus dem Osten Indiens, würde ich tippen.«

»Genau.«

»Also nehme ich an, dass sie nützliche Sprachkenntnisse vorweisen kann.«

»Sie spricht fließend Punjabi und etwas Urdu.«

»Dann scheint sie die perfekte Wahl zu sein. Sie sind also auf dem Weg nach Pakistan.«

Kealey musste sich fragen, wie Machado zu dieser Annahme kam. Vielleicht war es gar keine bloße Annahme. »Das ist bestimmt eine realistische Möglichkeit.«

»Ich kann Ihnen helfen.« Plötzlich schien Javier Machado geradezu übertrieben bemüht, seine Unterstützung anzubieten. Selbst seine Körperhaltung war anders. Er stand etwas vornübergebeugt da und wirkte entschlossen und sehr energisch. Angesichts des ruhigen, überlegten Verhaltens, das er noch vor ein paar Minuten an den Tag gelegt hatte, war das eine merkwürdige Verwandlung. »Ich kenne einen Mann in Lahore, der einiges bewegen kann«, fuhr er fort. »Dieser Mann hat beste Beziehungen und kann Sie herumführen, ohne Aufmerksamkeit zu erregen. Was Sie auch brauchen, er besorgt es. Wenn es an der Zeit ist, das Land zu verlassen, kann er auch dabei helfen. Und falls Sie in der Klemme stecken, werden seine Dienste unbezahlbar sein.« Er senkte kaum merklich die Stimme. »Noch wichtiger, er weiß alles, was man über Benazir Mengal nur wissen kann.«

Kealey erstarrte, wollte seinen Ohren nicht trauen. »Was haben Sie da gerade gesagt?«

»Sie haben mich sehr gut verstanden, junger Mann. Ich kann Ihnen direkten Zugang zu Benazir Mengal verschaffen.«

Nach einiger Zeit fand Kealey seine Sprache wieder. »Haben Sie das auch die CIA wissen lassen?«

»Nein.« Plötzlich wurde Machados Gesicht hart. »Und

wenn Sie es ihnen sagen, werde ich alles abstreiten. Ich werde nur mit Ihnen kooperieren, damit Sie Mengal finden. Vorausgesetzt, Sie erbringen eine Gegenleistung.«

»Und die wäre?«

»Ich möchte, dass Sie meine Tochter mitnehmen.« Machado beugte sich vor, und in seinen Augen flackerte ein seltsames, beunruhigendes Licht. »Ich möchte, dass Sie Marissa mitnehmen, aber noch wichtiger ist, dass Sie sie lebend zurückbringen. Lassen Sie es mich offen sagen, Kealey. Ihr Wohlergehen liegt mir mehr am Herzen als alles andere.«

Kealey schüttelte den Kopf. »Selbst wenn ich einverstanden wäre, sehe ich keinen Weg, wie ich …«

»Keine Ausflüchte. Ich weiß alles über Sie und die Dinge, die Sie getan haben. Vergessen Sie nicht, dass ich selbst dreißig Jahre für die CIA gearbeitet habe. Jetzt bin ich im Ruhestand, aber ich habe immer noch ein klein wenig Einfluss. Obwohl sie ein paar Leerstellen ausfüllen konnte, hätte Marissa eigentlich kein Wort sagen müssen. Zufällig weiß ich, dass Sie Jonathan Harper um alles bitten können, ohne auf Widerstand zu stoßen. Folglich ist es sinnlos, Ihre Möglichkeiten herunterspielen zu wollen.«

Er schwieg kurz, um seine Worte wirken zu lassen. »Also … Sind wir uns einig?«

Kealey antwortete nicht sofort und tat so, als müsste er alles noch einmal überdenken. Dann sprach er den kritischen Punkt an. »Wenn Ihnen nichts so sehr am Herzen liegt wie die Sicherheit Ihrer Tochter, scheint es mir unlogisch, mich darum zu bitten, sie mitzunehmen. Was immer passiert, hochgradig riskant wird es auf jeden Fall.«

Machado lächelte sanft. »Das sehen Sie falsch … Wenn sie an Ihrer Seite ist, liegt das sehr wohl in meinem Interesse. Ich habe meine Gründe, Sie um diesen Gefallen zu bitten, gedenke aber nicht, sie Ihnen zu erklären. Ich will Ihnen nicht zu nahe treten, aber Sie müssen wirklich nicht mehr wissen, als ich bereits gesagt habe. Zumindest noch nicht.« Er ging zum Erker, um sich einen neuen Drink einzuschenken. »Wie bereits erwähnt, ich weiß genau über Sie Bescheid, Kealey. Ich weiß, dass Sie gezögert haben, diesen Auftrag anzunehmen, und dass Jonathan Harper Sie praktisch dazu genötigt hat, indem er Naomi Kharmai als Köder benutzte.«

Jetzt war es heraus. Kealey lehnte sich zurück, völlig verdutzt, wie viel der Mann wusste. Er war so konsterniert, dass er nicht einmal wütend wurde. *Wer kann das gewusst haben?*, fragte er sich. Er ging alle Möglichkeiten durch, aber ihm fiel kein Name ein. Wer außer Harper konnte es wissen? Aber warum sollte Harper damit herausrücken, insbesondere gegenüber Machado, der doch angeblich im Ruhestand war? Es war ihm völlig rätselhaft …

»Ich weiß, dass Sie es gar nicht abwarten können, das mit CIA überschriebene Kapitel Ihres Lebens abzuschließen«, fuhr Machado leise fort. »Glauben Sie mir, ich möchte Ihnen dabei helfen. Wenn Sie diesen Auftrag so schnell wie möglich erledigen, tun Sie sich selbst einen Gefallen. Und was ich über Marissa gesagt habe, war keine Lüge. Sie *wird* Ihnen sehr nützlich sein, wenn Sie sich entscheiden, sie mitzunehmen. Es gibt mehrere Gründe, warum ich möchte, dass meine Tochter Sie begleitet, und einer davon ist Ihre bisherige Bilanz. Sie haben den Ruf, jeden Job zu erledigen, und wenn Sie mir Ihr Wort geben, bin ich sicher, dass Sie alles tun werden, um sie sicher zurückzubringen. Wie gesagt, ihr Wohlergehen hat für mich absolute Priorität.«

Weil Kealey angestrengt nachdachte, hörte er das ferne

Klingeln des Telefons kaum. »Vorausgesetzt, ich nehme Ihr Angebot an, was wird dann aus Naomi?«

»Sie kann natürlich hier bei uns bleiben. Oder nach Langley zurückkehren. Aber wenn sie bleibt, werden wir uns um sie kümmern. Ich gebe Ihnen mein Wort darauf. Meine Frau war früher Krankenschwester und ist sehr kompetent. Was sie braucht, bekommt sie. Ohne jede Einschränkung.«

Kealey ließ sich das Angebot durch den Kopf gehen. Seine Gedanken wanderten immer wieder zu Naomis leerem Blick zurück, zu den erweiterten Pupillen, die ihm im Sofitel Madrid aufgefallen waren. Keine Frage, etwas stimmte nicht mit ihr, doch das Problem musste zu lösen sein. Er wusste, wie wichtig ihr ihre Arbeit war, und glaubte wirklich, dass die letztlich ihre Rettung sein konnte, wenn sie einen Weg fand, die Ereignisse des heutigen Tages hinter sich zu lassen.

Schickte er sie in ihrem jetzigen Zustand nach Langley zurück, war gut denkbar, dass man sie hinauswarf, ohne weitere Fragen zu stellen. Er konnte ihr das nicht antun, auch wenn eine leise Stimme in seinem Inneren sagte, dass es vielleicht am besten für sie wäre.

»Okay«, sagte er schließlich. »Ich bin mit Ihren Bedingungen einverstanden. Aber ich will, dass Naomi hierbleibt.«

Machado lehnte sich zurück und seufzte tief, offenbar sehr erleichtert, dass Kealey seinem Vorschlag zustimmte. »Sie werden mit Kharmai reden müssen«, sagte er. »Möglicherweise ist sie nicht gerade erfreut. Sie lassen sie hier zurück.«

»Das ist die Untertreibung des Jahres«, sagte Kealey. »Aber keine Sorge, ich präsentiere ihr einen Grund dafür, dem Vorschlag zuzustimmen.«

»Gut.« Machado stand auf und streckte die Hand aus. Kealey ergriff sie nur zögernd, noch immer darüber grübelnd, auf was er sich da einließ. »Ich weiß unsere Vereinbarung mehr zu würdigen, als Sie ahnen. Mein Kontakt in Lahore wird Ihnen mit Sicherheit helfen, Mengal zu finden. Noch eines …«

»Ja?«

»Was wir vereinbart haben, bleibt unter uns«, sagte Machado leise. Es lag etwas wie eine versteckte Drohung in seinen Worten, die bei Kealey Alarm auslöste. »Kein Wort gegenüber Jonathan Harper, meiner Tochter oder irgendeinem anderen … Erzählen Sie, was immer Ihnen gefällt, aber unser Agreement bleibt unter uns. *¿Entiende?*« Verstanden?

Als Kealey gerade antworten wollte, nahm er hinter sich eine Bewegung wahr, und als er sich umblickte, sah er sich Marissa Pétain gegenüber. Sie schaute stirnrunzelnd zwischen ihm und ihrem Vater hin und her, doch Kealey bemerkte es nicht. Er starrte auf das klobige Satellitentelefon in ihrer rechten Hand.

»Es ist Harper«, verkündete sie, das unbehagliche Schweigen brechend. Sie streckte Kealey das Telefon entgegen, und er nahm es ihr wortlos aus der Hand. Als er in die Küche ging, glaubte er ihre Blicke auf seinem Rücken zu spüren. Dann schloss er die Tür und hob das Telefon ans Ohr.

»Ja, ich bin's«, sagte er. »Was haben Sie herausgefunden? Irgendwelche Neuigkeiten über Mengal?«

»Reichlich«, antwortete Harper grimmig. »Aber Ihnen wird kein Wort davon gefallen.«

23

Cartagena

Zwanzig Minuten später war das Gespräch beendet. Kealey stand da, mit dem Satellitentelefon in der Hand, und ließ Harpers Worte Revue passieren. Dann trat er ins Wohnzimmer, wo niemand mehr war, und blickte durch die offene Tür in den Garten. Jetzt saß Marissa Pétain allein an dem Tisch, mit ihrem Weinglas spielend, offenbar tief in Gedanken versunken. Er dachte darüber nach, sie allein zu lassen, doch sie sollte erfahren, was gesagt worden war, und er hatte selbst einige Fragen auf dem Herzen. Fragen, die nicht bis zum nächsten Morgen warten konnten. Nachdem er in der Küche eine neue Bierflasche geöffnete hatte, gesellte er sich zu ihr.

Die nächtliche Luft war kühl und duftete nach Blumen und frisch gemähtem Gras. Als sie ihn kommen hörte, blickte sie auf, offenbar überrascht. Fast wäre sie aufgesprungen. »Also?«, sagte sie. »Wie geht's jetzt weiter?«

Er setzte sich, legte das Satellitentelefon auf den Tisch und begann zu reden, zuerst über Benazir Mengal. Die Analysten der operativen Abteilung hatten gemeinsam mit ihren Kollegen von der Defense Intelligence Agency und vom National Counterterrorism Center ein umfassendes Persönlichkeitsprofil des früheren pakistanischen Generals zusammengestellt, und was sie ausgebuddelt hatten, war ziemlich besorgniserregend. Mengals langjährige Verbindung zum ISI war ein Thema für sich. Damit niemand zu mächtig wurde, durften Offiziere der Armee nie länger als drei aufeinanderfolgende Jahre für den Geheimdienst arbeiten. Diese Regelung war von Pervez Musharraf in Kraft gesetzt worden, doch bei Mengal hatte man offensichtlich eine Ausnahme gemacht. Er war fast zehn Jahre lang ohne Unterbrechung Chef jener Abteilung des ISI gewesen, die für Jammu und Kaschmir zuständig war. In dieser Funktion hatte er – natürlich heimlich – mit Rebellen aus Kaschmir versucht, indische Truppenbewegungen zu entdecken und den Konflikt auf kleiner Flamme weiterköcheln zu lassen.

Und das waren nur die Fakten, die außer Zweifel standen. Die Gerüchte waren gleichermaßen interessant. Laut Aussage eines pakistanischen Majors, der während des Kargil-Konfliktes von den Indern gefangen genommen worden war, war Mengal persönlich für die Ermordung von zwölf Rebellen aus Kaschmir verantwortlich, die als Doppelagenten für eine Spezialeinheit der indischen Grenztruppen gearbeitet hatten, die 1999 mit Unterstützung der CIA aufgestellt worden war. Dieser Major, den die speziellen Verhörmethoden fast das Leben gekostet hatten, behauptete, Benazir Mengal habe persönlich eigentlich nichts gegen die von ihm getöteten Männer gehabt, habe sogar vor ihrer Exekution noch Witze mit ihnen gerissen. Mengal sei ein Mann, der keine Loyalität kenne, weder seinen Leuten noch seinem Land gegenüber, seine Motive seien undurchschaubar.

Pétain hörte konzentriert zu und lehnte sich zurück, als Kealey fertig war. Ihr Gesicht wirkte nachdenklich, sie musste die Informationen verarbeiten. Er betrachtete sie aufmerksam, konnte aber keine Anzeichen von Angst oder Zaudern erkennen. Wäre es so gewesen, hätte er seine Pläne überdenken müssen. Aber sie dachte einfach nur nach.

»Ihr letzter Punkt ist interessant«, sagte sie schließlich. »Er führt zu einer naheliegenden Frage. Wenn Mengal keine Loyalität kennt und nur persönliche Interessen verfolgt, warum hat er dann bei dieser Geschichte überhaupt die Finger im Spiel? Warum hat er für Amari Saifis Entlassung aus dem Gefängnis gesorgt, warum die Entführung der amerikanischen Außenministerin geplant?«

»Das habe ich mich auch schon gefragt«, antwortete Kealey. »Aber vergessen Sie nicht, dass dies nur die Meinung eines Häftlings ist, der sich unter Druck geäußert hat. Vielleicht haben wir, was sein psychologisches Persönlichkeitsprofil angeht, nichts Besseres in der Hand, aber als unumstößliche Wahrheit dürfen wir das nicht ansehen. Der Einzige, der uns wirklich weiterhelfen kann, ist Mengal selbst.«

»Wir müssen ihn ja nur fragen. Hat die operative Abteilung noch etwas herausgefunden?«

»Ja, man hat dort eine interessante Theorie. Sie wissen, dass das FBI vor zwei Tagen ein Team nach Rawalpindi geschickt hat, das Beweise sichern soll?«

Pétain nickte.

»Dieses Team hat bereits einen vorläufigen Bericht erstellt. Es hat die bei dem Anschlag zerstörten Fahrzeuge untersucht und mit einigen Zeugen gesprochen. Für sie ist das Routine, aber sie haben sich ein mögliches Szenario einfallen lassen, das in Langley auf Interesse gestoßen ist. Mit dem Team des FBI ist ein erfahrener Ermittler des NTSB nach Pakistan geflogen.« Das National Transportation Safety Board war eine unabhängige Regierungsbehörde, die Verkehrsunfälle aller Art untersuchte. »Die vorläufige Analyse ergab, dass das Fahrzeug, in dem Fitzgerald saß, so stark beschädigt wurde, dass höchstwahrscheinlich *alle* Insassen schwere Verletzungen davongetragen haben. Wie Sie wissen, kamen Fitzgeralds Chauffeur und der Boss ihrer Leibwächter bei dem Anschlag ums Leben.«

»Dieser Ermittler behauptet also, Fitzgerald sei ebenfalls schwer verletzt worden?«

»Er hält es nicht nur für möglich, sondern für wahrscheinlich. Augenzeugen haben zu Protokoll gegeben, Fitzgerald sei von zwei an dem Anschlag beteiligten Männern *getragen* worden. Was darauf hindeutet, dass sie zu schwer verletzt war, um gehen zu können.«

»Was ergibt sich daraus?«

»Offenbar war ihnen wichtig, dass unsere Außenministerin überlebt«, sagte Kealey. »Sonst hätten sie Fitzgerald auch erschießen können, genau wie Patterson. Und wenn sie bei dem Anschlag verletzt wurde ...«

»... musste Mengal jemanden finden, der sie behandeln konnte«, ergänzte Pétain, die geahnt hatte, worauf Kealey hinauswollte. »Er hat beste Beziehungen und wusste bestimmt, an wen er sich wenden muss. Vielleicht steht ein Mediziner auf seiner Gehaltsliste, oder er kennt von früher noch einen Militärarzt.«

»Genau, und damit haben wir einen Ausgangspunkt. In Lahore gibt es einen Mann, der Benazir Mengal persönlich kennt. Wenn uns überhaupt jemand zu ihm führen kann, dann er.«

Pétain runzelte die Stirn und blickte ihn skeptisch an. Offenbar war sie sich nicht sicher, was sie von seiner Geschichte halten sollte. »Woher kommt auf einmal dieser Mann in Lahore?«, fragte sie. »Ich dachte, die CIA hätte keine verlässlichen Leute vor Ort.«

»Das habe ich auch gedacht, aber offenbar hat Harper es

doch geschafft, jemanden zu finden. Ich habe nicht weiter nachgefragt.«

Zu seiner Erleichterung schien ihr diese Erklärung zu genügen. Harper hatte ihm eine Liste mit den Namen und wahrscheinlichen Aufenthaltsorten denkbarer Kontaktpersonen Mengals gegeben. Alle lebten in Pakistan, die meisten von ihnen in Islamabad oder Umgebung. Pétain hatte es gerade vermutet, und tatsächlich fanden sich unter ihnen Militärärzte, die Mengal von früher kannte. Doch durch Machados Angebot, ihm zu helfen, hatte er jetzt eine Spur, die zu verfolgen ihm aussichtsreicher erschien. Der Vereinbarung folgend, hatte er Harper gegenüber nichts vom Inhalt des Gesprächs mit Machado erzählt. Harper hatte die Anweisung gegeben, er solle weiter mit Kharmai arbeiten und Pétain in Spanien zurücklassen, aber er würde genau das Gegenteil tun. Wenn die Pässe abgeliefert wurden, die im Sofitel Madrid zurückgeblieben waren, konnte er mit Pétain das nächste Flugzeug nehmen. Einer der Männer, die in Madrid Ghafour observiert hatten, sollte am nächsten Morgen die Dokumente vorbeibringen und anschließend in die Vereinigten Staaten zurückfliegen. Er und Pétain würden in eine völlig andere Richtung fliegen, und jetzt war der richtige Augenblick gekommen, es ihr zu sagen.

Als er es hinter sich gebracht hatte, nickte sie zustimmend. Zuerst war er überrascht, dass sie seine Story für bare Münze nahm, doch dann fiel ihm ein, dass sie keinen Grund hatte, daran zu zweifeln. Sie hatte keine Ahnung, was er mit ihrem Vater vereinbart hatte.

»Wann werden wir aufbrechen?«, fragte sie.

»Wir müssen auf den Kurier warten, doch wenn er kommt, fahren wir sofort zum Flughafen und nehmen die erste Maschine. Ich will keine Zeit verschwenden.«

»Verständlich.« Sie schwieg einen Moment, auf ihr leeres Glas blickend. Dann zeigte sie auf seine Bierflasche, die fast leer war. »Noch eins? Es ist noch früh.«

»Gern.«

Als sie aufstand und ins Haus ging, begann er damit, eine Reihe von Fragen durchzugehen. Er wusste nicht, was für Absichten Machado hegte, doch im Moment war es am aussichtsreichsten, es über seine Tochter herauszufinden.

Als Pétain das vierte Glas Wein trank, fiel Kealey auf, dass sich der Alkohol bei ihr bemerkbar machte. Während der letzten beiden Stunden hatte das Gespräch nach und nach eine Wendung genommen, es war persönlicher geworden. Er hatte sich bemüht, nichts zu überstürzen, weil er nicht den Eindruck erwecken wollte, als könnte er es gar nicht abwarten, das Thema zu wechseln. Seiner Meinung nach war er umsichtig vorgegangen, denn sie antwortete bereitwillig und wirkte nicht übertrieben defensiv. Zugleich war sie aber auch nicht so offen, wie er fälschlicherweise vermutet hatte. Sie schien nur zögernd bereit, über ihre Familie zu reden, insbesondere über ihren Vater. Kealey fand das seltsam angesichts der Tatsache, dass sie den gleichen Weg eingeschlagen hatte wie er. Es muss etwas in ihrer Vergangenheit geben, dachte er immer wieder. *Irgendetwas muss da sein.*

Gerade hatte sie von ihrem ersten Auftrag für die operative Abteilung erzählt, einer Observation in Mexiko City, doch dann hielt sie plötzlich inne und rutschte unruhig auf ihrem Stuhl hin und her.

Da er glaubte, dass sie als Nächstes etwas Wichtiges ansprechen würde, stellte er seine Bierflasche auf den Tisch und spitzte die Ohren.

»Da ist etwas, das Sie wissen sollten …« Sie unterbrach sich und fingerte nervös an ihrem silbernen Armband herum.

»Was?«

»Dass mir leidtut, was heute geschehen ist.« Sie schlug den Blick nieder, aber es war ein Ausdruck der Zerknirschung, nichts sonst. Sie wirkte kein bisschen erregt. »Ich wollte ihn nur verwunden, dieses Ende sollte es nicht nehmen … Was Kharmai tun musste … Es lag nur an mir. Entschuldigungen können nichts mehr daran ändern. Mir ist bewusst, dass ich es nicht wiedergutmachen kann, aber ich weiß nicht, was ich sonst sagen soll. Ich sollte es *ihr* sagen und werde es tun, aber ich …«

Er reagierte nicht, weil sie noch nicht fertig zu sein schien, doch dann fiel ihm etwas auf. Sie hatte nicht das geringste Bedauern darüber ausgedrückt, dass sie Khamil Ghafour getötet hatte.

Natürlich hätte man argumentieren können, sie sei nicht verantwortlich für seinen Tod, weil Ghafour möglicherweise überlebt hätte, wenn er sofort ärztlich behandelt worden wäre. Aber sie hatte abgedrückt, und soweit er sah, schien es sie nicht im Mindesten zu beunruhigen. Das war nicht normal, und er war ein bisschen irritiert. Aber er verdrängte den Gedanken. Bis auf Weiteres musste er mit ihr zusammenarbeiten und deshalb wissen, wie sie tickte.

»Sie hat letztes Jahr etwas Ähnliches durchgemacht«, hörte er sich sagen. »Naomi, meine ich. Sie ist nie wirklich darüber hinweggekommen. Eigentlich dürfte sie gar nicht hier sein.«

»Vielleicht«, sagte Pétain leise. »Aber darüber weiß ich nichts und kann deshalb kaum etwas dazu sagen. Ich rede über das, was heute passiert ist, und dafür bin ich verantwortlich.«

Kealey fiel auf, dass ihre Stimme ein bisschen anders klang, und er schaute sie an. Sie wich seinem Blick aus und starrte auf die Bäume. Es dauerte eine ganze Zeit, bevor sie weitersprach.

»Ich bin bei der CIA nicht in die Fußstapfen meines Vaters getreten. Bestimmt denken Sie so, aber es stimmt nicht.«

»Was war es dann? Weshalb sind Sie eingestiegen?«

Pétain biss sich auf die Unterlippe. Offenbar wünschte sie, ihre Worte zurücknehmen zu können, aber sie hatte bereits zu viel gesagt und schien sich dessen bewusst zu sein. »Wegen meiner Schwester. Wegen ihr bin ich zur CIA gegangen.«

»Ihre Schwester?« Er hatte sich die meisten Fotos angesehen, jedoch auf keinem eine zweite Tochter bemerkt. Auch Machado hatte sie nicht erwähnt, obwohl er sich dunkel an eine merkwürdige Formulierung erinnerte … Es war eine Neuigkeit, von der er bereits ahnte, dass sie wichtig war. Er beugte sich unbewusst vor und wartete darauf, dass sie fortfuhr.

»Sie hieß Caroline und war anderthalb Jahre älter als ich. Ich war siebzehn, als sie von der operativen Abteilung rekrutiert wurde. Das war im Frühling 1998.«

Dann ist sie achtundzwanzig. Er hätte sie für ein paar Jahre jünger gehalten, aber irgendwie passte es, denn sie war die Chefin des Observationsteams in Madrid gewesen. Trotzdem scheinen sie beim Clandestine Service immer jünger zu werden, dachte er.

»Sie war ein erstaunlicher Mensch.« Pétains Augen waren feucht, aber ihre Stimme zitterte nicht. »Für Freunde tat sie alles, aber sie war nicht naiv. Caroline war stark und unabhängig. Und intelligent. Unglaublich intelligent. Sie war einfach … Was sie auch anpackte, ihr gelang alles, und zwar perfekt.«

Sie lachte verbittert. »Ich weiß, so etwas sagt man immer, wenn jemand gestorben ist, aber in ihrem Fall stimmt es hundertprozentig. Nachdem sie ihr Studium der Politologie in Georgetown abgeschlossen hatte, bewarb sie sich umgehend bei der CIA. Als sie uns erzählte, dass sie eine Ausbildung auf der Farm bekommen sollte, war mein Vater so *verdammt* stolz …«

Die beiden letzten Worte kamen mit einem erstickten Schluchzen heraus, und sie machte eine Pause, um sich mit dem Ärmel die Tränen aus den Augen zu wischen. Kealey hätte es ihr am liebsten erspart, den Rest der Geschichte zu erzählen, aber es war unmöglich. Er musste sie ganz hören, so schwer es auch für sie sein mochte. Er wartete, bis sie sich wieder gefangen hatte, und als sie leise weitersprach, klang ihre Stimme seltsam distanziert.

»Ihr erster Auftrag führte sie nach Kolumbien, und dort ist es passiert. Ende der Neunzigerjahre zerbrach das Medellín-Kartell, genau wie sein wichtigster Konkurrent, das Kartell von Cali, und andere Drogenhändlerringe versuchten, ihren Platz einzunehmen. Das Kartell Norte del Valle war mit am gefährlichsten, und eine Reihe amerikanischer Sicherheitsbehörden, darunter die Drugs Enforcement Agency und die CIA, machten sich Sorgen, weil sie auf diesem Gebiet ein großes Informationsdefizit hatten. Also wurde beschlossen, jemanden zu schicken, damit er sich an der Basis umsah und herausbekam, was von dort zu erwarten war.« Sie schwieg einen Augenblick, ganz in Gedanken versunken. »Vermutlich glaubten die Jungs vom Norte del Valle, etwas beweisen zu müssen. Schließlich war es der erste ernsthafte Versuch, das Kartell zu infiltrieren, und deshalb mussten sie ein Exempel statuieren, und sei es nur, um einem zweiten Infiltrationsversuch vorzubeugen.

Vom Standpunkt ihrer geschäftlichen Interessen aus war es eine völlig logische Entscheidung.«

Kealey hatte genug gehört und konnte sich den Ausgang der Geschichte vorstellen. »Sie müssen nicht erzählen, was dann …«

»Doch.« Sie hob eine Hand, und ihre Stimme klang ruhig und fest. »Ich möchte, dass Sie es wissen. Jetzt können Sie sich den Rest auch noch anhören.«

Sie atmete tief durch und leerte mit einem Schluck ihr Weinglas. Er wartete geduldig und versuchte, sein wachsendes Unbehagen zu kaschieren. Plötzlich wollte er, dass sie verstummte, das Thema fallen ließ, doch ihm war klar, dass es nicht dazu kommen würde. Sie war nicht der Typ, der einer schmerzhaften Erfahrung auswich, so viel war mittlerweile klar. Er hatte sie von Anfang an falsch eingeschätzt.

»Sie haben meine Schwester umgebracht, wie nicht anders zu erwarten, aber das war noch nicht das Schlimmste. Ich studierte damals an der Universität in Marquette. Die Semesterferien hatten gerade begonnen, und ich beschloss, für ein paar Wochen nach Spanien zu fliegen. Meine Eltern holten mich am Flughafen ab, und als wir zu Hause eintrafen …« Sie unterbrach sich, um ihre Kräfte zu sammeln. »Jemand war in unser Haus eingebrochen und hatte überall Fotos angeklebt. An die Wände, den Kühlschrank … Ein paar waren so versteckt, dass wir später durch Zufall darauf stoßen würden.«

»Fotos Ihrer Schwester?«, fragte Kealey leise.

»Ja.« Sie schluckte. Ein paar Tränen rannen ihre Wangen hinab, doch sie schien es nicht zu bemerken. »Aber das war es noch nicht. Als sie Caroline folterten, haben sie die ganze Zeit fotografiert, sogar ein Video gedreht … Der Rekorder lief, als wir nach Hause kamen, wir hörten ihre Schreie schon an der Tür … Es war, als wäre sie da.«

»Mein Gott«, sagte Kealey leise. Es war die abartigste Geschichte, die ihm je zu Ohren gekommen war, und sie passte zu dem, was er über die kolumbianischen Drogenkartelle wusste. Zugleich beantwortete sie alle seine Fragen. Machados Wunsch, seine lebende Tochter vor Gefahren zu bewahren, schien jetzt ebenso logisch wie Pétains fehlendes Bedauern darüber, dass sie Kamil Ghafour getötet hatte. Nach dem, was sie durchgemacht hatte, konnte ihr das Leben eines Mannes wie Ghafour nicht mehr viel bedeuten. Er fragte sich, wie sie es nach diesen Erfahrungen überhaupt geschafft hatte, bei der CIA genommen zu werden, denn dort wurde man gleich zu Beginn genau durchleuchtet. Ihre Geschichte hätte genug Alarmglocken schrillen lassen müssen, um sie nicht einzustellen, aber vielleicht hatte ihr Vater ein paar Strippen gezogen.

»Jetzt wissen Sie es also.« Sie stellte das Glas weg und schaute ihn an. Kealey sah, dass die Tränen bereits getrocknet waren. Vermutlich hatte sie während der letzten zehn Jahre genug Zeit gehabt, um ihre Schwester zu trauern, und es bedurfte keines Hellsehers, um zu erkennen, dass ihre Trauer sich in etwas Gefährlicheres verwandelt hatte. »Carolines Tod hat alles geändert. Meine Mutter wurde halbwegs gut damit fertig, aber mein Vater war am Boden zerstört. An diesem Tag ist er um zehn Jahre gealtert, und seitdem war er nie mehr derselbe wie zuvor.«

»Und Sie?«, fragte er leise. »Wie sind Sie damit umgegangen?«

»Ich?« Sie saß völlig reglos da und blickte ihn mit einem festen Blick an. »Ich bin zur CIA gegangen.« Sie stand auf und griff nach ihrem leeren Glas. »Ich weiß, worum es hier ging.«

Das kam unerwartet, und er lehnte sich zurück und wartete.

»Unser ganzes Gespräch. Sie haben sich zu mir gesetzt, um etwas über mich herauszufinden.« Sie schwieg und studierte seine Miene. »Ich kann es Ihnen nicht verübeln … Man muss wissen, mit wem man arbeitet. Aber jetzt, wo von meiner Seite alles gesagt ist, muss ich Sie fragen, ob Sie Ihre Meinung geändert haben. Also, möchten Sie immer noch, dass ich Ihnen helfe?«

Er blickte auf und studierte lange ihre Miene. Sie wirkte völlig gleichgültig. Wie er auch antwortete, sie würde es akzeptieren.

»Sie sollten besser schlafen gehen«, sagte er schließlich. »Wir müssen morgen früh aufstehen.«

Sie lächelte und wollte ins Haus gehen, drehte sich aber nach ein paar Schritten noch einmal um, weil Kealey ihren Namen rief.

Eine Frage musste er noch stellen. Er musste es wissen. »Die Mörder Ihrer Schwester …«

Sie schüttelte den Kopf, lächelte aber noch immer. In ihren braunen Augen flackerte ein seltsames Licht. »Man hat sie nie gefasst, aber ich weiß, wer es war.« Jetzt schien sie sich wieder völlig unter Kontrolle zu haben. »Die CIA, trotz all ihrer Fehler, lässt ihre Leute nicht hängen. Die für die Tat verantwortlichen Männer waren zu jener Zeit bloße Lakaien. Jetzt gehören sie zu den mächtigsten Leuten im Drogengeschäft, doch das hat nichts zu bedeuten. Nicht auf lange Sicht.«

»Sie können sich nicht für immer verstecken. Wollten Sie das sagen?«

Er bereute seine Worte sofort. Irgendwie klangen sie etwas herablassend, und das passte überhaupt nicht zu ihm. Aber es schien egal zu sein, denn sie lächelte immer noch.

»Genau das wollte ich sagen. Und möglicherweise ist ihr Ende näher, als sie glauben.«

Damit drehte sie sich um und verschwand in der Dunkelheit. Er blickte ihr nach, und aus irgendeinem Grund glaubte er ihr aufs Wort.

24

Sialkot/Cartagena

Obwohl er die Lider geschlossen hatte, war das Licht sengend und entsetzlich grell. Es brannte sich in sein Gehirn, die grauen Zellen, entflammte jede Nervenzelle, jedes Axon und jede Synapse. Es verband sich mit dem dumpfen Schmerz hinter dem rechten Ohr, und die beiden Schmerzquellen verschmolzen und bündelten sich in der Mitte. Der Schmerz war kaum zu ertragen, strahlte in alle Richtungen, vernebelte jeden Gedanken. Und er hatte nicht mal die Augen geöffnet.

Randall Craig bewegte sich, dann hoben sich seine Lider. Er versuchte das Pochen in seinem Kopf zu ignorieren, wollte alles durchdenken. Ein unmögliches Unterfangen, von Anfang an zum Scheitern verurteilt … Himmel, es tat so weh. Er setzte sich auf und blickte sich verwirrt um. Jetzt kam ihm das Licht gar nicht mehr so schlimm vor, es war ein warmes Licht, nicht so grell, wie er vermutet hatte. Er sah keine Neonröhren, also war er nicht in einem Büro oder Lagerhaus. Er befand sich in einem Wohnhaus, was durch die angenehme Umgebung bestätigt wurde. Ein zerkratzter Schreibtisch, mit Papieren übersät, ein mit rissigem Leder bespannter Stuhl, Aquarelle an den Wänden. Vielleicht das Büro eines Mannes, der zu Hause arbeitete, aber es gab ein Bett. Darauf saß er jetzt, auf einem schmalen Messingbett. Als er sich auf die Bettkante setzte, wurde der pochende Schmerz in seinem Kopf deutlich schlimmer.

»Arschlöcher.« Er ließ den Kopf sinken, über seine Knie, um

den Schmerz erträglicher zu machen, doch es half nicht. Dann kniff er die Augen zu und betastete vorsichtig die Beule an seinem Hinterkopf. Sie war groß, doch an seinen Fingern war kein Blut. Auf dem Kopfkissen auch nicht. Ein Stein fiel ihm vom Herzen, es war extrem beruhigend, kein Blut zu sehen. »Arschlöcher«, stöhnte er erneut.

Kein Blut, und sein Kopf wurde allmählich wieder klar. Er versuchte, sich auf das Positive zu konzentrieren, fragte sich, womit sie ihn geschlagen hatten. Jetzt kam alles zurück, kleine Erinnerungsfetzen und Bilder fügten sich zusammen. Er war zu seinem Auto gegangen, erinnerte sich an den Lieferwagen, das verängstigte Gesicht des jungen Mannes. An seinen Zweifel, den Moment der Unsicherheit. Und doch war er in die Falle getappt, hatte sich von der täuschend echt gespielten Angst des Mannes übertölpeln lassen. *Was für eine Dummheit.* Zwölf amerikanische Touristen, im Norden des Landes gekidnappt, die Außenministerin, am helllichten Tage in Rawalpindi entführt, vor Dutzenden von Augenzeugen … Er hätte wachsamer sein, nachdenken sollen. Er schüttelte den Kopf, begriff seinen Fehler aber sofort. Der pochende Schmerz kam zurück. Es war okay, solange er sich nicht zu viel bewegte, aber jetzt war der Schmerz da, wie in der schlimmsten Phase einer Migräne, dem Moment direkt vor dem Höhepunkt und dem langsamen Abebben. Wieder wollte er den Kopf schütteln, aus Selbstekel … Du hättest dein Gehirn benutzen sollen …

Jetzt musste er nachdenken, so viel war klar. *In Ordnung.* Er stand auf, gegen die Übelkeit ankämpfend, und wollte instinktiv auf die Uhr blicken. Sie war weg. Er runzelte die Stirn, auch das war merkwürdig. Warum sollte jemand diese Uhr klauen? Eine billige Uhr, aus Kunststoff, wertlos … Es sei denn …

Es sei denn, sie wollten ihn isolieren, ihn von jeder Realität abschneiden. Er nickte, befriedigt über seine Erkenntnis, den Schmerz ignorierend. Der Raum hatte keine Fenster. Er hatte keine Ahnung, wie spät es war. Ob es Tag oder Nacht war. Ja, wenn sie ihn von allem abschneiden wollten, hatten sie verdammt gute Arbeit geleistet.

Er fragte sich, wie lange er bewusstlos gewesen war. Womit hatten sie ihn geschlagen? Mit einem harten Gegenstand, aber die Haut war nicht aufgeplatzt. Wieder schüttelte er heftig den Kopf, frustriert über sein unzusammenhängendes Denken, wieder musste er den Schmerz ignorieren. Warum hatten sie ihn verschleppt? Das war die zentrale Frage. Es musste einen Grund geben, doch ihm fiel keiner ein. Er war nichts Besonderes. Hatte keine prominenten Verwandten. Keine Beziehungen zu jemandem, der wirklich Macht hatte. Eigentlich war er nur ein weiterer Ausländer, doch das konnte man auch von den zwölf amerikanischen Touristen sagen, die während der letzten paar Monate verschwunden waren.

Es musste irgendeine Verbindung geben. Aber die Touristen waren weit oben im Norden verschwunden, und in den Zeitungen hatte er gelesen, sie seien in kleinen Gruppen in abgelegenen Gegenden gekidnappt worden. Wenn er von denselben Tätern entführt worden war, warum hätten sie ihre Vorgehensweise so drastisch ändern sollen? Natürlich war da noch Fitzgerald, aber er hatte absolut nichts zu tun mit der Außenministerin, sodass auch das keinen Sinn ergab. Was war los? Wo war die Verbindung? Er musste nachdenken …

Fürs Erste verdrängte er es, dafür blieb später genug Zeit. Das Wichtigste zuerst. Er musste herausfinden, wo er war. Es gab nur eine Tür. Er trat an sie heran, auf wackeligen Beinen. Verschlossen. Er war versucht, laut dagegenzuhämmern, wollte um Hilfe rufen. Aber er wusste, dass es sinnlos war.

Stattdessen drehte er sich um und blickte zu dem Schreibtisch hinüber. Ein Haufen Papiere. Dort musste etwas zu finden sein. Ein Name, eine Adresse … irgendwas.

Zuerst untersuchte er die Schubladen. Zwei gebundene Bücher, eine englische Übersetzung des Korans und eine aktuelle Auflage von *Gray's Anatomy*. Merkwürdig, einen englischen Koran zu finden, dachte er. Zumindest, wenn er noch in Pakistan war. Es gab noch ein paar weitere medizinische Bücher, einige in Englisch, andere in Urdu. Ansonsten waren die Schubladen leer. Frustriert setzte er sich wieder aufs Bett, um alles zu überdenken. Er saß immer noch da, damit beschäftigt, den pochenden Kopfschmerz zu ignorieren, als er Geräusche von der Tür her hörte. Überrascht stand er auf und machte sich auf alles gefasst, als sich der Schlüssel im Schloss drehte und die Tür sich öffnete …

Mehr als sechstausend Kilometer weiter westlich saß Naomi Kharmai auf dem Fußboden des kleinen Schlafzimmers im ersten Stock. Es war stockfinster, warm und still. Sie hockte in der Ecke am hinteren Ende des Bettes, dort, wo die Wände einen rechten Winkel bildeten, die Arme um die Knie geschlungen. In dem Haus war kein Laut mehr zu hören, schon länger als eine Stunde. Sie blickte nach unten, reglos dasitzend, mit nicht ganz geschlossenen Augen, ins schwarze Nichts starrend.

Sie hatte ihre Tränen vergossen, und obwohl sie es versucht hatte, ging es nicht mehr. Trotz ihrer Erschöpfung fand sie keinen Schlaf. Vor ihrem inneren Auge sah sie zu deutlich die Gesichter. Einige hatten sich durch die Fernsehberichterstattung eingeprägt, die ungläubigen Gesichter der Passanten auf der Straße. Ihre konsternierten Blicke und offenen Münder. Dann andere Bilder, die ihr Schuldbewusstsein selbst heraufbeschwor. Imaginäre Gesichter, imaginäre Leben, und doch so real wie nur möglich. Das glückliche Gesicht einer jungen Frau, die ihr erstes Kind erwartet. Das unschuldige eines zwölfjährigen Jungen, auf dem Heimweg von einem Fußballspiel. Das faltige einer älteren Witwe. Alle tot, vor der Zeit gestorben. Drei weitere Tote, zahllose Verletzte.

Sie war dafür verantwortlich. Aber nicht wie ein General, der die Bombardierung eines Ziels in einem fernen Land befiehlt, oder jemand, der einem zum Tode Verurteilten die Giftspritze verabreicht, sondern auf eine direktere, unmittelbare Weise. Sechs Menschen hatte sie getötet, und wofür? Sie wusste es nicht. Die Tat war nicht zu rechtfertigen, das stand fest. Alles in allem war Harper zufrieden, weil der CIA eine öffentliche Demütigung und die Verhaftung von mindestens zwei Agenten im Ausland erspart geblieben war. Auch der Präsident war zufrieden, weil er keinen unangenehmen Vorfall erklären musste, wie das ohnehin oft genug vorkam. Einen jener Vorfälle, die nach einem halben Jahr alle Welt vergessen hatte.

Dafür hatte sie unschuldige Passanten getötet, eine schwangere Frau und einen zwölfjährigen Jungen.

Sie hatte genug. Genug von ihrem Leben und dem, was sie getan hatte. Genug von sich selbst.

Jetzt hatte sie es lange genug hinausgezögert, es ging nicht mehr. Sie tastete in der Finsternis nach der Jeans, die sie in Madrid getragen hatte, fand in der Tasche die Plastikdose und nahm drei von den kleinen weißen Tabletten heraus. Nach kurzem Zögern schluckte sie sie ohne Flüssigkeit hinunter. Die dritte Dosis in drei Stunden. Zu viel, selbst für ihre Verhältnisse.

Sie lehnte den Kopf gegen die Wand und wartete, was zuerst kommen würde, der Schlaf oder das Morgengrauen.

25

Sialkot

Randall Craig folgte dem bewaffneten Mann den engen Flur hinab. Ein zweiter Mann, ebenfalls bewaffnet, ging ein paar Schritte hinter ihnen. Craig war sein misstrauischer, wachsamer Blick aufgefallen, als er in das Zimmer trat, um ihn abzuholen. Offenbar rechneten die beiden damit, dass er sich wehren oder zu flüchten versuchen würde, und das erinnerte ihn an etwas. Auf der Highschool hatte er viel über die Entführung von Patty Hearst im Jahr 1974 gelesen. Er hatte sich das Thema ausgesucht, weil er eine Buchrezension schreiben sollte. Daher kannte er das Stockholm-Syndrom – die Identifikation des Opfers mit dem Entführer –, aber er glaubte nicht daran. Er konnte sich nicht einmal vorstellen, Gefühle für seine Entführer zu entwickeln. Jetzt, in Begleitung der beiden bewaffneten Männer, fragte er sich, wie viele Entführungsopfer sich tatsächlich wehrten.

Oder zu fliehen versuchten.

Als die Tür sich öffnete, hatte er kurz daran gedacht, seine Meinung jedoch geändert, als er die Waffe sah. Er hatte seine Jugend in den bewaldeten Hügeln von Tennessee verbracht, einer Zuflucht für Anhänger von Charlton Heston, jene Spezies von Waffennarren, die die National Rifle Association für eine Regierungsbehörde hielten. Damals hatte auch er mit Dutzenden von Handwaffen, Schrotflinten und Gewehren herumgeballert. Bei der Armee war er aber nicht gewesen, und er hatte auch nie eine automatische Waffe in den Händen gehalten. Trotzdem erkannte er natürlich die Maschinenpistole, die der Mann hinter ihm auf ihn richtete, und er war nicht dumm genug, sich in dieser Situation zu einer sinnlosen Affekthandlung hinreißen zu lassen.

Die MP ließ ihn vorsichtig werden, aber nicht unterwürfig. Er hatte seinem Zorn Luft gemacht gegenüber dem Wachtposten mit dem versteinerte Gesicht, der nur seine Worte wiederholt hatte: »Aufstehen. Folgen Sie mir.« Er hatte eine fruchtlose Diskussion begonnen, merkte aber schließlich, dass sich das Englisch des Wachtpostens wahrscheinlich in diesen paar Worten erschöpfte. Schließlich gehorchte er. Es lag auf der Hand, dass sie ihn aus einem bestimmten Grund entführt hatten. Streitereien würden nicht zu seiner Freilassung führen, und wenn er Pech hatte, bezahlte er mit dem Leben dafür. Es war besser, erst einmal abzuwarten.

Sie stiegen eine Treppe mit einem fadenscheinigen Läufer hinab und bogen dann in einen zweiten Korridor. Als Craig auf der linken Seite ein Wohnzimmer bemerkte, warf er einen Blick hinein, sah aber niemanden. Kurz darauf klopfte der erste Wachtposten an eine Tür, öffnete sie und bedeutete Craig mit einer Kopfbewegung, er solle eintreten. Der zögerte einen Moment und trat dann in das Zimmer. Als sein Blick auf den Mann am Küchentisch fiel, bekam er den Schock seines Lebens.

»Said?«, hörte er sich fragen. Er wusste, dass er sich nicht irrte, konnte es aber trotzdem nicht fassen. *Said Kureshi, hier?* Es war Jahre her, seit er ihn zuletzt gesehen hatte. Was zum Teufel hatte er mit diesem ganzen Schlamassel zu tun?

Der pakistanische Arzt stand auf und begrüßte ihn mit einem müden, traurigen Nicken. Bestimmt wollte er sich entschuldigen, hatte aber zu viel Angst. »Randall.«

Craig wusste nicht, mit welcher Frage er beginnen sollte. Er blickte zu der anderen Person in dem Raum hinüber, einem untersetzten Mann mit vollem schwarzem Haar, der an dem Ofen lehnte. Er trug ein maßgefertigtes weißes Hemd, dunkle Hosen und Stiefel mit dicken Sohlen, die militärisch wirkten, wie Erinnerungsstücke eines altgedienten Soldaten. Und so wirkte der Mann auf ihn. Wie ein Soldat, aber nicht wie irgendeiner. Sein Blick war ruhig und selbstsicher, als wäre er daran gewöhnt, Befehle zu erteilen, und der Ausdruck seiner dunkelbraunen Augen ließ eine beträchtliche Intelligenz vermuten. Ein Mann mit einem fähigen Gehirn und dem Körperbau eines Arbeiters, dachte Craig. Der Pakistaner stieß sich mit den Hüften von dem Ofen ab, kam auf ihn zu und blieb dicht vor ihm stehen, ohne die Hand auszustrecken.

»Randall Craig?«

»Ja …«

»Wissen Sie, wer ich bin?«

Craig schaute ihn länger als eine halbe Minute eingehend an, ließ Fernsehbilder Revue passieren, Gesichter von Menschen, denen er auf der Straße über den Weg gelaufen war, von Ärzten, die er in verschiedenen Krankenhäusern in ganz Pakistan kennengelernt hatte, von Regierungsmitgliedern, denen er bei einem Kurzbesuch im Präsidentenpalast Aiwan-e-Sadr in Islamabad begegnet war. Der Geistesblitz blieb aus. »Nein.«

Nachdem er ihn noch ein paar Augenblicke angestarrt hatte, nickte der Mann befriedigt. »Sie sind aus einem bestimmten Grund hierhergebracht worden«, sagte er in geschliffenem Englisch. Seine Stimme war rau, wie die eines starken Rauchers, klang aber trotzdem vornehm. Craig fühlte sich an einen seiner Professoren an der Universität von Vanderbilt erinnert, einen beeindruckenden Mann, der sein Leben lang zwei Päckchen Zigaretten pro Tag geraucht hatte. Als Craig sein Studium abschloss, hatte ausgerechnet dieser Kettenraucher auf der Vorschlagsliste für den Medizin-Nobelpreis gestanden. »Ich entschuldige mich dafür. Glauben Sie mir, wenn es nicht wichtig wäre, hätten wir Sie nicht hergebracht.«

Craig wollte etwas sagen, blickte aber dann zu Kureshi hinüber und dachte nach. »Wer sind Sie?«, fragte er schließlich.

»Mein Name ist unwichtig. Glauben Sie mir, auf lange Sicht ist es besser, wenn Sie ihn nicht kennen.«

Craig nickte, kaufte dem anderen aber nicht ein Wort ab. *Glauben Sie mir …* Das hatte dieser Typ jetzt schon zweimal kurz nacheinander gesagt. Der Anblick Kureshis hatte ihn für einen Augenblick aus dem Konzept gebracht, doch jetzt konnte er wieder klar denken. »Was zum Teufel habe ich hier verloren?«

»Wir benötigen Ihre Hilfe«, lautete die schlichte Antwort. »Said hat zugestimmt, eine Operation für uns vorzunehmen. Dafür braucht er einen Anästhesisten, und leider haben Sie nicht die Wahl, zuzustimmen oder abzulehnen. Wenn Sie Ihren Job getan haben, werden Sie freigelassen. Ich gebe Ihnen mein Wort darauf.«

Craig schaute Kureshi an, wartete auf ein Zeichen von ihm. Er wirkte nervös, aber doch gefasst, als wollte er nichts überstürzen. *Ein kluger Mann,* dachte Craig. *Auf den richtigen Moment warten. Auf die Chance.*

Er kannte den pakistanischen Arzt gut. Kennengelernt hatten sie sich während eines einwöchigen Seminars an der University of Chicago, und an einem langen Wochenende waren sie gemeinsam durch die Bars gezogen. Ein Jahr später – 1995 – hatten sie an der University of Washington zusammengearbeitet, wo Kureshi sich ein Jahr aufhielt. In einer zwielichtigen Bar in Seattle hatte Craig schnell herausgefunden, dass Kureshi es mit den strengen Vorschriften seiner Religion nicht so ernst nahm, aber er war ein guter Mann und ein außergewöhnlich fähiger Arzt. Sie waren ein seltsames Paar. Er, der Bauernjunge aus Tennessee, der Anästhesist geworden war, und der kleine, höfliche Pakistaner. Trotz der skeptischen Blicke ihrer Kollegen wurde ihre Freundschaft enger, auch wenn sich die Bande durch Kureshis Rückkehr nach London gelockert hatten.

Durch das übliche Gerede erfuhr er von Kureshis Schwierigkeiten im Guy's Hospital. Ihm waren Gerüchte zu Ohren gekommen, bei denen von zu viel Alkohol und einem ärztlichen Kunstfehler die Rede war, doch er hatte sie nie ernst genommen. Während einer Operation konnte sonst was passieren, und häufig passierte es tatsächlich. Es war gut denkbar, dass Kureshi nicht einmal verantwortlich war für jenen Vorfall, der einen Jungen das Leben gekostet und seiner Karriere ein Ende bereitet hatte. Kurzum, er kannte Said Kureshi und hielt es für ausgeschlossen, dass er in diese Geschichte hier verwickelt sein konnte. Zumindest nicht aus freiem Willen.

Er blickte den vor ihm stehenden Mann skeptisch an. »Wenn ich Ihnen helfe, lassen Sie mich frei? Einfach so?«

Der Mann nickte feierlich. Seine Wurstfinger waren vor seinem ausladenden Bauch verschränkt. »Sie haben mein Wort«, wiederholte er.

Ein Versprechen, das für Randall Craig keinen Pfifferling wert war. Wenn dieser Mann für die Entführungen im Norden und den Anschlag auf Fitzgerald verantwortlich war – und Craig zweifelte keinen Augenblick daran –, dann war er ein Mörder. Völlig undenkbar, dass er zwei Männer freilassen würde, die sein Gesicht gesehen hatten.

Trotzdem, es war sinnlos, Widerstand zu leisten. Zumindest

im Augenblick. Besser schien es, den Erwartungen zu entsprechen und völlige Unterwerfung zu demonstrieren.

Er ließ die Schultern hängen, seine Miene wirkte entmutigt. Als er erneut zu Kureshi hinüberblickte, glaubte er in den Augen seines alten Freundes einen Anflug von Trotz zu erkennen. Craig musste nicht nach dem Grund fragen, warum er hier war. Wenn Kureshi im Begriff war, eine schwierige Operation durchzuführen – und die Geschichte musste ernst sein –, dann benötigte er jemanden, der den Patienten betäubte.

»Worum geht's?«, fragte Craig.

Kureshi wandte seufzend den Blick ab. Schließlich schaute er wieder seinen Freund an, und er wirkte gefasst. »Besser, ich zeige es dir.«

Er stand auf, ging zu einer zweiten Tür, die aus der Küche führte, öffnete sie und verließ den Raum. Der andere Mann bedeutete Craig mit einer Kopfbewegung, er solle folgen, und er gehorchte, mit wachsender Besorgnis. Etwas an Kureshis Miene gab ihm zu denken. Seine Beine waren wackelig, als er dem kleinen Pakistaner durch das große Wohnzimmer folgte. Sie wichen einem staubigen Klavier aus und betraten den nächsten Korridor. Die Außenseite des Hauses kannte Craig nicht, aber angesichts der Anzahl der Zimmer musste es groß sein. Außerdem erinnerte es ihn irgendwie an England, ohne dass ihm der Grund dafür ganz klar gewesen wäre.

Sie traten in einen kleinen dunklen Raum, und Craig sah zu seiner Rechten schemenhaft ein Waschbecken und ein Tablett mit chirurgischen Instrumenten. Aus einem unerklärlichen Grund drehte sich ihm der Magen um. Mit seinen achtunddreißig Jahren hatte er weitaus Schlimmeres gesehen als ein Tablett mit sterilisierten Instrumenten, doch etwas an der Art, wie es dort in der Dunkelheit wartete, bereitete ihm ein ziemliches Unbehagen. Es schien ein böses Omen für die Dinge, die kommen sollten.

Vor der Tür standen stocksteif zwei Wachtposten, beide mit Maschinenpistolen bewaffnet. Kureshi zwängte sich zwischen ihnen hindurch, öffnete die Tür und trat in den Raum. Craig folgte ihm und spürte, dass der untersetzte Pakistaner ein paar Schritte hinter ihm war. Direkt hinter der Schwelle blieb er überrascht stehen.

Der Raum war groß und rechteckig. Im Gegensatz zum Rest des Hauses, der von warmem Licht erhellt wurde, hingen hier an den Längs- und Querseiten der Decke Neonröhren, deren kaltes Licht alle Dinge stärker hervortreten ließ. Der Boden war hellblau gekachelt und leicht zu reinigen. Alles, was in einem Operationssaal unverzichtbar ist, war vorhanden: ein tragbarer Medtronic-Defibrillator, ein betagtes EKG von Hewlett Packard nebst Monitor, ein Transportbeatmungsgerät mit ramponiertem Kunststoffgehäuse. Dann gab es noch Dinge, die jeder Passant von der Straße erkannt hätte: einen Ständer für Infusions- und Beatmungsschläuche mit 90-Grad-Drehgelenken, Blutdruckmanschetten, eine Schachtel mit Chirurgenhandschuhen. Direkt gegenüber der Tür war ein Ausguss für Wischwasser in den Boden eingelassen, und weiter links stand ein Gerät, das Craig umgehend erkannte. Er vermutete, dass es extra für diese Operation gekauft worden war. Wenn Kureshi häufiger einen Anästhesisten brauchte, hätte er einen an der Hand gehabt, und es wäre nicht nötig gewesen, ihn herzubringen.

Er begutachtete das Gerät, das überholt worden sein musste, denn unten an seinem Gehäuse hafteten Aufkleber von Firmen für medizinischen Bedarf. Trotzdem, er kannte das Narkosegerät von Dräger, und solange es lief, würde es keine

Probleme geben. Als es in den späten Neunzigerjahren auf den Markt kam, war das Modell Narkomed 4 eines der besseren Narkosegeräte gewesen. Mittlerweile wurde es als hoffnungslos veraltet angesehen, zumindest in den Vereinigten Staaten. In Pakistan war es noch immer der Gipfel moderner medizinischer Technik.

Er wäre auch mit einer weitaus schlechteren Ausrüstung klargekommen. Während der letzten zehn Monate hatte er gelernt, mit unzulänglicher Technik zu arbeiten, und das Narkosegerät von Dräger ließ eigentlich nichts zu wünschen übrig. Der Operationstisch, eine einfache Stahlkonstruktion mit einem runden Fuß und hydraulischer Höhenverstellung, stand weiter rechts. Darüber waren OP-Lampen von Burton mit insgesamt acht Leuchtkörpern angebracht, damit der Patient darunter …

Der Patient …

Kureshi stand am oberen Ende des Tisches und versperrte ihm teilweise die Sicht. Er trat ein paar Schritte vor, dann einen nach links und blickte auf das Gesicht der Frau, die er sofort erkannte. Es folgte ein Moment völliger Lähmung, bevor er rein instinktiv reagierte. Er wich einen Schritt zurück und hob die Hände, um die Frau nicht mehr sehen zu müssen.

»Oh Scheiße«, hörte er sich sagen. Seine Augen waren weit aufgerissen, und er trat noch einen Schritt zurück, mit der rechten Hand auf den Tisch zeigend, als wäre er der Erste, der sie erkannte. »Mein Gott, wissen Sie, wer das ist?« *Eine dumme Frage,* dachte er sofort. Trotzdem redete er weiter. »Scheiße, das ist unsere …«

Kureshi zog ihn zur Seite und drückte ihn auf einen Stuhl, eine Kraftanstrengung für einen Mann seiner Statur. Der ältere Pakistaner stand vor der Tür und blockierte den einzigen Ausgang. Craig hörte sich protestieren und fluchen, unfähig, sich Einhalt zu gebieten. In seinem Kopf jagten sich die Gedanken, und eine Stimme sagte: *Du wusstest, was dich erwartet, als du hier eingetreten bist.* Er ignorierte sie und sagte sich, er hätte es nicht gewusst haben können.

»Das ist Fitzgerald«, platzte es aus ihm heraus. Er zeigte immer noch auf den Operationstisch, es wirkte wie eine Anklage. »Unsere gottverdammte Außenministerin. Die ganze Welt sucht nach ihr, Said. In diesem Augenblick. Was zum Teufel hast du getan?« Er ging kopfschüttelnd auf Kureshi zu, am ganzen Leib zitternd. »Was hast du getan? Ich kann doch nicht …«

»Sie werden«, ertönte eine harte Stimme aus der Richtung der Tür. Craig drehte sich wütend um. Kureshi sagte nichts und schlug den Blick zu Boden. »Sie beide sind kompetent und werden es tun«, sagte Mengal. »Die Frau ist Ihre Patientin, Sie tragen die Verantwortung. Was immer mit ihr nicht stimmt, Sie bringen es in Ordnung.«

»Ausgeschlossen«, murmelte Craig. »Völlig ausgeschlossen. Ich werde nicht …«

Mengal kam von hinten auf ihn zu, hob blitzschnell die linke Hand und packte das Haar an Craigs Hinterkopf. Dann presste er ihm mit der anderen Hand die Mündung einer 38er gegen die rechte Schläfe. Craig erstarrte, nur noch an das nahe Ende denkend.

»Hören Sie gut zu«, zischte Mengal. Kureshi stand wie gelähmt da, Fitzgerald lag reglos auf dem Operationstisch. Während der letzten dreißig Stunden hatte sie sich praktisch nicht gerührt. »Sie werden tun, weshalb wir Sie hergebracht haben, nämlich das Leben dieser Frau retten. Andernfalls … Ich schwöre es Ihnen, Sie werden das Grab teilen, das Sie zuvor für sie ausgehoben haben.«

Er stieß Craigs Kopf nach vorn und ließ im selben Moment los. Der Schmerz war extrem, fast so schlimm wie nach dem Schlag auf den Hinterkopf, aber Craig ließ sich nichts anmerken. Er war zu benommen, um zu reagieren. In seinem Kopf hatte sich das Bild der Frau festgesetzt, bleich, reglos, so unnatürlich starr … Er saß einfach nur da und suchte nach einem Ausweg.

Hinter ihm entfernten sich Schritte. Er hörte Stimmen, einen barschen, schnellen Wortwechsel auf Urdu. Jetzt waren er und sein Freund allein. Kureshi kauerte sich vor ihm nieder, sodass ihre Augen auf gleicher Höhe waren. Seine Miene drückte grenzenlose Trauer aus.

»Du hast ihnen meinen Namen gegeben«, sagte Craig mit ausdrucksloser Stimme. Es war schwer zu entscheiden, ob es eine Feststellung oder eine Anklage war. »Und erzählt, wo ich zu finden bin.«

Kureshi schüttelte den Kopf, aber es wirkte nicht so, als wollte er Craigs Worte bestreiten.

»Wer ist er?«

»Sein Name ist Mengal«, murmelte der Pakistaner. »Benazir Mengal, ehemaliger General der pakistanischen Armee. Er hat viele Menschen getötet und steckt hinter allem, worüber die Nachrichten berichten. Hinter dem Verschwinden der Bergsteiger im Karakorum, dem Anschlag auf Fitzgeralds Fahrzeug … Hinter allem.«

»Und ich, Said? Warum bin ich hier?«

»Du musst das verstehen, mir blieb keine andere Wahl«, sagte Kureshi mit schwacher Stimme. »Sie wollten mich …«

»Was stimmt nicht mit ihr?«, unterbrach Craig. Sein Gesicht war rot angelaufen, die Stimme klang plötzlich hart. Kureshi begriff, dass er beschämt war, weil er zugelassen hatte, dass Mengal ihn demütigte und zur Unterwerfung zwang.

»Stumpfes Trauma infolge des Anschlags auf ihren Wagen. Pneumothorax, partieller Lungenkollaps links. Ich habe bereits eine Dränage angelegt, doch das war nicht das Schlimmste.«

»Ich höre …«

»Sie benötigt eine perikardiale Fensterung, und zwar schnell«, sagte Kureshi leise. »Am besten sofort.«

Craig hatte die technische Ausstattung nur oberflächlich gemustert, aber er war sich sicher, dass es keinen Computertomografen gab. »Du hast keinen …«

Kureshi machte eine wegwerfende Handbewegung, die leichte Verärgerung verriet. »Es ist eine klinische Diagnose … Ich brauche kein CT, um das Offensichtliche zu erkennen.« Er rekapitulierte schnell seine bisherigen Beobachtungen – ungewöhnlich niedriger Blutdruck, J-Wellen im EKG, die Beschwerden, die Fitzgerald artikuliert hatte. »Im Moment steht sie unter dem Einfluss eines Beruhigungsmittels, aber ich brauche dich für die Vollnarkose. Du findest hier alles, was du brauchst. Wenn du so weit bist, können wir sofort anfangen.«

»Wie hast du …?«

»Ich habe eine Liste zusammengestellt, und Mengal hat jemanden losgeschickt, um die Sachen zu besorgen. Es ist alles da, ich habe mich persönlich vergewissert.«

Craig nickte bedächtig. Es war klar, dass Kureshi seinen Namen preisgegeben, dass er ihn in diesen Schlamassel hineingezogen hatte. Trotzdem war er nicht so wütend, wie er es hätte sein sollen. Bestimmt hatten sie ihn unter Druck gesetzt. Kureshi war kein Feigling, aber auch kein Kämpfer. Zumindest nicht, solange keine unmittelbare Gefahr für sein Leben bestand. Craig schaffte es einfach nicht, ihm richtig böse zu sein.

Er blickte direkt in Kureshis trügerisch ruhige Augen. »Sie

brauchen sie für Propagandazwecke, Said. Letztlich werden sie Fitzgerald wahrscheinlich töten. Und wenn sie bereit sind, sie zu töten, haben auch wir keine Chance. Das solltest du wissen.«

»Ich weiß es.« Kureshi schien zu zögern. »Aber ich kann ihr helfen, und allein aus diesem Grund muss ich tun, was sie sagen. Ich kann nicht vor der Verantwortung fliehen.«

Craig nickte verständnisvoll, seinem alten Freund weiter fest in die Augen blickend. »Du wirst sie also operieren. Was dann?«

Kureshi lächelte resigniert, hielt Craigs Blick aber stand. »Ich bin kein Kämpfer, werde es ihnen aber auch nicht zu einfach machen. Ich will nicht sterben, doch sie sind überall im Haus, Mengals Leute, und einer von ihnen …«

»Ja?«, fragte Craig neugierig, denn Kureshis Miene verriet nackte Angst. »Was wolltest du sagen?«

Kureshi erschauderte. »Einer von ihnen ist der Teufel persönlich.«

26

Cartagena

Es dämmerte, ockerfarbenes Licht sickerte in das Zimmer im ersten Stock. Kealey lag angezogen auf dem Bett und blickte aus dem Fenster, durch das nur die dunklen Kronen der Feigenbäume zu sehen waren, die das Haus gegen die Straße abschirmten. Den größten Teil der Nacht hatte er wach gelegen, es ging ihm zu viel durch den Kopf, um Schlaf zu finden. Das verstörende Gespräch mit Javier Machado beschäftigte ihn genauso wie Marissa Pétains Enthüllungen über den Tod ihrer älteren Schwester. Praktisch alles hatte mit der CIA zu tun. Jetzt kannte er die Fakten, doch ihn interessierten die tiefer liegenden Motive. Bei Pétain schienen sie ziemlich plausibel. Sie wollte Rache nehmen für das, was ihrer Schwester in Kolumbien angetan worden war. Machados Ziele waren nicht annähernd so durchschaubar, und das beunruhigte ihn.

Dass es Pétain um Rache ging, fand er verständlich. Man sagte, Rache führe zu nichts, mache den Schmerz letztlich nur schlimmer. Er glaubte nicht daran. Wenn man das Verlangen nach Rache mit einem bestimmten Ziel verknüpfte, gewann man Kraft und eine Klarheit des Denkens, durch die man fast alles erreichte. Er wusste es aus eigener Erfahrung und sah, was Pétain motivierte. Sie wollte die Kolumbianer, doch um gegen sie vorgehen zu können, musste sie ihr Können unter Beweis stellen. In diesem Stadium war sie jetzt. Sie musste sich für die operative Abteilung unverzichtbar machen und auf den richtigen Zeitpunkt warten, um zum Schlag gegen die Drogenbarone ausholen zu können. Er glaubte nicht, dass es lange dauern würde, bis sie ihre Chance bekam. Diego Sanchez-Montoya, einer der Anführer des Kartells Norte del Valle, stand seit Jahren ganz oben auf der Fahndungsliste des FBI. Eine erfolgreiche Undercoveroperation in Kolumbien wäre von großem Nutzen für das Renommee der CIA. Besonders, wenn es gelang, Sanchez-Montoya zur Strecke zu bringen.

Dagegen waren Machados Motive völlig undurchsichtig. Warum war er so scharf darauf, dass seine Tochter mit ihm nach Pakistan flog? Er war Machado nie zuvor begegnet, warum brachte er ihm so viel Vertrauen entgegen? Und woher wusste er von Benazir Mengal? Die Antwort auf die letzte Frage schien auf der Hand zu liegen. Pétain musste ihren Vater am Vortag eingeweiht haben, während er im ersten Stock schlief. Aber woher *kannte* Machado Mengal? Und wer war dieser Mann in Lahore? Er konnte es nicht wissen. Die ganze Lage war beunruhigend und wollte sorgfältig bedacht werden, doch er konnte sich nicht darauf konzentrieren, weil ihn das, was gestern in Madrid passiert war, noch sehr viel stärker beschäftigte. Genauer, ihn beschäftigte, was Naomi getan und welche Auswirkungen es auf sie hatte.

Am Vorabend, nachdem Pétain zu Bett gegangen war, hatte er mit ihr reden wollen, doch er brachte es nicht über sich, an ihre Tür zu klopfen. Er sagte sich, dass es zu spät war und dass ihr Gespräch in einer lautstarken Auseinandersetzung enden würde, die niemanden im Haus ruhig schlafen ließ, doch das war nur die halbe Wahrheit. Tatsache war, dass er nicht wusste, was er ihr sagen sollte. Bevor Jonathan Harper ihn für die CIA angeworben hatte, war er acht Jahre bei der Army gewesen. Während dieser Zeit hatte er nie einen Zivilisten getötet. Ihm war bewusst, dass dies möglicherweise nicht ganz stimmte. Er hatte in Bosnien, im Kosovo und am Golf gekämpft, und einige Auseinandersetzungen hatten in dicht bevölkerten städtischen Gebieten stattgefunden. Es war denkbar, dass eine seiner Kugeln versehentlich einen Unschuldigen getroffen hatte. Aber er wusste nichts davon und war einigermaßen sicher, dass seine Kugeln das ins Visier genommene Ziel und nichts sonst getroffen hatten.

Naomi dagegen wusste genau, was sie getan hatte, und konnte sich dieser Einsicht nicht verschließen. Sie hatte auf einen Schlag sechs unschuldige Menschen getötet. Natürlich nicht absichtlich – die Beweggründe für ihr Handeln waren anderer Natur –, doch ihm war klar, dass es eigentlich keinen Unterschied machte, zumindest für sie nicht. Und die Sache wurde nicht einfacher dadurch, dass sie vor zehn Monaten schon einmal einen unschuldigen Menschen getötet hatte. Er hatte aus nächster Nähe miterlebt, was sie durchmachte, sah es bei jedem Blick in ihre Augen. Sie war immer noch nicht darüber hinweg, und damals war es nur *ein* Opfer gewesen.

Und jetzt das.

Er setzte sich auf die Bettkante, stand auf und stapfte in das angrenzende Bad, wo er die Dusche anstellte und schon darunter trat, bevor das Wasser warm war. Drei Minuten später griff er nach einem Handtuch, um sich abzutrocknen. Dann wischte er den beschlagenen Spiegel ab und studierte sein Gesicht. Seit einigen Monaten hatte er sich einen Bart stehen lassen, der nicht außergewöhnlich lang war, aber zu Trugschlüssen über sein Alter und die Form seines Gesichts führen konnte. Vielleicht wirkte er damit in Pakistan unauffälliger.

Aber er machte sich nichts vor, man würde ihn nie für einen Einheimischen halten. Außerdem musste er erst mal aus

Spanien herauskommen. Die Augenzeugen der Ereignisse in Madrid erinnerten sich womöglich an den Bart, vielleicht stand auch im Polizeibericht etwas davon. Zweifellos gab es auch ein gezeichnetes Phantombild, das an die Flughäfen weitergegeben worden war. Es war besser, den Bart abzunehmen.

Als er mit dem Rasieren fertig war, kehrte er in sein Zimmer zurück und zog eine dunkle Jeans und ein anthrazitfarbenes T-Shirt an. Im Flur blieb er einen Augenblick stehen, um zu horchen. Es war noch früh – kurz nach acht –, aber unten klapperte jemand mit Tellern, und er hörte das Geräusch laufenden Wassers. Am Ende des Flurs hielt er vor der Tür von Naomis Zimmer inne. Hierher kam das Geräusch, sie musste unter der Dusche stehen.

Er zögerte nachdenklich, drückte dann die Klinke nieder. Die Tür war abgeschlossen, doch das einfache Schloss war in zwanzig Sekunden zu knacken. Wenn er wollte.

Wollte er? Wieder musste er an ihren Blick in dem Hotel in Madrid zurückdenken. Daran, was er in ihren Augen gesehen hatte. Sie schien so weit weg zu sein, doch es musste mehr dahinterstecken als die posttraumatische Belastungsstörung, unter der sie litt. Deren Symptome waren ihm so vertraut wie den Psychiatern in Langley, man konnte so etwas nicht verbergen. Doch hinter dem, was ihm in dem Hotel aufgefallen war, steckte etwas völlig anderes, und er musste wissen, was die Ursache war. Selbst dann, wenn er schon entschieden hatte, sie nicht mit nach Pakistan zu nehmen.

Es war ganz einfach, er musste es wissen.

Als seine Entscheidung gefallen war, ging er zu seinem Zimmer zurück, darüber nachdenkend, womit er das Schloss knacken konnte. Doch schon nach ein paar Schritten machte er kehrt. Er erinnerte sich daran, dass seine eigene Tür in der letzten Nacht geklemmt hatte. Vielleicht reichte es, einmal kräftig mit der Schulter gegen Naomis Tür zu stoßen.

So war es. Die Tür sprang auf, und er stand in ihrem Zimmer.

Die Tür des Bades war geschlossen, in dem Zimmer war das Geräusch des Wassers lauter. Naomis Unterwäsche lag vor der Tür, zusammen mit einer weißen Bluse und einer dunklen Hose, die ihr Pétain während der Fahrt nach Cartagena gekauft hatte. Sie musste sich am Vortag umgezogen haben, während er im Nachbarzimmer schlief. Er ging um das Bett herum und fand, was er suchte – die Kleidungsstücke, die sie in Madrid getragen hatte.

Die Dusche lief noch immer, als er nach der Jeans griff. Der Stoff war steif von getrocknetem Schweiß und mit Blutflecken übersät. Bei einer schnellen Durchsuchung der Taschen entdeckte er einen Cover Stick, eine Rechnung aus einem Café und ein Plastikdöschen, in dem er eine halbe Tablette fand. Er nahm sie mit Daumen und Zeigefinger heraus und betrachtete sie eingehend. In die Tablette waren Zahlen gestanzt, eine Vier, eine Drei und vielleicht noch eine Drei, die nicht eindeutig zu erkennen war.

Er spürte einen Luftzug und hob den Blick. Naomi stand in der Badezimmertür. Sie hatte ein Handtuch um ihren zu dünnen Körper geschlungen, das pechschwarze Haar war nass. Auf ihren Schultern waren Wassertropfen zu sehen. Die Dusche hinter ihr lief immer noch.

»Ich habe ein Geräusch gehört.« Ihre dunkelgrünen Augen blitzten, und ihre Körperhaltung wirkte so, als bereitete sie sich auf einen Streit vor. »Was fällt dir ein …?«

Sie unterbrach sich, als sie das Döschen in seiner Hand sah.

Erwischt, doch auch er hatte sie erwischt und nicht vor, sich zu entschuldigen. Er hob die Tablette. »Was ist das? Kodein?«

Sie verschränkte die Arme vor der Brust, ihre Gesichtsmuskeln zuckten. »Geht dich nichts an.«

Sofort flackerte Zorn in ihm auf, und er trat einen Schritt auf sie zu. »Naomi, du …«

»Es ist Morphin.« Sie wich zurück und schlug den Blick zu Boden. Sie hatte die Lippen zusammengekniffen, und ihre Augen waren nicht feucht, doch als er sie betrachtete, verriet ihr Gesichtsausdruck plötzlich nicht mehr Trotz, sondern blanke Verzweiflung. Dann war es blitzschnell wieder vorbei. Er war erschüttert, doch es war alles so schnell gegangen, und er war sich nicht sicher, ob er ihre Miene richtig interpretiert hatte.

»Wo hast du die Dinger her?«, fragte er mit einem Blick auf die übrig gebliebene halbe Tablette. »Hat sie ein Arzt verschrieben?«

Sie nickte, ohne ihn anzublicken, doch es war kein Ja. Sie dachte über seine Frage nach. Darüber, ob sie lügen sollte. »Warum ist das wichtig?«

»Es ist wichtig, Naomi. Wenn du …«

»Nein«, sagte sie kaum hörbar. »Sie wurden nicht verschrieben. Ich habe sie von einer Freundin in Washington. Sie ist Ärztin.«

»Irgendeine Freundin.« Der Zorn war noch nicht verraucht, doch er bemühte sich trotzdem, die Konsequenzen abzuwägen. »Weiß Harper davon?«

Sie hob zögernd den Blick, schaute ihn an. »Keine Ahnung.«

»Er weiß es.« Kealey spürte, wie sich seine Hände zu Fäusten ballten. Es war eine rein instinktive Reaktion, er konnte einfach nicht den Zorn beherrschen, der wieder heftiger aufflackerte. »Er hat es die ganze Zeit über gewusst und dir trotzdem den Auftrag gegeben. Oder täusche ich mich?«

Sie nickte, aber er hatte recht, und sie wussten es beide.

Er hielt die Tablette hoch. »Wie schlimm ist es? Wie viele am Tag?«

»Ich weiß nicht genau. Zwischen zehn und fünfzehn. Manchmal …«

Er wartete, sah aber, dass sie den Satz nicht beenden würde. »Wie hoch ist die Dosierung?«

»Zwanzig Milligramm pro Tablette.«

»Was? Zweihundert Milligramm pro Tag? Zweihundertfünfundzwanzig?«

»Ja, so ungefähr.« Sie lehnte am Türrahmen, die spindeldürren Arme vor der Brust gekreuzt, den Blick zu Boden geschlagen. Er wusste nicht, ob sie beschämt oder nur betrübt war, weil er sie erwischt hatte. Wahrscheinlich beides zugleich.

»Naomi …« Er wartete, bis sie den Kopf hob, doch das Schweigen schien eine Ewigkeit zu dauern. »So kann es nicht weitergehen.«

Endlich hob sie den Blick, und von Streitlust war nichts mehr zu sehen. Tränen liefen über ihr Gesicht, über die etwas hellere Narbe auf der rechten Wange. Sie berührte sie leicht und drehte sich etwas, damit er die Narbe nicht sah. Das tat sie seit dem Tag, als sie aus der Privatklinik der CIA im Loudoun County in Virginia entlassen worden war, und es traf ihn jedes Mal tief. Wahrscheinlich geschah es unbewusst, doch das machte es nicht leichter.

»Was wirst du tun?«, fragte sie.

»Ich weiß nicht.« Und es stimmte. Er wusste, wie wichtig ihr die Arbeit für die CIA war, doch in diesem Zustand konnte er sie nicht mitnehmen. *Was würdest* du *an meiner Stelle tun?*, hätte er am liebsten zurückgefragt, doch das wäre zu einfach gewesen. Man hatte ihm beigebracht, Gefühle beiseitezuschieben, um schnelle, harte Entscheidungen zu treffen, und in diesem Fall war die Entscheidung bereits gefallen. Und was er gerade herausgefunden hatte, bestärkte ihn nur in seiner Meinung.

»Ich werde niemandem etwas sagen, aber du musst dieses Problem aus der Welt schaffen«, sagte er leise. »Ich weiß, dass du arbeiten möchtest, aber so nimmt es ein schlimmes Ende. Du wirst dich selbst oder einen anderen umbringen, und wenn …«

Er bemerkte seinen Fehler zu spät, bekam aber genau mit, was dann geschah. Ihr Gesicht wirkte fassungslos, und ihr Oberkörper kippte etwas nach vorn, als hätte ihr jemand einen Faustschlag in den Magen versetzt.

»Mein Gott.« Er bereute seine Worte sofort. »Ich hab's nicht so gemeint, Naomi. Du konntest ja nicht wissen, dass es …«

Es war vergeblich, sie hatte bereits den Rückzug angetreten und die Badezimmertür hinter sich ins Schloss geknallt. Dann hörte er, wie der Schlüssel sich drehte. Jetzt war sie unerreichbar für ihn, verloren in ihrer eigenen Welt. Ihm war klar, dass er dort nicht mehr willkommen war.

Er schaute mit einem leeren Blick auf die Tablette in seiner Hand, und ihm kam der Gedanke, sie mit dem Absatz zu zermalmen, um der Versuchung vorzubeugen. Stattdessen warf er sie auf die Bettdecke und verließ das Zimmer.

27

Sialkot

Randall Craig stand in dem von grellem Licht erleuchteten Operationsraum. Es herrschte fast völlige Stille, doch er war sich der effizienten, sparsamen Bewegungen von Said Kureshi bewusst, der sich in der Nähe des in den Boden eingelassenen Ausgusses zu schaffen machte. In seinem Rücken spürte er die Anwesenheit Benazir Mengals, der reglos an einem Schrank lehnte. Während Craig auf eines der weltweit am mühelosesten zu erkennenden Gesichter hinabschaute, erinnerte er sich an einen Patienten, bei dessen Operation er einst dabeigewesen war, einen Promi der zweiten Reihe, der sich selbst den oberen Zehntausend zurechnete. Seines Wissens war der sein einziger Patient gewesen, für den sich die Öffentlichkeit interessierte. *Diese* Patientin war von anderem Kaliber. Brynn Fitzgerald war kein aufgestylter Teenager mit Kultstatus, dessen Papi zu viel Geld hatte, sondern eines der wichtigsten amerikanischen Regierungsmitglieder. Bei den Hunderten von Operationen, an denen er als Anästhesist mitgewirkt hatte, war er bisher stets in der Lage gewesen, kühle Distanz zu wahren. Er hatte als absoluter Profi agiert. Darauf war er immer stolz gewesen, wenn auch nicht übermäßig stolz. Es gehörte einfach zu seinem Job. Jetzt bemerkte er, dass auf seine Ruhe kein Verlass war. Er schwitzte unter dem Chirurgenkittel, den Kureshi ihm gegeben hatte, und seine Hände waren feucht in den engen Latexhandschuhen, die ihm wie dicke Fäustlinge vorkamen.

Der alles beherrschende Gedanke war, dass er versagen könnte. Wenn er auf die Patientin blickte, sah er nur die Frau, deren Konterfei auf den Titelseiten von *Newsweek*, *Time* und *Harper's* erschienen war und die man ständig im Fernsehen erlebte, auf CNN, MSNBC oder Fox News. Er sah die mächtigste Frau der Vereinigten Staaten und war verängstigt, wenn er daran dachte, was er ihr möglicherweise antun könnte. Ein einziger Fehler, ein kleines Versehen, das genügte. Wenn sie nur eine unbedeutende Allergie hatte, von der sie nichts wussten, würde sie sterben, unter den Händen eines Bauernjungen aus Tennessee …

»Randall?« Er schreckte aus seinen Gedanken auf und wandte sich Said Kureshi zu, der ihn verunsichert anblickte. »Alles in Ordnung?«

Craig versuchte, seine Befürchtungen abzuschütteln. Er spürte Mengals durchdringenden, misstrauischen Blick auf sich ruhen. »Ja.«

Kureshi kam mit einem Tablett voller sterilisierter Instrumente herbei, stellte es ab und justierte eine der OP-Leuchten so, dass sie sich direkt über dem oberen Teil von Fitzgeralds Unterleib befand. Dann legte er die Maske an und blickte Craig in die Augen. »Bist du so weit?«

Craig nickte bedächtig. Er und Kureshi hatten keine Gelegenheit gehabt, sich darüber zu einigen, was sie nach der Operation tun würden. Er glaubte, dass sein Freund um sein Leben kämpfen würde, wie er es bereits angedeutet hatte, aber von welcher Seite er die Dinge auch sah, er konnte einfach nicht ignorieren, dass ihre Chancen schlecht standen. Laut Kureshi befanden sich mindestens acht bewaffnete Männer auf dem Grundstück, weitere waren am Ende der Zufahrtsstraße postiert. Er vermutete – seiner Meinung nach zu Recht –, dass weitere bewaffnete Wachtposten an der Hauptstraße warteten, die hundertfünfzig Meter südlich des Hauses lag. Kureshi hatte gesagt, die für Mengal arbeitenden Männer seien ehemalige Soldaten, wahrscheinlich aus den Reihen einer bekannten Eliteeinheit rekrutiert, in der man das pakistanische Äquivalent der Green Berets sehe. Auch wenn die Ausbildung nicht den amerikanischen Standards entsprach, agierten die Soldaten dieser Einheit extrem effizient, besonders auf heimischem Terrain.

Craig wusste, dass er bei einem Kampf keine Chance hatte, aber er war nicht bereit, sich einfach zu ergeben. Das war nicht seine Art, und außerdem glaubte er, Brynn Fitzgerald und den auf dem Karakorum-Highway entführten Menschen etwas schuldig zu sein. Unter Letzteren waren andere Amerikaner, und seine nationale Identität war ihm immer äußerst wichtig gewesen. Wenn er stellvertretend für sie etwas tun konnte, war er dazu bereit. Doch zuerst hatte er etwas anderes zu erledigen.

»Ja, es kann losgehen«, antwortete er mit fester Stimme, einen Blick auf die Monitore werfend. An Fitzgeralds rechtem Arm war bereits die Blutdruckmanschette angebracht, am linken der Venenzugang, am Zeigefinger der linken Hand ein Pulsoximeter. Letzteres diente zur Kontrolle der Sauerstoffsättigung des Blutes. Fiel diese während des Eingriffs unter fünfundneunzig Prozent, musste man eventuell darüber nachdenken, den Blutkreislauf anzukurbeln.

Kureshi hatte ihm bereits erklärt, was er vor seiner Ankunft unternommen hatte. Alle dreißig bis vierzig Minuten hatte er Fitzgerald fünf Milligramm des Tranquilizers Midazolam verabreicht, um sie ruhigzustellen, und bis jetzt schien es zu funktionieren. Im Gegensatz zu modernen Geräten zeigte ihr

EKG statt zwölf Kanälen nur sechs an, doch das musste reichen. Eigentlich sah alles zufriedenstellend aus. Er hatte alles, was er benötigte – das Narkosegerät, einen Endotrachealtubus, der bereits mit Xylocain-Gel eingeschmiert war, einem Lokalanästhetikum, das die Einführung des Tubus in die Luftröhre erleichterte, und ein Laryngoskop mit einem Spatel der Größe 3, mit dem man sich vor der Intubation im Rachenraum Überblick verschaffte.

Und natürlich die Narkosemittel, die für seinen Part am wichtigsten waren. Zuerst würde er Fentanyl spritzen, ein starkes Schmerzmittel mit der achtzigfachen Wirkung von Morphin. Direkt danach würde er Vecuronium injizieren, ein Muskelrelaxans, das man benötigte, um einen Endotrachealtubus legen zu können. Die beiden Mittel befanden sich in Einwegspritzen mit einer Kapazität von 10 Milliliter, wie auch das ebenfalls erforderliche Hypnotikum. Ungefähr eine halbe Minute nach der Verabreichung würde er die Intubation vornehmen, und von da an musste er nur noch auf den Monitoren die lebenswichtigen Funktionen kontrollieren. Um den Rest würde sich Kureshi kümmern.

Eine perikardiale Fensterung war relativ unkompliziert, aber wie jeder chirurgische Eingriff trotzdem mit Risiken verbunden. Um diese auf ein Minimum zu begrenzen, würden sie einer vorab festgelegten Verfahrensmethode folgen, die sich etabliert hatte. Wie vor Gericht hing auch in der Chirurgie sehr viel von Präzedenzfällen ab. Wenn sich etwas in der Vergangenheit bewährt hatte, würde es wahrscheinlich auch in Zukunft funktionieren. Die Geschichte mit dem Pneumothorax war keine große Sache gewesen, aber Kureshi hatte sich professionell darum gekümmert. Craig war dankbar, dass dieses Problem aus dem Weg geräumt war, denn die perikardiale Fensterung duldete keinen Aufschub mehr. Laut Kureshi war Fitzgeralds Blutdruck während der letzten paar Stunden drastisch gefallen.

Jetzt, als er die Spritze mit dem Fentanyl ansetzte, warf er einen Blick auf den Monitor. Er sah, dass Fitzgerald einen Blutdruck von dreiundachtzig zu vierzig hatte, was darauf hindeutete, dass das Blut im Perikard großen Druck auf ihr Herz auszuüben begann, was dessen Fähigkeit beeinträchtigte, Blut in andere Teile des Körpers zu pumpen. Kureshi hatte zu Recht auf die Dringlichkeit des Eingriffs hingewiesen. Wenn sie Fitzgerald jetzt allein ließen, würde sie wahrscheinlich innerhalb der nächsten Stunden einen kardiogenen Schock erleiden.

Nachdem er das Fentanyl injiziert hatte, notierte er die Uhrzeit und die Dosis. Dann spritzte er ihr das Vecuronium und berührte nach einer knappen halben Minute Fitzgeralds Augenlider. Keine Reaktion.

Er blickte zu Kureshi hinüber, nickte knapp und trat schnell an den Kopf des Tisches. Direkt hinter Fitzgerald stehend, griff er mit der Rechten nach dem Endotrachealtubus, drückte behutsam ihren Kopf ein bisschen nach hinten, öffnete ihren schlaffen Mund und führte den Tubus ein. Dann griff er mit der Linken nach dem Laryngoskop und kontrollierte dessen Bewegung mithilfe des Lichtes der am Ende des Instruments angebrachten kleinen Birne. Er hob den Kehldeckel an, führte die Kunststoffröhre die Trachea hinab und stoppte ein paar Zentimeter vor der Stelle, wo die Luftröhre in die Lungen übergeht. Als das erledigt war, ragte der Tubus gut zehn Zentimeter aus dem Mund der Patientin hervor, und er verband den Adapter an seinem hinteren Ende mit den transparenten Plastikschläuchen des Transportbeatmungsgeräts. Nachdem er den Tubus mit einem Stück Klebeband befestigt hatte, sagte ihm ein Blick auf die Monitore, dass die Werte in einen akzeptablen Bereich fielen.

»Das war's«, sagte er, von dem Tisch zurücktretend. Mengal stand vor der Patientin und beugte sich förmlich über sie. Craig ignorierte ihn, seine Worte galten einzig und allein Kureshi. »Sie gehört dir.«

Kureshi nickte, warf einen routinierten Blick auf die Monitore und trat an den Tisch. Fitzgerald trug einen weit geschnittenen grünen Kasack, der bereits bis unter ihre Brüste hochgeschoben war, weil der Anästhesist überprüfen musste, ob der Thorax sich regelmäßig hob.

Kureshi griff nach einem Wattebausch und rieb schnell den freiliegenden Teil von Fitzgeralds Oberkörper mit Polyvidon-Jod ein, einem grell orangefarbenen Hautdesinfektionsmittel. Als das erledigt war, breitete er sterile Tücher über sie, bis nur noch ein schmaler Hautstreifen zu sehen war, und suchte nach dem geeigneten Instrument. Craig versuchte, seine Gefühle zu ignorieren und sich ins Gedächtnis zu rufen, dass Brynn Fitzgerald eigentlich auch nur eine ganz normale, dringend auf eine medizinische Behandlung angewiesene Patientin war, aber es funktionierte nicht, weil er unmöglich vergessen konnte, dass sie die Außenministerin seines Landes war. Er musste immer wieder daran denken, an die Titelseiten der Magazine, die vielen Fernsehberichte. Es klappte einfach nicht, die Erinnerung daran auszulöschen.

Kureshi hatte das richtige Instrument gefunden, ein Skalpell mit langer Klinge und einem soliden Griff aus Titan. Craig zuckte unwillkürlich zusammen, als er es mit der rechten Hand hob und die rasiermesserscharfe Klinge im Licht der OP-Leuchten funkelte. Der pakistanische Arzt umklammerte es mit der Handinnenfläche, eine Technik der Skalpellführung, durch die tangentialer Druck auf die Klinge ausgeübt wurde und die ideal für große, tiefere Schnitte geeignet war. Er tastete mit den Fingern der linken Hand nach dem unteren Ende des Brustbeins und bereitete sich auf den Schnitt an dessen Schwertfortsatz vor.

Ein paar Augenblicke später war es vorbei. Craig war zu oft Zeuge eines solchen Eingriffes gewesen, um sich darüber zu wundern, dass so gut wie kein Blut floss. Kureshi drückte mit einem Wundspreizer die Ränder der sechs Zentimeter langen Inzision auseinander, und jetzt kam der schlimmste Part, zumindest für Craig. Er musste den Blick abwenden, als Kureshi nach einer Kanüle griff, einer normalen Erwachsenennadel mit einem Außendurchmesser von 1,6 mm. Für Craig sah dieses chirurgische Instrument aus wie die langen Nägel der Dachdecker, bei denen er früher in den Ferien gejobbt hatte. Dieser Vergleich drängte sich ihm immer wieder auf.

Er blickte immer noch weg, als Kureshi die Kanüle in die Inzision einführte und ihre Spitze mit einer ruhigen Vorwärtsbewegung in Richtung von Brynn Fitzgeralds Herz schob.

28

Cartagena

Es war kurz nach zwei mittags, als Kealey in den Garten trat, mit Naomis Globalstar-Satellitentelefon in der einen und einem Glas Eistee in der anderen Hand. Am strahlend blauen Himmel war kein Wölkchen in Sicht, und es war heiß. Zweiunddreißig Grad, und die Temperatur stieg weiter. In dem Augenblick, als er die Terrassentür hinter sich schloss, schlug ihm die Hitze entgegen, die Luft war feucht und stickig. Man hörte die Autos auf der anderen Seite der Bäume, doch um diese Tageszeit herrschte nicht viel Verkehr. Während er an dem Gartentisch vorbei auf die Bäume zuging, drehte er sich einmal zum Haus um und warf einen Blick auf den Balkon im ersten Stock. Es war niemand zu sehen. Er gab Jonathan Harpers Büronummer ein, justierte die Antenne, hob das Telefon ans Ohr und wartete darauf, dass die Satellitenverbindung hergestellt wurde.

Einer der Beschatter aus Madrid – das letzte Mitglied von Pétains Team, das noch im Land war –, war gerade gefahren. Er hatte ihre Taschen und Pässe gebracht, die am Vortag in dem Hotel in Madrid zurückgeblieben waren. Kealey hatte alles inspiziert, nichts schien zu fehlen. Er hätte es vorgezogen, auf neue Pässe zu warten, statt noch einmal jene zu benutzen, mit denen sie eingereist waren, aber er und Pétain hatten keine Zeit mehr zu verlieren. Am Vortag hatte Amari Saifi seine Lösegeldforderung öffentlich gemacht, durch ein an Al-Dschasiras Hauptquartier in Doha geschicktes Video. Jetzt wusste alle Welt, was die amerikanische Regierung selbst erst seit knapp zwölf Stunden wusste, und schon jetzt waren die Konsequenzen fatal. Harper hatte es ihm am Vorabend erzählt, und als Kealey an diesem Morgen durch die Nachrichtenkanäle switchte, war ihm klar, was er meinte. Von Beginn an hatten die Reporter zu wilden Spekulationen Zuflucht genommen, doch jetzt, angesichts der jüngsten Entwicklung, gab es praktisch kein anderes Thema mehr. Selbst der drohende Konflikt zwischen Indien und Pakistan schien nicht wichtig genug, um die Sender von der Fixierung auf die Entführung Fitzgeralds abzubringen. Und das andere große Thema war die zwielichtige Vorgeschichte jenes Mannes, der es gerade geschafft hatte, Osama bin Laden den Rang als berühmtester Terrorist der Welt streitig zu machen.

Die Urne mit den sterblichen Überresten Lee Pattersons, des verstorbenen amerikanischen Botschafters in Pakistan, war am Vortag mit allen militärischen Ehren auf dem Arlington National Cemetery beigesetzt worden. Laut MSNBC war Patterson sechs Jahre Offizier bei der Navy gewesen, bevor er sein Patent zurückgab, um Diplomat zu werden. Mehr als sechshundert Menschen hatten an der Beisetzung teilgenommen, darunter etliche prominente Geschäftsleute, ein ehemaliger Außenminister und der Präsident der Vereinigten Staaten, David Brenneman. Nach dem Ende des Beitrags ließ der Moderator noch einmal den Anschlag auf Fitzgerald Revue passieren. In diesem Zusammenhang wurde auch erwähnt, das FBI habe ein Team von Ermittlern nach Rawalpindi entsandt, das den Vorfall umfassend untersuchen solle.

Zu Kealeys großer Erleichterung wurde der Name Benazir Mengal nicht erwähnt. Obwohl er Harper erst am Vortag von Mengals Verbindungen zu dem Algerier erzählt hatte, war der

Name Saifi bei der CIA schon fast zwei Wochen im Umlauf – erstaunlich, dass er nicht durchgesickert war. Doch jetzt, mit der Veröffentlichung des Videos, war unvermeidlich, dass er allgemein bekannt wurde. Aber ein Schnelldurchlauf durch die anderen Nachrichtenkanäle hatte bestätigt, dass die Medien von Mengals Verwicklung in die Ereignisse noch keine Ahnung hatten. *Mögliche* Verwicklung, dachte er. Noch hatte er keinen hieb- und stichfesten Beweis dafür, dass Mengal bei Fitzgeralds Entführung die Finger im Spiel gehabt hatte, doch er war sich sicher, auf der richtigen Spur zu sein. Mit etwas Glück würde er es in knapp vierundzwanzig Stunden zweifelsfrei wissen.

Von den großen Sendern hatte es nur CNN für nötig befunden, einen Beitrag über die brisante Lage in Kaschmir zu bringen. Christiane Amanpour, die bekannteste Auslandskorrespondentin des Senders, war nach Udhampur geschickt worden, wo sie aus dem Hauptquartier des Oberkommandos der indischen Armee berichtete. Kealey erwischte nur den Schluss des Beitrags, doch es konnte kein Zweifel daran bestehen, dass die Lage eskalierte. Ein Zurück schien es nicht mehr zu geben. Mehr als fünfzigtausend Soldaten waren mittlerweile in der Region zusammengezogen worden, und dazu kam noch eine unbekannte Anzahl von Aufständischen aus Kaschmir, von denen die allermeisten mit dem pakistanischen Geheimdienst ISI zusammenarbeiteten. Es waren bereits Schüsse gefallen, und es sah so aus, als bereitete sich Indien auf eine längere Auseinandersetzung vor, denn es waren bereits zusätzliches Material und weitere Soldaten in die Region gebracht worden. Die indische Marine hatte zudem eine Blockade mehrerer strategisch wichtiger pakistanischer Häfen vorgenommen, was Musharraf erneut dazu veranlasste, Brenneman zum Eingreifen aufzufordern. Bis jetzt hatte das Weiße Haus noch keine Stellungnahme veröffentlicht, und es sah auch nicht so aus, als wäre der Präsident bereit, seinen Standpunkt zu revidieren.

Eine Stimme am anderen Ende riss ihn aus seinen Gedanken. Nachdem er eine achtstellige Zahl heruntergerasselt und gesagt hatte, er wolle Harper sprechen, wurde er gebeten, kurz zu warten. Ein paar Sekunden später meldete sich der stellvertretende Direktor der CIA.

»Ich bin's, Kealey.«

»Wo sind Sie?« Harpers Stimme klang, als wäre er noch nicht richtig wach, und Kealey musste sich daran erinnern, dass es in Langley erst kurz nach acht Uhr morgens war. Es verdankte sich nur dem Ernst der Lage, dass Harper überhaupt schon im Büro war. »Wie sieht's aus?«

»Wir sind immer noch in dem Haus.« Kealey warf einen Blick auf die Uhr. »Aber nicht mehr lange. Unsere Maschine startet morgen früh um fünf.«

»Wann landet sie?«

»Morgen um eins.«

»Mittags?«

»Genau.«

»Okay. Dann erzähle ich mal, was hier passiert ist. Wir haben ein Team nach Pakistan geschickt. Eingeladen wurden unsere Jungs natürlich nicht, folglich reisen sie unter falschen Identitäten. Ich habe eine Telefonnummer für Sie. Nach der Landung rufen Sie sofort an.«

»Ich höre.«

Harper nannte eine lange Nummer, die Kealey sich einprägte. Er sagte nicht, dass er nicht vorhatte, den Anruf zu tätigen, zumindest nicht, bevor er sich mit Machados Mann in Lahore getroffen hatte.

»Sie treffen sich mit den anderen und beginnen, die Liste abzuarbeiten«, sagte Harper. »Die gesamte Liste. Auf ihr stehen Leute, die erwiesenermaßen Verbündete des Generals und Ärzte sind. Wir haben keine Ahnung, wer von ihnen – wenn überhaupt – beauftragt wurde, Fitzgerald zu operieren.«

»Wir wissen nicht, *ob* sie operiert wurde«, gab Kealey zu bedenken. »In diese Richtung deutet nur, was unser Unfallexperte in seinem Bericht geschrieben hat. Seinem *vorläufigen* Bericht.«

»Vergessen Sie nicht die Aussagen der Augenzeugen«, sagte Harper. »Und da ist noch etwas, das ich gestern nicht erwähnt habe. Wir haben einen Blick auf den Obduktionsbericht von Lee Patterson geworfen. Die offizielle Todesursache ist der Kopfschuss, aber er hatte schwere innere Verletzungen, die auf den Raketeneinschlag zurückgingen. Der amtliche Leichenbeschauer behauptet, er wäre vermutlich auch dann gestorben, wenn es den Kopfschuss nicht gegeben hätte. Mit anderen Worten, es scheint nur logisch, dass Fitzgerald bei dem Anschlag ebenfalls Verletzungen davongetragen hat, womöglich ernste.« Harpers Schweigen ließ darauf schließen, dass er Kealeys Skepsis spürte. »Eine profundere Arbeitshypothese haben wir bis jetzt nicht.«

»Vielleicht«, sagte Kealey. »Mal angenommen, Sie haben recht. Mengal würde sie nicht zu jemandem in der Stadt bringen, sondern irgendwohin aufs Land, wo sich alles besser bewachen lässt. So hätte er Zeit, sie schnell an einen anderen Ort zu bringen, wenn er glaubt, dass es notwendig ist.«

»Genau deshalb müssen wir uns jeden Einzelnen auf dieser Liste genau ansehen. Es stehen nur vier Namen darauf. Mit sechs Leuten – Sie und Kharmai eingerechnet – müsste das in zwei Tagen zu schaffen sein.«

Als Naomis Name fiel, spürte Kealey Zorn in sich aufsteigen, aber er kämpfte ihn nieder. Er war sich zu neunzig Prozent sicher, dass Harper von ihrer Morphinabhängigkeit wusste, und doch hatte er sie als Köder benutzt, um ihn für die Jagd auf Amari Saifi zu gewinnen. Indem er sie für den Job mit Kamil Ghafour eingebunden hatte, war er das Risiko eingegangen, dass alle beteiligten Agenten ums Leben kamen. Er hatte nicht vor, diese Geschichte zu vergessen oder zu vergeben, aber es war jetzt nicht der richtige Zeitpunkt für einen Streit. Das würde später kommen, wenn dieser ganze Schlamassel ausgestanden und er wieder in den Vereinigten Staaten war.

Er erzählte Harper nicht, dass er Naomi in Spanien zurücklassen würde. In Pakistan würden er und Pétain äußerlich auffallen, insbesondere jetzt, angesichts der anhaltenden Spannungen zwischen Musharraf und Brenneman, doch das ließ sich nicht ändern. Nach Pétain würden sich alle umdrehen, und ihre auffällig helle Haut, zweifellos ein Erbe ihrer französischen Mutter, würde nur noch mehr dazu beitragen, dass sie Aufsehen erregten. Schlimmer noch, weder sie noch er beherrschten eine der Landessprachen. In dieser Hinsicht wäre Naomis Anwesenheit unbezahlbar gewesen, aber seine Entscheidung war gefallen. Außerdem brauchte er Pétain, wenn er an den Mann herankommen wollte, von dem Machado gesprochen hatte.

»Wen haben Sie geschickt?«, fragte Kealey, darum bemüht, seinen Zorn zu kaschieren.

»Sie kennen nur zwei von ihnen, Walland und Owen. Die anderen wurden hauptsächlich wegen ihres Äußeren ausgewählt – dunkles Haar, dunkle Haut, Sie wissen schon –, aber sie haben alle bereits Einsätze in Asien hinter sich. In Pakistan hat leider noch keiner Erfahrung, Sie wissen, dass wir da nicht genügend Leute haben. Natürlich stehen jede Menge Informanten auf unserer Gehaltsliste, besonders im Norden, wo die Taliban sich verschanzen, aber für diesen Job können wir keinen von ihnen gebrauchen. Wir dürfen es nicht riskieren, dass die örtlichen Sicherheitsbehörden einen anonymen Hinweis bekommen. Wenn man Sie schnappt, wird das zehnmal schlimmere Konsequenzen haben als die Geschichte in Madrid. Wir können es uns einfach nicht leisten, dass jemand von uns festgenommen wird.«

»Sie haben tatsächlich Owen geschickt?« Kealey war überrascht. Paul Owen, Lieutenant Colonel der U.S. Army, war während ihrer gemeinsamen Zeit in Fort Bragg sein Vorgesetzter bei der 3rd Special Forces Group gewesen. Ein paar Jahre später war Owen zur 1st SPOD-D abkommandiert worden, besser unter dem Namen Delta Force bekannt. Im letzten Jahr hatte Kealey im Irak mit ihm zusammengearbeitet, er erinnerte sich gut daran. Geendet hatte alles mit Owens Schwur, nie wieder mit ihm zu kooperieren. »Warum ist er dabei?«

»Wie Sie wissen, hat er schon ein paarmal für uns gearbeitet, und aus unserer Sicht hat es immer funktioniert. Hat mich nur ein paar Anrufe bei der Army gekostet. Es ist hilfreich, dass er immerhin in Afghanistan war, sodass der Gedanke nahelag. Er ist bereits in Pakistan, der Rest müsste in zehn bis zwölf Stunden landen.«

»Weiß er, dass er mit mir zu rechnen hat?«

»Ja, und er ist zur Zusammenarbeit bereit. Sie und Kharmai können auf eigene Faust agieren, wenn es dadurch einfacher wird. Dann können Sie das Kommando über die anderen drei an Owen übergeben.«

»Okay. Wie sieht's mit Waffen aus?«

Harper seufzte vernehmlich. »Sie haben mich nicht richtig verstanden. Sie sollen nur herausfinden, wer von diesen Leuten mit Mengal zusammenarbeitet. Wenn Sie zu dicht an ihn herankommen und entdeckt werden, wird er sofort seine Freunde vom ISI anrufen. Wenn das passiert und die Geheimdienstler sich an Ihre Fersen heften, können Sie es nicht riskieren, mit einer Waffe geschnappt zu werden.«

»Ich kann es nicht riskieren, keine Waffe dabeizuhaben«, erwiderte Kealey wütend. »Wenn sie uns schnappen, werden sie uns bestimmt nicht für Touristen halten. Sie wissen, was sie tun werden, um an ein Geständnis heranzukommen, und wenn sie es haben, werden sie es benutzen, um Brenneman die Daumenschrauben anzusetzen.«

»Eben deshalb dürfen Sie sich nicht schnappen lassen. Wenn sie herausbekommen, was los ist, werden Sie es ohnehin nicht schaffen, aus der Klemme herauszukommen, auch mit Waffe nicht. Sie werden jeden Mann, den sie entbehren können, auf Sie ansetzen, und der Rest beobachtet Flughäfen und Grenzübergänge. Wie gesagt, eine Waffe hilft da kein bisschen weiter.«

»Okay.« Kealey hatte die Nase voll von dem Thema, weil ohnehin nichts dabei herauskam. Nichts – nicht einmal Harpers Scheinargumente – würde ihn davon abhalten, sich gleich nach der Landung in Pakistan eine Waffe zu besorgen. »Was passiert, wenn wir etwas herausfinden?«

»Sie rufen an, und ich entscheide von hier.«

»Sie können doch nicht …«

»Genau so wird es laufen«, sagte Harper mit einem harten Unterton. »Diese Geschichte hat einen politischen Aspekt, den wir in Betracht ziehen müssen. Mir ist bewusst, dass Ihnen diese Dinge scheißegal sind, aber sie sind wichtig. Wenn Sie etwas herausfinden, müssen wir es so aussehen lassen, als wäre das Team vom FBI darauf gestoßen. Brenneman hat bereits mit Emily Susskind darüber gesprochen, und sie hat zugestimmt. Das FBI wird mitspielen, aber wir müssen sicher sein, dass Mengal, Saifi, Fitzgerald oder die anderen Geiseln sich an einem bestimmten Ort aufhalten, am besten alle gleichzeitig. Sobald wir das wissen, wird das Weiße Haus es durchsickern lassen, und Musharraf hat keine andere Wahl mehr, als zu kooperieren. Also tun Sie, was ich sage, okay?«

Wieder musste Kealey gegen den in ihm aufsteigenden Zorn ankämpfen. Er fragte sich, warum er überhaupt weiter dabeibleiben sollte. Angesichts dessen, was er jetzt über Naomi wusste, war er versucht, die ganze Sache abzublasen. Schließlich hatte er sich nur darauf eingelassen, um auf sie aufzupassen. Er konnte Harper sagen, er könne ihn mal, und dann mit Naomi nach Hause fliegen. Vielleicht konnte er sie überzeugen, wieder mit ihm nach Cape Elizabeth zu kommen. Einfach würde das nicht werden, aber vielleicht würde es ihr mit der Zeit gelingen, ihre Sucht zu überwinden. Er *wusste*, dass sie es schaffen konnte. Er musste sie nur überreden, mit ihm zu kommen.

Doch zugleich hatte er sich schon zu sehr auf diesen Auftrag eingelassen, um noch einen Rückzieher zu machen, und etwas hatte sich geändert. Zuvor hatte er nur Schaden von Naomi abwenden wollen. Jetzt, wo offensichtlich war, dass er elendig versagt hatte, war es sein Ziel, Mengal und Saifi zu finden. Er wollte sie fassen, damit sie für den Anschlag von Rawalpini bezahlten. Sie sollten dafür leiden, was Naomi zu tun gezwungen gewesen war und was er jetzt durchmachte. Sein höchstes Ziel war es aber, Fitzgerald zu finden und sie nach Amerika zurückzubringen. Und die anderen Geiseln. Wenn er all das schaffte, würde es Naomis Schuldgefühle vielleicht abschwächen. Möglicherweise würde sie es im Laufe der Zeit so sehen, dass einige Menschen sterben mussten, damit andere weiterleben konnten. Eine große Hoffnung war das nicht, aber besser als gar nichts. Außerdem hatte er ihr im Moment nicht mehr zu bieten.

»Okay«, sagte er schließlich. »Ich werde mich an Ihre Anweisungen halten. Bei Gott, hoffentlich finden wir etwas heraus.«

»Das hoffe ich auch«, sagte Harper. Jetzt, wo er glaubte, die Oberhand behalten zu haben, klang seine Stimme wieder deutlich umgänglicher. Es entstand eine kurze Pause. »Was ist mit Kharmai? Wie hält sie sich?«

»Gut«, log Kealey, krampfhaft das Telefon umklammernd. Er musste seine ganze Selbstbeherrschung aufbieten, um seine Wut nicht an Harper abzureagieren. »Meiner Meinung nach ist sie noch damit beschäftigt, es gedanklich zu verarbeiten.«

»Ist sie dem Auftrag gewachsen?«

»Ja. Überlassen Sie das mir.«

Harper gab noch einige Anweisungen und stellte ein paar Fragen, dann war das Gespräch beendet. Kealey ließ das Telefon sinken und starrte in die dicht belaubten dunkelgrünen Baumkronen. Einen Augenblick stand er nur so da, an dem wässrigen Tee nippend, und ließ Harpers Worte Revue passieren. Es war klar, dass die Lage sich zu einem politischen Albtraum entwickelte. Brenneman versuchte, zwei gegenläufige Ziele gleichzeitig zu verfolgen. Einerseits wollte er, dass Fitzgerald gefunden wurde, andererseits Musharraf beschwichtigen, und Kealey wusste aus Erfahrung, dass solches politisches Taktieren zu nichts führte. Das Problem war, dass Brenneman die Brücken hinter sich verbrannt hatte, als er sich weigerte, den israelischen Waffenverkauf an Indien zu unterbinden.

Jetzt war er mit den Konsequenzen dieser Entscheidung konfrontiert.

Kealey war sich immer noch nicht sicher, warum Musharraf das FBI-Team ins Land gelassen hatte, besonders angesichts seines anfänglichen Widerstands gegen diese Idee. Vielleicht hatte er zu diesem Zeitpunkt noch gehofft, dass Brenneman im letzten Moment einschreiten würde. Oder vielleicht versuchte er auch, in der Meinung der internationalen Öffentlichkeit besser dazustehen als der amerikanische Präsident. Wie auch immer, auf jeden Fall war er sich sicher, dass Musharraf es sofort für seine Zwecke ausschlachten würde, wenn in seinem Land verdeckt operierende CIA-Agenten enttarnt wurden. Man würde ihn und die anderen an Fernsehkameras vorbeidefilieren lassen, und dann war jede Hoffnung dahin, Fitzgerald oder die anderen Geiseln zu finden. Damit war der pakistanische Präsident für jede Eventualität abgesichert, selbst dann, wenn Fitzgeralds Leiche gefunden wurde.

Kealey scherte sich nicht um Politik, doch er war lange genug bei der Army gewesen, um die Mechanismen zu verstehen. Er stimmte mit Harpers Einschätzung der Lage überein, aber das änderte nichts daran, wie er diese Operation anzugehen gedachte. Nach der Landung würde er dafür sorgen, dass nicht nur er selbst, sondern nach Möglichkeit auch die anderen bewaffnet waren. Wenn Machados Behauptung über die Beziehungen seiner Kontaktperson zu Benazir Mengal zutraf, konnten sie es sich ersparen, mehrere Personen zu observieren, weil es dann einen direkten Zugang zu dem General gab. Dadurch wurden auch einige Risiken vermieden.

Als er hinter sich ein Geräusch hörte, drehte er sich um und sah Pétain auf der Terrasse stehen, mit einer Hand auf der Türklinke. Sie trug eine hautenge, wadenlange Baumwollhose,

Schuhe mit hohen Absätzen und eine cremefarbene Bluse, deren Ärmel bis zu den Ellbogen aufgekrempelt waren. Sie hatte eine unglaublich weibliche Figur – breite Hüften, eine schlanke Taille und nur leicht gebräunte, zarte Arme. Trotz der brennenden Sonne war ihr Gesicht bemerkenswert blass, aber auf eine attraktive Art. Es war eine natürliche Blässe, die ihr gut stand, weil sie ihre dunkelbraunen Augen und das glänzende, bis zur Mitte des Rückens herabfallende kastanienbraune Haar stärker hervortreten ließ. Für einen Augenblick musste er sie bewundernd anstarren. Es war das erste Mal, dass er ihre außergewöhnliche Schönheit wirklich sah. Diese Schönheit und ihre elegante und ungezwungene Art erinnerten ihn an Katie.

Katie. Er dachte nicht oft an sie, aber nicht, weil er nicht gewollt hätte. Es war nur so verdammt hart. Bewusst unterdrückt hatte er die Erinnerung an sie nie, doch er beschwor sie auch nicht herauf. Sie war die erste Frau, die er wirklich geliebt hatte. Es war schwer genug gewesen, damals darüber hinwegzukommen, und er hatte kein Bedürfnis, diese tiefe Verzweiflung noch einmal durchzumachen. Selbst heute, annähernd zwei Jahre nach ihrem Tod, litt er unter ihrem Verlust. Nicht permanent, doch wenn ihm ihre Abwesenheit bewusst wurde, traf es ihn hart. Er musste nur ein Gericht kochen, das sie gern gegessen hatte, und schon kam alles zurück. Wenn er den Verlust so stark empfand, suchte er meistens nicht ihr Grab auf, sondern Orte, die sie gemeinsam gesehen hatten. Der Grund war ihm nicht bewusst, und er hatte ihn nie genau analysiert. Eine schlimmere Erfahrung als ihren Tod hatte es in seinem Leben nicht gegeben, sie war sogar schlimmer als der Schock, Naomi zu verlieren, weil sie von Dämonen beherrscht wurde. Er wollte sie nicht verlieren, wollte nicht alles ein zweites Mal durchmachen. Wahrscheinlich war das zum Teil der Grund dafür, dass er so bemüht darum war, alles Unheil von Naomi fernzuhalten. Auch wenn es im Moment so aussah, als wäre es ihm nicht gelungen.

Pétain schaute ihn erwartungsvoll an, und er bemerkte, dass er noch kein Wort gesagt hatte, und ihm fiel auch nichts ein, sosehr er sich bemühte. Er kam sich unbeholfen vor, räusperte sich, wandte den Blick ab. Sie kam ihm zu Hilfe. »Ich wollte Sie nur wissen lassen, dass der Wagen hier ist.«

Er nickte. Javier Machado hatte versprochen, ein Auto zu besorgen, mit dem sie zum Flughafen fahren konnten, wo sie es auf dem Langzeitparkplatz abstellen sollten. Dort sollte es in ein paar Tagen jemand abholen, wahrscheinlich der Besitzer, wie er vermutete. Pétain glaubte, die Botschaft hätte den Wagen zur Verfügung gestellt. »Sind Sie startklar?«, fragte er.

»Absolut.« Sie zögerte. »Was ist mit Kharmai? Haben Sie sich …?«

»Ich wollte sie nicht stören. Wahrscheinlich schläft sie.«

Sie blickte ihn skeptisch an. »Ich finde wirklich, dass Sie …«

»Machen Sie sich deshalb keine Gedanken«, erwiderte er scharf. »Wenn sie aufwacht, sind wir weg, und sie kann tun, wonach ihr der Sinn steht. Nach Washington zurückfliegen oder hierbleiben. Es ist ihre Entscheidung. Sicher ist nur, dass sie nicht mitkommt.«

Pétain zögerte, schloss die Terrassentür, ging zu Kealey, verschränkte die Arme vor der Brust und schaute ihn an. Etwas schüchtern, aber auch neugierig. »Was ist mit ihr los?«, fragte sie leise.

»Wovon reden Sie?«

»Sie wissen, was ich meine. Ich rede nicht von Madrid,

sondern von New York. Ich weiß, dass sie dort war und was Vanderveen ihr angetan hat, aber … Für mich sieht es so aus, als wäre da noch etwas anderes. Etwas, das allen entgangen ist, außer Ihnen vielleicht.«

»Hat sie nicht schon genug durchgemacht?«, fragte Kealey gereizt. Pétain wollte etwas aus ihm herauslocken, doch ihm fehlte die Geduld, sich darauf einzulassen.

Aber Pétain war nicht bereit, den Rückzug anzutreten. »Für mich sieht es nur so aus, als hätte sie …«

»Genau, Sie wissen nichts«, fuhr er sie an. »Hören Sie gut zu. Was mit ihr los ist, geht Sie nichts an. Ich bin sicher, dass Sie die Akte gelesen haben, und wahrscheinlich erinnern Sie sich an die Berichterstattung der Medien. Es ist ihnen nie gelungen, sie zu identifizieren, aber es gab jede Menge Augenzeugen, die alle irgendwas zu sagen hatten. Also wissen Sie, was Vanderveen ihr angetan und was sie durchgemacht hat. Aber wenn Sie all das wissen, warum fangen Sie dann jetzt davon an? Was wollen Sie von mir hören?«

»Es scheint nur so, als wäre da noch etwas«, sagte sie leise.

»Sie irren sich. Glauben Sie mir, Sie wissen alles, was man darüber wissen kann.«

»Okay«, sagte sie, obwohl offensichtlich war, dass sie ihm kein Wort glaubte. »Entschuldigen Sie, dass ich das Thema angeschnitten habe.«

»Schon gut«, antwortete Kealey, mit der Hand durch sein Haar fahrend. Er versuchte, sich zu beruhigen und sich ins Gedächtnis zu rufen, dass sie nur eine unschuldige Frage gestellt hatte. Er musste mit ihr arbeiten, vielleicht für einen längeren Zeitraum. Außerdem war die wirkliche Ursache für seine schlechte Laune das Gespräch mit Harper. Pétain hatte nichts damit zu tun.

»Hören Sie, es tut mir leid, dass ich Sie so angefahren habe«, sagte er. »Es ist nur ein heikles Thema.«

»Verstehe.« Sie lächelte schüchtern. »Entschuldigen Sie. Ich wollte nicht weiterbohren, aber es interessierte mich.« Sie schwieg kurz. »Ich packe schon mal die Taschen ins Auto. Wir treffen uns dann dort.«

Er sah sie von Kopf bis Fuß an und schüttelte den Kopf. »Besser, Sie ziehen sich erst mal um. Die Klamotten können Sie in Lahore nicht tragen.«

Sie blickte stirnrunzelnd an sich herab, und Kealey erkannte, dass sie nicht begriff, was er meinte. »Ziehen Sie eine dunkle Bluse an, ohne die Ärmel aufzukrempeln. Die Klunker sind auch überflüssig. Flache Absätze und Jeans. Haben Sie einen Schal? Irgendwas, womit Sie Ihr Haar bedecken können?«

»Ich denke schon. In den späten Achtzigern war mein Vater für zwei Jahre in Islamabad. Offiziell gehörte er zu den Angestellten der Botschaft. Bei seiner Rückkehr hat er ein paar Souvenirs mitgebracht, unter anderem ein Kopftuch. Es müsste hier irgendwo sein.«

»Dann suchen Sie es«, sagte er. »Sie werden es brauchen. Unser Ziel ist es, in Pakistan so wenig Aufmerksamkeit wie möglich auf uns zu ziehen. Alles andere besprechen wir auf der Fahrt zum Flughafen.«

»In Ordnung.« Sie ging zum Haus zurück, und er blickte ihr nach. Als sie die Terrassentür fast erreicht hatte, drehte sie sich noch einmal um. »Noch was, Kealey.«

»Ja?«

Sie lächelte schwach, und ihre Augen funkelten. »Ohne Bart sehen Sie tausendmal besser aus.«

Damit hatte er absolut nicht gerechnet, es kam völlig überraschend. Er stammelte verlegen vor sich hin, doch sie hatte sich bereits abgewandt. Dann war sie verschwunden, und die Tür fiel leise hinter ihr ins Schloss.

Er seufzte tief, als die Anspannung nachließ. Pétain hatte ein Thema angeschnitten, das ihm zu naheging, wahrscheinlich mehr, als ihr bewusst war. Größtenteils hatte er die Wahrheit gesagt. Die Geschichte mit Vanderveen war für Naomi eine traumatische Erfahrung gewesen, aber etwas anderes war noch schlimmer. Die Tatsache, dass sie eine unschuldige Frau getötet hatte, war nie ans Licht gekommen, nicht einmal Harper kannte die Wahrheit. Kealey hatte alles getan, um ihre Tat zu vertuschen, und Naomi hatte sich zögernd darauf eingelassen.

Vermutlich war gerade die Vertuschung des Vorfalls für sie ein größeres Problem als die Tatsache, dass sie abgedrückt hatte, denn so musste sie lügen. Durch die Vertuschung wurde die Tat – zumindest für Naomi – eher zu einem Mord, während sie tatsächlich auf einem Irrtum und nicht auf Vorsatz beruhte. Letztlich lief es immer wieder darauf hinaus, was sie dachte und wie sie die Sache sah.

Als er darüber nachdachte, bemerkte er plötzlich, dass er auf das Fenster ihres Zimmers im ersten Stock schaute. Sie war nicht zu sehen. Wahrscheinlich schläft sie wieder, dachte er. Sein Blick glitt über die anderen Fenster, und hinter der Scheibe des letzten glaubte er eine Silhouette zu erkennen. Es war schwer zu sagen, da das Sonnenlicht auf dem Glas funkelte, aber es schien tatsächlich so zu sein, dass dort jemand stand und zu ihm hinunterblickte. Dann war die Gestalt urplötzlich wieder verschwunden.

Er stand noch einen Augenblick da und dachte nach. Als er zum Haus ging, musste er daran denken, was der nächste

Tag bringen würde. Es war alles reine Spekulation. Nur eines war sicher. In nicht einmal zwanzig Stunden würden sie sich in einer feindlichen Umgebung wiederfinden. Was immer geschah, die Situation würde extrem riskant sein, und sie durften sich keinen Fehler leisten.

29

Sialkot

Randall Craig stand unter einer großen alten Akazie hinter dem Haus und rauchte eine von Said Kureshis englischen Zigaretten. Die Operation war gut gelaufen, so gut, wie man nur hoffen konnte, und allmählich ließ die Anspannung nach, was mit Sicherheit auch am Nikotin lag. Aber die Angst hatte nicht nachgelassen. Zuvor hatte er sich in erster Linie darauf konzentriert, das Leben der Außenministerin zu retten, doch jetzt, nachdem er Kureshi dabei assistiert hatte, die Aufgabe zu bewältigen, drängte sich der stärkste menschliche Trieb in den Vordergrund.

Der Selbsterhaltungstrieb.

Alles in ihm drängte darauf, die Flucht zu wagen. Seine Beine waren gespannt wie zusammengedrückte Federn, das Adrenalin pumpte wie Treibstoff durch seine Adern. Fast hätte er geglaubt, er könnte abheben, über die sanft gewellten Weiden fliegen und sich in dem dichten Farnkraut verstecken, bevor die Wachtposten reagieren konnten. Es war kurz nach zehn in dieser mondlosen Nacht, auch die Sterne waren größtenteils hinter schnell dahintreibenden dunklen Wolken verborgen. Jenseits der Weiden, wo das Gelände anstieg und in das Vorgebirge von Kaschmir überging, sah er auf einer sich bergan windenden Straße eine Lichterkette. Dutzende, wenn nicht Hunderte von Lichtern. Aus der Ferne drang das dumpfe Geräusch von Dieselmotoren an sein Ohr. Kureshi hatte ihm gesagt, er sei in Sialkot, in der Stadt gebe es einen großen Stützpunkt der pakistanischen Armee. Er vermutete, dass die Fahrzeuge zu dem Krisengebiet im Norden fuhren. Nicht mehr lange, dann würden sie die Scheinwerfer ausschalten und Nachtsichtgeräte benutzen, um nicht von den Bombern der indischen Luftstreitkräfte entdeckt zu werden, die am Himmel über dem Kaschmir-Tal patrouillierten.

Während er den Blick über die Weiden schweifen ließ, erwog er alle Möglichkeiten. Tief in seinem Inneren war ihm klar, dass es nicht funktionieren würde. Bis zu der ersten Baumreihe waren es mindestens zweihundert Meter, und er musste über einen hüfthohen Drahtzaun klettern, um dorthin zu gelangen. Im Moment stand er am Ende des Gartens, so weit von den Wachtposten entfernt, wie es seiner Meinung nach möglich war, ohne dass sie misstrauisch wurden. Sie waren zu zweit und bewaffnet. Nicht mit Maschinenpistolen wie die Männer im Haus, sondern mit langläufigen Gewehren, die zweifellos mit Nachtsichtzielfernrohren ausgestattet waren. Wenn er zu fliehen versuchte, wäre nach maximal zwanzig Metern Schluss. Es war einfach selbstmörderisch. Er war bereit, ein Risiko einzugehen, aber nur ein kalkulierbares. Lebensmüde war er nicht. Nicht, solange es eine bessere Alternative gab.

Während er weiter vergeblich nach Büschen Ausschau hielt, hinter denen er auf dem Weg zum Zaun möglicherweise in Deckung gehen konnte, spürte er, dass hinter ihm jemand war. Als er sich abrupt umdrehte, stand er einem Mann gegenüber, der nur drei Meter entfernt war. Seine Gesichtszüge waren in der Dunkelheit kaum zu erkennen, aber er war groß und trug eine Art Turban oder etwas Ähnliches ... vielleicht eine Kufija. Der Mann trat auf ihn zu, und seine weißen Zähne leuchteten, als er ihn freundlich anlächelte.

»Dr. Craig?« Als er näher kam, sah Craig, dass er ein langes Gewand trug, im Gegensatz zu Mengal und seinen Männern, die dunklen Hosen und Hemden den Vorzug gaben. Der Mann hatte eine lange Hakennase, einen dichten schwarzen Bart und braune Augen. Man hätte eher vermutet, in der Wüste auf ihn zu stoßen, nicht im Norden Pakistans. Noch seltsamer waren die Turnschuhe, die unter dem langen Gewand hervorschauten. »Entschuldigen Sie, ich wollte Sie nicht erschrecken, sondern nur gratulieren. Sie haben ganze Arbeit geleistet. Die Außenministerin verdankt Ihnen ihr Leben.«

Der Mann sprach perfektes Englisch, aber mit einem Akzent, den Craig nicht einordnen konnte, denn er unterschied sich von allem, das ihm bisher zu Ohren gekommen war. Jetzt stand er unmittelbar vor ihm, und er machte den Eindruck, als wäre er daran gewöhnt, Befehle zu geben. Plötzlich dämmerte Craig eine Ahnung, begleitet von Angst. Er glaubte zu wissen, wer vor ihm stand. Es musste jener Mann sein, den Kureshi erwähnt hatte und den er nur als »den Algerier« kannte. Was hatte Said gesagt?

Einer von ihnen ist der Teufel persönlich.

»Wissen Sie, wer ich bin, Doktor?«

Craig wich einen Schritt zurück und schüttelte den Kopf. »Nein.«

Der Algerier rückte weiter vor und war so nah, dass Craig seinen Atem riechen konnte. Pfefferminztee, er roch nach dem Tee, von dem man auch ihm angeboten hatte. »Sind Sie sicher?« Ein seltsames Lächeln huschte über das hagere, wettergegerbte Gesicht. »Sie haben mich nie gesehen?«

Von Angst gepackt, konnte Craig nicht mehr klar denken, und doch wusste er genau, dass er dieses Gesicht noch nie gesehen hatte. Plötzlich wurde aus Angst Wut, und diesmal gelang es ihm, seinen Mut zusammenzunehmen. Er tat einen aggressiven Schritt nach vorn und straffte die Schultern.

»Ich habe Nein gesagt«, knurrte er, dem anderen einen Finger in die Brust bohrend. »Sie sprechen doch Englisch, oder?«

»Ja, wie Sie hören.« Amari Saifi lächelte mild, offenbar unbeeindruckt von dieser sinnlosen Zurschaustellung von Trotz. »Habe ich während meiner Militärzeit gelernt. Auch wenn Sie es kaum glauben werden, ich habe sogar mal an einer Übung mit Ihren Landsleuten teilgenommen.«

Plötzlich wurde Craig durch ein Geräusch aufgeschreckt, und er drehte sich zu dem Haus um. Neben dem Spalier war ein Mitsubishi-Laster vorgefahren. Die Außenbeleuchtung wurde eingeschaltet, und ein paar Wachtposten kamen aus dem Haus. Craig sah, wie ein Mann die Hecktür des Lasters öffnete, auf die Ladefläche kletterte und seinen wartenden Kameraden etwas reichte. Das meiste konnte er erkennen – tragbare Halogenstrahler, einen zusammenklappbaren Dreifuß aus Aluminium und einen sperrigen schwarzen Koffer, der vielleicht eine Kamera enthielt.

Der Algerier, ebenfalls die Szene beobachtend, lächelte erneut. »Sieht ganz so aus, als wären wir fast startklar«, sagte er. »Wir müssen nur warten, bis unser Star sich erholt hat. Vielleicht noch fünfzehn oder sechzehn Stunden. Allmählich werde ich ungeduldig. Verstehen Sie das?«

»Wovon reden Sie? Und was soll das heißen, unser Star?«

»Ich meine natürlich Fitzgerald.« Der Algerier richtete seinen ruhigen Blick auf Craig und lächelte schon wieder. »Vielleicht ein Star wider Willen, aber trotzdem ein Star. Und sie ist nur die Hauptattraktion.«

»Wovon reden Sie?«, wiederholte Craig, aber die Frage war überflüssig. Eigentlich kannte er die Antwort.

Saifi legte ihm eine Hand auf die Schulter, noch immer ein Lächeln auf den Lippen, doch jetzt war es eiskalt. »Sie haben doch nicht etwa gedacht, wir hätten Sie nur aus einem Grund hergebracht, Doktor? Bei Fitzgerald haben Sie eine bewundernswerte Leistung vollbracht, aber Ihre Arbeit ist noch längst nicht getan. Bald sind Sie berühmt, mein Freund … Berühmter, als Sie es sich in ihren kühnsten Träumen hätten vorstellen können.«

In diesem Moment war Craig schlagartig klar, was passieren würde. Er musste daran denken, was er in den letzten paar Jahren in den Nachrichten gesehen hatte – grobkörnige Bilder aus dem Irak, Afghanistan und Karatschi, einer Stadt, die etwa tausenddreihundert Kilometer von hier entfernt lag. Er wusste, was Daniel Pearl und all den anderen widerfahren war, und auch wenn er die Videos selbst nie angeschaut hatte, sah er sie nun vor seinem inneren Auge. Maskierte Männer neben einer islamischen Flagge, Resignation in den Augen des Opfers, Forderungen, die nie erfüllt werden würden, die glitzernde Klinge, die mit nach unten sauste …

Es war keine bewusste Entscheidung, doch auf einmal bewegte er sich vor und streckte die Hand nach der Kehle des Algeriers aus, den Blick auf die Stelle mit den empfindlichen Nerven unter dem Kinn richtend. Aus dem hinteren Teil des Hauses hörte er Schreie, dann Schritte in dem nassen, kniehohen Gras, doch es waren bedeutungslose Hintergrundgeräusche; er konnte nur noch daran denken, den Algerier zu töten, der gerade nach links auswich und einen Arm hob, um den Angriff zu parieren, sich aber nicht wehrte. Craig, dessen erste Attacke ins Leere gegangen war, bereitete sich auf einen zweiten Versuch vor. Er warf sich nach vorn, mit gesenktem Kopf, und spürte, wie seine Schulter sich in den Magen des

Algeriers bohrte, dem es sofort den Atem verschlug. Für einen Augenblick empfand Craig eine enorme Befriedigung, doch dann war der erste Soldat zur Stelle, und plötzlich schien sein Kopf vor Schmerz zu explodieren. Der brutale Schlag traf genau dort, wo er schon auf dem Parkplatz des Krankenhauses getroffen worden war, und er ging zu Boden.

Obwohl er keine Chance hatte, versuchte er durchzuhalten. Vielleicht war es das letzte Mal, dass er Widerstand leisten konnte. Aber es funktionierte nicht, die Finsternis überkam ihn mit unglaublicher Geschwindigkeit, und bevor er das Bewusstsein verlor, hörte er noch das laute Gelächter des Algeriers, das die Stille der Nacht zerriss.

Dann war alles schwarz.

30

Lahore

Der Flug war anstrengend, besonders der siebenstündige Abschnitt zwischen Rom und Taschkent, wo die Maschine wegen einer Hochdruckfront über dem Schwarzen Meer kräftig durchgeschüttelt wurde. Kealey saß im hinteren Teil des Flugzeugs und sah mehrfach, wie Pétain, die weiter vorn saß, aufsprang und zur Toilette rannte. Auf dem Rückweg wirkte sie jedes Mal so, als hätte sie sich übergeben müssen, und ihr Gesicht war noch blasser als sonst. Sie hielt sich eine Hand vor den Mund, als befürchtete sie, es könnte gleich von vorn losgehen. Normalerweise hätte ihn die etwas theatralische Geste eher amüsiert, aber ihm entging nicht, dass sie die Aufmerksamkeit der anderen Passagiere auf sich zog. Jedes Mal, wenn sie wieder aufsprang und lossprintete, hätte er am liebsten ihr Haar gepackt und sie zurückgehalten. Die Operation hatte noch nicht einmal begonnen, und schon verhielt sie sich auf eine Weise, die anderen im Gedächtnis bleiben würde. Ihm wäre es lieber gewesen, sie nicht mitnehmen zu müssen, doch das war nichts Neues. Er hatte es schon von dem Augenblick an so gesehen, als Machado sein Angebot machte.

Das Angebot. Genau darüber musste er die ganze Zeit nachdenken. Informationen und eine direkte Verbindung zu Benazir Mengal für … Für welche *Gegenleistung*? Was wollte Machado? Er wusste es einfach nicht, und es machte ihn wahnsinnig. Er verstand nicht, was Machado davon hatte, wenn er

Marissa Pétain nach Pakistan mitnahm. Dafür musste es einen Grund geben. Machado war einer der bekanntesten Agenten der CIA gewesen, natürlich nur innerhalb jenes kleinen Kreises von Leuten, die wussten, was er in dreißig Jahren für die operative Abteilung geleistet hatte. Was für ein Interesse hatte er an dieser Geschichte?

Er dachte immer noch darüber nach, als die Maschine – ein UZB Airbus A310–300 – aufsetzte und ausrollte. Nach ein paar Augenblicken stand sie, das Licht für die Sicherheitsgurte ging aus. Als die anderen Passagiere aufsprangen und ihre Handys suchten, blieb er sitzen. Er zog es vor, als Letzter aus einem Flugzeug auszusteigen und auch ganz am Schluss an Bord zu gehen. Mit dem Job hatte das nichts zu tun, er mochte einfach keine Warteschlangen. Besonders keine, die endlos lang waren.

Als der letzte Passagier den Mittelgang hinabging, griff er nach seinem Bordcase, der nur einen Satz Reserveklamotten und ein Taschenbuch enthielt, aber es war immer besser, einen dabeizuhaben, besonders auf langen Flügen. Ein Bordcase gehörte zu den Dingen, die andere zu sehen erwarteten, und in den Jahren seit dem 11. September 2001 achteten die Leute – insbesondere Flugreisende – erstaunlich genau auf ihre Umgebung. Nicht alle, aber genug. Ein Grund mehr, unauffällig zu agieren.

Kurz darauf stand er in dem klimatisierten Terminal, und von Pétain war nichts zu sehen. Also suchte er die nächste Damentoilette und postierte sich an einer Stelle, von wo aus er den Eingang im Auge behalten konnte. Es dauerte nicht lange, bis sie aus der Tür trat. Sie sah ihn und kam auf ihn zu. Ihm blieb nicht verborgen, dass sie immer noch auf wackeligen Beinen ging und sehr blass war.

»Das war der übelste Flug meines Lebens«, stöhnte sie, den Gurt ihres Bordcase justierend. Vor ihrem Aufbruch aus Cartagena hatte sie eine beigefarbene Leinenhose, eine schwarze Bluse und weiße Turnschuhe angezogen, und sie trug ein in verschiedenen Nuancen von Violett und Blau gemustertes, hauchdünnes Kopftuch. Für Kealeys Geschmack waren die Farben etwas zu kräftig, aber es war besser als nichts. Schon bald würden sie eine Gelegenheit finden, ein weniger auffälliges Kopftuch zu kaufen. Glücklicherweise ließ die weit geschnittene Bluse ihre Brüste nicht allzu sehr hervortreten. Er selbst trug noch immer das anthrazitfarbene T-Shirt und die dunkle Jeans, die er schon in Cartagena angehabt hatte.

»Ich habe die ganze Zeit gedacht, mein Magen müsste leer sein«, sagte Pétain. »Dann ging es wieder los. Keine Ahnung, was ich da erbrochen habe …«

Sie bahnten sich ihren Weg zur Gepäckabholung. Wie die Bordcases enthielten auch die aufgegebenen Reisetaschen nichts, das man nicht im Notfall problemlos zurücklassen konnte – ein paar Kleidungsstücke und Toilettenartikel. Was sie unbedingt brauchten, Pässe und Geld, trugen sie am Leib, genau wie die anderen Mitglieder des Teams. Paul Owen, der für diese Operation zur CIA abkommandierte Colonel der Delta Force, hatte es bereits geschafft, ein Satellitentelefon für Kealey zu besorgen. Laut Harper lag es in einem Schließfach am Bahnhof, etwas östlich der Innenstadt von Lahore. Der Schlüssel war in einer Toilettenkabine in einem Pizza Hut an der Shahrah-i-Quaid-i-Azam versteckt, ein paar Kilometer südwestlich des Bahnhofs. Es bedurfte einiger Rennerei, um an das Telefon heranzukommen, doch das war zu erwarten. Wie immer hing der Erfolg auch dieser Operation von Vorsichtsmaßnahmen ab. Aber er würde das Telefon vorläufig sowieso nicht abholen; zuerst wollte er sich mit Machados Mann treffen, der den Kontakt zu Mengal herstellen sollte.

Der Münzfernsprecher vor dem großen Terminal, direkt hinter dem Taxistand, hatte Machado gesagt. *Wenn der Flug keine Verspätung hat, ruft er um zwanzig nach eins mittags an. Falls Sie nicht abnehmen, versucht er es im Abstand von zwanzig Minuten erneut. Hat er Sie an der Strippe, erfahren Sie alles Weitere von ihm.*

Kealey erinnerte sich genau an die Worte des Spaniers, doch das war nicht das Problem. Es ging nicht darum, was Machado gesagt hatte, sondern darum, was er *nicht* gesagt hatte. Er hatte keine Erklärung für sein ungewöhnliches Angebot geliefert und sich auch darüber ausgeschwiegen, woher er Mengal überhaupt kannte. Irgendetwas war faul an dem ganzen Szenario. So viel war klar, aber er war hin- und hergerissen. Einerseits dachte er, es sei am besten, zu dem Schnellrestaurant zu gehen und die Schlüssel für das Schließfach mit dem Telefon abzuholen. Dann würde er Owen anrufen, und sie konnten damit beginnen, die Personen zu observieren, die bekanntermaßen mit Mengal in Verbindung standen.

Andererseits sagte ihm eine innere Stimme, dass Machado zu jenen Männern gehörte, auf deren Wort Verlass war. Er konnte es nicht erklären, glaubte aber, dass der Spanier seinen Teil der Abmachung einhalten würde, wenn er sich seinerseits an die Vereinbarung hielt. Er war davon überzeugt, dass Machados Kontakt sie eher zu Mengal führen würde als Beschattungen, und noch wichtiger war, dass es sehr viel schneller gehen würde. Was alles Übrige anging, stimmte er mit Harper überein; wenn es ihm gelang, Benazir Mengal zu finden, würde er auch Fitzgerald finden. Fragte sich nur, in welchem Zustand.

Vor dem Terminal war die Luft stickig und feucht, der niedrig hängende Himmel eintönig grau. *Perfektes Wetter für eine Beerdigung*, dachte Kealey. Er bog nach rechts und schlängelte sich durch die kleine Schar der anderen Passagiere, dicht gefolgt von Pétain. Als sie schon eine Reihe von Taxiständen und Bushaltestellen hinter sich gelassen hatten, blieb er verwirrt stehen.

»Stimmt was nicht?«, fragte Pétain, dem seine Miene aufgefallen war.

Er blickte sich suchend um. »Wahrscheinlich sind wir schon daran vorbei.«

»Woran?«

»An den Münzfernsprechern. Wir erwarten einen Anruf von dem Mann, den wir treffen werden.« Er schaute auf die Uhr. »Er müsste sich exakt jetzt melden.«

»Hat Harper das gesagt?«

»Ja.« Pétain glaubte immer noch, er habe durch die CIA von einer Spur erfahren. Sie hatte keine Ahnung, dass ihr Vater die Sache arrangiert hatte, und er beabsichtigte nicht, sie aufzuklären. Als er gerade von etwas anderem sprechen wollte, hörte er ein Telefon klingeln.

»Da drüben.« Pétain zeigte auf das lang gezogene Terminal, an dessen Außenwand etliche Münzfernsprecher hingen, die teilweise durch mehrere arg ramponierte Gepäckwagen verdeckt waren. Ein blasser, glatzköpfiger und schwer übergewichtiger Mann in einem blauen Adidas-Trainingsanzug hielt einen der Hörer ans Ohr gepresst und starrte auf das klingelnde Telefon. Offenbar dachte er daran, den Anruf entgegenzunehmen, doch Kealey war schneller, nahm ab und drehte dem anderen den Rücken zu.

»Hallo?«

»Spreche ich mit Kealey?«

»Ja.«

Kealey fiel der starke Akzent auf, der an sich nicht viel zu bedeuten hatte. Die CIA beschäftigte Hunderte von im Ausland geborenen Mitarbeitern, von denen einige hohe Posten in der operativen Abteilung bekleideten. Der Mann am anderen Ende konnte von der CIA sein, aber irgendwie bezweifelte er es. Wenn es so war, hätte Harper ihn direkt in die Operation einbinden können. In diesem Fall wäre Machados geheimes Angebot nicht notwendig gewesen.

Und da war noch etwas, das bedacht werden musste. Javier Machado war seit fünfzehn Jahren im Ruhestand – zu lang, um noch verlässliche Kontakte bei der CIA zu haben. Kealey hätte darauf gewettet, dass der Mann am anderen Ende ein Agent war, der für Machado gearbeitet hatte, als dieser seinerzeit in Islamabad gewesen war. Machado selbst hatte nichts davon gesagt, aber seine Tochter hatte es ihm am Vortag erzählt. Als er sie nach dem Kopftuch fragte, war ihr wahrscheinlich mehr herausgerutscht als beabsichtigt. Sie hatte gesagt, ihr Vater habe eine Zeit lang in der pakistanischen Hauptstadt gelebt.

»Was ist mit Machados Tochter?«, fragte der Mann am anderen Ende wie aufs Stichwort. »Ist sie bei Ihnen?«

Er schaute zu Pétain hinüber, die ihn erwartungsvoll ansah, die Hände in die Hüften gestemmt. »Ja.«

»Gut. Haben Sie Geld?«

»Ja.« Er hatte im Terminal ein paar Hundert Dollar in Rupien gewechselt. »Wie geht's weiter?«

»Nehmen Sie ein Taxi, und lassen Sie sich zum Queen's Way Hotel bringen. Sie betreten es aber nicht … Gehen Sie in Richtung Süden weiter und durchqueren Sie den Bazar. An der ersten Straße biegen Sie nach links ab und gehen in Richtung Osten weiter. Irgendwann kommt auf der rechten Seite ein

Fernsprechamt, und dann sehen Sie ein Restaurant, das Bundu Khan. Sie gehen hinein und fragen nach Nawaz, einem der Kellner. Er gibt Ihnen weitere Instruktionen.«

Kealey musste sich zusammenreißen, um nicht die Beherrschung zu verlieren, und erinnerte sich daran, dass er an der Stelle des anderen ähnliche Vorsichtsmaßnahmen ergriffen hätte. Aber der Mann am anderen Ende musste auch wissen, dass Zeit ein entscheidender Faktor war.

»Ihnen ist klar, dass wir es eilig haben? Wir können nicht den ganzen Tag verplempern, um ...«

»Ich verstehe vollkommen«, antwortete der Mann ungeduldig. »Wenn Sie schnell zu Mengal wollen, werden Sie tun, was ich sage. Diese Vorsichtsmaßnahmen sind in meinem Interesse, nicht in Ihrem.«

»Also gut.« Er sah, dass Pétain nervös an ihren Klamotten zupfte. Bestimmt konnte sie es gar nicht abwarten zu erfahren, was los war. »Wir machen uns sofort auf den Weg.«

Der Mann am anderen Ende unterbrach wortlos die Verbindung. Kealey hängte ein, packte Pétains Ellbogen und zog sie in Richtung der Taxis. Etwas war merkwürdig, doch dann fiel ihm ein, dass in Pakistan Linksverkehr galt. Ein paar Leute warteten, aber die Schlange war nicht lang und wurde schnell kleiner. Es würde allenfalls zwei Minuten dauern.

Es war niemand in Hörweite, und deshalb erzählte er auf dem Weg zum Taxistand, was der Mann am Telefon gesagt hatte. Als er fertig war, blickte ihn Pétain verunsichert an.

»Sie sagten, dass Harper diesen Typ aufgetrieben hat?«, fragte sie.

»Nein, ich habe gesagt, dass der Name von der CIA kam. Harper selbst hat nichts damit zu tun. Wenn man davon absieht, dass er den Namen an uns weitergegeben hat.«

»Aber Sie *kennen* seinen Namen gar nicht«, sagte Pétain. Kealey blickte sie an, für den Augenblick völlig aus dem Konzept. »Falls doch, wäre das eine Neuigkeit. Sie haben kein einziges Mal einen Namen erwähnt.«

»Wirklich nicht? Er heißt Khan.« Das war der erstbeste Name, der ihm einfiel. Wo zum Teufel habe ich ihn gehört?, fragte er sich. Dann fiel es ihm ein. A. Q. Khan war der renommierte Wissenschaftler und Metallurge, der Pakistan 1976 fast allein in eine Atommacht verwandelt hatte. Kealey erinnerte sich, über ihn einen Artikel in *Newsweek* gelesen zu haben. »Wir werden ihn gleich sehen.«

»Können wir ihm trauen?«

Er dachte darüber nach und blickte sie ernst an. »Ich glaube nicht, dass uns eine andere Wahl bleibt.«

31

Provinz Punjab, Pakistan

Das Haus der ersten Zielperson befand sich auf der anderen Seite eines großen Platzes in der Kleinstadt Sharakpur Sharif. Auf dem Platz standen viele wackelige Bretterbuden, in denen Kleidung, Handys, Fernseher, Kopftücher, Obst und Gemüse verkauft wurden – eigentlich alles, was sich der Kunde nur wünschen konnte. Etliche Leute stöberten in den Waren, während ein Mann mit buschigen weißen Augenbrauen und einem dichten Bart die Straße fegte, ohne auf die Menschen um ihn herum zu achten. Zwischen großen Plakaten für Filme von Fuji und Kodak standen ein paar welke Eukalyptusbäume. Glücklicherweise herrschte nicht zu viel Betrieb. Der Amerikaner saß neben einem kleinen Teeausschank und hatte einen ziemlich guten Blick auf das weiß verputzte einstöckige Haus am südöstlichen Rand des Platzes.

Während er es beobachtete, trank er einen Schluck Wasser und schaute auf die Uhr. Nicht weiter überrascht stellte er fest, dass er seit gut dreißig Minuten hier saß. Während der letzten beiden Stunden hatte er viermal die Position gewechselt. Jetzt hatte er das Gefühl, schon deutlich länger hier zu sitzen als nur eine halbe Stunde, und er wusste, wie lange er unter Umständen noch warten musste. Aber er war an ausgedehnte Perioden des Nichtstuns gewöhnt, das brachten Vor-Ort-Einsätze mit sich. Trotzdem war er auch darauf vorbereitet, dass jeden Augenblick etwas Gefährliches passieren konnte. Das lag in der Natur seines Berufs, und Lieutenant Colonel Paul Owen war perfekt geeignet für diese Profession.

In dem noch ziemlich jungen Alter von zweiundvierzig Jahren hatte Owen bereits die hageren Züge und die müden Augen eines deutlich älteren Mannes, dem kürzlich etwas Schlimmes widerfahren war, vielleicht eine Erkrankung an Krebs oder der Verlust eines Kindes. Tatsächlich waren die abgehärmten Züge eine indirekte Folge dessen, was er als Soldat gesehen hatte, in Afghanistan, im Irak oder in Sarajewo, wo er mit der SFOR zusammengearbeitet hatte, der multinationalen Friedenstruppe, die während der zweiten Hälfte der Neunzigerjahre in Bosnien-Herzegowina im Einsatz war. Während seiner zwanzig Jahre bei der Army hatte er zahllose entsetzliche Dinge gesehen, Vergewaltigung, Mord und Völkermord, doch er war auch in der privilegierten Position gewesen – zumindest sah er selbst es so –, die am besten ausgebildeten Soldaten der Welt befehligen zu dürfen. Oft war es schwierig gewesen, aber er hatte seine Berufswahl nie bereut.

Was nicht hieß, dass er es nicht bedauerte, mit dem ein oder anderen während dieser Zeit zusammengearbeitet zu haben. Ryan Kealey war seinerzeit einer der Männer, die seinem Befehl unterstanden, zuerst in Fort Carson in Colorado, wo sie beide bei der 10th Special Forces Group dienten, später in Fort Bragg, wo sie zur 3rd SFG gehörten. Zuerst war Owen beeindruckt von Kealeys Fähigkeit, Soldaten zu führen und schnell effektive taktische Entscheidungen zu treffen, sowohl bei Manövern als auch im Ernstfall. Aus diesem Grund hatte er sich persönlich für eine schnelle Beförderung des jungen First Lieutenant eingesetzt, doch bevor es dazu kam, hatte Kealey den ersten von zwei schweren Fehlern gemacht, die seine Laufbahn bei der Army schon beendeten, bevor sie richtig begonnen hatte.

Der erste Vorfall ereignete sich wahrend der letzten Monate des Bosnienkriegs in Sarajewo. Im September 1995 war Kealey in den Mord an einem serbischen Warlord namens Stojanovic verwickelt, der ein dreizehnjähriges Mädchen vergewaltigt und umgebracht hatte. Die Besonderheiten des Falles wurden nicht in Betracht gezogen. Es spielte keine Rolle, dass Stojanovic nur bekommen hatte, was er verdiente, und es war auch nicht weiter wichtig, dass der Vorwurf, Kealey sei schuldig, mitnichten hieb- und stichfest war. Es zählte nur, dass der Vorfall eine schon explosive Situation weiter verschlimmern konnte. Noch wichtiger war vielleicht, dass es ein schlechtes Licht auf die U.S. Army und ihre der multinationalen Truppe der NATO unterstellten Soldaten geworfen hätte, wenn der Vorfall publik geworden wäre. Kealey wurde zwar nicht vor ein Militärgericht gestellt, dafür aber im Herbst 2001 still und heimlich aus der Army entlassen. Davor hätte ihn eine katastrophal fehlgeschlagene Operation in Syrien fast noch das Leben gekostet. Damit war es mit seiner militärischen Laufbahn endgültig vorbei. Trotzdem, Kealey war ein bestens ausgebildeter Spezialist, und es dauerte nicht lange, bis er einen neuen Job bei der CIA fand, für die er zuvor schon sporadisch gearbeitet hatte.

Auch Owen war vom amerikanischen Auslandsgeheimdienst schon für ein paar verdeckte Operationen rekrutiert worden, unter anderem in Somalia, wo er eine kleinere Rolle bei der Schlacht von Mogadischu und jenen Ereignissen spielte, die schließlich zu dem desaströsen Konflikt führten. Seit Kealeys Entlassung aus der Army hatten sie bei verschiedenen Gelegenheiten zusammengearbeitet, Kealey als eine Art Freelancer, er als aktiver Offizier, der zeitlich befristet zur CIA abkommandiert wurde. Bei den ersten beiden Operationen ging alles glatt, doch die dritte – ein Treffen mit einem ehemaligen General der irakischen Republikanischen Garde im Vorjahr – hatte seine Meinung über seinen ehemaligen Untergebenen grundlegend geändert, und nicht im positiven Sinne.

Mittlerweile beobachtete er das Haus seit zwei Stunden, wobei er etwa alle zwanzig Minuten die Position gewechselt hatte. Drei andere Agenten, Mark Walland eingeschlossen, observierten das Haus ebenfalls. Walland war auf dem Platz unterwegs, während die anderen beiden auf der anderen Seite des Hauses postiert waren. Es gehörte Tamira Bukhari, einer vierundzwanzigjährigen Pakistanerin, die gerade aus den Vereinigten Staaten zurückgekehrt war, wo sie die zur University of Virginia gehörende School of Nursing besucht hatte. Im Zentrum der Ermittlung stand Bukhari jetzt, weil ihr Vater als Offizier fast fünfzehn Jahre gemeinsam mit Benazir Mengal bei der Armee gedient hatte.

Tatsächlich war Oberst Amir Farik Bukhari während seiner gesamten Laufbahn Mengals Adjutant gewesen. Im Laufe der Zeit hatte er fast dreihunderttausend Dollar angehäuft, die mit seinem Tod im Jahr 2005 an seine Tochter gefallen waren. Die Herkunft dieses Geldes, das gegenwärtig auf Tamira Bukharis Konto bei der Citibank lag, konnte nicht geklärt werden, obwohl man in Langley vermutete, dass ihr Vater von Mengals Geschäften profitiert hatte, wozu Waffenschmuggel und Waffenverkäufe an militante Kaschmiris zählten. Eine solche Summe konnte dauerhafte Loyalität begründen, und wenn Tamira Bukhari wusste, aus welchen Geschäften sie stammte, so glaubte man in Langley, würde Mengal sich vielleicht an sie wenden. Das einzige Problem war ihre Ausbildung. Wenn Fitzgeralds Verletzungen lebensbedrohlich waren, konnte eine Krankenschwester nicht besonders viel tun. Trotzdem hatte man in Langley entschieden, Bukhari auf die Liste zu setzen, und das erklärte, warum Owen und sein Team jetzt ihr Haus beobachteten.

Sein auf dem schmiedeeisernen Tisch liegendes Mobiltelefon piepte, und Owen griff danach und meldete sich. »Was gibt's?«

Es war Walland. »Die Dame macht einen Ausflug. Sie ist gerade aus dem Haus gekommen und nach links abgebogen. Sieht so aus, als wollte sie weiter zu Fuß gehen ... Sie geht jetzt in Richtung Norden.«

»Okay. Ruf Massi und Manik an und bring sie auf den neuesten Stand. Ab jetzt nehmen wir die Funkgeräte.«

»In Ordnung.«

»Wer fährt?«, fragte Owen. Der Chef des CIA-Büros in Islamabad hatte ihnen nicht nur ein Auto besorgt, einen viertürigen alten Toyota, sondern auch Motorola-Funkgeräte, mit denen sie während der Observation kommunizieren würden. Dazu kamen Prepaidhandys, die sich aus Sicherheitsgründen empfahlen. Der Mann hatte ihnen nur zu gern geholfen und hätte noch mehr getan, ohne aus Langley dazu aufgefordert zu werden. Während ihres kurzen Gesprächs am Vortag war Owen klar geworden, dass der CIA-Chef aus Islamabad mit Lee Patterson befreundet gewesen sein musste, dem verstorbenen amerikanischen Botschafter in Pakistan.

»Massi wartet am Auto ... Wir melden uns bei ihm, falls sie ein Taxi nimmt.«

Owen nickte. Eigentlich waren sie sich ziemlich sicher, dass Bukhari kein Auto besaß, doch sicher war das nicht. Wie in vielen pakistanischen Städten war es auch in Sharakpur Sharif bequemer, ein Taxi oder eine Rikscha zu nehmen. Seit dem Beginn der Observation hatte Bukhari das Haus schon einmal verlassen, aber nur für einen kurzen Gang in ein Café, wo sie eine Tasse Tee und etwas Gebäck bestellt hatte. Das hatte genügt, um sie zweifelsfrei zu identifizieren. Angesichts der Tatsache, dass noch drei andere Leute auf der Liste standen, konnten sie es sich aus Zeitgründen nicht leisten, die falsche Person zu beschatten. Und erst recht nicht, dass ihnen Bukhari entwischte.

Er stand auf, nickte dem Inhaber des Teeausschanks zu und bahnte sich seinen Weg durch die Menschenmenge, wobei er weiter über die Lage nachdachte und über seinen Ohrhörer den Funkverkehr verfolgte. Er persönlich glaubte nicht, dass Bukhari etwas mit der Geschichte zu tun hatte. Erstens stand ihr Haus in einem belebten Viertel, und Sharakpur Sharif war eine Kleinstadt. Eine Ausländerin auf einer Bahre würde mit Sicherheit auffallen.

Zugleich hatte er nicht vor, etwas dem Zufall zu überlassen. Fitzgerald war der Grund dafür, dass er sich so sehr um diesen Auftrag bemüht und sogar in Kauf genommen hatte, dass Kealey mit von der Partie war. Im Gegensatz zu etlichen anderen prominenten Regierungsmitgliedern hatte er vor Brynn Fitzgerald großen Respekt. Was bestimmt auch daran lag, dass sie eigentlich keine richtige Politikerin war. Den größten Teil ihrer Laufbahn hatte sie es vorgezogen, hinter den Kulissen zu agieren, was ihm äußerst sympathisch war, und doch unglaublich wichtige Arbeit geleistet. Kurz, sie war einer der wenigen Menschen in Washington, für die er sein Leben riskieren würde.

Die Menschenmenge begann sich zu lichten, er sah die Straße. Er hörte ein Knistern und rückte den fleischfarbenen Ohrhörer zurecht.

»Hallo Owen, Walland hier … Wo bist du?«

»Auf der Hauptstraße, komme aus Richtung Osten«, murmelte er. Das war eines der ersten Dinge, die es bei der Kommunikation über Funk zu beachten galt; die meisten neigten dazu, zu laut zu sprechen, wodurch die Wörter am anderen Ende schwer zu verstehen waren. Es war ein weitverbreitetes Problem, besonders bei Feuergefechten, wo eine klar verständliche Kommunikation über Leben und Tod entscheiden konnte. Was nicht hieß, dass er in dieser Hinsicht immer diszipliniert war. Bei Angehörigen der Special Forces liefen die Dinge anders. Sie operierten auf anderem Terrain als die Soldaten der regulären Army und bevorzugten es, sich mit Namen statt mit dem Rang anzureden. Beim Einsatz eines Spezialkommandos kam es durchaus vor, dass ein Staff Sergeant einen First Sergeant mit dem Vornamen ansprach, und es war auch üblich, unnötige Floskeln wir das obligatorische »*over*« am Ende jeder Durchsage wegzulassen. In einem kleinen, gut aufeinander eingespielten Team war das nur Zeitverschwendung.

»Sie nähert sich dir von rechts«, sagte Mark Walland, ein ehemaliger Ranger, der zudem vier Jahre bei der Special Activities Division auf dem Buckel hatte, der paramilitärischen Abteilung der CIA. »Willst du dich an die Spitze setzen?«

Womit Walland meinte, ob Owen vor Bukhari hergehen wollte. Bei einer guten Observation mussten alle immer in Bewegung sein. So hielt sich ein Beschatter mal fünf oder fünfzehn Meter vor der Zielperson, um sich dann wieder zurückfallen zu lassen. Dahinter befand sich für alle Fälle immer der Mann in dem Auto. Es war immer möglich, dass die Zielperson etwas Überraschendes tat.

»Du bist direkt hinter ihr, Walland?«

»Zehn Meter, gleiche Straßenseite.«

»Was ist mit dir, Manik?«

»Andere Straßenseite, bewege mich parallel zu ihr.« Husain

Manik kam von den Malediven, war mit vierundzwanzig in die Vereinigen Staaten eingewandert und arbeitete mittlerweile seit acht Jahren für die operative Abteilung. Bevor er bei der CIA einstieg, hatte er am MIT Elektrotechnik studiert. Owen wusste immer noch nicht, warum er bei diesem Job dabei war, aber vielleicht versuchte er sich neuen technischen Schnickschnack für Beschatter einfallen zu lassen. Oder er wollte sehen, wie sich seine bisherigen Erfindungen im Einsatz bewährten. Vielleicht war er aber auch nur deshalb für diesen Job ausgewählt worden, weil sein Äußeres in Pakistan unverdächtig wirkte. Wie auch immer, er schien zu wissen, was zu tun war, und Owen war glücklich, ihn dabeizuhaben.

»Okay, lass dich zurückfallen, Manik. Walland, du überquerst die Straße und gehst vor ihr her. Los, gib Gas … Sie soll dich ruhig sehen. Ich nähere mich von hinten, und du kannst Maniks jetzige Position einnehmen, Mark. Verstanden?«

Die beiden anderen bejahten. Owen beobachtete die Umgebung aufmerksam, als er sich dem Bürgersteig näherte, studierte jedes Gesicht. Jetzt sah er Bukhari für ein paar Sekunden im Profil – große Nase, gelbliche Haut, rundliches Gesicht, sehr rote Lippen, herabhängende Mundwinkel. Sie trug kein Kopftuch, sondern ein Outfit, das man eher in Amerika erwartet hätte – Jeans, kurzärmeliges T-Shirt, Nike-Laufschuhe. Außerdem trug sie Ohrringe, und es sah so aus, als steckte in einer Tasche an ihrem Gürtel ein iPhone. *Wenn das ihr Vater erlebt hätte,* dachte Owen, sich mit Mühe ein Lächeln verkneifend. Ihre Klamotten schienen seine Vermutung zu bestätigen, und das iPhone passte hundertprozentig dazu; jemand mit einem solchen Faible für die amerikanische Kultur war wahrscheinlich nicht in die Entführung der beliebten Außenministerin verstrickt. Bukhari war jung und hatte gerade eine schwierige Ausbildung an einem renommierten Institut abgeschlossen. Warum sollte sie ein hohes Risiko eingehen für einen Mann, den sie kaum kannte?

Er trat auf den Bürgersteig und ging gemächlich hinter Bukhari her, bis sie einen Vorsprung von etwa zehn Metern hatte. Sich von der Menge treiben lassend, ließ er die Zielperson einen Moment aus den Augen, um auf das Display seines Mobiltelefons zu blicken. Stirnrunzelnd fragte er sich, warum Kealey sich immer noch nicht gemeldet hatte. Dafür gab es keine Entschuldigung; nach seinen jüngsten Informationen musste das Flugzeug mit Kealey und Naomi Kharmai an Bord schon vor mehreren Stunden gelandet sin.

Verdammt, Kealey, dachte er wütend, während er das Handy in der Tasche verschwinden ließ und den Blick wieder auf Bukhari richtete. *Wenn du Scheiße baust, kriegst du's mit mir zu tun. Verlass dich drauf.*

In Cartagena wurde Naomi Kharmai vom Geräusch des Regens vor dem Fenster ihres Zimmers im ersten Stock geweckt. Sie setzte sich auf die Bettkante und rieb sich den Schlaf aus den Augen. Dann betrat sie das Bad, spritzte sich kaltes Wasser ins Gesicht und betrachtete sich im Spiegel. Sie sah fürchterlich aus, doch das war nicht überraschend, und es hätte schlimmer sein können. *Schlimmer sein müssen,* dachte sie. Ihr Haar war wirr, die Haut um ihre geröteten Augen verquollen. Erstaunlich, wenn man bedachte, wie fest sie geschlafen hatte. Sie fuhr mit dem Zeigefinger über die Narbe auf der rechten Wange, die vom Backenknochen bis zum Hinterkiefer reichte. Nicht zum ersten Mal kam ihr der Gedanke, dass sie es verdient hatte, mit der entstellenden Narbe leben zu müssen.

Nachdem sie sich das Gesicht abgetrocknet hatte, ging sie

ins Zimmer zurück, wo sie einen Bademantel anzog, auf den Balkon trat und tief die kühle Morgenluft einatmete. Dann überkam sie ein tiefes Schuldgefühl.

Was tue ich hier?, fragte sie sich deprimiert. *Ich habe es nicht verdient, noch zu leben. Ich sollte tot sein, wie die anderen. Wie die Menschen, die durch mich ums Leben gekommen sind.*

Tränen stiegen ihr in die Augen, doch sie machte sich nicht die Mühe, sie wegzuwischen. Sie trat wieder ins Zimmer und warf auf dem Weg zum Flur einen Blick auf die Uhr auf dem Nachttisch. Wie angewurzelt blieb sie stehen und wischte sich doch die Tränen ab, damit die Ziffern nicht verschwammen. Dann sah sie ein zweites Mal hin und stellte mit offenem Mund fest, dass sie sich nicht getäuscht hatte. Es war sieben Uhr morgens, und das bedeutete, dass sie fast neunzehn Stunden geschlafen hatte.

Neunzehn Stunden? Sie fragte sich, wie das möglich war, kannte die Antwort aber bereits. Ihre Augen glitten zu der Tasche, die am Fußende des Bettes stand. Als der Kurier sie am Vortag vorbeigebracht hatte, waren die Tabletten noch da. Sie hatte keine Ahnung, ob Ryan die Tasche durchwühlt hatte, glaubte es aber nicht. Er hätte die Tabletten an sich genommen. Sie erinnerte sich dunkel, einige davon genommen zu haben, bevor er mit ihr geredet hatte. Nein, es musste fast eine Handvoll gewesen sein, wenn sie neunzehn Stunden geschlafen hatte.

Sie zog den Riegel an der Tür zurück und trat in den Flur. Auf dem Weg nach unten hörte sie Geräusche aus der Küche. Als sie einen Moment später eintrat, stand Elise Machado im Morgenrock an der Anrichte und füllte die Kaffeemaschine. Sie lächelte, warf Kharmai aber einen besorgten Blick zu, als sie deren Gesicht sah.

»Was haben Sie? Stimmt etwas nicht?«

»Wo ist Ryan?«

»Sie sind weggefahren, gestern.« Sie wirkte verwirrt. »Ich dachte, Sie wüssten es.«

Kharmai war verdutzt. Was war hier los? »Was soll das heißen, weggefahren?«, stammelte sie, sich an der Tür festhaltend. »Wohin sind sie?«

Elise Machado schüttelte entschuldigend den Kopf, offenbar verstört durch Kharmais Reaktion. »Ich weiß es wirklich nicht. Sie haben kaum etwas gesagt, sich eigentlich nur verabschiedet ... Dann sind sie in dem Auto verschwunden, das mein Mann ihnen besorgt hat.«

»Und wo ist er?«, brachte Kharmai mühsam hervor. »Ihr Mann, meine ich.«

»Er wollte etwas besorgen und hat gesagt, er wäre in ein paar Stunden zurück. Warum?«

Kharmai runzelte ungläubig die Stirn. Wie konnte Ryan ihr das antun? Einfach verschwinden, ohne ihr etwas zu sagen? Und warum hatte er Pétain mitgenommen? Wohin wollten sie?

Nachdem sie sich kurz mit leerem Blick umgeschaut hatte, fiel ihr eine andere Frage ein. »Was ist mit meinem Telefon? Hat Ryan es mitgenommen?«

»Meinen Sie das klobige schwarze Ding? Das mit der Antenne?«

»Genau. Hat er es mitgenommen?«

Machados Frau schien einen Moment darüber nachzudenken und schüttelte dann bedächtig den Kopf. »Nein, ich glaube nicht, aber genau kann ich es nicht sagen.«

Als Kharmai die Augen schloss und seufzte, fragte Elise Machado erneut, ob etwas nicht stimme.

»Nein«, antwortete Kharmai, die ihre Stimme wie von fern hörte, als wäre es nicht ihre eigene. »Mir geht's gut. Ich ... gehe nur eben nach oben, um zu duschen, und bin gleich wieder da.«

Elise Machado nickte verunsichert, lächelte schüchtern und zeigte auf die tröpfelnde Kaffeemaschine. »Möchten Sie nicht erst einen Kaffee?«

»Nein«, antwortete Kharmai scharf, bereute den unangemessenen Ton aber sofort. »Nein, danke. Entschuldigen Sie, ich bin nur ...«

Sie drehte sich abrupt auf dem Absatz um, ohne den Satz zu beenden. Elise Machado starrte ihr nach. Kharmai stieg wieder in den ersten Stock, blieb aber auf halber Treppe stehen und hielt sich am Geländer fest. Dann presste sie die andere Hand gegen die Stirn und schloss die Augen. Ganz plötzlich war ihr schwindelig, als wäre alle Energie aus ihrem Körper gewichen. Wahrscheinlich lag es zum Teil an den Tabletten, die sie am Vortag genommen hatte, doch der andere Faktor war ihre Wut. Blinde, tief verwurzelte Wut, die sie so kaum kannte. Plötzlich konnte kein Zweifel mehr bestehen, was geschehen war. Harper musste angerufen haben, weil er neue Hintergrundinformationen über Mengal hatte, und statt sie zu wecken und es ihr zu erzählen, hatte Ryan sich mit Pétain auf den Weg gemacht. Offenbar wollte er sie bei der Suche nach Fitzgerald und den anderen Geiseln nicht mehr dabeihaben.

Er glaubte, sie sei dem Auftrag nicht mehr gewachsen.

Und am schlimmsten war, dass er wahrscheinlich recht hatte.

Wieder in ihrem Zimmer, strich sie die Bettwäsche glatt und legte sich hin. Länger als eine Stunde lag sie so da, auf die

Decke starrend, dem Regen lauschend, auf eine Einsicht wartend. Schließlich kamen die Tränen. Sie kämpfte nicht dagegen an, irgendwann war der Bettbezug neben ihrem Kopf nass. Sie dachte an nichts und brauchte die Tränen nicht heraufzubeschwören; sie kamen einfach von selbst. Es war fast so, als wollte ihr Körper sich reinigen von allem, was geschehen war. Von allem zwischen den Ereignissen von New York und Madrid, doch sie wusste, dass ein Moment der Schwäche bei Weitem nicht ausreichte, um jenes Schuldgefühl loszuwerden, das so schwer auf ihr lastete. Tatsächlich sah sie keine Lösung des Problems, es schien unvorstellbar, wie es ihr jemals gelingen sollte, sich selbst zu verzeihe, was sie getan hatte.

Zugleich war ihr bewusst, dass sie auf dem in letzter Zeit eingeschlagenen Weg nicht weitergehen konnte. Sie hatte sich immer für einen starken Menschen gehalten, doch die letzten zehn Monate hatten gezeigt, dass häufig das Gegenteil zutraf. Das war nicht mehr zu leugnen. Sie hatte versucht, ihre Trauer und ihre Schuldgefühle zu betäuben, statt sich mit ihnen auseinanderzusetzen. Jetzt funktionierte es nicht mehr. Zum ersten Mal seit ihrer Ankunft in Spanien wurde ihr klar, wie sehr sie sich danach sehnte, Fitzgerald und die anderen Geiseln zu finden. Sie wusste nicht, ob es ihr helfen würde, mit ihrer Schuld klarzukommen, doch es war die beste – und einzige – Möglichkeit, die sie sich überhaupt vorstellen konnte. Im Erfolgsfall war zumindest klar, dass sie das Richtige getan hatte, und das war Grund genug; es war lange her, dass sie das von ihrem Tun hätte behaupten können.

Nach weiteren zwanzig Minuten setzte sie sich auf, und ihr Blick fiel auf das Fußende des Bettes. Sie stand auf, kniete neben der Tasche nieder, zog den Reißverschluss auf und nahm die Dose mit den letzten Tabletten heraus.

Sie konnte den Blick nicht lösen von den kleinen weißen Pillen, die sich ihr förmlich aufzudrängen schienen. Diesem Sog war schwer zu widerstehen, doch das war schon immer so gewesen. Als ihr das Morphin zum ersten Mal verschrieben wurde, hatte sie es wirklich gebraucht. Der Schmerz in der rechten Gesichtshälfte war kaum zu ertragen gewesen, nicht weiter verwunderlich angesichts der Ernsthaftigkeit der Verletzung. Es war so schlimm, dass der Arzt anfangs eine kleinere Nervenschädigung erwartet hatte. Das hatte sich mit der Zeit als falsch herausgestellt, doch niemand hatte je die Schwere der Verletzung infrage gestellt. Nach und nach hatte ihr Arzt die Dosis verringert, doch sie hatte es nicht geschafft, damit klarzukommen. Sie brauchte die Tabletten so sehr wie zu Beginn der Behandlung. Irgendwann verschrieb der Arzt ihr gar kein Morphin mehr, und sie sah sich gezwungen, es sich woanders zu besorgen. Nach einigem Zögern hatte es ihr eine alte Freundin besorgt, und sie tat es auch weiter, wenn sie darum gebeten wurde. Jetzt hatte sie noch zwei Dutzend der kleinen weißen Tabletten, mehr als genug, um durchzuhalten, bis sie wieder in den Vereinigten Statten war.

Und sie konnte dorthin zurückkehren, jetzt gleich, wenn ihr danach war. Sie konnte ein Taxi zum Flughafen und eine Maschine nach Washington nehmen, um dort sich selbst und ihr Leben zu hassen, wie sie es während der letzten zehn Monate getan hatte. Oder sie konnte sofort die Notbremse ziehen, um nicht in den Abgrund zu rutschen.

Wenn sie aber die Entscheidung traf, mit dem Morphin Schluss zu machen, musste sie sich ihrer Sache sicher sein. Denn wenn sie das Richtige tat, musste sie für mindestens fünf Tage durch die Hölle gehen, vielleicht noch für deutlich länger.

Die Tablettendose mit der rechten Hand umklammernd, atmete sie tief durch und nahm ihren Mut zusammen. Dann trat sie ins Bad, drehte die Dose über der Kloschüssel um und sah mit klopfendem Herzen, wie eine Tablette nach der anderen ins Wasser fiel. Sie zwang sich, nicht aufzuhören, aber ihre Glieder zitterten von dem Willensakt zu vernichten, was ihr allein Erleichterung verschaffte, das einzige Mittel, das ihr die Flucht aus der Realität ermöglichte. Als die Dose leer war, betätigte sie die Spülung, und ihr Magen verkrampfte sich, als das Wasser die Tabletten mit sich riss.

Sie klappte den Deckel zu, setzte sich darauf, stützte die Ellbogen auf die Knie und vergrub das Gesicht in den Händen. Von dem, was sie in den nächsten ein oder zwei Tagen erwartete, hatte sie eine eher vage Vorstellung, aber es war bestimmt schlimm. Trotzdem, sie hatte ihre Entscheidung getroffen. Außerdem war nichts mehr rückgängig zu machen; die Tabletten waren weg, jetzt musste sie es durchstehen.

Nun stellte sich die Frage, wie es weitergehen sollte. Zuerst würde sie Harper anrufen, und es musste passieren, bevor die Entzugserscheinungen einsetzten. Harper war nicht dumm, und es verhielt sich exakt so, wie Ryan vermutet hatte – er wusste verdammt genau, was mit ihr los war, und würde selbst am Telefon beurteilen können, ob ihr das Morphin ausgegangen war.

Doch auch sie war nicht dumm. Ihr war klar, dass Harper sie als Köder benutzt hatte, um Ryan für die Operation zu gewinnen. Zuvor war sie nicht bereit gewesen, es zuzugeben, nicht einmal sich selbst gegenüber, doch nun hatte sie keine Lust mehr, sich etwas vorzumachen. Zugleich wusste sie, dass sie etwas zum Erfolg der Operation beitragen konnte, dass sie sehr viel mehr als nur eine Marionette war. Sie hatte keine Ahnung, wohin Ryan verschwunden war, doch ihr Gefühl sagte ihr, dass sein Ziel Pakistan hieß. Womöglich war er schon da. Dort würde ihre Hilfe unverzichtbar sein. Sie sprach fließend Punjabi und respektables Urdu, kannte die Kultur und Gebräuche und konnte sich aufgrund ihres Äußeren unauffällig unter den Einheimischen bewegen. Auch wenn es ihm noch nicht bewusst war, Ryan brauchte sie. Obwohl noch immer wütend, würde sie ihm die üble Vorstellung vom Vortag verzeihen, wenn er bereit war, sie wieder an Bord zu holen. Sie musste dabei sein, das war ihr nun klar. Nicht wegen ihm oder der Menschen, die durch sie gestorben waren, sondern in ihrem eigenen Interesse.

Ein Geräusch riss sie aus ihren Gedanken. Sie hob den Kopf, lauschte angestrengt, sprang auf, verließ das Bad und stürmte auf den Balkon. Unter ihr kam Javier Machados Jaguar die Auffahrt rechts neben dem Garten herauf. Sie ging ins Zimmer zurück, warf den Bademantel aufs Bett und zog sich schnell an. Was immer die nächsten Tage bringen mochten, sie fühlte sich plötzlich von frischer Energie belebt. Machado musste wissen, wo das Satellitentelefon war, und wenn sie es hatte, würde sie Harper anrufen und alles in Bewegung setzen. Zum ersten Mal seit einem knappen Jahr war sie sicher, was sie tun musste, und das war ein besseres Gefühl, als sie je geglaubt hätte.

32

Langley, Virginia

Es war kurz nach acht morgens, als Harper in Robert Andrews' Büro im sechsten Stock des Old Headquarters Building trat. Das Gebäude war Teil des weitläufigen Komplexes des CIA-Hauptquartiers in Langley, Virginia. Neben dem Memorial Wall fand sich dort auch eine beeindruckende Bibliothek mit sechsundzwanzigtausend Bänden, die allerdings nicht für die Öffentlichkeit, sondern nur für Mitarbeiter des Geheimdienstes zugänglich war. Im Erdgeschoss des Old Headquarters Building gab es eine Tagesstätte, eine Cafeteria und eine kleine Sporthalle. Kurz, das Gebäude bot alle Annehmlichkeiten, die man in modernen amerikanischen Unternehmenssitzen erwartete. Gleichwohl hatten die CIA-Mitarbeiter selten Zeit, die Angebote zu genießen. Das galt insbesondere in Krisensituationen, und für die CIA und die anderen amerikanischen Nachrichtendienste herrschte seit vier Tagen – seit der Entführung von Außenministerin Fitzgerald – eine regelrechte Dauerkrise.

So war es nicht erstaunlich, dass der CIA-Direktor genauso müde aussah wie seine engsten Mitarbeiter. Andrews saß hinter seinem schweren Schreibtisch, mit aufgekrempelten Ärmeln, den Telefonhörer zwischen Ohr und Schulter geklemmt. Er blickte über einen Stapel von Papieren, während er sprach, und als er Harper sah, zeigte er auf einen Stuhl. Ein paar Minuten später beendete er das Telefonat mit einer Reihe von Anweisungen. Dann knallte er den Hörer auf die Gabel und schaute seinen Stellvertreter an.

»Also, wie sieht die Lage aus?«, fragte er, nervös mit den Fingern auf die Schreibtischplatte trommelnd. »Was ist in Pakistan los?«

Harper seufzte innerlich, während er darüber nachdachte, wo er beginnen sollte. Vor knapp sechs Stunden, um Viertel nach zwei morgens, hatte Kharmai ihn zu Hause angerufen. Als er wach genug war, um zu verstehen, was sie sagte, war er aus dem Bett gesprungen und in sein Büro gegangen, wo er die Fakten zu hören bekam. Die Lage schien ziemlich klar zu sein. Kealey hatte einem direkten Befehl zuwidergehandelt, als er statt mit Kharmai mit Pétain nach Islamabad geflogen war. *Wenn* er dorthin geflogen war, er konnte sonst wo sein. Und um alles noch schlimmer zu machen, hatte er bisher noch keinen Kontakt zu Owen oder den anderen Mitgliedern des Teams aufgenommen.

Er informierte Andrews umfassend, was etwa fünf Minuten in Anspruch nahm. Während dieser Zeit sagte der Direktor kein Wort. Als Harper fertig war, fuhr er sich mit der Hand übers Gesicht und blickte aus dem nach Westen gehenden Fenster.

»Warum hat Kealey noch keinen Kontakt aufgenommen?«, fragte er schließlich, seinen Stellvertreter anschauend.

Harper zuckte die Achseln. »Unmöglich, das mit Sicherheit zu sagen. Vielleicht hat er nach seiner Ankunft mit einer Observation begonnen, oder es hat Probleme gegeben, und er wartet aus Vorsicht. Es kann etliche Gründe geben.«

»Und warum hat er Kharmai in Spanien zurückgelassen und Pétain mitgenommen? Nach dem, was ich gelesen habe, scheint mir, Kharmai wäre für diesen Job geeigneter gewesen.«

»Die Einschätzung teile ich. Soweit ich es beurteilen kann, ist Pétain, unter Sicherheitsaspekten gesehen, bei dieser konkreten Operation eher eine Belastung als ein Positivum. Keine Ahnung, warum er sie mitgenommen hat.«

Andrews dachte einen Moment darüber nach und nickte dann. Harper war aufgefallen, dass der Direktor der CIA, seit er den Posten vor zweieinhalb Jahren übernommen hatte, bedeutend nachsichtiger geworden war. Es hatte eine Zeit gegeben, als er sich schnell abfällig über das mangelnde Tempo der Mitarbeiter und die endlose Informationsflut äußerte, doch im Laufe der Zeit hatte er gelernt, sein Temperament unter Kontrolle zu halten. Das hatte zwar letzten Endes keinen Einfluss auf die tägliche Routine, sorgte aber mit Sicherheit für eine entspanntere Arbeitsatmosphäre, zumindest unter normalen Umständen, von denen im Augenblick keine Rede sein konnte. Dass Amari Saifis Forderungen von den Medien verbreitet worden waren, machte alles nur schlimmer.

»Ich weiß einiges über ihren Vater, aber diese Pétain ist mir ein Rätsel«, sagte Andrews. »Es muss doch einen Grund geben, warum Kealey sie dabeihaben wollte … Klären Sie mich über die Frau auf.«

Die Frage kam nicht unerwartet, und Harper hatte sich die Zeit genommen, sich kundig zu machen. »Marissa Pétain wurde 1981 in Paris geboren, als zweite Tochter von Javier Machado und Elise Pétain. Ihr Vater war damals in unserer Botschaft, und Elise und ihre beiden Töchter blieben in Paris, als Machado 1984 nach Rabat geschickt wurde. Marissa besuchte von 1985 bis 1999 die American School of Paris. Seitdem beherrscht sie Deutsch, Italienisch und Russisch fließend, und ihren Eltern verdankt sie es, dass sie außerdem Englisch, Spanisch und Französisch spricht. Nach dem Abschluss der

Schule bekam sie einen Studienplatz an der Universität in Marquette. Als sie 1999 in die Staaten kam, war ihr Vater bereits im Ruhestand. Nachdem sie in Marquette einen Bachelor in Informatik gemacht hatte, legte sie an der University of North Carolina in Chapel Hill noch zwei Master in Mathematik und Psychologie drauf …«

Andrews runzelte die Stirn. »Sie erwähnten noch eine andere Tochter. Hat die nicht auch für uns gearbeitet?«

Harper seufzte erneut, diesmal laut. Dann erzählte er dem Direktor dieselbe Story, die Pétain vor zwei Tagen Kealey erzählt hatte. Als er fertig war, wirkte Andrews etwas verdutzt.

»Wie hat sie es überhaupt geschafft, bei uns durch die Eingangstür zu kommen?« Andrews spreizte die Arme. »Angesichts der Tatsache, dass ihre Schwester bei einem Einsatz in Kolumbien ums Leben kam – ganz zu schweigen von dem Vorfall mit den Fotos und der Videokassette –, hätte man sie beim psychologischen Eignungstest doch gleich aussortieren müssen, oder?«

»Vielleicht«, räumte Harper ein. »Aber sie hatte die Qualifikationen, die wir suchten. Für unsere Bedürfnisse schien sie perfekt geeignet, besonders für die operative Abteilung. Außerdem ist die Bilanz ihrer Familie bei uns keineswegs negativ.«

»Sie spielen auf Machado an.«

»Genau. Sicher wissen Sie von ihm und Noriega … Ich meine, der Mann war eine Legende. Javier Machado ist einer unserer am höchsten dekorierten Mitarbeiter, woran sich bis heute nichts geändert hat.«

Andrews nickte bedächtig. »Ja, ich weiß. Ich sage nur, wir hätten Pétain vor ihrer Einstellung besser unter die Lupe nehmen sollen. Sie müssen zugeben, dass es so aussieht, als würde die Frau eine schwere Bürde mit sich herumschleppen.«

»Das bestreite ich nicht, aber sie ist äußerst motiviert, und gegen Ende des Jahres werden wir ihr womöglich eine wirklich große Sache anvertrauen.« Harper schwieg, weil ihm bewusst wurde, dass es jetzt doppelt schwierig werden würde, diese spezielle Operation durch Andrews absegnen zu lassen. Wenn der Direktor erfuhr, in welcher Region er Pétain eine Führungsrolle anzuvertrauen gedachte, würde Andrews seine Bedenken hinsichtlich ihrer psychischen Stabilität erneut geltend machen. Doch das konnte später geregelt werden.

»Im Augenblick geht es mir um Folgendes«, fuhr er fort. »Sie ist eine fähige Agentin, aber meiner Ansicht nach in Pakistan fehl am Platz, und wir wissen immer noch nicht, warum Kealey sie mitgenommen hat. Es tut mir leid, aber im Moment bleibt uns nichts anderes übrig, als abzuwarten.«

»Und was ist mit den anderen?« Andrews schlug mit der Faust auf den Schreibtisch, eine kleine Erinnerung an seine alten Wutausbrüche. »Sitzen die jetzt nur herum und warten auf ihn?«

»Natürlich nicht. Owen hat sich während der letzten dreißig Stunden regelmäßig gemeldet. Sie sind sich bereits sicher, dass zwei Personen von der Liste gestrichen werden können, und beschäftigen sich jetzt mit der dritten, einem Tierarzt aus Faisalabad.«

»Einem Tierarzt?«, fragte Andrews ungläubig. »Sie machen Witze. Ausgeschlossen, dass Mengal Fitzgeralds Leben einem Tierarzt anvertrauen würde. Dafür ist sie zu wichtig für ihn.«

»Vielleicht hat er keine andere Wahl. Wer weiß, womöglich haben wir seinen Einfluss überschätzt … Eventuell sind seine Kontakte nicht so gut, wie wir ursprünglich geglaubt haben. Wie auch immer, der Tierarzt erschien uns als möglicher Kandidat, und folglich muss er überprüft werden.«

Andrews seufzte tief und lehnte sich in seinem schwarzen Ledersessel zurück. »Was ist mit Kharmai?«

Harper rutschte nervös hin und her, wich der Frage aber nicht aus, da er bereits alles durchdacht hatte. »Ich möchte sie in Pakistan sehen, und sei es nur darum, dass wir dann eine Person mehr vor Ort hätten. Owen könnte sie in Faisalabad einsetzen, zumindest so lange, bis Kealey sich meldet. Dann können wir immer noch überlegen, wie es weitergeht.«

»Mir wäre es lieber, wenn sie bleibt, wo sie ist«, sagte Andrews zu Harpers Überraschung. »Es ist etwas passiert, und solange wir nicht wissen, wie die Geschichte sich entwickelt, sollte sie an Ort und Stelle bleiben.«

Harper beugte sich alarmiert vor. »Wovon reden Sie? Was ist passiert?«

»Gestern Abend spät hat mich Stan Chavis angerufen«, sagte Andrews. Chavis war der Stabschef des Weißen Hauses. »Er sagte, der spanische Botschafter habe um ein Treffen mit dem Präsidenten gebeten. Offenbar ist bei der Untersuchung des Vorfalls in Madrid bereits etwas herausgekommen. Die spanische Polizei hat am Ort der Explosion eine Pistole gefunden und somit ein paar brauchbare Fingerabdrücke.«

»Spielt keine Rolle«, sagte Harper. »Außer Kharmai haben alle diese Waffe nur mit Handschuhen angefasst, und sie haben ihre Fingerabdrücke nicht.«

»Vielleicht, aber das ist noch nicht alles. Sie haben auch ein Video, das am Ort des Geschehens aufgenommen wurde.«

»Mein Gott.« Harper fuhr sich mit der Hand übers Gesicht. »Was für ein Video? Was ist darauf zu sehen?«

»Hat der Botschafter nicht gesagt. Wie auch immer, ich würde auch Kealey und Pétain die Anweisung geben, sich nicht mehr vom Fleck zu bewegen, doch da sie nicht zu finden sind, sollten Sie auf jeden Fall Kharmai den Befehl geben. Womöglich – hoffentlich – steckt nichts dahinter, aber wir müssen vorbereitet sein.«

»Ich sage es ihr. Noch etwas?«

»Ja. Chavis möchte, dass wir ins Weiße Haus kommen, und das bedeutet, dass Brenneman mit uns reden will. Wir werden um drei Uhr nachmittags erwartet.«

»Ich werde dort sein.«

»Wir fahren gemeinsam, damit wir uns auf das Schlimmste vorbereiten können.«

»Und das wäre?«, fragte Harper, obwohl er eine ziemlich präzise Vorstellung davon hatte, was mit »das Schlimmste« gemeint war. Trotzdem wollte er wissen, wie Andrews darüber dachte.

Andrews blickte finster drein. »Das schlimmste Szenario wäre, dass die Spanier etwas zurückhalten, um Brenneman kalt zu erwischen. Zum Beispiel, dass Kealey und Pétain es nicht mal bis zum Flughafen geschafft haben und festgenommen wurden.«

»Mein Gott«, murmelte Harper. Daran hatte er nicht gedacht. Für ihn hatte das schlimmste Szenario so ausgesehen, dass es den Spaniern gelungen war, einen der Beteiligten von Madrid zweifelsfrei zu identifizieren. »Halten Sie das wirklich für möglich?«

Andrews zuckte die Achseln. »Eigentlich eher nicht. Ich glaube nicht, dass sie es fertiggebracht hätten, so etwas für zwölf Stunden zurückzuhalten. Gleichwohl müssen wir auf alles gefasst sein. *Irgendwas* wissen sie … Daran gibt es keinen Zweifel. Sonst wären sie nicht so weit gegangen, um einen Termin beim Präsidenten zu bitten.«

Harper stellte in Gedanken bereits eine Liste der notwendigen Schritte zusammen, dachte darüber nach, wie jede Beteiligung abgestritten werden konnte. »Ich werde einige plausible Szenarios entwerfen und mir etwas einfallen lassen, wie wir antworten könnten, falls wir damit konfrontiert werden. Wir haben für solche Fälle einiges in der Schublade, aber bei einem Problem dieser Dimension …«

»Ist mir bewusst«, sagte Andrews desillusioniert. »In Madrid sind sechs unschuldige Passanten ums Leben gekommen, außerdem Kamil Ghafour, in dessen Fall wir eine Woche vor seinem Tod noch eine offizielle Anfrage an die Spanier gerichtet haben. Wir können es uns nicht leisten, mit dieser Geschichte in Verbindung gebracht zu werden. Wir werden uns anhören, was der Botschafter zu sagen hat, aber noch einmal, wir müssen auf alles gefasst sein.«

»Es hängt alles davon ab, was sie wissen. Wenn das Video keine wirklich hieb- und stichfesten Beweise enthält, können wir uns vielleicht herauslavieren.«

»Und wenn doch …«

Harper nickte. Andrews musste nicht weiterreden, weil eindeutig war, was er befürchtete. Was immer sonst geschah, der Präsident würde unbeschadet aus der Geschichte hervorgehen. Dafür würde Stan Chavis sorgen. Harper schob den Gedanken beiseite und konzentrierte sich auf die vordringlichste Frage. Vor ihnen lag ein unangenehmes Treffen, bei dem in jedem Fall die Hölle losbrechen würde, aber wenn die Spanier über einen unwiderlegbaren Beweis verfügten, dass die CIA bei der Explosion von Madrid und dem Tod Kamil Ghafours die Finger im Spiel gehabt hatte, würde der Geheimdienst jahrelang an dem Imageschaden zu tragen haben. Sie durften einfach nicht zulassen, dass die Wahrheit ans Licht kam.

»Überlegen Sie, was sich machen lässt«, sagte Andrews.

Damit war das Gespräch beendet, und als Harper aufstand, klingelte Andrews' Telefon. Der Direktor blickte seinen Stellvertreter noch einmal an. »Finden Sie einen Ausweg. Sie wissen, was geschehen wird, falls einer Ihrer Agenten auf dem Video zu identifizieren ist. Was das Treffen mit Botschafter Vázques betrifft … Diane ruft an, wenn wir uns auf den Weg machen müssen.«

Harper nickte und verließ das Büro. Diane Neal, Andrews' langjährige Sekretärin, winkte zum Abschied, als er durch das Vorzimmer ging, doch Harper sah es nicht. Auf dem kurzen Weg zu seinem Büro waren seine Beine schwer, und es kam ihm so vor, als lastete eine große Bürde auf seinen Schultern. Ihm wurde ganz schwindelig, wenn er über die möglichen Konsequenzen dessen nachdachte, was er gerade gehört hatte. Obwohl vorläufig unklar blieb, was der spanische Botschafter wirklich wollte, konnte kein Zweifel daran bestehen, dass er ohne die ausdrückliche Zustimmung seiner Regierung nicht um den Termin bei Brenneman gebeten hätte. Mit anderen Worten, die spanische Regierung hatte irgendeinen belastenden Beweis in der Hand, und das konnte nur eines bedeuten – mindestens einer seiner Agenten, die sich in Madrid aufgehalten hatten, musste sich auf einen sehr langen Urlaub in einem Land gefasst machen, mit dem Spanien kein Auslieferungsabkommen hatte. Und zuvor musste die CIA jede Bande zu dem Betroffenen lösen.

Er war mit einer bitteren Wahrheit konfrontiert, und so sehr er es sich wünschte, er konnte sie nicht ignorieren. Eine Laufbahn würde ein sehr plötzliches und definitives Ende nehmen, und wenn die CIA die Vorwürfe der spanischen Regierung nicht entkräften konnte, erwartete Harper und einen großen Teil der Führungsriege das gleiche Schicksal.

33

Washington, D. C.

Obwohl warmes Sonnenlicht durch die hohen, auf den South Lawn gehenden Fenster fiel, herrschte im klimatisierten Oval Office eine nervöse, angespannte Atmosphäre. Für alle anderen Menschen in Washington mochte es ein vollkommener Sommertag sein, nicht jedoch für die im innersten Heiligtum des Präsidenten. Die Spannung war praktisch mit Händen zu greifen, und die Mienen der drei anderen anwesenden Männer sagten Harper alles. Auf der anderen Seite des niedrigen Kaffeetisches saßen Brenneman und Andrews, leise miteinander redend, während Lawrence Hayden, im Außenministerium Chef der Abteilung für europäische Beziehungen, neben dem Schreibtisch des Präsidenten stand und mit gedämpfter Stimme telefonierte.

Der Vorschlag, Hayden solle an dem Treffen teilnehmen, war von Stan Chavis gekommen, der das Oval Office vor ein paar Minuten verlassen hatte, um sich um eine weniger wichtige Angelegenheit zu kümmern. Harper mochte den sprunghaften und wenig umgänglichen Stabschef nicht besonders, musste ihm diesmal aber beipflichten. Hayden, seit zwanzig Jahren im diplomatischen Dienst, war von 2004 bis 2007 amerikanischer Botschafter in Spanien gewesen, bevor man ihn abberufen hatte, damit er sich im Außenministerium federführend um die Beziehungen zu Europa kümmern konnte. Obwohl er nur für drei Jahre als Botschafter in Madrid gewesen war, hatte er in Spanien enge Beziehungen geschmiedet, unter anderem zu José Zapatero, dem gegenwärtigen Premierminister. Angesichts des heiklen Themas, das während des bevorstehenden Treffens mit dem spanischen Botschafter erörtert werden würde, war Hayden genau der richtige Mann, um die zu erwartenden Beschuldigungen abzuwehren und sich später – falls nötig – um Schadensbegrenzung zu kümmern.

Harper hatte noch immer keine Ahnung, über was für einen Beweis die spanische Regierung verfügte, und die von Andrews erwähnte Möglichkeit machte ihm weiter schwer zu schaffen. Weder Kealey noch Pétain hatte sich gemeldet. Die beiden konnten sonst wo sein, auch in einem spanischen Gefängnis. Irgendwie glaubte er nicht daran; die Nachricht von ihrer Festnahme wäre wahrscheinlich von der amerikanischen Botschaft in Madrid nach Langley weitergeleitet worden. Trotzdem, solange er nicht mit Sicherheit wusste, dass sie es nach Pakistan geschafft hatten, konnte er keine Möglichkeit ausschließen. Sein letztes Gespräch mit Paul Owen lag eine Dreiviertelstunde zurück, und auch er hatte nichts Positives zu melden. Bei den Observationen kam einfach nichts Brauchbares heraus. Nach dem enttäuschenden Telefonat war der Anruf aus Andrews' Vorzimmer gekommen, der ihn darüber informierte, dass der Wagen für die Fahrt zum Weißen Haus wartete.

Während der halben Stunde im Auto hatten er und Andrews sich auf eine Reihe möglicher Antworten geeinigt, doch es war zu früh, um sich in irgendeiner Weise festzulegen. Alles hing davon ab, wie schwerwiegend die gegen die CIA gerichteten Beschuldigungen ausfallen würden – und von der Qualität des Beweises, den der spanische Botschafter präsentieren würde.

Natürlich würde Vázques schlüssig begründen müssen, warum er überhaupt um ein Treffen mit dem Präsidenten gebeten hatte, und deshalb würden sie wenigstens einige der Karten sehen, die die Spanier in der Hand hielten. Trotzdem war Harper klar, dass Vázques vielleicht einen Trumpf im Ärmel behalten würde, um zu sehen, ob er sie bei einer Lüge ertappen konnte. Er hatte Andrews vor dieser Möglichkeit gewarnt, und der hatte die Warnung an Brenneman weitergeleitet.

Der Präsident hatte die Neuigkeiten nicht gut aufgenommen und eine Erklärung dafür verlangt, warum sie noch nicht herausgefunden hatten, wie umfassend die Beweise der Spanier waren. Außerdem wollte er wissen, warum es überhaupt denkbar war, dass jemand von Harpers Team in Madrid gefilmt worden war. Leider konnte Harper dazu gar nichts sagen, er stellte sich dieselbe Frage. Vor Kealeys und Kharmais Landung in Madrid hatte Pétains Team die Gegend, wo sie aktiv werden würden, genau unter die Lupe genommen – von dem Hotel, in dem sie abgestiegen waren, bis zu der Baustelle an der Calle de San Leonardo de Dios. Sie hatten nach Kameras der Verkehrspolizei und Überwachungskameras in der Hotelhalle und vor Geschäften Ausschau gehalten und ihre Wege so geplant, dass sie nicht gefilmt werden würden. Kurz, sie hatten alles getan, um die Möglichkeit auszuschließen, aber irgendwo musste ihnen etwas entgangen sein. In ein paar Minuten würde er erfahren, wo sie eine Kamera übersehen hatten.

In diesem Augenblick beendete Hayden sein Telefonat, wobei er den Hörer heftiger als nötig auflegte. Sein tiefer Seufzer ließ Brenneman und Andrews zu ihm hinüberblicken.

»James hat keine Ahnung, was los ist«, sagte er müde. Edward James war der amerikanische Botschafter in Spanien, der Amtsnachfolger von Hayden, der den Posten im Herbst 2007 übernommen und bis jetzt noch keine Möglichkeit bekommen hatte, sich wirklich zu profilieren. »Er schafft es nicht, einen Termin bei einem Regierungsmitglied zu bekommen, und der Außenminister nimmt seine Anrufe nicht mal entgegen. Genau genommen ist er seit acht Stunden kaltgestellt.«

»Was hat das zu bedeuten?«, fragte Brenneman, zwischen Andrews und Hayden hin und her blickend.

Hayden seufzte und zupfte an seinem Kinnbart. »Nichts Gutes, Sir. Was immer sie in der Hand haben, es muss ein hieb- und stichfester Beweis sein. Einer, der es uns nicht ermöglicht, alles abzustreiten … Wenn sie sich nicht sicher wären, würden sie etwas herauszufinden versuchen, genau wie wir. Sie werden versuchen, uns kalt zu erwischen.«

»Was empfehlen Sie?«, fragte Brenneman.

Hayden zog eine Grimasse und schüttelte dann den Kopf. »Ich sage es ungern, Sir, aber es sieht so aus, als hielten sie die Trümpfe in der Hand. Ich schlage vor, dass wir uns um Schadensbegrenzung kümmern, statt unsere Verwicklung in die Geschichte rundherum abzustreiten, was nur mehr öffentliche Aufmerksamkeit erregen wird. Vielleicht können wir die Spanier dazu bringen, die Angelegenheit diskret zu behandeln, wenn wir ihnen im Gegenzug etwas anbieten. In ein paar Monaten steht unser Handelsabkommen mit ihnen auf dem Prüfstand. Womöglich lässt sich in der Richtung etwas drehen.«

Brenneman nickte nachdenklich und blickte Andrews an, der bereits heftig den Kopf schüttelte. »Wie denken Sie darüber?«

»Tut mir leid, Sir, aber ich bin anderer Meinung«, sagte Andrews mit einem respektvollen Nicken in Haydens Richtung. »Ich glaube nicht, dass wir es uns leisten können, hier etwas zuzugeben. Vergessen Sie nicht, dass sechs unschuldige

Passanten ums Leben gekommen sind. Wenn wir eingestehen, dass wir für den Tod dieser Menschen verantwortlich sind, endet das in einer diplomatischen Katastrophe. Der Vorfall in China war nichts dagegen.«

Einen Augenblick herrschte Schweigen. Andrews musste seinen letzten Satz nicht weiter ausführen, weil alle wussten, wovon die Rede war. Sie erinnerten sich ohne Ausnahme an den langen diplomatischen Schlagabtausch, der seinen Anfang genommen hatte, als ein Aufklärungsflugzeug der U. S. Navy im Jahr 2001 über der Inselprovinz Hainan mit einem chinesischen Kampfjet zusammengestoßen war. Das amerikanische Flugzeug konnte sicher auf Hainan landen, aber der chinesische Pilot kam ums Leben. Die ernsthafte diplomatische Krise hatte begonnen, als das amerikanische Außenministerium Verhandlungen über die Rückgabe des Flugzeuges und die Freilassung der vierundzwanzig Crewmitglieder aufnahm. Letzteres geschah nach acht Tagen, doch das Flugzeug wurde erst nach drei Monaten zurückgegeben, und zwar in Einzelteilen, die von einer chinesischen Frachtmaschine transportiert wurden. Die Flugfähigkeit der amerikanischen EP-3E war von Inspektoren attestiert worden, aber der chinesischen Regierung kam es darauf an, das Gesicht zu wahren. Nach der Freilassung der Crewmitglieder war man zu der Ansicht gekommen, dass die internationale Öffentlichkeit es als Demütigung für die Chinesen und als Sieg der amerikanischen Regierung sehen würde, wenn das Aufklärungsflugzeug von chinesischem Boden abhob, als wäre nichts geschehen.

Trotzdem, so ernst der Vorfall gewesen sein mochte, irgendwann war die Geschichte vergessen. Die aktuelle Lage war weitaus ernster. Sechs spanische Staatsbürger waren gestorben, und nicht etwa in Folge eines Unfalls. Außerdem war der amerikanischen Regierung bei dem Zusammenstoß im Luftraum über China gar keine andere Wahl geblieben, als ihre Schuld einzugestehen. Was die Explosion in Madrid und den Tod von Kamil Ghafour betraf, hatten weder Brenneman noch ein Regierungsmitglied bis jetzt auch nur ein Wort verloren. Noch schlimmer war, dass es sofort einen riesigen Medienrummel geben würde, wenn die Beteiligung der CIA publik wurde. Der Ernst der Lage war nicht herunterzuspielen. Falls die Spanier einen unwiderlegbaren Beweis dafür hatten, was wirklich geschehen war, würden die diplomatischen Beziehungen zwischen den Vereinigten Staaten und Spanien nicht nur Schaden nehmen, sondern unter Umständen ganz abgebrochen werden, und allen Anwesenden war klar, dass es so weit auf keinen Fall kommen durfte.

Nachdem der Präsident sich einen Augenblick Zeit genommen hatte, um über Andrews' Worte nachzudenken, blickte er Harper an. »Wie denken Sie darüber?«

Harper räusperte sich. »Ich bin derselben Meinung wie Direktor Andrews, Sir. Selbst wenn sie Bilder hätten, auf denen unsere Leute in Langley zu sehen sind, wäre das egal. Sie können alle Beweise der Welt dafür haben, dass wir in Madrid die Finger im Spiel hatten, aber wir dürfen es nicht zugeben. Wir können es uns einfach nicht leisten.«

Brenneman nickte bedächtig. »Ganz meine Meinung«, sagte er schließlich. »Nein, wir können nicht zugeben, dass wir dafür verantwortlich sind. Aber jetzt muss ich erst abwarten, was Vázques zu sagen hat. Vielleicht …«

Ein Klopfen an der Tür ließ Brenneman innehalten, und kurz darauf trat Stan Chavis ein. »Botschafter Vázques ist gerade eingetroffen«, verkündete er ernst.

Brenneman stand auf, die anderen folgten seinem Beispiel.

Nachdem er den Knoten seiner Krawatte gerichtet hatte, nickte Brenneman seinem Stabschef zu. »Bringen Sie ihn herein und sagen Sie Claire, dass ich für die nächsten zwanzig Minuten keinen Anruf entgegennehmen kann. Okay, bringen wir es hinter uns.«

Harper war Miguel Ruiz Vázques nie begegnet, hatte aber seinen Namen gehört und auf der Fahrt von Langley zum Weißen Haus einen biografischen Abriss gelesen. Die diplomatische Laufbahn des zweiundsechzigjährigen Vázques' währte mittlerweile vierzig Jahre, was in einem Land wie Spanien an sich schon eine Leistung war. Er hatte die Jahre des diktatorischen Regimes von Francisco Franco ebenso überstanden wie die des politischen Übergangs, der 1978 die Wiedereinführung der Monarchie unter König Juan Carlos I. mit sich brachte. Während dieser Zeit war er in den Reihen des Außenministeriums immer weiter aufgestiegen und mit hohen Posten in Brasilien, Griechenland und zuletzt in Luxemburg bedacht worden, wo er sich ein respektables Französisch aneignete. Im Laufe seiner Jahre im diplomatischen Dienst hatte er es zudem noch fertiggebracht, an der autonomen Universität Madrid einen Abschluss in Jura und Management zu machen. Besonders der zweite Abschluss kam ihm in Washington zugute, wo er als Chef der spanischen Botschaft an der Pennsylvania Avenue, nur einen Steinwurf vom Weißen Haus entfernt, eine Belegschaft von hundertsiebzig Leuten unter sich hatte.

Am meisten hatte sich Harper aber eingeprägt, dass Vázques den Ruf eines gewieften Politprofis genoss, was nicht weiter überraschend war bei einem Mann, der so viel erreicht hatte. Trotzdem war es beunruhigend. Im günstigsten Fall hieß es, dass er nicht leicht einzuschüchtern war. Wenn er den Beweis hatte, der die Behauptungen seiner Regierung stützte, würde er nicht zögern, dem Präsidenten gegenüber Klartext zu reden. Selbst dann nicht, wenn er im Oval Office zu Gast war.

Harper brütete noch immer über diesem deprimierenden Gedanken, als Claire Bouchard, die Sekretärin des Präsidenten, Vázques hereinführte. Alle standen auf, als der Botschafter auf Brenneman zuging und dessen ausgestreckte Hand ergriff.

»Freut mich sehr, Sie wieder mal zu sehen, Mr. Vázques«, sagte Brenneman mit einem herzlichen und offenbar aufrichtigen Lächeln. Harper hatte seine Höflichkeit schon immer bewundert, und er fragte sich, ob sie echt oder nur gespielt war. Doch jetzt, als er sich daran erinnerte, was der Präsident noch vor ein paar Augenblicken gesagt hatte, erkannte er, was für ein gerissener Schauspieler David Brenneman war. Er begrüßte den Spanier wie einen alten Freund, obwohl er ihm gleich frech ins Gesicht lügen würde.

»Danke, Mr. President«, antwortete Vázques, devot den Kopf neigend. »Auch dafür, dass Sie sich die Zeit nehmen, mich zu empfangen. Mir ist klar, dass Sie und Ihre Mitbürger eine schwere Zeit durchmachen. Wie ich höre, haben Ihnen die politischen Führer meines Landes bereits mitgeteilt, wie empört und besorgt sie wegen der Entführung von Außenministerin Fitzgerald in Pakistan sind. Aber erlauben Sie mir bitte, Ihnen auch noch einmal persönlich mein Mitgefühl auszudrücken. Meine Familie und ich beten dafür, dass sie gesund zurückkehren möge. Wie die Bürger unseres Landes.«

Der Präsident hörte sich die zu erwartenden Worte mit leicht gesenktem Kopf an und umklammerte dann Vázques' Rechte mit beiden Händen. »Danke, Herr Botschafter. Ich weiß Ihre Anteilnahme zu schätzen und bin dankbar für die

Unterstützung durch Sie und Ihre Regierung. Es bedeutet nicht nur mir sehr viel, sondern auch meinen Landsleuten.«

Brenneman ließ Vázques' Hand los und stellte die anderen Anwesenden vor, die der Spanier sämtlich mit einem herzlichen Handschlag begrüßte, ohne dass seine Miene irgendetwas preisgegeben hätte. Als Harper an der Reihe war, glaubte er im Gesicht des Botschafters etwas wie Ekel oder Verachtung aufflackern zu sehen, doch angesichts der Lage und der Umgebung blieb ihm nichts anderes übrig, als kommentarlos darüber hinwegzugehen.

Brenneman wies auf eine Reihe bereitstehender Stühle vor dem Schreibtisch und forderte alle auf, Platz zu nehmen. Der Präsident nahm den Stuhl, der am dichtesten vor dem Schreibtisch stand, auf der Südseite des Raums. Vázques und Hayden setzten sich rechts neben ihn, Andrews, Harper und Chavis nahmen auf der anderen Seite des Kaffeetischs Platz, Chavis saß dem Präsidenten am nächsten. Ein Steward der Navy betrat das Oval Office und brachte Tassen, Kaffee, Milch und Zucker. Nachdem er das silberne Tablett abgestellt hatte, verschwand er wieder, die Tür leise hinter sich schließend.

Niemand sagte etwas, während Stan Chavis den Kaffee einschenkte. Dann wandte sich der spanische Botschafter Brenneman zu, beide Hände auf einer Akte, die in seinem Schoß lag.

»Ich nehme an, Mr. President, dass Sie wissen, warum meine Regierung um dieses Gespräch gebeten hat.«

Hayden schritt ein, um Vázques' Aufmerksamkeit von Brenneman abzulenken. »Ehrlich gesagt ist uns der Grund dieses Treffens nicht überzeugend dargelegt worden, Herr Botschafter. Wahrscheinlich ahnen Sie, dass wir versucht haben, über die üblichen diplomatischen Kanäle bestimmte Leute zu kontaktieren, um mehr zu erfahren, aber wir hatten während der letzten acht Stunden keine Möglichkeit, mit Mitgliedern Ihrer Regierung zu reden. Vielleicht könnten Sie uns das erklären.«

»Tut mir leid, dazu kann ich nichts sagen«, antwortete Vázques mild, mit den Fingern auf dem Ordner in seinem Schoß trommelnd. »Leider war ich selbst nicht kontinuierlich in die Kommunikation eingebunden. Sie haben sicher Verständnis für dieses Problem, denn in den letzten beiden Tagen ging es sehr hektisch zu.«

Niemand glaubte auch nur eine Sekunde daran, doch die ungeschriebenen Gesetze der Diplomatie erlaubten es nicht, Vázques' Äußerung infrage zu stellen. Ein unbehagliches Schweigen senkte sich über den Raum, und irgendwann fuhr Vázques fort, sich wieder direkt an Brenneman richtend.

»Mr. President, ich gehe davon aus, dass Sie über die jüngsten Ereignisse in Madrid informiert sind. Damit meine ich natürlich die vorsätzlich herbeigeführte Explosion, die sechs unschuldige Passanten das Leben gekostet hat. Indirekt hat dieser Vorfall auch zum Tod eines algerischen Staatsbürgers namens Kamil Achmed Ghafour geführt. Ich bin nicht sicher, ob Sie es wissen … Ghafour kam nicht durch die Explosion ums Leben, sondern infolge einer Schussverletzung, die ihm ein paar Minuten zuvor zugefügt wurde. Beide Vorfälle ereigneten sich an derselben Straße in der Innenstadt von Madrid.«

Brenneman nickte bedächtig, ohne einen Blick für den Kaffee, den Chavis vor ihn hingestellt hatte. »Ich bin vertraut mit der Lage. Wie Sie vermutlich wissen, habe ich bereits mit dem König und Premierminister Zapatero telefoniert, um ihnen mein Mitgefühl auszudrücken.«

»Dann ist Ihnen wahrscheinlich auch bekannt«, fuhr der

Botschafter fort, wiederum devot den Kopf senkend, »dass sich Ihr State Department keine Woche vor diesem Vorfall mit einer offiziellen Bitte an unser Außenministerium in Madrid gewandt hat, weil man Ghafour wegen seiner Verbindung zu einem Mann namens Amari Saifi befragen wollte. Saifi ist ebenfalls algerischer Staatsbürger und ein prominentes Mitglied der Groupe Salafiste pour la Prédication et le Combat, auch unter dem Kürzel GSPC bekannt.«

Wieder schaltete sich Hayden ein. »Ja, das ist richtig. Wir hatten Grund zu der Annahme, dass Saifi für die Entführung von zwölf amerikanischen Touristen in Pakistan verantwortlich ist. Wie Ihnen sicher bekannt ist, war diese Theorie goldrichtig. Sie haben doch das Video gesehen?«

Vázques nickte, obwohl die Frage rein rhetorischer Natur war. Ja, er *hatte* das Video gesehen, das von Al-Dschasira zum ersten Mal vor zwei Tagen gesendet worden war, und jetzt war ihm – wie dem Rest der zivilisierten Welt – hundertprozentig klar, dass Saifi nicht nur an der Entführung der Touristen, sondern auch an der der amerikanischen Außenministerin beteiligt gewesen war. Ihm war bewusst gewesen, dass man ihm diese Geschichte auftischen würde, doch angesichts des Beweises in dem Ordner hatte er nicht vor, sich in die Defensive drängen zu lassen.

»Aus heutiger Sicht«, sagte er schließlich, »wäre es wahrscheinlich ratsamer gewesen, Ihrer damaligen Bitte zu entsprechen. Aber würden Sie nicht zugestehen, Mr. Hayden, dass einem dies alles als ein ziemlich seltsamer Vorfall erscheint?«

»Was genau wollen Sie damit sagen?«, fragte Stan Chavis nervös.

»Ich dachte, das wäre offensichtlich, Mr. Chavis.« Vázques wich kein bisschen zurück. »Ich beziehe mich auf den kurzen zeitlichen Abstand zwischen der Bitte Ihres Außenministeriums um ein Treffen mit Ghafour und seinem ziemlich plötzlichen Tod in Madrid.«

Brenneman räusperte sich dezent. »Mr. Vázques, ich sehe, worauf Sie hinauswollen, aber als altgedienter Diplomat kennen Sie dieses Geschäft, und eigentlich muss ich Ihnen nicht sagen, dass Sie sich auf dünnem Eis bewegen. Falls Sie durchblicken lassen wollen, woran ich denke, machen Sie einen großen Fehler. Eine solche Anschuldigung ohne Beweis vorzubringen läge bestimmt nicht in Ihrem Interesse. Oder in dem Ihrer Regierung.«

Der spanische Botschafter hob versöhnlich eine Hand. »Mr. President, ich hatte nicht die Absicht, eine Anschuldigung vorzubringen. Bitte verzeihen Sie mir, falls ich diesen Eindruck erweckt habe. Ich wollte nur auf den kurzen zeitlichen Abstand hinweisen. Dass beide Vorfälle aus Zufall so schnell aufeinanderfolgten, mag man kaum glauben.«

Hayden wollte etwas sagen, doch Vázques hob erneut die Hand.

»Bitte, Mr. Hayden, hören Sie noch einen Moment zu. Ich denke, es wird Sie interessieren, was ich gleich sagen werde.« Vázques lehnte sich zurück und blickte die Anwesenden nacheinander an. »Es wird Sie nicht überraschen, dass nach der Explosion an der Calle de San Leonardo de Dios eine groß angelegte Untersuchung des Falles eingeleitet wurde, an der unter anderem die Nationale Polizei und die Guardia Civil beteiligt waren. Bei der Beweissuche wurde etwas sehr Interessantes herausgefunden. Die Explosion wurde nicht durch einen herkömmlichen Sprengstoff verursacht wie etwa Dynamit, TNT, Semtex – bei baskischen Separatisten sehr beliebt – oder C4, sondern durch die Explosion zweier Tanks, von denen einer

Acetylen, der andere Sauerstoff enthielt. In dem vorläufigen Bericht der Polizei steht, die beiden Tanks seien entweder voll oder fast voll gewesen, wodurch sich die Opferzahl und der Sachschaden erklären ließen.«

»Acetylen?«, murmelte Brenneman kopfschüttelnd. »Das klingt … unwahrscheinlich.«

»Es stimmt, Mr. President, ich versichere es Ihnen.« Vázques schien zufrieden, weil Brenneman sich zu Wort gemeldet hatte. Harper wäre es am liebsten gewesen, wenn er gar nichts mehr sagte, denn jedes Wort konnte ihm später im Munde umgedreht werden. Außerdem war exakt aus diesem Grund Hayden anwesend. Wenn jemand sich vorwagte, musste er es sein.

»Glücklicherweise wurde schnell klar, woher die Tanks stammten«, fuhr Vázques fort. »Beide wurden aus einer Autowerkstatt entwendet, die keine zwanzig Meter vom Ort der Explosion entfernt liegt. Der Besitzer konnte schnell bestätigen, dass seine Tanks fehlten. Offensichtlich hatte er schon einmal Probleme mit Dieben – auf dem schwarzen Markt in Madrid kann man so ziemlich alles verhökern –, und nach dem letzten Vorfall, zwei Monate vor der Explosion, hat er eine Überwachungskamera in seiner Werkstatt anbringen lassen. Das war der große Durchbruch bei unserer Ermittlung.«

Vázques öffnete den in seinem Schoß liegenden Schnellhefter, nahm das erste von mehreren Fotos heraus und reichte es Brenneman. Der warf einen kurzen Blick darauf, verzog aber keine Miene und reichte es mit einem leichten Kopfschütteln an Andrews weiter. Danach war Harper an der Reihe. Das Bild war offensichtlich retuschiert, doch nicht gefälscht. Daran konnte kein Zweifel bestehen, denn die Person, die Harper sah, war niemand anderes als Naomi Kharmai. Sie stand in der Werkstatt und blickte sich um, als wüsste sie nicht, was sie als Nächstes tun sollte. Einen Moment später reichte ihm Andrews das zweite Foto. Die Uhrzeit in der oberen linken Ecke besagte, dass die Aufnahme keine fünf Sekunden nach der vorherigen gemacht worden war. Sie zeigte, wie Kharmai einen Handwagen aus der Werkstatt schob, auf dem zwei Tanks festgezurrt waren, ein grüner und ein ungestrichener.

»Wie Sie sehen«, fuhr Vázques fort, »sind diese Bilder alles andere als perfekt. Zuerst musste das Band bearbeitet werden, um Standbilder besserer Qualität aus dem Video extrahieren zu können. Natürlich ist es schwierig, ein brauchbares Bild zu drucken, wenn die Quelle schlechter ist als die Druckerleistung, aber unsere Techniker haben ihr Bestes gegeben. Das Resultat ist nicht optimal, doch das Gesicht der Frau ist auf jedem Bild deutlich zu erkennen. Alles andere ist unwichtig.«

Er zog ein drittes Bild aus dem Schnellhefter und reichte es Brenneman. Als Harper es in den Händen hielt, sah er auf den ersten Blick, dass es von einer Überwachungskamera auf dem Flughafen stammte. Darauf war dieselbe Frau zu sehen wie auf den ersten beiden Fotos.

»Dieses Bild«, fuhr Vázques fort, nachdem er sich sicher war, dass es alle gesehen hatten, »wurde einen Tag vor der Explosion auf dem Madrid Barajas International Airport aufgenommen. Laut Information des Zolls reiste die hier abgebildete Frau mit einem amerikanischen Pass, der auf den Namen Sarinder Kaur Nagra ausgestellt war. Ich denke, wir sind uns einig, dass auf allen drei Bildern dieselbe Person zu sehen ist. Sollten Sie daran zweifeln, kann ich Ihnen die Resultate unserer Gesichtserkennungssoftware zeigen, die diesen Befund eindeutig bestätigen.«

Niemand hatte etwas gesagt, als Vázques seine Beweisstücke

präsentierte, doch jetzt konnte Harper sich nicht mehr zurückhalten. »Herr Botschafter, es ist schön zu sehen, dass Ihre Sicherheitsbehörden bei der Untersuchung so bemerkenswerte Fortschritte gemacht haben, aber warum genau zeigen Sie uns diese Bilder?«

»Ich dachte, das wäre offensichtlich, Mr. Harper. Die Frau hat einen amerikanischen Pass und ist folglich als Bürgerin der Vereinigten Staaten anzusehen. Wir möchten, dass das FBI sie findet, in Gewahrsam nimmt und an uns ausliefert.«

Alle schwiegen, und nach einer scheinbaren Ewigkeit stellte Harper eine Frage. »Können Sie uns sonst noch etwas über diese Untersuchung mitteilen?«

Vázques nickte knapp. Es war klar, dass er mit dieser Frage gerechnet hatte. Er nahm ein letztes Foto aus dem Schnellhefter und reichte es wieder zuerst Brenneman, der es diesmal sehr viel länger studierte. Seine Pupillen verengten, der Unterkiefer verkrampfte sich. Als Harper an der Reihe war, wusste er schon, was ihn erwartete.

»Dieses letzte Foto«, sagte Vázques leise, »erschien vor zehn Monaten auf der Titelseite von *Time*. Es wurde von einem reaktionsschnellen Touristen im vergangenen September in New York geschossen, wo in letzter Minute ein Terroranschlag verhindert werden konnte. Das Bild spricht für sich.«

Harper hatte es tausendmal gesehen, studierte es aber noch einmal genau. Es war vor dem Renaissance Hotel am Times Square aufgenommen worden und zeigte neben Naomi Kharmai William Vanderveen, einen ehemaligen amerikanischen Soldaten, der einst Ryan Kealey unterstellt gewesen und zum Verräter geworden war. Er benutzte Kharmai als menschliches Schutzschild und hielt ihr ein Messer an die Kehle. Im Bildvordergrund stand ein Mann, der eine Pistole auf Vanderveen richtete. Ryan Kealey kehrte der Kamera den Rücken zu, er war nicht zu erkennen.

Kharmai dafür umso besser. Sie hatte die Hände gehoben und versuchte sich von Vanderveens linkem Arm zu befreien, der um ihren Hals geschlungen war. Ihr Mund war weit geöffnet, wie zu einem stummen Schrei, aber berühmt geworden war das Foto durch ihre Augen, in denen ein Ausdruck schieren Entsetzens lag, jener nackten Angst, die nur selten auf Film gebannt werden kann. Harper mochte das Bild aus naheliegenden Gründen nicht, musste seine überzeugende Unmittelbarkeit aber anerkennen. Jedes Mal, wenn er es ansah, wurde ihm ganz mulmig zumute.

»Bei der Person auf diesem Foto«, hörte er Vázques sagen, »handelt es sich ohne jeden Zweifel um dieselbe Frau, die in Madrid die Explosion herbeigeführt hat. Interessant ist auch, dass der Name Sarinder Nagra in keiner amerikanischen Publikation vom letzten September auftaucht. Angesichts der Bekanntheit des Fotos kommt mir das merkwürdig vor. Man sollte doch davon ausgehen, dass Miss Nagra von den großen Fernsehsendern, Zeitungen und Magazinen interviewt wurde. In dem Artikel aus *Time* steht, sie habe den Vorfall überlebt und sei zur medizinischen Behandlung in eine unbekannte Einrichtung in Virginia gebracht worden. Der letzte Teil meines Satzes ist übrigens ein wörtliches Zitat.« Vázques schwieg kurz und blickte die Anwesenden nacheinander an. »Ich muss wohl nicht eigens betonen, dass unsere Sicherheitsbehörden alles tun werden, um diese Frau vor Gericht zu bringen. Die Ernsthaftigkeit des Vorfalls erlaubt es uns nicht, diese Geschichte anders zu behandeln. Deshalb bin ich gezwungen, die auf der Hand liegende Frage zu stellen.«

Es entstand ein kurzes, unbehagliches Schweigen, dann meldete sich Andrews zu Wort. »Verzeihen Sie, Herr Botschafter, aber vielleicht ist uns gar nicht so klar, was Sie meinen. Was genau wollen Sie wissen?«

Vázques beugte sich über den Tisch und tippte mit dem Finger auf eines der Fotos. Dann blickte er Andrews an. »Arbeitet diese Frau für die CIA?«

Andrews schaute ihm fest in die Augen. »Nein.«

»Für eine andere Sicherheitsbehörde?«, hakte Vázques nach.

»Nein«, antwortete Brenneman mit einem energischen Kopfschütteln. »Definitiv nicht. Ich kann Ihnen zweifelsfrei versichern, dass sie keinerlei Verbindung zu unseren Sicherheitsorganen hat.«

Vázques nickte und lehnte sich zurück, offenbar zufrieden mit der Antwort des Präsidenten. »Dann gehe ich davon aus, dass meine Regierung mit Ihrer Kooperation in dieser Angelegenheit rechnen darf. Es sollte dem FBI keine allzu große Mühe bereiten, diese Frau zu finden. Wenn sie festgenommen ist, können wir die Auslieferung beantragen.«

»Das scheint mir ein bisschen voreilig«, warf Hayden ein. Er wies auf das Foto, das zeigte, wie Kharmai den Handwagen aus der Reparaturwerkstatt schob. »Sie können nicht beweisen, dass diese Frau die Explosion ausgelöst hat.«

»Zumindest war sie eine Komplizin«, bemerkte Vázques, »und auch dafür muss sie zur Rechenschaft gezogen werden. Wenn sie mit der Polizei kooperiert, damit diese sich ein vollständiges Bild machen kann, könnte sich das positiv für sie auswirken. Was nichts daran ändert, dass sie zuerst vor Gericht gestellt werden muss.«

»Wir wissen nicht einmal, ob sie amerikanische Staatsbürgerin ist oder eine dauerhafte Aufenthaltsgenehmigung hat«, bemerkte Hayden zurückhaltend. »Der von ihr benutzte Pass könnte gefälscht sein. Mit diesem Problem hatten wir in letzter Zeit häufig zu tun. Falls sie genug Geld und die richtigen Beziehungen hat, kommen wir womöglich nicht an sie heran.«

»Bei allem Respekt, Mr. Hayden, es fällt mir schwer, das zu glauben. Um einen brauchbaren Pass zu fälschen, bedarf es großer handwerklicher Geschicklichkeit und einiger technischer Geräte, die nicht leicht zu besorgen sind. Es gibt nur sehr wenige Leute, die hier überzeugende Arbeit leisten. Dafür braucht man erfahrene Experten, wie man sie in gewissen Geheimdienstabteilungen findet.« Vázques nahm sich die Zeit, seine Worte mit einem langen Blick in Harpers Richtung zu unterstreichen. »Wir haben die Passagierlisten der letzten beiden Tage überprüft, für alle Linienflüge, die Spanien verlassen haben, und der Name Sarinder Nagra ist uns dabei nicht begegnet. Leider hat das nicht viel zu bedeuten. Man kommt relativ leicht über die Grenze zu Frankreich oder Portugal. Ich persönlich vermute aber, dass sie bereits wieder in den Vereinigten Staaten ist. Sollte das so sein, müssen Sie entscheiden, was als Nächstes geschieht.« Er wandte sich Brenneman zu. »Ich bin überzeugt, dass Sie in dieser Situation richtig entscheiden werden, Mr. President. Wir Spanier wissen die Beziehungen zwischen unseren Ländern sehr zu schätzen und wünschen uns nichts mehr, als die gute Zusammenarbeit fortzusetzen. Allerdings könnte man diese Frau als ernsthaften Stolperstein auf diesem Weg ansehen. Es tut mir leid, aber wenn sie nicht bald festgenommen wird, könnte das unsere Beziehungen schwer belasten. Natürlich würde dadurch auch jede zukünftige Zusammenarbeit beeinträchtigt.«

Wieder entstand ein kurzes Schweigen. Bevor Brenneman antworten konnte, meldete sich Lawrence Hayden mit einer der üblichen diplomatischen Floskeln zu Wort. »Die Wahrung der guten Beziehungen zwischen unseren Ländern steht natürlich auch für diese Administration ganz oben auf der Prioritätenliste, Herr Botschafter. Ich kann Ihnen versichern, dass das FBI und andere Sicherheitsbehörden …«

Harper hörte nicht mehr hin. Vor seinem inneren Auge sah er eine Tür endgültig zuschlagen, und er empfand ein tiefes, aufrichtiges Gefühl der Traurigkeit. Natürlich würde er sich energisch für Naomi Kharmai einsetzen, doch letztlich konnte das nichts ändern. Ihre Laufbahn bei der CIA hatte gerade ein sehr bedauerliches, allzu plötzliches Ende gefunden.

Ein paar Minuten später war das Treffen beendet, und der Botschafter verschwand sofort, was niemanden verwunderte. Alles, was zu sagen war, war gesagt, und es wäre ziemlich sinnlos gewesen, noch Nettigkeiten auszutauschen. Angesichts dessen, was gerade geschehen war, schien es überraschend, dass die Besprechung ohne Vázques nicht fortgesetzt wurde. Brenneman nahm sich gerade noch Zeit, seine Wünsche – oder Befehle – zu formulieren. Spezielle Anweisungen, wie im Fall Kharmai zu verfahren war, gab er nicht. Doch das war aus seiner Sicht auch überflüssig. Indem er diese Angelegenheit im Ungefähren beließ, konnte er sich von dem Problem distanzieren. Hayden verließ wortlos den Raum, bog im Korridor nach rechts und war nicht mehr zu sehen. Harper wartete vor dem Oval Office, umgeben von einigen Beratern, die einen Termin bei Brenneman hatten. Als Andrews einen Augenblick später zu ihm trat, wies Harper mit einer Kopfbewegung auf den leeren Roosevelt Room. Andrews wusste, was sein Stellvertreter wollte, und folgte ihm.

»Was denken Sie?«, fragte Harper, nachdem er die Tür geschlossen hatte.

Andrews, die Hände in die Hüften gestemmt, zuckte nur die Achseln und seufzte. »Sie wissen, dass wir in Madrid die Finger im Spiel hatten.«

»So sehe ich es auch. Trotzdem können sie nicht beweisen, dass Kharmai für uns arbeitet. Andernfalls hätte Vázques es gesagt.«

»Er ist ein arrogantes kleines Arschloch«, sagte Andrews mit finsterem Blick.

»Ganz meine Meinung, doch das ändert nichts. Er mag ein Arschloch sein, hält aber alle Trümpfe in der Hand.«

»Das scheint mir übertrieben, aber ich sehe, was Sie meinen. Wir müssen schnell handeln. Was schlagen Sie vor?«

»Wir müssen gut aufpassen, wenn wir sie außer Landes bringen«, sagte Harper. »Vielleicht kann Machado uns dabei helfen. Portugal ist wahrscheinlich die beste Lösung, die Grenze ist sehr durchlässig. Eine andere Möglichkeit wäre Marokko. An der spanischen Südküste gibt es jede Menge Grenzpolizisten, doch die sind vollauf damit beschäftigt, keine illegalen Einwanderer ins Land zu lassen. Vielleicht könnte sie da durchschlüpfen.«

Andrews dachte einen Augenblick darüber nach. »Ich stimme Ihnen zu. Ziehen Sie Machado hinzu, und fragen Sie ihn, was er empfiehlt. Dann melden Sie sich bei mir. Der Präsident wird bald wissen wollen, was wir unternehmen. Dann sollten wir eine Antwort parat haben.«

»Okay. Ich kümmere mich darum.«

34

Nordpakistan

Kealey schaute aus dem hinteren Seitenfenster eines schnell fahrenden Autos. Häuser und Bäume zogen an seinem Blick vorbei, grau in grau, verschwommen, bedeutungslos. Im Osten braute sich ein Unwetter zusammen. Als der Subaru über Eisenbahnschienen holperte, dehnte er den Hals von einer Seite zur anderen, um den Schmerz in seinen Schultern zu lindern. Der fünfzehnstündige Flug war anstrengend genug gewesen, aber es war keine Zeit für eine Verschnaufpause geblieben. Seit der Landung der Maschine vor drei Stunden waren sie pausenlos in Bewegung. Nach dem Anruf über den öffentlichen Fernsprecher vor dem Terminal waren er und Pétain den Anweisungen der Kontaktperson aufs Wort gefolgt. Sie kämpften sich durch die geschäftige Menschenmenge auf dem Anarkali-Bazar, ärgerten sich anschließend weiter über ungeduldige, rücksichtslose Passanten und erreichten das Bundu Khan, wo auch nach der Mittagzeit noch überraschend viel los war. Pétain flüsterte ihm verstohlen zu, in diesem Restaurant sei ein im letzten Jahr entführter bekannter amerikanischer Journalist zum letzten Mal lebend gesehen worden.

Diese Geschichte, von Pétain eher beiläufig erwähnt, beschäftigte ihn seit zwei Stunden. Ihm waren bereits die misstrauischen, unfreundlichen Blicke aufgefallen, die ihm und Pétain in der islamischen Republik zugeworfen wurden. Er fühlte sich an einen kurzen Aufenthalt in Südkorea im Jahr

1993 erinnert, als er gerade Offizier der U.S. Army geworden war. Er ging durch Seoul, in Zivil, als ihn plötzlich eine ältere Frau ankreischte, mit wutverzerrtem Gesicht, die erhobene Faust schüttelnd. Er wusste nicht, wie er reagieren sollte, und ging einfach weiter. Zurück in Fort Carson, hatte er den Vorfall gegenüber dem Kompaniechef erwähnt, der einige Zeit in Korea verbracht hatte, doch der zuckte nur die Achseln und wechselte das Thema.

Es hängt einfach mit der Geschichte des geteilten Landes zusammen, hatte er damals gedacht. In Südkorea gab es immer noch eine weitverbreitete Antipathie gegenüber den Vereinigten Staaten, was größtenteils damit zusammenhing, dass es nach dem Ende des Koreakriegs nie einen kompletten Abzug der amerikanischen Truppen gegeben hatte – wobei »Ende« in diesem Fall nur den 1953 vereinbarten, fragilen Waffenstillstand meinte. Bis auf den heutigen Tag waren dreißigtausend amerikanische Soldaten auf der koreanischen Halbinsel stationiert.

Doch das war für ihn eine völlig andere Situation. Die Abneigung der Koreaner war vielleicht verständlich, die Episode mit der alten Frau ein Einzelfall. Ansonsten war er im Fernen Osten nie antiamerikanischen Ressentiments begegnet. In Pakistan war die Feindseligkeit dagegen überall spürbar. Er wusste nicht, in welchem Ausmaß es mit Brenneman, Musharraf und den Spannungen zwischen ihren Regierungen zu tun hatte, aber die Tatsache an sich war nicht zu übersehen.

Er nahm neben sich eine Bewegung wahr und blickte zu Marissa Pétain hinüber. Ihr Gesicht war nicht zu sehen, da sie aus dem gegenüberliegenden Seitenfenster schaute, aber ihre Körperhaltung wirkte angespannt. Er ahnte, dass sie die gleichen beunruhigenden Gedanken beschäftigten wie ihn.

Wahrscheinlich war es bei ihr noch schlimmer, da sie über weniger Informationen verfügte als er. Er wusste wenigstens, wer diesen kleinen Ausflug angestoßen hatte, doch das trug wenig dazu bei, sein ungutes Gefühl zu beschwichtigen. Wie würde Pétain reagieren, wenn er ihr erzählte, dass sie nur aufgrund der Beziehungen ihres Vaters in Pakistan waren?

Er blickte durch die Windschutzscheibe. Der Fahrer war jener Mann, der sie an dem Restaurant abgeholt hatte. Nawaz, der Kellner, hatte sie durch die Küche, wo ihnen niemand einen zweiten Blick schenkte, zum Hinterausgang geführt, wo der Fahrer bereits neben dem in der Seitengasse geparkten, nicht registrierten Taxi wartete. Als seinen Namen hatte er »Abdul« genannt, was so war, als hätte sich in Amerika jemand als »John Smith« vorgestellt. Es war ein völlig bedeutungsloser und wahrscheinlich falscher Name. *Abdul wird Sie zu dem Mann bringen, den Sie treffen möchten,* hatte Nawaz ihm ins Ohr geflüstert. *Er ist ein Freund des Mannes, der Sie hierhergeschickt hat. Sie können ihm vertrauen.*

Kealey sah Abduls Gesicht im Rückspiegel und studierte es kurz. Es war kein Gesicht, das sich der Erinnerung einprägte – fettiges schwarzes Haar, lange Hakennase, selbstzufriedene braune Augen, dünne Lippen. Ein Detail stach allerdings ins Auge. Sein Gesicht war nicht das eines städtischen Taxifahrers, sondern das eines Mannes, der einen Großteil seines Lebens unter harten klimatischen Bedingungen verbracht hatte. Die Gesichtshaut war von tiefen Falten zerfurcht und wirkte rau wie Schmirgelpapier. In diesem Moment blickte er in den Rückspiegel, und ihre Blicke trafen sich. Kealey schaute nicht weg, und für ein paar Sekunden betrachteten sie sich, ohne dass die Miene eines der beiden Männer etwas preisgegeben hätte. Dann richtete Abdul den Blick wieder auf die Straße.

Der von Osten her aufziehende Sturm kam schnell näher, und bald musste Abdul langsamer fahren. Als sie am Bundu Khan aufgebrochen waren, fuhr er zuerst kreuz und quer durch die Innenstadt, offensichtlich nach Verfolgern Ausschau haltend. Nach einer Stunde verließ er die Stadt auf der Allama Iqbal, einer Straße, die den gleichen Namen trug wie der Flughafen. Sie fuhren durch eine hügelige, sanft begrünte, mit Bauernhöfen gesprenkelte Landschaft, kamen durch eine Reihe von Dörfern. Zwanzig Minuten später bremste Abdul scharf und bog in eine schmale, zu beiden Seiten von Bäumen gesäumte Straße ein. Nasse Zweige streiften die Seitenwände des Autos, und als die Bäume hinter ihnen lagen, brachte er den Wagen nach und nach zum Stehen, wobei die betagten Bremsen protestierend quietschten.

»Wo sind wir?«, fragte Pétain, die ein Stück nach links rutschte, um besser durch die Windschutzscheibe sehen zu können. »Was wollen wir hier?«

»Ich muss mich umsehen, bevor der nächste Mann übernimmt«, sagte der Pakistaner, ohne die Fragen zu beantworten. »Sie bleiben beim Wagen, bis ich Sie rufe.«

Abdul zog den Schlüssel aus dem Zündschloss, stieg aus, schlug die Tür zu und überquerte einen mit Kies bestreuten Parkplatz, an dessen hinterem Ende sich ein Unterwerk mit großen Transformatoren befand, das von einem drei Meter hohen Maschendrahtzaun umgeben war. Auch Kealey stieg aus und blickte Abdul nach, sorgfältig die Umgebung studierend. Andere Autos standen nicht auf dem Parkplatz, es war kein Mensch zu sehen. Das gab ihm zu denken. Hinter dem Unterwerk erstreckte sich eine große Weide, dahinter erblickte er die Dächer mehrerer Häuser und einen nicht besonders hohen Schornstein. Der strömende Regen verwischte alle Konturen.

Auch Pétain war ausgestiegen, kam um das Auto herum und trat zu ihm, aus irgendeinem unerfindlichen Grund am ganzen Leib zitternd. »Was halten Sie davon?«, fragte sie so leise, dass ihre Worte wegen des Sturms kaum zu verstehen waren.

Kealey schüttelte ratlos den Kopf, versuchte aber, alle Aspekte zu bedenken. Plötzlich wünschte er, doch zu Owen Kontakt aufgenommen zu haben. Machados Angebot, ihm zu helfen, war ihm als gut gemeint und aufrichtig erschienen, doch jetzt, in einer feindseligen Umgebung, ohne echte Chance, sich selbst zu verteidigen, wünschte er, die ganze Geschichte besser bedacht zu haben.

»Ich weiß es nicht«, antwortete er schließlich. »Aber wie gesagt, uns bleibt eigentlich keine andere Wahl ... Hier bestimmen nicht wir die Spielregeln, sondern sie.«

Abdul hatte ein in den Maschendrahtzaun eingelassenes Tor erreicht, und für Kealey sah es so aus, als könnte er es mühelos öffnen. Er fragte sich, ob es überhaupt verschlossen gewesen war. Der Pakistaner umrundete einen der großen grauen Transformatoren und war nicht mehr zu sehen. Zwei Minuten später tauchte er wieder am Tor auf und winkte sie zu sich.

Nach kurzem Zögern überquerte Kealey den Parkplatz, dicht gefolgt von Pétain. Als sie das Tor erreichten, bedeutete ihnen Abdul mit einer Kopfbewegung, dass sie eintreten sollten. »Er erwartet sie.«

»Das war's?«, erkundigte sich Pétain konsterniert. Kealey fragte sich, was sie erwartet hatte.

»Das war's«, sagte der Pakistaner mit unbewegtem Gesicht. »Ich warte hier, bis Sie fertig sind. Es sollte nicht lange dauern.«

»In Ordnung.« Kealey legte eine Hand auf Pétains Rücken und wollte sie sanft durch das Tor schieben, doch etwas in ihr sperrte sich, und sie fuhr fort, Abdul Fragen zu stellen.

»Wen treffen wir eigentlich?«, fragte sie laut, um das Geräusch des strömenden Regens zu übertönen. »Wie heißt er? Welcher Art sind seine Beziehungen zu Mengal?«

»Schluss jetzt«, stieß Kealey zwischen zusammengebissenen Zähnen hervor. »Wir werden es gleich erfahren. Vorwärts.«

Nach kurzem Zögern trat sie durch das Tor und ging neben ihm her. Trotzdem warf sie noch einen letzten Blick über die Schulter. »Ich vertraue ihm nicht«, murmelte sie.

»Wem sagen Sie das.«

»Ich meine es ernst, Kealey. Irgendwas stimmt nicht an dieser ganzen …«

Er blieb stehen, packte ihren Arm und drehte sie so, dass sie ihn anschaute. Ein kurzer Blick Richtung Tor sagte ihm, dass Abdul bereits auf dem Rückweg zum Auto war. Als er sich wieder Pétain zuwandte, sah sie ihn erwartungsvoll an. Strähnen ihres dunklen Haars klebten an ihrer Stirn und den blassen Wangen.

»Hören Sie zu«, sagte er. »Ich bin Ihrer Meinung. Auch mir gefällt es hier nicht. Das ganze Szenario gefällt mir nicht, aber es lohnt sich, das Risiko einzugehen. Dieser Typ, wer immer er ist, kann uns genau sagen, wo Mengal sich aufhält, und wir brauchen diese Information. Wir können es uns nicht leisten, noch mehr Zeit zu verplempern. Auch einen Fehler können wir uns nicht leisten, also tun Sie mir bitte einen Gefallen, okay? Versuchen Sie, sich zu entspannen, und hören Sie mit der Fragerei auf. Das wird unseren Mann nur nervös machen, wovon wir bestimmt nicht profitieren werden.«

Für einen langen Augenblick wartete er vergeblich auf eine Antwort. Sie blickte ihn schweigend an, Regen lief über ihr Gesicht. Schließlich nickte sie zustimmend.

»Danke. Glauben Sie's mir, diese Geschichte ist bald überstanden. Ich kann es auch kaum abwarten, von hier wegzukommen.«

»Nun, es hängt davon ab, oder?«, sagte sie, während sie durch das Labyrinth von Transformatoren gingen.

»Wovon?«

»Ob uns danach ein hübscherer Ort erwartet.«

Kealey lächelte, beeindruckt, dass sie Haltung bewahrte. Hier waren sie, mitten in einem Sturm, klatschnass, Undercoveragenten ohne jede Unterstützung, und doch brachte sie es fertig, eine humorvolle Bemerkung zu machen. Das war bewunderungswürdig. Doch ihm blieb keine Zeit, weiter darüber nachzudenken. Als sie an einem Sockel mit einem Schaltkasten vorbei waren, sah er mitten auf dem Kiesweg, direkt vor dem Kontrollhäuschen, die verschwommene Silhouette eines Mannes.

»Ich denke, das ist er«, flüsterte Pétain überflüssigerweise. Als sie näher kamen, studierte Kealey das Äußere des Mannes. Er hatte einen knielangen Regenmantel an und trug unter der übergroßen Kapuze eine schwarze, wollene Schiebermütze, was Kealey angesichts der erstickenden Schwüle merkwürdig vorkam. Seine schwarze Hose steckte in olivfarbenen Gummistiefeln, sodass davon nur ein kleines Stück unter dem Mantel sichtbar war.

Als er sie bemerkte, hob der Mann den Kopf und lächelte. Durch den grauen Regenvorhang glaubte Kealey zu erkennen, dass er grüne Augen, einen dichten schwarzen Schnurrbart und eine Knollennase hatte. Dann nahm der Mann die Kapuze ab und musterte sie eingehend. Jetzt fiel Kealey noch etwas auf. Wie Abdul wirkte auch dieser Mann mit seiner wettergegerbten Haut, als hätte er monate-, wenn nicht jahrelang unter freiem Himmel gelebt.

»Willkommen in Pakistan«, sagte er, Kealey und Pétain nacheinander anblickend. »Ich entschuldige mich für die lange Fahrt und die notwendigen Umwege. Danke für Ihre Nachsicht.«

»Wer sind Sie?«, fragte Kealey.

»Mein Name ist unwichtig, aber während unseres kurzen Zusammenseins können Sie mich Fahim nennen.«

»Fahim?«, murmelte Pétain. Sie beugte sich zu Kealey vor, damit man sie trotz des prasselnden Regens und des Donners verstehen konnte. »Ich dachte, Sie hätten gesagt, er heiße Khan.«

Kealey ignorierte ihre Bemerkung und dachte stattdessen über Fahims bemerkenswert flüssiges und fehlerfreies Englisch nach, das einen britischen Akzent hatte. Fahim musste längere Zeit in England gelebt haben, hatte wahrscheinlich sogar an einer sehr guten Universität studiert, etwa in Cambridge, Oxford oder am Londoner King's College. Zugleich hinterließ seine äußere Erscheinung einen völlig anderen Eindruck. Der Widerspruch verblüffte Kealey, doch er schüttelte seine Neugier ab und rief sich den Grund ihres Aufenthalts in Pakistan ins Gedächtnis.

»Also, wo ist er?«, fragte er schließlich. »Mengal, meine ich. Wir müssen unbedingt …«

»Verzeihen Sie, wenn ich Ihnen ins Wort falle, aber wir müssen noch ein kleines Problem klären, bevor wir zum geschäftlichen Teil kommen«, unterbrach Fahim, der eine Hand hob, als wollte er um etwas Geduld bitten. »Mr. Kealey, man hat mich informiert, dass Sie im Anarkali-Bazar etwas gekauft haben. Stimmt das? Bevor Sie antworten, möchte ich Sie daran erinnern, dass Sie die ganze Zeit über beschattet wurden.«

Kealey zögerte, hob aber dann das T-Shirt an seinem Rücken

an und zog das Messer mit dem Holzgriff und der langen Klinge aus der Lederscheide an seinem Gürtel.

Fahim lächelte nachsichtig. »Werfen Sie es bitte rüber.«

Kealey gehorchte, und das Messer landete anderthalb Meter vor Fahim auf dem Kiesweg. Er hob es auf und studierte die Klinge.

»Damit kann man nicht viel anfangen, was?«, sagte er. »Aber wahrscheinlich ließ sich in der kurzen Zeit nichts Besseres auftreiben. Ich war von einem freundschaftlichen Treffen ausgegangen, Mr. Kealey, arrangiert von einem gemeinsamen Freund. Ich frage mich, warum Sie sich unbedingt bewaffnen mussten.«

»Ihr Fahrer ist auch bewaffnet«, bemerkte Kealey. »Bei Ihnen sieht's vermutlich nicht anders aus. Sie kennen das Spiel.«

»Genau, ich kenne es.« Er drehte sich um, holte aus und schleuderte das Messer über den Zaun. Es landete zwischen ein paar Büschen. Als Fahim sich ihnen wieder zuwandte, hielt er eine Pistole in der Hand.

»O nein«, flüsterte Pétain. Kealey wollte sie anschauen, konnte den Blick aber nicht von der Waffe lösen. Du hättest damit rechnen müssen, dachte er verbittert, aber er hatte wirklich nicht an eine Falle geglaubt. Machados Mann musste übergelaufen sein, vielleicht arbeitete er sogar für Mengal. Es spielt keine Rolle, sagte er sich. Nicht mehr. Plötzlich fühlte er sich wie gelähmt, völlig hilflos, und verachtete sich dafür, dass er einen furchtbaren Fehler gemacht hatte, als er hierhergekommen war.

»Kealey, was werden wir …«

Der Rest von Pétains Frage ging in dem laut prasselnden Regen unter. Sie wiederholte sie, diesmal lauter, doch Kealey konnte sich nicht darauf konzentrieren. Er starrte immer noch

Fahim an, der jetzt auf sie zukam. Als er noch anderthalb Meter entfernt war, griff er in die linke Tasche seines Regenmantels und zog Handschellen heraus.

Er warf sie Kealey zu, der sie auffing. Dann zeigte er auf Pétain. »Fesseln Sie Ihre Freundin mit einer Hand an die Tür des Transformatorenhäuschens da drüben.«

Er zeigte darauf, es stand links von Kealey. Auch Pétain blickte in die Richtung und riss den Kopf dann zu Fahim herum. »Was haben Sie vor?«, schrie sie. »Was soll das? Angeblich sollten Sie uns helfen!«

Fahim reagierte nicht. Pétain packte Kealeys Arm. »Wir müssen abhauen«, flüsterte sie aufgeregt. »Er wird uns beide umbringen. Wir können nicht …«

»Er wird uns nicht töten«, sagte Kealey, der plötzlich wieder klar denken konnte. Er empfand tiefe Scham, weil er völlig paralysiert gewesen war, wenn auch nur für ein paar Sekunden. Doch das war jetzt nicht der richtige Moment, um darüber nachzudenken. Tatsächlich hätte er es gar nicht so weit kommen lassen dürfen, aber er würde noch genug Zeit haben, um seine zahlreichen Fehler kritisch Revue passieren zu lassen. Allerdings nur, wenn er es schaffte, diese Episode zu überleben. Jetzt galt es, einen kühlen Kopf zu bewahren und auf eine günstige Gelegenheit zu warten. Vielleicht würde es nur eine geben, und er musste schnell reagieren, um das Beste daraus zu machen. Er blickte Pétain an. »Wenn er uns töten wollte, müsste er Sie nicht fesseln lassen. Nein, hier läuft etwas anderes.«

»Und was?«, fragte Pétain. »Was soll das sein? Dieses Treffen …«

»Schluss jetzt«, sagte Fahim laut, den Regen übertönend. »Wir haben nicht viel Zeit. Los, fesseln Sie die Frau. Sofort.«

Nach kurzem Zögern packte Kealey Pétains Arm und zog

sie zu dem Transformatorenhäuschen. Die Handschellen in seiner Rechten schlugen bei jedem Schritt gegen seinen Oberschenkel. Sie wehrte sich, aber nicht energisch. Zuerst konnte er sich den Grund nicht erklären, doch dann begriff er. Sie war zu verwirrt, um ernsthaft Widerstand zu leisten. Aber dann versuchte sie sich doch loszureißen, offenbar auf den Überraschungseffekt setzend.

Er schaffte es gerade noch, ihr Handgelenk festzuhalten und schleuderte sie hart gegen die Stahltür des Häuschens. Es verschlug ihr den Atem, und er presste seinen rechten Unterarm gegen ihre Brust. Wieder wollte sie sich befreien und schrie aus vollem Hals, doch als er beruhigend auf sie einredete, gab sie es schließlich auf. Sie schaute ihn fragend an, heftig nach Luft schnappend.

»Das reicht jetzt«, sagte er nachdrücklich. Sein Gesicht war nur Zentimeter von ihrem entfernt. »Ich weiß, dass Sie Angst haben, aber das hilft uns nicht weiter. Wenn Sie mich ablenken, kann ich mich nicht konzentrieren. Also versuchen Sie, ruhig zu bleiben. Ich werde einen Ausweg finden.«

Sie sagte nichts, immer noch um Atem ringend. Dann wandte sie kurz den Blick ab, doch als sie ihn wieder anschaute, bemerkte er, dass sie sich beruhigt hatte, zumindest ein bisschen.

»Was werden Sie tun?«, flüsterte sie. »Was soll das alles? Ich dachte, der Mann wäre auf unserer Seite. Sie haben versichert, er wolle uns helfen …«

»Ich weiß auch nicht, was los ist, werde es aber herausfinden.« Er nahm seinen Unterarm von ihrem Oberkörper und trat zwei Schritte zurück. »Los, geben Sie mir Ihre Hand.«

Sie zögerte, es kam ihm vor wie eine Ewigkeit. Dann hob sie den linken Arm. Er ließ eine der Handschellen um ihr Gelenk zuschnappen, die zweite um den Griff der Tür. Pétain schloss die Augen und schüttelte den Kopf, als könnte sie es einfach nicht glauben.

Als er sie so sah, war er versucht, ihr ein paar tröstende Worte zuzuflüstern. Er wollte ihr sagen, alles werde wieder gut und er werde es nicht zulassen, dass ihr etwas zustoße, doch das wären leere Versprechungen gewesen, und davon hatte er in seinem Leben schon genug gemacht. Stattdessen drehte er sich zu Fahim um.

Es sah nicht so aus, als hätte der sich bewegt. Er stand immer noch mitten auf dem Kiesweg, der lange Regenmantel flatterte im Wind. Er presste ein Satellitentelefon an sein linkes Ohr, hielt aber weiter die Waffe in der Rechten, die direkt auf Kealey zielte.

Während er näher kam, schnappte Kealey ein paar Worte auf, ohne dass diese einen Sinn ergeben hätten. Als er noch fünf Schritte entfernt war, richtete Fahim die Mündung der Pistole auf seine Brust. Kealey ließ sich nichts anmerken, aber seine Muskeln spannten sich, und sein Atem ging schneller, als er auf die halbautomatische Waffe blickte. Fahim murmelte noch ein paar Worte, ließ das Telefon etwas sinken und drückte es an seine Schulter. Dann sagte er etwas, das für Kealey völlig überraschend kam.

»Er möchte Sie sprechen.«

Für ein paar Augenblicke verschlug es Kealey die Sprache, in seinem Kopf jagten sich die Gedanken. »Wer?«, fragte er schließlich. »Mit wem reden Sie? Mit Mengal?«

Statt zu antworten, warf ihm Fahim das Telefon zu, das er gerade noch auffangen konnte. Als er sich versichert hatte, dass es weiter eingeschaltet war, hob er es ans Ohr. »Wer ist dran?«, fragte er laut, um den Regen zu übertönen. »Was wollen Sie?«

»Dass Sie mir zuhören«, antwortete Javier Machado. Obwohl sie durch Tausende von Kilometern getrennt waren, klang seine Stimme so klar, als würde er neben Kealey stehen. »Ich möchte, dass Sie genau hinhören. Glauben Sie mir, mindestens ein Menschenleben – nicht notwendigerweise Ihres – hängt davon ab, was Sie als Nächstes tun werden.«

35

Nordpakistan

»Dreckskerl«, murmelte Kealey, der seine Umgebung nur noch schemenhaft wahrnahm. Fahim stand in der Nähe, die Pistole auf ihn richtend, und der Regen lief über sein Gesicht, doch alles andere schien sich irgendwie aufgelöst zu haben. Nur ein Gedanke beschäftigte ihn, nämlich der, dass ihm etwas Wichtiges entgangen sein musste. Er versuchte hektisch, darauf zu kommen, aber ihm fiel nichts ein, und seine Wut drohte jeden rationalen Gedanken unmöglich zu machen. »Was zum Teufel denken Sie sich dabei? Ich schwöre bei Gott, ich werde …«

»Ich habe gesagt, Sie sollen zuhören«, fuhr Machado ihn an. »Wo ist Marissa? Kann sie hören, was Sie sagen?«

Kealey blickte zu Machados Tochter hinüber, kannte die Antwort aber bereits. Pétain war nur etwa sechs Meter weit weg, vor dem Transformatorenhäuschen kauernd, an das sie gefesselt war, doch trotz der geringen Entfernung hätte sie wegen des herabprasselnden Regens und des Donners allenfalls etwas verstanden, wenn er sehr laut geworden wäre. »Nein, sie kann nicht mithören.«

»Gut, aber wir werden trotzdem kein Risiko eingehen.« Machados Stimme wirkte etwas entspannter. »Wenn Sie meinen Namen nennen, werden Sie Pakistan nicht lebend verlassen. Habe ich mich deutlich ausgedrückt?«

»Ja«, zischte Kealey, unfähig, seine Wut zu verbergen.

»Gut«, wiederholte Machado. »Also, hören Sie zu. Auch

wenn es vielleicht anders aussieht, ich habe Sie nicht in die Irre geführt. Wie Sie vielleicht schon vermuten, war Fahim einer meiner Agenten, als ich für die CIA in Pakistan war. Er war der Erste, den ich im Land rekrutiert habe. Fahim ist sehr verlässlich und kann Sie direkt zu Benazir Mengal führen. Alles, was ich Ihnen in Cartagena erzählt habe, stimmt.«

»Warum dann dieser ganze Schwachsinn? Warum musste Ihre Tochter mit Handschellen …?«

»*¡Cállate!*«, brüllte Machado. Halten Sie den Mund! »Ich habe gesagt, Sie sollen meinen Namen nicht gebrauchen!«

Hatte er nicht, die ganze Zeit über nicht, doch Kealey wusste, was der Spanier meinte. »Sie kann nicht …«

»Lassen Sie mich reden«, sagte Machado ruhig. Kealey staunte über den plötzlichen Stimmungswechsel, der sich in seinem Ton niederschlug. Der Mann hatte sich nicht unter Kontrolle, aber Kealey glaubte, ein tief verwurzeltes Schuldgefühl zu erahnen. Es kam ihm so vor, als hätte der Spanier vielleicht einmal einen großen Fehler gemacht. Oder dass er im Begriff war, einen zu machen.

»Ich werde Fahim auftragen, Ihnen zu helfen«, sagte Machado. »Er gehört zu einer größeren Gruppe, die er 1988 gegründet hat, natürlich mit meiner Hilfe. Zu der Zeit, während des Afghanistankrieges, waren diese Leute hauptsächlich damit beschäftigt, die Mudschaheddin mit Geld und Waffen zu versorgen. Heute sind sie eher in der … Lassen Sie uns sagen, dass sie eher in der Privatwirtschaft aktiv sind.«

Kealey begriff sofort. »Es sind Schmuggler.« Dann kam der nächste Geistesblitz. »Und Mengal ist ihr größter Konkurrent.«

»Genau. Sie sehen also, dass Fahim ein Interesse hat, Ihnen zu helfen. Mengal wird in diesem Augenblick von seinen Männern beobachtet, und Fahim wird Sie zu ihm bringen, wenn Sie Ihren Teil unserer Vereinbarung eingelöst haben.«

»Und was ist mein Teil der Vereinbarung?«

Kealey hörte, wie Machado am anderen Ende der Leitung tief Luft holte. Dann herrschte Schweigen, wahrscheinlich nahm er seinen Mut zusammen. Als er dann sprach, klang seine Stimme schuldbewusst und verzweifelt, doch das änderte nichts an dem Schock, den seine Worte auslösten.

»Sie müssen Fahims Waffe auf meine Tochter richten und abdrücken.«

Kealey verschlug es die Sprache. Er wollte seinen Ohren nicht trauen, die Worte ergaben einfach keinen Sinn. Trotz ihrer grammatikalischen Kohärenz schien ihre Bedeutung zu weit hergeholt, um ihnen Glauben zu schenken. Irgendwie war er da in etwas hineingeraten, das er nicht vollständig verstand.

Nach einer Weile fand er seine Stimme wieder. »Ich verstehe nicht. Sie wollen, dass ich … Marissa töte?«

»Nein!«, platzte es aus Machado heraus. Dieses eine Wort genügte Kealey, um zu begreifen, dass dem Spanier sein Selbstbewusstsein, seine Sicherheit und seine Kraft abhanden gekommen waren. Er schaffte es, sich schnell wieder unter Kontrolle zu bekommen, doch Kealey hatte registriert, was los war, und dachte darüber nach, wie er die Sache zu seinem Vorteil ausschlachten konnte. »Himmel, nein. Ich möchte nur, dass Sie …«

»Was?«

»… sie verletzen. Damit sie nicht mehr weitermachen kann.« Machado schwieg einen Augenblick. »Hören Sie, Kealey, es steckt mehr dahinter, als ich jetzt …«

»Nein.«

Machado zögerte. »Was soll das heißen, nein? Wovon reden Sie?«

»Ich werde es nicht tun. Auf Ihre Tochter schießen. Sie sind ja völlig übergeschnappt.«

Ein langer, müder Seufzer, und dann klang Machados Stimme völlig emotionslos. »Sie verstehen nicht. Ich wusste, dass Sie es nicht verstehen würden, aber es muss sein. Eine andere Möglichkeit gibt es nicht.«

»Um *was* zu erreichen?«, fragte Kealey, zugleich verärgert, wütend und verwirrt. »Warum verlangen Sie von mir, das zu tun?«

»Sie würden es nicht verstehen.«

»Erklären Sie es trotzdem.«

Diesmal dauerte das Schweigen sehr viel länger, und als Machado dann endlich sprach, war Kealey nicht sofort bei der Sache, weil er zwischen Fahim, der weiter die Waffe auf ihn richtete, und Marissa Pétain, die durch den Regenschleier nur verschwommen zu erkennen war, hin und her blickte. »Hat Marissa Ihnen von Caroline erzählt?«

»Ja, ich weiß, was passiert ist.«

»Dann wissen Sie auch, wie sie gestorben ist. Was die Kolumbianer ihr angetan haben.«

»Sie haben sie gefoltert.«

»Nein«, sagte Machado. »Sie irren sich.«

»Was?«, fragte Kealey verwirrt. Er erinnerte sich an jedes Wort von dem, was Pétain ihm in Cartagena erzählt hatte, und auch wenn sie hinsichtlich des Todes ihrer Schwester nicht in die Einzelheiten gegangen war, bestand für ihn kein Zweifel, dass sie auf brutale Weise ermordet worden war. »Ich dachte …«

»Sie irren sich«, wiederholte Machado leise. »Es ist eine

Frage der Definition. Sie wurde nicht einfach nur gefoltert, Kealey. Begonnen haben sie mit ihren Zehen, damit sie nicht wegzulaufen versucht, und als die ab waren, kamen die Finger an die Reihe. Verstehen Sie jetzt, was ich Ihnen zu sagen versuche? Die ganze Tragweite dessen, was ich meine? Sie haben sie Stück für Stück auseinandergenommen. Für mich ist das keine Folter mehr, sondern etwas völlig anderes.«

Machado schien nicht weiterreden zu können, und Kealey glaubte, etwas sagen zu müssen. »Hören Sie, ich verstehe, wie Sie sich …«

»Sie haben ihr einen Spiegel gegeben«, fuhr Machado in einem unnatürlich ruhig und beiläufig klingenden Ton fort. »Hat Marissa das auch erzählt? Sie haben meinem erstgeborenen Kind einen Spiegel in die Hand gedrückt, damit es sah, was ihm angetan worden war. Und als sie keine Finger mehr hatte und den Spiegel nicht mehr halten konnte, haben sie es für meine Caroline getan. Sehr höflich, diese Kolumbianer, und sehr gründlich.« Machado lachte freudlos. »Man kann sagen, was man will, aber sie nehmen ihre Arbeit ernst und mögen es, wenn man sie anerkennt.«

Darauf hatte Kealey keine Antwort. Plötzlich wurde ihm klar, wie weggetreten Javier Machado war. Der Tod seiner Tochter – ganz zu schweigen von dem, was er gesehen hatte, als er an jenem Tag vor acht Jahren die Haustür öffnete – hatte ihn den Verstand gekostet, und es schien ausgeschlossen, ihn wieder zur Vernunft zu bringen. Jetzt konnte er nur versuchen, ihm die bizarre Idee auszureden, mit der er ihn vor ein paar Minuten konfrontiert hatte, doch wenn das gelingen sollte, musste er wissen, was Pétain in dieser Geschichte für eine Rolle spielte.

Als er ihn danach fragte, reagierte Machado nur mit einem

kurzen, leeren Lachen. Es war ein unheimliches Geräusch, und Kealey hielt instinktiv das Telefon ein Stück weit weg, um ihm zu entkommen.

»Sie haben es immer noch nicht begriffen, was, Kealey? Marissa ist wegen Caroline zur CIA gegangen. Ich bin sicher, dass sie Ihnen das erzählt hat.«

»Ja, hat sie.«

»Und hat sie auch erzählt, dass ich alles versucht habe, um sie davon abzubringen? Dass ich meinen ganzen Einfluss geltend gemacht habe, um sie von Langley fernzuhalten?«

»Nein«, antwortete Kealey. Ihm war genau das Gegenteil als plausibel erschienen. Er hatte vermutet, dass Machado seine Beziehungen genutzt hatte, um sie *in* der CIA unterzubringen. »Nein, davon hat sie nichts gesagt.«

»Und weshalb? Warum hat sie Ihrer Meinung nach nicht auf mich gehört, als ich sie anflehte, ihre Entscheidung noch einmal zu überdenken? Auch nicht auf ihre Mutter, die sie anbettelte, in Spanien zu bleiben?«

»Ich weiß es nicht.«

»Weil sie Rache nehmen wollte. Sie wollte Carolines Mörder finden und sie leiden lassen. Und in ein paar Monaten ist sie am Ziel ihrer Wünsche.«

Plötzlich wurde Kealey ganz anders zumute. »Wovon reden Sie?«

Machado lachte erneut, doch diesmal klang es zugleich verbittert und wütend. »Hat Harper es Ihnen nicht erzählt? Natürlich nicht ... Das ist nicht seine Art. Eine Hand weiß nicht, was die andere tut, so läuft das bei der CIA ... Ich wünschte nur, ich hätte es eher begriffen.«

»Was meinen Sie?«

»Vor zwei Monaten wurde Marissa für die Teilnahme an

einer bevorstehenden Operation in Kolumbien ausgewählt. Pardon, Teilnahme bedeutet in diesem Fall, dass außer ihr niemand daran teilnimmt. Wenn sie in Bogotá landet, ist sie auf sich allein gestellt. Keine Kontrolle, zumindest nicht im Land, keine Unterstützung seitens der Botschaft. Nichts als zweiwöchentliche Berichte an Langley. Es geht um das Drogenkartell Norte del Valle.«

»Das Kartell, das ihre Schwester auf dem Gewissen hat«, murmelte Kealey, eher zu sich selbst redend. Aber Machado hatte seine Worte verstanden.

»Genau. Die Männer, die meine Caroline abgeschlachtet haben. Marissa wird auf diese Dreckskerle angesetzt, aber es wird nicht funktionieren. Sie hat nur minimale Erfahrung als Undercoveragentin und noch nie ohne Unterstützung eines Teams gearbeitet. Sie werden sie in null Komma nichts enttarnen, und wenn das passiert …«

Kealey antwortete nicht, um konzentriert nachzudenken. Vielleicht war Machado doch nicht so weggetreten, wie er eben noch vermutet hatte. Aber andererseits, was er von ihm verlangte, war einfach …

Als hätte er Kealeys Gedanken geahnt, beeilte sich der Spanier, die Stille zu beenden. »Sie wissen so gut wie ich, dass sie Marissa umbringen werden. Ich habe alles versucht, habe mit ihr gestritten, sie bedroht und Strippen gezogen, um sie von der CIA fernzuhalten. Es hat alles nichts genutzt … Nicht einmal Elise kann es ihr ausreden, und Harper scheint fest entschlossen, sie in diesen Einsatz zu schicken. Die CIA versucht verzweifelt, in Kolumbien festen Boden unter die Füße zu bekommen. Aber wenn Marissa aus irgendeinem Grund nicht in der Lage wäre, den Auftrag zu übernehmen …«

»… bliebe Harper nichts anderes übrig, als die Operation abzublasen«, ergänzte Kealey. Er wusste nicht, was er davon halten sollte, was Machado gerade gesagt hatte, doch zum ersten Mal konnte er ein bisschen Verständnis aufbringen. In gewisser Weise musste er einräumen, dass Machados Vorschlag einer Art Logik folgte, doch zugleich erschien ihm das, was er von ihm verlangte, weiter als irrational, wenn nicht als Wahnsinn. »Oder er muss einen anderen mit dem Job beauftragen.«

»Sie sagen es«, bemerkte Machado in einem traurigen und resignierten Tonfall. »Das möchte ich keinem wünschen, aber glauben Sie mir, Kealey, für meine Tochter wäre es die beste Lösung. Sie wird sich trotzdem in Langley halten können, denn sie verfügt über außergewöhnliche Fähigkeiten auf anderen Gebieten und ist ein hochintelligentes Mädchen. Viel zu intelligent, um sich in einem Einsatz verheizen zu lassen, bei dem das Scheitern vorprogrammiert ist. Glauben Sie mir, ich habe einige Zeit in Medellín verbracht, als ich für die operative Abteilung arbeitete. Ich weiß, wie schwierig es ist, diese Kartelle zu infiltrieren, eine einzelne Person mit begrenzter Erfahrung kann das nicht schaffen. Wenn sie den Job übernimmt, ist sie innerhalb einer Woche tot, das garantiere ich Ihnen.«

Kealey blickte zu Marissa Pétain hinüber, die vor dem Transformatorenhäuschen stand, mit dem linken Handgelenk an die Eingangstür gekettet. Ihr Kopftuch hatte sich gelöst und wurde vom Wind über den Kiesweg getrieben. Wegen des starken Regens war ihr blasses Gesicht nur verschwommen zu erkennen, doch er wusste, dass sie in seine Richtung schaute und auf irgendein Zeichen wartete. Während er sie so betrachtete, klickte etwas in seinem Kopf, und er traf eine Entscheidung.

»Ich verstehe, was Sie meinen«, sagte er ruhig. »Vermutlich haben Sie recht mit Ihrer Annahme, was geschehen wird, wenn sie nach Kolumbien geht, aber Sie werden sich etwas anderes einfallen lassen müssen, um sie davon abzubringen. Ich werde es nicht tun, Machado. Wenn das heißt, dass unser Deal platzt, lässt es sich eben nicht ändern, aber ich werde es nicht tun. Sie verdient eine Chance, diese Dreckskerle zur Strecke zu bringen, und ich werde sie nicht um diese Chance bringen. Ich kann sie ihr nicht nehmen.«

Nach einer langen, angespannten Pause antwortete Machado, und seine Stimme klang hart und unnachgiebig. »Vielleicht habe ich mich nicht klar genug ausgedrückt, Kealey. Sie haben hier nicht die freie Wahl. Sie werden tun, was ich sage, und dabei bleibt's.«

»Vorsicht«, sagte Kealey gereizt, krampfhaft das Telefon umklammernd. Er hatte versucht, Machado seine Weigerung verständlich zu machen, aber jetzt hatte er den Bogen überspannt. »Sie können mich mal. Ich muss gar nichts tun, nur weil Sie es wollen. Für wen halten Sie sich eigentlich? Jetzt hören Sie mal gut zu …«

»Nein, *Sie* hören *mir* zu. Nur für den Fall, dass Sie es vergessen haben sollten, möchte ich Sie an etwas erinnern. Als Sie nach Pakistan geflogen sind, haben Sie hier jemanden zurückgelassen.«

Kealey schloss die Augen und verkniff sich die Antwort, die ihm auf der Zunge lag. Plötzlich war alles klar, aber er durfte nicht zulassen, dass Gefühle seine Urteilsfähigkeit beeinträchtigten. Es war völlig ausgeschlossen, dass Machado so weit gehen würde … Oder doch nicht? »Naomi.«

»Genau. Vor ein paar Stunden habe ich mit Harper gesprochen. Er hat mich sozusagen wieder an Bord geholt und mich gebeten, ihr beim Verlassen des Landes zu helfen. Mit anderen Worten, sie wird in der nächsten Zeit an meiner Seite sein.«

»Sie würden ihr nichts antun«, sagte Kealey. Er war sich

völlig sicher, dass er richtig lag. In Spanien hatte er Machado falsch beurteilt, aber er glaubte nicht, dass er sich so sehr geirrt hatte. »Sie haben dreißig Jahre für die operative Abteilung gearbeitet. Naomi Kharmai ist eine von uns, Machado. Wenn Sie ihr etwas antun, machen Sie alles zunichte, was Sie für die CIA getan haben. Ganz zu schweigen davon, dass unsere Leute Sie in kürzester Zeit finden werden.«

»Was wollen Sie damit sagen, Kealey? Vielleicht habe ich mich bei unserem letzten Gespräch nicht deutlich genug ausgedrückt. Ich bin zweiundsiebzig, und die Ärzte beurteilen meinen Gesundheitszustand nicht gerade optimistisch. Ich habe nur noch sehr wenig zu erwarten. Marissa ist das einzige mir gebliebene Kind. Meine Tochter bedeutet mir alles, und ich würde alles tun, um sie vor Gefahren zu bewahren.«

»Machado, wenn Sie …«

»Alles. Selbst wenn das bedeutete, Ihre Freundin zu opfern. Acht Jahre lang musste ich mit der Erinnerung leben, was die CIA meiner älteren Tochter angetan hat. *Acht Jahre!*« Seine Stimme zitterte vor Zorn, doch es lag noch etwas anderes darin, das Kealey nicht identifizieren konnte.

»Ich verstehe das, aber …«

»Nein, das werden Sie nie verstehen. Ich werde nicht zulassen, dass es noch einmal passiert.« Jetzt klang Machados Stimme beängstigend monoton, was Kealey nicht entging. »Und es kümmert mich nicht, was ich tun muss, um es zu verhindern. Nicht mehr.«

»Hören Sie, Naomi hat nichts damit zu tun. Sie müssen sie in Ruhe lassen.«

»Ich muss sie ja nicht gleich töten.« Machado überlegte, wie er es treffend ausdrücken sollte. »Sie könnte einfach … verschwinden.«

»Man würde Ihnen auf die Schliche kommen.« Kealey versuchte den Eindruck zu erwecken, sich seiner Sache sicher zu sein, aber er konnte die in ihm aufsteigende Panik nicht ganz kaschieren. Machado klang so, als meinte er es völlig ernst; offenbar störte es ihn nicht, dass Naomi genauso unschuldig war wie seine Tochter. »*Ich* würde wissen, was Sie getan haben.«

»Vielleicht, aber Sie würden nie in der Lage sein, es zu beweisen. Sie kennen meinen Ruf bei der CIA, und im Zuge der Untersuchung wäre Marissa für die nächsten achtzehn Monate gebunden, weil sie sich für Anhörungen des Geheimdienstausschusses im Kongress bereithalten müsste. Auch auf diese Weise könnte ich mein Ziel erreichen, dass sie nicht nach Kolumbien geschickt wird.«

»Sie sind ja geistesgestört«, sagte Kealey, dem nichts anderes dazu einfiel; er wollte einfach seinen Ohren nicht trauen und konnte seinen Zorn nicht mehr bremsen. »Ein völlig geistesgestörter Dreckskerl. Warum ich? Warum nicht Ihr Lakai Fahim, oder wie immer er wirklich heißen mag? Warum kann er es nicht tun? Warum haben Sie sich nicht gleich an ihn gewandt?«

»Ich wusste, dass Sie mich das fragen würden, aber die Antwort ist einfach, Kealey. Fahim ist ein guter Mann, doch seine Loyalität hat Grenzen. Sie waren zur richtigen Zeit am richtigen Ort. Marissa ist eine aktive Agentin der CIA. Würde Fahim abdrücken, würde ihn die CIA bis ans Ende der Welt verfolgen und nicht eher Ruhe geben, bis sie ihn gefunden hätte.« Er schwieg kurz. »Bei Ihnen liegen die Dinge anders, Sie sind für ihre … unorthodoxen Arbeitsmethoden bekannt. Im Laufe Ihrer Geheimdienstkarriere haben Sie schon einige sehr umstrittene Vorfälle überstanden, und Sie werden auch diese Geschichte überstehen. Angesichts Ihrer bewunderungswürdigen

Bilanz kann Ihnen nichts Schlimmeres passieren, als vor die Tür gesetzt zu werden. Übrigens, Sie wollen etwas von mir, ich will etwas von Ihnen. Ich erfülle meinen Teil der Abmachung.«

»Es gibt keine Abmachung«, fuhr ihn Kealey an. »Nicht für mich.«

»O doch«, beharrte Machado. »Denken Sie an Fitzgerald. Wenn Sie meiner Forderung nachkommen, werden Sie ihr Leben retten. Für den Durchschnittsamerikaner und viele andere Menschen auf der Welt sind Sie dann ein Held. Und auf lange Sicht tun Sie auch für Marissa das Beste.«

»Es ist nicht an Ihnen, das zu entscheiden. Sie ist eine erwachsene Frau. Sie haben kein Recht, über ihre Zukunft zu entscheiden, so wenig wie ich. Wenn ich tue, was Sie sagen, nehme ich ihr, was ihr auf dieser Welt am wichtigsten ist. Haben Sie daran gedacht, darüber nachgedacht, was sie will? Was am besten für sie ist?«

»Das reicht jetzt«, sagte Machado gereizt. Kealey wusste, dass er einen heiklen Punkt berührt hatte, aber es war zu wenig und kam zu spät. »Es wird Zeit, dass Sie eine Entscheidung treffen. Also, wie sieht sie aus? Und eines sollten Sie in diesem besonderen Augenblick nicht vergessen. Mich trennen gerade mal fünf Meter von Ihrer kleinen Freundin. Ihr Leben liegt in meinen Händen.«

Kealey schaffte es gerade noch, sich die Antwort zu verkneifen, die ihm auf der Zunge lag. »Woher weiß ich denn, dass Sie Naomi laufen lassen, wenn ich abdrücke?«

»Sie werden es nicht wissen. Aber ich habe nicht den Wunsch, ihr etwas anzutun. Das wird nur passieren, wenn Sie es nicht anders wollen.«

»Sie können mich mal.« Kealey unterbrach die Verbindung und warf das Telefon Fahim zu, der es gerade noch auffangen konnte. Zehn Sekunden später klingelte es erneut. Fahim hob es ans Ohr, sagte etwas, lauschte, sagte noch ein paar Worte und beendete das Gespräch. Dann kam er auf Kealey zu und streckte ihm die Waffe entgegen.

Der Kunststoffgriff war noch warm, und Kealey konnte am Gewicht der Makarow-9mm-Pistole erkennen, dass sie voll geladen war, aber er vergewisserte sich trotzdem noch einmal. Dann trat er ein paar Schritte zurück, hob die Waffe und zielte auf Fahims Gesicht. »Was sollte mich davon abhalten, Sie auf der Stelle zu erschießen?«

Der dunkelhäutige Mann wirkte nicht besorgt und blickte ihn gleichgültig an. »Ich nehme an, die Antwort auf diese Frage kennen Sie bereits«, sagte er ruhig.

Kealey schüttelte frustriert den Kopf, Fahim hatte seinen Bluff durchschaut. Plötzlich sah er vor seinem inneren Auge Naomi, ein Bild vom Vortag. Sie lehnte am Türrahmen des Bades ihres Gästezimmers, die spindeldürren Arme um den mageren Oberkörper geschlungen. Auf ihren Schultern glänzten Wassertropfen, in ihren Augen Tränen.

Er war innerlich hin- und hergerissen, genau wie dann, wenn sie anwesend war. Es war klar, dass sie nichts mehr mit ihm zu tun haben wollte, aber er konnte sie nicht aufgeben. Javier Machados Tonfall hatte ihm gesagt, was er wissen musste. Es konnte kein Zweifel daran bestehen, dass der Spanier bereit war, seiner Drohung Taten folgen zu lassen, aber er hätte es ohnehin nicht riskieren können, ihn austricksen zu wollen. Wenn es schiefging, würde er zu viel verlieren.

Damit blieb nur eine Alternative.

Seine Beine waren bleischwer, die Füße schienen in dem Kies auf dem Weg zu versinken. Er konnte nicht fassen, wie es zu dieser Situation gekommen war, selbst in tausend Jahren hätte er die Verbindung nicht gesehen. Wie hätte er darauf kommen sollen, was Machado vorhatte? Er wusste es wirklich nicht. Dass Pétain für die bevorstehende Operation in Kolumbien ausgewählt worden war, unterlag höchster Geheimhaltung. Es war völlig ausgeschlossen, dass er an diese Information herangekommen wäre, doch selbst wenn er sie gehabt hätte, wäre er in Cartagena nicht in der Lage gewesen, Machados wirkliche Absichten zu erraten. Er hätte einfach zu viele Aspekte gleichzeitig im Auge behalten müssen, und seine Aufmerksamkeit galt anderen Dingen, die wichtiger waren als Marissa Pétains Familiengeschichte.

Letzten Endes aber war ihm klar, dass diese Gedanken bedeutungslos waren. Es war sinnlos, sich etwas vorzumachen. Nichts änderte etwas daran, dass ihm einige wichtige Dinge entgangen waren, und nun musste Pétain den Preis für seine Fehler bezahlen.

Als er in dem strömenden Regen zu ihr trat, begann sie zu reden, gespannt darauf wartend, was geschehen war. Dann sah sie die Waffe in seiner Hand. Ihre Blicke trafen sich, und sie musste die Wahrheit ahnen, denn ihr Gesicht wurde kreidebleich, und ihre Knie schienen einzuknicken. Ihre Hand umklammerte den Griff der Tür, und es gelang ihr, sich auf den Beinen zu halten.

»Was soll das?« Ihre Stimme verriet einen Funken Hoffnung, doch tatsächlich wusste sie bereits, was passieren würde. »Warum hat er Ihnen die Pistole gegeben?«

»Ich muss etwas tun«, sagte er hölzern. »Jetzt erscheint es unverständlich, aber im Laufe der Zeit …«

»Warum hat er Ihnen die Waffe gegeben?« Ihre Stimme wurde mit jedem Wort lauter, klang fast hysterisch. Sie wollte

Zeit gewinnen, so viel war klar, wollte Erklärungen, selbst in diesem letzten Stadium des Spiels. »Wer hat angerufen?«

Der Himmel wurde von einem grellen Blitz zerrissen, und einen Sekundenbruchteil darauf folgte der Donner, so laut, als würde bei hoher Geschwindigkeit ein Reifen platzen. Der Lärm verschluckte einen Teil von seinen Worten, aber sie waren ohnehin sinnlos und würden nichts mehr ändern. Ihm wurde ganz übel, weil er überhaupt sprach, doch irgendetwas musste er sagen, und ihm fiel nichts Angemessenes ein.

»Es muss sein. Ich weiß, dass Sie es nicht verstehen, aber ich komme nicht darum herum. Glauben Sie mir, ich habe versucht …«

»Was soll das heißen, *versucht*?«, schrie sie. »Wir reden von meinem Leben! Wer war am Telefon? Wer hat gesagt, dass Sie es tun sollen?«

»Ich kann nicht …«

»Wer hat angerufen?« Tränen liefen über ihr Gesicht, als sie verzweifelt versuchte, sich von der Fessel zu befreien. Sie hatte keine Chance, gab aber nicht auf. *»Spucken Sie's aus! Warum soll ich sterben? Was habe ich getan?«*

Kealey antwortete nicht sofort. Es war klar, dass sie ihn nicht richtig verstanden hatte. Er hatte nicht vor, sie umzubringen, doch wenn sie glaubte, dass er es tun würde, machte das den nächsten Akt vielleicht einfacher. »Augen schließen und umdrehen«, sagte er schließlich. »Gesicht zur Tür. Es wird nicht wehtun, ich verspreche es.«

»Sie können das nicht tun«, stöhnte sie. Auf ihren Wangen vermischten sich die Tränen mit dem Regen. Sie war am Ende ihrer Kräfte und hatte nur noch die irrationale Hoffung, dass in letzter Minute ein Wunder geschehen würde. »Nein, Sie können es nicht tun.«

»Ich muss …« Die Worte blieben ihm im Hals stecken. *Mein Gott, wie konnte es so weit kommen?*, dachte er verbittert. *Machado soll zur Hölle fahren dafür, dass er mir das antut. Zur Hölle.* »Tun Sie jetzt, was ich sage. Gesicht zur Tür, Augen schließen.«

Ihre Beine gaben nach, sie fiel auf die Knie. Das Gesicht verriet keine Gefühlsregung mehr, und ihre Augen starrten ins Leere, aber sie schüttelte immer noch langsam den Kopf. Er fragte sich, was sie in diesem Augenblick sah. Spulte sich ihr ganzes Leben vor ihrem inneren Auge ab? Oder fragte sie sich nur, wie es so weit gekommen war, genau wie er?

Nach einer scheinbaren Ewigkeit drehte sie sich langsam um, wobei ihre Knie eine gebogene Furche in dem nassen Kies zurückließen. Sie legte die Stirn an die Stahltür und begann leise zu sprechen. Er trat näher, seine Schritte waren wegen des Sturmes nicht zu hören. Als er sich innerlich auf die Tat vorbereitete, zu der Machado ihn durch Erpressung gezwungen hatte, schien die Pistole in seiner Hand so schwer wie ein Bleigewicht zu sein. Er beugte sich vor und hörte, was sie sagte. Ihre Worte ließen ihn erstarren.

Sie betete. Nicht um Erlösung oder Vergebung, sondern darum, dass ihre Eltern ihr verziehen. Dass sie vielleicht verstehen und ihr mit der Zeit verzeihen würden, dass sie ihnen so viel Leid zugefügt hatte.

Er trat zurück und atmete tief durch. In diesem Moment konnte er nur noch daran denken, dass er Javier Machado umbringen wollte. Er wollte ihm eine Pistole an die Schläfe setzen, abdrücken und ihn zur Hölle fahren, ihn Höllenqualen erleiden lassen. Für einen Augenblick dachte er daran, alles über den Haufen zu werfen und Pétain zu erzählen, dass ihr eigener Vater für alles verantwortlich war, was sie jetzt durchmachte. Dass es ihm lieber war, sie verkrüppelt, aber sicher hinter einem Schreibtisch zu sehen, als sie ihr eigenes Leben leben zu lassen, das notwendigerweise auch Risiken barg.

Doch dann sah er Naomis Gesicht vor sich, und er erinnerte sich an Machados entschlossenen und grimmigen Tonfall, in dem er seine Drohung vorgebracht hatte. Er wusste, dass der Spanier sich in die Idee hineingesteigert hatte, seine Tochter nur auf diesem Weg schützen zu können. Und das hieß, dass er alles tun würde, um sein Ziel zu erreichen. Solange Pétain auf den Beinen stand, war Naomis Leben gefährdet, und das reichte, um ihn davon zu überzeugen, dass er handeln musste. Darauf lief es hinaus, wenn er *sein* Ziel verwirklichen wollte. Es war seltsam; sowohl er als auch Machado beabsichtigten, etwas Falsches zu tun, um einen geliebten Menschen in »Sicherheit« zu wissen. Was in beiden Fällen sehr relativ war. Trotzdem sah er keine Alternative.

Pétain sprach immer noch leise, hin und wieder wurde ihr Gebet von einem herzzerreißenden Schluchzen unterbrochen. Er atmete erneut tief durch und trat einen Schritt vor. Alle Gedanken hatten keinen Sinn mehr, er wollte es nur noch hinter sich bringen. Mit einer schnellen Bewegung drückte er sie mit dem linken Unterarm an die Tür. Bevor sie wusste, was geschah, presste er ihr die Mündung der Makarow in die linke Kniekehle und wollte abdrücken.

Nichts geschah. Er musste nur abdrücken, aber …

Er zögerte. Warum?, fragte er sich. *Worauf warte ich?* Aus dem Augenwinkel sah er Fahim näher kommen. In dem dunklen, formlosen Regenmantel und mit der Kapuze auf dem Kopf wirkte er fast irreal, wie ein Geist auf einem Friedhof. Aber er war real und wartete. Wahrscheinlich wollte er aus der Nähe sehen, was los war. Pétain war immer noch vor Angst wie gelähmt, doch das würde nicht von Dauer sein. Er wusste, dass ihm die Zeit davonlief, dass er handeln musste. Er presste die Mündung fester in ihre Kniekehle und versuchte, sich zu überreden, endlich abzudrücken.

36

Faisalabad

Paul Owen und der Rest des vierköpfigen Teams waren morgens in Faisalabad eingetroffen und seitdem im Einsatz. In Sharakpur Sharif hatte sich der Verdacht gegen Tamira Bukhari nicht bestätigt. Während der vierundzwanzigstündigen Observation hatte sie das Haus zweimal verlassen, aber nur, um in einem nahe gelegenen Café eine Tasse Tee mit Gebäck zu verzehren. Außer dem Kellner hatte sie mit niemandem gesprochen, und sie hatten auch keine Hinweise gefunden, dass sie ihrerseits um ihr Haus herum Beobachter postiert hatte. Für Owen gab ihr allgemeines Verhalten den Ausschlag. Sie wirkte zu gelassen und entspannt, um auf irgendeine Weise in diese Geschichte verwickelt zu sein. Schon zwei Minuten, nachdem er sie zum ersten Mal auf der Straße gesehen hatte, stand seine Meinung fest, aber sie waren am Ball geblieben, um ganz sicherzugehen. Am letzten Abend um zehn hatte er sie von der Liste gestrichen, und sie waren losgefahren, um mit dem Tierarzt weiterzumachen.

In Faisalabad waren sie noch längst keine vierundzwanzig Stunden, doch Owen war sicher, dass die zweite Person auf der Liste so unschuldig war wie die erste. Der Tierarzt hatte sein Haus um sechs Uhr morgens verlassen und zu Fuß die anderthalb Kilometer bis zu seiner Praxis südlich des Flusses zurückgelegt. Seitdem hatte er das Gebäude nicht mehr verlassen, und die beiden Männer, die sein Privathaus beobachteten – Husain

Manik und Mark Walland – wussten von nichts Ungewöhnlichem zu berichten. Als vor einer Stunde der Sturm begann, hatte seine Frau hinter dem Haus die Wäsche von der Leine genommen, doch ansonsten war schlicht gar nichts passiert.

Owen lehnte sich zurück und seufzte müde. Er saß in einem gut besuchten Café am Fenster und blickte auf die Straße. Durch die regenüberströmte Scheibe hatte er einen direkten Blick auf die Vorderseite des einstöckigen Hauses, in dem sich die Praxis des Tierarztes befand. Etliche Leute betraten oder verließen das Haus, doch nichts daran wirkte verdächtig, und er hatte nichts gesehen, das darauf hinwies, dass der Mann seinerseits Beobachter vor Ort hatte. Er war sich ziemlich sicher, dass der Tierarzt ganz normal arbeitete, wie jeden Tag, und das hieß, dass sie nur wertvolle Zeit vergeudeten.

Wütend schüttelte er den Kopf und griff nach der vor ihm stehenden Orangina-Flasche. Sie waren schon zu lange hier, es wurde Zeit, dass sie sich auf den Weg machten. Er bahnte sich seinen Weg zum Ausgang, bog nach rechts und ging in östliche Richtung, sich durch die dichte Menschenmenge schlängelnd. Dabei dachte er an die Liste mit Mengals potenziellen Verbündeten. Soeben hatte er den zweiten Namen gestrichen, womit zwei Personen übrig blieben. Er hatte keine große Hoffnung, dass sie bei einem von ihnen Erfolg haben würden.

Alle vier hatten erwiesenermaßen Beziehungen zu Benazir Mengal, aber trotzdem konnte er sich des Eindrucks nicht erwehren, dass sie auf der falschen Spur waren. Die nächsten beiden Tage würden ihm recht geben, er war überzeugt davon. Doch dies war eine Situation, in der er sich lieber geirrt hätte. Fitzgeralds Entführung lag vier Tage zurück, und allmählich wurde die Zeit knapp. Mit jedem verstreichenden Tag wurde sie für ihre Entführer zu einem größeren Risiko. Irgendwann würden sie es merken und beschließen, sich ihrer zu entledigen. Wenn sie es nicht schon getan hatten. Er wünschte sich nichts sehnlicher, als es zu verhindern, aber er brauchte einen Ausgangspunkt, eine Spur, mit der sich etwas anfangen ließ. Sonst war er genauso hilflos wie alle anderen auch.

Dass sie bisher in Pakistan nichts erreicht hatten, war nur ein Grund für seine düstere Stimmung. Eigentlich hätte sich Kealey schon am Vortag melden sollen, aber er hatte immer noch keinen Kontakt aufgenommen. Über Jonathan Harper hatte er erfahren, dass Kealey in Spanien einem direkten Befehl zuwidergehandelt hatte, weil er statt Kharmai Pétain mitgenommen hatte. Nach der Landung in Pakistan hatte er seine Befehle gleich wieder ignoriert – wenn er überhaupt hier gelandet war. Nichts davon überraschte ihn, denn er hatte oft genug mit Kealey zusammengearbeitet, um zu wissen, dass er einen ärgerlichen Hang zu Alleingängen hatte. In der gegenwärtigen Situation war ein solches Verhalten völlig inakzeptabel. Wenn so viel auf dem Spiel stand, ging es nicht an, dass Kealey wie üblich nach eigenem Gutdünken handelte.

Als er das Qaisery-Tor erreichte, den Hauptzugang zu den acht Märkten, war er stinksauer auf Kealey. Wegen des heftigen Regens hatten etliche Menschen unter dem Torbogen Zuflucht gesucht, und die feuchte Luft roch nach billigem Parfüm und Zigarettenrauch. Satzfetzen hallten von den mit Fresken verzierten Wänden wider, von dem warmen, nassen Pflaster stieg Dampf auf. Er fragte sich gerade, ob er die Position mit Massi tauschen sollte, der die Rückseite des Hauses beobachtete, in dem der Tierarzt seine Praxis hatte, als das Mobiltelefon in seiner rechten Tasche vibrierte. Er zog es heraus und hielt es ans Ohr. »Ja?«

»Bist du's, Paul?«

»Kealey?«, fragte Owen, krampfhaft das Handy umklammernd. »Wo zum Teufel hast du rumgehangen? Ich hätte dich gestern gebraucht. Mit nur drei …«

»Wo bist du?«

Owen atmete tief durch und versuchte, sein Temperament unter Kontrolle zu behalten. Es würde nichts bringen, jetzt seine Wut abzureagieren. »In Faisalabad. Und du?«

Kealey machte sich nicht die Mühe, die Frage zu beantworten. »Kannst du reden?«

Owen musste sich nicht umsehen, er war von Menschen umringt. Er hätte keinen Schritt tun können, ohne jemanden anzurempeln. Während er sich durch die Menge zwängte, um auf der Südseite unter dem Tor hervorzutreten, antwortete er: »Nein, eher nicht.«

»Dann hör einfach zu.« In Kealeys leiser Stimme lag Anspannung, aber auch noch etwas anderes, das Owen nicht genau bestimmen konnte. Vielleicht Verärgerung? Ein Schuldgefühl? Keine der beiden Möglichkeiten schien plausibel … Es musste etwas anderes sein.

»Ich bin irgendwo östlich von Lahore«, sagte Kealey. »Du musst so bald wie möglich herkommen. Wie schnell kannst du hier sein?«

Owen dachte darüber nach, während er an einem Straßenhändler vorbeikam, der Halal-Rind, Hühnerfleisch und Pommes frites verkaufte. Der Stand war durch einen großen, leuchtend blauen Schirm vor dem Regen geschützt. »Ungefähr vierzig Minuten wird's dauern. Was hast du herausgefunden?«

»Noch nichts, aber es ist nur eine Frage der Zeit.«

Owen blieb stehen. »Ich verstehe nicht. Warum soll ich kommen, wenn du keine …«

»Erkläre ich dir später. Trommel deine Leute zusammen und fahr mit ihnen nach Lahore. So schnell wie möglich.«

»Okay. Wo treffen wir uns?«

»Weiß ich noch nicht … Ich melde mich, wenn mir etwas eingefallen ist. Hast du mit Harper gesprochen?«

Owen konnte die Frage kaum verstehen, weil ein seltsames Hintergrundgeräusch am anderen Ende die Worte übertönte. Für ihn klang das schrille Geräusch, als würde jemand schreien, aber er schob den Gedanken beiseite. Es musste etwas anderes gewesen sein. »Ja, ich habe ihn angerufen. Er ist gar nicht glücklich.«

»Er kann mich mal«, sagte Kealey gereizt. »Ist mir scheißegal, wie's ihm geht. Wenn ich zurück bin, wird er eine Menge unangenehmer Fragen beantworten müssen. Egal, jetzt musst du erst mal mit deinen Jungs herkommen. Ich rufe bald zurück.«

»Was ist mit Pétain?«

Die Antwort ließ etwas auf sich warten. »Mach dir um sie keine Gedanken«, sagte Kealey schließlich. »Fahrt los. Ich melde mich.«

Owen wollte noch eine Frage stellen, doch die Verbindung war schon tot. Er stieß einen obszönen Fluch aus, der ihm einen vorwurfsvollen Blick des Straßenhändlers eintrug, doch als er sich auf den Rückweg machte, begann sein Zorn bereits zu verrauchen. Stattdessen machte er sich jetzt Sorgen. Als er Wallands Nummer eingab, musste er weiter an das Geräusch denken, das von Kealeys Ende der Verbindung an sein Ohr gedrungen war. Er hatte geglaubt, es sei doch kein Schrei gewesen, aber angesichts von Kealeys seltsamem Tonfall und seiner kurz angebundenen Antwort auf die Frage nach Pétain war er sich nicht mehr so sicher.

Wie auch immer, ihm war klar, dass die Information, die Kealey bekommen hatte – oder bald bekommen würde –, einen hohen Preis gehabt hatte. Fragte sich nur, wie hoch, doch auf diese und etliche andere Fragen würde er nun bald eine Antwort bekommen. Jetzt musste er sich erst mal darum kümmern, so schnell wie möglich mit seinen Männern nach Lahore zu kommen.

Nach dem Ende des Telefonats mit Owen blickte Kealey auf den Mann hinab, den er unter dem Namen Fahim kannte. Er war bleich, seine Augen waren fest geschlossen. Kealey sah, dass er trotz des Regens schwitzte. Es war keine wirklich ernste, aber sehr schmerzhafte Verletzung. Er hatte die Waffe von Pétains Kniekehle weggerissen und Fahim eine Kugel in den Oberschenkel gejagt, um ihn außer Gefecht zu setzen. Die Fleischwunde tat weh, aber die wahren Schmerzen standen ihm noch bevor.

Er hatte es nicht über sich gebracht, auf Marissa Pétain zu schießen. Der Grund war ihm unklar, denn es wäre leicht gewesen, mehr als leicht. Sie bedeutete ihm nichts, während Naomi … *alles* für ihn war. Er wusste nicht, warum er stattdessen die Waffe auf Fahim gerichtet hatte. Wie hatte er so gegen seine Gefühle handeln können, gegen seinen Instinkt? Es war keine bewusste Entscheidung gewesen, und alles wurde dadurch noch schlimmer, dass er Machado aufs Wort glaubte. Irgendwo in seinem Inneren war ihm bewusst, was er getan hatte und was für Folgen es haben würde. Indem er Pétain verschonte, hatte er Naomi wahrscheinlich zum Tode verurteilt, doch das war ein Gedanke, dem er sich jetzt nicht überlassen konnte. Er musste ihn nicht mal verdrängen, weil sich ihm seine volle Tragweite entzog. Er konnte es nicht ertragen, sich mit den Konsequenzen seines Handelns zu befassen. Nicht jetzt, nicht hier. Vielleicht nie.

Fahim blickte zu ihm auf, als hätte er seine Gedanken gelesen. Er umklammerte das verwundete Bein, sein Gesicht war schmerzverzerrt. »Sie sind ein Idiot«, stieß er zwischen zusammengebissenen Zähnen hervor. »Haben Sie eine Ahnung, was jetzt passieren wird? Was Sie getan haben?«

»Nichts im Vergleich dazu, was ich gleich tun werde«, sagte Kealey kalt. Er konnte sich diese Frage selbst stellen, hatte aber nicht vor, sich von diesem Mann damit konfrontieren zu lassen, den er gerade niedergeschossen hatte. Seine Angst um Naomi setzte ihm bereits schwer zu, und er wusste, dass es nur noch eine Frage der Zeit war, bis sie ihn völlig paralysieren würde. Jetzt musste er sich aber zusammenreißen, denn sonst war alles, was er bisher getan hatte, umsonst gewesen.

Aus dem Augenwinkel sah er Pétain, die immer noch an die Stahltür gefesselt war. Sie hatte die Beine unter ihren Körper gezogen, und ihre rechte Hand umklammerte den linken Arm. Er spürte, dass sie ihn anschaute, wandte den Blick aber nicht von dem Mann ab, der zu seinen Füßen lag. Er kauerte sich neben ihm nieder.

»Hören Sie gut zu, Fahim«, sagte er mit bemüht ruhiger Stimme. Es kostete ihn Kraft, nicht an Naomi zu denken, nicht die Hoffnung zu verlieren, dass sie vielleicht doch überleben würde, obwohl er sie auf die schlimmste Weise betrogen hatte. »Ich werde Ihnen sagen, wie's weitergeht. Nichts hat sich geändert, es liegt immer noch in Ihrem ureigensten Interesse, mir zu helfen. Sie werden mir alle Informationen geben, über die Sie verfügen. In Cartagena hat Machado behauptet, Sie wüssten, wo Benazir Mengal sich aufhält. Stimmt das?«

»Ja.«

»Was haben Sie noch?«

»Alles. Waffen, Munition, Fotos von der Observation … Wir beobachten ihn seit Tagen.«

»Auch jetzt noch?«

»Ja.«

»Ich muss noch einen Anruf erledigen, dann gebe ich Ihnen das Telefon. Sie werden Ihre Männer abziehen. Wenn meine Leute hier sind, müssen sie verschwunden sein. Niemand hält sich im Umkreis von fünf Kilometern um sein Haus auf. Danach rufen Sie Ihren Fahrer an. Ist er noch da?« Kealey wies in Richtung Parkplatz.

Fahim nickte matt.

»Gut. Sie werden ihm sagen, er soll sich mit dem Gesicht nach unten auf die Straße legen und sich nicht rühren, bis wir kommen. Wenn er nicht pariert oder ich eine Waffe in seiner Hand sehe, ist er ein toter Mann. Haben wir uns verstanden?«

»Warum sollte ich all das tun?«, fragte Fahim mit tonloser Stimme.

Kealey musste wider Willen bewundern, wie der Mann trotz großer Schmerzen Haltung bewahrte, doch das änderte nichts. Er würde alle Versprechungen machen, die im Moment vonnöten waren, aber letztlich würde er alle töten, die ihn in diese Lage gebracht hatten, Fahim eingeschlossen.

»Sie werden mich sowieso umbringen.«

Cleveres Bürschchen, dachte Kealey, insgeheim beeindruckt von Fahims Klarsichtigkeit. Aber er durfte sich nichts anmerken lassen. »Sie täuschen sich. Ich werde Sie nicht töten. Doch selbst wenn Sie recht hätten, Sie haben nichts zu verlieren. Falls Sie kooperieren, lasse ich Sie vielleicht am Leben, wenn nicht, haben Sie keinen Nutzen mehr für mich.« Er schwieg, um seine Worte wirken zu lassen. »Also? Ja oder nein?«

Es schien eine Ewigkeit zu dauern, doch schließlich nickte Fahim mit schmerzverzerrtem Gesicht. »Ja. Ich kann beschaffen, was Sie brauchen.«

»Gut. Also, wo ist Benazir Mengal?«

Fahim begann sofort zu reden, und eine knappe Minute später wählte Kealey Jonathan Harpers Nummer. Der stellvertretende CIA-Direktor nahm sofort ab.

»Ich bin's, Kealey. Hören Sie, ich …«

»Wo haben Sie sich herumgetrieben?«, fragte Harper, ohne sich die Mühe zu geben, seinen Zorn zu kaschieren. »Sie sollten …«

Kealey unterbrach ihn mit ein paar unfreundlichen Worten und legte mit seiner Story los. Es dauerte etwas, aber nach und nach verstand Harper, was ihm da zu Ohren kam. Er unterbrach Kealey nicht und hörte sich ungläubig an, was gerade passiert war. Und als Kealey fertig war, hatte er ganz vergessen, warum er so wütend gewesen war.

37

Washington, D. C./Nordpakistan

Es war kurz nach acht Uhr morgens, und Harper stand im Westflügel des Weißen Hauses, direkt vor dem Oval Office, das er wegen Kealeys Anruf verlassen hatte. Jetzt ließ er noch einmal Revue passieren, was er gerade gehört hatte. Hätte er es nicht aus Kealeys Mund vernommen, hätte er es nicht geglaubt. Alles schien viel zu weit hergeholt, um wahr zu sein. Andererseits fand er es aber doch nicht so überraschend, wie weit Javier Machado ging, um die ihm gebliebene Tochter zu schützen. Er wusste einiges über den Spanier, der zu der Zeit, als Caroline Pétain in Kolumbien ermordet worden war, noch für die CIA gearbeitet hatte. Wirklich verstehen konnte er Machado nicht, da er und seine Frau keine Kinder hatten. Trotzdem wusste er, wie er sich fühlen würde, wenn Julie etwas zustoßen sollte, und er konnte sich vorstellen, dass der Verlust eines Kindes noch tragischer war. Und die Art und Weise, wie Caroline gestorben war … Schlimmer konnte es eigentlich nicht kommen. Offenbar hatte ihr Tod Machado noch härter getroffen, als irgendjemand vermutet hätte, was selbst die Mitglieder seiner Familie einschloss.

Er rief Diane Neal an, Andrews' Sekretärin, und ließ sich mit dem Chef des CIA-Büros in Madrid verbinden, dem er schnell die Lage erklärte, ohne in die Einzelheiten zu gehen. Der Mann sagte zu, zwei seiner Agenten zu Machados Haus in Cartagena zu schicken. Harper bedankte sich und unterbrach die Verbindung. Dann versuchte er, Machado direkt zu erreichen, aber niemand nahm ab. Auch Kharmai meldete sich nicht, als er die Nummer ihres Satellitentelefons wählte.

Er überlegte, was er sonst noch tun könnte, doch für den Augenblick fiel ihm nichts ein. Er hatte sich alle Mühe gegeben, Kealey während des kurzen Telefonats zu beruhigen, aber es hatte nicht wirklich funktioniert; sie wussten beide um Machados große Erfahrung und waren sich sicher, dass er alles genauestens geplant hatte. Wenn die beiden Agenten aus Madrid in Cartagena eintrafen, würden sie mit an Sicherheit grenzender Wahrscheinlichkeit ein leeres Haus vorfinden, aber sie mussten sich vergewissern. Er fragte sich, wie er es je schaffen sollte, Pétain zu erzählen, was ihr Vater getan hatte, und hoffte insgeheim, dass Kealey es übernehmen würde.

Nach einem Blick auf die Uhr öffnete er die Tür und trat wieder ins Oval Office. Brenneman, Andrews, Kenneth Bale und Stan Chavis saßen um den Kaffeetisch und unterhielten sich leise. Als Harper näher kam, blickten ihn alle an.

»Worum ging's?«, fragte Andrews.

»Um Mengal, wir haben eine Spur.« Harper hatte nicht vor, die ganze Geschichte zu erzählen, sie mussten nicht alles wissen. Außerdem war alles so unglaublich, dass es sie kaum auf ihren Stühlen gehalten hätte. Schon jetzt blickten sie ihn ganz aufgeregt an. »Wie's aussieht, hält er sich in Sialkot auf, einer Stadt im Norden Pakistans.«

»Was ist mit Brynn?«, fragte Brenneman wie aus der Pistole geschossen. Offenbar hatte er für einen Augenblick vergessen, von wem er sprach. Normalerweise wäre es ihm nie eingefallen, in der Anwesenheit von Gästen den Vornamen der Außenministerin zu benutzen.

»Wahrscheinlich hält sich Außenministerin Fitzgerald am

selben Ort auf wie Mengal.« Harper sah, wie alle erleichtert aufatmeten.

Brenneman sprang auf, und die anderen taten es ihm nach, als könnten sie sofort etwas unternehmen. »Was soll das heißen, wahrscheinlich? Wie kommen Sie darauf? Woher haben Sie diese Information?«

Harper fasste Kealeys Bericht schnell zusammen, beschränkte sich jedoch darauf, was die anderen seiner Meinung nach wissen mussten. Abschließend erklärte er, das Haus in Sialkot werde von einer beträchtlichen Zahl von bewaffneten Männern bewacht, wodurch die Wahrscheinlichkeit steige, dass Fitzgerald dort festgehalten werde.

»Aber mit Sicherheit wissen wir es nicht«, sagte Andrews, als Harper fertig war. »Wir können nicht verifizieren, dass sie dort ist.«

»Nein«, räumte Harper ein. »Dafür müsste man sich in dem Haus umsehen.«

»Wollen Sie damit sagen, dass wir es stürmen sollen?«, fragte Brenneman skeptisch.

»Nein, zumindest noch nicht«, antwortete Harper. »Trotzdem bin ich der Ansicht, dass wir verlässliche Informationen brauchen, bis wir so weit sind, energisch einzuschreiten. Wie bereits neulich erwähnt, Sir, haben wir vier 8X-Satelliten über der Region. Einen davon könnte man problemlos genau über diesem Teil von Punjab positionieren. Außerdem haben wir eine Reihe erstklassig ausgebildeter Agenten vor Ort, darunter Ryan Kealey. Bei der Satellitenüberwachung gehen wir kein Risiko ein, und selbst wenn Mengal plötzlich aufbricht, werden wir ihn im Auge behalten. Er entkommt uns nicht.«

»Diese Agenten, die Sie dort unten haben …«, begann Chavis nachdenklich. »Sind sie bewaffnet?«

Harper zögerte, aber nur kurz. »Nein. Aber das Problem ließe sich spielend lösen, wenn der Präsident einen bewaffneten Einsatz autorisiert.«

»Von wie vielen Männern reden wir eigentlich?«, fragte Brenneman. »Wie viele haben wir vor Ort?«

»Fünf Männer, einschließlich Kealey, und eine Frau«, antwortete Harper. »Zwei Männer haben bei der Delta Force Erfahrung gesammelt, einer ist ehemaliger Ranger, ein anderer ein Captain von der 82nd Airborne. Wieder ein anderer, Aaron Massi, war früher bei der Airforce.«

»Trotzdem verfügt die Gegenseite nicht über sechs, sondern über acht bis zwölf Leute«, bemerkte Andrews. »Dazu kommt eine unbekannte Anzahl von Personen, die sich in dem Haus aufhalten.« Er schüttelte skeptisch den Kopf. »Es ist ein Risiko. Eine Gleichung mit mehreren Unbekannten, und wenn die Überwachung auffliegt …«

»Die pakistanische Regierung zu informieren, wäre noch riskanter«, wandte Harper ein. »Seit zwei Tagen denke ich darüber nach, welche Lösung am besten wäre, wenn wir einen Hinweis auf Fitzgeralds Aufenthaltsort hätten. Jetzt haben wir ihn, und ich muss Ihnen offen sagen, dass ich es für einen Fehler halte, hier den offiziellen Weg einzuschlagen. Mengal hat immer noch eine Menge Freunde in hohen Positionen. Wenn wir Musharraf zu einer Reaktion auffordern und das dem falschen Mann zu Ohren kommt, was ich für sicher halte, wird Mengal unsere Außenministerin töten und verschwinden, bevor wir dort sind.«

»Mein Gott«, sagte Brenneman erbleichend und mit zittriger Stimme. Er setzte sich wieder, und die anderen folgten seinem Beispiel. »Wie viel Zeit haben wir, um uns auf eine Strategie festzulegen?«, fragte er.

Harper fragte sich, warum der Präsident das Wort »wir« gebrauchte. Letztlich musste er die Entscheidung fällen, und nur er, die anderen waren nur in einer beratenden Funktion anwesend. Vielleicht versuchte Brenneman schon, die Verantwortung abzuwälzen, zumindest unbewusst. Aber Harper war klar, dass es eigentlich keine Rolle spielte; wenn der Präsident seinem Rat folgte und die Überwachung aufflog, würde er mit an Sicherheit grenzender Wahrscheinlichkeit seinen Job verlieren, wie auch Andrews und Hayden. Chavis würde die Geschichte vermutlich unbeschadet überstehen, aber nicht aufgrund seines Amtes. Er und Brenneman waren befreundet, seit sie zusammen an der Georgetown University studiert hatten, und vornehmlich das würde den Stabschef vor Konsequenzen schützen, wenn das Schlimmste eintraf.

»Wir haben keine Zeit zu verlieren, Sir«, warnte Harper. »Mengal wird sich nicht lange in Sialkot aufhalten, sondern so oft wie möglich den Aufenthaltsort wechseln. Aber es wäre sinnlos, eine Befreiungsaktion zu starten, wenn wir noch keine verlässliche Überwachung installiert haben. Wenn das Haus unter Beobachtung steht, können wir innerhalb von Stunden zuschlagen. Falls Sie sich zu diesem Entschluss durchringen.«

»Aber durch die Satellitenüberwachung erübrigt es sich doch …«

»Verzeihen Sie, wenn ich Ihnen ins Wort falle, Sir, aber wir können uns nicht ausschließlich darauf verlassen. Wir brauchen Leute am Boden.«

Brenneman seufzte müde und senkte nachdenklich den Kopf. Eine Minute später blickte er auf. »Was passiert als Nächstes? Vorausgesetzt, ich stimme Ihrem Vorschlag zu?«

»Wenn Sie einverstanden sind, würde ich gern dem National Reconnaissance Office einen Besuch abstatten, damit der Satellit so schnell wie möglich über Sialkot positioniert wird. Falls Sie den dortigen Direktor anrufen würden, wäre das äußerst hilfreich. Ist das erledigt, können wir unten im Situation Room die Krisenzentrale einrichten.«

»Wenn Sie dort sind, habe ich bereits mit ihm gesprochen«, sagte Brenneman, der offenbar noch ein paar Augenblicke zum Nachdenken benötigte. Dann wandte er sich wieder an Harper. »Ich möchte, dass Sie einen Plan für die Befreiung von Außenministerin Fitzgerald entwerfen. Bis auf Weiteres gilt, dass die pakistanische Regierung nicht vorab informiert wird. Möglicherweise wird sich das ändern, bevor ich eine Aktion autorisiere, aber fürs Erste ist das die Ausgangsposition. Beginnen Sie damit, Ihre Leute in Position zu bringen.«

»Ja, Sir«, sagte Harper. Der Präsident schaute Andrews an, und der nickte zustimmend.

»Wenn Sie das tun, Sir«, wandte Bale ein, »könnten die diplomatischen Konsequenzen …«

»Es ist das Risiko wert«, sagte Brenneman bestimmt, den Direktor der National Intelligence mit einem strengen Blick bedenkend. »Wenn Musharraf die subversiven Elemente in seinem Land unter Kontrolle hätte, wären wir gar nicht erst in diese Lage gekommen. Womöglich haben wir nur eine Chance, sie zu befreien, und die werde ich nicht ungenutzt verstreichen lassen.«

Bale nickte, und der Präsident richtete sich abschließend an alle. »Wir werden sie finden und nach Hause bringen, Gentlemen. Dabei sind uns alle Mittel recht. Haben wir uns verstanden?«

Alle murmelten zustimmend, und Brenneman stand auf.

»Gut«, sagte er. »An die Arbeit.«

Kealey schaute seit einer halben Stunde aus dem Fenster, ohne die vorbeiziehende Landschaft zu sehen. Er war ganz auf die Bilder in seinem Kopf fixiert, sah immer nur Naomi. Es machte ihn völlig fertig. Noch immer konnte er nicht fassen, wie falsch er Javier Machado eingeschätzt hatte, und er fragte sich, ob der Spanier wirklich fähig war, seine Drohung wahr werden zu lassen. Seine Vergangenheit schien dagegenzusprechen. Menschen mit einem unberechenbaren Temperament hielten sich nicht so lange bei der operativen Abteilung – wenn sie es überhaupt schafften, bei der CIA genommen zu werden. Machado hatte dreißig Jahre für den Geheimdienst gearbeitet, und zwar äußerst erfolgreich. Er war einer der besten Agenten überhaupt, ein gewiefter Profi. Wäre das der einzige zu berücksichtigende Faktor gewesen, hätte er nicht daran gezweifelt, dass Machado bluffte und nicht die Absicht hatte, Naomi etwas anzutun.

Doch so einfach war es nicht. Bei Machados Vorgehensweise war zweifellos ein emotionaler Faktor im Spiel, den er nicht ganz begriff. Als Pétain ihm erzählte, auf welch grausame Weise ihre Schwester in Kolumbien ums Leben gekommen war, hatten ihn die Abartigkeit des Verbrechens und das perverse Nachspiel mit den Fotos geschockt. Aber er hatte nicht wirklich bedacht, wie sehr das ihre Familie ins Schleudern gebracht hatte. Der Schmerz musste von Beginn an schlimm gewesen sein – er selbst hatte einst einen ähnlichen Verlust erlitten –, doch im Laufe der Zeit hatte die Tragödie bei Pétain und Machado zu einer Persönlichkeitsveränderung geführt. Bei Ersterer schlug sie sich in einem Verlangen nach Rache nieder, bei Machado waren die Folgen sehr viel gefährlicher. War seine Drohung ernst gemeint, dann waren ihm alle Mittel recht, um das Leben der ihm gebliebenen Tochter zu schützen.

Er hatte ständig daran denken müssen, seit sie vor drei Stunden das Unterwerk verlassen hatten. Nachdem er Owen telefonisch informiert und ihn gebeten hatte, dafür zu sorgen, dass seine Leute Position bezogen, blieben ihm immer noch Stunden – harte, schmerzliche, endlose Stunden –, um über die Geschehnisse nachzudenken, doch einer Antwort war er kein bisschen näher gekommen. Noch immer wusste er nicht, wie es ihm hätte gelingen sollen, rechtzeitig die Wahrheit zu erkennen. Er war nicht einmal sicher, *welche* Wahrheit er hätte sehen sollen. Steckte hinter Machados Vorgehensweise wirklich nur der schon fast krankhafte Wunsch, jeden Schaden von seiner Tochter abzuwenden? Oder versuchte er nur unter Einsatz aller Mittel, ihr Leben zu kontrollieren? Eigentlich spielte diese Unterscheidung keine Rolle. Wichtig war nur, wie er, Kealey, reagiert hatte, als alles offen zutage lag, und er war sich immer noch nicht sicher, ob er richtig gehandelt hatte. Was sonst hätte er tun, was anders machen können? Ihm fiel nichts ein, aber er konnte es nicht wissen, und diese Verunsicherung belastete ihn allmählich immer mehr.

»Da vorn«, sagte Pétain, die hinter dem Steuer des Subaru saß. Kealey schaute durch die Windschutzscheibe. Insgeheim machte er sich Vorwürfe, weil er es zugelassen hatte, dass seine Gedanken abschweiften, aber um ihren Gefangenen musste er sich keine Sorgen machen. Fahim saß auf dem Beifahrersitz, mit seinen eigenen Handschellen an die Tür gefesselt. Kealey saß direkt hinter ihm, mit der Waffe in der Hand – die wackelige Rückenlehne des Sitzes würde die Kugel nicht aufhalten. Fahim wusste Bescheid, und außer einem gelegentlichen Stöhnen hatte er während der ganzen Fahrt keinen Laut von sich gegeben. »Das ist die Straße, die wir nehmen müssen.«

Pétain blickte über die Schulter, und Kealey nickte. Plötzlich wurde ihm klar, dass auch er kein Wort gesagt hatte, seit sie losgefahren waren, und er fragte sich, was Pétain durch den Kopf ging. War denkbar, dass sie etwas aufgeschnappt hatte, als er mit ihrem Vater und Harper telefonierte? Falls ja, wäre das eine Erklärung für ihr Schweigen.

»Langsamer«, sagte er, als Pétain abgebogen war. Dann wandte er sich an Fahim. »Wie weit ist es noch?«

»Nur ein paar Kilometer.« Der Wagen fuhr über einen Buckel, und Fahim stöhnte erneut. Der von der Wunde im Oberschenkel ausströmende Schmerz wurde zweifellos schlimmer. »Das Auto müsste hinter dem nächsten Hügel am Straßenrand stehen. Ein weißer Toyota.«

»Okay. Fahren Sie hier links ran.«

Pétain tat es wortlos. Er stieg aus, ging zu dem Fenster auf Pétains Seite und bat sie, sich auf die Rückbank zu setzen. Nachdem er ihr die Pistole gegeben hatte, zwängte er sich hinter das Steuer. Dann rief er Owen an, der sich nach dem zweiten Klingeln meldete.

»Wo bist du?«, fragte er Owen. Er hatte eine begründete Vermutung, wollte aber Einzelheiten. Kurz nachdem Fahim seine Leute angewiesen hatte, die Ausrüstung an einen bestimmten Ort zu bringen, hatte er Owen und seine Jungs gebeten, einen Beobachtungsposten zu beziehen, von dem aus sie sehen konnten, ob sich an der vereinbarten Stelle etwas Verdächtiges tat. Jetzt waren sie seit zwei Stunden auf ihrem Posten, und als Owen sich das letzte Mal gemeldet hatte, schien alles in Ordnung zu sein.

»Im Wald südlich des Wagens. Zwei Männer haben ihn vor einer Stunde dort abgestellt.«

»Wie sieht die Lage aus?«

»So gut, wie man realistischerweise erwarten kann.«

»Was soll das heißen?«

»Dass du dir alles noch mal durch den Kopf gehen lassen solltest, Ryan. Wir wissen nichts über diese Leute und haben keine Möglichkeit, dich zu schützen. Vielleicht ist Sprengstoff in dem Auto. Er könnte explodieren, sobald du …«

»Dafür hatten sie nicht genug Zeit«, sagte Kealey, nur zu gut wissend, dass Owen recht hatte. Fahims Leuten war reichlich Zeit geblieben, um einen beliebigen Hinterhalt zu legen. »Du weißt so gut wie ich, dass wir den Krempel im Kofferraum brauchen. Sie wollen ihren Boss zurückhaben. Ich glaube nicht, dass sie versuchen werden, uns reinzulegen.«

»Ryan …« Owen war zweifellos verärgert. »Was kann dich davon überzeugen, dass es eine gefährliche Idee ist? Es muss bessere Wege geben, um …«

»Wir haben keine Zeit, Paul. Du weißt, dass ich recht habe. Tu einfach, was ich sage, okay?«

»Meinetwegen. Du riskierst deinen Hals. Wir passen auf.«

»Gut. Bleibt, wo ihr seid. In drei Minuten bin ich bei dem Auto.«

Damit war das Gespräch beendet, und Kealey blickte zu dem Mann auf dem Beifahrersitz hinüber. »Ich hoffe für Sie, dass Sie nicht mit gezinkten Karten spielen.«

»Der Wagen wird da sein«, versicherte Fahim. Kealey schaute ihm in die Augen, nach einem Anzeichen suchend, ob er vielleicht doch etwas verbarg, doch nach einem Augenblick gab er es auf. Fahims Miene war unergründlich. *Und es ist nicht so, als könntest du Gedanken lesen,* dachte er verbittert. *Wenn er etwas anderes im Schilde führt, würdest du es nicht merken, selbst dann nicht, wenn er lügt. Denk an Machado, es ist verdammt sicher, dass du da versagt hast.*

Er ließ den Motor an. Obwohl kaum ein anderes Auto zu

sehen war, fuhr er langsam, hielt nach versteckten Waldwegen Ausschau, ließ den Blick über Weiden und Gräben schweifen. Er achtete auf das kleinste Anzeichen für einen Hinterhalt, ohne sich Illusionen zu machen. Wenn etwas geschah, würde er es nicht rechtzeitig mitbekommen. Er warf einen Blick über die Schulter und sah, dass Pétain die Waffe auf die Rückenlehne von Fahims Sitz richtete.

»Runter«, sagte er. »Ziehen Sie den Kopf ein, damit Sie durchs Fenster nicht zu sehen sind, aber zielen Sie weiter auf seinen Rücken. Falls Sie etwas Merkwürdiges sehen oder hören, wenn ich aussteige, drücken Sie sofort ab, verstanden?«

Sie nickte und rutschte auf ihrem Sitz herab. Er richtete sich an Fahim. »In der Knarre sind vierzehn Kugeln. Wenn etwas schiefläuft, stecken die sofort in Ihrem Rücken. Sind Sie sicher, ob ich nicht doch bei Ihren Kumpels anrufen und mich vergewissern soll, dass ihnen Ihre Lage bewusst ist? Wenn es irgendwelche Missverständnisse gibt, sollten wir das jetzt klären.«

Fahim schüttelte den Kopf. Mittlerweile schwitzte er stark, sein Gesicht war schmerzverzerrt. Jetzt wurde es wirklich schlimm. »Nein«, keuchte er. »Es ist überflüssig, sie anzurufen. Sie werden nicht eigenmächtig agieren, ich versichere es Ihnen.«

Als die Hügelkuppe hinter ihnen lag, sah Kealey das am Straßenrand geparkte Auto. Er hielt dahinter an, stieg aus und ging schnell auf das Heck des Wagens zu, im vollen Wissen darum, dass er völlig schutzlos war. Sein Mund war trocken, und sein Herz hämmerte heftig, als er hinter dem linken Hinterreifen nach den Schlüsseln tastete. Er fand sie, wie erwartet, und öffnete den Kofferraum. Obwohl er gerade Owen gegenüber etwas anderes gesagt hatte, hielt er eine Explosion durchaus für möglich. Aber wenn sich eine Bombe in dem Kofferraum befunden hätte, wäre er jetzt schon tot gewesen, er hätte nicht einmal mehr den Blitz gesehen.

Nichts geschah. In dem Kofferraum lag ein halbes Dutzend Kampftaschen.

Und eine Reisetasche, in der er die Überwachungsfotos fand. Er blickte sie schnell durch. Bewaffnete Männer vor einem Haus, das ihn an ein englisches Cottage erinnerte. Er wusste nicht genau warum, aber das Gebäude hatte nichts mit der in Pakistan üblichen Bauweise zu tun. Bei den restlichen Fotos sprang ihm auf Anhieb nichts ins Auge. Am nützlichsten waren ein von Hand skizzierter Grundriss des Hauses und eine Zeichnung des Gartens, auf der auch markiert war, wie man sich am unauffälligsten annähern konnte. Fahims Männer hatten das Anwesen für mehrere Tage ohne Unterbrechung observiert. Profis. Vermutlich hatten etliche von ihnen in Afghanistan an der Seite der Mudschaheddin gekämpft. Oder Machado hatte einige von ihnen persönlich ausgebildet, vor etlichen Jahren, als er selbst in Pakistan gewesen war. Möglich war beides.

Nachdem er die Fotos verstaut hatte, überprüfte er die Ausrüstung – vier Gewehre mit Zielfernrohr, Reservemagazine, Nachtsichtgeräte, eine Reihe von Pistolen. Die Waffen ließen nichts zu wünschen übrig – eine Sig 550, zwei Sturmgewehre vom Typ HK G36, ein Bofors-AK5B Scharfschützengewehr. Außerdem fand er noch zwei solide Messer. Er nahm so schnell wie möglich eines der Sturmgewehre auseinander, obwohl er praktisch mitten auf der Straße stand. Bisher war kein Auto vorbeigekommen, doch das konnte sich sehr schnell ändern. Er sah, dass alle erforderlichen Komponenten vorhanden waren, setzte die Waffe wieder zusammen, drückte auf den Abzug und hörte ein befriedigendes Klicken.

Nicht übel. Er warf sich zwei Kampftaschen über die Schulter, brachte sie zu dem Subaru, stopfte sie in den Kofferraum und ging zu dem Toyota zurück, um den Rest zu holen. Als alles verstaut war, schloss er bei beiden Autos den Kofferraum und klemmte sich hinter das Steuer des Subaru, dessen Motor noch lief.

»Alles in Ordnung?«, fragte Pétain. Kealey warf einen Blick über die Schulter und sah, dass sie immer noch den Kopf eingezogen hatte. Sie wirkte allenfalls ein bisschen nervös. Ein schneller Blick auf ihre rechte Hand bewies, dass diese nicht zitterte. Mehr musste er nicht wissen.

»Alles bestens.« Er fuhr los, aufmerksam in den Rückspiegel blickend. Niemand stürzte aus dem Wald und rannte zu dem Toyota.

Zehn Minuten später rief er Owen an. »Wie sieht's aus?«

»Gerade ist ein Wagen aufgetaucht. Moment, ein Typ steigt aus … Er geht zu dem Toyota. Bleib kurz dran.« Sehr schnell meldete sich Owen zurück. »Okay, der Wagen fährt weiter. Er ist zu weit hinter dir, um dich noch einzuholen. Weiter vorn auf der Straße hat Massi keine Fahrzeuge entdeckt. Sieht so aus, als wäre die Luft rein.«

»Gut.« Kealey atmete erleichtert auf. Bei diesem Plan, den er hastig entworfen hatte, konnte sonst was schief gehen, doch es sah so aus, als würde alles klappen. Fahims Leute hatten Wort gehalten, womit man nicht rechnen konnte, doch Kealey wusste jetzt, dass er innerhalb seiner Organisation tatsächlich ein so wichtiger Mann war, wie er schon immer vermutet hatte. Wahrscheinlich war das der Grund dafür, dass sie nicht in einen Hinterhalt geraten waren. »Wir sehen uns in einer Dreiviertelstunde in Sialkot.«

»Okay. Was ist mit der Ausrüstung?«

»Ist komplett da. Scheint alles in Ordnung zu sein.«

»Dann sind wir im Geschäft.«

»Ja, sieht so aus. Ich melde mich.«

Zwanzig Minuten später bremste Kealey ab und bog auf eine holprige, nicht befestigte Straße ein. Sie fuhren zwischen zwei hohen Steinsäulen hindurch, rollten dann einen steilen Hügel hinab, und nach ein paar Minuten hatten sie die Bäume hinter sich gelassen. Zu ihrer Linken lag ein großer Teich, über dessen trübem Wasser träge Libellen schwebten, zu ihrer Rechten eine große Weide. Als der Teich hinter ihnen lag, hielt er am Straßenrand. Er hatte die Route sorgfältig geplant und rief Owen an, um ihre Position durchzugeben. Nach einem Blick auf seine Karte antwortete Owen, er könne in einer Viertelstunde da sein. Alles lief nach Plan.

Im Augenblick gab es nichts zu tun als zu warten, und Kealey stieg aus und reckte seine Glieder. Fahim hatte das Bewusstsein verloren und wäre selbst ohne Handschellen keine Gefahr gewesen. Die Schusswunde in seinem Oberschenkel blutete noch, aber durch einen improvisierten Druckverband, den Pétain aus dem Stoff seines Regenmantels fabriziert hatte, konnte der Blutverlust in Grenzen gehalten werden. Außerdem interessierte Kealey sich nicht für das Wohlergehen des Mannes. Er musste nur so lange leben, wie sie benötigten, um Fitzgerald zu finden und sie außer Landes zu schaffen. Als er den Inhalt der Kampftaschen noch einmal gründlich überprüfte, bemerkte er plötzlich, dass Pétain neben ihm stand und ihn mit einem ruhigen Blick ansah. Er wartete, ob sie etwas zu sagen hatte.

»Was geschieht jetzt?«, fragte sie schließlich.

»Sie müssen auf ihn aufpassen«, sagte Kealey mit einer Kopfbewegung in Richtung des bewusstlosen Mannes auf dem

Beifahrersitz. »Vielleicht hat er uns doch an der Nase herumgeführt. Deshalb können wir ihn erst laufen lassen, wenn wir zweifelsfrei wissen, dass die Zielpersonen sich im Haus des Chirurgen in Sialkot aufhalten. Unter Umständen können Sie ihn erst am Morgen freilassen. Wie auch immer, Sie müssen auf jeden Fall allein fliegen, um außer Landes zu gelangen.«

Sie dachte schweigend darüber nach. »Und wenn sie nicht in Sialkot sind?«

»Dann werden Sie ihn davon überzeugen müssen, alles auszuspucken.« Er blickte ihr direkt in die Augen. Was diesen Punkt anbetraf, musste er sich sicher sein. »Es könnte schwierig werden, ihn davon zu überzeugen. Schaffen Sie das, wenn's sein muss?«

»Ja«, antwortete sie sofort und ohne mit der Wimper zu zucken. Er war sicher, dass sie tun würde, was getan werden musste, und das reichte ihm. Wenigstens hier glaubte er, sich auf sein Gefühl verlassen zu können. »Wird er so lange leben?«, fragte sie.

»Ich hoffe es. Wir könnten ihn noch brauchen.«

Pétain schien ein paar Augenblicke darüber nachzudenken. »Kealey ...«

Jetzt kommt's, dachte er. Obwohl er während der letzten Stunden darüber nachgedacht hatte, wusste er immer noch nicht, wie er mit diesem Problem umgehen sollte.

»Ich weiß nicht, was bei dem Unterwerk passiert ist«, sagte Pétain nachdenklich. »Aber ich möchte es wissen ... Danke für das, was Sie getan haben.«

»Was?« Er brauchte einen Moment, bis ihm klar wurde, was sie gesagt hatte. Damit hatte er absolut nicht gerechnet. Er schüttelte den Kopf und schaute sie ungläubig an. »Wovon reden Sie? Ich hätte fast auf Sie geschossen.«

»Ja, aber Sie mussten, oder?« Eigentlich war es keine Frage, aber sie zögerte, bevor sie weitersprach. »Ich meine, ich weiß nicht, *warum* Sie mussten, aber Sie hätten nicht einmal einen Gedanken daran verschwendet, wenn Sie nicht in einer Zwangslage gewesen wären. Ich weiß es, Kealey. Ich weiß einiges über Sie, wie alle bei der operativen Abteilung ...« Sie errötete leicht, was aber nichts daran änderte, dass sie sich voll unter Kontrolle hatte. »Ich konnte nicht verstehen, was Sie am Telefon gesagt haben, aber mit wem Sie auch gesprochen haben ... Wer immer am anderen Ende war, *er* wollte, dass Sie es tun. Aber Sie haben es nicht getan. Also nochmals danke.«

Also weiß sie es immer noch nicht, dachte er. Sie wirkte etwas unbeholfen, aber ihre Miene war völlig offen, und das bestätigte seine ursprüngliche Vermutung. Sie wusste nicht, dass ihr Vater für das Ganze verantwortlich war. Natürlich hätte er es ihr erzählen können, doch jetzt war nicht der richtige Zeitpunkt dafür. Gab es den überhaupt angesichts dieser unglaublichen Geschichte?

Wahrscheinlich nicht, befand er nach längerem Nachdenken. Machado selbst mochte seine Vorgehensweise für vernünftig halten, doch das lag nur daran, dass sein Begriff von Vernunft pervertiert war nach acht Jahren, in denen er den Verlust seiner älteren Tochter betrauert und um das Leben der jüngeren gebangt hatte. Was er getan hatte, würde Pétain wahrscheinlich als genauso unbegreiflich erscheinen wir ihm.

»Ich weiß nicht, was für einen Preis Sie bezahlt haben«, fuhr sie fort. Bei diesen Worten drohte sich ihm der Magen umzudrehen, aber er versuchte, sich keine Reaktion anmerken zu lassen. Auch jetzt konnte er noch nicht daran denken. Er musste immer noch klarkommen mit seiner Entscheidung und wusste nicht, ob es ihm gelingen würde.

»Aber ich bin Ihnen dankbar. Wirklich dankbar.«

Er blickte sie an. Es standen keine Tränen in ihren Augen, das fiel ihm zuerst auf. Sie war völlig gefasst, und das war erstaunlich. Javier Machado hatte seine Tochter eindeutig falsch beurteilt, noch nie war er sich einer Sache so sicher gewesen. Er glaubte, dass sie bei der Undercoveroperation bestehen würde, denn sie war mit Sicherheit einer der stärksten Menschen, die ihm je begegnet waren.

Und diese Stärke, wurde ihm plötzlich klar, ging auch auf den Tod ihrer Schwester zurück. Ihm war nie eine Familie begegnet, die durch ein Unglück so sehr zerstört worden war. Die innere Dynamik dieses Prozesses begriff er nicht – er selbst hatte nie besonders enge Bande zu seiner Familie gehabt –, aber eines war sicher: Hinter der Fassade litten alle entsetzlich, und das war etwas, womit er sich identifizieren konnte.

»Wie hoch war der Preis?«

Ihre Stimme war so leise, dass er sie nur mit Mühe verstand, aber sie erschütterte ihn, und Pétain registrierte seine Reaktion. Er wollte vorgeben, ihre Worte nicht gehört zu haben, aber sie wussten beide, dass es nicht stimmte. Nachdem er ihr für einen langen Moment in die Augen geschaut hatte, wandte er den Blick ab, ohne zu antworten. Gerade war ein Auto zwischen den Bäumen aufgetaucht, das jetzt den Hügel hinabkam. Hinter dem Steuer erkannte er ein vertrautes Gesicht.

»Sieht so aus, als wäre es an der Zeit, dass wir uns auf den Weg machen«, sagte er.

Sie drehte sich zu dem näher kommenden Fahrzeug um. »Ja, bestimmt haben Sie recht.« Und zu seiner Erleichterung beließ sie es dabei.

Der Mann hinter dem Steuer war Walland. Er parkte drei Meter hinter dem Subaru und stellte den Motor ab. Als die vier

Männer ausstiegen, griff Kealey in eine der Kampftaschen und zog eine Pistole hervor, eine kompakte Beretta 9mm. Er reichte sie Pétain, zusammen mit zwei vollen Magazinen.

»Was soll ich damit?« Sie tippte auf den Griff der Makarow, die im Bund ihrer Leinenhose steckte, als Erinnerung daran, dass sie die Waffe noch hatte.

»Nur für alle Fälle.«

Als sie ihm die Beretta aus der Hand nahm, kamen die anderen näher, und er zog die Tasche zu, aus der er sie genommen hatte.

»Ist das alles?«, fragte Owen, auf die sechs Taschen zu Kealeys Füßen zeigend.

»Ja.«

»Dann kann's also losgehen?« Owen blickte auf den bewusstlosen Mann auf dem Beifahrersitz des Subaru. Offenbar behagte ihm die ganze Situation nicht, und Kealey konnte es ihm schwerlich verübeln.

»Ja, es ist alles in Ordnung, Paul. Ich muss dich kurz sprechen …« Er informierte ihn schnell über seinen Plan. Pétain sollte Fahim so lange festhalten, bis sie mit Sicherheit wussten, dass Mengal, Saifi und Fitzgerald sich in dem Haus in Sialkot aufhielten. Dann würde sie Fahims Leute anrufen und ihnen sagen, wo ihr Boss zu finden war, bevor sie selbst das Land verließ. Als er fertig war, nickte Owen zustimmend.

»Wir müssen los«, sagte Kealey. »Der Krempel muss verstaut werden.«

Owen beauftragte Walland damit, und der ehemalige Ranger schulterte zwei Kampftaschen und ging damit zu dem zweiten Auto. Owen nahm Manik und Massi beiseite, sodass Kealey und Pétain allein am Heck des Subaru standen. Beide schwiegen, keiner empfand das Bedürfnis zu reden. Den anderen, sämtlich mit ihren Aufgaben beschäftigt, entging der seltsam intime Moment. Aus irgendeinem Grund kam es Kealey auf einmal so vor, als hätte sie es die ganze Zeit über gewusst, als wäre ihr irgendwo in ihrem Inneren klar, wer angerufen hatte. Aber er konnte sie nicht fragen und bezweifelte, dass sie es zugegeben hätte, wenn seine Vermutung stimmte.

»Viel Glück«, sagte sie schließlich, ihm in die Augen blickend. »Ich hoffe, Sie finden sie.«

Er nickte, drehte sich um und ging zu dem zweiten Wagen, doch als er nach dem Türgriff auf der Beifahrerseite griff, hatte er das Gefühl, als würden sich ihre letzten Worte in sein Gedächtnis einbrennen. Plötzlich fragte er sich, ob diese Abschiedsworte eine tiefere Bedeutung hatten.

Wen hatte sie gemeint? Fitzgerald? Bildete er sich vielleicht nur etwas ein, interpretierte er zu viel in ihre Worte hinein? Natürlich hätte er sie fragen können, aber warum? Wenn sie es die ganze Zeit gewusst hatte, machte es dann noch einen Unterschied?

Nein, macht es nicht, dachte er nach kurzem Nachdenken. Wenn Naomi wirklich tot war, trug daran nur einer die Schuld, und nicht Marissa Pétain. Selbst wenn sie wusste – oder vermutete –, was bei dem Telefonat mit Machado gesagt worden war, traf sie keine Schuld. Sie war nicht verantwortlich und konnte nicht zur Rechenschaft gezogen werden für etwas, das ihr Vater getan hatte.

Trotzdem, immer wieder fragte er sich, wie viel sie wusste, und er musste sich daran erinnern, dass es eigentlich egal war. Wie auch immer, diese Rechnung würde bezahlt werden, das hatte er sich bereits geschworen. Und er hatte vor, mit seiner Absicht ernst zu machen.

Er öffnete die Tür des Toyota und setzte sich auf den Beifahrersitz. Owen, bereits hinter dem Steuer, ließ den Motor an, und als sie losfuhren, sah Kealey im Rückspiegel Pétain, die ihnen nachblickte. Er beobachtete sie weiter, während der Wagen über die holprige Straße rollte, und für einen kurzen Augenblick kam es ihm so vor, als würden sich ihre Blicke treffen. Dann verschwand der Subaru zwischen den Bäumen, und sie war nicht mehr zu sehen.

38

Sialkot/Südportugal

Der Albtraum schien absolut real und wollte kein Ende nehmen – ein entsetzlicher, in ihrem Kopf ablaufender Film. Flammen, Blut, Tod, wie in einer Endlosschleife. Sosehr sie es versuchte, es gelang ihr nicht, die Bilder aus ihrem Unterbewusstsein zu verdrängen. Sie schienen dort festzusitzen, in den tiefsten, dunkelsten Winkeln ihrer Imagination, aber sie wusste, dass sie kein Fantasieprodukt waren. Alles, was sie sah, *war* wirklich geschehen, und doch war sie sich mittlerweile nicht mehr sicher, was real und was Täuschung war. Stunden, Tage oder Wochen des Entsetzens – sie hatte jedes Zeitgefühl verloren – hatten ihr jegliches Gefühl der Gewissheit genommen. Die Hoffnung.

Die Sicherheit der eigenen Identität.

Sie wusste nicht, ob sie den eigenen Gedanken noch trauen konnte. War sie geistig gesund? Sie glaubte, die Frage mit Ja beantworten zu können, zumindest in den kurzen, flüchtigen Momenten, wo sie in der Lage war, sich zu konzentrieren und einen klaren Gedanken zu fassen. Aber es dauerte nie länger als ein paar Minuten. Dann entzogen sich ihr die rationalen Gedanken, und sie versank wieder in dem tiefen Abgrund. Der Film in ihrem Kopf lief erneut ab, und sie wollte schreien, hörte aber nur die Tonspur der Bilder des Todes und der Zerstörung, das Kreischen und den dumpfen Einschlag der

Rakete in den Suburban, das Krachen des Schusses, der Lee Pattersons Gehirn zerfetzte, die Hilfeschreie der namenlosen Frau, die der Algerier durch einen Kopfschuss getötet hatte. Die Hölle auf Erden, es nahm kein Ende.

Brynn Fitzgerald wollte nur noch, dass es endlich vorbei war, doch sie wusste, dass es keine Hoffnung auf Erlösung gab. Hätte sie noch irgendeine Hoffnung gehabt, hätte sie ihr Leiden tapfer ertragen, doch im Moment sehnte sie sich einzig danach, dass alles aufhörte, selbst wenn es das Ende von allem gewesen wäre. Sie wollte nicht sterben, doch der Tod schien der einzige Ausweg zu sein. Sie hätte alles dafür gegeben, eine Zukunftshoffnung zu haben, die Gewissheit, dass es eine – wenn auch noch so kleine – Chance gab, in die Welt zurückzukehren, die ihr vertraut gewesen war. Wenn es doch nur ein Licht am anderen Ende des Tunnels gegeben hätte …

Und plötzlich sah sie es.

»Sie ist aufgewacht«, sagte Said Kureshi.

Darauf hatte Benazir Mengal gewartet, und er trat an das in den Operationsraum geschaffte Bett, um sich selbst zu überzeugen. Seit der zweiten Operation – der perikardialen Fensterung, sie lag jetzt achtzehn Stunden zurück – hatte Fitzgerald die ganze Zeit geschlafen, was zum Teil an den Schmerzmitteln lag, die Kureshi ihr alle zwei Stunden verabreichte. Andererseits war es nur natürlich, dass sie so fest schlief, denn sie musste erst wieder Kräfte sammeln. Auf Kureshis Vorschlag hatte Mengal seine Männer beauftragt, ein Bett aus dem ersten Stock zu holen. Nachdem für den Arzt kein Zweifel mehr bestand, dass ihr Zustand stabil war, hatten sie Fitzgerald von dem Operationstisch in das Bett verfrachtet.

Während Kureshi prüfende Blicke auf die Monitore warf,

beugte sich der ehemalige General über die designierte amerikanische Außenministerin. Sein Gesicht war keine dreißig Zentimeter von ihrem entfernt, als er sie angestrengt anstarrte, um ein Lebenszeichen zu entdecken. Ihre Augenlider zuckten und öffneten sich dann, und er blickte zum ersten Mal in die meergrünen Augen jener Frau, deren Entführung vor vier Tagen er inszeniert hatte.

Für einen flüchtigen Moment trafen sich ihre Blicke, aber Fitzgerald zeigte keine Reaktion. Sie wirkte verwirrt, abwesend, und Mengals Gesicht schien ihr absolut nichts zu sagen. Was den Pakistaner nicht überraschte, denn sie konnte unmöglich wissen, wer er war. Trotzdem war er für einen Augenblick in seiner Eitelkeit gekränkt.

Fitzgeralds Augen schlossen sich wieder, und Mengal richtete sich auf und grunzte enttäuscht. Kureshi trat zu seiner Patientin und berührte vorsichtig ihren Arm. Sie stöhnte leise, doch das war ihre einzige Reaktion.

»Hören Sie mich, Miss Fitzgerald?«, flüsterte Kureshi. »Wenn ja, geben Sie bitte ein Zeichen.«

Erst geschah nichts, doch dann schlug sie wieder die Augen auf. Ihre Lippen öffneten sich, und nach längerer Zeit gelang es ihr, ein unverständliches Wort hervorzubringen.

»Entschuldigen Sie, ich habe nicht ganz verstanden …«

»Wasser«, krächzte sie. »Bitte …«

»Aber natürlich«, antwortete Kureshi hastig. Er eilte zum Waschbecken, füllte einen Plastikbecher, stellte ihn auf ein für chirurgische Instrumente gedachtes Tablett und kehrte zum Bett zurück, während Mengal schweigend zuschaute. »Bevor ich Ihnen den Becher geben kann«, fuhr Kureshi fort, »müssen Sie sich aufsetzen, Miss Fitzgerald. Wenn ich Ihnen dabei helfe, wird es wehtun. Falls der Schmerz zu heftig ist, sagen Sie es bitte, ich gebe Ihnen dann etwas dagegen. Haben Sie mich verstanden?«

Sie schien einen Augenblick nachzudenken, antwortete aber nicht sofort auf Kureshis Frage. Nach einem langen Moment der Stille wurde ihr Blick klar. »Wo bin ich?«, fragte sie.

Nach kurzem Zögern warf Kureshi Mengal einen fragenden Blick zu, und der nickte. Es spielte keine Rolle, ob Fitzgerald wusste, wo sie war; in ihrem gegenwärtigen Zustand war sie völlig hilflos und konnte mit der Information nichts anfangen. »Sie befinden sich in einer Stadt namens Sialkot, etwa eine Autostunde südlich von Lahore.«

»Wer sind Sie?«

»Mein Name ist Said Kureshi. Ich bin Chirurg und habe Sie behandelt.« Er schwieg kurz. »Miss Fitzgerald, wissen Sie, warum Sie hier sind?«

Sie dachte einen Augenblick nach, und ihre Pupillen glitten nach oben, als wollte sie die Wand hinter sich sehen. Dann blickte sie wieder Kureshi an und sagte stockend: »Es hat einen Anschlag gegeben …«

Kureshi wartete, ob sie noch etwas hinzufügen würde, aber sie hatte den Faden verloren. »Stimmt genau«, sagte er. »Einen Anschlag auf Ihren Autokonvoi, in Rawalpindi. Sie wurden hierhergebracht, und ich habe einige Verletzungen behandelt, die Sie bei dem … Vorfall erlitten haben.«

Fitzgerald brauchte etwa zehn Sekunden, um das zu verarbeiten, und dann versuchte sie sich urplötzlich aufzusetzen. Der Schmerz ließ sie zusammenzucken, und sie schrie auf. Kureshi drückte sie schnell wieder in die Kissen. Mengal, der am Fußende des Bettes stand und mit einem harten Blick auf seine Geisel herabschaute, zeigte keine Reaktion.

»Das sollten Sie nicht tun«, mahnte Kureshi, der sich vergewisserte, ob die Kanüle in ihrem linken Arm noch richtig saß. »Bitte, versuchen Sie nicht, sich ohne Hilfe zu bewegen. Ich habe die Dränage noch nicht entfernt, und wenn Sie sich plötzlich bewegen, tut es weh.«

»Dränage?«, murmelte sie, an sich herabblickend. An ihrem Blick war die auf der Hand liegende Frage abzulesen.

»Wie gesagt, Sie wurden bei dem Anschlag verletzt«, sagte Kureshi leise. Er schwieg kurz, angestrengt überlegend, wie er es ihr am besten erklären sollte. Seiner Erfahrung nach musste man manchen Patienten gegenüber für Laien verständliche Begriffe benutzen, während andere in der Lage waren, die komplizierteste medizinische Fachterminologie zu verstehen. Viel wusste er nicht über Fitzgerald, aber wenn sie es bis zur amerikanischen Außenministerin gebracht hatte, musste sie eine äußerst intelligente Frau sein. Er fand es überflüssig, ihr zu unterstellen, dass sie ihn nicht verstehen würde.

»Sie hatten einen Pneumothorax der linken Lunge«, fuhr er fort. »Außerdem habe ich eine mittelschwere Herzbeuteltamponade diagnostiziert. Sie hatten einen partiellen Lungenkollaps, und ihr Herz wurde gequetscht, was zu einer Blutansammlung im Perikard geführt hat.« Er sah ihre beunruhigte Miene und beeilte sich, sie zu beruhigen. »Aber jetzt ist wieder alles in Ordnung. Die beiden Operationen hätten nicht besser laufen können.«

Er blickte auf die Uhr. Da sie über Schmerzen geklagt hatte, dachte er bereits darüber nach, wie viel Dilaudid sie benötigen würde. Wahrscheinlich weniger als ein Milligramm, doch es war zu früh, das zu entscheiden. Man würde sehen, wie sie sich in einer Stunde fühlte.

»Also«, fuhr er fort, »ich denke, Sie sollten …«

»Das reicht jetzt«, knurrte Mengal plötzlich zu Kureshis

Überraschung. »Geben Sie ihr endlich das Wasser. Ich muss draußen mit Ihnen reden.«

Kureshi runzelte die Stirn, antwortete aber nicht. Nachdem er seiner Patientin ein paar Worte zugeflüstert hatte, half er ihr, sich aufzusetzen. Fitzgerald gab sich alle Mühe, ihren Teil beizutragen, aber ihre angespannte Miene verriet, wie schmerzhaft die Anstrengung für sie war. Als sie schließlich aufrecht dasaß, reichte er ihr den Becher. Sie leerte ihn sofort und bat um mehr. Kureshi füllte den Becher erneut, gab ihn ihr und registrierte befriedigt, wie sie ihn erneut an die Lippen setzte. Obwohl es ihr nicht gut ging, war sie doch hellwach und geistig fit genug, um ihr die üblichen Fragen zu stellen. Das waren äußerst ermutigende Zeichen.

In diesem Moment hörte er plötzlich aus dem Flur einen heftigen Wortwechsel auf Englisch. Fitzgerald setzte überrascht den Becher ab, und Kureshi und Mengal drehten sich um, als die Tür aufflog und Amari Saifi in den Raum stürmte, gefolgt von zwei protestierenden Wachtposten. Sie schauten sofort zu ihrem Boss hinüber, und in ihren entschuldigenden Blicken lag zugleich Angst.

Der Algerier blieb zwei Schritte vor dem Fußende des Bettes stehen und blickte lächelnd auf Fitzgerald hinab. In seinen braunen Augen leuchtete ein perverses Glücksgefühl. »Sind Sie also endlich aufgewacht«, sagte er mit süßlicher Stimme. »Wie geht's denn so, Frau Dr. Fitzgerald? Schön zu sehen, dass Sie wieder unter den Lebenden weilen. Wir hatten uns schon Sorgen gemacht.«

Kureshi blickte Fitzgerald an, und in diesem Moment sah er etwas, das er für den Rest seiner Tage nicht mehr vergessen würde. Sie hatte die Augen weit aufgerissen, wie durch das Blitzlicht einer Kamera geblendet, und ihre Augenbrauen waren zusammengezogen und an den Enden unter ihrem kastanienbraunen Pony angehoben. Der Mund stand offen, ihr Körper wirkte wie versteinert. Das maskenhafte Gesicht spiegelte schieres Entsetzen. Der Plastikbecher glitt ihr aus der Hand und fiel vom Bett auf den Boden. Als er aufprallte, stöhnte Fitzgerald tief, als müsste sie ein unglaublich schweres Gewicht stemmen. Dann glitten ihre Pupillen nach oben, und ihr Körper erschlaffte völlig, sodass sie seitlich auf die Kissen zurückfiel.

Für ein paar Augenblicke starrten alle auf Fitzgerald, die soeben das Bewusstsein verloren hatte. Kureshi, der in Notaufnahmen in Seattle und London gearbeitet hatte, reagierte zuerst.

»Schaffen Sie den Mann raus!«, schrie er, mit dem Finger auf Saifi zeigend. Er eilte zu Fitzgeralds Bett, während Mengal den Algerier durch die Tür zog, gefolgt von seinen Wachtposten, die unentwegt Entschuldigungen vor sich hin stammelten. Kureshi hörte laute Worte aus dem Flur, als er auf den Monitoren die lebenswichtigen Funktionen überprüfte. Erleichtert stellte er fest, dass alles in Ordnung war – kein Aneurysma und auch kein Herzinfarkt, wie er schon befürchtet hatte.

Als er sich vergewissert hatte, dass keine unmittelbare Gefahr bestand, wurde er wütend. Zum ersten Mal, seit der General mit Fitzgerald aufgetaucht war, wurde er nicht von Furcht beherrscht. Mit fünf schnellen Schritten war er an der Tür. Er zog sie auf und trat in den Flur. Von dem Algerier war nichts zu sehen, aber Mengal stand ein paar Schritte weiter weg und fuhr seine beiden Männer auf Urdu an.

Als er Kureshi sah, schickte Mengal seine Lakaien weg, und er war nicht schlecht erstaunt, als der kleine pakistanische Arzt mit dem Finger auf ihn zeigte und ihn anknurrte: »Was zum

Teufel hat der Algerier sich dabei gedacht? Wir haben Glück gehabt, dass sie nicht …«

Bevor er wusste, wie ihm geschah, blieben ihm die Worte im Hals stecken. Er spürte, wie eine Hand ihn strangulierte, dann einen stechenden Schmerz im Hinterkopf, der gegen die Wand prallte. Plötzlich war Mengals Gesicht direkt vor seinem eigenen, und in seinen Augen brannten Wut und Verachtung.

»Was glauben Sie eigentlich, mit wem Sie reden?«

Kureshi konnte nichts sagen, er war ganz damit beschäftigt, um Luft zu ringen. Schon nach ein paar Sekunden glaubte er, seine Lungen müssten platzen. Er begann eher unbewusst, sich zu wehren, sein ganzer Körper schrie nach Sauerstoff. Er hob die Hände und versuchte, sich von Mengals eisernem Würgegriff freizumachen, doch es war sinnlos. Der andere war einfach zu stark.

»Sie tun, was ich sage, nicht mehr und nicht weniger«, herrschte Mengal ihn an. Seine Stimme klang, als würde man mit einer Schaufel über Beton kratzen. »Wenn so was noch mal passiert, lege ich Sie um, ohne mit der Wimper zu zucken. Sie arbeiten für *mich*. Habe ich mich deutlich ausgedrückt?«

Kureshi nickte heftig, sein Kinn rieb sich an der schwieligen Haut der Hand des Generals. Schließlich ließ Mengal los, und Kureshi sank zu Boden und schnappte nach Luft.

Mengal blickte beiläufig auf die Uhr, als wäre nichts geschehen. »Also, wie lange wird es dauern, bis die Frau sich bewegen kann?«

»Ich verstehe nicht«, keuchte Kureshi mühsam. »Was meinen Sie?«

»So schwierig ist die Frage nicht«, knurrte Mengal. »Wann ist sie in der Lage zu gehen?«

Kureshi dachte nach, seine erste Antwort verwerfend. Er

wollte nichts sagen, das bei Mengal zum nächsten Wutausbruch führen konnte, musste aber zugleich an seine Patientin denken.

»In acht Stunden«, antwortete er schließlich. Mengals Gesicht verfinsterte sich sofort, aber Kureshi machte keinen Rückzieher. Er wünschte sich verzweifelt, diese Geschichte lebend zu überstehen, aber Fitzgerald war seine Patientin, und er musste in ihrem Interesse handeln. Außer ihm würde es niemand tun, und der Gedanke, sein eigenes Wohl vor ihres zu setzen, kam ihm nicht einmal. »So kann sie nicht gehen«, erklärte er. »Ich muss die Dränage herausnehmen, kann es ohne Risiko aber erst tun, wenn die Flüssigkeit im Brustraum komplett …«

»Ich habe das Ding gesehen«, fuhr Mengal ihn an. »Es ist leer. Das Gerät arbeitet schon seit einer Stunde nicht mehr.«

»Ja, aber …«

»Halten Sie den Mund.« Mengal kauerte sich neben Kureshi nieder. »Jetzt hören Sie mal gut zu. Seit der Operation sind achtzehn Stunden vergangen, und ich habe das Warten satt. Mir ist klar, dass Sie auf Zeit spielen. Falls Sie glauben, mich wegen Ihres medizinischen Wissens austricksen zu können, haben Sie sich geschnitten. Als Soldat habe ich alle nur denkbaren Verletzungen gesehen. Und auch, wie sie behandelt werden. Ich warne Sie. Wenn Sie noch mal versuchen, mich zum Narren zu halten, leben Sie nicht mal mehr lange genug, um es bedauern zu können.«

Kureshi, noch immer nach Luft schnappend, nickte hastig.

»Also«, sagte Mengal, der sich offenbar etwas beruhigt hatte. »Wann kann sie gehen, wenn das Ding raus ist?«

Diesmal zögerte Kureshi nicht. »In vier Stunden.«

»Okay. Entfernen Sie es, und keine Schmerzmittel mehr. Wenn sie aufwacht, muss sie einen klaren Kopf haben.«

Kureshi murmelte zustimmend, stand unsicher auf und verschwand ohne einen weiteren Blick für den General in dem Operationsraum. Nachdem er die Tür geschlossen hatte, stand er einen Moment reglos da, um alles zu durchdenken.

Er bemerkte, dass seine Hände stark zitterten. Es war das erste Mal, dass Mengal ihn verbal bedroht hatte, und es war ebenfalls noch nie vorgekommen, dass er ihn körperlich angegriffen hatte. Trotzdem war ihm immer bewusst gewesen, dass die Bedrohung real war, direkt unter der Oberfläche lauerte. Es war eine perverse Verbindung – er war Arzt, Mengal ein Mörder –, aber irgendwie war er in die Falle getappt, natürlich wegen des Geldes. Wegen des Geldes und der Angst davor, was passieren würde, wenn er nicht spurte. Er hätte die Verbindung lösen müssen, als es noch möglich war, und jetzt zahlte er den Preis dafür, dass er es nicht getan hatte.

Wie Randall, dachte er schuldbewusst. Aber es ließ sich nicht mehr ändern. Hoffentlich würde sein alter Freund ihm verzeihen, dass er ihn in diese elende Geschichte hineingezogen hatte. Was voraussetzte, dass sie beide überlebten.

Als er so neben seiner immer noch bewusstlosen Patientin stand, musste er – nicht zum ersten Mal – daran denken, wie tief er gefallen war. Es war nicht so, dass er sich nicht bemüht hätte; meistens hatte er versucht, das Richtige zu tun. Das Problem war nur, dass er bei so vielen Gelegenheiten den Erwartungen nicht entsprochen hatte, und jetzt glaubte er, dass Fitzgerald für ihn die letzte Chance einer Wiedergutmachung war. Falls sie es durch irgendein Wunder schaffte, diese Geschichte lebend zu überstehen, konnte er etwas stolz auf sich sein. Er wusste, dass ihr Überleben alles anderes als sicher war, doch er hatte keinen anderen Wunsch. Wenn sie nur knapp mit dem Leben davonkam, hätte er zum ersten Mal seit Jahren das Gefühl, etwas Richtiges getan zu haben.

Mit diesem Gedanken im Kopf machte er sich daran, die Dinge zusammenzusuchen, die er für die Entfernung der Dränage benötigte. Er war im Begriff, gegen besseres Wissen zu handeln und musste ständig an Randalls Worte denken: *Sie brauchen sie für Propagandazwecke, Said. Letztlich werden sie Fitzgerald wahrscheinlich töten. Und wenn sie bereit sind, sie zu töten, haben auch wir keine Chance. Das solltest du wissen …*

Es war ihm von Anfang an bewusst gewesen, aber er hatte versucht, optimistisch zu bleiben. Doch jetzt, nach dem Zwischenfall im Flur, konnte er die Wahrheit endgültig nicht mehr ignorieren. Irgendwann musste er ein Risiko eingehen. Ihm blieb nichts anderes übrig, wenn er überleben wollte, und er war umgeben von potenziellen Waffen.

Aus irgendeinem seltsamen Grund wurde ihm der letzte Teil dieses Gedankens nicht in seiner ganzen Tragweite bewusst – zumindest nicht sofort. Dann sprach er sich den Satz noch einmal in Gedanken vor, und diesmal fiel der Groschen: *er war umgeben von Waffen.* Er hatte freien Zugang zu seinen chirurgischen Instrumenten, und Mengal hatte seine Entscheidung, immer einen seiner Männer in dem Operationsraum zu postieren, nie in die Tat umgesetzt. Niemand beobachtete ihn; er konnte tun und lassen, was er wollte.

Als er über die ganze Tragweite dieser plötzlichen Eingebung nachdachte und die verschiedenen Möglichkeiten erwog, hätte er fast seine vordringliche Aufgabe vergessen. Sein Blick glitt über die Operationsbestecke und blieb schnell auf dem Tablett mit den Skalpellen haften. Nicht zum ersten Mal sah er die Instrumente seines Handwerks unter dem Aspekt, dass sie nicht nur das Gute ermöglichten, sondern auch Schaden anrichten konnten. Es war ein beunruhigender Wechsel der Perspektive, aber unausweichlich. Das war ihm jetzt genauso klar wie die Tatsache, dass Mengal es sich einfach nicht leisten konnte, ihn überleben zu lassen, weil er zu viel gesehen und gehört hatte.

Nach einem schnellen Blick auf die Tür nahm er seinen Mut zusammen und suchte die erforderlichen Dinge zusammen – eine stabile Schere, eine Rolle Pflaster und eine U-förmige Fingerschiene aus dünnem Aluminium. Er schnitt die Fingerschiene in zwei identische Stücke, was etwas schwierig war an dem gerundeten Ende, wo sich die Spitze des Fingers befinden würde. Als das erledigt war, suchte er nach dem größten Skalpell und fand eines vom Typ Nr. 20 mit einem soliden Aluminiumgriff. Es war die größere Version des Modells Nr. 10 und hatte eine lange gebogene Klinge, mit der normalerweise Haut und Muskeln durchtrennt wurden. Wenn er es benutzen musste, würde es ihn nicht enttäuschen.

So schnell es mit seinen zitternden Händen ging, zwängte er die scharfe Seite der Klinge zwischen die beiden ausgepolsterten Hälften der Fingerschiene und umwickelte die zusammengebastelte Messerscheide mit Pflaster. Er hielt sie mit der linken Hand und zog das Skalpell mit der rechten heraus. Es ließ sich gut bewegen; falls er es benutzen musste, würde er es schnell ziehen können. Als er es wieder hineinschob, ragte nur der Griff aus der Scheide. Nachdem er den Ärmel seines Hemdes aufgekrempelt hatte, klebte er die modifizierte Fingerschiene mit Pflaster an seinem linken Unterarm fest.

Als er den Ärmel wieder heruntergezogen hatte, blickte er prüfend auf seinen Arm und drehte ihn hin und her, um zu sehen, ob der Buckel unter dem Stoff auffällig war. Nein, befand er nach ein paar Augenblicken sorgfältiger Prüfung.

Nachdem das erledigt war, beseitigte er mit einer schwungvollen Armbewegung alle verräterischen Spuren – die Überbleibsel der Fingerschiene, das Pflaster und die Schere landeten in einer offenen Schublade unterhalb einer Arbeitsfläche. Dann wandte er sich wieder seiner Patientin zu. Während er sich darauf vorbereitete, die Dränage zu entfernen, fühlte er sich ein bisschen stärker, selbstsicherer. Tief in seinem Inneren wusste er, dass er sich etwas vormachte. Wenn er gezwungen war, das Skalpell zu benutzen, war er wahrscheinlich schon tot, bevor er wirklichen Schaden anrichten konnte. Trotzdem fühlte er sich besser, weil er wusste, dass er nicht ganz schutzlos war. Jetzt musste er nur noch auf die richtige Gelegenheit warten.

Randall Craig hatte keine Ahnung, wie lange er schon in dem kleinen Zimmer eingesperrt war. Die Erinnerung an den Vortag war größtenteils verschwommen, aber er hatte sich alle Mühe gegeben, die Teile des Puzzles zusammenzusetzen. Er wusste noch vage, was sich nach dem Eintreffen des Lastwagens ereignet hatte. Er wurde von den Wachtposten entladen, und was sie in die Scheune neben dem Haus schafften, schien eine Kameraausrüstung zu sein. Er erinnerte sich an den Moment der Erkenntnis, die sich mit dem Anblick der Kamera verband. In diesem Augenblick hatte er begriffen, was sie mit ihm vorhatten, und ihm war klar geworden, dass er sich etwas einfallen lassen musste.

Dann hatte er den Algerier attackiert. Es war eine reine Instinktreaktion, völlig ungeplant – und mit den erwartbaren Konsequenzen. Die Wachtposten hatten eingegriffen, bevor er den Job beenden konnte, doch er erinnerte sich daran, *dass* es ihm gelungen war, den Mann zu treffen und zu Boden zu schicken. Als er gerade nachsetzen wollte, war der erste Wachtposten eingetroffen, und einen Sekundenbruchteil später traf ihn der Gewehrkolben – zumindest vermutete er das –, und zwar fast genau an derselben Stelle, wo er schon unmittelbar vor seiner Entführung getroffen worden war.

Der Schmerz war übel, aber nicht annähernd so schlimm wie am Morgen, als er die Augen geöffnet hatte. Er wusste nicht, wie lange er bewusstlos gewesen war, doch es hatte gerade zu dämmern begonnen, als er wieder zu sich kam. Im Gegensatz zu dem ersten Raum, in dem sie ihn eingeschlossen hatten, gab es hier ein Fenster, durch das er sah, dass es Abend wurde. Die Episode mit dem Algerier hatte sich am letzten Abend zugetragen, ungefähr um neun, und er schätzte, dass er etwa seit zwanzig Stunden hier eingesperrt war, vielleicht ein bisschen länger.

Es gab nichts zu tun, die Zeit verstrich langsam. Obwohl er den fast leeren Raum durchsucht hatte, war ihm nichts aufgefallen, das sich als Waffe verwenden ließ. Offenbar war er gründlich ausgeräumt worden, bevor man ihn herbrachte. Es gab nur ein Metallbett, auf dem er gerade saß, einen kleinen Nachttisch und einen Eimer für die Notdurft.

Selbst den Eimer hatte er sich genau angesehen, aber er hatte nicht mal einen Griff, den er hätte abbrechen können. Vermutlich hätte sich auch damit nicht viel anfangen lassen, aber seine Entführer hatten an alles gedacht und gingen kein Risiko ein. Später dachte er über die Federn in der Matratze nach, die man vielleicht als Waffe benutzen konnte, doch der Überzug war zu dick, um ihn zu zerreißen, und er hatte nichts, womit er den Stoff zerschneiden konnte. Es sah so aus, als hätten sie wirklich an alles gedacht, sogar die Schubladen aus dem Nachttisch fehlten. Natürlich gab es das auf den Garten hinausgehende Fenster, doch darunter standen permanent zwei Wachtposten. Wenn er es einschlug, würden sie es sofort hören, und er musste den Preis dafür bezahlen.

Er hatte keine Angst vor einer Auseinandersetzung, doch die beiden Schläge auf den Hinterkopf hatten ihn vorsichtig werden lassen. Als er wieder zu Bewusstsein kam, war der Schmerz fast unerträglich gewesen, doch das war zweitrangig und nicht seine größte Sorge. Bei einer Gehirnerschütterung musste man unter Umständen auch mit neurologischen Folgeerscheinungen rechnen, die sich auf unterschiedliche Weise manifestieren konnten. Die am häufigsten auftretenden Symptome waren kognitive Fehlleistungen, Anfälle, Konzentrationsstörungen und hartnäckige Kopfschmerzen. Auch zeitweilige Lähmungserscheinungen kamen vor, doch bisher hatte sich bei ihm nichts dergleichen bemerkbar gemacht.

Trotzdem hatte er nicht vor, den Zorn seiner Entführer zu provozieren. Er war entschlossen, nicht kampflos aufzugeben, doch beim nächsten Mal würde er nicht so impulsiv agieren. Der Angriff auf den Algerier war ein Fehler gewesen; er hätte einen Moment abpassen müssen, in dem er seiner Sache sicher gewesen wäre. Zugleich war ihm bewusst, dass ihm nicht mehr viel Zeit blieb.

Seine Gedanken kehrten zu dem zurück, was er am letzten Abend gesehen hatte. Es war eindeutig, dass Mengal und der Algerier in der Scheune ein behelfsmäßiges Filmstudio einrichteten, und es bedurfte keiner besonderen Fantasie, um sich vorzustellen, was sie vorhatten. Er glaubte nicht, dass sie Fitzgerald vor laufender Kamera töten würden. Die Außenministerin war zu wertvoll für sie. Er dagegen war nichts Besonderes, und sie würden ihn umbringen, ohne mit der Wimper zu zucken. In dieser Hinsicht war er nicht allein – sobald Said die Dränage entfernt hatte, war sein Leben genauso gefährdet.

Er spürte die Zeit verstreichen, und die zunehmende Angst machte es immer schwerer, klar zu denken. Jetzt fiel ihm wieder ein, was der Algerier gesagt hatte, als er die Kameras sah.

Sie haben doch nicht etwa gedacht, wir hätten Sie nur aus einem Grund hergebracht, Doktor? Bei Fitzgerald haben Sie eine bewundernswerte Leistung vollbracht, aber Ihre Arbeit ist noch längst nicht getan. Bald sind Sie berühmt, mein Freund … Berühmter, als Sie es sich in Ihren kühnsten Träumen hätten vorstellen können.

Diese Worte hatten nur bestätigt, was ihm bereits klar gewesen war. Er wollte nicht, dass es so endete, dass er vor laufender Kamera um sein Leben bettelte, während sie ihre Propagandasprüche herunterleierten. Alles, nur das nicht. Wenn sie ihn auf der Flucht erschossen, würde er wenigstens aufrecht sterben, wie ein Mann. Mehr wollte er nicht. Er sah keine Möglichkeit, seinem Schicksal zu entkommen; jetzt ging es nur noch darum, selbst zu entscheiden, wie und wann es geschah.

Er stand auf, trat ans Fenster und blickte hinaus, aber er sah weder die hohe Akazie hinter dem Haus noch die Weide oder die sanft ansteigenden grünen Hügel. Der Himmel war den ganzen Tag bedeckt gewesen, und es nieselte. In etwa einer Stunde würde es dunkel sein, vielleicht noch schneller.

Heute Nacht werden sie dich holen.

Er atmete unwillkürlich schneller, und seine Hände ballten sich zu Fäusten. Der Gedanke hatte ihn urplötzlich getroffen, wie aus dem Nichts, aber er wusste, dass es so kommen würde. Sie würden ihn holen.

Und wenn es so weit war, würde er vorbereitet sein.

Der Laster fuhr durch ein tiefes Schlagloch, und Naomi Kharmai wurde heftig durchgeschüttelt. Sie schlang die Arme um ihre Waden, schloss die Augen und ließ den Kopf auf die Knie sinken. Sie hatte keine Ahnung, wie lange sie sich schon auf der dunklen, feuchten Ladefläche befand, glaubte aber nicht, es noch viel länger ertragen zu können. Auf den Hauptstraßen war es noch halbwegs erträglich gewesen, doch Machado musste von der A4 abgebogen sein, denn die Fahrt war zunehmend ungemütlicher geworden, was ihre Übelkeit und Kopfschmerzen so sehr verschlimmerte, dass es ihr die Tränen in die Augen trieb. Seit die Kopfschmerzen vor einigen Stunden begonnen hatten, spürte sie ein dumpfes Pochen, das seitdem nicht aufgehört hatte. Jetzt hatte sie das Gefühl, als würden sich zu beiden Seiten des oberen Endes ihrer Wirbelsäule zwei starke Finger in die empfindlichen Nerven bohren.

Die Übelkeit war noch schlimmer. Sie hatte sich mehrfach übergeben und es noch ein halbes Dutzend Mal versucht, doch es war nichts mehr hochgekommen. Sie schwitzte am ganzen Leib. Ihre Arme waren feucht und mit Dreck von der Ladefläche verschmiert, und an ihrer Stirn liefen Schweißperlen herab, die in den Augen brannten. Ihre Kleidung war durchgeschwitzt, und die Transpiration ließ nicht nach, obwohl ihr Mund völlig ausgetrocknet war. Sie hatte Wasser zu trinken versucht, um ihren grässlichen Durst zu stillen, es aber sofort wieder von sich gegeben. Obwohl sie halb verhungert war, erschien ihr der Gedanke, etwas essen zu wollen, völlig absurd. Es kam ihr so vor, als hätte ein brutaler Masseur ihren ganzen Körper durchgeknetet, und der Schmerz hätte nicht schlimmer sein können, wenn sie verprügelt worden wäre.

Seit sie die letzten Tabletten genommen hatte, waren dreiunddreißig Stunden vergangen, und vierzehn davon war sie wach gewesen. Die Entzugserscheinungen hatten sich schnell und grausam bemerkbar gemacht. Alles war zehnmal schlimmer, als sie gedacht hatte, und während der letzten Stunden hatte sie sich dafür verflucht, die Pillen durchs Klo gespült zu haben. Was für eine dumme Affekthandlung. Dadurch löste sich kein Problem, und vor allem hatte sie jetzt nichts mehr, womit sich die innere Aufgewühltheit bekämpfen ließ. Das Morphin war das Einzige gewesen, worauf wirklich Verlass war, und in diesem Augenblick hätte sie alles – absolut alles – für eine einzige Tablette gegeben, um ihre Nerven zu beruhigen.

Aber sie waren weg, es ließ sich nicht mehr ändern.

Als der Laster erneut durch ein Schlagloch fuhr, wurde ihr Körper ein Stück in die Luft gerissen, und als sie wieder landete, schmerzte ihr Steißbein von dem harten Aufprall. Sie stöhnte und ließ sich auf die Seite sinken, als ihre Brust und ihr Magen sich auf eine mittlerweile vertraute Weise verkrampften. Sie glaubte, sich übergeben zu müssen, hörte aber nur ein würgendes Geräusch, das wegen des lauten Dieselmotors aus weiter Ferne zu kommen schien. Nach ein paar Minuten war es überstanden, die Übelkeit ließ nach.

Als die Magenkrämpfe vorbei waren, zumindest fast, setzte sie sich auf und lehnte den Kopf an die Metallwand, die die Fahrerkabine vom Laderaum trennte. *Das war keine gute Idee*, dachte sie angesichts der Aussicht, völlig zerschlagen am Ziel anzukommen. *Ich hätte in Cartagena bleiben, nichts tun, die Tabletten nicht durchs Klo spülen sollen.*

Aber es war ihre Entscheidung gewesen, sich auf den Weg zu machen, Harper zu bitten, ihr eine zweite Chance zu geben. Als Machado am Nachmittag zum Haus zurückgekehrt war, hatte er ihr das Satellitentelefon zurückgegeben und gesagt, Harper habe angerufen, während sie geschlafen habe. Als sie zurückrief, fiel ihr auf, dass die Liste der letzten Anrufe gelöscht war, aber sie ließ es kommentarlos passieren. Sie wusste nicht, wen Machado mit ihrem Telefon angerufen oder ob er die Nummern einfach aus Gewohnheit gelöscht hatte, doch es war unwichtig.

Wichtig war dagegen, dass Harper zugestimmt hatte, sie wieder einsteigen zu lassen. Er hatte nicht ausdrücklich zugesagt, sie nach Pakistan zu schicken, aber sie wusste, dass es nur eine Frage der Zeit war. Früher oder später würde er begreifen, dass er sie brauchte. Dass *Ryan* sie brauchte. Hoffentlich dämmerte ihm diese Einsicht möglichst schnell. Von Harper und aus den Fernsehnachrichten wusste sie, dass in Pakistan nichts Entscheidendes passiert war. Somit blieb ihr noch Zeit, um Harper umzustimmen. Seine Stimme hatte merkwürdig geklungen, als sie ihn anrief, als würde er nicht mit allem herausrücken, aber sie hatte beschlossen, es nicht weiter ernst zu nehmen.

Etwas überrascht war sie, als Harper Machado bat, sie außer Landes zu bringen, und noch erstaunlicher schien, dass der Spanier bereitwillig zustimmte. Er erledigte ein paar Anrufe, wieder mit ihrem Telefon, und der Laster, ein hinten mit einer Plane überdachter Mitsubishi Fuso, hatte in Rekordzeit vor der Tür gestanden. Dann hatte Machado völlig überraschend gesagt, er werde sie persönlich über die Grenze bringen. Das schien ihr riskant, und sie hatte es ihm gesagt, aber er wollte nichts von ihren Bedenken hören. Trotzdem beunruhigte sie etwas an seinem Verhalten, und sie hatte ein merkwürdiges Gefühl, das sie nicht ganz abschütteln konnte. Sie hatte stundenlang Zeit gehabt, darüber nachzudenken, und schließlich war sie darauf gekommen, was ihr so seltsam erschien. Machado schaute ihr nie in die Augen, selbst wenn er mit ihr sprach, und er wirkte nervös. *Aber nein,* dachte sie, *das trifft es nicht richtig. Er wirkt nicht nervös, sondern … resigniert.*

Den Grund kannte sie nicht. Als er ihr vor ihrem Aufbruch in Cartagena das Telefon zurückgab, sagte er, der Akku sei gegen Ende seines Gesprächs mit Harper leer gewesen. Es stimmte, das Telefon ließ sich nicht mehr einschalten, und es war ihr nicht gelungen, zwischen ihren Sachen den Reserveakku zu finden, obwohl sie eine Stunde lang zunehmend hektisch danach gesucht hatte. Letztlich dachte sie, dass es eigentlich egal war; wenn alles gut lief, würden sie erst vor der amerikanischen Botschaft in Lissabon anhalten. Sie konnte Harper und Ryan von dort anrufen und sich dann ein Ticket für den nächsten Flug nach Pakistan besorgen.

Sie hörte ein Geräusch aus der Fahrerkabine. Einen Augenblick lang dachte sie an das Autoradio, aber es musste Machados Stimme gewesen sein. Als ihr klar wurde, was los war, lief es ihr kalt den Rücken hinunter. Sie hatten die Grenze erreicht, und Machado sprach mit einem Beamten. Ganz in ihren Gedanken verloren, war ihr entgangen, dass der Laster mehrfach stehen geblieben und wieder angefahren war, als sie in der Warteschlange nach vorn rückten.

Ein Ohr gegen die dünne Stahlwand pressend, lauschte sie atemlos, um zu verstehen, was gesagt wurde. Machados Stimme, ein ruhiger, zuversichtlicher Bariton, war leicht zu identifizieren, und sie entdeckte keinerlei Anzeichen dafür, dass er sich irgendwie unbehaglich fühlte. Tatsächlich hätte seine Stimme kaum entspannter klingen können. Sie fragte sich, ob sie sich sein seltsames Verhalten nur eingebildet hatte. Wahrscheinlich schon. Sie war selbst zu sehr aufgewühlt von den Ereignissen und sah Probleme, wo eigentlich keine waren.

Der portugiesische Grenzer sagte etwas, doch obwohl er fließend Englisch zu sprechen schien, konnte sie wegen des laufenden Motors und der Stahlwand nichts verstehen. Machado antwortete, dann brachen beide Männer in Gelächter aus. Kurz darauf wurde der Gang eingelegt, und der Laster machte einen Satz nach vorn. Sie ließ sich zu Boden sinken und schloss erleichtert die Augen. Sie versteckte sich hinter einer Reihe von Lattenkisten, die laut Machado Ersatzteile für die Autoindustrie enthielten, die nach Peniche geliefert werden sollten, doch selbst eine oberflächliche Durchsuchung des Laderaums hätte zu ihrer Festnahme geführt. Sie konnte ihr Glück nicht fassen, aber der Laster fuhr weiter und beschleunigte gerade.

Für etwa zwanzig weitere Minuten fuhren sie durch eine offenbar hügelige Landschaft, aber die Fahrt war nun viel angenehmer als auf der spanischen Seite der Grenze. Jetzt, wo der Grenzübertritt hinter ihnen lag, ließ ihre Anspannung deutlich nach, aber sie war völlig erschöpft. Sie merkte nicht, wie ihr die Augen zufielen, und als sie kurz darauf abrupt hochschreckte, wurde ihr klar, dass der Laster stand. Der Motor war abgestellt, und sie hörte nur noch die Grillen, Laubfrösche oder was die Tierwelt Portugals sonst zu bieten hatte.

Als sie sich gerade den Schlaf aus den Augen rieb, hörte sie eine Bewegung an der Heckklappe des Lasters Sie wollte tief Luft holen, um die Anspannung zu lindern, doch ihre Kehle war wie ausgetrocknet. Es schmerzte zu atmen, vom Sprechen ganz zu schweigen, aber sie entspannte sich wieder, als sie Machado leise ihren Namen rufen hörte.

»Ja, ich bin …« Sie fluchte, als sie mit dem Knie gegen eine der Lattenkisten stieß. »Hier bin ich«, sagte sie mit einer seltsam rau klingenden Stimme. Sie tastete sich wie eine Blinde durch den Laderaum, in gebückter Haltung, um sich nicht den Kopf an dem Gestänge unter der Plane zu stoßen, die Arme hin und her bewegend, um jedes Hindernis im Voraus zu entdecken. Plötzlich zerschnitt ein grellweißer Lichtstrahl die Finsternis, doch bevor sie die Augen schloss, erhaschte sie noch einen Blick auf Javier Machados Profil. Jemand stand neben ihm, eine kleinere, schlanke Person, doch sie konnte das Gesicht nicht sehen, da sie immer noch halb geblendet war. Und doch hatte sie in der Hand des kleinen Mannes etwas gesehen, das wie eine Pistole aussah, aber vielleicht hatte sie sich getäuscht. Trotzdem zögerte sie, bevor sie an die Heckklappe trat, und Machado schien es bemerkt zu haben.

»Kommen Sie, Miss Kharmai«, sagte er, doch irgendetwas an seinem Tonfall ließ bei ihr die Alarmglocken schrillen. »Es wird Zeit.«

»Wofür?« Ihre Stimme klang nervös und angespannt, was ihr gar nicht gefiel. Sie hatte absolut kein Interesse daran, bei den beiden den Eindruck von Schwäche zu erwecken, selbst dann nicht, wenn Machado sie schon in einem extrem schlimmen Zustand gesehen hatte. »Ich dachte, wir wollten …«

»Der Plan hat sich geändert, Miss Kharmai«, sagte Machado. »Bitte, kommen Sie jetzt.«

Kharmai zögerte erneut, doch es blieb ihr nichts anderes übrig, als zu gehorchen.

Vorsichtig trat sie an die Heckklappe, vor ihren Augen tanzten noch immer weiße Flecken. Machado trat vor und streckte seine Hand aus.

39

Washington, D.C.

Um kurz nach dreizehn Uhr betrat Jonathan Harper den abhörsicheren Konferenzraum unter dem Westflügel des Weißen Hauses. Hinter ihm lagen zwei lange Stunden – oder zwei lange Wochen –, und der Stress hatte sich immer mehr aufgebaut. Jetzt schienen die anhaltenden Schmerzen in seiner Brust darauf hinzudeuten, dass die Belastung einen Höhepunkt erreicht hatte. Wenigstens das Timing stimmt, dachte er säuerlich, aber er schob den Gedanken beiseite. Es war nicht der richtige Zeitpunkt, um sich durch untergeordnete Probleme ablenken zu lassen. In den nächsten paar Stunden würde sich zeigen, ob ihre Arbeit der Mühe wert gewesen war. Zumindest war das Ende in Sicht. Mit etwas Glück würde die bevorstehende Operation dem psychologischen Druck ein Ende machen, unter dem während der letzten Tage nicht nur die Menschen in diesem Raum, sondern die Bürger des ganzen Landes gestanden hatten. Er wischte sich die feuchten Hände an der Hose seines Anzugs ab und studierte die Leute, die sich eingefunden hatten, weil sie für die administrative und logistische Seite der Befreiung Brynn Fitzgeralds zuständig waren.

Es waren etwa zwanzig Personen anwesend, nicht besonders viele, doch das lag nur an der geringen Größe des Raums, in dem es mit mehr Menschen ungemütlich geworden wäre. Etwa die Hälfte der Anwesenden kannte er mit Namen, die anderen waren Techniker und ausgesuchte Berater, von denen viele Uniform trugen. Kenneth Bale saß an dem großen Konferenztisch, in ein Gespräch mit Robert Andrews vertieft. Stan Chavis saß ihnen gegenüber, rechts neben dem Präsidenten. Die beiden Männer ließen sich von einem Brigadegeneral der Army informieren. Die westliche Wand wurde von drei großen Monitoren dominiert. Harpers Blick wurde zuerst von dem in der Mitte angezogen, der Hunderte von bunten Lichtpunkten zeigte, verteilt über eine riesige Landmasse. Nach einem Augenblick begriff er, dass die Lichter Radarstationen in Pakistan markierten, außerdem bekannte Abschussbasen von Boden-Luft-Raketen und die Gebiete, wo massiv Truppen zusammengezogen worden waren.

Der erste Bildschirm zeigte die detaillierte Aufnahme einer bestimmten geografischen Stelle, vielleicht an der afghanisch-pakistanischen Grenze, wie ihm schien. Auf dem dritten Monitor war nur ein Testbild zu sehen. Auf diesem sollten vermutlich die Bilder des 8X-Aufklärungssatelliten übertragen werden, der gegenwärtig über Sialkot in Position gebracht wurde. Harper war nicht überrascht, dass er noch nicht am Ziel war. Im Gegensatz zu den kleineren Satelliten der Keyhole-Serie wog der 8X zehn Tonnen, und obwohl er noch am Nachmittag über dem Kaschmirtal positioniert gewesen war, nicht besonders weit von Sialkot entfernt, würde es noch einige Zeit dauern, bis er dort war. Einen Satelliten in ein paar Stunden umzuprogrammieren, war keine leichte Aufgabe, aber es war mit Sicherheit günstiger, wenn er sich schon in der Nähe des neuen Ziels befand.

Trotz der unübersehbaren Anspannung lag auch etwas wie eine optimistische Erwartung in der Luft, und das war – zumindest für Harper – Anlass zur Sorge. Es war zu früh, um sich zu freuen. Bisher war noch nicht sicher, ob Fitzgerald sich in dem Haus des Mediziners aufhielt, und wenn sich der Verdacht nicht bestätigte, zählte nicht, was sie sonst alles geleistet hatten. Glücklicherweise hatte er den Präsidenten dazu überreden können, Kealey und seine Männer noch vor dem Eintreffen des Spezialkommandos zur Erstürmung des Hauses Position beziehen zu lassen. Mit etwas Glück würde es ihnen gelingen, Fitzgeralds Anwesenheit zu verifizieren, bevor das Leben von zwei Dutzend Männern aufs Spiel gesetzt wurde. Angesichts des eskalierenden Konflikts zwischen Pakistan und Indien war es schon ein großes Risiko, ohne Genehmigung in den pakistanischen Luftraum einzudringen. Leider waren Mengals Beziehungen zum ISI und hohen Regierungsbeamten Faktoren, die nicht sicher einzuschätzen waren, und der einzige Ausweg bestand darin, die gesamte pakistanische Regierung im Dunkeln zu lassen.

Nachdem der Präsident die Befreiungsaktion genehmigt hatte, war alles unglaublich schnell gegangen. Anderthalb Stunden nach der telefonischen Durchgabe von Mengals Aufenthaltsort hatte Kealey sich noch einmal gemeldet und die GPS-Koordinaten des Hauses in Sialkot mitgeteilt. Danach hatte er alle verfügbaren Informationen an das dem Pentagon unterstehende National Military Joint Intelligence Center weitergegeben. Aus Erfahrung wusste er, dass das Material für die Voraufklärung benutzt wurde, durch die Risiken minimiert und die Erfolgschancen verbessert werden sollten.

Das Spezialkommando – bestehend aus vierundzwanzig Soldaten der Special Forces aus drei verschiedenen Einheiten, darunter auch die SPOD-D – wertete wahrscheinlich ebenfalls gerade diese Informationen aus. In diesem Punkt würde Kealeys Team weiter eine wichtige Rolle spielen. Sobald er und seine Leute Position bezogen hatten, mussten sie Updates liefern, etwa darüber, wo auf dem Gelände Wachtposten positioniert waren. Ihre vorrangige Aufgabe war allerdings unverändert – sie mussten zweifelsfrei feststellen, ob die Außenministerin sich in dem Haus aufhielt oder nicht.

An Kealey und sein Team denkend, warf Harper schnell einen Blick auf die Uhr. Vermutlich bereiteten sie sich noch vor, auch wenn es in Pakistan schon dunkel sein musste. Sie würden nicht einmal versuchen, sich dem Haus zu nähern, bis sie nicht hundertprozentig gerüstet waren. Wahrscheinlich würde es noch mehrere Stunden dauern, bis sie Position bezogen hatten. Von da an brauchten sie eigentlich nur noch zuschauen. Eventuell mussten Informationen nachgereicht werden, doch ansonsten durften sie sich nur nicht entdecken lassen, bis das Spezialkommando eintraf.

Bis dahin dauert es noch, dachte Harper. Es blieb nichts anderes zu tun, als zu warten. Er fand sich damit ab und setzte sich zu Andrews an den Konferenztisch.

Andrews redete immer noch mit Bale, hielt aber inne, als er seinen Stellvertreter sah. »Setzen Sie sich.« Er wartete, bis Harper Platz genommen hatte, und stellte dann die zu erwartende Frage. »Was hören Sie von Ihrem Mann vor Ort?«

Harper war klar, dass er Kealey meinte, aber im Grunde schloss es die Männer seines Teams ein. »Sie sind in der letzten Vorbereitungsphase und bald startklar. Aber es könnte noch ein paar Stunden dauern, bevor es losgeht. Wahrscheinlich melden sie sich erst wieder, wenn's ernst wird.«

»Warum?«

Die Frage kam von Bale, und Harper blickte ihn an. »Alles andere wäre sinnlos, Sir. Wenn sie nichts zu berichten haben, laugen sie durch kontinuierliche Meldungen nur ihre Akkus aus. Vergessen Sie nicht, dass sie kein Satellitenfunkgerät haben und daher auf das Telefon angewiesen sind. Sie werden sich nur melden, wenn es absolut notwendig ist, etwa dann, wenn sie Außenministerin Fitzgerald sehen.«

»Oder wenn etwas schiefläuft«, sagte Andrews leise.

»Das wird nicht passieren«, entgegnete Harper, aber es klang gezwungen. Er hatte Vertrauen in seine Leute, insbesondere in Ryan Kealey, doch wie alle anderen in dem Raum wusste auch er, was auf dem Spiel stand. Als er in die Runde blickte, fragte er sich, wie viele der Anwesenden das Interesse an Fitzgerald verlieren, sie völlig im Stich lassen würden, wenn sie nur so ihren Job retten könnten. Als Patriot hätte er gern angenommen, dass es nur wenige sein würden, aber eine zwanzigjährige Erfahrung mit der Regierungsbürokratie hatte ihn eines Besseren belehrt. Diejenigen, auf die wirklich Verlass war, waren die CIA-Agenten vor Ort in Pakistan, die Elitesoldaten der SPOD-D, die Piloten des 455th Air Expedition Wing und die Unterstützungskräfte, die auf der Bagram Air Base im Osten Afghanistans auf grünes Licht warteten.

»Wo genau sind Ihre Leute jetzt?« Bales Frage riss Harper aus seinen Gedanken. Bale wirkte besorgt. »Ich meine, wenn sie entdeckt werden, bevor sie überhaupt …«

Harper hob eine Hand, um ihn zum Schweigen zu bringen. »Das ist kein Problem, Sir.« Diesmal schaffte er es, seine Stimme sehr sicher klingen zu lassen, und er sah, dass Bales Miene sich etwas aufhellte. »Meine Männer sind etwa dreihundert Meter von dem Haus entfernt, und ihre Deckung ist gut. Sie sind dicht genug dran, um das Haus im Auge zu behalten, aber nicht so nah, dass ein Risiko besteht, geschnappt zu werden. Glauben Sie mir … Sie wissen, was sie tun.«

»Wollen wir's hoffen«, murmelte Andrews. »Es wäre für uns alle besser.«

40

Sialkot

Balakh Sher Shaheed stand hinter Kureshis Haus und blickte in der nächtlichen Finsternis auf die fernen Lichter der 85-II-Kampfpanzer. Hinter der Panzerkolonne, die sich die Steigungen des Vorgebirges hinaufschlängelte, sah er vor dem Hintergrund des pechschwarzen Himmels gelegentlich gelbliche, ins Purpurne changierende Lichtblitze. Vielleicht hätte man an ein Gewitter denken können, doch Shaheed wusste, dass etwas anderes dahintersteckte, und dieser Gedanke erfüllte ihn mit einer kaum beherrschbaren Erregung. Vor elf Jahren hatte er diese Blitze schon einmal gesehen, nicht weit von dem Ort entfernt, wo er sich jetzt befand. Während er die letzte Zigarette aus dem zerknitterten Päckchen fischte und nach seinem Feuerzeug tastete, überkam ihn ein Gefühl des Stolzes, aber auch des brennenden Neides. Er wünschte sich nichts mehr, als in dieser Panzerkolonne mitzufahren und sich auf dem Schlachtfeld einen Platz in der ruhmreichen Geschichte seines Landes zu verdienen, wie es seinem Vater und Großvater gelungen war.

Er stammte aus einer Familie, wo die Männer seit Generationen Soldaten gewesen waren. Das erfüllte ihn mit großem Stolz, und er hatte sich selbst immer an seinen Vorfahren gemessen. Sein Großvater hatte 1947 im ersten großen Kaschmirkonflikt gekämpft, nach der fast zeitgleichen Loslösung Indiens und Pakistans von der Kolonialmacht Großbritannien.

Als der Verräter Hari Singh, der letzte regierende Maharadscha von Jammu und Kaschmir, die Seiten wechselte und den Beitritt Kaschmirs zur Indischen Union befürwortete, war Hafeez Shaheed als einer der Ersten zu den Milizen in Azad Kaschmir gestoßen, die von der pakistanischen Armee unterstützt wurden. Seine Tapferkeit in diesem Konflikt hatte ihm den Respekt und die Bewunderung Generalmajor Akbar Khans eingetragen, des höchsten pakistanischen Kommandeurs, und sein Sohn – Balakh Shaheeds Vater – setzte diese Tradition fort. Er hatte sich in der Schlacht von Asal Uttar im indisch-pakistanischen Krieg von 1965 durch Tapferkeit vor dem Feind bewährt und war mit dem höchsten pakistanischen Orden ausgezeichnet worden.

Angesichts der Ruhmestaten seiner Vorfahren schien Balakh Shaheeds Laufbahn vorherbestimmt. Er sollte zum frühestmöglichen Zeitpunkt in die pakistanische Armee eintreten, und genau das hatte er getan, am Tag seines achtzehnten Geburtstages, gemeinsam mit sechs anderen jungen Männern, die wie er aus dem hoch in den Bergen gelegenen Dorf Tanoti in der nordwestlichen Grenzprovinz stammten. In den folgenden Jahren hatte er sich erfolgreich um die Aufnahme in eine Eliteeinheit beworben und war dann im Jahr 1995 zum Geheimdienst ISI gestoßen, wo er Benazir Mengal begegnete.

Zu dieser Zeit war Mengal dort Generalmajor und Chef der nachrichtendienstlichen Abteilung Nord. Aufgrund seiner Verdienste im Siachen-Krieg hatte er einen legendären Ruf, und Shaheed bewunderte ihn vom ersten Tag an. Der General nahm den jungen Elitesoldaten unter seine Fittiche, und Shaheed bedankte sich für die Gunst, indem er in Mengals Auftrag etliche gewalttätige Aktionen durchführte. Als der General im Jahr 2001 unter Druck sein Offizierspatent zurückgeben musste, fragte er Shaheed, ob er nicht privat für ihn arbeiten wolle. Der stimmte ohne Zögern zu und hatte seine Entscheidung nie bereut.

Im Laufe der folgenden Jahre hatte er ein kleines Vermögen angehäuft, hauptsächlich durch Teilnahme an Mengals Schmuggelaktivitäten. Meistens waren es vorab arrangierte Deals mit verlässlichen Käufern. Am gefährlichsten waren noch die Grenzübertritte selbst, doch sogar hier konnte man durch Bestechung der richtigen Leute jedes Risiko ausschalten. Shaheed begann aus Langeweile die Armee zu vermissen, und als Mengal ihn in seinen Plan einweihte, die amerikanische Außenministerin zu entführen, war er sofort begeistert. Was Mengal mit dieser Aktion bezweckte, hatte er nie gesagt, doch das spielte keine Rolle für Shaheed, dem es nur um den Nervenkitzel ging. Er hatte an dem Anschlag teilgenommen, und es war die Sternstunde seines Lebens gewesen.

Doch jetzt war es fünf Tage her, seit sie Fitzgerald entführt und ein Dutzend amerikanische Sicherheitsbeamte getötet hatten, und der Nervenkitzel war vorbei. Wirklich spannend war es knapp hundert Kilometer weiter nördlich, und Shaheed hatte keinen größeren Wunsch, als dort für sein Land zu kämpfen, wie er es bereits vor elf Jahren im Distrikt Kargil getan hatte.

Er zog ein letztes Mal an der Zigarette, schnippte den Stummel in den Dreck und justierte fluchend den Gurt seines Gewehres, der an einer wunden Stelle an seinem Hals scheuerte. Er wusste, dass er die Waffe eigentlich in der Hand halten sollte, aber es fiel wirklich schwer, die Amerikaner ernst zu nehmen. Sie hatten ihre Außenministerin am helllichten Tage entführt, und wenn man den westlichen Medien Glauben schenken wollte, waren sie bei der Suche nach den Tätern oder der Chefdiplomatin selbst noch nicht weit gekommen. In diesem Augenblick nahm Mengal gerade das Video auf, und wenn das erledigt war, würde er es durch einen Mittelsmann der amerikanischen Botschaft in Islamabad zukommen lassen. Kurz darauf würde der amerikanische Präsident das Video sehen, und bald wusste die ganze Welt, wie ernst es ihnen war. Auf dem ersten Video wurden Forderungen gestellt, auf dem zweiten würde man ihnen auf spezifische Weise Nachdruck verleihen, zum Entsetzen der amerikanischen Regierung.

Der Gedanke ließ ihn lächeln. Er fragte sich, was Mengal sich einfallen lassen würde, um seine Entschlossenheit zu demonstrieren. Vielleicht würde er der Außenministerin ein paar Finger amputieren, damit die amerikanische Öffentlichkeit etwas zu sehen bekam, aber es gab auch noch andere nützliche Körperteile. Wie auch immer, Shaheed wusste, dass es damit nicht enden würde. Mengal hatte nicht gesagt, was er danach mit der Frau anzustellen gedachte, doch Shaheed zweifelte nicht daran, dass das Ende ihrer Tage in Pakistan kommen würde. Blieb zu hoffen, dass er dabei sein durfte, wenn ihr letztes Stündlein schlug. Falls Mengal einen guten Tag hatte, würde er es vielleicht sogar ihm überlassen, auf den Abzug zu drücken.

Mit einem Seufzer erneut den Gurt seines AK-47 zurechtrückend, warf er einen weiteren sehnsüchtigen Blick auf die Lichter im Norden. Nach einer Weile schweiften seine Gedanken ab, und er erinnerte sich an sein erstes Verhör nach seiner Aufnahme beim ISI. Der Häftling war ein indischer Unteroffizier gewesen, praktisch im gleichen Rang wie er selbst. Der Unterschied bestand darin, dass er sich zur falschen Zeit am falschen Ort aufgehalten hatte und gefangen genommen worden war, nachdem pakistanische Soldaten seine Artilleriestellung umzingelt hatten. Aus dem Mann war absolut nichts herauszuholen. Seine Stellung in der Befehlskette war so untergeordnet, dass er keinerlei Zugang zu verwertbaren Informationen hatte, doch für Shaheed war es trotzdem eine befriedigende Erfahrung gewesen. Er erinnerte sich noch, wie er das Messer gezückt hatte, um dem Inder die Haut abzuziehen, und an die Erregung, die ihn überkam, als das Blut auf den Boden spritzte und die Schmerzensschreie kein Ende nahmen …

Während Shaheed in Erinnerungen an seinen ersten Mord schwelgte, hatte er nicht die geringste Ahnung, dass auf der Weide, keine fünfundzwanzig Meter von ihm entfernt, ein Mann auf der Lauer lag. Mit fünf Kameraden, die ihre Augen und Waffen auf ihn und den anderen Wachtposten hinter dem Haus richteten.

Ryan Kealey war Shaheed am nächsten. Er hatte gesehen, wie der Pakistaner aus dem Haus trat und die Fliegentür hinter ihm zufiel. Danach hatte er unter einem hohen Baum im Garten Position bezogen. Ungläubig sah Kealey, wie er sich eine Zigarette anzündete, wegen des Regens hinter vorgehaltener Hand, aber deutlich sichtbar. Allein diese Unvorsichtigkeit reichte schon fast, um ihre Hypothese in Zweifel zu ziehen. Einen so unprofessionellen Mann konnte man sich schlecht als Mittäter bei der Entführung Fitzgeralds vorstellen, die an sich sehr geschickt durchgezogen worden war. Trotzdem, um den Hals des Wachtpostens baumelte ein AK-47. Das deckte sich mit den in Fahims Notizen enthaltenen Informationen. Als Kealey es sah, spürte er sofort den Adrenalinschub. Jetzt war er sich zum ersten Mal sicher, dass Brynn Fitzgerald doch irgendwo in diesem Haus festgehalten wurde.

Er lag unter einem Wacholderbusch auf der Weide und beobachtete durch das AN/PVS-17-Nachtsichtzielfernrohr seines Gewehres den Wachtposten, der den Blick abwandte und zu seinem Kollegen hinüberschaute. Kealey nutzte den Moment, um auf die Uhr zu blicken, das beleuchtete Zifferblatt mit der Hand abschirmend. Es war vier Minuten vor drei morgens, und das hieß, dass sie das Haus seit gut drei Stunden beobachteten.

Den Anbruch der Dunkelheit hatten sie in einer aufgegebenen Fabrik außerhalb von Sialkot abgewartet, wo sie die Zeit nutzten, um die Fotos zu studieren, die Fahims Männer geschossen hatten. Kealeys positive Einschätzung der organisatorischen Fähigkeiten Fahims wurde durch die Qualität des Materials bekräftigt. Durch die Fotos wussten sie jetzt, dass Mengal mindestens zehn bewaffnete Männer auf dem Gelände postiert hatte, und die Schnappschüsse bestätigten auch, dass der General persönlich anwesend war. Wie der Algerier, Amari Saifi. In Kürze: die wichtigsten Akteure waren vor Ort. Aus diesem Grund war der Einsatz des Spezialkommandos vorgezogen worden.

Die Helikopter waren bereits in der Luft, darunter zwei vom Typ MH-53, in denen neben der üblichen Crew – zwei Piloten, ein Flugingenieur, ein Bordschütze – jeweils zwölf Elitesoldaten der Special Forces saßen. Eskortiert wurden sie von vier Apache-Kampfhubschraubern, Modell AH-64, jeweils mit achtunddreißig HYDRA-Raketen, acht Hellfire-Raketen und einer Bordkanone ausgerüstet. Kealey fand, dass der vom Pentagon beschlossene Personen- und Materialeinsatz der aktuellen Lage perfekt entsprach. Die Zahl der Helikopter war so klein, dass sie von den veralteten Radarsystemen der Pakistaner nicht entdeckt werden würden, und die Apache-

Kampfhubschrauber garantierten einen fast hundertprozentigen Schutz. Wenn dieses Spezialkommando eintraf, war schon fast alles gelaufen. Es war groß genug, um Fitzgerald zu befreien. Wenn sie tatsächlich hier war.

Das war das Problem. Brynn Fitzgerald war die einzige entscheidende Person, deren Anwesenheit nicht zweifelsfrei feststand. Kealey war sich sicher, dass sie sich auf dem Gelände befand, aber er musste es genau wissen. Sie konnte entweder in dem Haus oder der Scheune sein, die keine zehn Meter links danebenstand. Dort brannte Licht – vor einiger Zeit war ein Mann herausgekommen, dessen Silhouette selbst mit bloßem Auge deutlich zu erkennen war –, aber es gab keine Fenster, und es wäre zu riskant gewesen, sich in der Hoffnung zu nähern, einen Blick in die Scheune werfen zu können. Zumindest in Washington sah man das so.

Ihre Rolle beschränkte sich darauf, die Lage zu beobachten. Harper hatte es vor einigen Stunden noch einmal bestätigt, als sie auf einem Hügel waren, von dem aus man die Rückseite des Hauses sah. Am wichtigsten war, dass sie nicht entdeckt wurden, und sie durften nur in einer Notlage zur Waffe greifen. Sie waren also passive Zuschauer, die das Eintreffen des Spezialkommandos abwarten mussten. Laut Harper hatte der Nationale Sicherheitsrat entschieden, ein handverlesenes Team von Elitesoldaten zu schicken, das schon kurz nach Fitzgeralds Entführung in Afghanistan zusammengestellt worden und jetzt auf dem Weg nach Sialkot war. Kealey fand die vorausschauende Planung beeindruckend. Möglicherweise hatten die Mitglieder des Nationalen Sicherheitsrates nicht damit gerechnet, dass Fitzgeralds Aufenthaltsort entdeckt wurde, aber sie waren darauf vorbereitet, und wenn man keine direkte Einladung von Musharraf hatte, war Afghanistan der strategisch günstigste Ort. Jetzt waren die Würfel gefallen, und es blieb nur noch das Problem, die Befreiungsaktion ohne Panne über die Bühne zu bringen, was erfahrungsgemäß am schwersten war.

Während ihres letzten Gesprächs hatte Kealey Harper gegenüber betont, er und sein Team seien hundertprozentig in der Lage, den Job allein zu erledigen, es sei überflüssig, das Spezialkommando zu schicken. Harper antwortete, er habe dem Präsidenten seinerseits diesen Vorschlag gemacht, doch der habe beschlossen, auf Nummer sicher zu gehen. Außerdem müssten sowieso Helikopter geschickt werden, um Fitzgerald außer Landes zu bringen, da könne man die Soldaten auch gleich mitnehmen. Danach hatte Harper noch einmal ausdrücklich auf ihre eng umrissene Aufgabe hingewiesen. Er kennt mich zu gut, dachte Kealey. Zugegebenermaßen hatte er daran gedacht, die »Notlage« selbst durch eine kleine Provokation herbeizuführen. Wenn erst einmal Schüsse fielen, änderte sich alles schlagartig, und ihm würde gar keine andere Wahl mehr bleiben, als nach Fitzgerald zu suchen. Er war zuversichtlich, dass er und seine Männer der Situation gewachsen gewesen wären, insbesondere nach der Geschichte mit Mengals Wachtposten und der Zigarette, aber er hatte nicht vor, den Anweisungen Harpers oder des Präsidenten zuwiderzuhandeln. Nicht, wenn das Leben der Außenministerin auf dem Spiel stand.

Als er erneut durch das Zielfernrohr blickte, stellte er zufrieden fest, dass die Linsen durch Gummimanschetten vor Regenwasser geschützt waren. Die Waffe selbst war ein Sturmgewehr vom Typ SIG, das von einer in Exeter, New Hampshire, ansässigen Firma namens SiGARMS produziert und von Scharfschützen der Polizei für kurze Distanzen favorisiert wurde. Er selbst hatte es noch nie benutzt, war aber zuversichtlich. Die Waffe hatte einen integrierten, einklappbaren Zweifuß, eine Skelettschulterstütze und eine abnehmbare Halterung für das Zielfernrohr, die eigens für das AN/PVS-17 modifiziert worden war.

Obwohl es außergewöhnlich gut war, rechnete Kealey nicht damit, das Gewehr benutzen zu müssen. Weitaus wichtiger war die Kommunikationsausrüstung, deren Qualität leider etwas zu wünschen übrig ließ. Die verschlüsselten Motorola-Funkgeräte, die Owen in der Botschaft abgeholt hatte, waren okay, doch man konnte mit ihnen nicht direkt über Satellit kommunizieren. Dazu hätte es technischen Zubehörs bedurft, das Fahims Männer nicht besorgen konnten. Folglich waren sie gezwungen, das Globalstar-Satellitentelefon zu benutzen, das Owen nach Pakistan mitgebracht hatte, das jetzt aber – da er der Boss des Teams war – in einer an Kealeys Gürtel befestigten Tasche steckte, die ursprünglich für ein Funkgerät ähnlicher Größe und Form gedacht war. Das Telefon war durch ein dünnes Kabel mit dem Headset verbunden. Leider lieferte der Akku voll aufgeladen nur für neunzehn Stunden Strom, doch das bezog sich auf Stand-by-Betrieb. Was die reine Sprechzeit anging, waren drei Stunden das Maximum. Folglich benutzte er es nur für wichtige Updates.

Seine Kontaktperson in den Vereinigten Staaten war Harper. Soweit Kealey wusste, hielt er sich immer noch im Situation Room des Weißen Hauses auf, wo er direkten Zugang zu Satellitenbildern hatte. Einer der vier 8X-Satelliten war umprogrammiert worden und hatte die Position erreicht, von der aus er Live-Infrarotbilder von Kureshis Haus und Umgebung übertragen konnte. Leider war selbst der 8X nicht in der Lage, Wolken zu durchdringen, wodurch er allenfalls dann nützlich wurde, wenn der Sturm abgezogen war. Es *gab* Satelliten, für die eine Wolkendecke kein Hindernis war, insbesondere die der mit Radar arbeitenden Lacrosse-Serie, doch wie der KH-12 bewegten sie sich zu niedrig und zu schnell, um sich bei taktischen Problemen als nützlich zu erweisen.

Der Wachtposten unter dem Baum war wieder einen Moment lang abgelenkt, und nachdem Kealey einen weiteren Blick auf die Uhr geworfen hatte, erschien es ihm sinnvoll, sich bei den anderen nach dem Stand der Dinge zu erkundigen. Es regnete nicht mehr so stark wie am Nachmittag, aber immer noch stark genug, um seine Stimme schwer verständlich zu machen. Er begann mit Manik, der nichts Neues zu berichten wusste, und machte dann mit Owen und Walland weiter. Als er sich gerade bei Massi melden wollte, geschahen mehrere Dinge gleichzeitig. Die Tür der Scheune öffnete sich quietschend erst einen Spaltbreit, dann ganz, und er sah ein Rechteck gelblichen Lichts. Ein großer bärtiger Mann in einem langen Gewand trat heraus und blieb für einen Moment stehen, um sich eine Zigarette anzuzünden. Kealey beobachtete ihn durch das Zielfernrohr und erkannte das Gesicht. Er hatte es auf den Fotos gesehen, die Harper ihm in Oræfi gezeigt hatte. Obwohl er schon durch die Schnappschüsse von Fahims Leuten wusste, dass Amari Saifi sich hier aufhielt, war dies doch das erste Mal, dass er ihn tatsächlich sah. Weil er die neue Entwicklung gedanklich verarbeiten musste, wäre ihm fast entgangen, dass Massi sich über Funk meldete.

Er beschirmte das Ohr mit einer Hand. »Ich hab dich nicht verstanden, Massi. Sag's noch mal.«

»Sie ist in der Scheune«, erwiderte Massi kurz darauf mit eindringlicher, aber ruhiger Stimme. »Wiederhole, Fitzgerald ist in der Scheune. Ich konnte sie gerade zweifelsfrei identifizieren, *over*.«

Es dauerte einen Moment, bis Kealey wirklich begriff, was Massi gesagt hatte. Er war sich sicher gewesen, dass sie hier sein musste, aber trotzdem war die Bestätigung ein kleiner Schock. Einen Augenblick lang fragte er sich, wie Massi sie gesehen haben konnte, doch dann fiel ihm ein, dass er vor zwei Stunden seine Position verändert hatte, nachdem klar wurde, dass niemand die Tür der Scheune gut im Blick hatte. Massi hatte volle zwei Stunden benötigt, um sich knapp zehn Meter zu bewegen, aber es hatte sich ausgezahlt.

»Hast du verstanden, Kealey?«, fragte Massi ungeduldig. »Ich wiederhole, hast du …?«

»Hab ich. Bleib dran.« Kealey dachte angestrengt nach, weiter durch das Zielfernrohr spähend. Der algerische Terrorist ging in Richtung Haus, ohne die Tür der Scheune zu schließen. Ein paar Augenblicke später war er nicht mehr zu sehen, und Kealey hörte aus der Ferne das Zuschlagen einer Tür. Sobald Saifi im Haus war, blickten die beiden Wachtposten dahinter wieder auf die dunkle Weide, wo Kealey und seine Männer auf der Lauer lagen.

Er schaltete das Satellitentelefon ein, wählte Harpers Nummer und wartete ungeduldig darauf, dass die Verbindung hergestellt wurde. Als er Harper an der Strippe hatte, informierte er ihn zügig über die neuen Entwicklungen.

»Gott sei Dank, jetzt wissen wir, wo sie ist«, sagte Harper, als Kealey nach einer halben Minute mit seinem Bericht fertig war. Er klang wirklich erleichtert, und Kealey hörte ein Stimmengewirr im Hintergrund. Plötzlich fragte er sich, ob Harper einen Raumlautsprecher eingeschaltet hatte. »In was für einem Zustand ist sie?«

Da er sich nicht danach erkundigt hatte, fragte er Massi über Funk. Die Antwort kam prompt, und er konnte sich wieder an

Harper wenden. »Es scheint so, als wäre sie nicht verletzt. Sie ist an einen Stuhl gefesselt, aber wir können nicht genau sehen, wie. Und es sieht so aus, als hätten sie in der Scheune eine Art Filmstudio eingerichtet. Massi erkennt Kameras, tragbare Schweinwerfer und eine Flagge im Hintergrund.«

»Aber bisher haben sie Fitzgerald nicht angerührt?«

»Nein.«

Es entstand eine lange Pause, während der Kealey nur das Geräusch des Regens, das ferne Brummen von Dieselmotoren und das leise Zischen der Satellitenverbindung hörte. Er konnte sich gut vorstellen, welches Wortgefecht jetzt in der Krisenzentrale des Weißen Hauses ausgetragen wurde. »Wir müssen mehr wissen«, sagte Harper schließlich. »Können Sie näher an die Scheune herankommen, ohne entdeckt zu werden?«

»Wahrscheinlich nicht«, sagte Kealey ungeduldig. »Hören Sie, wir sind direkt vor Ort …«

»Ich weiß, dass Sie nicht warten wollen, aber wir werden sie ja befreien. Sie halten einfach die Stellung. Das Spezialkommando ist vor einer Stunde in Bagram gestartet und wird vermutlich in fünfunddreißig Minuten eintreffen.«

»Nein, wir müssen sie jetzt befreien. Wir schaffen das. Alle Vorteile sind auf unserer Seite. Diese Jungs sind kein …«

»Bleiben Sie, wo Sie sind. Das ist ein Befehl.«

»Scheiße«, murmelte Kealey, unwillig, seine Verärgerung zu verbergen. Harper musste es gehört haben. Er bestätigte den Befehl und beendete das Gespräch.

Keine fünf Sekunden später kam über seinen Ohrhörer Owens Stimme. »Was gibt's, Ryan?«

Kealey erzählte, was Harper gesagt hatte, und meldete sich dann bei den anderen, damit alle auf dem gleichen Stand waren. Als das erledigt war, konzentrierte er sich wieder auf die

Rückseite des Hauses. Durch das Zielfernrohr sah er die leicht grünliche Gestalt des Wachtpostens unglaublich scharf und vergrößert; sein Kopf hatte ungefähr die Größe eines kleinen Kürbisses. Einfach abdrücken, dachte er. Es war eine mächtige Versuchung. Owen, Walland oder Massi konnten den zweiten Wachtposten aus dem Verkehr ziehen, und dann hatte die Gegenseite nicht mehr zehn, sondern nur noch acht Männer. Damit konnte man sehr gut klarkommen.

Er atmete tief durch und versuchte, den verlockenden Gedanken abzuschütteln. Sein Finger hatte sich schon etwas um den Abzug gespannt, fast wie von selbst, doch jetzt zog er ihn in einem bewussten Willensakt zurück. Der Drang, einfach abzudrücken, war fast unbezwingbar. Fitzgerald war in unmittelbarer Nähe, keine dreißig Meter entfernt, und Mengal und seine Leute hatten keinen blassen Schimmer, dass sie beobachtet wurden. Es musste ein Kinderspiel sein …

Er holte erneut tief Luft, krampfhaft das Gewehr unklammernd. Eigentlich wünschte er nur, dass Mengal etwas unternahm. Dass die Wachtposten sie entdeckten. Dass sie allem schnell ein Ende machen konnten. Aber er versuchte, sich zu entspannen, denn ihm war bewusst, dass Harper recht hatte. Noch war der richtige Zeitpunkt nicht gekommen. Eine halbe Stunde, dann ging es los.

41

Sialkot

Seit ihm Kureshis Haus als geeignet erschienen war, hatte Benazir Mengal die Nützlichkeit der Scheune in Betracht gezogen – ein hübsches einstöckiges Gebäude, aus demselben Bruchstein erbaut wie das Haus und ebenfalls mit einem Schieferdach. Es hatte keine Fenster, war aber gerade deshalb für Mengals Zwecke geeignet. Schließlich musste niemand wissen, wozu er die Scheune zu nutzen gedachte. Eine solide Eichentreppe führte zum Heuboden hinauf, doch der Raum darunter war völlig leer, weshalb er sich ideal für Filmaufnahmen eignete.

Was nicht ganz wörtlich zu nehmen war. Alles wirkte sehr improvisiert, doch das störte ihn nicht. Niemand, der das Video sah, würde an der Qualität der Aufnahme Anstoß nehmen. Links und rechts neben der auf einem Dreifuß montierten Kamera standen zwei Halogenstrahler, gerichtet auf eine weiße Flagge mit dem ovalen Symbol der Groupe Salafiste pour la Prédication et le Combat. Es zeigte einen aufgeschlagenen Koran vor dem Hintergrund einer grauen Mauer, darüber war ein türkisfarbener Himmel zu sehen. Der Koran wurde eingerahmt von einem Schwert und einem AK-47, und direkt über dem Buch leuchtete eine Sonne. Sieben stilisierte Strahlen fielen auf die ruhmreichen Lehren des Propheten Mohammed. Auf einem Banner darunter stand der Name von Saifis Organisation, auf einem über der Flagge eine Botschaft:

»Wir kämpfen so lange gegen die Unterdrückung, bis die Gerechtigkeit und der Glaube an Allah siegen.«

Mengal fand das alles abgrundtief lächerlich, fast so lächerlich wie die Ziele der GSPC, doch es war immer noch besser, die Flagge zu benutzen als selbst vor die Kamera zu treten. Aus diesem Grund hatte er Saifi rekrutiert. Als er das Gespräch mit ihm in dem algerischen Gefängnis arrangiert hatte, erklärte er ihm ziemlich genau, was er vorhatte, ohne sich jedoch darüber zu äußern, wen er entführen wollte. Als Gegenleistung für die von Saifi erwarteten Dienste hatte er ihm die Freiheit versprochen, was sich durch Freunde in der algerischen Regierung regeln ließ. Zudem hatte er Saifi Geld und Waffen zugesagt, damit er seine zerbröckelnde Organisation in Nordafrika neu aufbauen konnte. Und letztlich hatte er ihm die Hauptrolle bei dem Anschlag auf den Autokonvoi überlassen. Durch das Medienecho, das eine solche Tat hervorrief, wurde man schlagartig berühmt und stand auf einer Stufe mit internationalen Topterroristen wie Carlos, bin Laden oder Abu Nidal.

Saifi hatte die Gelegenheit begeistert beim Schopf ergriffen, nicht weiter überraschend angesichts der Tatsache, dass er sonst noch zwanzig Jahre hinter Gittern gesessen hätte. Bis jetzt hatte er sich als verlässlicher Partner erwiesen, doch irgendetwas an seinem Verhalten wirkte auf Mengal äußerst beunruhigend. Auch Kureshi war es aufgefallen. Zwar hatte er dessen Worte vom Tisch gewischt, doch irgendwie nährten sie seine bereits vorhandenen Zweifel. Er kannte praktisch keine moralischen Skrupel und hätte absolut nichts dagegen gehabt, Fitzgerald zu töten, wenn der richtige Augenblick gekommen war. Saifis Verhalten war dagegen völlig unberechenbar, und deswegen konnte er zu einer Gefahr werden. Deshalb hatte er Fitzgerald nie mit dem Algerier allein gelassen, und als er jetzt zu dem Mann hinüberblickte, dessen Freilassung er vor acht Wochen arrangiert hatte, wusste er wieder ganz genau, woher seine Befürchtungen kamen.

Der Algerier stand zwischen ihm und einem Scheinwerfer und schaute mit einem starren Blick auf Fitzgerald, die, an einen Stuhl gefesselt, vor der Flagge saß, mit gesenktem Kopf und einem zugleich schmerzverzerrten und trotzigen Gesicht, das Spuren der Misshandlung zeigte. Zunächst hatte sie sich geweigert, vor laufender Kamera zu sprechen, und Saifi war nur zu bereit gewesen, ihre Kooperationsbereitschaft zu erzwingen. Aber ihr blutverschmiertes Gesicht war für Saifi kein Grund, den Blick abzuwenden. Seine Miene änderte sich ständig und war schwer zu deuten, doch für Mengal lagen darin zugleich sadistische Lust, Bewunderung und nackter Hass. Seine Augen waren weit aufgerissen, und er lächelte unablässig, strahlend weiße Zähne entblößend, eingerahmt von dem verfilzten schwarzen Bart. Die Hände mit den langen dünnen Fingern steckten in den Falten seines Gewandes. Mengal musste seinen Namen mehrfach aussprechen, bis Saifi sich zu ihm umdrehte, und selbst diese Bewegung wirkte unnatürlich. Er bewegte nur mechanisch den Kopf, als wäre der Körper darunter gelähmt.

»Holen Sie unseren amerikanischen Arzt«, sagte Mengal, der es nicht fertigbrachte, dem Algerier direkt in die Augen zu blicken. Er hatte Angst, dass Saifi seine Bedenken erkennen und sie mit Angst verwechseln könnte. »Los, bringen Sie ihn her.«

»Bekommt er seinen Auftritt?«, fragte Saifi auf Arabisch, einer von mehreren Sprachen, die beide beherrschten.

»Ja.« Mengal hatte seit mehreren Stunden über das Pro und Kontra nachgedacht. Einige Aufnahmen mit Fitzgerald und Saifi waren bereits im Kasten, doch es funktionierte einfach nicht. Es bedurfte einer zusätzlichen Attraktion, um die Botschaft zu verdeutlichen. Noch fehlte etwas, das bei der amerikanischen Regierung *Eindruck* machen würde, und die Außenministerin durfte nicht getötet werden.

Zumindest noch nicht.

»Was ist mit Kureshi?«

Mengal dachte kurz nach. Shaheed hatte den Arzt vor einigen Stunden in seinem Operationsraum eingesperrt, und er sah keinen Grund, warum er ihn jetzt benötigte. Craig war der richtige Mann.

»Er bleibt, wo er ist. Holen Sie jetzt den Amerikaner.«

Saifi nickte, stieß die schwere Tür auf und trat nach draußen. Einen Augenblick später wurde Mengal plötzlich durch ein knisterndes Geräusch aus seinen Gedanken gerissen, und er blickte zum anderen Ende des großen Raums, wo auf einem Holztisch sein Funkgerät lag. Als er losging, um sich zu melden, kam er an der offenen Tür vorbei, durch die warme Nachtluft und Regentropfen in die Scheune drangen.

»Ich sehe Mengal«, sagte Massi plötzlich. »Er ist in der Scheune und gerade an der Tür vorbeigekommen. Ich denke, er hat sich an der Nordseite des Gebäudes aufgehalten … Vorher war nichts von ihm zu sehen.«

»Verstanden«, antwortete Kealey. »Ist er bewaffnet?«

»Nein, aber wie gesagt, ich habe nicht den ganzen Raum im Blick. Vielleicht lehnt irgendwo ein Gewehr an der Wand … Besser, wir gehen davon aus, dass er eine Waffe in Reichweite hat.«

»*Roger*. Haben alle mitgehört?«

In exakt der Reihenfolge, auf die sie sich vorab geeinigt

hatten, bestätigten die anderen Mitglieder des Teams, dass sie Massis Meldung gehört hatten.

»Okay«, sagte Kealey schließlich. »Du hältst die Stellung, Massi. Sobald er nach einer Knarre greift, weißt du, was du zu tun hast.«

»*Roger*«, antwortete Massi ruhig.

Niemand musste fragen, was Kealeys Worte bedeuteten. Nur einer von ihnen hatte einen guten Blick durch die Tür der Scheune, und wenn Mengal sich Fitzgerald mit einer Waffe in der Hand näherte, würde Massi feuern, wie immer die Konsequenzen aussehen mochten. Wenn es schiefging, würde keine Begründung überzeugen. Trotzdem waren sie einer Meinung, dass in diesem Fall gehandelt werden musste. Eigentlich wollte niemand von ihnen warten, bis das Spezialkommando eintraf, doch angesichts dessen, was auf dem Spiel stand, wollten sie sich auch nicht voreilig Harpers Befehl widersetzen.

»Wo ist der Algerier?«, fragte Owen.

»Keine Ahnung«, antwortete Kealey. Die Frage hatte er sich auch schon gestellt. Saifi war bereits knapp zwei Minuten in dem Haus, hatte das Tor der Scheune aber offen gelassen, was darauf hinzudeuten schien, dass er in Kürze zurückkommen würde. Möglicherweise befanden sich im Haus noch weitere Geiseln. Vielleicht wollte Saifi sie in die Scheune bringen, oder sie waren schon tot … Man konnte es nicht wissen.

»Was tun wir?«, fragte Manik.

»Alle halten die Stellung«, wiederholte Kealey. »Bleibt einfach, wo ihr seid. Sonst noch was, Massi?«

»Nein. Er ist in den hinteren Teil des Raums zurückgegangen … Ich sehe ihn nicht mehr.«

»Okay«, sagte Kealey. »Haltet die Augen offen. Mal sehen, wie's weitergeht.«

Randall Craig lag auf dem schmalen Bett, die Hände über dem Bauch gefaltet. Seit er entführt worden war, hatten sich in seinem Kopf so viele Gedanken gejagt, dass er schon glaubte, er müsse platzen. Während der letzten Stunden hatte sich allerdings etwas geändert. Jetzt war sein Kopf leer, es schien so, als wäre er in eine Art meditativen Zustand versetzt. Irgendwie kam ihm das absurd vor; sein Ende war nah, und doch dachte er immer weniger an Flucht. Kurz, er war seelisch und körperlich so erschöpft, dass ihm schon fast alles egal war. Zugleich war an Schlaf nicht zu denken. Er befand sich in einem seltsamen Schwebezustand, der Körper und Geist weiter schwächte.

Folglich hörte er weder die Schritte im Flur noch das Geräusch des Schlüssels, der sich im Schloss drehte. Er bemerkte den großen, schlanken Mann erst, als der die Tür geöffnet hatte und auf der Schwelle stand.

Craig setzte sich auf die Bettkante und erhob sich dann, doch der Algerier machte keine Anstalten, in das Zimmer zu treten. Er begnügte sich damit, ihn lächelnd anzuschauen.

»Schön, Sie mal wieder zu sehen, Doktor. Wie geht's denn so?«

Craig blickte ihn misstrauisch an. »Gut.«

»Prima. Der General möchte, dass Sie mit nach draußen kommen, falls Sie nichts dagegen haben. Er möchte Ihnen etwas zeigen.«

Obwohl seine Knie weich wurden, als er das Wort draußen hörte, schaffte es Craig irgendwie, eine gleichgültige Miene zu wahren. Es erforderte jedes Quäntchen seiner Selbstbeherrschung, aber er ließ sich nicht anmerken, was ihm jetzt klar war – dies war das Ende. Er hatte gesehen, wie sie die Kamera in die Scheune brachten, und wusste, was geschehen würde.

Mein Gott, sie werden es wirklich tun, dachte er. Obwohl er die ganze Zeit über gewusst hatte, dass dieser Moment kommen würde, war er jetzt doch irgendwie überrascht. Plötzlich sah er die gleichen Bilder wie am Vortag, sah sich, vor der Kamera sitzend, an einen Stuhl gefesselt, mit der obligatorischen Flagge im Hintergrund. Er sah die Klinge herabsausen und fragte sich, ob man Fitzgerald zum Zusehen zwingen, ob sie mit den anderen Zeugin seiner letzten Augenblicke sein würde.

Er wusste, was ihn erwartete, aber irgendwie schaffte er es, Haltung zu bewahren. Gehorsam nickend trat er in den Flur und folgte dem Algerier. Die ganze Zeit über blickte er sich aufmerksam um, beobachtete alles. Jetzt, wo das Ende nah war, kam es ihm so vor, als wäre er außerordentlich klarsichtig. Am Ende des Ganges stand ein bewaffneter Wachtposten, und als sie an dem offenen Wohnzimmer vorbeikamen, sah er einen weiteren, neben dem Klavier stehend. Offenbar rechneten sie damit, dass er einen Fluchtversuch unternehmen würde, sie waren auf alles vorbereitet. Die beiden Männer entspannten sich, als er an ihnen vorbei war, die Schultern sackten etwas herab mit dem Nachlassen der Anspannung. In ihren Augen lag etwas wie Angst, und nun war der bedrohliche Moment vorbei.

Zu früh, ich muss warten, dachte er. *Warten, bis wir draußen sind.* Doch dann *würde* er losrennen. Wahrscheinlich würde er gerade mal drei Meter weit kommen, aber er musste es versuchen, ihm blieb keine andere Wahl. Niemand würde ihm helfen. Einen Moment überlegte er, wo Said sein mochte, fragte sich dann aber, warum ihn das interessieren sollte, denn schließlich war er für seine Lage verantwortlich. Indem er Mengal seinen Namen nannte, hatte er sein Schicksal besiegelt. Hätte Said nicht diese verhängnisvolle Rolle gespielt, würde er immer noch tagsüber in dem Krankenhaus arbeiten, nachts alte Spielfilme sehen und ungeduldig auf den Tag der Rückkehr nach Seattle warten. Wäre es so gelaufen, hätte er ein paar gute Storys im Gepäck gehabt und eine weitere Zusatzqualifikation für seinen Lebenslauf.

Zum Teufel mit dir, Said, dachte er, und der aufflackernde Zorn war stärker als die Angst. Er reagierte sich gedanklich an dem erstbesten Opfer ab, aus Gründen, die er nicht ganz verstand. Wahrscheinlich sammelte er unbewusst Kräfte für das, was er gleich tun würde. *Zum Teufel mit dir. Hoffentlich legen sie dich auch um, und ich wünsche, dass du dein Ende kommen siehst, verräterischer Dreckskerl.*

Als sie das Ende des Korridors erreichten, war ihm bereits der Schweiß ausgebrochen. Das feuchte Hemd klebte an seinem Oberkörper, und seine Füße schienen in unsichtbarem Schlamm zu stecken. Bis zur Tür waren es nur noch ein paar Schritte, und als er nach draußen trat, gab es kein Zurück mehr.

»Wer zum Teufel ist das?«, fragte Walland über Funk. Kealey drehte das Gewehr und sah durch das Nachtsichtzielfernrohr einen großen blassen Mann aus dem Haus kommen, dicht gefolgt von dem Algerier. »Eine Geisel?«

»Ich sehe ihn auch«, funkte Owen dazwischen, die Frage ignorierend. »Saifi ist direkt hinter ihm.«

»Ein neues Gesicht«, bemerkte Manik. »Sieht nicht so aus, als wäre er bewaffnet.«

Kealey ignorierte die anderen und beobachtete die unbekannte Person weiter durch das Zielfernrohr. Trotz des Grünstichs konnte kein Zweifel daran bestehen, dass der Mann ein Weißer war. Er wirkte verängstigt, doch da war noch etwas anderes, das er nicht genau bestimmen konnte. Ein paar Augenblicke später ging ihm ein Licht auf – in der Miene des Mannes lagen zugleich Angst und Entschlossenheit, eine der brisantesten Kombinationen überhaupt. Er kannte dieses Phänomen, erst kürzlich hatte er wieder damit Bekanntschaft gemacht, in Madrid, bei Naomi.

»Wohin wollen die?«, hörte er Manik fragen, als er gerade damit beschäftigt war, Naomis Bild aus seinem Kopf zu verdrängen.

»In die Scheune«, antwortete Massi. »Sieht so aus, als wollten sie ihn zu Fitzgerald bringen. Eine Waffe sehe ich immer noch nicht …«

»Haltet die Stellung«, sagte Kealey, das Mikrofon mit der Hand beschirmend. Plötzlich lief es ihm eiskalt den Rücken hinunter. Woher es kam, wusste er nicht, doch vermutlich hatte es damit zu tun, was sich vor seinen Augen abspielte. Alles wirkte irgendwie falsch, gekünstelt, als würde einer der beiden Männer nur vorgeben, seine Rolle zu spielen.

Durch das Zielfernrohr sah er, wie Saifi hinter der Geisel in Richtung Scheune schlenderte. Er wusste nicht, warum er automatisch davon ausging, dass der Mann eine Geisel war, er konnte genauso gut aus freiem Willen hier sein. Zu beweisen war es sowieso nicht, doch das Wort schien zu passen. Aber etwas kam ihm seltsam vor an der Miene des Mannes, an seinen gestrafften Schultern, an dem staksigen Gang. Es sah so aus, als könnten seine Beine jeden Moment einknicken.

Aber irgendwie wirkte alles gestellt, fast so, als wäre …

Auf halbem Weg zur Scheune blieb die Geisel plötzlich stehen, wirbelte herum und verpasste Saifi einen harten Schlag gegen den rechten Wangenknochen. Ungläubig sah Kealey, wie der Algerier zurücktaumelte, über etwas stolperte und stürzte. Sofort meldeten sich die anderen über Funk, doch er hörte nicht hin, gebannt auf den Mann schauend, der reglos vor dem am Boden liegenden Saifi stand und ihn erschrocken anblickte, wie ein Reh, das von Scheinwerfern erfasst wird. Offenbar war er unschlüssig, was er als Nächstes tun sollte, und für einen Moment glaubte Kealey, er würde versuchen, den Algerier zu entwaffnen. Doch dann machte er auf dem Absatz kehrt und rannte los …

In Richtung der dunklen Weide, wo er mit seinen Männern auf der Lauer lag.

42

Sialkot

Balakh Shaheed, der hinter dem Haus Wache hielt, hörte die Schreie und dachte geschockt, der General hätte bereits entschieden, Fitzgerald töten zu lassen. Die Schreie klangen schrill, fast wie von einer Frau, doch als er angestrengt lauschte, wurde ihm klar, dass es ein Mann sein musste. Außerdem schrie er etwas auf Arabisch, weshalb die Wachtposten nicht infrage kamen. Abgesehen von Mengal beherrschte nur Saifi Arabisch. Bevor Shaheed die Lage gedanklich verarbeiten konnte, rannte schon eine dunkle Gestalt den Hügel hinunter, an ihm vorbei, in Richtung Weide.

Shaheed reagierte zuerst. Sein Kamerad war günstiger postiert, hatte aber gerade in ein Blumenbeet uriniert und war noch mit seinem Reißverschluss beschäftigt, als der Flüchtende vorbeirannte. In der Finsternis konnte man unmöglich sehen, wer da floh, doch Shaheed war nicht auf den Kopf gefallen und wusste, dass es Craig sein musste, der amerikanische Arzt. Kureshi war in seinem Operationsraum eingesperrt – das hatte er persönlich erledigt –, und Mengal hielt sich in der Scheune auf, bei der Außenministerin.

Es musste Craig sein.

Fluchend griff er nach dem umgehängten AK-47 und hob es an die Schulter. Entsichert war es bereits, das Magazin war voll. Der Arzt wurde jetzt nicht mehr von den Lichtern des Hauses erfasst. Shaheed sah ihn nicht, drückte aber trotzdem ab. Der hölzerne Kolben des AK-47 hämmerte hart gegen seine Schulter, während er ein Dutzend Mal feuerte. Als das Echo der Schüsse verebbte, fluchte er erneut und rannte den Hügel hinab, die Verfolgung des Flüchtenden aufnehmend.

Ryan Kealey zuckte zusammen, als die Kugeln gut fünf Meter vor ihm in die feuchte Erde schlugen und Dreck hochspritzen ließen. Er musste seine ganze Selbstbeherrschung aufbieten, um nicht seinerseits abzudrücken, aber er wusste, dass der Wachtposten nicht auf ihn zielte, sondern den Mann zu treffen versuchte, der vor ein paar Sekunden den Hügel herabgekommen war. Die Geisel war etwa acht Meter von ihm entfernt und kam schnell näher. Vor dem Hintergrund der Lichter in Kureshis Garten war die Silhouette des Mannes gut zu erkennen. Genau diese Lichter würden die Sicht der Wachtposten beeinträchtigen, und deshalb hatte sich sein Team aus Richtung Norden genähert. Er wusste nicht, ob Mengals Männer über Nachtsichtgeräte verfügten und ob sie nur zu faul waren, sie zu benutzen. Wie auch immer, bald würden sie auf der Weide sein, so viel war klar. Und ihm war auch klar, dass er vorbereitet sein musste.

Die Geisel rannte weiter, so schnell sie konnte, schien aber nicht zu wissen, wohin. Durch das Zielfernrohr sah Kealey, dass der Mann mit vor dem Oberkörper ausgestreckten Armen lief, als wollte er in der Finsternis im Voraus Hindernisse entdecken. Nachdem er durch den gut beleuchteten Garten gerannt war, musste er sich in der tiefen Finsternis auf der Weide wie ein Blinder vorkommen. Bis sich seine Augen an die Dunkelheit gewöhnt hatten, würden ungefähr zwei Minuten vergehen, wodurch den Wachtposten reichlich Zeit blieb, ihn zu umzingeln und ihm den Weg abzuschneiden. Kealey sah sie bereits aus dem Haus kommen. Sie standen um Saifi herum, der sich unterdessen hochgerappelt hatte und mit lautem Geschrei seine Wut abreagierte. Kealey zählte acht Wachtposten, dazu kamen die beiden, die hinter dem Haus Wache geschoben hatten. Und einer von denen stürmte jetzt auf die Weide, mit gezücktem Gewehr.

Die Geisel – wenn es denn eine war – hatte alles aufs Spiel gesetzt und verloren. Der Mann war bereits tot, er wusste es nur noch nicht. Seit dem Augenblick, als er sich zur Flucht entschlossen hatte, war sein Schicksal besiegelt. Kealey war sich seiner Sache noch nie so sicher gewesen. Fragte sich nur, wie viele Menschen er mit in den Tod nehmen würde.

Jetzt war der Mann nur noch drei Meter entfernt, Kealey hörte ihn fluchen und schwer atmen. Vorsichtig rutschte er so weit wie möglich unter den Wacholderbusch. Zugleich hob er die Arme und schob das Gewehr zwischen die dichten Zweige des niedrigen Busches. Dann tastete er nach seiner zweiten Waffe.

In der aufgegebenen Fabrik außerhalb von Sialkot hatte er die Waffen verteilt. Noch immer wusste er nicht, was für ein übergeordnetes Ziel Fahims Organisation verfolgte, doch eines war klar: Finanziell war die Gruppe extrem gut ausgestattet, und ein beachtlicher Teil des Budgets war für Waffen ausgegeben worden. Und wenn ihr Hauptgeschäft der Waffenschmuggel war, wie Machado angedeutet hatte, dann hatten sie die beste Ware für sich behalten. Er hatte das SIG-550-Gewehr mit dem Nachtsichtzielfernrohr hauptsächlich deshalb für sich ausgewählt, weil es vieles mit dem M4 gemeinsam hatte, einem Gewehr, mit dem er sich bestens auskannte. Aber er hatte auch Ersatz für das Messer gefunden, das ihm an dem Unterwerk abgenommen worden war. Es hatte eine achtzehn Zentimeter lange, sich verjüngende Klinge, dick an dem soliden Kunststoffgriff, an der Spitze dünner werdend. Außerdem war sie mattschwarz, was das Messer nachts unsichtbar machte.

Seine Rechte umklammerte den Griff, bereit, das Messer aus der Scheide zu reißen. Er hatte nicht vor, die Geisel zu töten, konnte aber auch ihr Leben nicht retten. Fitzgeralds Überleben hatte Priorität. Das war vielleicht nicht richtig, aber es war so, und er vermutete, dass die anderen es genauso sahen. Sie waren zu dicht vor dem Ziel und hatten zu viel riskiert, um Fitzgeralds Leben jetzt noch zu gefährden. Bisher waren er und seine Männer ungeschoren davongekommen, aber zumindest eine Person hatte, selbst wenn es nicht bewusst geschehen war, einen sehr, sehr hohen Preis gezahlt, um Fitzgerald zu retten.

Kealey versuchte, den quälenden Gedanken zu verdrängen. Als die Geisel nichts ahnend an ihm vorbeieilte, lag er absolut reglos da, das Kinn in die feuchte Erde drückend. Glücklicherweise kam niemand von den anderen auf die Idee, sich über Funk zu melden. Was aber nicht hieß, dass sie die Lage nicht beobachteten. Er wusste, dass die Waffen der anderen in seine Richtung zielten. Ein oder zwei behielten vielleicht den zweiten Wachtposten oben auf dem Hügel im Auge, doch in erster Linie konzentrierten sie sich auf die unmittelbare Gefahr, die Geisel und den sie verfolgenden Wachtposten. Der Flüchtende war an Kealey vorbei, rannte in Richtung Norden, und der Verfolger näherte sich von Süden her.

Kealey hörte das Geräusch der Schuhe des Wachtpostens auf dem feuchten Boden, als er näher kam, ohne Vorwarnung die Waffe hob und feuerte. Diesmal schlugen fünf oder sechs Kugeln anderthalb Meter vor seinem Kopf in die Erde. In seinem Rücken hörte er ein Stöhnen, dann ein dumpfes, klatschendes Geräusch, das ganz so klang, als wäre jemand mit dem Gesicht nach unten in den Matsch gefallen.

Der Wachtposten war stehen geblieben. Auch er hatte das Geräusch gehört und glaubte, getroffen zu haben. Kurz darauf setzte er sich wieder in Bewegung. Kealey lag weiter reglos unter dem Busch, mit gezogenem Messer, und betete, der Mann möge vorbeigehen, ohne ihn zu bemerken. Er konnte nicht fassen, was für eine verhängnisvolle Wende die Ereignisse genommen hatten, aber noch war nichts verloren. Wenn der Mann einfach weiterging, war eigentlich alles beim Alten. Sie würden die Stellung halten, und alles konnte sich wie geplant entwickeln.

Es hing davon ab, was jetzt geschah. Die Schritte kamen näher …

43

Washington, D.C./Sialkot

Im Situation Room unter dem Westflügel des Weißen Hauses herrschte allgemeine Verwirrung, fast schon Panik. Alle Augen richteten sich auf die Infrarotbilder des 8X-Satelliten, der geostationär über Sialkot positioniert war, in einer Höhe von 35 800 Kilometern. Während der letzten Stunden war die Wolkendecke etwas aufgerissen, und die Bilder waren zwar nicht gut, aber brauchbar, und alle in der Krisenzentrale wussten, dass etwas schiefgegangen war.

»Mein Gott, wer ist *das*?«, fragte Brenneman, ohne zu begreifen, dass er wegen des lauten Stimmengewirrs kaum zu verstehen war. Er zeigte auf den verschwommenen Umriss eines Mannes, der nach einem energischen Sprint nördlich des Hauses gerade stehen geblieben war. »Und wer ist der Typ, der ihm im Nacken sitzt? *Was zum Teufel ist da los?*«

Da niemand die Fragen verstanden hatte, bekam er keine Antwort. Harper starrte auf das Satellitentelefon, das an das Audiosystem der Krisenzentrale angeschlossen war, und hoffte inständig, dass Kealey sich meldete und durchgab, was gerade geschehen war, doch nichts geschah. Er fragte sich, ob er es angesichts der Kakofonie in dem Raum überhaupt hören würde, wenn es piepte. Der Umriss auf dem Monitor bewegte sich von dem Haus weg und näherte sich immer mehr der Stelle, wo einer seiner Männer in Deckung lag.

»Wer immer das ist, es ist nur eine Frage der Zeit, bis er über einen unserer Jungs stolpert«, sagte Andrews, der seine Nervosität nicht kaschieren konnte. Er stand einen Schritt links neben Harper. »Wie lange dauert es noch, bis die Helikopter da sind?«

Harper wollte antworten, doch ein Major der Airforce mit einem Telefon in der Hand kam ihm zuvor. »Ich habe gerade von der Flugsicherung in Bagram gehört«, sagte er laut, und seltsamerweise gelang es ihm – im Gegensatz zu Brenneman – sich verständlich zu machen. »Die Piloten von Eagle 1 und 2 haben durchgegeben, dass sie erst in zehn Minuten da sind.«

Einen Augenblick lang herrschte Schweigen. Alle wussten, was das bedeutete, selbst die unerfahrensten Berater. Schließlich blieb es einem Colonel der Army vorbehalten, das zu artikulieren, was alle dachten. Er stand erstarrt neben dem grimmig dreinschauenden Verteidigungsminister, ein Telefon ans Ohr pressend. »Mein Gott«, murmelte er. »Sie werden nicht rechtzeitig da sein.«

Harper teilte seine Meinung. Auf dem Monitor bewegte sich der verschwommene Umriss weiter, der Mann musste gerade die Weide betreten haben. Noch nie hatte er sich so ohnmächtig gefühlt. Eine Katastrophe drohte, und ihm blieb nichts anderes übrig, als passiv zuzusehen. Er konnte nur beten, dass die Umrisse nicht miteinander verschmolzen, was bedeutete, dass sich die Gegenseite mit vereinten Kräften auf die Suche machen würde. Und er wusste, dass es so kommen würde. Blieb die Frage, wie seine Männer vor Ort mit der unerwarteten Veränderung der Lage klarkommen würden.

Shaheed war sich sicher, gehört zu haben, wie Craig zu Boden ging, wollte aber kein Risiko eingehen. Er blieb einen Augenblick stehen, angestrengt lauschend, hörte aber nichts als den Regen, die Panzer in der Ferne und den Algerier, der noch immer aus vollem Hals schrie. *Wie kann man nur so blöd sein,* dachte er. *Besser, der General hätte von Anfang an auf ihn verzichtet.* Nachdem er ein neues Magazin in seine Waffe gerammt hatte, ging er langsam weiter, vorsichtig einen Fuß vor den anderen setzend. Seine Augen suchten nach einem Buckel auf der Erde, vielleicht war es die Leiche des amerikanischen Arztes. Während seine Rechte das Gewehr umklammerte, strich er mit der Linken durch das hohe, feuchte Gras. Allmählich hatten sich seine Augen an die Finsternis gewöhnt, und er sah ein paar Dinge, die ihm eben noch entgangen wären. Ungefähr zehn Meter weiter rechts stand eine Kiefer, und zu seiner Linken befand sich ein niedriger Busch, den er fast berühren konnte.

Unter diesem Busch fiel ihm etwas auf, das vielleicht ein Stein, vielleicht ein dickerer Zweig war. Shaheed zögerte. Er war sich fast sicher, dass der Amerikaner weiter rechts zu Boden gegangen war, in der Nähe der Kiefer, doch als er auf den Stein unter dem Busch starrte, hätte er schwören können, dass er sich bewegte …

Als der Wachtposten den letzten Feuerstoß auf den Flüchtenden abgab, hatte Kealey den Moment genutzt, um sich mit der linken Hand auf der feuchten Erde abzustützen und sich auf das rechte Bein zu knien. Den Fuß stemmte er gegen einen großen, zum Teil in der Erde steckenden Stein, der als eine Art Startblock dienen konnte. Mehr war nicht drin, ohne die Stellung zu verraten, doch so konnte er schnell und entschieden reagieren, falls der Mann über ihn stolperte. Im Moment sah die Lage nicht allzu gut aus. Eigentlich hätte er sich bei Harper melden und durchgeben müssen, was passiert war – die Situation hatte sich dramatisch verändert, und unter Umständen würden die Helikopter zum Umdrehen gezwungen sein –, aber es war ausgeschlossen, jetzt zu telefonieren. Vor seinem inneren Auge sah er seine vier Kameraden, wie sie leise vor sich hin fluchten und sich fragten, ob sie abdrücken sollten.

Lasst es bleiben, dachte er, inständig hoffend, dass die anderen seine stille Bitte erahnen würden. *Nicht feuern. Lasst ihn einfach weitergehen. Er hat keine Ahnung, dass ich hier bin, lasst ihn vorbeimarschieren …*

Es würde anders kommen, er ahnte es in den letzten, entscheidenden Sekunden. Als der Wachtposten den Busch erreichte, schien er zu zögern. Da sein Kopf nach links gedreht war, sah er das Profil des Mannes und wusste, dass dieser in seine Richtung blickte. Dann trat er zwei Schritte vor und streckte die linke Hand aus, die fast Kealeys Schulter berührte.

Als er glaubte, dass eine Berührung unausweichlich war, schien jeder rationale Gedanke wie weggeblasen, und er handelte rein instinktiv. Er schnellte in die Höhe, schlug mit der Linken den Gewehrlauf zur Seite, holte mit dem Messer aus und stieß es dem anderen tief in den Hals, direkt unter dem Ansatz des Unterkiefers.

Trotz der Dunkelheit sah er, wie sich der Kopf des Mannes ruckartig nach hinten bewegte, weil ihn das Messer mit solcher Wucht getroffen hatte, aber teilweise war es auch ein instinktiver Reflex des Zurückweichens. Er spuckte Blut, als sich die Klinge in die gegenüberliegende Wange bohrte. Das Gesicht des Mannes war schmerzverzerrt, sein Mund stand offen. Zwischen den blutigen Zähnen sah man die teilweise zerschnittene Zunge. Offensichtlich wollte er schreien, doch Kealey hörte nur ein ersticktes, gutturales Zischen. Der Wachtposten ließ das Gewehr fallen und wollte mit beiden Händen

Kealeys rechten Arm packen. Auch das war eine reine Instinktreaktion, es war bereits vorbei. Die Verletzung war tödlich, der Mann wusste es bloß noch nicht.

Das Messer steckte bis zum Heft in seinem Hals, und Kealey musste kräftig ziehen, um es herauszubekommen. Der Mann stürzte sofort zu Boden und riss ihn mit. Er schlug hart auf dem Rücken auf, und kurz darauf saß Kealey auf ihm, um den Job zu beenden. Der Blick des Mannes verriet zugleich Wut, Schmerz und Angst. Kealey schnitt ihm die Kehle durch, auf einen Schlag die Luftröhre und die Halsschlagader durchtrennend. Sofort spritzte Blut auf seine Arme und Hände, aber er wiederholte die Aktion noch zweimal, um das hartnäckig flackernde Lebenslicht des Mannes endgültig auszulöschen. Als kein Zweifel mehr bestand, dass er es geschafft hatte, ließ das merkwürdige Klingeln in seinen Ohren nach, und er hörte wieder die Funksprüche der anderen.

»Hörst du mich, Ryan?« Eine kontrollierte, aber eindringliche Stimme. Owen. »Was zum Teufel ist gerade passiert? Wo ist die Geisel?«

»Ist tot«, keuchte Kealey. Der kurze Kampf hatte ihn außer Atem gebracht, der Adrenalinschub war noch nicht abgeebbt. Er rollte sich von dem Körper des Toten, kroch das kurze Stück in sein Versteck zurück und tastete nach dem Gewehr, das unter den untersten Zweigen des Busches lag. »Nicht nur die Geisel, sondern auch der Wachtposten.«

»Wie zum Teufel ist das passiert?«, fragte Owen. »Warum hast du …?«

Kealey hörte nicht mehr hin. Er kniete sich wieder auf das rechte Bein, hob das Gewehr an die Schulter und blickte durch das Zielfernrohr. Acht Wachtposten schienen sich darauf vorzubereiten, in Richtung der Weide auszuschwärmen. Irgendwie war alles verschwommen, und er begriff, dass er Blut in den Augen hatte. Nachdem er es mit dem Handrücken weggewischt hatte, konzentrierte er sich wieder auf die Wachtposten. Einer sprach in ein Funkgerät, bestimmt wollte er sich bei seinem verschwundenen Kumpel melden. Von Benazir Mengal war nichts zu sehen – wahrscheinlich hielt er sich weiter in der Scheune auf –, aber der Algerier stand hinter der Gruppe bewaffneter Männer und schrie sie unablässig an.

»Die Wachtposten sind gleich hier«, sagte Massi, als hätte er Kealeys Gedanken erraten. Seine Stimme klang total ruhig. »Sieht so aus, als fehlten welche.«

»Ich zähle acht.« Er dachte an die detaillierten Notizen von Fahims Männern. »Acht, zuzüglich Saifi. Mengal ist in der Scheune … damit bleiben mindestens zwei, von denen wir nicht wissen, wo sie sind.«

»Meinetwegen, aber was zum Teufel sollen wir tun?«, fragte Manik, dessen Stimme gar nicht kontrolliert klang, was Kealey nicht überraschte. Während Massi ein kampferprobter Veteran war, verkörperte Manik eher das Gegenteil. Er musste irgendeine paramilitärische Ausbildung absolviert haben, sonst hätte Harper ihn nicht in das Team aufgenommen, aber er war mit Abstand der Unerfahrenste von ihnen.

Kealey war hin- und hergerissen. Eine Geisel war tot, und er hatte einen Wachtposten erstochen, was ihre Optionen drastisch einschränkte. Die Operation war nicht nach Plan gelaufen, und jetzt musste er eine Entscheidung treffen. Sollte er Harpers Befehl ignorieren und eigenmächtig versuchen, Fitzgerald zu befreien, oder war es besser, zu warten und zu hoffen, dass der tote Wachtposten nicht gefunden wurde, bis das Spezialkommando eintraf? Er blickte auf die Uhr und fluchte leise. Es würde mindestens noch acht Minuten dauern. Etwas in ihm wollte glauben, dass er aus der Ferne schon die Rotoren der Helikopter hörte, aber es stimmte nicht, und er wusste nur zu gut, wie lang sich in so einer Situation acht Minuten hinziehen konnten.

Dann fiel ihm eine dritte Möglichkeit ein. Er konnte der toten Geisel das Messer in die Hand drücken. Wenn sie Glück hatten, würden die Wachtposten darauf hereinfallen. Doch nach ein paar Augenblicken wurde ihm klar, dass die Idee nichts taugte. Sie würden nie daran glauben. Wie hätte die Geisel in der Lage sein sollen, dem Wachtposten so präzise durchdachte, tödliche Verletzungen zuzufügen, wenn sie selbst bereits tödlich getroffen war? Und außerdem, wie hätte die Geisel an so ein Messer herankommen sollen, wie er es benutzt hatte? Und selbst wenn seine Männer darauf hereingefallen wären, Mengal hätte sich nicht täuschen lassen. Ihm wäre sofort klar gewesen, dass etwas nicht stimmte, und dann würde er entweder mit Fitzgerald verschwinden oder sie an Ort und Stelle umbringen und allein fliehen.

Und darauf würde es hinauslaufen, wenn sie auf das Spezialkommando warteten. Fitzgerald würde entweder tot oder verschwunden sein, was beides nicht passieren durfte. Sie mussten sie befreien, und zwar, bevor der tote Wachtposten gefunden wurde. Wenn Letzteres geschah, konnten sie auf das Überraschungsmoment nicht mehr zählen, und ihre Erfolgschancen würden drastisch sinken. Schlimm war auch, dass einer der Helikopter auf der Weide hinter dem Haus landen sollte, und dann waren Mengals Männer schon da, bevor der erste Elitesoldat herausgesprungen war.

Wieder schien Massi seine Gedanken erahnt zu haben, das Funkgerät knisterte. »Wir müssen zuschlagen«, sagte er. »Sie werden die Weide durchkämmen, bis sie ihn gefunden haben.

Dabei werden sie zwangsläufig über einen von uns stolpern. Wir müssen feuern, solange sie noch in einer Gruppe beisammenstehen.«

»Was ist mit den anderen beiden?«, fragte Walland. »Mindestens zwei Wachtposten sind verschwunden. Und was ist mit Fitzgerald? Mengal ist bei ihr in der Scheune ... Wenn wir unsere Stellungen verraten, könnte er sie umbringen, bevor wir in der Scheune sind.«

Ein gutes Argument, dachte Kealey, aber er sagte: »Massi hat recht ... Wir greifen ein. Diese Jungs haben keine Nachtsichtgeräte, also warten wir, bis sie aus der Reichweite der Lampen heraus sind, und ziehen sie aus dem Verkehr, während ihre Augen sich noch an die Finsternis gewöhnen.« Er musste an die Geisel denken, die auch desorientiert gewirkt hatte, als sie aus dem Licht in die Dunkelheit getreten war. Dagegen dachte er nicht daran, dass die Geisel gestorben war, als er noch die Chance gehabt hätte, es zu verhindern; das war im Augenblick völlig irrelevant. »Wenn wir warten, bis sie auf der Weide sind, sehen sie unsere Mündungsblitze. Wichtig ist das richtige Timing.«

»Ich habe den Algerier im Visier«, sagte Owen.

»Nein«, antwortete Kealey gereizt. »Den brauchen wir lebend, Paul. Er weiß, wo die verschwundenen amerikanischen Touristen sind. Saifi darf nur verwundet werden, genau wie Mengal.«

»Und die anderen?«, fragte Manik.

»Wir haben genau besprochen, wer für welchen Bereich zuständig ist«, antwortete Kealey ruhig. »Du weißt, für welchen Sektor du verantwortlich bist, und wenn sie auf dich zukommen, weißt du, wen du ins Visier zu nehmen hast. Also, wir gehen folgendermaßen vor ...«

Er erklärte seinen Plan, in den mehrere Eventualitäten einkalkuliert waren. Während er sprach, hatte er die ganze Zeit die Waffe auf Mengals Männer gerichtet, die jetzt ausschwärmten, die Weide aber noch nicht erreicht hatten. Als er mit seiner kurzen Erläuterung fertig war, bestätigten die anderen, dass sie ihn verstanden hatten und dem Plan zustimmten.

»Wartet, bis ich das Kommando gebe«, sagte Kealey. »Dann zieht ihr sie aus dem Verkehr. Vergesst nicht, dass wir keine zweite Chance bekommen. Also muss es sofort klappen.«

Als Benazir Mengal die Schreie des Algeriers hörte, musste er der Versuchung widerstehen, nach draußen zu rennen und nachzusehen, was nicht stimmte. Stattdessen zog er sich weiter in die Scheune zurück, sich sorgsam von dem Tor fernhaltend. Er sah Fitzgeralds hoffnungsvollen, trotzigen Blick, ignorierte ihn aber und griff nach dem Funkgerät. »Was zum Teufel ist los?«, fragte er. »Was siehst du, Balakh? Was geht da draußen vor?«

Lange kam keine Antwort, und Mengal wiederholte seine Fragen mehrfach, immer lauter werdend. Er hörte eine Salve aus einer automatischen Waffe, und nach einem Moment der Stille folgte ein kürzerer Feuerstoß. Als er gerade wieder eine Frage stellen wollte, meldete sich einer der Wachtposten. »General, der amerikanische Arzt hat den Algerier zu Boden geschlagen«, meldete er mit zittriger Stimme. »Er ist entkommen. Er … rannte auf die Weide, und Balakh hat ihn verfolgt. Ich habe Schüsse gehört …«

»Ich auch, du Idiot!«, schrie Mengal. »Wo steckt der Arzt?«

»General, ich … Er ist nicht zurückgekommen. Balakh ist nicht zurückgekommen, meine ich, und wir können ihn über Funk nicht erreichen. Keine Ahnung, wo der Arzt ist.«

»Ein paar Männer sollen sie suchen«, brüllte Mengal. »Ich will, dass die ganze Weide durchkämmt wird, bis sie gefunden sind, und ich will den Doktor lebend, kapiert? Wer ihn umlegt, kriegt's mit mir zu tun. Habe ich mich deutlich ausgedrückt?«

»Ja, ich ...«

»Wo sind Amir und Qazi?«

»Im Haus, General. Sie bewachen Kureshi, wie von Ihnen befohlen.«

»Haben Sie Funkgeräte?«

»Nein«, antwortete der Mann nach kurzem Zögern.

»Dann besorge ihnen welche. Gib Qazi deins. Sag ihnen, sie sollen unsere Männer flankieren, und sorg dafür, dass sie vorn aus dem Haus gehen, wo es dunkel ist. Außerdem sagst du ihnen, sie sollen nur feuern, wenn auf sie geschossen wird. Wenn da draußen Leute sind, müssen wir sie so lange aufhalten, bis wir die Frau von hier weggeschafft haben. Verstanden?«

»Ja, General.«

»Dann los.«

Mengal beendete das Gespräch, schloss die Augen und fluchte leise. Er musste sich schwer beherrschen, das Funkgerät nicht quer durch die Scheune zu schleudern. *Es ist alles Saifis Schuld,* dachte er. *Wie konnte er das geschehen lassen, so sorglos sein? Was war so schwer daran, den Arzt aus dem Haus in die Scheune zu bringen?*

Er öffnete die Augen, und sein Blick begegnete zufällig dem Fitzgeralds. Sie hatten ihr den Mund zwischen und nach den Filmaufnahmen mit Isolierband zugeklebt, und deshalb konnte sie nicht sprechen. Dafür schienen die Augen ihre Emotionen auszudrücken, eine seltsame Mischung aus Hass,

Genugtuung und Erleichterung. Der Grund der letzten beiden Gefühle leuchtete ihm nicht ein, doch dann ging ihm ein Licht auf. Da sie kein Urdu verstand, wusste sie nicht, dass ihr amerikanischer Landsmann zu fliehen versucht hatte. Offenbar hatte sie den Tumult vor der Scheune so gedeutet, dass ihre Befreiung unmittelbar bevorstand.

Als er begriff, welche Gedanken ihr durch den Kopf gingen, musste er lachen, und er sah, dass ihre Augen Verwirrung ausdrückten. Er ging zu ihr, wiederum vorsichtig das offene Tor meidend, und kauerte sich so vor ihr nieder, dass ihre Augen fast auf gleicher Höhe waren. »Glauben Sie wirklich, Miss Fitzgerald«, sagte er, als sich ihre Blicke trafen, »dass Sie irgendjemand befreien will?« Er brach in höhnisches Gelächter aus, das tief aus seiner Brust aufzusteigen schien. Irgendwie wirkte es gezwungen, aber zugleich war er wirklich belustigt. »Sollte das so sein, muss ich Sie leider enttäuschen …Es ist nichts Dramatisches passiert. Ihr amerikanischer Landsmann ist geflüchtet. Meine Männer jagen ihn gerade, er wird nicht weit kommen. Nur das haben Sie gehört. Tut mir leid, Ihre Illusionen zu zerstören, aber hier ist niemand, der Sie befreien will. Wir sind ganz allein, Dr. Fitzgerald, nur wir beide … Ich finde, Sie sollten sich besser damit abfinden.«

Er sah, wie der Funken der Hoffnung in ihren Augen erlosch, und konnte es sich nicht verkneifen, ein weiteres Mal verächtlich zu lachen. *Einfach mitleiderregend,* dachte er. Im Fernsehen wirkten mächtige Leute wie Fitzgerald immer so selbstbewusst, schienen sich ihres Platzes auf dieser Welt so sicher zu sein. Gerieten sie dagegen in eine gefährliche Situation, klappten sie sofort zusammen. Und nicht nur amerikanische Politiker. Das gleiche Phänomen hatte er im letzten Jahr beobachtet, als seine Männer einen nicht besonders wichtigen indischen Minister entführt hatten, der in Islamabad Gespräche führte und nicht einen Leibwächter dabeihatte. Folglich hatten sie sich ihn schnappen können, ohne einen einzigen Schuss abzufeuern, und zugleich hatten sie noch seinen achtjährigen Sohn eingepackt, ein Pfund, mit dem sich hervorragen wuchern ließ.

Es war kein Problem gewesen, das Lösegeld zu erpressen. Sie mussten dem Kind kaum ein Haar krümmen, bevor der Mann einknickte. Diese Aktion hatte ihm ein hübsches Sümmchen eingebracht, doch das war nichts dagegen, was er einsacken würde, wenn sein aktuelles Projekt nach Plan lief. Es kam alles auf die nächsten vierundzwanzig Stunden an. Dann hatte der amerikanische Präsident das Video gesehen und keine andere Wahl, als ihre Forderungen zu erfüllen. Tat er es nicht, würde er sehen, dass sie keinen Spaß verstanden …

In diesem Moment wurde er abrupt durch Schreie und Schüsse aus automatischen Waffen aus seinen Gedanken gerissen. Er wirbelte herum, sah aber nur die Wand der Scheune. Nach einem Augenblick ungläubigen Staunens griff er nach dem Funkgerät und forderte schreiend einen Lagebericht an, doch es kam keine Antwort. Laut fluchend ging er zum Tor und bemerkte nicht, dass in Fitzgeralds Augen erneut Genugtuung aufflackerte. Er schaute nicht sofort hinaus. Obwohl er sich unbedingt persönlich überzeugen wollte, was los war, belehrten ihn Erfahrung und Vorsicht eines Besseren, und er blieb an einer Stelle stehen, wo er nicht gesehen werden konnte.

Als er erneut über Funk nach einem Lagebericht verlangte, meldete sich schließlich einer der beiden Männer, denen er eben hatte ausrichten lassen, sie sollten sich an der Suche beteiligen.

»Hier ist Qazi, General.« Die Stimme des Mannes klang nervös, aber er schien sich noch unter Kontrolle zu haben. »Auf der Weide sind feindliche Subjekte. Mindestens drei Männer, vielleicht vier. Sie haben die meisten von uns aus dem Verkehr gezogen. Übrig sind nur noch drei, Amir und mich nicht mit eingerechnet.«

»Was ist mit Shaheed?«

»Er ist tot.«

Tot? Mein alter Kamerad und vertrauenswürdiger Stellvertreter soll tot sein …? Er brauchte einen Moment, um das zu verdauen, doch dann pfiff er auf die natürliche, emotionale Reaktion. Das hatte er schon immer gekonnt, und dies war nicht der richtige Moment, um sich Gefühlen zu überlassen. »Wo bist du?«

»Ich nähere mich von der anderen Seite der Scheune und sehe keinen von diesen Männern, doch wenn sie wieder feuern …«

Mengal nickte, ihm war klar, was Qazi meinte. Wenn die Eindringlinge erneut feuerten, würden sie ihre Stellungen verraten, und das würde es Amir und Qazi leichter machen, die zu seinen besten Männern gehörten. Beide waren jahrelang Scharfschützen bei einer Eliteeinheit der pakistanischen Armee gewesen und hatten wie Balakh Shaheed 1999 im Distrikt Kargil gekämpft. Zusammengerechnet hatten sie dreißig Feinde getötet, zwanzig davon während einer zweiwöchigen Schreckensherrschaft in der Ortschaft Dras in den Bergen von Kargil. Im Augenblick waren die beiden Scharfschützen mit identischen Waffen unterwegs, Sako-TRG-22-Gewehren mit ATN-Nachtsichtzielfernrohren und Mündungsbremsen, um den harten Rückstoß abzufedern.

Im Rückblick wurde Mengal klar, dass es klüger gewesen

wäre, die beiden von Anfang an eine Beobachterposition einnehmen zu lassen, aber er war zu sehr mit Fitzgeralds albtraumhaft langwieriger Erholung und den Vorbereitungen in der Scheune beschäftigt gewesen, um sich mit Sicherheitsmaßnahmen auf dem Gelände zu befassen. Ein Fehler, doch er verstand nicht, wie die Amerikaner ihn so leicht gefunden hatten. Und wenn es tatsächlich die Amerikaner waren, warum waren es dann nur so wenige? Für ihn ergab das alles keinen Sinn.

»Qazi, sag Bescheid, wenn du jemanden im Visier hast«, befahl er. »Aber du drückst erst ab, wenn ich es sage.«

»In Ordnung, General.«

Mengal wollte gerade noch etwas sagen, als Amari Saifi durch das offene Scheunentor taumelte. Er hob beunruhigt die Waffe, ließ sie aber wieder sinken, als er sah, wer es war. Der Algerier blutete aus einer Wunde im linken Arm, den er mit der rechten Hand umklammerte. Trotz der Verwundung lächelte er manisch, sein Gesicht war schweißüberströmt. Das AK-47 hing noch immer um seinen Hals.

»Was zum Teufel ist passiert?«, zischte Mengal, den Blick auf den irren Gesichtsausdruck des Algeriers richtend. »Wie konnten Sie ihn entkommen lassen?«

»Die Amerikaner sind da«, keuchte Saifi, die Frage ignorierend. Irgendwie schaffte er es immer noch zu grinsen, obwohl er offensichtlich große Schmerzen hatte. »Wir müssen abhauen. Falls wir warten, werden sie uns umzingeln. Wenn sie es nicht schon getan haben. Wir müssen *sofort* verschwinden.«

Ein paar Augenblicke lang stand Mengal wie gelähmt da, doch er wusste, dass Saifi recht hatte. Möglicherweise hatte Craigs Flucht die Amerikaner überrascht, als sie noch nicht Position bezogen hatten. Vielleicht hatten seine Männer mehr von ihnen erledigt, als er ursprünglich vermutet hatte. Wie auch immer, ihm war klar, dass alles Bisherige nur ein Anfang gewesen war. Wenn die Amerikaner wussten, dass Fitzgerald in der Scheune war – und er nahm an, dass es so war –, würden sie sehr viele Menschenleben riskieren, um ihre Außenministerin zu retten. Und von dem Widerstand, auf den sie bis jetzt gestoßen waren, würden sie sich bestimmt nicht abschrecken lassen.

Er nahm ein kleines Klappmesser aus der Tasche, zog die Klinge heraus, trat zu Fitzgerald, kauerte sich hinter dem Stuhl nieder und begann, ihre Fesseln durchzuschneiden. »Gehen Sie von dem Tor weg«, knurrte er, einen Blick über die Schulter werfend. »Ziehen Sie lieber die Stecker der Scheinwerfer raus. Haben Sie die Schlüssel für den Lieferwagen?«

»Ja«, antwortete Saifi. Als die Halogenstrahler erloschen, war die Scheune in Finsternis getaucht. »Ich habe sie.«

»Gut«, sagte Mengal, der gerade den letzten Strick durchschnitt. Er schob beide Hände unter Fitzgeralds Arme, hievte sie unsanft auf die Beine und hörte sie durch das Isolierband über ihrem Mund schreien. Ihre Beine gaben nach, sie war immer noch zu schwach, um allein gehen zu können. Er bohrte ihr den Lauf seiner Pistole in den Rücken. »Besser, Sie setzen sich in Bewegung, Gnädigste. Ich warne Sie, wenn Sie jetzt das Bewusstsein verlieren, wachen Sie nie wieder auf.«

Er fühlte, wie sich ihr Körper versteifte, dann lastete ihr Gewicht nicht mehr ganz so schwer auf seinen Armen. Sie gab sich Mühe, sich selbstständig zu bewegen, doch es bedurfte immer noch seiner ganzen Kraft, sie zu führen und ihr gleichzeitig die Waffe in den Rücken zu pressen. Als sie gerade das Tor erreicht hatten, hörte er aus dem Funkgerät Qazis Stimme. Er stieß Fitzgerald gegen die Wand, sie weiter mit der Waffe bedrohend, und griff mit der Linken nach dem Funkgerät an seinem Gürtel. »Was gibt's? Was ist passiert?«

»Ich habe einen von ihnen im Visier, General.«

»Was ist mit Amir?«

Jetzt hörte Mengal die Stimme des zweiten Scharfschützen. »Beziehe gerade Position.«

Mengal antwortete nicht sofort. Ihm war klar, dass es besser war, so lange zu warten, bis beide Scharfschützen Position bezogen hatten, aber wenn sie verschwinden wollten, wurde die Zeit allmählich knapp. Durch das offene Scheunentor sah er auf der Auffahrt des Hauses den Toyota-Lieferwagen, der direkt hinter Kureshis Mercedes abgestellt war. Wenn es ihnen gelang, den Lieferwagen zu erreichen, hatten sie vielleicht eine Chance. Es hing alles davon ab, ob die Amerikaner sich dem Haus von vorn oder von hinten näherten. Nur das war wichtig; wenn sie das Haus schon umstellt hatten, war sowieso alles vorbei.

Der Algerier stand dicht hinter der Schwelle, eine dunkle Silhouette vor dem Hintergrund des Lichts aus dem Garten hinter dem Haus.

»Wenn ich es sage, gehen Sie raus und feuern in Richtung Weide. Machen Sie sich keine Sorgen, dass Sie einen von unseren Männern treffen könnten, gehen Sie einfach zu dem Lieferwagen. Bleiben Sie auf keinen Fall stehen.«

Der Algerier murmelte zustimmend, und Mengal hob einmal mehr das Funkgerät. »Hörst du mich, Qazi?«

»Ja, General.«

»Wir machen uns gleich auf den Weg. Hast du ihn immer noch im Visier?«

»Ja.«

»Dann drück ab.«

44

Sialkot

Von den ursprünglich acht Wachtposten, die sein Team unter Feuer nahm, hatte Kealey selbst gerade zwei aus dem Verkehr gezogen – den Mann, den er mit dem Messer getötet hatte, nicht eingerechnet –, und jetzt waren noch drei übrig. Als er ein volles Magazin in seine Waffe rammte, hörte er sie trotz des lauten Regens reden. Obwohl er ihre Sprache nicht verstand, war unüberhörbar, dass sie stritten, vielleicht darüber, ob sie zum Haus zurückkehren sollten. In diesem Moment hörte er einen weiteren Feuerstoß, und als das Echo verebbt war, wirkte es, als wären die auf Urdu schreienden Wachtposten in Panik geraten. Aber es schienen nicht mehr drei Stimmen zu sein. Er hob das Gewehr an die Schulter und sah durch das Zielfernrohr, dass einer seiner Kameraden den links stehenden Mann getroffen hatte. Jetzt standen nur noch zwei Männer zwischen ihnen und der Scheune.

»Ich hab ihn erwischt«, sagte Manik angespannt. »Zwei sind noch auf den Beinen.«

Kealey bestätigte leise, dass er verstanden hatte, konzentrierte sich aber bereits auf den nächsten Schuss. Sein Finger legte sich um den Abzug, und er atmete langsam aus. Als sich der Finger fester um den Abzug spannte, fiel ein weiterer Schuss, und die beiden Männer verschwanden in dem hüfthohen Gras. Kealey versuchte, sich die Stelle zu merken. Er glaubte nicht, dass einer der beiden getroffen worden war, sie hatten sich einfach fallen lassen. Was vermutlich hieß, dass die Kugeln einen anderen treffen sollten.

»Was zum Teufel war das?«, fragte Owen kurz darauf. »Wer hat da abgedrückt?«

Die Frage stellte sich Kealey auch. Irgendwie hatte er ein ungutes Gefühl. Das Geräusch des Schusses hatte anders geklungen. Mengals Männer, soweit sie ihm bisher unter die Augen gekommen waren, hatten alle ein AK-47. Also musste jemand anders gefeuert haben. Als er auf die einzig plausible Erklärung stieß, lief es ihm kalt den Rücken hinab; ein Unbekannter hatte sich in das Feuergefecht eingeschaltet, und wenn er mit der Waffe agierte, an die Kealey dachte, durfte man die Geschichte nicht auf die leichte Schulter nehmen

Als er es den anderen gerade mitteilen wollte, nahm er an der Scheune eine plötzliche Bewegung wahr, und dann folgte ein langer Feuerstoß aus einer automatischen Waffe. Der Schütze schien ungefähr in ihre Richtung zu zielen.

»Mengal hat etwas vor«, meldete Massi aufgeregt. Seine laute Stimme klang etwas verzerrt. »Er ist gerade aus der Scheune gekommen und benutzt Fitzgerald als Schutzschild … Sieht so aus, als wollte er abhauen. Saifi ist auch mit von der Partie.«

»Hast du Mengal im Visier?«, fragte Kealey.

»Nein, er ist zu dicht bei Fitzgerald. *Scheiße!*«

»Wenn sie es bis zu dem Wagen schaffen, sind sie weg«, sagte Owen. »Wir müssen da rauf.«

»Ja, aber er würde nicht zu fliehen wagen, wenn er völlig schutzlos wäre«, antwortete Kealey. »Ich glaube, irgendwo da oben ist ein Scharfschütze.«

»Wie kommst du darauf …?«

»Du hast den Schuss gehört. Das war ein Scharfschützengewehr. Hat jemand was abbekommen?«

Owen und Walland verneinten, gefolgt von Massi. Alle drei Stimmen klangen nervös, und Kealey kannte den Grund. Die Vorstellung eines auf der Lauer liegenden Scharfschützen konnte selbst kampferprobte Profis in Angst und Schrecken versetzen. Husain Manik meldete sich nicht, obwohl er mehrfach versuchte, ihn zu erreichen.

»Wo zum Teufel steckt er?«, fragte Kealey schließlich. »Sieht ihn jemand?«

»Ich nicht«, sagte Owen, und bei Walland und Massi verhielt es sich genauso. Dann meldete sich erneut Owen. »Hat jemand gesehen, von wo der Schuss abgefeuert wurde?«

Wieder mussten alle verneinen.

»Da kommt ein Helikopter«, sagte Walland plötzlich. »Hört ihr es?«

Kealey lauschte angestrengt. Tatsächlich, da war das ferne Geräusch von Rotoren, auf das er gewartet hatte. Aber seine Erleichterung war nur von kurzer Dauer, denn schon meldete sich Owen zurück.

»Wir müssen den Hügel rauf, Kealey«, beharrte er. »Womöglich landen die Helikopter nicht sofort, und wenn sie kreisen, gibt das Mengal die Chance, sich aus dem Staub zu machen.«

»Sie könnten problemlos sofort runterkommen«, warf Walland ein. »Das Haus ist beleuchtet wie ein Weihnachtsbaum. Man müsste die Landezone locker erkennen können.«

»Schon möglich«, räumte Owen ein. »Aber wir können es uns nicht leisten, herumzusitzen und zu warten.«

Kealey dachte kurz nach und traf eine Entscheidung. »Ich gehe allein. Walland achtet auf die beiden Wachtposten im Gras. Hast du gesehen, wo sie sich fallen gelassen haben?«

»Ja, aber ich glaube nicht …«

»Wenn sie aufstehen, ziehst du sie aus dem Verkehr. Du behältst das Gelände links neben der Scheune im Auge, Owen. Und du bist für die andere Seite des Hauses zuständig, Massi.«

»Kealey, du kannst nicht …«, begann Massi.

»Hör einfach nur zu«, fuhr Kealey ihn gereizt an. »Wenn ich losrenne, achtet ihr auf Mündungsfeuer. Wahrscheinlich seht ihr es irgendwo auf dem Hügel, und wenn ihr es seht, feuert ihr. Nicht lange fackeln … Ihr müsst nicht unbedingt treffen, drückt einfach ab, bis die Munition alle ist, okay? Ich will, dass ihr den Scharfschützen ablenkt.«

»Das ist keine gute Idee«, wandte Owen ein. »Wenn da oben ein Scharfschütze ist, holt er dich nach ein paar Schritten von den Beinen. Du weißt sehr gut …«

»Lass das meine Sorge sein. Achtet darauf, ob ihr …«

Er unterbrach sich, weil er glaubte, etwas weiter weg ein Auto wenden zu hören, aber er konnte sich nicht sicher sein, da andere Geräusche das des Motors überdeckten – der Regen, die sich nähernden Helikopter. Trotzdem war er sich fast sicher, dass das Geräusch von der anderen Seite des Hauses gekommen war. »Sie hauen ab … Wir müssen sofort handeln.«

»Moment«, sagte Walland eindringlich. »Kealey, du …«

Der hörte den Rest des Satzes nicht mehr. Sein rechter Fuß war gegen den Stein gestemmt. Er benutzte ihn als Startblock, katapultierte sich in die Höhe und rannte los. Sein Blick glitt über das nasse, hüfthohe Gras vor ihm. Schon nach ein paar Schritten hörte er etwas über seine Schulter pfeifen, unmittelbar darauf das Krachen eines Scharfschützengewehrs. Massi rief etwas wie »Ich sehe ihn, ich sehe ihn!«, und wieder pfiff eine Kugel dicht an seinem Körper vorbei. »Da ist noch einer!«, hörte er Owen schreien. »Ein zweiter Scharfschütze, auch links …«

Kealey rannte im Zickzackkurs, damit er weniger leicht zu treffen war. Sein Herz klopfte wie wild, er bekam kaum Luft. Für ihn bestand kein Zweifel, dass sein Ende nah, nur noch Augenblicke entfernt war. Er hörte das Knattern automatischer Waffen, dann wieder das Krachen eines Gewehrs, doch die Geräusche drangen wie aus weiter Ferne an sein Ohr. Es kam ihm so vor, als wäre er, nur weil er rannte, der Situation irgendwie entrückt. Ein dummer Gedanke. Wenn ihn einer der beiden Scharfschützen im Visier hatte, würde er sofort abdrücken, und wahrscheinlich verfolgten ihn ihre Blicke gerade.

»Ich hab einen erwischt«, hörte er Massi schreien.

Owen rief: »Ich sehe ihn nicht. Das Arschloch ist ins Gras gefallen …«

»Links, Ryan«, warnte Walland. *»Pass auf, was links …«*

Kealey riss das Gewehr hoch, ohne seinen Sprint zu verlangsamen, aber Walland war schneller. In seinem Rücken hörte er einen kurzen Feuerstoß. Durch das Zielfernrohr sah er gerade noch, wie ein Mann ins Gras fiel. Das grünstichige Bild tanzte wie wild vor seinen Augen auf und ab. Er riss die Waffe nach rechts, als er plötzlich eine dunkle Silhouette vor dem Hintergrund der Lichter in Kureshis Garten sah. Er feuerte sofort, ohne das Zielfernrohr zu Hilfe zu nehmen, genau in dem Moment, als auch der Wachtposten auf den Abzug seines AK-47 drückte. Der Mann schrie auf und stürzte, noch ein halbes Dutzend Mal feuernd.

Er rannte weiter. Ein paar Augenblicke später hatte er den Garten erreicht und sprintete die Anhöhe hinauf. Oben angekommen, platzten seine Lungen fast, und als er zwischen Haus und Scheune hindurcheilte, sah er auf einem holprigen Weg einen schwarzen Lieferwagen, dessen Reifen in dem Matsch durchdrehten. Der Fahrer manövrierte den Wagen mehr in die

Mitte, und plötzlich fassten die Reifen. Das Fahrzeug machte einen Satz nach vorn und beschleunigte. Vermutlich war es etwa fünfundsiebzig Meter entfernt.

»Sie hauen ab«, schrie er in sein Mikrofon. »Wiederhole, sie hauen ab …«

Er riss das Gewehr hoch, nahm einen Hinterreifen ins Visier und feuerte ohne Unterlass, permanent den Rückstoß in seiner Schulter spürend. Dann platzte der Reifen auf der Beifahrerseite. Der Lieferwagen scherte aus, kam von der Straße ab, landete in einer Mulde und kippte mit einem schmatzenden Geräusch auf die Seite. Das Knirschen brechenden Glases wurde durch das hohe Gras gedämpft. Er war versucht, noch einmal abzudrücken – er hatte einen guten Blick auf die Tür auf der Beifahrerseite, die jetzt oben war. Aber er wusste nicht, wo in dem Fahrzeug sich Fitzgerald befand, und konnte es nicht riskieren, sie versehentlich zu treffen. Als er langsam nach links ging, mit erhobenem Gewehr, hörte er über seinen Ohrhörer Wallands Stimme.

»Was ist los, Ryan? Wo sind sie?«

»In einem Lieferwagen, aber ich habe einen Hinterreifen zerschossen …«

Er kam nicht dazu, den Satz zu beenden. In dem Augenblick, als er den Blitz sah, warf er sich zu Boden, aber es war zu spät. Er spürte etwas in seine linke Seite einschlagen, doch er konnte nicht hinsehen, weil er sich zur Seite rollen und den Kugeln ausweichen musste, die neben ihm Schlamm aufspritzen ließen. *Wo kam die Kugel her?* Die Frage wiederholte sich in seinem Kopf wie in einer Endlosschleife, doch dann kehrte die Erinnerung blitzartig zurück. In dem Moment, als er durch Wallands Funkspruch abgelenkt war, hatte sich die Hecktür des Lieferwagens geöffnet, und mindestens eine Person war herausgetaumelt. *Oder waren es zwei …? Und wenn ja, welche beiden?*

Er hatte die Frage immer noch nicht beantwortet, als etwas Großes und Dunkles über das Haus glitt, begleitet von dem unverwechselbaren Dröhnen zweier Turbinenstrahltriebwerke. Noch immer auf dem Boden liegend, hob er den Blick zu dem dunklen, regnerischen Himmel und beobachtete, wie der Helikopter über der großen Weide vor dem Haus zur Landung ansetzte. Er verlor mit überraschender Geschwindigkeit an Flughöhe, doch bevor er aufsetzte, war Kealey wieder auf den Beinen, ganz auf die sich vor seinen Augen abspielenden Ereignisse konzentriert. Für einen Moment wurde alles vom Lärm der Kampfhubschrauber übertönt, während der erste Helikopter sechzig Meter von ihm entfernt landete. Er achtete weder auf die Funksprüche der anderen noch auf den Schmerz in seiner Seite, er war ganz auf die beiden aneinandergedrängten Personen fünfzig Meter vor ihm konzentriert.

Ganz automatisch hob er das Gewehr, doch bevor er abdrücken konnte, erblickte ihn der Mann, den er ins Visier genommen hatte. Blitzartig umklammerte er Fitzgerald mit dem linken Arm, während er ihr mit rechts eine Pistole an die Schläfe presste. Die beiden standen keine drei Meter von der offenen Hecktür des fahruntüchtigen Lieferwagens entfernt.

»Nicht schießen!«, schrie Amari Saifi, den Lärm übertönend. Offenbar konnte er sich nicht entscheiden, was wichtiger war, der Helikopter oder der einsame Mann vor ihm, aber er war clever genug, um sich dicht hinter seiner Geisel zu halten. »Wenn Sie abdrücken, ist sie tot! Haben Sie verstanden, *sie wird sterben!*«

Der Algerier stieß weiter Befehle und Drohungen hervor, doch Kealey hörte kein einziges Wort. Aus dem Augenwinkel sah er die Elitesoldaten der Delta Force aus der weit offenen Seitentür des Helikopters springen, doch im Augenblick waren sie ihm egal, obwohl er nicht daran zweifelte, dass etliche von ihnen ihre Waffe auf seinen Kopf richteten.

»Lassen Sie das Gewehr fallen«, schrie der Algerier erneut. Kealey reagierte nicht. Er stand reglos da, auf seine Chance wartend. Hinter dem Haus wurde geschossen, und die Soldaten brüllten Saifi etwas zu – oder Saifi und ihm –, doch er weigerte sich, das Gewehr herunterzunehmen. Durch das Zielfernrohr sah er von Saifis Kopf nur ein winziges Stück, dessen Form der Sichel eines Viertelmondes glich.

Das reicht nicht. Es war ein eher unbewusster Gedanke, keine rationale Entscheidung, nicht zu feuern. Er dachte nicht daran, dass er sich schon zweimal in einer ähnlichen Situation befunden hatte, und in beiden Fällen hatte es ein böses Ende genommen. Der Gedanke, dass er nicht treffen könnte, kam ihm nicht einmal, und er bedachte auch nicht, was passieren würde, wenn er versehentlich die Geisel traf. Er sah nur Amari Saifis Kopf, diese schmale Sichel hinter dem blassen, verängstigten Gesicht von Brynn Fitzgerald. Für ihn war sie jetzt nicht mehr die designierte Außenministerin, die mächtigste Frau in Washington, nicht einmal ein unschuldiges Opfer. Sie war nur noch ein Hindernis, das zwischen ihm und Saifi im Weg stand.

In diesem Moment feuerte einer der Elitesoldaten. Saifi sah den Mündungsblitz, wie Kealey, der ihn aus dem Augenwinkel wahrnahm. Für ihn war das die Chance. Der Algerier hatte den Kopf etwas nach rechts gedreht, und Fitzgerald versuchte, sich aus seinem Griff zu befreien. Das war der Augenblick, auf den er gewartet hatte.

Er drückte ab, ein einziges Mal. Die Kugel traf Saifi direkt unter dem linken Ohr und riss das obere rechte Viertel des Schädels weg, als sie an der anderen Seite wieder austrat. Knochensplitter, Blut und Gewebe spritzten umher, und Saifi fiel wie ein Stein in das nasse Gras. Er war schon tot, bevor er aufschlug.

Fitzgerald taumelte weg, mit den blutbefleckten Armen rudernd. Die Art und Weise, wie sie mit den Händen gestikulierte, war seltsam, Kealey fühlte sich fast an einen unerfahrenen Verkehrspolizisten erinnert. Es war ein unauslöschlicher Eindruck. Ihr offen stehender Mund und die aufgerissenen Augen verrieten Überraschung und Erleichterung.

Während er sie betrachtete, riet ihm eine leise Stimme in seinem Inneren, das Gewehr fallen zu lassen – der sich von links nähernde Soldat wusste wahrscheinlich nicht, ob er Freund oder Feind war. Er fragte sich, warum die Soldaten so lange nicht gefeuert hatten, doch es schien möglich, dass ihn einige erkannt hatten, obwohl das mit einem Nachtsichtgerät gar nicht so einfach war. Er war lange bei der SPOD-D gewesen, und unter Elitesoldaten kannte man sich. Da schien es nicht so weit hergeholt, dass man ihn identifiziert hatte.

Trotzdem war es besser, auf Nummer sicher zu gehen. Das Gewehr fiel zu Boden, doch statt sich auf die Knie sinken zu lassen und die Hände zu heben, taumelte er vorwärts. In der Seite spürte er einen noch dumpfen Schmerz, doch in seinem Oberkörper breitete sich bereits ein Hitzegefühl aus. Er ignorierte es, ging weiter, in Richtung des Lieferwagens, eine Hand auf die Wunde pressend. Er musste Mengal fassen, der noch nicht aus dem umgekippten Fahrzeug geklettert war, nur er wusste, wo die entführten amerikanischen Touristen waren. Dabei verschwendete er keinen Gedanken daran, dass er ohne Waffe ziemlich wehrlos war. Er sah nur den Toyota.

Plötzlich wurde er links von einem harten Gegenstand getroffen, es war, als hätte man ihm die Beine unter dem Körper weggezogen. Er war völlig auf den Lieferwagen fixiert, blind und taub für alles um ihn herum, und deshalb hatte er den Soldaten nicht bemerkt, der jetzt einen Fuß auf seinen Rücken presste. Obwohl er es nicht sehen konnte, zweifelte er nicht daran, dass sein Landsmann eine Waffe auf seinen Kopf richtete.

»Ich hab ihn«, hörte er eine Stimme, die sich dann an ihn richtete. »Wer sind Sie?«

Vielleicht haben sie mich doch nicht erkannt, dachte er, und dann ging ihm ein Licht auf; die Elitesoldaten hatten den Befehl, Mengal und Saifi lebend festzunehmen, vielleicht hatten sie ihn in der Dunkelheit mit einem der beiden verwechselt. »Ich arbeite für die CIA«, stieß er mühsam hervor, denn wegen des Fußes zwischen seinen Schulterblättern bekam er schlecht Luft. »Vier andere Männer von uns sind hinter dem Haus. Hören Sie …«

»Warum soll ich das glauben? Woher weiß ich, dass Sie nicht zu denen gehören?«

Eine berechtigte Frage, dachte Kealey. Er nannte den Codenamen, den das Pentagon für die Operation ausgegeben hatte, und rasselte ein paar Insiderinformationen herunter, die nur aus dem Weißen Haus kommen konnten. Nach einer knappen halben Minute hatte er den Soldaten überzeugt, der eine Hand ausstreckte und ihm auf die Beine half.

»Sie haben eine Schussverletzung«, sagte er.

Kealey blickte auf die Wunde in seiner linken Seite und machte eine wegwerfende Handbewegung. »Nur ein Kratzer.« Was nicht stimmte, aber er konnte sich jetzt nicht darum kümmern. Es gab andere Dinge zu erledigen. Zuerst meldete er sich bei Owen, der berichtete, der Rest des Teams befinde sich bereits in dem MH-55 hinter dem Haus. Ganz darauf konzentriert, Mengal an der Flucht zu hindern, hatte er keinen Gedanken an den zweiten Helikopter verschwendet. »Manik auch?«

»Er ist tot«, antwortete Owen grimmig. »Die Geisel auch.«

Scheiße. Irgendwie hatte er es geahnt, jetzt bestand kein Zweifel mehr. Owen sagte noch etwas, aber seine Aufmerksamkeit galt vier Soldaten der Delta Force, die Fitzgerald zu dem Helikopter vor dem Haus geleiteten. Was nicht das richtige Wort war, denn sie mussten die Außenministerin praktisch tragen. Zugleich erblickte er ein paar dunkle Silhouetten, die sich auf den fahruntüchtigen Lieferwagen zubewegten, und obwohl er nichts sah, war ihm klar, dass weitere Soldaten mit gezückten Waffen im Gras lagen, um Fitzgeralds Evakuierung zu sichern.

Der Soldat, der ihn zu Boden geschlagen hatte, stand zwei Schritte neben ihm und gab mit ruhiger Stimme über Funk Befehle durch. Jetzt wurde Kealey klar, dass der Mann wahrscheinlich eine Hälfte des Spezialkommandos befehligte. Als er ihm eine Frage stellen wollte, entfiel sie ihm, bevor er sie artikulieren konnte. Er schien sich auf keinen Gedanken mehr konzentrieren zu können, es kam ihm so vor, als wäre sein Kopf völlig leer …

Er blickte auf die blutende Schusswunde an seiner linken Seite. Besonders dramatisch schien es nicht zu sein, doch dann tastete er seinen Rücken ab und begriff, warum ihm alles vor den Augen verschwamm. Das Loch in seinem Rücken, wo die Kugel ausgetreten war, schien deutlich größer als das vorn, hatte vermutlich einen Durchmesser von sechs Zentimetern. Plötzlich wurde er von Angst gepackt, und er fragte sich, warum dem Soldaten nichts aufgefallen war, der auf seinen Rücken geblickt haben musste, als er ihm den Fuß zwischen die Schulterblätter setzte. Aber das Blut war auf seinem dunklen T-Shirt schwer zu erkennen, besonders in einer regnerischen Nacht. Zu diesem Zeitpunkt hatte er noch keinen Schmerz gespürt, er wurde von dem Adrenalinschub überdeckt. Das war jetzt definitiv vorbei. Der Schmerz strahlte in alle Richtungen aus und wurde schlimmer …

Er zog die Hand von der Wunde und sah das Blut von seinen Fingern tropfen. Der Soldat, noch immer mit dem Funkgerät in der Hand, blickte in seine Richtung und riss die Augen auf. Jetzt hat er es gesehen, dachte er.

Es war der letzte bewusste Gedanke. Der Soldat sprang herbei, um ihn zu stützen, doch seine Beine gaben bereits nach. Der dunkle Nachthimmel wurde von einer tieferen Finsternis verschluckt, alles war pechschwarz.

Als er auf dem Boden aufschlug, war er schon bewusstlos, und er hörte nicht mehr, wie der Soldat über Funk einen Sanitäter anforderte, der zwanzig Sekunden später eintraf. Er sah eine solche Wunde nicht zum ersten Mal und konnte die Gefahr realistisch einschätzen. Jetzt galt es, um jeden Preis das Leben dieses Mannes zu retten, und er machte sich hektisch an die Arbeit.

45

Washington, D. C.

Um kurz nach eins mittags wurde Jonathan Harper von der Sekretärin des Präsidenten ins Oval Office geführt. Es war das erste Mal, dass er sich ganz allein dort aufhielt, und es würde wahrscheinlich noch zehn Minuten dauern, bis Brenneman kam, der vor Dutzenden von Journalisten im Garten des Weißen Hauses eine Erklärung abgab. Ein guter Tag, in mehr als einer Hinsicht, musste Harper einräumen. Zumindest war das in Washington die vorherrschende Meinung an diesem warmen Dienstagmittag. Durch die hohen Fenster hinter dem Präsidentenschreibtisch sah er vor dem Hintergrund eines strahlend blauen Himmels Sonnenstrahlen durch die Bäume brechen. Doch so sehr er sich auch bemühte, er konnte sich an dem malerischen Ausblick nicht erfreuen.

Trotz der vielen Fehler bei der Durchführung galt die Operation des Vortages offiziell als Erfolg. Selbst Harper musste zugeben, dass sich aus einer objektiven Sicht alles als Sieg auf ganzer Linie betrachten ließ. Brynn Fitzgerald war befreit, Amari Saifi tot, Benazir Mengal in Gewahrsam. Der ehemalige pakistanische General hatte bereits gesagt, wo sich die entführten amerikanischen Touristen befanden – in einem abgeschiedenen Dorf im Karakorumgebirge –, und eine zweite Befreiungsoperation wurde bereits vorbereitet. Und am beeindruckendsten war, dass all das mit einem minimalen Verlust an Menschenleben erreicht worden war. Doch das, dachte er ernüchtert, war die offizielle Version, und wenn man sich ansah, wer sein Leben verloren hatte, erschien die Operation nicht mehr als ganz so großer Erfolg. Und doch, für den Präsidenten – und die amerikanische Öffentlichkeit – hing der Erfolg von der Befreiung der Außenministerin ab, und die war gelungen.

Als die Elitesoldaten nach Bagram zurückkehrten, wartete dort eine Maschine des Außenministeriums, die ein Ärzteteam und ein neues Personenschutzkommando eingeflogen hatte. Von dort war Fitzgerald zum Militärkrankenhaus des Luftstützpunkts Ramstein in Deutschland gebracht worden, wo sie gegenwärtig in einem abgeschlossenen Trakt behandelt wurde. Sie hatte die Entführung halbwegs gut überstanden, obwohl die Ärzte kürzlich erlittene Verletzungen diagnostizierten, von denen zumindest zwei potenziell lebensbedrohlich waren. Zumindest *wären* sie es gewesen, wenn es nicht schon einen Arzt gegeben hätte, der sich ihrer angenommen hatte. Um diese speziellen Probleme, einen partiellen Kollaps der linken Lunge und eine Herzbeuteltamponade – hatte sich in Pakistan ein Chirurg namens Said Kureshi gekümmert. Auf fachmännische Weise, wie die Ärzte in Ramstein widerwillig einräumen mussten, doch Kureshis Bemühungen reichten nicht, um sie vollständig zufriedenzustellen. Sie machten es sich zu einem persönlichen Anliegen, das zu finden, was Kureshi übersehen hatte.

Nach ihrer Ankunft war die Außenministerin noch einmal komplett untersucht worden, und dabei wurden zwei gebrochene Rippen, ein angeknackster Wangenknochen und ein Haarriss im linken Schienbein entdeckt. Darüber hinaus wurde das Anfangsstadium einer posttraumatischen Belastungsstörung diagnostiziert, einhergehend mit einer möglicherweise psychotischen Depression. Erst mit der Zeit würde sich zeigen, welche psychischen Schäden sie infolge der Entführung erlitten hatte, doch die Psychiater hatten bereits ernsthafte Sorgen artikuliert. Erste Berichte über das, was sie durchgemacht hatte, waren an diesem Morgen durchgesickert, und sie waren drastisch genug, um bei der Bevölkerung auf breiter Front emotionale Reaktionen zu provozieren. Hunderttausende von Bürgern aus dem ganzen Land hatten bei Rundfunk- und Fernsehsendern angerufen, um ihrer Empörung Ausdruck zu verleihen. Harper war einer der wenigen, dem derlei Gefühle eher fremd waren, hauptsächlich deshalb, weil er in der Lage war, alles in den richtigen Dimensionen zu sehen. Alles in allem hatte Brynn Fitzgerald Riesenglück gehabt, besonders verglichen mit den Menschen, die alles dafür gegeben und so viel dafür erlitten hatten, sie sicher nach Hause zu bringen.

Harper ließ sich auf ein Sofa fallen und rieb sich die Augen. Er war erschöpft, und die Ereignisse von Sialkot lasteten noch immer schwer auf ihm. Wenn man alles in Betracht zog, bestand eigentlich Anlass zur Zufriedenheit, und Andrews sah es so. Die CIA hatte eine wichtige Rolle gespielt bei Fitzgeralds Befreiung. Hätte Ryan Kealey nicht Machado vertraut – was in anderer Hinsicht verhängnisvoll gewesen war –, würden sie in Pakistan wahrscheinlich immer noch falsche Spuren verfolgen. Doch es war anders gekommen. Sie hatten es geschafft, Fitzgerald zu finden und zu befreien, und aufgrund dieses Erfolges wurden sie mit Lob überschüttet.

Warum fühlst du dich trotzdem so, als hätten wir versagt?, fragte er sich. Während der letzten achtzehn Stunden hatte er ständig darüber nachdenken müssen, doch er war immer noch nicht auf eine befriedigende Antwort gestoßen. In diesem Moment öffnete sich die Tür, die auf den Rosengarten ging, und der Präsident trat ein, gefolgt von Robert Andrews, Kenneth Bale und Stan Chavis. Als Harper müde aufstand, fiel ihm zuerst bei allen die freudige und zufriedene Miene auf. Sofort wusste er, dass die Pressekonferenz ein voller Erfolg gewesen sein musste, doch das war nicht weiter überraschend; bei guten Neuigkeiten waren Journalisten immer gnädig. Brenneman hatte ihn persönlich gefragt, ob er nicht daran teilnehmen wolle, aber er hatte kein Interesse daran, sich von der Pressemeute feiern zu lassen. Lob seitens der Medien bekam man als exponierter Repräsentant der CIA eher selten, doch das machte solche Veranstaltungen nicht verlockender, besonders dann nicht, wenn der Erfolg so teuer erkauft worden war.

Der Präsident kam auf ihn zu und begrüßte ihn mit einem breiten Lächeln. In dem dunkelblauen Anzug mit der blassgelben Krawatte sah er tadellos aus, doch das war nichts Ungewöhnliches und hatte nichts mit den vielen Kameras zu tun. Vom mächtigsten Mann der freien Welt wurde erwartet, dass er immer präsentabel aussah. Aber die anderen hatten sich offensichtlich richtig Mühe gegeben, denn sie waren deutlich eleganter gekleidet als üblich. Sogar Chavis, der sonst mit seinem zerknitterten Hemd und dem klobigen Schuhwerk eher einem gehetzten Buchhalter glich, hatte die Chance genutzt, sich vor der Washingtoner Presse im besten Licht zu präsentieren. Er trug einen anthrazitfarbenen Einreiher und eine gemusterte dunkelblaue Krawatte, die nur unmerklich zerknittert war. Wenigstens dieses eine Mal sah er halbwegs vorzeigbar aus. Bale und Andrews trugen die obligatorischen dunklen Anzüge.

»Danke, dass Sie gekommen sind«, sagte Brenneman zu Harper, als hätte er auch ablehnen können. Sie schüttelten sich kurz die Hand, wobei die Begeisterung auf Brennemans Seite lag. »Schade, dass Sie keine Lust hatten, an der Pressekonferenz teilzunehmen. Heute gibt es viele erleichterte Menschen, und das ist auch Ihr Verdienst. Sie hätten kommen sollen … Sie haben die Anerkennung verdient.«

»Danke, Sir«, sagte Harper in Ermangelung einer besseren Antwort. Er empfand gegensätzliche Gefühle, aber dem Präsidenten widersprach man nicht, bestimmt nicht im Oval Office.

»Sollen wir uns nicht setzen?«, fragte Brenneman. Harper ließ sich wieder auf das Sofa fallen, die anderen nahmen ihre üblichen Plätze ein, Brenneman mit dem Rücken zum Kamin. Ein Steward der Navy brachte ein Tablett mit Kaffee, stellte es ab und verschwand wortlos.

»Also, lassen Sie uns mit der naheliegenden Frage beginnen«, sagte Brenneman. Harper registrierte, dass seine Miene nun ernüchtert wirkte, was kein Wunder war, denn er wusste, welche Frage der Präsident stellen würde. »Wie geht es Ryan?«

Jetzt nennt er ihn Ryan, dachte Harper. Bisher hatte der Präsident immer den Nachnamen benutzt – bei den seltenen Gelegenheiten, wo er Kealey überhaupt namentlich erwähnte.

Harper räusperte sich. »Es steht auf Messers Schneide, Sir.« Er spürte ihre Erleichterung und wusste, was sie dachten – *wenigstens lebt er noch.* Verübeln konnte er es ihnen nicht, er hatte genauso empfunden, als er vor einer guten halben Stunde zum letzten Mal informiert worden war. »Vielleicht kommt er durch, vielleicht nicht … Man kann es nicht mit Sicherheit sagen, und wahrscheinlich wird die Zitterpartie noch stundenlang weitergehen … Am schlimmsten waren innere Blutungen, aber es gab noch ein anderes Problem, das sich … schwer beheben ließ. Trotzdem, es hätte sehr viel schlimmer kommen können. Wenn dieser Sergeant nicht so schnell geschaltet hätte …«

Die anderen nickten bedächtig, sie kannten die Story bereits. Nachdem Kealey in Sialkot das Bewusstsein verloren hatte, war dem in der Nähe stehenden Master Sergeant namens Deakins, der seit acht Jahren bei der Delta Force war, tatsächlich eingefallen, dass das Haus einem Arzt und Chirurgen gehörte, was sich ihm bei der Vorbereitung auf den Einsatz eingeprägt hatte. Bei einer schnellen Durchsuchung des Hauses stießen sie auf Said Kureshi, der in seinem eigenen Operationsraum eingesperrt war. Es dauerte nur eine Minute, ihm die Lage zu erklären, und der pakistanische Arzt trug ihnen auf, Kealey in den Raum im Erdgeschoss zu bringen. Kureshi machte sich sofort an die Arbeit, und er profitierte davon, dass sich in den Helikoptern Plasma jeder Blutgruppe befand, was bei Einsätzen dieser Art üblich war.

Ein schneller Anruf in Langley hatte bestätigt, dass Kealey die Blutgruppe 0 hatte. Von da an war alles nur noch eine Sache von Können und Glück, und Kureshi war ein Könner seines Fachs. Harper hatte persönlich mit dem Sanitäter gesprochen, der sich zuerst um Kealey gekümmert hatte, und der ließ keinen Zweifel daran, dass Kureshi Kealey das Leben gerettet hatte. Und dafür, wie auch für die Operation Brynn Fitzgeralds, sollte der pakistanische Arzt fürstlich belohnt werden, auch wenn er es selbst noch nicht wusste. Harper freute sich darauf, ihn mit dieser Nachricht zu beglücken. Er hatte sich über Kureshi kundig gemacht und glaubte, dass er eine neue Chance in einer seiner Qualifikation angemessenen Position verdiente. Und ein hübsches jährliches Sümmchen, steuerfrei, das ihm auf ein Offshore-Konto seiner Wahl überwiesen werden sollte.

»Und wo ist Kealey jetzt?«

Harper wurde aus seinen Gedanken gerissen und schaute Bale an, der die Frage gestellt hatte. »Er wird gerade nach Ramstein gebracht, Sir. Said Kureshi hat angeboten, ihn zu begleiten. Er sorgt dafür, dass sein Zustand bis zur Ankunft in Deutschland stabil bleibt. Sie müssten heute Nachmittag landen.«

»Er ist ein guter Mann«, sagte Brenneman leise. Für einen Moment war sich Harper nicht sicher, ob er Kureshi oder Kealey meinte. »Ich glaube nicht, dass mir je bewusst war, *wie* gut, aber wenn er durchkommt, wird ihm das ganze Land dankbar sein. Teufel, im Grunde ist es jetzt schon so. Ich würde es Ryan Kealey sehr gönnen, dass er überlebt und die Anerkennung bekommt, die ihm zusteht.«

Harper nickte, wusste aber zugleich, dass Kealey, *wenn* er durchkam, niemals vor eine Kamera treten und nicht im Traum auf die Idee kommen würde, an einer Pressekonferenz teilzunehmen. Es war nicht seine Art, in Komplimenten zu baden. Zum Teil lag es an seinem sehr auf die Privatsphäre bedachten Wesen, noch mehr aber daran, dass seine Scheu vor der Öffentlichkeit auf eine Ausbildung zurückging, wo ihm vom ersten Tag an Verschwiegenheit eingebläut worden war und wo die Sicherheit einer Operation immer zuerst kam.

Plötzlich wurde Harper bewusst, dass niemand etwas sagte. Er sah, dass der Präsident ihn beobachtete, und die anderen drei Männer schienen sich plötzlich unwohl zu fühlen. Ihm kam es so vor, als hätte sie das Thema Kealey daran erinnert, was Javier Machado Naomi Kharmai angetan hatte. Oder *vermutlich* angetan hatte. An diesem Morgen hatte er alle über die Einzelheiten informiert, wobei er sich darauf konzentrierte, wie Kealey es geschafft hatte, Benazir Mengals Aufenthaltsort herauszubekommen. Weder Kharmai noch der ehemalige spanische CIA-Agent hatten sich noch einmal gemeldet. Kealey hatte sich geweigert, der absurden Forderung Machados nachzukommen, und es bestand wenig Zweifel daran, dass der Spanier seine Drohung wahr gemacht hatte.

Er fragte sich, ob die anderen nicht insgeheim Genugtuung empfanden, weil Kharmai keine Gefahr mehr für die Regierung darstellte. Was in Madrid geschehen war – vor nunmehr drei Tagen –, war weiterhin ein äußerst sensibles Thema. Bis jetzt war der Präsident bei der Version geblieben, die er Miguel Vázques präsentiert hatte, und obwohl es nur eine Frage der Zeit war, bis die spanische Regierung ihre Beweise offenlegte, hatte sie seitens der Amerikaner kein Eingeständnis einer Schuld. Und würde es jetzt auch nie mehr bekommen. Wenn sie Kharmai nicht vorzeigen konnten, würden die Medien bald das Interesse an der Story verlieren, die Ereignisse von Madrid würden im kollektiven Gedächtnis sehr schnell der Vergessenheit anheimfallen. Harper zweifelte nicht daran, dass alle Anwesenden – auch wenn sie es nie zugeben würden – längst an diese Möglichkeit gedacht hatten.

Brenneman räusperte sich und fragte, als hätte er Harpers Gedanken gelesen: »Und Kharmai hat sich immer noch nicht gemeldet?«

»Nein, Sir. Noch nicht.«

»Aber ich nehme an, Sie lassen Machados Haus in Cartagena beobachten.«

»Ja«, antwortete Andrews, der bisher nichts gesagt hatte. »Außerdem reden unsere Leute gerade mit Elise Pétain. Sie ist in unserer Botschaft in Madrid und zeigt sich sehr kooperativ, obwohl sie verständlicherweise sehr aufgeregt ist.«

»Wie viel weiß sie?«, fragte Brenneman.

»Nicht viel. Gerade mal, dass ihre Tochter für eine wichtige Operation ausgewählt wurde und dass ihr Ehemann so ziemlich alles unternehmen würde, um Marissa davon abzuhalten, den Auftrag anzunehmen. Was sie weiß, hat sie bereits gesagt, doch mit keiner ihrer Informationen ließ sich wirklich etwas anfangen. Im Augenblick ist die Lage unverändert. Von Machado fehlt jede Spur. Wie von Kharmai, und wir müssen leider davon ausgehen, dass sie tot ist.« Andrews schwieg einen Moment. »Ich bezweifle, dass sie eine Chance hatte, mit dem Leben davonzukommen.«

Brenneman nahm es wortlos zur Kenntnis. »Wie lange«, fragte er schließlich, »werden Sie warten, bis Sie die Suche einstellen?«

»Hängt davon ab«, antwortete Harper. »Falls Hinweise auftauchen, dass sie noch lebt, machen wir weiter. Aber irgendwann müssen wir die Suche nach ihr abblasen. Vielleicht nach drei Monaten, vielleicht erst nach einem Jahr, aber wir können nicht ewig weitermachen. Dafür fehlen uns Leute und Mittel.«

»Was mich betrifft, ist vergessen und vergeben, was sie in Madrid getan hat«, sagte Brenneman bestimmt. »Ich erinnere mich gut daran, was Kharmai letztes Jahr in New York und vor zwei Jahren hier in Washington für uns getan hat. Niemand kann leugnen, dass sie ihr Leben für unser Land gegeben hat, und ich will gleich klarstellen, dass ich die Absicht habe, sie mit der Presidential Medal of Freedom auszuzeichnen, auch posthum. In aller Stille, aber sie *wird* ausgezeichnet.« Er blickte in die Runde. »Ich habe den Eindruck, dass alle einverstanden sind.«

Die anderen murmelten zustimmend. Ohnehin hätte niemand den Mumm gehabt, Brenneman zu widersprechen. Die Medal of Freedom gab es seit 1945, als Harry Truman beschlossen hatte, verdienstvolles Verhalten während des Zweiten Weltkrieges zu honorieren, und sie galt als die höchste nichtmilitärische Auszeichnung, für die die meisten einiges gegeben hätten. Harper bezweifelte allerdings stark, dass Kharmai nach ihrer Tat in Madrid, selbst wenn sie in bester Absicht gehandelt hatte, Interesse daran gehabt hätte, sich dafür auszeichnen zu lassen. Außerdem maß er den Worten des Präsidenten, auch wenn der sie im Brustton der Überzeugung vorgebracht hatte, nicht allzu viel Gewicht bei. Wenn Kharmai plötzlich wieder auftauchte, was er für ausgeschlossen hielt, würde sie auf eine Auszeichnung jeder Art vergeblich warten.

Auch war er sich vollkommen darüber im Klaren, dass ihn selbst eine nicht unbedeutende Mitschuld an ihrem Tod traf. Indem er Kharmai als Köder benutzt hatte, um Kealey für den Auftrag in Pakistan zu erwärmen, war er der Urheber des Verhängnisses. Außerdem hatte er es im vollen Wissen um ihre Abhängigkeit getan, was seine Schuld noch vergrößerte. Und sie *war* tot, er zweifelte nicht eine Sekunde daran. Die Suche war eine Pflichtübung. Die Geschichte setzte ihm zu, doch die Tatsache, dass Kealey von seiner Schuld wusste, verängstigte ihn mehr, als er zuzugeben bereit war. Seine Angst war nicht so groß, dass er sich gewünscht hätte, Kealey möge seinen Verletzungen erliegen – so tief war er noch nicht gesunken, würde es auch nie zulassen. Aber es war beängstigend, dass Kealey eines Tages auf die Idee kommen würde, sein alter Freund sei genauso schuldig wie jener Mann, der direkt für Kharmais Tod verantwortlich war.

»Was ist mit dieser anderen Frau?«, hörte er Brenneman fragen. »Machados Tochter …«

»Marissa Pétain«, sagte Andrews, um Brennemans Gedächtnis auf die Sprünge zu helfen.

»Genau, Pétain. Wie viel weiß sie darüber, was wirklich in Pakistan passiert ist?«

»Das ist nicht ganz klar«, antwortete Harper. »Aber sie weiß, dass ihre Mutter befragt wird, und sie ist eine intelligente Frau … Ich bin sicher, dass sie dahinterkommen wird. Wahrscheinlich weiß sie es schon.«

»Wo ist sie im Moment?«, fragte Brenneman.

»Auf dem Weg in die Vereinigten Staaten«, sagte Harper. Er fügte nicht hinzu, dass Pétain sofort verlangt hatte, Kealey zu sehen, als sie von seinem Zustand hörte. Selbst am Telefon war Harper nicht entgangen, dass echte Anteilnahme in ihrer Stimme lag, aber er hatte ihren Wunsch abgelehnt, worauf sie ihn zu seiner Überraschung mit einem Schwall verbitterter, wütender Beschimpfungen bedachte. Aber sie war eine vielversprechende junge Agentin mit allen erforderlichen Qualifikationen, und weil sie an der erfolgreichen Operation in Pakistan teilgenommen hatte, würde sie bald einen amerikanischen Pass bekommen. Er konnte sie nicht wegen eines kleinen verbalen Ausrutschers feuern und wollte es auch nicht.

Für den Rest des Treffens ging es vornehmlich um Benazir Mengal, der gegenwärtig – was nur wenige wussten – auf dem Luftstützpunkt Bagram in Afghanistan inhaftiert war. Der Präsident hatte bereits Pervez Musharraf angerufen, um ihn persönlich über die seitens der Pakistaner nicht genehmigte Operation zu informieren. Normalerweise wäre das Telefonat angesichts einer so heiklen Affäre nie zustande gekommen; in der Regel wurden Diplomaten als Puffer eingesetzt, um die politischen Konsequenzen auf beiden Seiten zu begrenzen. Aber angesichts der Ereignisse von Sialkot konnte der pakistanische Präsident in diesem Fall nicht viel sagen. Tatsache war, dass die amerikanische Außenministerin in seinem Land entführt worden war und dass er praktisch nichts dazu beigetragen hatte, sie zu finden.

Trotzdem hatte sich Brenneman im Namen der Diplomatie versöhnlich gezeigt, wobei er jedoch die Interessen der Vereinigten Staaten nicht aus dem Auge verlor. Nachdem Musharraf einer schnellen Auslieferung Mengals zugestimmt hatte, wurden die Medien informiert, die Befreiungsaktion sei eine gemeinsame Unternehmung amerikanischer und pakistanischer Kräfte gewesen. Für dieses Zugeständnis hatte Musharraf zugesagt, das bevorstehende Waffengeschäft zwischen Israel und Indien nicht mehr lautstark zu kritisieren und seine Truppen in Kaschmir hinter die Waffenstillstandslinie zurückzuziehen. Harper hielt es für eine seltsame Fügung, dass ausgerechnet Fitzgeralds Entführung und Befreiung mit ziemlicher Sicherheit dazu führen würden, dass die drohende Eskalation des Konflikts in Kaschmir schneller verhindert wurde, als es sonst möglich gewesen wäre, aber er behielt den Gedanken für sich.

Als das Treffen zwanzig Minute später endete, beglückwünschten sich alle beim Abschied noch einmal gegenseitig, und dann verließen die Gäste das Oval Office. Als Harper zur Tür ging, packte der Präsident seinen Arm und hielt ihn zurück.

»Ich wollte Ihnen nur noch einmal danken für Ihre harte Arbeit. Sie haben viel dazu beigetragen, dass die Operation ein Erfolg wurde, und ich bin Ihnen sehr dankbar. Dabei spreche ich bestimmt im Namen des ganzen Landes. Ich bin sicher, dass Außenministerin Fitzgerald sich persönlich bei Ihnen bedanken wird, wenn es ihr Zustand wieder erlaubt.«

Harper nickte. Er glaubte, dass der Präsident ihn aus einem anderen Grund beiseitegenommen hatte, denn bedankt hatte er sich bereits, und kurz darauf wurde seine Vermutung bestätigt.

»In Sachen Kealey …«, begann Brenneman. »Sie kennen ihn schon lange, oder?«

»Ja, Sir.« Harper fragte sich, worauf er hinauswollte. »Seit fast zehn Jahren.«

»Er hat früher schon schwere Verletzungen überlebt, nicht wahr?«

»Ja. Aber er ist nicht unverwundbar, und so schlimm war es wahrscheinlich noch nie. Trotzdem glaube ich, dass er es schaffen könnte.«

»Und *wenn* er überlebt?« Brennemans Interesse wirkte aufrichtig. »Was wird er Ihrer Meinung nach tun? Nach der Rekonvaleszenz, meine ich. Haben Sie darüber nachgedacht?«

Harper ließ sich die Frage durch den Kopf gehen. Ihm war klar, was Brenneman wirklich interessierte, und es hatte nichts damit zu tun, ob Kealey wieder für die CIA arbeiten würde. Das war völlig undenkbar. Im Gegensatz zur allgemein verbreiteten Meinung gab es auch bei der operativen Abteilung des amerikanischen Auslandsgeheimdienstes gewisse Regeln, die festlegten, was akzeptabel war und was nicht. Kein Agent konnte völlig nach eigenem Gutdünken handeln, und er konnte bestimmt nicht – wie in diesem Fall – aus reiner Rachsucht töten. Trotzdem, Kealey würde wie üblich alles auf seine Weise erledigen. Zuerst würde er die Männer verfolgen, die ihn in Pakistan betrogen hatten, und wenn sie tot waren, würde er sich auf die Suche nach Machado machen. Harper hegte nicht den geringsten Zweifel daran, eigentlich war er sich nie im Leben einer Sache so sicher gewesen.

Aber natürlich war das nicht die Antwort, die der Präsident hören wollte. Er blickte Brenneman direkt in die Augen. »Ich weiß es wirklich nicht, Sir. Aber wenn er durchkommt, wird er diese Sache nicht einfach auf sich beruhen lassen. Ich möchte ihm nicht in die Quere kommen, wenn er wieder auf den Beinen ist.«

Und vor allem möchte ich nicht mit Javier Machado tauschen.

46

Puerto San Julián, Argentinien

Fünf Monate später

Das alte Café zwischen den schmierigen Backsteinhäusern machte nicht viel her, doch dank seiner Lage am Hafen von San Julián war es immer gut besucht. Fast alle Kunden waren Männer, meistens große grauhaarige Fischer, die sich in den unberechenbaren Gewässern vor der Südküste Argentiniens auf mühsame und gefährliche Weise ihren Lebensunterhalt verdienten. Die junge Kellnerin, die sich zwischen den eng beieinanderstehenden Tischen hindurchzwängte, hatte die Nase voll von der Arbeit im Allgemeinen und den lüsternen Kommentaren und Blicken der Kundschaft im Besonderen. Manchmal wurde sie auch angegrapscht, wenn sie das Essen und Getränke servierte – starke Schnäpse, die selbst die Fischer umhauten. Größtenteils hielt sie die Gäste für Abschaum, und alles in allem hatte sie damit recht. Es war ein verkommener Ort – sie wusste es, weil sie früher in Buenos Aires gelebt hatte und sich heute fragte, warum sie die Stadt verlassen hatte. Und doch gab es selbst hier gelegentlich einen Gast, der es verdiente, dass man ihn mit einem aufrichtigen Lächeln bediente.

Und jetzt hatte sie ein Lächeln aufgesetzt, auch wenn es zwischendurch gefror, als sie einen Bogen machte um einen Tisch mit vier betrunkenen Fischern, ihre lüsternen Kommentare ignorierend. Ihr Ziel war ein Tisch an dem großen Fenster mit

Blick auf den Pier. Auf dem Weg dorthin nahm das Lächeln wieder seine natürliche Herzlichkeit an, und ihre dunklen Augen leuchteten erfreut. Der Mann an dem Tisch musste etwa siebzig sein. Er hatte einen grauen Bart und buschige Augenbrauen. Mittlerweile besuchte er das Café seit ungefähr einem Monat und hatte sich stets respektvoll verhalten. Sie freute sich immer auf seine Besuche und war traurig, wenn er ging.

Was das Äußere betraf, unterschied er sich kaum von den anderen Gästen, er trug ähnliche Kleidung – dicke Pullover, Ölzeug, schwarze Gummistiefel. Trotzdem glaubte sie zu wissen, dass er nie auf dem Meer gearbeitet hatte. Er unterschied sich durch sein Verhalten von den anderen, durch seine stille, würdevolle Art. Wenn nicht viel zu tun war, beobachtete sie ihn oft, und sie fragte sich, warum er einen so traurigen Gesichtsausdruck hatte und warum seine Schultern so resigniert herabhingen. Auch er sah sie an, doch nicht auf dieselbe Weise wie die Fischer. Eher so, wie sie ihr Großvater einst angeblickt hatte. Und weil sie ihm dankbar war für diese Erinnerung an glücklichere Zeiten, auch für seine Höflichkeit und die großzügigen Trinkgelder, kam sie so oft wie möglich an seinen Tisch.

Als sie jetzt näher trat, war sie enttäuscht, weil er Geld auf den Tisch legte. Zu viel, wie immer, sie musste nicht hinsehen. Sie fragte ihn fast etwas flehend, ob er nicht noch auf ein Glas bleiben wolle, doch er schüttelte den Kopf und lehnte höflich ab. Als er aufstand, trat sie einen Schritt zurück, um ihn vorbeizulassen. Sie versicherte, der Drink gehe auf Kosten des Hauses, aber er ließ sich nicht umstimmen. Er wünschte ihr lächelnd einen schönen Abend und ging durch das verrauchte Lokal zur Tür. Während die Kellnerin ihm nachblickte, empfand sie ein unerklärliches Gefühl tiefer Trauer. Einen Augenblick lang stand sie reglos da, ohne das grauenhafte Gekicher der Männer hinter sich zu hören, und fragte sich, ob sie ihn je wiedersehen würde. Aus irgendeinem Grund, der ihr nicht bewusst war, bezweifelte sie es. Erst später an diesem Abend, als sie erleichtert hinter dem letzten Betrunkenen die Tür abschloss, begriff sie, warum ihr dieser Gedanke gekommen war.

Es war sein Lächeln. Bevor er das Café verließ, hatte er ihr ein seltsames, trauriges Abschiedslächeln geschenkt, und sie musste nicht lange darüber nachdenken, woher sie es kannte. Ihr Großvater hatte sie so angelächelt, vor zwei Jahren, am Abend vor jener Nacht, in der er starb.

Nachdem der alte Mann das Café verlassen hatte, ging er auf dem Pier spazieren und blickte auf die auf dem Wasser des Südatlantiks tanzenden Lichter. Am Nachmittag hatte es stark geregnet, und der Pier war mit Pfützen übersät, in denen sich die Lichter der Häuser auf der anderen Straßenseite spiegelten. Zu dieser späten Stunde war praktisch niemand unterwegs, und der Pier lag verwaist vor ihm. So mochte er ihn am liebsten – er fand die Zeit und die Einsamkeit, die er zum Nachdenken brauchte. Er blickte auf sein Leben zurück, auf die unzähligen Entscheidungen, die er in über siebzig Jahren getroffen hatte.

Immer häufiger bedauerte er Dinge, die er getan hatte, wobei er vor allem an eine Tat dachte. Dagegen bezog sich seine Reue nicht auf die Gründe, die hinter diesen Taten gestanden hatten, und er wusste, dass sich daran nie etwas ändern würde. Warum sollte er sich dafür entschuldigen, seine Kinder zu lieben? Warum bereuen, dass er unter Einsatz aller Mittel versucht hatte, sie zu beschützen? Die Antwort lautete natürlich, dass es letztlich nicht möglich war, darauf lief alles hinaus. Schlafen konnte er nachts nur, weil er wusste, dass er all die Jahre über zumindest mit den richtigen Absichten gehandelt hatte.

Am Ende des Piers blieb er stehen. Er starrte auf das dunkle Wasser und lauschte dem Geräusch der Wellen, die gegen die Betonpfeiler schlugen. Nach zehn Minuten hörte er hinter sich ein Geräusch. Ein Geräusch, das so klang, als wollte jemand auf sich aufmerksam machen. Für einen Augenblick erstarrte er, doch dann drehte er sich langsam um, mit seitlich ausgestreckten Armen, um seinem Mörder in die Augen zu blicken.

Der Amerikaner war kaum wiederzuerkennen, was nicht daran lag, dass der Pier in Dunkelheit gehüllt war. Trotz des trüben Lichtes konnte Javier Machado sehen, dass der junge Mann stark abgenommen hatte, vielleicht an die fünfzehn Kilo, und die Falten in seinem abgehärmten Gesicht hätten eigentlich noch zehn Jahre auf sich warten lassen müssen. Machado war so auf die unglaubliche äußerliche Veränderung des Mannes konzentriert, dass er fast die Pistole in seiner rechten Hand übersehen hätte, die auf seine Brust zielte. Er musste nicht genau hinsehen, um zu wissen, dass es eine 22er Beretta mit Schalldämpfer war, wie er sie selbst unzählige Male benutzt hatte. Das entbehrte nicht einer gewissen Ironie, doch es interessierte ihn nicht mehr. Mit seinen zweiundsiebzig Jahren hatte er ein Alter erreicht, wo ihn kaum noch etwas überraschte.

Er wartete, ob der Amerikaner etwas zu sagen hatte, doch als der weiter schwieg, ergriff er das Wort. »Sie waren sehr beschäftigt.« Er war erstaunt, wie fest seine Stimme klang; er hatte immer geglaubt, dass er in diesem Augenblick Angst haben würde. »Sie haben meinen Kollegen in Karatschi getötet.«

»Vermutlich meinen Sie Fahim. Haben Sie ihn nicht so genannt, als wir das letzte Mal sprachen?«

»Und Rabbani in Paris. Ich nehme an, dafür sind Sie ebenfalls verantwortlich.« Der wissende Blick des anderen sagte Machado, dass er recht hatte. Er hielt es für überflüssig, noch ein halbes Dutzend Geschäftspartner des Schmugglers zu erwähnen, die im Laufe der letzten acht Wochen ums Leben gekommen waren. Er hatte endgültig Bescheid gewusst, als vor drei Wochen der dritte Mann spurlos verschwunden war, ein Geldwäscher aus Antwerpen, aber er hatte nicht an Flucht gedacht. Und als dann in der letzten Woche Fahim in Karatschi getötet worden war, hatte er gewusst, dass es nur noch eine Sache der Zeit war.

Jetzt war es so weit.

»Wo ist sie?«, fragte der junge Mann so beiläufig, als hätte er sich nach einem Weg erkundigt. »Wo ist Naomi? Was haben Sie mit ihr gemacht?«

Machado spreizte langsam die Hände. »Ich habe gesagt, dass sie verschwinden würde, wenn Sie nicht tun, was ich sage. Sie haben es nicht getan. Tut mir leid, sie ist tot.«

»Ihre Leiche …«

»Es gibt keine Leiche.« Machado schüttelte kaum merklich den Kopf, als müsste der andere wissen, was er meinte. »Verstehen Sie nicht? Sie hat nie existiert. Mehr ist dazu nicht zu sagen … Ich weiß nicht, was Sie sonst noch von mir hören wollen.«

Er bekam keine Antwort.

Machado war klar, dass er nur noch ein paar Augenblicke zu leben hatte, doch es gab noch etwas, das er wissen musste.

»Weiß meine Tochter, was ich getan habe? Hat Marissa eine Ahnung?«

»Ich weiß es nicht. Es ist Monate her, seit ich mit ihr gesprochen habe.« Es entstand eine längere quälende Pause. »Warum, Machado? Warum haben Sie es getan? Sie hatten bereits verloren, was hatte es für einen Sinn, sie zu töten? Ich verstehe es nicht.«

Endlich bemerkte Machado einen Hauch von Emotion, ein unmerkliches Beben in der Stimme des anderen. Er dachte einen Moment nach, spreizte dann weit die Arme. »Was soll ich sagen?«, fragte er schließlich. »Gibt es eine Erklärung, die Sie zufriedenstellen könnte?«

»Wahrscheinlich nicht.«

»Warum fragen Sie dann? Tun Sie, weshalb Sie gekommen sind. Setzen Sie den Schlusspunkt.«

Er schloss die Augen, doch nichts geschah. Da war nur das Geräusch des vom Meer her wehenden Windes. Als er die Augen öffnete, sah er gerade noch zwei kurze Blitze, gefolgt von einem stechenden Schmerz in seiner Brust. Er fiel, seine letzte Ruhestätte wartete auf ihn, und bevor er auf dem Wasser aufschlug, sah er vor seinem inneren Auge ein Gesicht. Carolines Gesicht, das nie vergessene Bild seiner längst toten Tochter, und als er seinen letzten Atemzug tat, sah er sie lächelnd die Arme öffnen.

Sie führte ihn nach Hause.

Kealey stand am Rand des Piers und schaute auf das aufgewühlte Wasser, der Arm mit der Beretta hing schlaff an seiner Seite herab. Er stand mehrere Minuten da, darauf wartend, dass eine drückende Last von ihm abfiel, dass sich ein Gefühl der Erleichterung einstellte, das er sich von Machados Tod versprochen hatte, doch nichts änderte sich. Da begriff er, dass sich nie mehr etwas ändern würde. Naomi war tot, und es gab keine Möglichkeit, sie zurückzuholen.

Es war sinnlos, die Beretta weit ins Meer hinauszuschleudern, es war niemand in der Nähe, der die dramatische Geste hätte sehen können. Stattdessen ließ er sie einfach neben sich ins Wasser fallen.

Dann drehte er sich um und verschwand.

Danksagung

Mein Dank geht einmal mehr an Linda Cashdan von *The Word Process*, die bereits in einem frühen Stadium dieses Buches wichtige Hinweise gegeben hat. An Erika Lease, die als Ärztin unschätzbare Beiträge zu medizinischen Fragen leistete. An Carol Fitzgerald und die anderen Mitarbeiter von bookreporter.com, die meine Webseite entworfen haben und aktualisieren. An Connie Asero und alle anderen, die am Crystal Coast Book Festival beteiligt waren. Es war eine außergewöhnliche Veranstaltung. Vielen Dank, dass ich daran teilnehmen durfte.

Mein Dank gilt weiterhin dem Team des Kensington-Verlages, insbesondere Stephen Zacharius, Robin E. Cook, Laurie Parkin, Maureen Cuddy, Michaela Hamilton und Doug Mendini, einem absoluten Marketingprofi, sowie Meryl Earl, die es irgendwie ermöglicht hat, dass meine Bücher in etlichen Sprachen erscheinen, von denen ich keine verstehe. Verpflichtet bin ich auch Rosemary Silva für ihren wichtigen Beitrag zum Lektorat. Außerdem geht mein Dank an Alex Clarke von Penguin Books und sein Team, die mich in Australien und Großbritannien kontinuierlich unterstütz haben.

Meine Lektorin Audrey LaFehr hat mich durch ihre Begeisterungsfähigkeit, ihre Ermutigung und ihre nie versiegende Geduld unterstützt. Ihr gilt mein besonderer Dank genauso wie meiner Agentin Nancy Coffey. Würde ich alles aufzählen, was sie für mich getan hat, wäre die Liste länger als das Buch. Bleibt zu hoffen, dass dies der dritte Roman von vielen weiteren ist.

Und abschließend möchte ich mich bei Dezzy Murphy und den anderen irischen Bergsteigern erkenntlich zeigen, die den Prolog dieses Buches inspiriert haben.